JO GOODMAN

PROPHETIN DER LIEBE

Roman

Aus dem Amerikanischen
von Traudi Perlinger

WILHELM HEYNE VERLAG
MÜNCHEN

HEYNE ROMANE FÜR ›SIE‹
Nr. 04/369

Titel der Originalausgabe:
WITH ALL MY HEART

Deutsche Erstausgabe 7/2001
»Dieses Werk wurde vermittelt durch die Literarische Agentur
Thomas Schlück GmbH, 30827 Garbsen«

Printed in France 2001
http://www.heyne.de
Umschlagillustration: Pino Daeni/Agentur Schlück
Umschlaggestaltung: Nele Schütz Design, München
Satz: Prechtl, Passau
Druck und Bindung: Brodard & Taupin

ISBN 3-453-18489-0

Dieses Buch ist einigen ganz besonderen Menschen gewidmet, von denen manche vielleicht gar nicht wissen, wieso. Trotzdem danke ich euch.

Barb Jones, Sandi Heck, Becky und Margie,
der lieben, lieben Linda Meiseles,
Maggie vom Schwarzen Brett,
Detra und Rita und Cherrie,
eRobin (kein Druckfehler),
Carla und Elena und Lynsey,
Gina Marie und Teresa Phillips.

PROLOG

Charleston, April 1845

»Ich habe nicht gedacht, dass du kommst.«

Garret Denison sah seinen Bruder lange an, ehe er zu ihm an den Tisch trat. »Ich musste mich einfach persönlich davon überzeugen, dass du tatsächlich in der Stadt bist. Ich kann es immer noch nicht fassen.«

Graham zuckte mit den Schultern und zog mit der Spitze seines schmutzigen Stiefels den Stuhl neben seinem heran.

»Setz dich«, meinte er gelassen. »Du lenkst die Aufmerksamkeit auf uns.«

Garret lachte spöttisch und nahm Platz. »Trinkst du was?« Er bemerkte die Staubschicht auf der Kleidung seines Bruders, der sonst so großen Wert auf ein gepflegtes Äußeres legte. Er trug eine verknitterte Jacke mit durchgescheuerten Ärmelaufschlägen und auch die Weste war abgetragen und zerschlissen. Jacke und Hose hingen schlabbernd an ihm herunter, als gehörten sie einem anderen. Sein Bruder hatte offenbar schwere Zeiten hinter sich. »Du siehst aus, als könntest du einen Drink vertragen«, fuhr Garret im weichen, melodischen Südstaatendialekt fort.

»Bourbon.«

Garret winkte der Kellnerin, die sich ihren Weg an den Tischen vorbei bahnte und den Stammgästen auf die Finger klopfte, die sie begrapschen wollten. »Bourbon«, rief er ihr zu. »Zwei.« Das Mädchen nahm die Bestellung mit einem knappen Nicken entgegen und schlug nach einer fleischigen Faust, die ihr den Rock heben wollte. Garret wandte sich wieder seinem Bruder zu. »Früher hast du dich nicht in solchen Spelunken herumgetrieben.«

»Genau das Richtige für meine Zwecke.«

Garret bekam den stählernen Blick des Bruders zu spüren. Grundgütiger, hatte der Kerl stechende Augen. Jeder, den dieser durchdringende Blick traf, stand unweigerlich auf der Anklagebank, selbst wenn er unschuldig war. Garret hielt dem Blick stand. Früher hätte ihn der tadelnde Gesichtsausdruck des älteren Bruders unsicher gemacht, doch diese Zeiten waren vorbei. »Was ist der Zweck deines Besuches, Graham? Ich werde mich bemühen, Verständnis für deine Lage aufzubringen.«

Daran hatte Graham allerdings seine Zweifel. Aus dem Augenwinkel nahm er wahr, wie die Kellnerin an den Tisch trat und Gläser abstellte. Er hatte Gilpins Hafenkneipe in Charleston aus einem guten Grund gewählt. Hier kannte ihn keiner, obwohl sein Name und sein Konterfei in den letzten drei Monaten auf den Titelseiten aller großen Zeitungen zu sehen gewesen waren. Gilpins Kneipe lag außerdem nur wenige Gehminuten von seiner Wohnung entfernt, wohin er im Notfall fliehen konnte.

Mit seiner schlecht sitzenden, schmutzigen Kleidung, den abgewetzten Stiefeln und dem ungepflegten sandfarbenen Haar tauchte er in der Anonymität der anderen Kneipengäste unter. Dabei waren diese Kerle nicht unbedingt brutal oder bedrohlich; im Grunde waren es lauter Pechvögel, die in ihrer Hoffnungslosigkeit abgestumpft waren. Von diesen Saufbolden drohte Graham keine Gefahr. Wenn ihn einer erkannte, würde er sich einen Dreck darum scheren und ihn in Frieden lassen.

Graham hatte sich Mühe gegeben, wie ein gefährlicher Haudegen auszusehen, und wünschte, sein Bruder wäre nicht so geschniegelt dahergekommen. »Du hättest dich der Umgebung hier ruhig ein wenig anpassen können«, brummte er.

Garret strich über seinen dunklen Schnurrbart. »Woher hätte ich wissen sollen, in was für eine Kneipe du mich bestellt hast. Mir ist es egal, ob man mich erkennt. Ehrlich gestanden hätte ich gar nichts dagegen. Und wenn mir danach ist oder du mir Grund dafür gibst, stehe ich auf und zeige mit dem Finger auf dich, Graham. Du bist ein Verräter. Du hast deine Freunde und deine Familie verraten. Du hast den Süden verraten.« Garret hob das Glas, hielt es ans Licht und untersuchte es nach Spuren des letzten Benutzers. Zufrieden, dass die Abdrücke weggewischt waren und das Glas möglicherweise sogar gespült war, nahm er einen tiefen Schluck.

Graham gestattete sich ein dünnes Lächeln, als Garrets ansprechende Gesichtszüge sich mit Röte überzogen. Zu dumm, dass der Schnurrbart die Schweißperlen fast verdeckte, die sich auf seiner Oberlippe bildeten. Beinahe hätte Graham laut aufgelacht, als Garret sich mit sorgsam manikürter Hand betont lässig durchs Haar fuhr. »An das Zeug bist du nicht gewöhnt, wie?«, schmunzelte Graham.

»Wieso trinkst du nicht?«

Graham hob das Glas, ohne es auf seine Sauberkeit zu überprüfen, und prostete Garret mit einem schiefen Lächeln zu. »Auf deine Gesundheit und dein Wohlergehen, kleiner Bruder.« Damit kippte er beinahe den ganzen Inhalt hinunter.

Garret lachte lauthals, als Graham hustete und ihm das Wasser in die Augen stieg. »Geschieht dir recht«, grinste er.

Graham zog ein Taschentuch hervor und wischte sich die Augen. »Großvater brennt einen besseren Fusel in seinem Schuppen.« Er steckte das Taschentuch wieder ein und trank auch den letzten Schluck. »Bei Gott«, knurrte er mit Nachdruck und ließ den Blick durch die verräucherte Kneipe schweifen. »Hoffentlich kommt es nie so weit mit mir, dass ich mich an diesen Rachenputzer gewöhne.« Er winkte der Kellnerin, warf seinem Bruder einen fragenden Blick zu, der sich zunächst angewidert schüttelte, dann aber doch nickte, und hob zwei Finger.

»Solange das Zeug uns nicht umbringt«, meinte Garret achselzuckend. Allerdings schien sich keiner der anderen Gäste einer solchen Gefahr bewusst zu sein. Arme Schweine. Garret lehnte sich zurück, streckte die langen Beine schräg unter dem Tisch aus und verschränkte die Arme vor der Brust. Erst dann fiel ihm auf, dass seine Haltung der spiegelverkehrten Haltung seines Bruders glich.

Die Brüder waren nur elf Monate auseinander und wurden häufig für Zwillinge gehalten. Beide waren hoch gewachsen, hatten volles, sandfarbenes Haar, dunkle Augenbrauen und Wimpern. Ihre kantigen Gesichtszüge hätten einen Bildhauer dazu inspiriert, sie zu modellieren. Der Schnurrbart, den Garret sich als Student zugelegt hatte, war der augenfälligste Unterschied. Bei aller Ähnlichkeit gab es ein paar Merkmale, manche auffallender als andere, wodurch die Brüder sich unterschieden.

Grahams aristokratische Züge wurden von graublauen Augen verschärft, während Garrets tiefblaue Augen den Betrachter in ihren Bann zogen. Grahams stählerner Blick hielt andere auf Distanz, obgleich sein verwegener Charme äußerst anziehend wirkte. Graham Denison pflegte Bekanntschaften, keine Freundschaften. Garrets Bewunderer waren auch seine Freunde.

»Weiß jemand, dass wir uns hier treffen?«, fragte Graham.

Garret schüttelte den Kopf. »Nein. Aber nicht, weil

du mich darum gebeten hast, sondern weil ich mich für dich schäme. Großmutter hätte vielleicht Verständnis für dein Verhalten aufgebracht. Aber sonst niemand, Graham. Großvater hat dich enterbt. In Mutters Beisein – falls sie ihr Zimmer verlässt – darf dein Name nicht mehr erwähnt werden. Du bist für sie gestorben. Was, zum Teufel, hast du dir eigentlich bei all dem gedacht?«

Graham blieb ihm die Antwort schuldig. »Alys?«, fragte er stattdessen.

»Sprich nicht von ihr, Graham. Auch für sie bist du gestorben. Du hast kein Recht, von ihr zu sprechen.«

»Sie war meine Verlobte. Das gibt mir das Recht.«

»Das war einmal. Sie hat mit dir gebrochen, ehe dein schändliches Tun ans Tageslicht kam. Alys ist sehr glücklich mit der Wahl, die sie getroffen hat.«

Graham ließ nicht erkennen, wie er darüber dachte. »Wann ist die Hochzeit?«

»Im Juni.« Garret lächelte dünn. »Mutter meint, die Hochzeit ist genau das Richtige, um die leidige Angelegenheit endlich zu vergessen.«

»Damit bin ich gemeint.«

Garret nickte. »Du warst schon immer ein aufgeweckter Bursche.« Er nahm einen kleinen Schluck, nur um festzustellen, dass der Bourbon mit der Gewöhnung nicht besser schmeckte. »Du solltest zum Grund unseres Treffens kommen, wenn du nicht willst, dass man dich erkennt und verpfeift.«

Graham verlagerte sein Gewicht auf dem Stuhl und wischte den Staub von seinem Ärmel. Es war eine Verlegenheitsgeste, so als entferne er ein Fädchen von einem feinen Gehrock, eine Geste, die in einer anderen Situation auf Langeweile hätte schließen lassen. Er lächelte freudlos. Alte Gewohnheiten … »Ich will nicht unbedingt, dass man mir den Strick um den Hals legt«, sagte er gelassen und fixierte den Bruder. »Das aber würde geschehen, wenn ich mich stelle, wie?«

Garrets Antwort war ohne jedes Mitgefühl. »Wenn du auf dem Weg zum Galgen keine Kugel zwischen die Augen bekommst. Aber das wusstest du, bevor du herkamst. Wieso, Graham? Wieso hast du Boston verlassen? Die Zeitungen im Norden waren voll von deinen sogenannten Heldentaten. Ich erinnere mich nicht genau an all die Lobeshymnen. Befreier. Erlöser. Heiland des Südens. Der Retter der schwarzen Sklaven.« Er legte eine Pause ein, ehe er sinnend fortfuhr: »Schwarze Sklaven. Das fand ich immer reichlich übertrieben. Es gibt keine weißen Sklaven. Wir sind nicht als Sklaven geboren wie die Schwarzen.«

Graham blieb ihm die Antwort schuldig. Garrets Versuch, ihn in Rage zu bringen, war allzu offenkundig. Im Übrigen war sein Bruder von dem, was er sagte, tatsächlich überzeugt und gab damit nur die Denkweise wieder, die auf Beau Rivage und überhaupt in den Südstaaten herrschte.

»Wie war der Name gleich wieder, den die entlaufenen Sklaven dir gaben?« Er ließ Graham etwas Zeit zu antworten; als dieser aber nicht reagierte, gab er selbst die Antwort auf seine Frage. »Falkner. Ich glaube, das war der Name, den ich gelesen habe.«

»Schon möglich«, meinte Graham gelangweilt.

»Ja, ganz sicher. Sag mal, Graham … Bitsy. Henry. Old Jake. Evie. Little Winston.« Er zählte die Namen der Sklaven auf, die ihm gerade einfielen, und hätte noch viele andere nennen können, die bei Nacht und Nebel von Beau Rivage verschwunden waren. »Hast du ihnen allen zur Flucht verholfen?«

»Ja.« Graham schmunzelte über das verdutzte Gesicht seines Bruders. »Hast du gedacht, ich streite es ab?«

»Dein Hochmut übersteigt deine Intelligenz«, entgegnete Garret verächtlich.

»Du hast mich immer unterschätzt.«

»Nur deine Hartnäckigkeit, Graham. Und vielleicht deinen Eifer. Ich hielt dich immer für leichtlebig und verantwortungslos. Der Familie hast du jedenfalls bei weitem nicht so viel Anteilnahme entgegengebracht wie diesen Sklaven.« Nach einer Pause fügte er nachdenklich hinzu: »Wie sehr du uns alle hassen musst.« Er gab dem Bruder keine Gelegenheit, seine Feststellung zu bestätigen oder abzustreiten. »Die Sklaven, denen du zur Flucht von Beau Rivage verholfen hast, spiegeln natürlich nur einen Bruchteil dessen, was du getan hast. Wenn man den Zeitungen glauben darf, warst du an der Flucht von mehr als zweihundert Schwarzen beteiligt – aus sämtlichen Südstaaten.«

»Die Zahlen sind übertrieben«, widersprach Graham in gespielter Bescheidenheit. »Vielleicht waren es hundert. Höchstens hundertfünfzig.«

In Garrets Wange zuckte ein Muskelstrang. Seine blauen Augen fixierten den Bruder kühl. »Du findest das alles amüsant, wie? Du lachst uns alle auf Beau Rivage aus.«

»Du irrst, Garret. Ich erwarte nicht, dass du mir glaubst, aber du irrst.«

Garret hatte Mühe, seinen Unmut zu bezähmen. Aber letztlich hatte Graham mit seinem Verhalten nichts gewonnen. Mochten die Gegner der Sklaverei im Norden seine Taten auch verherrlichen – im Süden hatte er sich jeden Bürger zum Feind gemacht, abgesehen vielleicht von einer Hand voll Sympathisanten. In Carolina, zumal in Charleston, hatte er sich mit seinem Ruf als Falkner zum Verbrecher und Ausgestoßenen gestempelt.

Garret sah keinen Grund, die Entwicklung der Dinge zu bedauern, und bemühte sich keineswegs, einen solchen Anschein zu erwecken. Graham hatte sich selbst als Erbe von Beau Rivage ausgeschaltet. Das war ihm auf spektakuläre Weise und mit weit größerem Erfolg gelungen, als Garrets ausgeklügelte Versuche, ihn aus dem Familienunternehmen zu drängen, es vermocht hatten.

Aber es gab noch die Familienehre der Denisons, die Garret zu wahren suchte. »Du hast nie ein Wort der Entschuldigung gefunden für die Schmach und Schande, die du uns angetan hast«, sagte er.

Graham wusste, dass sein Bruder Alys zu den Menschen zählte, denen er Schande angetan hatte. »Nein, das habe ich nicht. Aber ich möchte gern, dass du Großmutter eine Nachricht von mir überbringst.« Garret zog spöttisch die Mundwinkel hoch, und Graham vermutete, er würde ihm den Gefallen nicht tun. Er brachte die Bitte dennoch vor, denn für seinen Seelenfrieden *musste* er sie aussprechen. »Sag ihr, ich habe nach meiner Überzeugung gehandelt. Wie alle Denisons vor mir gehandelt haben« – er fixierte den jüngeren Bruder scharf – »und nach mir handeln werden.«

»Wie kannst du es wagen?«, stieß Garret hervor.

Ohne auf den Zornesausbruch des Bruders zu achten, fuhr Graham fort: »Und du sollst noch etwas von mir erfahren: Ich habe den Ohrring nicht mehr.«

Graham straffte die Schultern und beugte sich vor. »Er ist verschwunden?«

»Hast du das etwa nicht gewusst?«

»Ich fasse es nicht. Willst du sagen, du hast ihn verkauft? Wie schändlich, Graham, selbst für einen wie dich.«

»Nun, eigentlich wollte ich nur sagen, dass ich ihn verloren habe. Andernfalls hätte ich ihn wahrscheinlich verkauft. Ich brauche schließlich Geld, um mich irgendwo niederzulassen.«

»Bist du gekommen, weil du Geld von mir willst?«

»Nein, ich hatte nicht die Absicht, dich um Geld zu bitten. Aber wenn du es mir anbietest ...«

»Fahr zur Hölle!« Garret kippte den Rest seines Bourbons hinunter, warf einen Blick auf Grahams leeres Glas und bestellte zwei weitere.

Graham rührte das nächste Glas nicht an. Der letzte Schluck war ihm nicht gut bekommen, hatte einen bitteren Geschmack auf der Zunge hinterlassen. Der Schweiß brach ihm aus. Er ließ den Blick durch die verräucherte Kneipe wandern. Bei keinem der anderen Gäste schien der Fusel, den Gilpin als Bourbon verkaufte, ähnliche Wirkung zu zeigen. Aber vielleicht tranken die anderen auch Gin oder Whiskey mit Wasser verdünnt, überlegte Graham, holte das Taschentuch wieder hervor und wischte sich die Stirn.

Garret fragte Graham nicht, ob er sich nicht wohl fühle. Es kümmerte ihn nicht. »Ich hoffe, du kotzt dich aus«, sagte er voller Abscheu. Sein Bruder war blass geworden, rote Flecken bildeten sich auf seinen Wangen. »Was, zum Teufel, hast du dir dabei gedacht, Mutters Ohrring zu stehlen? Du weißt verdammt genau, wie sehr er ihr am Herzen liegt. Im Übrigen wollte sie, dass ich ihn bekomme.«

Graham steckte das Taschentuch ein. »Darum geht es dir, wie? Dass ich etwas an mich genommen habe, was dir gehört.«

»Genau. Die Familie musste deine Spielsucht ertragen, dein Herumhuren, dein Trinken ...«

»Vorsicht, Garret, sonst verdrehst du mir noch den Kopf mit deinen Schmeicheleien.«

Garret bedachte ihn mit einem angeekelten Blick. »Auf diese Weise hast du deine Studienzeit in Harvard vergeudet.«

»Willst du etwa sagen, du hättest in deiner Studienzeit nicht Kartenspielen, Huren und Saufen gelernt?«, fragte Graham liebenswürdig und hob das Glas. »Dann hast du versäumt, aus deiner Studienzeit das Beste zu machen.«

Garret achtete nicht auf die Spitze. »Jetzt kommt auch noch Diebstahl zur Liste deiner Verbrechen.«

»Diebstahl? Wegen des Ohrrings? Ich muss dich enttäuschen, Garret. Er wurde mir geschenkt.«

Garret stutzte. »Ich glaube dir nicht. Mutter würde niemals …«

»Großmutter hat ihn mir geschenkt.«

»Das würde sie niemals tun. Sie hätte kein Recht dazu.«

Graham zuckte gleichgültig die Achseln. Sollte Garret sie getrost fragen, wenn er die Wahrheit wissen wollte. Der Ohrring gehörte ihrer Mutter Evaline Randolph Denison und stellte einen hohen sentimentalen Wert für sie dar. Seit das Gegenstück vor vielen Jahren verloren gegangen war, hatte sie den Schmuck nie wieder getragen. Wiederholte Male hatte sie in Erwägung gezogen, den gekrönten Perlenohrring, an dem ein goldener Tropfen hing, zu einem Anhänger umarbeiten zu lassen, den Gedanken jedoch nie verwirklicht. Also hatte sie den Ohrring in ihrer Schmuckschatulle aufbewahrt und ihn gelegentlich herausgeholt, um ihren Erinnerungen nachzuhängen. Ihr Vater hatte die Ohrringe anfertigen lassen und sie seiner einzigen Tochter zum sechzehnten Geburtstag anlässlich ihres ersten Balls geschenkt. Es waren einzigartige Schmuckstücke, da in den Goldtropfen ihre Initialen in schwungvollen Lettern eingraviert waren.

Evaline verknüpfte Erinnerungen an ihre glückliche Jugend mit dem Schmuck, an den glanzvollen Ball, die vielen Verehrer, die ihr den Hof gemacht hatten. Immer wieder hatte sie mit leiser Wehmut in der Stimme erzählt, wie traurig sie war, das Pendant noch am Abend des Balls verloren zu haben. Der Umstand, dass ihre Eltern im selben Jahr kurz nacheinander gestorben waren, hatte die leidvollen Erinnerungen, die sie mit dem Schmuck verbunden hatte, noch verstärkt.

Graham wischte sich die Stirn, dann rieb er sich den Nacken. »Großmutter wollte, dass ich ihn bekomme.« Sie hatte gesagt, es sei endlich Zeit, dass Evaline aufhöre, der Vergangenheit nachzuhängen, doch das erwähnte Graham nicht. »Ich wollte Geld von ihr und sie gab mir den Ohrring.«

»Aber du hast ihn nicht verkauft.«

»Dazu hatte ich keine Gelegenheit.« Er hätte ihn auch nicht verkauft. *Und Großmutter hat das verdammt noch mal gewusst,* dachte er. »Man muss es Mutter sagen. Ich wundere mich, dass sie ihn noch nicht vermisst hat.«

»Mutter hat ihr Zimmer seit einem Monat kaum verlassen. Wahrscheinlich vermisst sie ihn längst und hat es niemandem gesagt.« Garret sah seinem Bruder in die Augen. »Vermutlich kann sie den Gedanken nicht ertragen, was aus ihrem Sohn geworden ist.«

Graham schüttelte den Kopf. »Mutter zieht sich auf ihr Zimmer zurück, wenn ihr Frühstücksei zu hart gekocht ist. Daran trifft mich keine Schuld.«

»Wie gewöhnlich.« Garret nahm einen Schluck und bemerkte, dass Graham sein Glas nicht anrührte. »Trink aus. Was ist eigentlich los mit dir? Du scheinst nichts mehr zu vertragen.«

»Du bist offenbar an das Zeug gewöhnt.« Graham fand, seine Stimme hatte einen merkwürdig dumpfen Hall, als stünde er in einem Kellergewölbe.

»Geht's dir nicht gut?«, fragte Garret und schob Grahams Glas beiseite. »Ich glaube, du hast genug getrunken.« Er grinste. »Wer hätte gedacht, dass ich dich mal unter den Tisch saufe?«

»Anscheinend haben sie dir an deiner Universität doch etwas Vernünftiges beigebracht.« Grahams Grinsen verrutschte zu einer schiefen Grimasse. Er war froh, den Satz vollständig herausgebracht zu haben. Er kniff ein Auge zu und fixierte den Bruder. Drei Gläser Bourbon schienen ihm nichts anzuhaben.

»Da ... iss ... noch was.« Das Reden fiel Graham zunehmend schwer. Er schaute sich in der Spelunke um, ob sich jemand für ihr Gespräch interessierte. Seit er mit Garret trank, waren ein paar Männer gegangen oder gekommen, aber die Mehrzahl der Gäste war unverändert geblieben. Am Ende der Theke standen zwei stiernackige Kerle, die sich Geschichten erzählten und sich gegenseitig zum Schnaps einluden. An einem Ecktisch hockten drei Kartenspieler, die nur dann die Köpfe hoben, wenn sie eine Bestellung aufgaben. Nur wenige Männer tranken allein. In Gilpins Kneipe kannte jeder jeden, man haute sich gegenseitig auf die Schultern, erzählte sich Witze, schloss Wetten ab und lachte grölend.

Grahams Kopf fuhr ruckartig herum, sein Blick kehrte zu Garret zurück, der ihn scharf musterte. Wartete er darauf, dass er etwas sagte?, überlegte Graham. *Hatte* er etwas gesagt?

»Du meintest, da sei noch etwas?«, half Garret ihm auf die Sprünge.

Graham erinnerte sich. »Richtig.« Das Wort kam undeutlich heraus. »Da ist noch was.« Sein Lallen verstärkte sich. »Ich glaube, ich wurde bei meinem letzten Befreiungsversuch verraten. Ich wurde angeschossen. Beinahe umgebracht. Davon weißt du zufälligerweise nichts, oder?«

»Das klingt ja beinahe wie eine Beschuldigung.«

Graham nickte und in seinem Kopf dröhnte ein dumpfer Schmerz. Er konnte nur verschwommene Umrisse sehen; seine Gliedmaßen wurden schwer. »Ich glaube, so ist es«, brummte er.

»Sag mir lieber, wo du den Ohrring verloren hast, Graham.«

Es kostete Graham Mühe, Garrets Worten zu folgen. »Das kann ich nich genau … weiß nich.«

»Du musst doch eine ungefähre Vorstellung haben.«

»Boston, wahrscheinlich.« Es fiel ihm schwer, den Kopf gerade zu halten. Seine Schultern sackten nach vorn.

Garret fluchte leise, als Grahams Kopf auf die Tischplatte schlug. »Boston«, stieß er hasserfüllt aus. »Das werde ich Mutter sagen, dass du ihren Ohrring an die Yankees verschachert hast.« Er packte Grahams dichten Haarschopf, hob seinen Kopf und schaute ihm in die glasigen Augen. Dann ließ er los und Grahams Stirn schlug hart auf die Tischplatte. Garret hob die Hand und winkte den Spielern in der Ecke zu. Die drei warfen wortlos die Karten hin und traten an seinen Tisch.

»Schafft ihn raus«, befahl Garret leise. Niemand außer den drei Männern, die auf das Zeichen gewartet hatten, achtete auf die Szene. Graham Denison war bei Gott nicht der erste Kerl, der sturzbesoffen aus der Kneipe geschafft wurde. Ein paar Stammgäste fragten sich, ob Graham bereits bewusstlos gewesen war, ehe sein Bruder ihm den Schädel auf den Tisch gehauen hatte. Wenn sie die Garantie gehabt hätten, Graham wieder zu sehen, hätten sie sogar Wetten darauf abgeschlossen.

Garret gab den Männern ein Zeichen, sich in Bewegung zu setzen. »Den Rest regeln wir draußen. Ich brauche euer Wort, dass er nicht nach Charleston zurückkommt.« Er blickte jedem Einzelnen scharf in die Augen. »Nie wieder.«

Er wachte mit einem Ruck auf. Im Sitzen verstärkten sich seine Schmerzen ins Unerträgliche. Er legte sich wieder hin und schloss ein Auge; um das andere hatte sich längst ein anderer gekümmert. Er tastete vorsichtig die Schwellung ab. Die leichte Berührung seiner Finger ließ ihn aufstöhnen.

Er ließ die Hand sinken und bewegte die Finger. Mühelos. Keine Verstauchung, kein Knöchel angeknackst. Hatte er keine Schlägerei angefangen? Mit wem hätte er sich prügeln sollen? Er erinnerte sich nicht an Gesichter oder Namen.

Die Untersuchung einzelner Körperteile ergab eine ziemlich lange Liste von Verletzungen. Neben dem zugeschwollenen rechten Auge hatte er eine dicke Beule auf der Stirn, unter der vermutlich gebrochenen Nase klebte vertrocknetes Blut, die Unterlippe war aufgeplatzt und in seinen Ohren war ein merkwürdiges Sausen. Dabei war dies erst der Kopf. Danach entdeckte er zwei gequetschte oder angebrochene Rippen, ein ausgekugeltes Schultergelenk und geschwollene Hoden.

Wer immer ihn in die Mangel genommen hatte, hatte ganze Arbeit geleistet. Er wusste nur nicht, aus welchem Grund.

Als Nächstes untersuchte er seine Beine. Sie waren voller Blutergüsse, aber nicht gebrochen. Am linken Oberschenkel hatte er Tritte abbekommen, vermutlich schlecht gezielte Schläge in den Unterleib. Abgesehen davon glaubte er, ohne Hilfe gehen zu können. Wohin, wusste er freilich nicht.

Im Augenblick interessierte er sich auch mehr dafür, wo er war. Über seinem Kopf waren Stimmen, Schritte. Er lag auf Holzplanken. Hängematten schwankten hin und her, als bewegten sie sich im Wind. Aber es gab keinen Wind. Die Luft war stickig und heiß. Die Hängematten bewegten sich trotzdem.

Es war verständlich, dass er nicht gleich bemerkt hatte, dass der Raum sich bewegte. Zumindest hatte er den Grund verwechselt. Anfangs hatte er gedacht, das Schwanken habe etwas mit seiner Gleichgewichtsstörung und dem Ohrensausen zu tun. Er beobachtete die hin und her schwingenden Hängematten und bemerkte den gleichbleibenden Rhythmus der Bewegungen. Der Raum drehte sich nicht, er schwankte nur leicht.

Er befand sich an Bord eines Schiffes. Er wusste nicht, wo.

Nachdem er seine Körperteile abgetastet und seine unmittelbare Umgebung wahrgenommen hatte, machte er sich daran, die Umstände seiner Lage zu erforschen.

Und dann stellte er fest, dass er seinen Namen nicht wusste.

KAPITEL 1

Boston, Mai 1850

»Er fühlt sich kalt an.« Berkeley Shaws Finger öffneten sich bebend. Ihr war, als zittere sie, doch außer der zwanghaften Bewegung ihrer Finger blieb sie reglos. »Ich weiß nicht, wie ich Ihnen helfen kann.« Um sich klarer verständlich zu machen, fügte sie leise hinzu: »Keinem von Ihnen.« Sie stand im Mittelpunkt der Aufmerksamkeit, spürte die fünf Augenpaare auf ihrem gesenkten Kopf. Mit einiger Mühe hob sie das Kinn, ließ den Blick über die Versammlung schweifen und heftete ihn auf das einzig vertraute Gesicht. Sie sagte nichts, nur ihre Augen flehten.

Anderson Shaw legte mitfühlend seine Hand unter die flache Hand seiner Frau, ehe er den Gegenstand aus ihrer Handfläche nahm.

Als Erstes fiel ihm auf, dass er keineswegs kalt war. Mit einer hochgezogenen Braue warf er Berkeley einen Seitenblick zu. Einen winzigen Augenblick wurde seine Besorgnis von Tadel verdrängt. Seine Enttäuschung über die Erfolglosigkeit ihrer Bemühungen blieb von den anderen unbemerkt, nur Berkeley spürte seinen Tadel wie einen körperlichen Schlag. Ehe er den Gedanken zu Ende geführt hatte, sah er ihr leichtes Schwanken. Das gab ihm Genugtuung.

Anderson betrachtete den Ohrring in seiner Hand genauer. Er war so kostbar, wie er ihm geschildert worden war. Von einer schimmernden, mit einer goldenen Krone gefassten Perle hing ein großer Tropfen aus Gold, in den die Initialen E.R. eingraviert waren. Er wusste, dass er ein Vermögen in der Hand hielt, aber er wusste nicht, dass der Schmuck unbezahlbar war.

»E.R.?«, fragte er, während er den Schmuck seinem Besitzer aushändigte.

Decker Thornes Finger schlossen sich um den Ohrring. Er steckte ihn in seine Westentasche, ohne einen Blick darauf zu werfen. Dann fuhr er sich mit der Hand durch das dichte dunkle Haar, sein Blick löste sich zögernd von Berkeley Shaw und wanderte zu ihrem Gatten. »Elizabeth Regina«, erklärte er.

Anderson pfiff anerkennend durch die Zähne. »Dann wäre der Schmuck ...« Er legte eine Pause ein, erforschte sein Gedächtnis, in welchem Jahrhundert Königin Elizabeth in England geherrscht hatte. »Wie? Zweihundert ... dreihundert Jahre alt?«

»Etwa dreihundert«, bestätigte Decker. Seine wachsamen blauen Augen hefteten sich auf Mrs. Shaw. Berkeley blieb stumm und Decker hatte nichts anderes erwartet. Er warf seiner Frau einen bedeutungsvollen Blick zu, mit dem er ihr zu verstehen gab: *Genau das habe ich dir gesagt.*

Es lag nicht in Jonna Remington Thornes Natur, sich so schnell geschlagen zu geben, schon gar nicht, wenn ihr Gemahl sie seine Überheblichkeit spüren ließ. Decker hatte dem Experiment mit dem Ehepaar Shaw mehr als nur Skepsis entgegengebracht und Jonnas Vorschlag von Anfang an mit Spott bedacht. Sie war die Einzige, die Hoffnungen an dieses Experiment knüpfte.

Nein, verbesserte Jonna sich in Gedanken, das war nicht ganz richtig. Ihr Blick flog zu ihrer Schwägerin. Mercedes Thorne hatte die Hand auf den Unterarm ihres Mannes gelegt, um Trost bei ihm zu suchen. Jonna wusste, dass auch Mercedes diesem Treffen mit Hoffnung entgegengesehen hatte, während Colin sich, genau wie Decker, dagegen gesträubt hatte. Vielleicht war es tatsächlich Zeit aufzugeben.

Die Schwierigkeit war nur, dass Jonna nicht daran gewöhnt war, Niederlagen einzustecken. Seit ihrem fünfzehnten Lebensjahr leitete sie das Remington Schifffahrtsunternehmen. Jetzt war sie dreißig. Die zweite Hälfte ihres bisherigen Lebens hatte sie der Leitung eines Handelsimperiums gewidmet; in der ersten Hälfte war sie auf diese Aufgabe vorbereitet worden. Es war nicht übertrieben, zu sagen, dass sie ohne Colin und Decker Thorne nichts von alledem erreicht hätte. Colin hatte ihr das Leben gerettet, als sie noch ein Säugling gewesen war. Jahre später hatte sein Bruder Decker ihr Herz gerettet.

»Vielleicht sollten Sie es noch einmal versuchen, Mrs. Shaw«, sagte Jonna. »Nehmen Sie ihn noch einmal in die Hand.«

Berkeley schüttelte den Kopf. Sie wünschte sich weit weg. Ihre Umgebung schüchterte sie ein, und der Druck, das Richtige zu tun und zu sagen, lähmte sie vollends.

Dabei war niemand unfreundlich zu ihr. Im Gegenteil. Jonna Thorne hatte sie herzlich in ihrem großen Haus auf Beacon Hill begrüßt, sie und Anderson in den prächtigen Salon geführt und sie freundlich allen anderen vorgestellt. Dennoch hatte Berkeley alles irgendwie verschwommen wahrgenommen. Sie erinnerte sich an die knappe Verneigung des Ehemanns von Mrs. Thorne, der von diesem Treffen wenig beeindruckt zu sein schien. Seine amüsierte Miene war entwaffnend und verwirrend zugleich. Als er ihr die Hand reichte, las Berkeley in seinen Augen. Sie kannte diesen Blick. Er hatte sich bereits ein Urteil über sie gebildet.

Dennoch war Decker Thorne eine Spur weniger einschüchternd als sein Bruder. Nie hätte Berkeley Shaw sich träumen lassen, einem Grafen die Hand zu schütteln. Jonna hatte ihren Schwager als Lord Fielding, Graf von Rosefield, vorgestellt, und Berkeley war das

Schmunzeln der Hausherrin nicht entgangen, als amüsiere sie sich über den Adelstitel. Berkeley war keineswegs amüsiert. Sie versank in einen tiefen, wenn auch etwas linkischen Knicks und murmelte einen ehrerbietigen Gruß. Anderson würde sie später wegen ihrer Unbeholfenheit tadeln. Hatten sie die gesellschaftlichen Umgangsformen für eine solche Gelegenheit nicht oft genug geprobt? Doch das war jetzt unwichtig. Berkeley war nicht auf die undurchdringlichen schwarzen Augen gefasst, die sie maßen. Seine Lordschaft verzog die Mundwinkel zum Anflug eines Lächelns. Colin Thorne brachte Berkeley die nämliche Skepsis entgegen wie sein Bruder.

Die Gräfin von Rosefield mit ihren ernsthaften grauen Augen und ihrem würdevollen Lächeln wirkte wesentlich freundlicher und warmherziger als ihr Gemahl. Doch nach ihm hätte auch ein Eisberg mehr Wärme ausgestrahlt, dachte Berkeley. Sie spürte die Hoffnung im Blick der Gräfin, während das Urteil ihres Gemahls bereits feststand.

Mercedes schloss sich Jonnas Bitte an. »Ja, Mrs. Shaw. Wollen Sie den Ohrring nicht noch einmal in die Hand nehmen? Ich hörte, dass sich der Erfolg zuweilen nicht sofort einstellt.«

»Wo hast du das gehört?«, fragte Colin und fügte spöttisch hinzu: »Von Zigeunern?«

Jede andere Frau wäre über Colins Tonfall erzürnt gewesen, mit dem er deutlich zum Ausdruck brachte, wie lächerlich er die Szene fand. Mercedes aber blickte ihrem Gatten gelassen in die Augen. »Ja, genau von ihnen habe ich es gehört. Auf dem Jahrmarkt von Weybourne suchte ich eine Wahrsagerin auf.«

»Warst du hoffentlich so vernünftig, die Kinder nicht mit in ein Zigeunerzelt zu nehmen?«

»Denkst du, ich hätte sie draußen warten lassen, damit sie auf die Idee kommen, allein loszuziehen? Niemals. Die Mädchen sind alt genug, um keine Angst zu haben, und Nicholas war völlig hingerissen.«

Colin verdrehte die dunklen Augen. »Gütiger Himmel«, murmelte er. »Wieso erfahre ich erst jetzt davon?«

»Weil ich genau diese Reaktion von dir erwartet habe«, entgegnete sie spitz. »Es gefällt mir nicht, dass du mich für töricht hältst. Und da die Kinder nie etwas erwähnt haben, haben sie offensichtlich keinen Schaden von der Begegnung genommen. Ich habe ihnen nicht verboten, darüber zu sprechen. Auf dem Jahrmarkt stürmten etliche neue Eindrücke auf die Kinder ein, von denen sie dir später stundenlang vorgeschwärmt haben, wenn ich mich recht entsinne.«

Colin erinnerte sich lebhaft an die Begeisterung der Kinder. Dennoch erschien es ihm eigenartig, dass weder Elizabeth noch Emma die Wahrsagerin erwähnt hatten. Vielleicht hatten die Mädchen genau wie ihre Mutter geahnt, was er von dieser Eskapade hielt. Mit Nicholas würde er jedenfalls darüber reden. In Zukunft würde er einen Verbündeten in seinem fünfjährigen Sohn haben, wenn es um Zigeuner und Wahrsagerei ging.

Mercedes, die nicht wusste, ob sie ihren Gatten beschwichtigt hatte, fuhr fort. »Es war völlig harmlos, Colin. Die Gelegenheit ergab sich, nachdem Jonna uns von den Shaws geschrieben hatte. Also sagte ich mir: Was kann es schaden? Und fragte die Zigeunerin, ob so etwas möglich sei. Und sie versicherte mir, jemand, der übersinnliche Kräfte besitze, könne durch das Berühren eines Gegenstandes etwas über dessen Geschichte erfahren. Das ist allgemein bekannt.«

»Allgemein bekannt?«, warf Colin ein. »Natürlich behauptet eine Zigeunerin etwas dergleichen. Lieber wäre ihr gewesen, die Ohrringe selbst in der Hand zu halten. Gottlob waren beide bei Decker in sicherer Verwahrung. Sonst würde jetzt einer fehlen und eine herumziehende Zigeunerbande hätte sich daran bereichert.«

Mercedes brauchte zwar keine Unterstützung, dennoch fühlte Jonna sich gedrängt, ihr zu Hilfe zu kommen. »Sei nicht so streng, Colin. Mercedes hätte den Ohrring keinem Fremden ausgehändigt. Im Übrigen besaß die Zigeunerin vermutlich keine übersinnlichen Kräfte. Sie war eine Wahrsagerin. Das war ihr Talent.«

»Jonna«, meldete Decker sich zu Wort. »Du glaubst doch wohl nicht an Wahrsagerei.«

»Nein. Aber möglicherweise glaubt Mercedes daran. Und ich finde es ungerecht, ihr Vorhaltungen zu machen, weil sie Erkundigungen eingezogen hat, um ihrem Mann *und* dir zu helfen.«

Decker bezähmte seine Ungeduld und wandte sich an Colin. »Wenn jemand ein Vorwurf zu machen wäre, dann Jonna. Dieser Unsinn war schließlich ihre Idee. Ich habe bislang dazu geschwiegen, da wir durch dieses Treffen in den Genuss eures Besuches kommen. Dennoch hätten wir uns diese peinliche Farce ersparen können.«

Anderson Shaw hatte genug gehört. Er spürte, dass Jonna und Mercedes sich gekränkt fühlten, doch ihre Empfindungen kümmerten ihn nicht. Berkeley brauchte seinen Schutz. Sie schien nicht weiter auf den Wortwechsel der Familie zu achten, er aber wusste, dass sie jedes Wort in sich aufnahm. Der entrückte Ausdruck ihrer großen grünen Augen verlieh ihr etwas Weltfremdes, doch ihre Aufmerksamkeit war völlig in der Gegenwart. Sie senkte den Kopf; helle, zarte Locken streiften ihre bleichen Wangen. Ihr schmaler, biegsamer Nacken wurde entblößt. Anderson trat einen Schritt näher an seine Frau und legte ihr die Hand auf die Schulter.

Berkeley hob erschrocken den Kopf und blickte in

Colin Thornes dunkle, undurchdringliche Augen. Sie durfte nicht zittern. Er würde denken, sie habe Angst vor ihm. Der Mann, dessen Hand auf ihrer Schulter lag, jagte ihr weit mehr Angst ein als der ehrenwerte Graf von Rosefield.

Mit neununddreißig war Anderson Shaw ein Jahr älter als Colin Thorne und fünf Jahre älter als Decker. Doch das zählte nicht. Diese Herren waren daran gewöhnt, Befehle zu erteilen. Ihnen brachte man Respekt nicht aus Höflichkeit entgegen, sondern weil sie ihn verdienten. Anderson wusste, dass sie keine Veranlassung sahen, ihm Respekt zu erweisen. Und dennoch. Obwohl die Damen ihm mehr Sympathien zeigten, achtete er darauf, während seiner Rede den Brüdern in die Augen zu sehen.

»Ich nehme nicht an, dass Sie meine Frau absichtlich beleidigen wollen.« Er sprach mit deutlicher, wohl modulierter Stimme, ohne jeden Akzent, einer Stimme, die nicht verriet, aus welcher Gegend er stammte. Er sprach ruhig, distinguiert und würdevoll. »Selbst weniger vornehme Herren würden uns nicht in ihr Haus einladen, um geringschätzige Bemerkungen über Mrs. Shaws Gabe zu machen. Sie hat sich nicht um diese Einladung bemüht. Es war Mrs. Thorne, die uns ausfindig machte. Und ich vermochte meine Frau nur mit Mühe davon zu überzeugen, der Einladung zu folgen. Solche Sitzungen sind sehr anstrengend für sie und keinesfalls angenehm. Es liegt Mrs. Shaw fern, leere Versprechungen zu machen, um Ihnen Geld aus der Tasche zu ziehen. Sie hat Ihnen deutlich zu verstehen gegeben, dass sie nicht helfen kann. Ich bin sicher, die Frau Gräfin hat Ihre Zigeunerin bezahlt und keinen besseren Rat erhalten. Wir aber sind auf eigene Kosten aus Baltimore angereist und haben nichts dafür verlangt.«

Anderson Shaw war ein hoch gewachsener Mann.

Nun, da er sich zu seiner vollen Größe aufrichtete, musste er allerdings das Kinn heben, um Colin und Decker Thorne in die Augen zu blicken. Seine linke Hand ruhte immer noch auf der Schulter seiner Frau, und als er ihr einen Blick zuwarf, waren Wärme und Bewunderung in seinen Augen zu lesen. Ohne mit ihr zu sprechen, gab er ihr mit diesem Blick Rückhalt und Ermutigung.

Niemand bemerkte den Daumen, der sich schmerzhaft in ihr Rückgrat bohrte.

Und niemand brauchte übernatürliche Kräfte, um die tiefe Verlegenheit der beiden Frauen zu sehen, die nicht die Absicht hatten, unhöflich zu sein, was von ihren Ehemännern freilich nicht behauptet werden konnte. Eine Entschuldigung war angebracht. Noch aber war nicht klar, welcher der Herren sich dazu entschließen konnte.

Decker, dessen Lächeln sich unter Jonnas scharfem Blick vertiefte, raffte sich als Erster dazu auf. »Es tut mir Leid, Sie gekränkt zu haben, Mrs. Shaw. Der Tadel galt meiner Frau. Dabei war wohl nicht zu vermeiden, das in Zweifel zu ziehen, was Mrs. Thorne als Ihre seherische Gabe betrachtet.« Er wandte sich an Colin und forderte ihn stumm auf, sich seiner Entschuldigung anzuschließen.

Lord Fielding unterließ es, den Worten seines Bruders etwas hinzuzufügen. »Ich schließe mich an«, meinte er trocken.

Es war nicht weniger der Daumen – der sich immer noch in ihre Wirbelsäule bohrte –, der Berkeley veranlasste, sich zu Wort zu melden, als die Tatsache, dass Mercedes den Eindruck machte, als wolle sie ihrem Ehemann vor allen Anwesenden eine Ohrfeige geben. »Ich könnte vielleicht einen zweiten Versuch machen«, sagte Berkeley leise. »Ich glaube, ich begreife erst jetzt, wie viel Ihnen allen daran liegt.«

Wieso sagt sie das?, fragte sich Colin. Diese junge Frau mit ihrem entrückten Charme, ihrer feenhaften Schönheit, ihrem leeren Blick konnte nicht wissen, was ihnen der Ohrring bedeutete. Aber Colin musste gestehen, dass weder er noch Decker je so schlechte Manieren an den Tag gelegt hatten. Es war wegen der inneren Anspannung aller, der gemeinsam empfundenen Verzweiflung. War es das, was Berkeley Shaw spürte? Die Ehefrauen fürchteten, dass Decker und Colin die Hoffnung aufgegeben hatten. Oder spürte diese Frau, dass die Brüder sich vor einem zweiten Versuch fürchteten?

Berkeley Shaw streckte die offene Hand aus und zog sie nicht zurück, als Decker zögerte. Sie wartete geduldig, als sei sie bereit, stundenlang in dieser Pose zu verharren. Decker warf Colin einen Blick zu, und bemerkte sein unmerkliches Nicken, das den anderen entging. Er holte den Ohrring aus der Westentasche und legte ihn in Berkeleys Handfläche.

Sie reagierte sogleich. Ihre Finger, im Begriff, sich um den Ohrring zu schließen, öffneten sich wieder. »Nicht diesen«, sagte sie und blickte zwischen Decker und Colin hin und her. »Diesen Ohrring gaben Sie mir, um mich zu prüfen, ob ich den Unterschied zwischen dem echten und der Kopie erkenne. Ich sagte bereits, dieser ist kalt. Er sagt nichts über Ihren vermissten Bruder.«

Deckers amüsierte Miene schwand und machte einer deutlichen Verwirrung Platz. Dieser höchst seltene Augenblick, in dem Decker die Maske heiterer Gelassenheit fallen ließ – mochte er noch so flüchtig sein –, reichte Jonna als Beweis, dass Berkeley Shaw die Wahrheit sprach. Jonnas Enttäuschung stand ihr deutlich im Gesicht geschrieben. »Ach, Decker«, seufzte sie. »Du hast es getan?«

»Eigentlich nicht«, antwortete er.

»Aber …«

Colin ließ Jonna nicht zu Wort kommen. »Ich ließ vor unserer Abreise in England eine Kopie anfertigen und habe Decker davon erzählt. Niemand sonst wusste davon.« Er verschwieg, ob Decker die Kopie in heimlicher Absprache überreicht hatte, richtete seine Aufmerksamkeit wieder auf Berkeley und seine dunklen Augen verengten sich. »Niemand konnte davon wissen«, meinte er gedehnt. Und diesmal schwang eine Spur Hoffnung in seiner Stimme.

Der Goldtropfen in Berkeleys Hand glitzerte in der Sonne. Jonna beugte sich vor. »Darf ich?«

»Aber gern, ich kann nichts damit anfangen.« Berkeley ließ den Ohrring in Jonnas Hand gleiten.

»Außergewöhnlich«, flüsterte Jonna staunend. Um so mehr, als Colin die Kopie aus dem Gedächtnis anfertigen ließ, da beide Ohrringe sich in Deckers Besitz befanden. »Ich kann den Unterschied nicht erkennen. Siehst du ihn?« Sie reichte den Schmuck an Mercedes weiter, die ihn ebenso aufmerksam betrachtete.

Mercedes sah zu ihrem Gatten auf. »Nun, Colin? Woher weißt du, dass dies die Kopie ist und du sie nicht mit einem der Originale verwechselt hast?«

Als Colin nicht gleich antwortete, meldete Berkeley Shaw sich zu Wort. »Ich glaube, Ihr Gatte schweigt aus gutem Grund. Er will verhindern, dass ich erfahre, wie er die Stücke auseinander hält. Vielleicht planen er und Captain Thorne einen weiteren Test.«

»Das hoffe ich nicht«, erwiderte Mercedes spitz. »Sie haben diesen Test bestanden und das dürfte alle überzeugen. Habe ich Recht, Colin?«

Der Graf von Rosefield lächelte innerlich über den Versuch seiner Gemahlin, ihn zu einer Zustimmung zu nötigen. »Wir werden sehen.«

Damit war Mercedes zwar nicht zufrieden, scheute sich jedoch, Colin im Beisein anderer zu drängen. Allerdings gab sie die Fälschung nicht an ihren Schwager zurück, um einen weiteren Tausch zu verhindern. »Decker? Hast du die Originale für Mrs. Shaw?«

Deckers stille Heiterkeit kehrte zurück, als Mercedes sich weigerte, ihm die Kopie auszuhändigen. »Vielleicht kann Mrs. Shaw hierüber Auskunft geben.« Decker nahm eine schwarze Lackschatulle vom Kaminsims und spürte Jonnas neugierigen Blick. Das Kästchen enthielt gewöhnlich Zigarren für Gäste nach dem Dinner. Erst als er den Deckel hob, sah man, dass die Schatulle die beiden kostbaren Ohrringe aus dem Familienerbe enthielt, auf schwarzen Samt gebettet.

Decker zeigte das offene Kästchen der Runde, ehe er es Colin reichte. Der Graf von Rosefield betrachtete die beiden Ohrgehänge und wählte eines aus. »Es würde mich interessieren, ob Ihnen dieser Ohrring etwas über meinen Bruder sagt.« Colin legte den Schmuck in Berkeleys Hand, schloss ihre Finger darum, ohne sie loszulassen.

Von ihrer geschlossenen Hand stieg eine unerklärliche Hitze auf. Colin wollte sie schon loszulassen, als er bemerkte, dass Berkeley leicht ins Schwanken geraten war und seine Stütze brauchte. Er festigte seinen Griff.

Anderson Shaws Hand glitt von ihrer Schulter zum Ellbogen. »Ich weiß, was meine Frau braucht«, meinte er steif. »Sie können loslassen.«

Colin wusste nicht, wieso er zögerte, seine Hand wegzunehmen, zumal er die Hitze, die Berkeleys Haut entströmte, keineswegs als angenehm empfand. Vermutlich war sein Zögern damit zu erklären, dass sie mit dem Ohrring alles, was er ihm bedeutete, in der Hand hielt: seine Verbindung zur Vergangenheit, zur Geschichte seiner Familie, zur Existenz seines Bruders. Berkeley Shaw war eine Fremde und konnte nicht ahnen, welche Bedeutung dieser Ohrring für Colin und Decker Thorne hatte.

Anderson Shaw ließ nicht locker. Als Berkeley sich

gegen ihn lehnte, nutzte er die Gelegenheit, um dem Grafen ihre Hand zu entziehen.

»Will sie sich nicht setzen?«, fragte Mercedes. »Bitte, Colin, bringe einen Stuhl für Mrs. Shaw.«

»Nein«, lehnte Anderson ab. »Nein, bemühen Sie sich nicht. Sie erholt sich gleich wieder.« Noch während er die Worte sprach, spürte er, wie Berkeley wieder Halt fand. Sie blinzelte, ihre langen Wimpern flatterten. Dann wurde ihr Blick ruhig und gefasst. Trotz der Hitze, die ihrem Körper entströmte, waren ihre Lippen blutleer und ihr Antlitz bleich.

»Ich fühle mich wohl«, sagte sie mit schwacher Stimme und Anderson ließ sie los. »Danke.« Mrs. Shaw lächelte dünn. »Ich glaube, ich würde mich vielleicht doch gern setzen.«

Man beeilte sich, ihr einen Stuhl zu holen; die plötzliche Hektik wirkte beinahe lächerlich. Berkeley nahm auf dem Stuhl Platz, den Anderson ihr zurechtrückte. Sobald sie saß, ließen Mercedes und Jonna sich auf das cremefarbene Brokatsofa sinken. Colin, der die schwarze Lackschatulle noch in der Hand hielt, setzte sich halb auf die Armlehne des Sofas neben seine Frau. Decker lehnte in lässiger Haltung an der grün geäderten Marmoreinfassung des Kamins.

Nur Anderson Shaw blieb stehen, seitlich hinter Berkeleys Stuhl, die Hände auf den polierten Kirschholzrahmen gelegt. »Nur zu, meine Liebe«, drängte er sie sanft. »Du hast etwas erfahren, habe ich Recht? Erzähle Seiner Lordschaft, was der Ohrring dir sagt.«

Berkeley drehte sich um, schien in den warmen, braunen Augen ihres Gemahls Rückhalt zu suchen. Ihre Augen, die in dem schmalen, herzförmigen Gesicht riesig wirkten, schienen zu flehen. Muss ich?, fragte sie stumm. Anderson nickte. Ja, du musst.

Berkeley öffnete die Finger und starrte auf den Ohrring, der sich in nichts von dem Exemplar unterschied, das sie vorhin in der Hand gehalten hatte. Er fühlte sich nur anders an. »Es gibt viele Empfindungen«, flüsterte sie kaum hörbar. »So viel Leid. Ich kann nicht …« Sie drehte den Ohrring behutsam mit den Fingern der anderen Hand. »Ja, das ist besser. Es ist schwer, zu unterscheiden …« Sie hob den Blick und sah Colin an, dessen undurchdringliche Augen sie nun nicht mehr einschüchterten. »Ich kann nicht mit Gewissheit sagen, ob Sie diesen Ohrring in Händen gehalten haben, aber ich spüre Ihre Gegenwart sehr stark darin. Sie müssen sehr jung gewesen sein, als Sie ihn übergeben haben.« Sie dachte über ihre eigene Wortwahl nach. »Ja, übergeben. Das klingt richtig. Sie haben ihn freiwillig weggegeben, denke ich, aber Sie haben damit etwas von sich selbst weggegeben. Es sollte eine Verbindung sein, über die Sie seinen Besitzer in späteren Jahren erkennen würden.«

Berkeley hörte, wie Mercedes Thorne hörbar Atem holte. Sie schloss die Augen und sammelte sich. »Das Alter des Schmuckstücks macht es schwer zu erkennen, was vor langer Zeit und was in jüngerer Vergangenheit geschah. Möglicherweise verwechsle ich die Zeiten.« Sie sah Colin wieder an. »Ihr Bruder ist am Leben. Der Schmuck war lange Zeit in seinem Besitz, denke ich. Er brachte ihm Glück, jedenfalls schrieb er sein Glück dem Ohrring zu. Vielleicht sah er darin einen Talisman. Ich zweifle, dass der Schmuck längere Zeit nicht in seinem Besitz war. Er muss das Gefühl haben, etwas sei ihm entrissen worden.« Sie zögerte, schüttelte den Kopf. »Nein, das stimmt nicht ganz. Es ist, als könne er nicht richtig durchatmen.«

Jonna warf ihrem Ehemann einen verwunderten Blick zu, den er nicht erwiderte, da seine ungeteilte Aufmerksamkeit jetzt auf Berkeley Shaw gerichtet war.

Am Rande ihres Gesichtsfeldes nahm Berkeley den

Blick der Gastgeberin wahr, auch die Verblüffung in ihren violettfarbenen Augen blieb ihr nicht verborgen. »Ich glaube, Ihr Bruder ist ein umsichtiger Mann«, fuhr sie fort. »Zumindest achtete er sehr auf diesen Schmuck, aber da ist noch etwas anderes in seinem Wesen. Es ist schwer, das zu beschreiben. Etwas Verwegenes, denke ich. Eine gewisse Sorglosigkeit, die er als Schutzschild benutzt, um tiefe Gefühle zu verbergen.« Der Anflug eines unsicheren Lächelns huschte über ihre bleichen Lippen. »Ich weiß nicht, ob das einen Sinn ergibt ...« Sie zuckte die Schultern. »Es ist nur so ein *Gefühl*.«

»Es ergibt einen Sinn«, sagte Jonna trocken, deren Blick nun auf Colin ruhte. »Bitte sagen Sie uns, was Sie noch empfinden.«

»Ich fürchte, es verwirrt mich«, meinte Berkeley. »Vielleicht weiß jemand von Ihnen, was es zu bedeuten hat. Mir ist, als sei dieser Ohrring früher einmal ein Teil einer größeren Schmuckkollektion gewesen. Ich meine damit nicht die Kronjuwelen. Nein, so weit liegt das nicht zurück. Die anderen Stücke der Kollektion wechselten. Ja, das spüre ich genau. Nur dieses Schmuckstück blieb.« Sie furchte die Stirn, als ihr eine Erklärung in den Sinn kam, und ihre zart geschwungenen Brauen zogen sich zusammen. Sie nagte auf ihrer Unterlippe, während sie überlegte, wie sie ihre Gedanken in Worte fassen sollte.

Anderson berührte sanft die Schulter seiner Frau. »Es ist nicht gut, wenn du etwas zurückhältst, Liebste. Sag, was dir durch den Kopf geht. Niemand verlangt von dir, nur angenehme Dinge auszusprechen.«

Berkeley nickte. Anderson hatte natürlich Recht, und wenn sie nicht irrte, so schien der Graf von Rosefield, obgleich er stumm und teilnahmslos wirkte, sie zwingen zu wollen, ihre Empfindungen auszusprechen. »Eure Lordschaft, ich fürchte, Ihr Bruder könnte ein

Dieb gewesen sein.« Berkeley zuckte erschrocken zusammen, als die Gastgeberin aufsprang.

Jonna trat an ihren Gatten heran, der nun nicht mehr lässig am Kamin lehnte. »Du hast gewusst, dass Colin ihr *deinen* Ohrring gegeben hat.«

Decker leugnete nicht. »Wir wollten uns vergewissern, Jonna.«

»Nun, hoffentlich habt ihr jetzt Gewissheit«, entgegnete sie mit blitzenden Augen. Dann holte sie tief und langsam Atem. »Ich weiß, dass ihr zweifelt. Denkt ihr, ich hatte keine Zweifel? Ich habe mich eingehend über die Erfolge der Shaws informiert, ehe ich Mercedes davon benachrichtigte. Und ich habe über Freunde und Bekannte Erkundigungen eingezogen, ehe ich die Shaws nach Boston einlud. Diese Zusammenkunft ist nicht aus einer Laune heraus geboren, Decker. Ich hatte gehofft, du und Colin würdet mir mehr Vertrauen entgegenbringen.«

»Ich habe großes Vertrauen in dich.« Deckers Blick glitt suchend über ihr Gesicht, ehe er sich an ihre Augen heftete. »Colin und ich wissen, dass du alles, was in deiner Macht steht, daran gesetzt hast, und ich habe keine Sekunde gezweifelt, dass deine Nachforschungen sorgfältig waren. Dennoch wollten wir uns davon überzeugen, dass wir keinem Schwindel zum Opfer fallen.«

Jonna schwieg, dann nickte sie. »Ja, es ist dein gutes Recht.« Sie legte ihm die Hand auf den Arm, in einer Geste der Aufmunterung und des Rückhalts. Dann wandte sie sich an Colin und wies auf die Schatulle. »Darf ich?«

Colin hielt sie ihr hin. Seine Hand zitterte leicht.

Jonna entging die Betroffenheit im Blick ihres Schwagers nicht. Die Tatsache, dass er eine Gefühlsregung im Beisein von Fremden erkennen ließ, gab beredt darüber Auskunft, wie tief Berkeleys Offenbarungen ihn getroffen hatten. Jonna nahm die Schatulle entgegen und forderte Colin mit einem Blick auf, sich neben Mercedes aufs Sofa zu setzen. Colin folgte ihrer stummen Einladung.

Jonna trat vor Berkeley hin, hob den Deckel der Lackschatulle, in der das Pendant des Ohrrings lag, den Colin Mrs. Shaw gegeben hatte. Jonna nahm ihn heraus und behielt ihn in der Hand, bis Berkeley den anderen auf das schwarze Samtkissen gelegt hatte. »Keine Tricks mehr, Mrs. Shaw. Dies ist der Ohrring, den Graham Denison vor fünf Jahren bei uns gelassen hat. Der andere, der Ihnen solches Unbehagen verursacht hat, gehört meinem Gatten. Alles, was Sie gespürt haben, entspricht der Wahrheit. Ich habe keinen Verdacht geschöpft, dass wieder ein Trick im Spiel war, da Colin Ihnen den Ohrring gab. Gewöhnlich muss man sich vor Deckers geschickten Händen in Acht nehmen. Captain Thorne war nicht bloß ein Dieb, er war ein äußerst talentierter Dieb.«

Berkeley Shaw hatte nicht erwartet, dass Jonna Thorne die kriminelle Vergangenheit ihres Ehemanns gestehen würde, gewiss nicht in dieser seltsamen Mischung aus Zorn und Stolz. »Deshalb bringt der Captain uns Argwohn entgegen«, sagte Berkeley. »Er weiß besser als jeder von Ihnen, wie wichtig es ist, das Vertrauen seiner Opfer zu gewinnen. Aus seiner Sicht mag es aussehen, als liege das in unserer Absicht.«

Jonna war verdutzt. »Wie meinen Sie das?«

»Mrs. Thorne«, erklärte Berkeley geduldig. »In einem Fall wie diesem werden mein Mann und ich nicht als Erstes zu Rate gezogen. Sie haben auf Ihrer Suche nach Graham Denison gewiss keine Mühe, Zeit und Kosten gespart, ohne eine Spur von ihm zu finden. Nicht nur das, mir ist weiterhin klar, dass niemand von Ihnen mit Sicherheit weiß, ob Mr. Denison tatsächlich der verlorene Bruder ist. Er war lediglich der Letzte, in dessen Besitz der Ohrring sich befand. Ist es nicht so?«

»Ja, so ist es«, sagte Jonna.

»Das ist der Beweis, dass Sie alle Wege beschritten haben, um Mr. Denison zu finden und eigentlich keine Hoffnung mehr haben. Dies, Mrs. Thorne, macht Sie wachsam und misstrauisch. Ich fühle mich nicht sonderlich gekränkt, dass man mich auf die Probe gestellt hat. Ehrlich gestanden hätte ich mich gewundert, wenn meine Fähigkeiten nicht überprüft worden wären. Meine seherische Gabe ist eine große Seltenheit und übersteigt das Fassungsvermögen der meisten Menschen.«

Anderson tätschelte Berkeleys Schulter. Sie redete selten so freimütig, lang und eindringlich, worüber er sich wunderte. Jede Abweichung vom geplanten und eingehend besprochenen Verlauf einer Sitzung beunruhigte ihn. »Vielleicht solltest du den Ohrring jetzt in die Hand nehmen«, drängte er sie behutsam. »Die Herrschaften warten ungeduldig darauf, was du zu sagen hast.«

Berkeley nahm den Ohrring aus Jonnas Hand. Sie wusste nicht, was sie erwarten würde, noch weniger wusste sie, was die anderen von ihr erwarteten. Sie schloss die Finger um den Ohrring und legte die geschlossene Faust an die Brust.

Sogleich setzte ein dröhnendes Rauschen in ihren Ohren ein. Ein erschrockener Laut entfuhr ihr. Sie umschloss die Faust mit der linken Hand, um zu verhindern, dass sie den Ohrring von sich schleuderte. Die Worte kamen ohne ihr Zutun über die Lippen: *Das Baby wurde zuerst geholt.* Hatte sie laut gesprochen? Hatte man sie gehört? Ja, Colin Thorne hatte sie gehört. Der Graf von Rosefield blickte ihr direkt in die Augen und zum ersten Mal verbarg er seine Verwunderung nicht hinter einer Maske.

»Das Baby wurde zuerst geholt«, wiederholte Berkeley. » Er ist so winzig. Ein Säugling. Deshalb wollten sie ihn haben. Sie holten ihn von einem schrecklichen Ort, einem Ort voll Angst und Grauen, voller Gefahren und Entbehrungen.«

Mercedes war bis ans Ende des Sofas gerutscht. Sie hielt die Hände krampfhaft im Schoß gefaltet und beugte sich vor, als sei sie Berkeley noch nicht nahe genug. In ihren grauen Augen waren Angst und Ehrfurcht zu lesen. »Sie spricht von Cunningtons Waisenhaus«, wisperte sie. »Wie kann sie davon wissen?«

Alle Anwesenden waren von Berkeley Shaws Offenbarungen verblüfft und niemand wusste eine Antwort darauf.

Nun sprudelten die Worte aus Berkeley heraus, während sie den Blick auf Colin gerichtet hielt. »Es ist Ihr Wunsch, das Baby möge von diesem Ort weggebracht werden, aber Sie sind auch traurig darüber. Die Leute wollen den anderen Bruder nicht und auch Sie nicht. Das Ehepaar nimmt Ihren jüngsten Bruder mit und Sie wissen nicht, ob Sie ihn je wieder sehen. Dann denken Sie an den Ohrring. Sie stecken den Schmuck zwischen die Windeln. Sie wollen Ihren Bruder später wieder finden, wenn Sie älter sind, und wollen ihn an dem Ohrring erkennen. Sie werden nie vergessen, wie der Schmuck aussieht. Sein Bild ist in Ihrem Gedächtnis eingeprägt.«

Berkeley schloss die Augen. Das Dröhnen in ihren Ohren hatte nachgelassen. Sie konnte ihre Stimme wieder hören. Hatte sie zu laut gesprochen? Sie versuchte, den Griff um den Ohrring zu lockern, doch ihre Faust ließ sich nicht öffnen. Der goldene Stift bohrte sich in ihre Handfläche. »Ich kann nicht erkennen, was dann geschah. Ich erkenne keine Hinweise ... ich glaube, der Ohrring wurde gefunden und aufbewahrt. Niemand berührt ihn ... viele Jahre nicht ... und dann findet er ihn und ...« Berkeleys Stimme verlor sich. »Sehr viel Zorn. Verrat. Er denkt an Rache. Er will Menschen wehtun.« In ihrer Stimme schwang nun Panik, ihre Augen umwölkten sich. »Wieder ist Gefahr. Große Gefahr. Er ist nicht der, der er zu sein vorgibt. Da ist ein anderer. Bitte, nehmen Sie ihn. Ich kann nicht ... bitte ...«

Jonna wollte Berkeleys Hand ergreifen, doch Decker hielt sie zurück. »Lass Sie zu Ende sprechen – wenn sie kann.«

Anderson Shaw nickte. »Ihr Gatte hat Recht. Sie wird sich weigern, den Ohrring noch einmal in die Hand zu nehmen, wenn Sie ihn ihr jetzt wegnehmen. Sie soll zu Ende sprechen.«

Jonna war nicht glücklich mit dieser Entscheidung, zog jedoch ihre Hand zurück. »Wenn Sie mich noch einmal darum bittet ...« Sie brauchte den Satz nicht zu Ende zu führen. Ihre Absicht war klar.

Berkeley nahm wahr, dass gesprochen wurde, ohne den Inhalt der Worte zu erfassen. Sie wusste nur, dass sie den Ohrring noch immer in der Hand hielt. Als der nächste heiße Strom von dem Schmuck aufstieg, wurde sie von Übelkeit befallen. Der Raum begann sich zu drehen. »Er kommt zu Ihnen.« Sie stieß die Worte hervor, als werde sie gezwungen, sie gegen ihren Willen auszusprechen. Berkeleys Körper vollzog eine leichte Drehung. Sie blickte über Jonna Thornes Schulter zu Decker, der neben dem Kamin stand. »Er kommt in dieses Haus, zu Ihnen. Er hat Schmerzen. Er fürchtet, sterben zu müssen.« Berkeley furchte die Stirn, die Empfindungen stürmten auf sie ein. »Sie halten den Ohrring in der Hand. Sie denken, er gehört Ihnen.« Ihre Stimme senkte sich zu einem Wispern. »Sie erkennen die Wahrheit erst, als er fort ist. Sie versuchen, ihn einzuholen ... Sie schaffen es nicht. Er verschwindet ... Er ...«

Berkeley schrie auf, erschrocken und gepeinigt. Sie sprang auf die Füße und warf die Arme hoch. Der Ohrring beschrieb einen golden glitzernden Bogen, als er gegen das Fenster geworfen wurde, klirrte gegen die Glasscheibe, ehe er in die Teppichfransen fiel. Alle blickten auf den Ohrring, nur Berkeley starrte auf den Blutstropfen in ihrer Hand.

Sie werden bald wieder Notiz von mir nehmen, dachte sie, als sie in Ohnmacht sank.

Berkeleys Lider flatterten. Ihre Stirn furchte sich, sie verzog angeekelt den Mund und versuchte, das Fläschchen Riechsalz wegzuschieben, das ihr unter die Nase gehalten wurde.

»Sie kommt zu sich, Mercedes«, sagte Jonna.

Mercedes verkorkte das Fläschchen und stellte es auf den Tisch neben dem Sofa. Berkeleys Augen wanderten suchend umher. »Mr. Shaw ist mit Colin und Decker in die Bibliothek gegangen«, erklärte Mercedes. »Es war Jonnas Idee, die Herren wegzuschicken. Männer benehmen sich meist unmöglich, wenn eine Dame unpässlich ist.«

»Das war keine Unpässlichkeit«, wehrte Berkeley sich schwach. »Ich bin noch nie in Ohnmacht gefallen.« Sie versuchte sich aufzurichten, wurde jedoch von Mercedes mit sanftem Druck daran gehindert. »Ich sollte jetzt gehen«, sagte Berkeley schwach.

Jonna zog sich einen Stuhl neben das Sofa und setzte sich. »Es war sehr anstrengend für Sie«, sagte sie mitfühlend. »Sie haben gelitten. Darf ich?«

Berkeley, die nicht wusste, was Mrs. Thorne beabsichtigte, nickte benommen. Jonna nahm ihre rechte Hand und drehte sie nach außen.

»Hast du ein Taschentuch, Mercedes? Nie habe ich eines bei mir, wenn ich es brauche.«

Mercedes reichte ihrer Schwägerin ein Taschentuch,

die das getrocknete Blut von Berkeleys Handfläche wischte. Sofort quoll ein frischer Blutstropfen aus dem Stich. »Schließen Sie die Faust«, riet Mercedes. »Das stillt die Blutung.«

Jonna faltete Berkeleys Finger um das Taschentuch. »So ist es gut. Sie wollen doch keinen Blutfleck auf Ihr Kleid bringen.«

Berkeley kümmerte es nicht im Geringsten, ob ein Blutfleck auf ihrem Kleid war oder nicht, schwieg aber, um die Damen nicht zu brüskieren, die nach der neuesten Mode gekleidet waren. Sie würden kein Verständnis dafür aufbringen, dass ihre Besucherin keinen Wert auf modische Kleidung legte. Anderson hatte das grüne Kleid für sie gewählt, weil es, wie er behauptete, ihre grünen Augen vorteilhaft zur Geltung brachte. Für Berkeley war das Kleid lediglich eine Art Uniform, die für diese Gelegenheit angebracht war. »Wie habe ich mich verletzt?«

Jonna zog verwundert die dunklen Brauen hoch. »Sie wissen es nicht?«

Mercedes lächelte. »Wenn Mrs. Shaw es wüsste, hätte sie wohl kaum gefragt, Jonna.« Sie wandte sich wieder Berkeley zu. »Ich denke, der Stift des Ohrrings hat sich in Ihre Hand gebohrt. Sie hielten ihn fest umklammert. Ich würde mich nicht wundern, wenn Ihre Finger noch steif sind.«

Berkeley streckte die Finger einzeln. Mercedes Thorne hatte Recht, sie fühlten sich verkrampft an. »Habe ich den Ohrring beschädigt?«

»Nein. Nicht einmal, als Sie ihn von sich geworfen haben.«

»Ich habe ihn *von mir geworfen*?«

»Ja. Mit aller Kraft. Vermutlich haben Sie so etwas noch nie zuvor getan.«

»Nie«. Berkeley schüttelte heftig den Kopf. »Wer würde mich schon auffordern, wertvolle Gegenstände zu berühren, wenn mir der Ruf vorauseilte, ich werfe sie durch die Gegend?« Ihr Blick flog bittend zwischen Jonna und Mercedes hin und her. »Sie verraten mich doch nicht ... Ich meine, das würde meinem Ruf schaden ...«

»Seien Sie unbesorgt«, versuchte Jonna sie zu beschwichtigen, und Mercedes nickte zustimmend, worauf Berkeley sich beruhigte. »War ich Ihnen überhaupt eine Hilfe?« Sie bemerkte die verlegenen Blicke der beiden Damen und seufzte. »Vermutlich nicht. Es tut mir Leid. Aber aus Ihren Nachforschungen müssten Sie wissen, dass ich nicht immer Erfolg habe. Ich wünschte, ich hätte Ihnen helfen können.«

»Es ist nicht so, dass Sie keinen Erfolg hatten«, widersprach Mercedes. »Aber das meiste von dem, was Sie uns sagten, wussten wir bereits. Es war eine Bestätigung Ihrer übernatürlichen Gabe, aber wir haben keine neue Hoffnung geschöpft, Graham Denison zu finden.«

Jonna strich sich eine schwarz schimmernde Haarlocke hinters Ohr und richtete ihre großen, violetten Augen ernsthaft auf Berkeley. »Vor dreißig Jahren wurden Colin, Decker und Greydon zu Waisen, als ihre Eltern einem Mordanschlag zum Opfer fielen. Die Einzelheiten dieser Tragödie sind hier nicht von Bedeutung.« Sie suchte mit einem Seitenblick Mercedes' Zustimmung, ehe sie fortfuhr. »Decker war damals vier Jahre alt, Colin acht und Greydon ein Säugling, wie Sie erkannten, als Sie den Ohrring in Händen hielten. Die Kinder kamen in ein Londoner Arbeitshaus für Findlinge und Waisenkinder, ein schrecklicher Ort. Greydon wurde als Erster weggebracht. Colin denkt, das Ehepaar, das ihn abholte, hatte die Absicht, ihn als eigenes Kind auszugeben. Greydon hat wahrscheinlich einen anderen Namen bekommen.«

Mercedes streichelte Berkeleys Handrücken. »Er

könnte ein zweites Mal als Graham Denison getauft worden sein.«

»Dann stimmt es also?«, fragte Berkeley. »Habe ich gesagt, dass Greydon und Graham eine Person sind?«

Mercedes schüttelte traurig den Kopf und faltete die Hände im Schoß. »Nein, das haben Sie nicht bestätigt. Sie hatten keine Hoffnung. Ganz im Gegenteil: Ehe Sie in Ohnmacht sanken, sagten Sie uns, Graham Denison sei tot.«

Berkeleys leuchtende Augen wurden groß. »Das habe ich gesagt?«, meinte sie ungläubig. »Sind Sie sicher, dass Sie mich nicht falsch verstanden haben?«

»Sie sprachen die Worte deutlich aus«, bestätigte Jonna. »Wir können nur hoffen, dass Sie sich geirrt haben.« Sie zögerte, um dann hastig herauszusprudeln, ehe sie sich eines Besseren besann. »Mein Mann wurde bald, nachdem Greydon abgeholt worden war, von Colin getrennt und von zwei Schaustellern großgezogen, die sich bei dem Leiter des Waisenhauses als Missionarsehepaar ausgegeben hatten. In Wahrheit waren sie Trickdiebe, die Decker dazu abrichteten, sich als Taschendieb auf den Straßen Londons durchzuschlagen. Der Ohrring war tatsächlich sein Talisman, genau wie Sie es gespürt haben.«

»Colin verbrachte einen Großteil seines Lebens damit, seine Brüder zu suchen. Er hatte die Hoffnung bereits aufgegeben, einen von ihnen zu finden, als Decker plötzlich auftauchte. Es wird Sie nicht verwundern zu hören, dass der Ohrring die Brüder zusammenführte. Das liegt nun beinahe zehn Jahre zurück.«

Jonna suchte erneut Mercedes' Zustimmung, ob sie diese Einzelheiten preisgeben durfte. Auf ihr Nicken hin fuhr sie fort: »Decker verließ England und kam nach Boston. Auf Colins Vorschlag suchte er Arbeit bei der Remington Schifffahrtslinie. Als Kapitän eines Remington-Schiffes lernte er Graham Denison kennen.

Die beiden stellten einige gemeinsame Interessen fest und gingen eine Art Geschäftsverbindung ein, aber sie ...«

Berkeley unterbrach sie. »Darf ich etwas zu trinken haben?« Ihre Wangen hatten sich gerötet von der Hitze, die wieder in ihr aufstieg. Obwohl das Fenster geöffnet worden war, um frische Luft einzulassen, war ihr unerträglich heiß.

Mercedes erhob sich eilig. »Natürlich. Wie nachlässig von mir, nicht daran gedacht zu haben. Was darf ich Ihnen bringen lassen?«

»Eine Tasse Tee, bitte.«

Mercedes zog an der Quaste der Klingelschnur neben der Tür, worauf eine junge Negerin erschien, bei der Mercedes Tee und Gebäck bestellte. »Es dauert nur ein paar Minuten«, sagte sie und setzte sich wieder neben Berkeley.

»Vielen Dank.« Berkeleys Blick wanderte zu Jonna. »Verzeihen Sie. Sie sprachen von gemeinsamen Interessen Ihres Gemahls und Mr. Denisons. Haben diese Interessen etwas mit den Gegnern der Sklaverei zu tun?«

Nie im Leben hätte Jonna das eingestanden. Die Lüge kam ihr ohne Zögern über die Lippen. »Mein Mann hat nichts damit zu tun, obwohl er der Bewegung Sympathien entgegenbringt. Wie Sie zu wissen scheinen, hat Mr. Denison sich unter dem Decknamen Falkner große Verdienste um die Befreiung von Sklaven erworben.« Jonna sah keine Gefahr darin, diese Information preiszugeben. Die Zeitungen zwischen Augusta und Atlanta waren lange Zeit voll davon gewesen und Graham Denison wurde entweder als Held verherrlicht oder als Bösewicht verdammt. Lob und Verdammnis hingen von der geographischen Lage ab. Nördlich der Mason-Dixon Linie wurde er als Held gefeiert, südlich davon als Verbrecher gebrandmarkt.

Doch die Zeitungen schrieben nicht die ganze Wahrheit und Jonna behielt dieses Geheimnis für sich.

»Mein Gatte und Graham wurden Freunde, ohne sich ihre Vergangenheit anzuvertrauen. Ich glaube, es liegt nicht in ihrer Natur, offen über die eigene Person zu sprechen. Wir wissen, dass Grahams Familie in South Carolina lebt. Er hat einen jüngeren Bruder … Eltern und Großeltern. Remington Shipping pflegt seit vielen Jahren Handelsbeziehungen mit den Denisons, die eine große Plantage in der Nähe von Charleston besitzen. Sie heißt Beau Rivage.« Sie bemerkte Berkeleys fragenden Blick. »Das ist Französisch und heißt ›Schöne Gestade‹.«

Berkeley nickte und versuchte, ihre Verlegenheit zu verbergen. Sie fühlte sich naiv und unerfahren in Gegenwart der Damen, deren Geduld sie bewunderte. Sie hatte ihnen nichts Neues eröffnen können, ihnen lediglich gesagt, was sie ohnehin schon wussten. Und Berkeley fragte sich, ob sie begriffen, dass *dies* ihre eigentliche Gabe war.

Die Ankunft des Tabletts verhinderte, dass sie mit einem Geständnis herausplatzte. Sie setzte sich auf, während Mercedes Tee aus der Silberkanne einschenkte. Berkeley untersuchte ihre Handfläche und stellte fest, dass die kleine Wunde nicht mehr blutete. Sie nahm die Tasse und trank den heißen Tee. »Wusste Captain Thorne nicht, dass der Ohrring sich in Mr. Denisons Besitz befand?«, fragte sie.

Jonna schüttelte den Kopf. »Erst nachdem Graham die Stadt verlassen hatte. Der Ohrring fand sich bei seinen Sachen, die gewaschen wurden.«

»Eigenartig, wieso er nicht danach gefragt hat.«

»Das dachten wir auch, aber vielleicht lag ihm nicht sehr an dem Schmuckstück, jedenfalls weniger als Decker und Colin. Eine andere Erklärung haben wir nicht.« Seufzend hob sie die Tasse an die Lippen. »Dennoch machten wir uns auf die Suche nach ihm. Decker verfolgte sein Schiff mit unserem schnellsten Segler. Als er die *Siren* einholte, musste er feststellen, dass Graham in Philadelphia von Bord gegangen war. Das war eine große Überraschung für uns. Die *Siren* war nach China unterwegs. Graham hatte für die Ozeanüberquerung angeheuert, schien ganz begeistert von der großen Seereise zu sein … und dann verschwand er plötzlich.« Jonna nahm noch einen Schluck Tee, ehe sie die Tasse abstellte. »Das liegt nun etwas länger als fünf Jahre zurück, Mrs. Shaw. Wir haben nie wieder ein Wort von ihm gehört. Ich fürchte beinahe, Graham Denison ist nicht mehr am Leben.«

Mercedes entfuhr ein erschrockener Laut. »Das meinst du nicht im Ernst, Jonna.«

»Doch«, entgegnete sie. »Gott weiß, wie sehr ich wünschte, es wäre anders. Er hat mir das Leben gerettet, Mercedes. Ich verdanke ihm so viel, aber er scheint wie vom Erdboden verschluckt zu sein. Ich kann mir nicht vorstellen, dass er wissentlich jede Verbindung mit seiner Vergangenheit abgebrochen hat.«

»Vielleicht gibt es einen Grund für sein Verschwinden«, beharrte Mercedes. »Wenn er sich wieder der Untergrundbewegung angeschlossen hat, ist er möglicherweise gezwungen, sich versteckt zu halten.«

»Er hätte uns eine Nachricht zukommen lassen«, entgegnete Jonna. »Ein winziges Lebenszeichen. Die Verbindung zu den Denisons musste er abbrechen, aber es bestand keinerlei Grund, sich vor seinen Freunden zu verstecken.«

Mercedes bestand mit sanfter Beharrlichkeit auf ihrer Meinung. »Das bedeutet nur, dass du seine Beweggründe nicht kennst.«

Berkeleys Tasse klirrte auf der Untertasse. Sie bezwang ihr Zittern und hoffte, dass auch ihre Stimme ihrem Willen gehorchte. »Sie dürfen nicht alles, was mir über die Lippen kam, während ich den Ohrring in der Hand hielt, als absolute Wahrheit nehmen«, erklärte sie.

»Zu diesem Zeitpunkt hatten Sie den Ohrring bereits von sich geschleudert«, entgegnete Jonna. »Sie hielten sich die Ohren zu und waren im Begriff, das Bewusstsein zu verlieren, als Sie uns sagten, Graham Denison sei tot.«

»Waren das meine letzten Worte?« Berkeley ahnte, dass da noch etwas war. Jonna und Mercedes tauschten erneut Blicke, die ihre Scheu verrieten, Berkeley mehr zu sagen. »Bitte, ich erinnere mich nicht, was in diesen letzten Sekunden geschah. Wollen Sie es mir nicht sagen?«

»Mr. Shaw bat uns zu schweigen«, antwortete Mercedes zögernd. »Er meinte, wir würden Sie nur noch mehr aufregen.«

Diesmal vermochte Berkeley ihr Zittern nicht länger zu bezwingen. »Dann muss ich San Francisco erwähnt haben.«

»Ja«, sagte Jonna verwundert. »Ich habe es nicht gehört. Aber Mr. Shaw fing Sie auf, als Sie in Ohnmacht sanken, er las es von Ihren Lippen ab. Das sagte er uns.«

»Wie lauteten meine Worte?«

»›Sie finden ihn in San Francisco.‹« Jonna suchte bei Mercedes Bestätigung.

»Ja, das waren Ihre Worte«, nickte sie.

»Aber das ergibt keinen Sinn«, widersprach Berkeley. »Ich sagte, Graham Denison sei tot *und* Sie finden ihn in San Francisco?«

»Für unsere Ehemänner ergab es Sinn«, sagte Jonna. »Sie besprechen mit Mr. Shaw Ihre Reisevorbereitungen, um in San Francisco Nachforschungen anzustellen.«

Berkeley stellte ihre Tasse klirrend ab und sprang jäh

auf die Füße. Sie umklammerte die mit Brokat bezogene Armlehne, als ein Schwindelgefühl sie zu übermannen drohte. Dann wehrte sie die Hände ab, die sich schützend nach ihr ausstreckten, und huschte lautlos wie ein Gespenst zur Tür des Nebenzimmers, riss sie auf und flog an die Brust ihres Ehemanns.

Andersons Arme hielten sie mit eiserner Kraft. »Was ist mit dir?« Er sprach geduldig, wie zu einem Kind. »Du bist ganz außer Atem, Berkeley. Hat dich etwas erschreckt?« Er blickte über den hellen Scheitel seiner Frau zu Jonna und Mercedes, die auf der Schwelle standen. Beide Damen machten betretene Gesichter. »Ich verstehe«, meinte er gedehnt. »Sie haben es dir gesagt.«

Berkeley lehnte sich in seinen Armen zurück und reckte ihm ihr Gesicht entgegen. »Ich habe sie darum gebeten, Anderson. Die Damen trifft keine Schuld.«

Mercedes und Jonna bemerkten die missbilligenden Blicke ihrer Ehemänner und senkten die Köpfe.

»Wieso bin ich nicht erstaunt?« Decker näherte sich Jonna. Er trug die Lackschatulle unterm Arm.

Jonna presste die Lippen aufeinander, wodurch das Grübchen in ihrem Mundwinkel sich vertiefte.

Colin führte Anderson und Berkeley in den Salon zurück. Mrs. Shaw wirkte genau so erregt, wie ihr Ehemann es vorhergesagt hatte. Er hatte sie gewarnt, Berkeley würde nichts davon hören wollen, nach San Francisco zu reisen.

»Es ist bereits entschieden«, erklärte Colin seiner Frau. »Mr. und Mrs. Shaw treten in drei Tagen auf einem Remington-Postschiff die Reise nach San Francisco an. Wir werden regelmäßig Berichte über ihre Fortschritte von den Kapitänen unserer Schiffe erhalten, die San Francisco anlaufen. Wir haben uns auf eine Geldsumme geeinigt, die ihnen auch bei den hohen Preisen in San Francisco ein sorgenfreies Leben gewährleistet. Wenn ihre Nachforschungen zufriedenstellend ausfallen, erhalten sie eine zusätzliche Belohnung.«

Berkeley spürte, wie die große Hand ihres Mannes sich um ihre Mitte festigte. Dennoch drängte es sie, mehr über die Bedingungen zu erfahren. »In welcher Form wäre dieser Handel zufriedenstellend abzuschließen?«, fragte sie.

Es war Decker, der ihre Frage beantwortete. »Der Beweis, dass Graham Denison tot ist oder mein Bruder Greydon lebt. Die eine Lösung schließt die andere aus.« Er machte eine Pause. »Vielleicht aber auch nicht.«

Berkeley blickte ihn unverwandt an. Er konnte nicht ahnen, was er damit andeutete.

Decker öffnete die Lackschatulle und hielt sie Berkeley hin. Nun lagen drei Ohrringe auf dem schwarzen Samtkissen. »Sie haben alle drei in der Hand gehalten«, sagte er. »Wählen Sie und nehmen Sie den Ohrring heraus, der Greydon mitgegeben wurde.«

Berkeley zog den Atem scharf ein. »Das kann nicht Ihr Ernst sein. Wollen Sie uns tatsächlich Ihren Familienschmuck anvertrauen?«

Decker verengte die blauen Augen, während er sie sinnend betrachtete. »Ich vertraue darauf, dass Sie die richtige Wahl treffen, Mrs. Shaw. Dies ist Ihre letzte Prüfung.«

KAPITEL 2

August 1850

San Francisco erlebte einen Aufschwung aus Schutt und Asche. Grey Janeway stand vor seinem Zelt und beobachtete die Bauarbeiten um den Portsmouth Square. Ein Arbeiter auf einem hohen Gerüst rief einen Morgengruß herüber. Grey winkte ihm mit dem Blechnapf voll Rasierschaum zu, worauf der Mann sich wieder seiner Arbeit an der Holzbüste einer Seegöttin widmete, dem krönenden Fassadenschmuck des *Phönix*: eine prachtvolle Galionsfigur.

Grey schäumte sich das Gesicht mit dem Rasierpinsel ein und begann, sich mit dem frisch gewetzten Rasiermesser den Bart zu schaben. Er blickte in einen zersprungenen Handspiegel, um sich nicht zu verletzen oder gar die Kehle durchzuschneiden, und horchte auf die vielstimmige Sinfonie des Baulärms. Lange Holzbalken wurden mit dumpfem Krachen von einem Fuhrwerk geladen. Hunderte Hämmer schlugen rhythmisch den Takt dazu. Der stetige Wind von der Bucht fuhr pfeifend durch die Baugerüste. Kupfer, Messing und Blei sangen ihre Melodien, als Rohre von Kanalarbeitern gesägt, gebohrt, verschraubt und verlegt wurden.

Nicht nur auf dem Portsmouth Square herrschte ein fieberhaftes Treiben. In der ganzen Stadt wurden neue Ladenfassaden hochgezogen, schossen Spielhallen, Kaufhäuser und Wohnungen wie Pilze aus der Erde. In der Montgomery Street, Pine Street, Washington und Kearny Street, überall ging es laut zu. Grey Janeway konnte froh sein, den Baulärm zu mögen, da es keinen

Ort gab, wo er davon verschont geblieben wäre. Er hatte sein Zelt mitten auf dem Platz aufgeschlagen, genau gegenüber der Stelle, wo sein neues Hotel mit Spielcasino im Entstehen begriffen war.

Seine Privaträume im *Phönix* waren bereits seit einer Woche fertig gestellt, doch Grey wollte warten, bis das gesamte Gebäude bezugsfertig war. Die Spiegel aus London waren noch nicht angekommen. Und eine Lieferung Stoffballen aus Boston für Vorhänge und Hotelwäsche stand ebenfalls noch aus. Er hatte mehr Glück gehabt als andere Bauherren, da er seine Bestellungen spät aufgegeben hatte. Der Wiederaufbau nach dem Brand vom 4. Mai hatte eben erst begonnen, als ein Großteil von San Francisco, darunter auch der Rohbau seines neuen Hotels, am 14. Juni einem zweiten Brand zum Opfer fiel.

Beide Male wurde mit den Aufräumungsarbeiten von Trümmern und Schutt begonnen, nachdem die Asche einigermaßen abgekühlt war. Und die Spielhallen, die Lebensadern des Portsmouth Square, erhoben sich aus der Asche wie der berühmte Vogel aus der Mythologie. Nach dem zweiten Großfeuer entschloss Grey sich, seinen Spielpalast *Phönix* zu nennen, der Name gefiel ihm besser als *Pacific Queen*.

Also wurde der Name geändert. San Francisco war stets offen für Neuerungen. Die verheerenden Brände hatten sämtliche städtische Bausünden der Vergangenheit ausradiert. Auch persönliche Sünden gerieten hier schnell in Vergessenheit. In dieser Stadt war es beinahe ebenso mühelos, ein neues Leben zu beginnen, wie ein neues Haus zu bauen. Hier wurde nichts umgebaut oder verbessert. Hier wurde Neues geschaffen.

Für Grey Janeway gab es keinen geeigneteren Ort als San Francisco.

Er nahm das Handtuch vom Hocker und wischte sich die letzten Spuren Rasierschaum vom Gesicht, untersuchte seinen Hals nach Blutspuren, fand keine und warf das Handtuch ins Zelt. Den Spiegel legte er vorsichtig auf den Hocker.

Jemand rief seinen Namen. Grey ließ den Blick über den Platz wandern und entdeckte George Pettigrew vor dem *El Dorado,* der ein paar Goldgräber aufforderte, seinen Salon zu betreten, und ihnen Reichtümer versprach, die all ihre Träume überstiegen. Zuvor mussten sie sich allerdings von einem kleinen Vermögen trennen, wenn sie es zu Reichtum bringen wollten – worauf George nicht ausdrücklich hinwies –, doch die Schürfer waren schließlich keine Dummköpfe. Sie wussten, was sie hinter den roh gezimmerten Holzwänden und billigen Baumwollvorhängen zu erwarten hatten. Bei George wurde meist ehrlich gespielt und die Mädchen waren nicht hässlicher als irgendwo anders in der Stadt. Für fünfzig Dollar in Goldstaub durfte ein Schürfer in einem der Hinterzimmer verschwinden, wo ein dünner Vorhang ihm und seiner Schönen der Nacht ein Mindestmaß an Privatsphäre gewährte. Dass ein solches Schäferstündchen nicht länger als fünfzehn Minuten währte und die Dame einem Dutzend anderer Männer ihre Gunst schenkte, ehe die Nacht um war, spielt keine Rolle. Für fünfzehn vergnügliche Minuten konnte der arme Schlucker seinen Verlust am Spieltisch, sein Liebchen in Ohio und seine erschöpfte Goldmine vergessen.

Grey nickte in Georges Richtung. »Hol sie dir nur, George«, rief er ihm zu. »Wenn das *Phönix* fertig ist, betritt keiner mehr deinen Laden.«

»Das kann ich mir denken«, meinte George gutmütig, grinste breit und ließ seine weißen Zähne im verbrannten Gesicht blitzen. »Dann arbeite ich für dich. Dem alten George schlägt keiner eine Bitte ab.«

»Ich nehm dich beim Wort«, rief Grey zurück. »Schau in zwei Wochen bei mir rein.«

»Worauf du dich verlassen kannst.« Die Männer wollten schon zum nächsten Spielsalon abwandern, ehe George sie mit ausgebreiteten Armen daran hinderte. »Hier lang, meine Herren. Versuchen Sie im *El Dorado* Ihr Glück und Sie gehen mit Taschen voll Geld nach Hause. Nur hereinspaziert …«

Lächelnd drehte Grey sich um und schlug die Klappe zurück. Als er sein Zelt mitten auf dem Platz aufgebaut hatte, hatten die anderen Besitzer der Spielhallen die Köpfe über den verrückten Kerl geschüttelt. Ihnen war daran gelegen, ihre Kneipen möglichst rasch wieder aufzubauen, wenn nötig auch mit einigen Verbesserungen, da sie ihre Kunden nicht an die Konkurrenz verlieren wollten.

Daran war nichts auszusetzen. Grey aber hatte sich vorgenommen, sein Haus stabil zu bauen, um das nächste Inferno unbeschadet zu überstehen. Das dauerte zwangsläufig länger als jene drei Wochen, die andere für den Wiederaufbau kalkulierten. Im Übrigen glaubte er, dass mehr als genug Goldstaub verbuddelt war, der auch noch da sein würde, wenn das *Phönix* fertig war. Nach jedem Feuer fand man Hunderte von winzigen Goldklümpchen unter den verkohlten Balken der Spielhallen. In der enormen Hitze schmolz der Goldstaub zusammen, der den Goldgräbern beim Kartenspielen aus den Taschen gefallen und durch die Bodenbretter gerieselt war.

Grey hatte beim Wiederaufbau daran gedacht; die Lösung waren Teppiche unter den Spieltischen, aus denen der Goldstaub geklopft und aufgefangen werden konnte. Er erwartete die Lieferung von Teppichen aus dem Orient täglich, auch Spiegel und Vorhangstoffe würden mit einem der nächsten Schiffe ankommen. Und seine Chancen standen gut, die Lieferungen auch zu erhalten, da seine Fracht auf Schiffen der Remington-Linie befördert wurde.

In der Bucht wimmelte es von Schiffen. Vor zwei Jahren, als das Gold noch nicht entdeckt worden war, lag Yerba Buena Cove fernab der wichtigen Handelsrouten. Die Hudson Bay Company hatte es vor Jahren aufgegeben, hier einen Handelsplatz zu errichten, da es außer einem natürlichen Hafen nichts gab, um Siedler und gewinnbringenden Handel anzuziehen. Die Menschen hausten in Zelten, Lehmhütten und Holzschuppen. Außer dem gab es drei Meilen im Südwesten noch eine Mission von Franziskanermönchen. Damals unterstanden die paar hundert Siedler einem Alkalde und fühlten sich eher zu Mexiko gehörig als zu den Vereinigten Staaten. Erst 1847, sechs Monate, nachdem das Sternenbanner auf der Plaza gehisst worden war, wurde Yerba Buena Cove in San Francisco umbenannt, die Plaza wurde zum Portsmouth Square und der namenlose Streifen entlang des Hafens zur Montgomery Street.

Respektlose Bürger fragten sich, wieso Gott sechs Tage für die Erschaffung der Welt gebraucht hatte, da die Stadt am Meer über Nacht aus dem Boden schoss. In einer Stadt, in der die Mehrzahl der Bewohner bei ihren Spitznamen gerufen wurden oder unter falschem Namen lebten, gewöhnte sich jeder rasch daran, dass aus Yerba Buena Cove San Francisco geworden war. Die Stadt und ihre Bewohner blickten auf eine unrühmliche Vergangenheit zurück.

Damals herrschte dennoch ein beschauliches Leben. Hin und wieder lief ein Walfänger den Hafen an und gelegentlich gingen Handelsschiffe aus dem Fernen Osten in der Bucht vor Anker. Das änderte sich schlagartig, als im Sacramento Valley Gold gefunden wurde. Bald danach war die Bucht überfüllt mit Schiffen, von ihren Mannschaften im Stich gelassen, die der Verheißung des Goldes nicht widerstehen konnten. Schiffseigner verdienten viel Geld, wenn sie Goldgräber in Scharen im Hafen ausluden, und verloren es ebenso schnell wieder, wenn ihre Mannschaft sich den Goldgräbern anschloss und keine erfahrenen Seeleute aufzutreiben waren, um das Schiff in den Heimathafen zurückzubringen.

Grey Janeway rechnete fest damit, seine Fracht vereinbarungsgemäß zu erhalten. Soweit er wusste, war bislang kein Schiff der Remington-Linie im Hafen liegen geblieben. Bei jedem Aufenthalt in San Francisco sprangen zwar ein paar Matrosen über Bord, aber nie die gesamte Mannschaft. Die Firma Remington verlangte hohe Preise für ihre Zuverlässigkeit, doch den Händlern winkten enorme Profite, wenn sie ihre Waren in San Francisco entladen konnten. Wo sonst wurde ein Dollar für einen Apfel bezahlt, dreihundert Dollar für eine Kiste Tee? Waschschüsseln kosteten fünf Dollar, Schaufeln brachten fünfzehn bis zwanzig Dollar, und für ein Paar feste Stiefel musste ein Goldgräber hundert Dollar hinblättern. Ein Laib Brot, für den man in New York vier Cent bezahlte, kostete hier fünfundsiebzig Cent.

Grey streifte sich das Hemd über, steckte es in die Hose und zog die Hosenträger hoch. Er strich sich das dichte Haar mit den Händen aus der Stirn und fuhr in die Ärmel seiner Jacke. Die Sonne brannte bereits heiß auf das Zeltdach. In einer Stunde konnte man es hier drinnen nicht mehr aushalten, obwohl vom Wasser ständig ein kühler Wind herüber wehte.

Er stupste gegen das Gewühl von Decken auf der Matratze. Fünf rosige Zehen wurden sichtbar. »Ich soll dich wecken, hast du gesagt.« Die Zehen bewegten sich, ansonsten rührte sich nichts unter den Decken. »Du bekommst Kopfschmerzen in der Hitze, hast du gesagt.«

»Hmmmm.«

»Musst du nicht zur Arbeit?«

»Ich bin doch grade erst eingeschlafen.«

»Das wird Howard nicht interessieren. Er will, dass du im *Palace* bist, ehe die Mittagskundschaft sich wieder verzieht.«

Ivory Edwards wühlte sich aus den Decken und setzte sich auf. Mehr als einen Blick auf ihre nackten Schultern gestattete sie Grey Janeway allerdings nicht. Er hatte sie für die Nacht bezahlt und jetzt war ein neuer Tag. Das gedämpfte Sonnenlicht schimmerte auf ihrer hellen Haut. Sie schob die Unterlippe ihres vollen Kirschmundes vor. »Wie finden Sie Ivory DuPree?«

»Wer ist Ivory DuPree?«, fragte Grey zerstreut, glättete die Jackenumschläge und wischte sich eine Faser vom Ärmel.

»Ich natürlich«, entgegnete Ivory ungeduldig. »Finden Sie, es klingt besser als Edwards?« Sie wiederholte den neuen Namen gedehnt und ließ ihn sich auf der Zunge zergehen. Da Grey ihr keine Aufmerksamkeit schenkte, stieß sie ihm mit dem Fuß gegen das Schienbein.

»Au!« Der Deckel der Truhe, in der er kramte, fiel ihm aus der Hand und hätte ihm beinahe die Finger gequetscht. »Wofür war das denn?«

Ivory zog ihre Waffe zufrieden wieder unter die Bettdecke. »Dafür, dass Sie mich nicht beachten«, schmollte sie.

»Ich habe dir gestern hundert Dollar bezahlt«, erklärte er. »Das ist genug Beachtung. Mach mir keine Szene.« Er setzte sich auf die Truhe, winkelte das rechte Bein an und rieb sich das Schienbein. Unter dem Leder spürte er das Messer, das im Stiefelschaft steckte. »Was ist mit dem Namen?«

Ivory war zu geschäftstüchtig, um sich Greys Zurechtweisung zu Herzen zu nehmen oder sich in ihrem Stolz verletzt zu fühlen. Er nahm ihre Gunst nur selten in Anspruch, und soweit sie wusste, war ihm an der

Gunst anderer Frauen noch seltener gelegen. In San Francisco kamen vierzig Männer auf eine Frau. Sie hätte erfahren, wenn er seine Fleischeslust bei einer anderen stillte. »Edwards oder DuPree?«, fragte sie. »Ich werde meinen Namen ändern. DuPree hat so etwas Gewisses … *je ne sais quoi* …« Sie kicherte, als er eine dunkle Braue dramatisch hochzog. »Das hätten Sie nicht gedacht, dass ich Französisch spreche, wie?«

»Du versetzt mich immer wieder in Erstaunen, Ivory.« Es geschah nicht oft, dass ein Lächeln seine blaugrauen, stählernen Augen erreichte – wie jetzt. Er streckte die Hand nach ihr aus. Ivory landete mit einem Satz auf seinem Schoß, und das Laken, das sie sich vorhielt, blähte sich wie ein Segel im Wind. Er küsste sie auf die Wange. »DuPree klingt fabelhaft. Willst du dir auch einen Akzent zulegen?«

»*Mais oui*«, antwortete sie mit rauchiger Stimme und ahmte den kehlig melodischen Akzent der Französinnen nach, die sie kannte. »Als Französin kann ich mehr Geld verlangen.«

»Keine schlechte Idee.« Grey setzte das Mädchen neben sich, als etwas in seinem Gedächtnis aufglomm. Er horchte in sich hinein, ob der Funke zünden würde, doch er verlosch wie alle anderen Ansätze einer Erinnerung in den letzten fünf Jahren. War es der Akzent? Die Frau? Oder beides, die in ihm das Gefühl weckten, die Szene sei ihm vertraut? In seinen Schläfen setzte ein leichtes Pochen ein und Ivory sah ihn seltsam von der Seite her an. Er stand auf und legte ihr eine Hand auf die Schulter. »Nenn dich DuPree. Das klingt so exotisch nach *je ne sais quoi*. Bald wirst du zu teuer für mich sein.«

Ivory war entzückt. Ein rosiger Hauch überflog ihre Wangen. Ungeachtet seiner momentanen Lebensbedingungen hatte Grey Janeway ein Vermögen angehäuft. Wenn er sie nicht mehr bezahlen konnte, dann war sie die teuerste Hure der Stadt. »Gehen Sie zum Kai?«, fragte sie, als er seine Hand fort nahm, die sie gern noch ein wenig länger auf sich gespürt hätte. Es geschah nicht oft, dass sie zärtlich angefasst wurde. Die Hand auf ihrer Schulter hatte sich zärtlich angefühlt.

Grey nickte. »Ich erwarte eine Schiffsladung. Und ich möchte mich vergewissern, dass ich auch bekomme, wofür ich bezahlt habe.«

Es war keineswegs ausgeschlossen, dass ein Fremder sich Greys Waren aneignete, wenn er den Frachtmeister rechtzeitig bestach. »Sie scheinen sich ja einen richtigen Palast bauen zu lassen, Mr. Janeway. Ich habe von den Spiegeln gehört. Die Leute sagen, Sie wollen sie über den Betten anbringen lassen.«

»Aha, das sagen also die Leute.«

Er sah unwiderstehlich gut aus mit dem amüsierten Lächeln um die Lippen. Leider geizte er meist damit. Ivorys schwarz schimmernde Löckchen tanzten, als sie begeistert nickte. »Das habe ich gehört. Es soll ebenso vornehm werden wie die Luxusbordelle im Osten.«

»Noch vornehmer«, antwortete er trocken.

»Heißt das, Sie lassen die Spiegel nicht über den Betten anbringen?«

Grey hätte beinahe gelacht über ihre Enttäuschung. »Wieso wartest du nicht einfach ab?«

»Heißt das, Sie brauchen Mädchen wie mich, Mr. Janeway?«

Grey liebkoste ihre Stupsnase mit dem Finger. Wie hübsch sie ist, dachte er. Keine atemberaubende Schönheit, aber ausgesprochen hübsch, und das war schon eine Menge in San Francisco. »Ich denke schon, Ivory«, meinte er. »Aber sage deinen Freundinnen nichts davon. Ich suche mir die Mädchen sorgfältig aus, die für mich arbeiten. Und ich stelle Bedingungen, die dir vielleicht nicht gefallen.« Ihr neugieriges Gesicht sagte ihm, dass sie ihm gleich Fragen stellen würde. Er schüttelte den Kopf, ehe sie den Mund aufmachte. »Später vielleicht. Ich muss los.«

Grey duckte sich unter dem Zelteingang und trat in die strahlende Morgensonne.

Der Kai war nicht vergrößert worden, obwohl das seit dem Goldrausch dringend nötig gewesen wäre. Früher konnten zwei bis drei Schiffe hier festmachen, um ihre Fracht zu löschen, doch mittlerweile kam kein Schiff mehr so nahe heran. Die Frachter ankerten weit draußen in der Bucht und die Ladung wurde mit Kähnen und Ruderbooten an Land transportiert. Mit einigem Geschick ließe sich ein weit draußen liegendes Schiff trockenen Fußes erreichen, wenn man von einem Deck der verlassenen Schiffswracks zum nächsten sprang, überlegte Grey.

Ein paar findige Geschäftsleute hatten die Geisterschiffe zu nutzen gewusst, sie zu Spielsalons, Bordellen und Herbergen umfunktioniert und machten einträgliche Geschäfte, bis die Schiffsrümpfe verrotteten. Das große Feuer im Juni hatte freilich die Hälfte der Schiffe vernichtet. Die rötlich gelben Flammen hatten an den Masten gezüngelt, Funkenschwärme waren in den Himmel empor gestoben und auf das nächste Bugspriet hernieder gefallen, hatten an aufgerollten Segeln und Takelagen geleckt, bis die gesamte Schiffskonstruktion glühend geleuchtet hatte. Der launische Wind hatte mit dem Feuer gespielt, den einen Schiffskörper in eine riesige leuchtende Fackel verwandelt, während der daneben liegende Rumpf weitgehend verschont geblieben war. Das spiegelglatte Wasser der Bucht hatte die Feuersbrunst vervielfältigt, die schaurige Szenerie der Zerstörung geradezu verherrlicht und sie zu einem unvergesslichen Schauspiel gemacht.

Grey würde das flammende Inferno nie vergessen. Es sei denn, jemand trat ihm wieder den Schädel ein, dachte er, schob den Hut in den Nacken und lächelte dünn über seinen schwarzen Humor.

Er lehnte sich gegen einen Stapel leerer Fässer und zündete sich einen Zigarillo an, sog den würzigen Tabakrauch ein und blies ihn langsam aus, während sein Blick hinter dem graublauen Rauchschleier den Kai entlang wanderte.

Auf dem schmalen Kai herrschte viel Getriebe und Greys Blick kehrte immer wieder zu dem Jungen zurück, der ziellos dahin schlenderte. Noch seltener als Frauen bekam man in San Francisco Kinder zu sehen, Kinder jeden Alters. Man bekam öfter eine Sternschnuppe zu Gesicht als ein Kind. Der Zustrom von Huren und Geschäftemachern, die sich an den Goldgräbern zu bereichern suchten, hatte die Geburtenrate keineswegs hochschnellen lassen. Die Frauen ließen in schmuddeligen Hinterstübchen Abtreibungen vornehmen, da mit einem dicken Bauch kein Geld zu verdienen war.

Der Junge wäre vermutlich beleidigt gewesen, als Kind bezeichnet zu werden, und hätte bei der Bezeichnung ›junger Mann‹ stolz die mageren Schultern gestrafft. Seine abgerissenen Köperhosen hatte er mit einem Strick hochgebunden, das verwaschene Flanellhemd war an den Schultern viel zu weit und der Schlapphut hing ihm tief in die Stirn. Sein Gesicht lag im Schatten, nur das glatte Kinn hielt er vorgereckt, das ihm den Weg zu weisen schien, als er den Kai entlang schlenderte.

Das Schlendern wollte ihm allerdings bei dem Gewimmel nicht recht gelingen. Grey klopfte die Asche von seinem Zigarillo und beobachtete, wie der Junge einem Leiterwagen auswich und über ein Fässchen sprang, das ihm vor die Füße rollte. Dann hüpfte er vor dem voll beladenen Karren eines Fischers zur Seite, drückte sich an einem hoch aufgeladenen Holzfuhrwerk vorbei, dessen Last den Gaul fast in die Knie zwang. Es gelang ihm erst nach mehreren Ansätzen, einem Mann auszuweichen, der leere Kisten schleppte und ihm immer wieder den Weg versperrte, weil er nicht recht zu wissen schien, wo er seine Last abladen sollte. Danach machte der Junge einen Bogen um den Stapel Fässer, an dem Grey lehnte, und stieg vorsichtig über eine grau getigerte Katze, die sich in der Sonne aalte. Am Ende des Kais blieb er stehen und suchte den Horizont mit Blicken ab, machte eine Kehrtwendung und nahm seinen Hindernislauf wieder auf.

Mit hochgezogenen Schultern, die Hände in den Hosentaschen vergraben, den Blick gesenkt, ging er an Grey vorbei. Gelegentlich blieb er stehen, um einen Stein mit der Stiefelspitze ins Wasser zu schleudern. Dann bückte er sich und streichelte die Katze, die ihm von der Sekunde an folgte.

Kopfschüttelnd schnippte Grey den Zigarillostummel ins Wasser. Die Glut beschrieb einen leuchtenden Bogen, ehe sie zischte. Grey knöpfte die Jacke auf, holte ein Teleskop aus der Innentasche, zog es zu seiner gesamten Länge aus und hielt es sich ans rechte Auge, drehte die Schärfe nach und suchte den Horizont ab. Kein Remington-Segler war in Sicht und Grey schob das Fernrohr wieder zusammen, ohne es einzustecken. Aus dem Augenwinkel bemerkte er, dass der abgerissene Bursche ihn beobachtete. Als er ihm das Gesicht zuwandte, zog er den Kopf zwischen die Schultern, ging weiter und wäre beinahe über die Katze gestolpert, die ihm um die Beine strich.

Als der Junge das nächste Mal an Grey vorbei ging, verlangsamte er den Schritt, und Grey überlegte, ob er ihm einen Blick durch das Fernglas gönnen sollte, besann sich aber rasch eines Besseren, da er keine Lust hatte, dem Streuner bis zur Montgomery Street nachzulaufen, um sein Instrument wiederzubekommen.

Er klopfte mit dem Fernrohr rhythmisch gegen den Schenkel und wartete. Er konnte es sich leisten, Geduld zu haben. Auf den Mann, den er als Bauleiter angeheuert hatte, war absoluter Verlass. Es wäre nicht nötig gewesen, das Zelt mitten auf dem Platz aufzuschlagen, um die Bauarbeiten zu beaufsichtigen. Donnel Kincaid hatte ein scharfes Auge für jede Kleinigkeit und führte ein straffes Regiment. Dadurch blieb Grey genügend Zeit, sich um anderweitige Geschäfte zu kümmern.

Ein Fleck am Horizont weckte seine Aufmerksamkeit. Er hob das Glas wieder ans Auge und richtete es auf den Fleck in der Ferne. Das Schiff näherte sich unter vollen Segeln, die grellweiß in der Sonne blitzten. In den Rahsegeln hingen Matrosen, die auf das Kommando warteten, die Segel zu reffen, bevor das Schiff in die Bucht einfuhr und vor Anker ging. Grey ließ das Fernglas sinken und bemerkte wieder, wie er von dem Bürschchen beobachtet wurde. »Sie segelt unter amerikanischer Flagge«, sagte er gerade so laut, dass der Junge ihn hören konnte. »Und daneben weht das purpur-goldene Banner der Remington-Linie. Vielleicht wartest du darauf.«

Der Junge schlenderte weiter, ohne zu erkennen zu geben, ob er Grey gehört hatte. Grey schaute ihm nach und sah den Ärger direkt auf sich zukommen.

Die Sydney Ducks waren der Hauptgrund, warum Grey an diesem Vormittag persönlich zum Kai gekommen war. Die Ducks waren eine lose organisierte Bande von Schurken, ehemalige Gefangene der englischen Strafkolonie in Australien. Sie hatten ihre Strafe in Van Diemans Land verbüßt und durften das Land Down Under verlassen – solange sie sich nicht in England blicken ließen.

Kein Mensch wusste, welche Verbrechen diese Leute begangen hatten, um in die Strafkolonie verbannt zu werden. Grey aber wusste aus erster Hand, das manche sich eines Verbrechens schuldig gemacht hatten, das lediglich darin bestand, Essen zu stehlen, um ihre Familie ernähren zu können. Es waren aber auch welche darunter, die früher mit einem Dolch umzugehen gelernt hatten als mit Gabel und Löffel. Wegelagerer und Mörder, Falschmünzer und Einbrecher – unter den Sydney Ducks war alles zu finden, was der Gilde der Verbrecher zuzuordnen war.

Der Goldrausch zog die Ducks an wie das Aas die Fliegen. Sie wurden von Anfang an gemieden und gefürchtet, und daraus zogen die Sydney Ducks ihren Vorteil. Sie blieben unter sich, bauten ihre Hütten und Zelte in Gruppen auf und streiften zu zweit oder mehreren durch die Stadt, nie aber allein. Mit wenigen Ausnahmen eigneten die Ducks sich nicht als Goldgräber. Die harte Arbeit an den Schürfstellen behagte Männern nicht, die in Van Diemans Land als Sträflinge gezwungen gewesen waren, Wälder zu roden und Bäume zu fällen. Sie suchten Arbeit, die weniger kräftezehrend war, oder zumindest etwas, wo sie nur ihre Fäuste gebrauchen mussten.

Sie spezialisierten sich auf Erpressung und Diebstahl und nahmen das Faustrecht für sich in Anspruch.

Zwei dieser Ducks spazierten nun am Kai entlang, um auszukundschaften, welche Fracht heute gelöscht wurde und wie sie zu Geld kommen konnten, wenn sie dem rechtmäßigen Besitzer erlaubten, seine Ware tatsächlich mitzunehmen. Sie hatten das Remington-Schiff entdeckt und wussten, dass es noch eine Weile dauern würde, bevor die Ankerketten rasselten. Bis es so weit war, konnten sie sich die Zeit nach Belieben vertreiben und beschlossen, ihren Spaß mit dem Jungen zu haben.

Zunächst schlossen sie dicht auf, als der Junge sich zwischen ihnen hindurch drängen wollte. Als er auswich, versperrten sie ihm den Weg. Der Tanz ärgerte den Jungen und erheiterte die Männer. Grey hörte ihr Lachen über dem Lärm der Hafenarbeiten.

Er warf einen Blick in die Runde, ob jemand von der Szene Notiz nahm, und seufzte. Hatten noch vor wenigen Minuten einige Leute an dem Gekasper des Bürschchens ihre Freude gehabt, so vermieden nun alle beflissen, in seine Richtung zu schauen. Gewöhnlich standen Kinder unter dem Schutz der Gemeinschaft. Grey hatte einmal von einem Goldgräber gehört, der fünfzig Dollar in Goldstaub bezahlte, nur um einen Säugling im Arm halten zu dürfen. Auf der Pacific Street, mitten im übelsten Viertel der Stadt, hielt der Verkehr an, damit ein dreijähriger Knirps unbehelligt die Straße überqueren konnte. Doch dieser Junge war kein hilfloses Kind mehr und zudem wollte sich niemand mit den Sydney Ducks anlegen.

Wer Streit mit zweien von ihnen bekam, hatte alsbald die ganze Meute am Hals. Heute zwei. Morgen vier. Am dritten Tag sämtliche Bewohner von Sydney Town.

Bei einem Kaufmann mochte der Ärger mit Verlusten im Warenbestand oder mit zerbrochenen Fensterscheiben anfangen. Ein Goldgräber verlor über Nacht seinen Anteil. Irgendwo brach aus unbekannter Ursache ein Feuer aus, ein Passant erlitt bei einem Sturz schwere Verletzungen. In einem Hinterhof lag eine Leiche mit aufgeschlitztem Bauch und hervorquellenden Eingeweiden. Ein langsamer, qualvoller Tod und eine nachhaltige Lektion für die Freunde des Mordopfers. Grey sah zu, wie die Ducks den Jungen links und rechts unterhakten und ihn hochhoben, bis seine Füße ein paar Zentimeter über der Erde hingen. Als er zu strampeln begann und Tritte nach links und rechts austeilte, verlor er einen Schuh, der durch die Luft segelte und auf dem Karren des Fischhändlers landete.

Auch ohne den Blick zu sehen, den die Ducks

tauschten, wusste Grey, was als Nächstes geschehen würde. Die Kerle hoben den Unglücksraben ein Stück höher und trugen ihn wie eine Trophäe zum Fischkarren. Auch der Junge begriff, was die beiden vorhatten, und setzte sich mit verdoppelter Kraft zur Wehr. Während er sich krümmte und strampelte, blieb er merkwürdig stumm wie ein sich windender Wurm am Angelhaken. Der Hut war ihm noch tiefer ins Gesicht gerutscht und verdeckte nun seine Augen vollständig. Hätten seine Peiniger die Richtung gewechselt und ihn ins Hafenbecken geworfen, hätte er es erst beim Aufklatschen ins Wasser bemerkt.

Unter den Zuschauern wurde vereinzelt Lachen laut. Die Händler und Hafenarbeiter erkannten, dass die Ducks es nicht wirklich böse meinten, und machten ihrer Erleichterung Luft. Ein paar Männer hüstelten oder räusperten sich, um ihre Heiterkeit zu verbergen. Keiner wollte die Ducks ermuntern, da man nie wusste, wann aus Geplänkel Ernst wurde und wer ihr nächstes Opfer war.

Auch Grey amüsierte sich auf Kosten des Jungen, obwohl er nicht besonders stolz darauf war. Er sah, wie der Kleine den Mund aufriss und wieder zuklappte, als einer seiner Peiniger ihn an den Füßen packte, der andere an den Händen und beide ihn hin und her zu schaukeln begannen, vor und zurück, höher und höher; dann fingen sie an zu zählen.

Eins ... zwei ... und drei ... Greys stählerne Augen verengten sich, als der Junge im hohen Bogen durch die Luft flog und bäuchlings im Fischkarren landete. Die glitschigen Fischleiber sprangen hoch und fielen in den Staub. Der Fischverkäufer kroch auf allen vieren herum und warf seinen Fang zurück in den Wagen. Der Junge rappelte sich auf, japste keuchend nach Luft und bekam eine Makrele in den Mund gestopft. Die Ducks fanden das irrsinnig komisch, konnten sich vor Lachen kaum auf den Beinen halten, bis ein Fisch in ihre Richtung geworfen wurde.

Der Fisch klatschte dem Größeren mitten vor die Brust; er taumelte einen Schritt nach hinten, bis er das Gleichgewicht wieder fand. Sein Kumpel fand auch das so komisch, dass er den nächsten Fisch nicht bemerkte, der ihn seitlich am Ohr traf.

Der Junge stand nun knietief in den Fischen und bombardierte die Kerle. Ihm stand ein ganzes Waffenarsenal zur Verfügung, und die Ducks hatten keine Lust, sich länger als Zielscheibe benutzen zu lassen. Mit wildem Gebrüll stürzten sie sich auf den Karren und rüttelten ihn, bis der Junge das Gleichgewicht verlor.

Grey trat einen Schritt vor, als der Junge wieder in den Fischberg plumpste und die Ducks auf den Karren kletterten. Mit einer Lässigkeit, die seine Besorgnis überspielte, steckte Grey das Fernrohr ein, bückte sich, zog die Klinge aus dem Stiefelschaft, versteckte sie im Jackenärmel und näherte sich ohne Eile dem Karren. Als der Junge es dank seiner Wendigkeit schaffte, sich aus dem Gewühl von Fischen zu befreien, und über den Rand des Karrens sprang, blieb Grey stehen. Die Ducks wühlten in dem Haufen, förderten aber nichts zutage als glitschige, stinkende Fische und stampften wütend mit den Füßen.

Grey schüttelte über den kindischen Wutausbruch erwachsener Männer den Kopf und wusste, dass der Spaß nun endgültig vorbei war. Die beiden Raufbolde glotzten zu ihm herüber, weil der Junge im vollen Karacho in seine Richtung rannte.

Grey packte ihn am Kragen und schob ihn hinter sich. »Bleib hinter mir«, befahl er. Das Bürschchen rang keuchend nach Luft und konnte nicht antworten. Grey spürte, wie sich die Hutkrempe an seinem Rücken auf und ab bewegte und nahm das als Zustimmung.

Die Ducks wischten sich Schleim, Schuppen und abgerissene Fischflossen von Brust und Armen und kamen breitbeinig auf Grey zu. Hinter ihnen bemühte der Fischhändler sich immer noch zu retten, was zu retten war, ehe er schleunigst Pferd und Wagen aus der Gefahrenzone zog.

»Meine Herren.« Greys gedehnte Stimme klang wie Honig, der in Samt sickerte. »Kann ich Ihnen irgendwie behilflich sein?«

Die beiden kannten ihn. Grey Janeway gehörte nicht zu den Leuten, mit denen sie sich anlegen wollten, aber ein Zurück gab es nun auch nicht mehr. »Tag, Mr. Janeway«, ergriff der bulligere der beiden Kerle das Wort. »Ich bin Bobby Burns und das ist mein Kumpel Jolly.«

»Mr. Burns. Mr. Jolly«, grüßte Grey mit ausgesuchter Höflichkeit. Er spürte, wie der Junge versuchte, seitlich an ihm vorbeizuspähen, und versetzte ihm einen Stoß mit dem Ellbogen. »Sie wünschen ...?« Er ließ den Satz absichtlich in der Luft hängen. Sollten die Raufbolde getrost aussprechen, was sie von ihm wollten.

Bobby Burns trat unschlüssig von einem Fuß auf den anderen. »Ähm, Mr. Janeway«, meinte er unbeholfen. »Sie wissen, dass wir den Jungen wollen.«

»Welchen Jungen?«, fragte Grey kühl.

»Den, der sich hinter Ihrem Rücken versteckt wie ein junges Känguru im Beutel seiner Mutter.«

»Ein Känguru hat den Beutel gewöhnlich vorn, habe ich Recht?«

Burns wusste nicht, was er darauf antworten sollte. »Na ja, ist nur so eine Redewendung.«

»Keine passende.« Grey schaute Jolly ins Gesicht, der eine Narbe betastete, die sich vom Mundwinkel über die Wange zog und in seinem rötlich blonden Backenbart verschwand. »Haben Sie auch eine Redewendung auf Lager, Mr. Jolly?«

Dem Duck fiel nichts ein und er schüttelte den Kopf.

Grey fuhr mit ausgesuchter Freundlichkeit fort: »Ich erwarte eine Schiffsladung, und der Junge, der sich an mich klammert wie eine Muschel an einen Schiffsrumpf, hilft mir beim Erledigen der Formalitäten.«

»Er arbeitet für Sie?«, fragte Bobby Burns.

»Er arbeitet für mich.«

»Davon haben Sie nichts gesagt, als wir ihn uns schnappten.«

»Weil es mich nicht gestört hat. Er rannte die ganze Zeit am Kai auf und ab. Er hat etwas von einem tanzenden Derwisch an sich und fällt gern auf.«

Die Ducks nickten im Takt.

»Also hat es mich wenig gestört, dass ihr ihm eine Abreibung verpasst habt. Aber jetzt hat der Spaß ein Ende, denke ich.« Er deutete über Jollys Schulter aufs Meer hinaus. »Unser Schiff wird bald vor Anker gehen. Wollen Sie wirklich Streit mit mir anfangen wegen des Jungen?«

»Wir wussten nicht, dass er für Sie arbeitet, Mr. Janeway«, verteidigte Bobby sich.

»Jetzt wissen Sie es«, entgegnete Grey gelassen, maß beide mit stahlgrauen Augen und wartete.

Die Kerle traten wieder von einem Fuß auf den anderen, tauschten verlegene Blicke und dann meldete Jolly sich wieder zu Wort. »Wir warten auch auf ein Schiff, Mr. Janeway. War nett, mit Ihnen zu reden.«

»Ja, das war es«, fügte Bobby Burns hinzu.

Grey schaute ihnen nach, und erst als er sicher war, sie würden sich nicht noch einmal umdrehen, ließ er das Messer aus dem Ärmel in seine Hand gleiten, bückte sich und steckte es wieder in den Stiefelschaft.

»Hätten Sie das etwa benutzt?«, fragte der Junge im Flüsterton.

»Wenn es nötig gewesen wäre«, entgegnete Grey seelenruhig, drehte sich um und musterte den Burschen kritisch, der die Schultern wieder hochgezogen und die

Augen zu Boden gesenkt hatte. Grey wollte ihm die Hutkrempe nach hinten schieben, um sein Gesicht besser sehen zu können, doch der Kleine zuckte zusammen, als werde er geschlagen, hielt seinen Hut fest und zog ihn noch tiefer in die Stirn.

»Wie alt bist du?«

»Vierzehn«, kam die mürrische Antwort.

»Bist du allein?«

Diesmal war die Antwort ein Nicken.

»Waise?« Grey verschwendete für seine Fragen nicht mehr Worte als der Junge für seine Antworten.

»Ja.«

»Was willst du auf dem Schiff?«

»Ich reise ab.«

Grey hätte beinahe laut aufgelacht. »Hast du Geld?« Das Schweigen des Jungen war beredt genug. Greys Hand schnellte vor. Er nahm das Kinn des Jungen mit Daumen und Zeigefinger und hob es hoch. »Sie werfen dich über Bord, wenn sie dich aus deinem Versteck zerren. Du bist zu mager, um zu arbeiten, und taugst nur dazu, den Fischen vorgeworfen zu werden. Wie willst du eigentlich auf das Schiff kommen? Du brauchst Geld, wenn du übergesetzt werden willst. Die riechen deine Verzweiflung und verlangen Dinge von dir, die du ihnen nicht geben willst oder nicht geben sollst.« Greys Daumen und Zeigefinger drückten fester zu. Dann beugte er sich vor, um sich das Gesicht näher anzusehen. Seine Stimme war immer noch leise, beinahe hypnotisch und melodisch tief. Er blickte unverwandt in die großen grünen Augen, die angstvoll zu ihm aufsahen. »Und wenn sie dich als Frau erkennen, liegst du flach auf dem Rücken, statt über dem Bug zu hängen.«

Tränen traten ihr in die Augen.

»Um Himmels willen«, meinte Grey abwehrend. »Fang bloß nicht an zu heulen.«

Sie versuchte, die Tränen zurückzublinzeln, doch ein paar kullerten ihr über die Wangen. Sie befreite sich ruckartig und wischte sich hastig mit dem Handrücken übers Gesicht. Verstohlen schaute sie sich um, ob jemand die Szene bemerkt hatte.

»Alle haben nur Augen für das Schiff«, sagte Grey.

»Ich dachte, Sie wollen nicht, dass jemand mich weinen sieht.«

»*Ich* bin es, der keine Tränen sehen will.« Sie zuckte unmerklich zusammen. Mein Gott, dachte er ungeduldig, verschone mich vor überempfindlichen weiblichen Wesen. Obwohl seine Worte sie anscheinend wie Peitschenhiebe getroffen hatten, starrte sie ihn weiterhin an. »Wie heißen Sie?«, fragte er.

»Berkeley Shaw.«

»Wie alt sind Sie?«

»Zweiundzwanzig.«

Er wollte das nicht recht glauben. Natürlich war sie älter als der vierzehnjährige Junge, der sie zu sein vorgab, doch acht Jahre älter hätte er sie nicht geschätzt. »Gibt es jemanden, dem ich Sie übergeben kann?«

Sie furchte die Stirn. »Wie meinen Sie das?«

»Ihr Ehemann? Bruder? Vater?« Er legte eine Pause ein. »Ihr Zuhälter?«

»Nein!«

»Niemand?«

»Nein«, wiederholte sie weniger aufgebracht. »Niemand.«

Grey geriet ein wenig aus der Fassung bei dem verwunderten Blick ihrer großen Augen. »Wieso starren Sie mich an?«

»Die Männer nannten Sie Mr. Janeway.«

»Richtig.«

»Heißen Sie so?«

»Hätten Sie einen passenderen Namen für mich?«, fragte er mit einem Anflug von Heiterkeit.

Berkeley hatte möglicherweise tatsächlich einen passenderen Namen für ihn, doch sie hütete sich freilich, eine unbesonnene Bemerkung zu machen. Der Zufall, der ihr diese Begegnung in die Hände spielte, schien so überwältigend, dass sie es nicht zu fassen vermochte. Der Mann, der ihr gegen die Sydney Ducks zu Hilfe gekommen war, konnte nicht Graham Denison sein.

»Was wollen Sie auf dem Schiff?«, fragte Grey.

»Ich muss einen Brief abgeben.«

Greys Verwirrung wuchs. »Dann haben Sie also nicht vor, die Stadt zu verlassen.«

Auch Berkeley war verwirrt, wenn auch aus völlig anderen Gründen. Sie fuhr fort, seine Gesichtszüge zu erforschen, und stellte Ähnlichkeiten mit der Zeichnung fest, die sie aus einer Bostoner Zeitung kannte. Jonna Thorne hatte Anderson einen Artikel über Graham Denison alias Falkner ausgehändigt. Der Zeitungsausschnitt war fünf Jahre alt, und Jonna hatte gesagt, das Bild gebe nur eine entfernte Ähnlichkeit wieder. Die Zeichnung vermittle nichts von seiner Eindringlichkeit, auch nichts von der herablassenden Art, die er gelegentlich an den Tag legte, und könne höchstens dazu dienen, sich vor Schwindlern zu schützen.

»Sie starren mich schon wieder an«, sagte Grey.

Berkeley blinzelte. »Verzeihung.« Die Zeichnung verblasste. Sie wünschte, Anderson heftiger bedrängt zu haben, sich das Bild genauer anzusehen. Er hatte ihr versichert, das sei unnötig, doch jetzt, da es vermutlich nötig wäre, waren Anderson und auch die Zeichnung verschwunden. »War ich unverschämt?«, fragte sie unschuldig. »Das wollte ich nicht.«

Grey winkte ungeduldig ab. »Beantworten Sie meine Frage.«

Sie versuchte sich daran zu erinnern. »Ob ich San Francisco verlasse?«

»Genau die.«

Das war zwar keine direkte Frage gewesen, doch das wollte er vermutlich auch nicht hören. »Ich bleibe hier.«

»Dann haben Sie vorhin gelogen.«

»Ich habe meine Meinung geändert.« Hastig fügte sie hinzu: »Aber den Brief muss ich auf das Schiff bringen. Helfen Sie mir?«

Grey wusste, dass er nein sagen sollte. Sie hatte bereits bewiesen, dass sie ihm Ärger machen würde, und einen triftigeren Grund brauchte er nicht, um ihr die Bitte abzuschlagen. Abgesehen von der Tatsache, dass sie ihn belogen und sich aufgeführt hatte wie ein verrücktes Känguru, besaß sie Augen, die so tief und grün und unwiderstehlich waren, dass er sie mit nichts vergleichen konnte; Augen, die intensiver strahlten als ein geschliffener Smaragd. Ein tiefer Bergsee hatte einen Grund; Berkeley Shaws Augen schienen unergründlich tief zu sein.

Und es machte nichts, dass sie nach Fisch stank.

»Sie starren mich an«, erklärte sie.

Tatsächlich. Grey entschuldigte sich nicht.

»Helfen Sie mir?«, fragte sie.

»Ja.«

Sie schenkte ihm ein scheues Lächeln und ließ verlegen den Kopf hängen, da er sie immer noch anstarrte. »Vielen Dank«, murmelte sie.

Grey hatte das Gefühl, einen Pakt mit einem Handlanger des Teufels geschlossen zu haben. Seine Seele aber verpfändete er bei diesem Handel nicht, da er keine Seele hatte. »Treten Sie einen Schritt zurück«, befahl er.

Berkeleys Kopf fuhr hoch. Unsicher, ob sie ihn richtig verstanden hatte, schaute sie ihn neugierig an.

»Mit dem Wind«, erklärte er. Als sie sich nicht vom Fleck rührte, legte er einen Finger an die Nase. »Sie stinken nach Fisch.«

»Oh.« Sie machte ein paar Schritte zur Seite. »Ist es so besser?«

Er nickte. »Kommen Sie. Und halten Sie um Himmels willen den Mund.«

Sorgsam darauf bedacht, ihm nicht zu nahe zu kommen, folgte Berkeley gehorsam. Die graue Tigerkatze, die vor den Sydney Ducks die Flucht ergriffen hatte, war plötzlich wieder da und ließ sich von Berkeleys Fischgestank nicht im Geringsten abhalten. Sie strich Berkeley um die Beine und schlug spielerisch mit den Pfoten nach ihren nackten Zehen.

Am Frachtkahn blieb Grey stehen. »Warten Sie hier«, befahl er Berkeley und sprang an Bord. Als er sich nach ihr umdrehte, sah er, dass sie die Katze im Arm hielt, ein gestreiftes, schnurrendes Fellbündel, das ihr begeistert das Gesicht leckte. »Werden Sie das Biest los«, befahl er.

Berkeley setzte die Katze auf den Boden und verscheuchte sie. Das Kätzchen entfernte sich mit ein paar übermütigen Sprüngen, drehte sich um, duckte sich und beäugte Berkeleys nackte Zehen wie eine Maus, die es zu erlegen galt.

Grey schüttelte gereizt den Kopf. »Das tut sie nur, weil Sie mit den Zehen wackeln. Wo ist Ihr Schuh?«

»Den habe ich verloren.« Sie schaute sich suchend auf dem Kai um, als die Katze sich auf ihre vermeintliche Beute stürzte und Berkeleys Zehen zu lecken begann.

Grey sah die kleine rosige Katzenzunge und dann sah er Berkeleys ungeniertes, lustvolles Lächeln. Gott steh mir bei, dachte er, als sie versonnen die Augen schloss und ein kleiner, spitzer Laut über ihre leicht geöffneten Lippen kam. Diese Person machte nicht nur Ärger; sie war gefährlich. »Haben Sie den Brief?«

»Hmmm?« Berkeleys Lächeln verflog, sie öffnete die Augen und sah den finsteren Blick ihres Retters auf sich gerichtet. »Ich verscheuche sie gleich wieder«, versicherte sie hastig.

»Vergessen Sie die Katze und geben Sie mir den Brief.«

»Aber ich will aufs Schiff«, entgegnete sie. »Ich muss mit dem Kapitän persönlich sprechen.«

Grey hatte keine Ahnung, wieso sie glaubte, sie könne bis zum Kapitän eines Ozeanriesen vordringen, und was sie dem Mann zu sagen hatte. »Ich setze nicht zum Schiff über«, entgegnete er mürrisch. »Und Sie auch nicht. Wollen Sie nun, dass der Skipper Ihren Brief abliefert oder nicht?«

Statt zu antworten, wandte Berkeley sich ab, griff in ihr Flanellhemd und zog aus den Leinenstreifen, die ihren Busen flach drückten, den Brief hervor, den Anderson geschrieben hatte. Sie blickte unschlüssig auf das versiegelte Schreiben und fragte sich, ob sie es überhaupt abliefern sollte. Den Inhalt kannte sie auswendig: *Mrs. Shaw und ich bedauern, Ihnen mitteilen zu müssen, dass wir noch keine nennenswerten Fortschritte erzielen konnten, Mr. Denison ausfindig zu machen. Trotz intensiver Nachforschungen ist es uns bislang nicht gelungen, eine Spur des Vermissten zu finden. Wir setzen unsere Bemühungen unvermindert fort und beten und hoffen inständig, Ihnen im nächsten Monat erfreulichere Nachrichten geben zu können, und verbleiben mit vorzüglicher Hochachtung …*

Anderson hatte den Brief bereits auf dem Schiff nach Panama geschrieben. Er hatte beabsichtigt, alle sechs der von den Thornes verlangten Berichte hintereinander weg zu schreiben – nur um seine Ruhe zu haben –, doch dann wurde er von anderen Dingen abgelenkt. Den ersten Brief hatte er einen Monat nach ihrer Ankunft aufgegeben. Dies war der zweite. Sollte es noch andere geben, wusste Berkeley nichts davon. In Zukunft war sie gezwungen, die Briefe selber zu verfassen. Der hier gab ihr wenigstens einen Monat Zeit, um darüber nachzudenken. Selbst wenn sie Andersons Schreibstil nachahmen konnte, wäre sie nicht in der Lage, seine kühne Schrift zu fälschen. Der nächste Brief würde ihre Unterschrift tragen. Es blieb abzuwarten, ob sie ihren Auftraggebern die erfreulichen Nachrichten übermitteln konnte, für die Anderson versprochen hatte zu beten.

»Ich warte.« Grey verlor langsam die Geduld. »Oder wollen Sie den Brief jetzt erst schreiben?«

Als Berkeley sich umdrehte, hielt sie den Brief in der Hand. »Kann ich ihn wenigstens dem Skipper persönlich übergeben?«

Verdutzt musste Grey feststellen, dass sie ihm nicht traute. Vermutlich fürchtete sie, er würde ihn lesen. Grey hatte genug von dem Theater, nahm ihr den Brief aus der Hand und las die Namen über dem roten Siegel. *Mr. und Mrs. Decker Thorne.* »Keine Adresse?«

»Nicht nötig.«

»Und der Kapitän des Seglers kann damit etwas anfangen?«

»Sie sagten, es ist ein Schiff der Remington-Linie.«

Grey nickte.

»Dann weiß er Bescheid«, erklärte Berkeley ohne Umschweife.

Als sie keine weitere Auskunft gab, seufzte Grey kopfschüttelnd. »Warten Sie hier, bis ich mit dem Skipper geredet habe.«

Berkeley gehorchte mehr oder weniger. Sie nahm die Katze wieder auf den Arm und entfernte sich ein paar Schritte, setzte sich auf die Holzplanken und sah zu, wie Grey dem Bootsmann den Brief und ein paar Münzen aushändigte. Die Männer redeten kurz miteinander, schüttelten einander die Hände und Grey sprang vom Boot.

Zwei Männer machten die Leinen los und stießen

den flachen Kahn mit dem breiten Heck vom Kai ab. Berkeley beobachtete, wie das Boot sich langsam an zwei verlassenen Schiffswracks vorbei schob.

Grey schaute auf sie hinunter. Der Schlapphut verbarg ihr Haar und ihr Gesicht. Sie ließ die Beine baumeln und sah genau so aus wie der Gassenjunge, in den sie sich verkleidet hatte. »Ihr Brief wird dem Kapitän ausgehändigt«, sagte er nach einer Weile.

»Vielen Dank.« Sie hielt den Hut mit einer Hand fest, die Katze mit der anderen und wandte ihm das Gesicht zu. »Ich wusste nicht, dass es Geld kostet, den Brief abzuliefern«, sagte sie unschuldig.

»Wie lange leben Sie in San Francisco?«

»In einer Woche werden es zwei Monate.«

»Und Sie verkleiden sich die ganze Zeit als Junge?«

»Nicht die ganze Zeit, aber beinahe.«

»Barmherziger Himmel«, sagte er und mied ihre unergründlichen grünen Augen. »Sie brauchen einen Beschützer.«

»Ich weiß«, meinte sie freimütig und machte eine unschlüssige Pause. »Ich nehme nicht an, dass Sie ...«

»Um Gottes willen, nein«, unterbrach er sie abwehrend. Ohne Köder, ohne Haken, dachte er. Und trotzdem warf sie die Angel nach ihm aus. »Sie wollten die Katze loswerden.«

Sie streichelte die Katze unbeirrt weiter, als habe sie ihn nicht gehört. »Was bringt Ihnen das Schiff?«

»Keine Ahnung.« Er ging neben ihr in die Hocke. »Kommt drauf an, woher es kommt.«

»Sie sollten sich gegen den Wind stellen«, meinte sie.

Es dauerte eine Sekunde, ehe er begriff, dass sie auf ihren Fischgeruch anspielte. »Schon gut. Ich gewöhne mich daran.«

»Deshalb werde ich die Katze nicht los«, meinte sie.

Damit hat sie Recht, dachte Grey, was allerdings keine Erklärung war, wieso er immer noch hier herumhing. Er holte das Fernglas hervor und setzte es ans Auge. »Die Remington *Rachel*«, erklärte er. »Das sagt mir aber nicht, welchen Hafen sie zuletzt angelaufen ist. Wollen Sie mal durchgucken?«

Berkeley straffte die Schultern. »Wie bitte? Heißt das, Sie lassen mich wirklich durchgucken?«

Eine steile Falte bildete sich zwischen Greys Brauen. »Ich habe es Ihnen doch angeboten, oder nicht?«

»Ja, aber ... ich meine ...« Sie setzte ihm die Katze auf den Schoß und nahm das Fernglas. »Danke.« Berkeley hob das Teleskop hastig ans Auge, damit er nicht sah, wie ihr die Tränen kamen. Er würde nicht begreifen, wie gerührt sie von seiner Geste war. Für Berkeley aber war es die erste freundliche Regung eines Menschen in dieser selbstsüchtigen, raffgierigen Stadt.

»Sie müssen die Schärfe einstellen.« Er zeigte ihr das Messingrädchen, an dem sie zu drehen begann.

»O ja. Jetzt sehe ich es ganz deutlich. Du liebe Güte. Das Schiff ist ganz nah, ich muss nur die Hand danach ausstrecken.«

Er lächelte über ihre kindliche Begeisterung. »Wie alt sind Sie?«

Berkeley kam sich ziemlich kindisch vor. »Ungefähr eine halbe Stunde älter als bei Ihrer ersten Frage, Mr. Janeway.« Sie hatte ihm zu verstehen gegeben, dass sie einen Beschützer brauchte, und er hatte sich nicht darauf eingelassen. Die meiste Zeit ihres Lebens hatte sie in einem schützenden Käfig verbracht, doch das machte sie noch lange nicht zu einem Kind.

Grey betrachtete sie sinnend, diese seltsame Mischung aus Aufrichtigkeit und Unschuld. »Was sehen Sie?«

»Der Kahn ist an der *Rachel* angekommen und die Besatzung holt ihn mit langen Stangen längsseits.«

»Das sind Enterhaken«, korrigierte er. »Damit wird der Frachtkahn festgemacht, um ihn beladen zu können.« Er kraulte die Katze hinter den Ohren, die es sich auf seinen Knien bequem gemacht hatte. »Was können Sie noch sehen? Vielleicht Teppichrollen? Oder Kisten, die groß genug sind, um Wandspiegel zu enthalten?«

»Ist das die Fracht, auf die Sie warten?« Wenn er auf Schätze wie Teppiche und Spiegel wartete, musste er unermesslich reich sein.

»Wenn die *Rachel* aus dem Orient kommt, müsste sie meine Teppiche an Bord haben. Wenn sie London angelaufen hat, dann hat sie wahrscheinlich meine Spiegel geladen. Und wenn sie aus ihrem Heimathafen in New England kommt, könnte sie auch die Stoffballen bringen, die ich bestellt habe.« Grey richtete sich auf, als er das Nahen eines Fuhrwerks hörte. »Sam!«, rief er und winkte dem Kutscher zu. »Dachte schon, du tauchst gar nicht mehr auf.«

Sam Hartford schob den Hut mit dem Zeigefinger nach hinten und wischte sich mit dem Handrücken die grauen Haarsträhnen aus der verschwitzten Stirn. Der Faltenkranz um seine Augen vertiefte sich, als er in die Sonne blinzelte. »War gerade dabei, Holz abzuladen«, erklärte er, »als ich hörte, dass ein Remington-Schiff in der Bucht ankert. Hab nicht vergessen, dass Sie das Fuhrwerk brauchen, wenn es soweit ist.« Sam schob den Hut wieder in die Stirn und deutete auf die Katze, die zufrieden in Greys Armen schnurrte. »Wusste gar nicht, dass Sie etwas für Katzen übrig haben, Mr. Janeway. Haben Sie den Streuner grade aufgelesen?«

Greys Blick wanderte von Sam zu Berkeley, die auf den Holzplanken saß, die Beine baumeln ließ, angestrengt durch das Fernglas äugte und nicht auf das Gespräch mit dem Kutscher zu achten schien. »Zwei Streuner, Sam. Und sie sind mir zugelaufen.«

Unter der Krempe des breiten Schlapphuts zog Berkeley die Mundwinkel hoch.

KAPITEL 3

Die Arbeiter auf dem Baugerüst ließen ihre Werkzeuge sinken, als das Fuhrwerk sich näherte. »Zum Teufel«, schrie einer beim Anblick der riesigen Kisten auf dem Pritschenwagen. »Er bringt die Spiegel!« Die Ankündigung wurde mit anerkennenden Pfiffen und Beifall auf dem Gerüst aufgenommen.

»Wieso klatschen die Männer Beifall?«, fragte Berkeley, die hinter dem Kutschbock kauerte und auf die Knie kam.

Grey beachtete sie nicht, doch Sam warf einen kurzen Blick über die Schulter in ihr hochgerecktes Gesicht. »Weil sie zu wissen glauben, wo die Spiegel angebracht werden, Kleiner.« Er zwinkerte ihr zu. Als sie ihn verständnislos ansah, grinste er. »Über die Betten, klar?«

Berkeley zog die Brauen unter der Hutkrempe hoch und setzte sich langsam wieder auf die Wagenpritsche, während Sam das Pferdegespann vor dem Phönix zum Halten brachte.

»Genug gehört?«, fragte Grey sie, nachdem Sam abgesprungen war, um die Pferde auszuspannen.

Berkeley ließ den Blick über die hohe Fassade schweifen. Dieses stattliche Gebäude war im Gegensatz zu den Holzhäusern am Portsmouth Square aus Ziegeln erbaut und um ein Stockwerk höher als alle anderen. In den Fenstern spiegelte sich das Sonnenlicht. Die Männer auf dem Gerüst brachten letzte Verschönerungen an der Fassade an, und über dem Eingang war ein Arbeiter damit beschäftigt, die nackten Brüste einer Galionsfigur zu polieren.

»Ich habe genug gesehen«, sagte Berkeley. »Ich glaube, ich habe einen Fehler gemacht.« Sie nahm die Katze hoch und wollte vom Wagen klettern.

Grey packte sie am Kragen und hielt sie zurück. Berkeley verlor das Gleichgewicht und plumpste auf ihr Hinterteil, wobei sie sich die Hüfte schmerzhaft an der Kante einer Holzkiste anschlug. »Passen Sie auf«, warnte er sie zähneknirschend. »Sonst zerbrechen Sie mir noch einen Spiegel.«

Verspätet sprangen Berkeley die Tränen in die Augen. Sie senkte den Kopf, um sie zu verbergen, und hoffte, ihr Schniefen gehe im Schnauben der Pferde unter.

»Weinen Sie etwa?« Grey sprang vom Wagen.

Sie schüttelte den Kopf und wich seiner Hand aus, als er nach ihrem Kinn fasste. Die Katze versuchte, die Flucht zu ergreifen, und wurde krampfhaft festgehalten.

Grey zog die Hand zurück und studierte ihren gesenkten Kopf. »Sie erdrücken die Katze.« Berkeley lockerte ihren Griff, worauf die Katze Grey an die Brust sprang, was ihm keineswegs willkommen war. Doch das Tier scherte sich nicht darum und machte es sich in seiner Armbeuge bequem. Grey streichelte sie zerstreut und wandte Berkeley den Rücken zu. »Lass die Pferde, Sam. Der Junge kann sie trocken reiben, während du etwas für mich erledigst.«

Mittlerweile hatte Sam die Gäule ausgespannt. »Und die Spiegel, Mr. Janeway?«

»Mr. Kincaid lässt sie von ein paar Arbeitern abladen.« Er wies auf seinen Vorarbeiter, der soeben aus dem Haus trat. »Die Spiegel sind da, Donnel.«

»Ja. Ich war ganz hinten im dritten Stock beschäftigt, als die Nachricht sich wie ein Lauffeuer verbreitet hat.« Er wischte sich mit dem Handrücken die verschwitzte Stirn und begutachtete die Kisten. »Und alle unversehrt.«

»Ich hoffe«, meinte Grey. »Sam und ich haben nur zwei Kisten am Kai aufgemacht.«

Berkeley wollte sich heimlich aus dem Staub machen und versuchte, vom Wagen zu rutschen.

Donnel vergrub seine großen Hände in den Taschen, wippte auf den Fersen und wies mit einem Ruck seines kantigen Kinns auf sie. »Wo haben Sie den Knirps aufgelesen?«

Berkeley, die zunächst dachte, er meine die Katze, begriff, dass seine abwertende Bezeichnung ihr galt, und warf dem Vorarbeiter einen wütenden Blick zu, ehe sie Greys Hand ergriff und vom Wagen sprang.

»Sam zeigt dir, wie man die Pferde trocken reibt«, sagte Grey und wandte sich an Donnel. »Als Knirps würde ich ihn nicht bezeichnen. Vorhin am Hafen hat er sich mit zwei Ducks angelegt und sie ausgetrickst.«

Donnel pfiff anerkennend durch die Zähne. Zwischen seinen buschigen roten Brauen bildete sich eine senkrechte Falte, als er zusah, wie Berkeley hinter Sam her stapfte. Etwas an dem mageren Kerlchen kam ihm seltsam vor ... Er schüttelte den Gedanken ab, wandte sich wieder an Grey und stutzte, als die stahlgrauen Augen seines Arbeitgebers ihn durchbohrten. Donnel warf einen Blick über die Schulter, ob er jemand hinter ihm meinte, doch da war keiner. »Ich kümmere mich um die Spiegel, Mr. Janeway«, meinte er. »Gibt's sonst noch was?«

»Nein, das wär's, Donnel.«

Der Vorarbeiter meinte, einen Funken Heiterkeit in Greys Blick aufleuchten zu sehen. Er wischte sich wieder den Schweiß von der Stirn, diesmal mit einem Lappen, den er aus der Gesäßtasche holte. Es liegt an der Hitze, dachte er.

Grey trat an den Pfosten, wo die Pferde angebunden waren und Berkeley sich unter Sams kritischer Aufsicht daran machte, die nassen Flanken eines Gauls abzureiben. »Sam«, sagte Grey. »Du musst Ivory Edwards einen Besuch abstatten …« Er verzog die Mundwinkel zu einem schiefen Lächeln, als er an Ivorys Worte von heute Morgen dachte. »Vielleicht nennt sie sich heute auch Ivory DuPree. Du findest sie bei Howard.«

»Im *Palace*«, meinte Sam. »Ich weiß.«

»Gut. Sag ihr, ich brauche ein paar Kleider. Zierliche Größe. Vielleicht hat sie irgendwelche Sachen, die ihr zu klein geworden sind. Und um Himmels willen bemühe dich darum, sie nicht zu beleidigen, wenn du danach fragst.«

Sams verwittertes Gesicht bekam noch tiefere Falten. Er kratzte sich nachdenklich die Stirn. »Keine Ahnung, wie ich das …«

»Lass dir was einfallen. Sag ihr, ich bezahle, was sie verlangt. Das dürfte sie milder stimmen. Wenn nicht … duck dich.«

»Ich duck mich«, wiederholte Sam bekümmert.

»Und frag sie, wo sie ihre Kleider kauft und ob die Schneiderin auch Kleider für eine Dame anfertigt.«

Sam furchte die Stirn. »So würde ich mich nicht ausdrücken.«

»Ganz recht. Duck dich lieber ganz tief«, riet Grey ihm. Die Katze streckte sich in seinen Armen und drehte sich auf den Rücken, um sich den Bauch streicheln zu lassen. Grey, dessen Gedanken woanders waren, kraulte sie zerstreut. »Schuhe. Hüte. Strümpfe. Unterröcke. Pluderhosen. Nachthemd.« Berkeley zupfte ihn am Ärmel. »Was gibt's?«

Sie trat zwischen ihn und Sam und formulierte stumm zwei Worte.

Grey zog eine Braue hoch, während sein Blick zweifelnd auf ihren flach gedrückten Busen fiel. »Und ein Korsett, Sam. Frag Ivory auch nach einem Korsett.«

Berkeley nickte zufrieden und striegelte das Pferd weiter.

Sam hatte den Hut abgenommen und kratzte sich die kahle Stelle am Hinterkopf. »Meinen Sie wirklich, ich bin dafür der richtige Mann, Mr. Janeway? Ich denke, es gibt andere«, dabei blickte er bedeutungsvoll auf Berkeleys Rücken, »die sich vielleicht mit Damenunterwäsche besser auskennen. Ich bin kein Experte. Schicken Sie lieber den Jungen, ihn wird Miss Edwards nicht mit Gegenständen bewerfen.«

»Miss DuPree. Ivory würde ihn auch gar nicht vorlassen.«

»Weil er so jung ist?«, fragte Sam.

»Weil er nach Fisch stinkt.«

Diesem Argument musste Sam sich beugen. Der Junge stank tatsächlich erbärmlich nach Fisch.

»Bevor du gehst, Sam, sag einem der Männer, er soll das Zelt auf dem Platz abbauen und meine Sachen ins Haus bringen.«

»Ziehen Sie etwa ein, Mr. Janeway?«, fragte Sam Hartford überrascht. »Verzeihung ... aber Sie wollten doch erst einziehen, wenn das Haus fertig ist.«

»Ich habe meine Meinung geändert«, entgegnete Grey.

»Aber die Möbel sind doch noch gar nicht da und es gibt kein ...«

Grey lachte trocken. »Ich lebe seit zehn Wochen im Zelt. Ich werde mich schon wieder an ein festes Dach über dem Kopf gewöhnen.«

»Ja, Sir.«

Als Sam sich nicht vom Fleck rührte, meinte Grey: »Das wär's, Sam. Du kannst gehen. Und hier, nimm das.« Er holte eine silberne Geldklammer aus der Tasche und reichte Sam ein paar Scheine. »Gib das Ivory als Anzahlung. Den Rest zahle ich später. Und bestell ihr schöne Grüße von mir.«

Sam Hartford trat von den Holzplanken des Gehsteigs und überquerte den Platz. »Lassen Sie die Pferde«, sagte Grey an Berkeley gerichtet. »Ein Arbeiter striegelt sie, wenn die Spiegel abgeladen sind.«

Berkeley begriff, dass er sie nur deshalb die Pferde hatte trocken reiben lassen, damit sie beschäftigt war und er sie im Auge behalten konnte. Sie hängte den Lappen über den Holzbalken. »Dieses Haus betrete ich nicht«, sagte sie.

»Tatsächlich?« Grey reagierte nicht betroffen auf ihre Ankündigung, nur neugierig. »Ich habe Ihren Wunsch nach einem Korsett als Zeichen Ihres Einverständnisses gewertet.«

»Mein Wunsch? Dachten Sie etwa, ich will es für mich?«

»Etwa nicht?«

»Ich habe damit nur darauf hingewiesen, dass Ihrer Kleiderliste ein wichtiger Artikel fehlt. Die Garderobe einer Dame ist ohne Korsett unvollständig.«

»Etwa auch *Ihrer* Garderobe?«

»Ich wusste nicht, dass Sie von meiner Garderobe sprechen.«

Grey beobachtete fasziniert, wie Berkeleys Gesicht sich belebte. Ihre grünen Augen blitzten, sie hob das Kinn. Ihre Brauen verschwanden unter der Hutkrempe. Sie schob die Unterlippe vor und blies entrüstet eine feine Haarsträhne nach hinten. »Sind Sie nicht der Meinung, Sie brauchen passendere Kleider?«

»Passender wozu?«, fragte sie schnippisch. »Ich fühle mich in den Sachen sehr wohl, auch wenn sie nach Fisch stinken.« Sie schnüffelte. »Und nach Pferdemist.«

Grey nahm zwei Dinge wahr, die ihn aus der Fassung brachten: Berkeleys laut gewordene Stimme und die neugierigen Blicke seiner Arbeiter. Er legte den Kopf seitlich und maß sie mit seinem metallisch graublauen Blick. »Wenn Sie nicht die Absicht haben, mein Haus zu betreten, Miss Shaw, wieso sind Sie dann hier?«

»Ich konnte nicht wissen, dass Sie mich zu Ihrer Hure machen wollen, Mr. Janeway.«

Greys Kopf fuhr hoch, er richtete sich kerzengerade auf. In seiner Wange begann ein Muskelstrang zu arbeiten. Berkeley Shaws helle Stimme drang wie die einer Marktschreierin quer über den Platz. Grey schätzte, dass der Verkehr auf der anderen Seite von Portsmouth Square zum Stillstand kam und alle Passanten zu ihm herüberstarrten. Und vor Sonnenuntergang würden seine Geschäftspartner, Bekannten und Freunde sich das Maul darüber zerreißen, dass Grey Janeway ein Freund von Männern war. »Sie lassen mir keine andere Wahl«, knurrte er.

Bevor Berkeley wusste, wie ihr geschah, hatte er ihr die Katze in den Arm gedrückt und den Hut vom Kopf gerissen. Das flüchtig hochgesteckte Haar löste sich und wallte ihr über Schultern und Rücken. Die weizenblonde, seidige Mähne wehte wie ein Banner im Wind.

Grey stand wie angewurzelt und starrte sie an. Er hatte gehofft, unter dem zerbeulten Schlapphut würde sich etwas Weibliches verstecken, doch diese seidig schimmernde Haarfülle überstieg seine Erwartungen. Grey zerdrückte den Hut in der Faust, legte seine freie Hand unter dem wehenden Haar um ihren schlanken Hals und führte sie den Gehsteig entlang.

Berkeley hob den Kopf, als sie zu den hohen, rot lackierten Doppeltüren des *Phönix* geschoben wurde. »Was ist das?«, fragte sie unter dem Gerüst.

Grey versuchte sie weiterzuschieben, doch sie blieb störrisch wie ein Maultier stehen. Er folgte ihrem Blick nach oben. »Das ist Rhea. Die Mutter von Neptun.«

»Sieht aus, als gehöre sie an den Bug eines Schiffes.«

»Ja. Eine Galionsfigur.« Er gab ihr einen sanften Schubs und diesmal setzte sie sich in Bewegung. »Jetzt ist sie die Galionsfigur des *Phönix*.«

Berkeley betrat den großen Saal, hörte, wie die Türen hinter ihr ins Schloss fielen, und entwand sich Greys Griff. Sie setzte die Katze auf den Boden, die sich umgehend daran machte, die Umgebung zwischen Packkisten, Holzbalken und abgedeckten Möbeln zu erkunden. An einer Seite des Saales stand eine kunstvoll geschnitzte Mahagonitheke, die anscheinend erst vor kurzem aufgebaut worden war, da sie nicht mit einer Staubschicht bedeckt war wie der Fußboden. Die glänzend polierten Messingstangen schimmerten in der dämmrigen Halle.

Unter den Leinenüberwürfen erkannte Berkeley Spieltische an ihrer ovalen Form mit der nierenförmigen Einbuchtung für den Croupier. Es gab Berge aufgestapelter Stühle und viele aufgereihte Tische, an denen schätzungsweise hundert Spieler sitzen konnten. An der langen Theke fanden weitere fünfzig Gäste Platz, und die Gänge zwischen den Tischen waren breit genug, so dass noch einmal gut hundert Zuschauer flanieren konnten.

Berkeley wies auf die rau verputzte Wand hinter der Bar. »Kommen die Spiegel dort hin?«, fragte sie.

Grey nickte. »Die meisten.«

»Aber keiner wird über einem Bett aufgehängt.«

»Richtig.« Er gab ihr den Hut wieder.

»Aber es stört Sie nicht, wenn die Leute das vermuten.«

Er zuckte die Schultern und wies zur breiten Treppe im Hintergrund der Halle. »Es ist gut fürs Geschäft. Kommen Sie. Ich zeige Ihnen, wo Sie diese zerlumpten Sachen loswerden können.«

»Wenn es Ihnen nichts ausmacht, wasche ich mich in meinen Kleidern.« Als er sie seltsam von der Seite anblickte, erklärte sie: »Das habe ich schon gemacht. In der Bucht. Es ist gar nicht schlecht.«

Grey blickte die elegant geschwungene Treppe hinauf, die nach seinen Wünschen gebaut worden war. Der Gedanke, die strampelnde und kreischende Berkeley Shaw die endlosen Stufen hinaufzutragen, war nicht sonderlich angenehm.

Während er unschlüssig darüber nachdachte, wuchteten zwei Arbeiter eine Kiste in die Halle. »Sehen Sie sich diese Männer an«, sagte er halblaut zu Berkeley. »Sie können mühelos schwere Lasten schleppen. Es wäre ein Kinderspiel für die Kerle, Sie die Treppe hinaufzutragen. Und wenn Sie um sich schlagen und kreischen, können wir Sie in eine Kiste setzen. Also, zur Treppe geht es hier entlang. Schaffen Sie es allein, oder soll ich Mike und Shawn bitten, Ihnen behilflich zu sein?«

Mike Winston und Shawn Kelly setzten grinsend ihre Last ab und warteten geduldig, welche Entscheidung der Gast von Grey Janeway treffen würde.

Berkeley stülpte sich den Hut auf den Kopf und marschierte los.

»Danke, Jungs«, rief Grey seinen Männern zu und folgte ihr mit einem dünnen Lächeln auf den Lippen. Auf Mike und Shawn war Verlass, sie hätten noch viel mehr für ihn getan. Er holte Berkeley ein. »Habe ich noch weitere Szenen von Ihnen zu erwarten?«

»Ich fürchte, ja, Mr. Janeway.«

Er seufzte. Die getigerte Katze hüpfte die Stufen herauf und durch Berkeleys Beine, die ins Stolpern geriet. Grey fing sie auf und spürte, wie sie sich versteifte. »Miss Shaw, denken Sie wirklich, ich hätte ein Interesse daran, Sie zu meiner Hure zu machen?«

Berkeley entwand sich seinem Griff. »Ist es nicht so?«

»Nein.«

»Die Hure eines anderen?«

»Nein.«

Grey ging voraus, ohne sie eines weiteren Blickes zu würdigen. Berkeley beeilte sich, ihm zu folgen.

»Das ist doch ein Bordell, oder etwa nicht?«, fragte sie.

»Nein, es ist ein Spielcasino und Hotel, kein Hurenhaus. Ich bin Geschäftsmann, Miss Shaw. Kein Zuhälter. Wenn Sie das vermuten, wieso sind Sie dann mitgekommen? Ich habe Sie nicht gezwungen, auf den Wagen zu steigen. Sie und die Katze sind aufgesprungen.«

Oben an der Treppe angekommen, wandte er sich nach rechts und ging einen breiten Flur entlang. Berkeley hatte Mühe, mit ihm Schritt zu halten. »Ich dachte, Sie wollen mir helfen«, verteidigte sie sich. »Ich erwarte ja nicht, dass Sie mir umsonst einen Gefallen tun. Ich dachte, ich kann bei Ihnen Arbeit finden.«

»Welche Arbeit?«

»Ich weiß nicht genau«, antwortete sie unschlüssig. »Irgendetwas. Es ist nicht so, als hätte ich keine Talente.«

»Darüber reden wir später«, entgegnete Grey trocken und blieb vor einer hohen Eichentür stehen, die er aufstieß. »Die Schlösser kommen erst nächste Woche. Vielleicht auch erst in zwei Wochen.« Er gab ihr mit einer Handbewegung zu verstehen, dass sie eintreten sollte.

Außer einem riesigen Schreibtisch aus Walnussholz und einer umgedrehten Holzkiste, die als Sitzgelegenheit diente, war der Raum leer. An der Stirnwand führten hohe Glastüren auf einen Balkon mit Blick auf den Portsmouth Square. Berkeley beobachtete den Mann auf dem Gerüst, der nun dabei war, das lange, wallende Haar der Meeresgöttin mit Leinöl zu bearbeiten. Wenigstens polierte er nicht länger hingebungsvoll die Brüste der Dame. Berkeley, die spürte, wie ihr die Hitze in die Wangen stieg, trat an den Marmorkamin, dessen Sims aus Walnussholz geschnitzt war, passend zur Wandtäfelung. Die Wände darüber waren hellblau tapeziert, was dem Raum Helligkeit und Weite verlieh.

Berkeley wies auf eine Tür, die einen Spalt offen stand. »Darf ich?«

»Bitte sehr. Sehen Sie sich getrost um.«

Wären die Räume bereits eingerichtet, würde er diese Einladung vermutlich nicht so leichtfertig aussprechen, oder er würde ihr auf Schritt und Tritt folgen, dachte Berkeley, deren Äußeres nicht sehr vertrauenserweckend wirkte, nicht nur wegen des Fischgeruchs, der ihr entströmte. Sie hatte sich wochenlang als Obdachlose auf den Straßen herumgetrieben und sich von Küchenabfällen ernährt. Hätte sie sich hundertmal in der Bucht gewaschen, so hätte sie die Verzweiflung der Armut doch nicht abwaschen können. Sie würde zwar nicht als Hure für Grey Janeway arbeiten, hätte sich allerdings nicht gescheut, ihn zu bestehlen.

Berkeley ging langsam durch den angrenzenden Raum, der einmal eine kleine Bibliothek werden würde. Die hohen Regale waren bereits aufgebaut, aber es stand noch kein Buch darin. Sie betrat den nächsten Raum, in dem sie ein Schlafzimmer vermutete. Unter dem breiten Erkerfenster war eine Bank eingebaut. Eine hohe Tür führte auf den Flur. Die Suite wurde von einem Ankleidezimmer vervollständigt, in dem ein großer begehbarer Schrank und ein Frisiertisch standen.

Berkeley ging ins Schlafzimmer zurück, wo Grey am Türrahmen zur Bibliothek lehnte. »Entspricht es Ihren Erwartungen?«

Sie hatte keine Erwartungen an ihren Rundgang geknüpft. Es war eine Luxussuite, daran gab es keinen Zweifel, sie aber wäre auch mit einer Kammer zufrieden gewesen, in die es nicht hineinregnete. »Soll ich etwa hier wohnen?«

Grey musterte sie aufmerksam und schüttelte den Kopf. »Nein.«

Berkeley ließ den Kopf hängen, um ihre Enttäuschung zu verbergen. Wieso hatte er sie hierher gebracht, wenn er ihr kein Dach über dem Kopf geben wollte?

»Ihr Zimmer liegt weiter hinten im Flur.«

Ihr Kopf schnellte hoch. In Ihren Augen spiegelten sich Dankbarkeit und Erleichterung. »Meinen Sie das im Ernst?«

Ihre kindliche Dankbarkeit war ihm peinlich, deshalb fiel seine Antwort ungewollt schroff aus. »Das sagte ich doch gerade, oder nicht?« Er bedauerte seinen barschen Ton, unter dem Berkeley zusammenzuckte, entschuldigte sich aber nicht. Sie ahnte nicht, wie lästig es ihm war, Verantwortung für sie zu übernehmen. Bis zu diesem Vormittag am Kai hatte er es sich zur Aufgabe gemacht, keine Verpflichtungen einzugehen, die nicht geschäftlicher Natur waren.

In diesem Augenblick flitzte die Katze ins Schlafzimmer und beäugte fasziniert die schräg einfallenden gebündelten Sonnenstrahlen, in denen Staubflusen tanzten. Sie haschte übermütig mit den Pfoten nach dem glitzernden Spielzeug und Grey schaute ihr eine Weile kopfschüttelnd zu. Das ist die Rache der Sydney Ducks, dachte er erbittert. Die kurze Begegnung mit den Raufbolden hatte ihm eine verrückte Katze und eine ausgesprochen neugierige junge Frau beschert. Die Ducks konnten stolz auf sich sein. Ohne große Mühe war es ihnen gelungen, sein Leben auf den Kopf zu stellen.

Berkeley bückte sich nach der Katze wie nach einem Rettungsanker, doch die wollte nichts von ihr wissen, sprang auf die Fensterbank und setzte sich in die Sonne. Berkeley richtete sich langsam wieder auf. Plötzlich wurde ihr weh ums Herz.

Grey spürte ihre Enttäuschung. Bis zu diesem Augenblick hatte er nicht genau gewusst, ob sie allein auf der Welt war. Jetzt wusste er es.

Berkeley bemühte sich tapfer, ihr aufwallendes Selbstmitleid zu verdrängen, das ihr nichts einbrachte und wofür Mr. Janeway keinerlei Verständnis aufbringen würde. Im Übrigen wollte und brauchte sie sein Mitleid nicht. Wie sollte sie ihre Unabhängigkeit beweisen, wenn sie sich wie ein hilfloses, schutzbedürftiges Wesen benahm?

»Mr. Janeway?«, rief jemand aus dem Nebenzimmer.

»Hier bin ich«, rief Grey zurück.

Shawn Kelly kam mit einem Arm voller Bücher herein. »Die Sachen aus Ihrem Zelt, Sir. Wo soll ich sie hinbringen?« Er schaute sich um. »Wie wär's mit dem Regal?«

»Genau da gehören sie hin, Shawn. Mach dir keine Mühe, sie zu sortieren.«

»Das wäre ohnehin zu viel verlangt«, meinte er. »Ich kann nur soviel lesen, wie ich unbedingt brauche.« Er legte die Bücher in ein Regal. »Gleich kommen die anderen Sachen. Aber wir wissen nicht, wohin damit.«

Berkeley hörte schwere Tritte im Flur. Sie folgte Grey in den Salon, als eine Parade Arbeiter eintrat, vollbepackt mit Zeltplanen, Stangen, einer zusammengeklappten Pritsche, Decken, einer Truhe, Kochgeschirr, Waschkrug und Schüssel und einem Stuhl. Als sie glaubte, das Zimmer sei bereits überfüllt, zwängten sich zwei weitere Männer mit einem Holzzuber auf den Schultern herein. Grey deutete zum Ankleidezimmer, und die Männer traten beiseite, um ihren Kollegen mit dem Trog Platz zu machen.

»Zeltplane und Stangen kommen in den Keller«, gab Grey Anweisungen. »Hier werde ich wohl kaum ein Zelt aufschlagen. Kochtöpfe und Geschirr in die Küche. Der Stuhl bleibt hier. Alles andere kommt ins Schlafzimmer.«

Berkeley drückte sich in eine dunkle Ecke und beobachtete, wie die Arbeiter seine Anweisungen ohne

Murren befolgten und sich wieder im Salon versammelten. Grey stand abwartend da, lässig mit einer Hüfte an die Schreibtischkante gelehnt.

»Melden sich Freiwillige, um heißes Wasser raufzubringen?«, fragte er. »Den ganzen Zuber voll, fürchte ich. Der erste Hotelgast im *Phönix* braucht ein ausgiebiges Bad, ehe ich die Dame auf ihr Zimmer bringen kann.«

Der schattige Winkel reichte längst nicht aus, um Berkeleys Verlegenheit zu verbergen, als alle Männer sich zu ihr umdrehten. Ihre Wangen färbten sich blutrot, sie starrte auf ihre Füße, kniff die Augen zusammen und wäre am liebsten im Boden versunken. Sie vermutete, dass die Männer ihre Bereitschaft nickend zum Ausdruck brachten, da keiner ein Wort verlauten ließ.

»Gut«, sagte Grey. »Ihr könnt gehen. Ach, und wenn euch Sam über den Weg läuft, schickt ihn rauf zu mir.« Grey wartete, bis die Männer gegangen waren und die Tür hinter sich geschlossen hatten, ehe er sich an Berkeley wandte. »Sie können wieder hervorkommen.«

Sie rührte sich nicht vom Fleck.

»Oder auch nicht«, meinte er ungerührt. Als sie nach einer Minute immer noch schmollend in der Ecke stand, war Greys Geduld am Ende. »Ich denke nicht daran, mich jedes Mal zu entschuldigen, wenn ich Ihre empfindsamen Gefühle verletze. Das wird mit Sicherheit noch öfter passieren.«

Berkeley zog sich den zerbeulten Hut vom Kopf und knetete ihn zwischen den Händen. Sie hob das Gesicht unter ihrer blonden Haarmähne, ohne Grey anzusehen. »Daran werde ich mich nicht gewöhnen«, entgegnete sie leise. »Ich weigere mich einfach.«

»Gütiger Himmel«, seufzte Grey. »Wie, zum Teufel, konnten Sie sich allein durchschlagen?«

»Indem ich mich als Junge verkleidet habe.« Nun sah

sie ihm in die Augen. »Und Sie haben mir diesen Schutz genommen, als Sie mir den Hut vom Kopf rissen. Jetzt wissen Ihre Arbeiter Bescheid und auch alle Leute auf dem Portsmouth Square. Wenn ich nicht mehr verbergen kann, wer ich bin, dann sehe ich nicht ein, wieso ich meine Gefühle verbergen soll. Wenn Sie keine Rücksicht auf meine Empfindungen nehmen, lasse ich noch lange nicht zu, dass Sie so tun, als hätte ich keine.«

Berkeley entging Greys dünnes Lächeln, da sie sich hastig zur Seite drehte. Und ihm fiel auf, dass ihr kühner Wutausbruch sie selbst zu überraschen schien. Sie ließ den Kopf wieder hängen, als erwarte sie, zur Rede gestellt zu werden, ohne zu ahnen, dass er sich von ihr getadelt fühlte.

Grey zog den Stuhl, den die Arbeiter gebracht hatten, in die Mitte des Zimmers. »Setzen Sie sich, Miss Shaw.«

»Ich stehe lieber«, entgegnete sie. »Wirklich, ich …«

»Halten Sie das für eine Einladung?«, fragte er. »Sie irren. Das ist ein Befehl.« Er hob die Hand, um sie an einer Entgegnung zu hindern. »Betrachten Sie Ihren Einwand als vorgebracht, gehört und abgelehnt. Setzen Sie sich, Miss Shaw.«

Sie gab sich einen Ruck, durchquerte das Zimmer, zog den Stuhl näher zu sich, um seinem strengen Blick nicht direkt ausgesetzt zu sein, und nahm Platz. »Haben Sie die Absicht, mich zu verhören?«, fragte sie.

»Ich wollte Sie lediglich aus Ihrem Schmollwinkel holen.« Er ging um den Schreibtisch herum und setzte sich auf die Holzkiste. »Wir sollten uns darauf einigen, mit weiteren Diskussionen zu warten, bis Ihr Badewasser gekommen ist.« Ohne sie eines weiteren Blickes zu würdigen, begann er sich mit einem Stapel Unterlagen zu beschäftigen. Während sie ihn beobachtete, machte Grey sich Notizen, las Briefe und ordnete Papiere.

Es verging fast eine Stunde, ehe auf der Treppe wieder schwere Schritte zu hören waren. Berkeley war auf dem Stuhl mit der hohen Lehne eingeschlafen, hielt den Kopf seitlich, ihre Hände lagen mit den Innenseiten nach oben auf ihrem Schoß. Der zerbeulte Hut, den sie während ihres erzwungenen Schweigens gelangweilt zwischen den Fingern gedreht hatte, lag neben dem Stuhl auf dem Fußboden.

Grey erhob sich hinter dem Schreibtisch und ging leise zur Tür. Er fing die Wasserbrigade im Flur ab und ließ sie durchs Schlafzimmer eintreten. Die Männer, die noch nie Arbeiten im Haus verrichtet hatten, erledigten ihre Aufgabe mit erstaunlicher Umsicht und Geschicklichkeit. Grey vermutete, ihr Eifer hatte weit weniger mit seiner Person zu tun als mit Berkeleys seidigem Goldhaar und ihren geheimnisvollen grünen Augen.

Als die Männer gegangen waren, trat Grey an den Stuhl und tätschelte der Schlafenden leicht die Schulter. Sie bewegte sich nicht. Grey bückte sich, schob ihr einen Arm in den Rücken, den anderen unter die Kniekehlen. Sie barg den Kopf an seiner Schulter. Er betrachtete ihr schlafendes Gesicht; ihr kindliches Vertrauen rührte ihn beinahe.

Grey trug sie durch Bibliothek und Schlafzimmer ins Ankleidezimmer. Der Holzzuber war mit einem Laken ausgelegt, um ihre zarte Haut vor Holzsplittern zu schützen, und bis knapp unter den Rand mit heißem Wasser gefüllt. Daneben standen zwei weitere dampfende Eimer zum Nachspülen. Auf dem Koffer lagen Handtücher, Seife und Waschlappen. Es fehlte nichts.

»Miss Shaw?«

»Hmmm?«

»Ihr Bad ist fertig.«

Berkeleys einzige Reaktion war ein kleiner Schnarchlaut, mit dem sie sich enger an ihn kuschelte.

Die Katze spähte zur halb offenen Tür herein und sah dem Geschehen neugierig zu. »Das kann dir auch blühen«, warnte er das Tier. »Sieh dich vor!« Er beugte sich mit Berkeley über den Zuber, bis sie fast das Wasser berührte. Erst dann ließ er sie fallen.

Die Katze miaute laut und machte einen drohenden Buckel, als Berkeley prustend und um sich schlagend auftauchte. Die Katze floh. Für Berkeley gab es keine Fluchtmöglichkeit. Sie wischte sich das nasse Haar aus dem Gesicht und versuchte aufzustehen, wurde aber von Greys Hand auf ihrer Schulter daran gehindert. »Wollen Sie mich ertränken?«, fauchte sie wütend und wurde vom Gewicht seiner Hand wieder ins Wasser gedrückt.

»Das hätte einen gewissen Reiz«, gestand er und richtete sich auf. »Sie können Ihre Sachen ausziehen und auf den Boden werfen. Rufen Sie mich, wenn Sie damit fertig sind, dann bring ich die Lumpen weg.« Er nahm ihr Schweigen als Zustimmung und wandte sich dem Koffer zu. Das Stück Seife, das er ihr zuwarf, platschte spritzend ins Wasser. Berkeley griff danach, als der Waschlappen angeflogen kam. Grey legte die Handtücher beiseite, öffnete den Kofferdeckel und kramte ein Laken heraus. Ohne weitere Erklärung verließ er das Ankleidezimmer.

Berkeley schaute ihm mit verächtlich herabgezogenen Mundwinkeln nach. Was bildete der Kerl sich eigentlich ein? Dass sie sich auf Befehl auszog? Sich wusch, weil er ihr ein Stück Seife zuwarf? Fehlte gerade noch, dass er sie mit einer Wurzelbürste abschrubbte. Sie machte einen zweiten Versuch, aus dem Zuber zu steigen, als Grey wieder erschien. Diesmal hatte er einen Hammer und ein Seil bei sich und zwischen den Zähnen zwei lange Nägel. Er warf ihr einen finsteren Blick zu und Berkeley setzte sich gehorsam wieder, während er sich daran machte, einen provisorischen

Vorhang anzubringen, der die Ecke mit dem Waschzuber vom restlichen Zimmer abtrennte.

»Was machen Sie da?«, fragte sie.

»Ich schütze Ihre Privatsphäre.«

»Das verstehe ich nicht. Sie brauchen nur zu gehen und die Tür hinter sich zuzumachen.«

»Wenn ich die Absicht hätte zu gehen. Bleiben Sie endlich sitzen. Sie überschwemmen das ganze Zimmer. Ich will mit Ihnen reden und ein Gespräch mit einer geschlossenen Tür dazwischen ist mir zu lästig. Ich denke, das ist ein annehmbarer Kompromiss.«

»Ist es nicht.«

»Etwas Besseres gibt es im Augenblick nicht.«

»Ein Kompromiss wäre, wenn Sie mich in Ruhe baden ließen und anschließend mit mir redeten.«

»Das wäre für mich nicht annehmbar.« Er achtete nicht auf ihre entrüstete Miene und hängte das Laken über die gespannte Schnur. »Mehr heißes Wasser gibt es nicht«, fügte er hinzu. »Ich rate Ihnen, endlich diese Sachen auszuziehen.«

»Ich glaube, das kann ich nicht.«

Grey musste sich anstrengen, ihre leise gesprochenen Worte zu hören. »Zwingen Sie mich nicht, Ihnen die Lumpen vom Leib zu reißen.« Diese übertriebene Schamhaftigkeit hatte Grey nicht von ihr erwartet. Wieso zierte sie sich so? Hatte sie ihm nicht erzählt, dass sie in der Bucht gebadet hatte? Und trieb sie sich nicht seit Wochen in Männerkleidern auf den Straßen von San Francisco herum? Ein solches Verhalten, selbst aus der Not geboren, erschien Grey alles andere als schamhaft. »Ich meine es ernst, Miss Shaw.« Und nach einer Pause: »Sie können aber auch gehen. Und die Katze nehmen Sie mit.«

Ein langes Schweigen folgte. Dann hörte Grey ein Seufzen. Dem leisen Laut folgte ein Klatschen, als werde ein nasses Kleidungsstück auf den Boden geworfen.

Zufrieden setzte er sich auf den Koffer und wartete. Es klatschte ein zweites und ein drittes Mal. Dann kam ein ungeduldiges Stöhnen, als etwas sich nur schwer abstreifen ließ. »Fertig?«, fragte er, als er glaubte gehört zu haben, wie sie sich wieder ins Wasser setzte. Keine Antwort. »Wenn Sie nicken, Miss Shaw, kann ich Sie nicht hören.«

»Ja«, sagte sie. »Ich bin fertig.«

»Dann hole ich jetzt die Sachen.«

Berkeley tauchte bis zur Nasenspitze ins Wasser. Eine überflüssige Vorsichtsmaßnahme, da Grey nur den Arm unter dem Vorhang hindurch streckte. Sie sah zu, wie ihre letzte Habe verschwand. Nun gehörte ihr nichts mehr, außer dem Ohrring, den sie umklammert hielt.

Grey blieb nicht lange fort, doch Berkeley zweifelte nicht daran, dass sie ihre Sachen nie wieder sehen würde. Vermutlich verbrannten sie in dem Herd, auf dem das Wasser für ihr Bad erhitzt worden war.

»Ich höre nichts«, sagte Grey. »Sind Sie fertig mit Waschen?«

»Ich habe noch gar nicht angefangen.«

»Brauchen Sie Hilfe?«

Berkeley betrachtete den Ohrring in ihrer Hand, richtete sich auf und legte ihn neben den Waschzuber, bevor sie Seife und Waschlappen zur Hand nahm. »Nein«, antwortete sie mit Bestimmtheit. »Ich brauche keine Hilfe.«

»Gut. Als Zofe bin ich ohnehin untauglich.«

Berkeley enthielt sich einer Bemerkung, widmete sich ihrem Bad und genoss es, endlich gründlich sauber zu werden.

Grey setzte sich wieder auf den Koffer und streckte die Beine von sich. »Woher kommen Sie, Miss Shaw?«

»Aus Baltimore.« Dort hatte sie zuletzt gelebt, also war es nicht gelogen. Anderson hatte ihr stets eingeschärft, nicht zu weit von der Wahrheit abzuweichen. Lügen waren leicht zu durchschauen. »Geboren bin ich in Charleston.« Sie verschwieg, dass sie die ersten sechs Jahre ihres Lebens dort verbracht hatte. »Und Sie, Mr. Janeway? Woher kommen Sie?«

»Von überall und nirgendwo.« Er verschränkte die Arme. »Wie sind Sie nach San Francisco gekommen?«

»Auf einem Remington-Schiff im Juni. Bis Panama. Von dort nahmen wir ein Postschiff.«

»Wir?«

»Na ja, ich und die anderen Passagiere.«

»Ich glaube nicht, dass Sie ohne Begleitung gereist sind. Mit wem sind Sie gekommen?«

Berkeley rutschte die Seife aus der Hand. »Mit meinem Vater.«

»Wo ist er jetzt?«

»Ich ... ich weiß nicht.«

»Sie wissen es nicht?«

»Nein. Ich weiß es nicht. Sie haben kein Recht, mich so auszuhorchen, Mr. Janeway. Oder drohen Sie mir wieder damit, mich fortzuschicken, wenn ich Ihre Fragen nicht beantworte?«

»Ich ziehe es in Erwägung«, antwortete er trocken.

Berkeley begann, sich das Haar einzuseifen und die Kopfhaut zu massieren. »Er hat mich im Stich gelassen, Mr. Janeway. Wollten Sie das hören?«

»Ein Goldgräber?«

»Das wollte er sein. Er redete von nichts anderem, als nach San Francisco zu gehen und Gold zu schürfen. Er kaufte eine Parzelle, bevor wir aus Baltimore abreisten.«

Grey wusste, dass viele Männer in die Ausläufer der Sierra Nevada kamen, in dem guten Glauben, sie hätten bereits Zugriff auf eine einträgliche Goldmine. Wenn die Parzelle überhaupt existierte, war sie längst ausgebeutet. Viele Männer mussten feststellen, dass eine einzige Parzelle drei- oder viermal verkauft worden war, falls sie das Stück Land überhaupt fanden. »Haben Sie ihn auf der Suche nach seinem Anteil begleitet?«

»Ja.« Berkeley schloss die Augen. Sie wollte nicht daran denken, und darüber reden wollte sie erst recht nicht. Sie beugte sich aus dem Zuber und zog sich einen Eimer heran. Mit Mühe gelang es ihr, ihn hochzuheben und sich über den Kopf zu gießen. Aber sie war sehr stolz und zufrieden, Mr. Janeway nicht darum bitten zu müssen.

»Wie lang ist er schon fort?«, fragte Grey.

»Einen Monat.«

»Und Sie haben das Lager der Goldgräber auf eigene Faust verlassen, um ihn zu suchen?«

»Nicht gleich. Ich habe auf ihn gewartet, wie er es befohlen hatte, aber das wurde mir bald zu gefährlich. Ständig lungerten finstere Gestalten vor unserem Zelt herum. Die hielten mich wahrscheinlich nicht für den Sohn meines Vaters.«

Also hatte sie sich schon zu dieser Zeit als Junge verkleidet. Berkeleys Vater schien ein ziemlich verantwortungsloser Geselle zu sein. Grey wusste, dass der Goldrausch einen Mann um den Verstand bringen konnte. »Wieso sind Sie nicht in Baltimore geblieben?«

»Da gab es niemanden mehr. Meine Mutter starb, als ich sechzehn war. Damals habe ich geh ...« Sie stockte. Beinahe hätte sie sich verplappert.

»Ja?«, hakte er nach. »Was haben Sie damals getan?«

»Na ja, ich beschloss, mich um meinen Vater zu kümmern.«

»Sie brauchen jemand, der sich um Sie kümmert. Ich glaube nicht, dass Sie fähig waren, die Verantwortung für Ihren Vater zu übernehmen.«

»Glauben Sie, was Sie wollen, Mr. Janeway. Ich sehe keine Veranlassung, Sie zu überzeugen.«

Grey beugte sich vor. »Warum ist Ihr Vater in die Stadt gekommen?«

»Um Vorräte zu kaufen.« Auch darin steckte ein Körnchen Wahrheit. Anderson hatte zwar auch die Absicht gehabt, sich im Bordell zu vergnügen, und hatte keinen Hehl daraus gemacht. »Vielleicht wollte er auch die zuständige Behörde aufsuchen und sein Geld für die Parzelle wieder haben. Es ist belanglos. Jedenfalls hat er mich sitzen lassen, und ich habe nie wieder etwas von ihm gehört.« Sie zögerte. »Ich glaube, er lebt nicht mehr.«

Dieselbe Vermutung hatte auch Grey. »Und jetzt, Miss Shaw?«

»Wie – und jetzt?«

»Wie soll es mit Ihnen weiter gehen? Vor ein paar Stunden wollten Sie auf das Remington-Schiff. Dann plötzlich waren Sie zufrieden damit, einen Brief abzugeben. Wie wichtig ist es Ihnen, aus San Francisco wegzukommen?«

»Nichts ist mir wichtiger«, gestand sie. »Aber wie Sie schon sagten, dafür brauche ich Geld.«

»Hat Ihr Brief etwas damit zu tun, dass Sie Geld bekommen?«

»Nicht im Geringsten. Es gibt niemanden, der mir Geld schicken würde.« Das entsprach der Wahrheit. Sie konnte sich nicht vorstellen, dass die Thornes ihr Geld schicken würden. Die Leute hatten das Theater in ihrem Haus sicher längst durchschaut. Die Zweifel hatten vermutlich bereits eingesetzt, als Anderson und sie das Schiff bestiegen. Die spärlichen Nachrichten aus San Francisco würden ihre Bedenken nur hinauszögern. Berkeley nahm den Ohrring zur Hand und betrachtete ihn sinnend, ehe sie die Finger darum schloss.

Decker Thorne hatte sie bei seiner letzten Prüfung aufgefordert, die richtige Wahl zu treffen, und Berkeley wusste immer noch nicht, ob sie richtig gewählt hatte.

Von den Thornes hatte sie jedenfalls keine Hilfe zu erwarten.

»Sind Sie endlich fertig, Miss Shaw?«

Die Ungeduld in seiner Stimme ließ Berkeley wissen, dass Grey Janeway diese Frage nicht zum ersten Mal stellte. »Ich muss mich nur noch abtrocknen.« Sie stand auf, wickelte sich ein Handtuch um den Kopf und achtete darauf, den Ohrring nicht fallen zu lassen. »Hat Mr. Hartford etwas zum Anziehen für mich gebracht?«

»Noch nicht«, sagte Grey, streckte den Arm seitlich am Vorhang vorbei und hielt ihr seinen grünen Morgenmantel hin. »Ziehen Sie den an.«

Berkeley stieg aus dem Zuber, trocknete sich hastig ab und griff nach dem Seidenmantel, in den sie zweimal passen würde, aber das war nun auch einerlei. Sie schlüpfte hinein und zurrte den Gürtel fest. Die Seide fühlte sich kühl und angenehm glatt an.

Berkeley ließ den Ohrring in die Tasche gleiten und schob den Vorhang beiseite. Sie schlang schützend die Arme um sich und wusste nicht recht, wohin sie schauen sollte. Sie spürte Grey Janeways prüfenden Blick und zwang sich, nicht zu erröten oder zu stammeln. Der Mann gab ihr das Gefühl, ein kleines Kind zu sein.

»Kann ich einen Kamm haben?«

Grey wunderte sich plötzlich, wie es ihr gelungen war, sich so lange als Gassenjunge auszugeben. Berkeley Shaw war zwar ein schüchternes Geschöpf, aber niemand konnte an ihrer Weiblichkeit zweifeln. Sie reichte ihm bis zur Schulter und ihr herzförmiges Gesicht mit dem vollen Kirschmund und den schrägen Katzenaugen war ausgesprochen reizvoll. Ihre fein geschwungenen Brauen waren um einige Schattierungen dunkler als ihr blondes Haar und die dichten, dunklen Wimpern verliehen ihren großen Augen etwas Geheimnisvolles.

Er konnte ihren Pulsschlag an der zarten Haut ihres

schlanken Halses sehen. Sie straffte die schmalen Schultern und ließ die Arme sinken, um zu verbergen, wie unangenehm ihr sein prüfender Blick war. Sie hatte sich fest in den Morgenmantel gewickelt, um möglichst wenig von ihrer hellen Haut zu entblößen, ohne dabei zu bedenken, dass ihre vollen Brüste auf diese Weise zur Geltung kamen. Die Brustspitzen drängten sich vorwitzig gegen die dünne Seide.

Ihre Taille war schmal und saß höher, als die abgerissene Männerhose es vermuten ließ, die ihr um die Hüften gehangen hatte. Das Flanellhemd hatte nichts von ihren Rundungen und ihren langen Beinen ahnen lassen. Unter dem Saum lugte ein nackter Fuß hervor, dessen Zehen wackelten.

Grey lächelte dünn. Die Zehen kannte er schon. Alles andere war ihm eine Offenbarung.

»Einen Kamm?«, fragte sie wieder.

»Ja, ja. Ich habe es gehört.«

Wieso ließ er sich dann zweimal darum bitten?, fragte Berkeley sich gereizt.

Grey öffnete den Koffer, holte Kamm und Bürste hervor und reichte ihr auch noch einen Handspiegel. Hastig nahm sie die drei Dinge an sich und floh ins leere Zimmer. Grey folgte ihr gemächlich und lehnte sich gegen den Türrahmen. Berkeley hatte die schlafende Katze auf der Fensterbank zur Seite geschoben und ihren Platz an der Sonne eingenommen. Das nasse, zerzauste Haar glänzte im Sonnenlicht wie ein Heiligenschein.

Berkeley legte Bürste und Spiegel beiseite und begann, sich das Haar zu kämmen. Sie war sich befangen bewusst, dass Greys Augen immer noch auf ihr ruhten. »Sie haben doch gewiss etwas zu tun«, sagte sie und warf ihm einen flüchtigen Blick unter dem glänzenden Vorhang ihrer Haare zu.

»Eigentlich nicht.«

»Ich wünschte, Sie würden mich nicht so anstarren.«

»Daran dürften Sie gewöhnt sein. Sie wissen, dass Sie eine schöne Frau sind.«

Berkeley errötete nicht einmal, die Schmeichelei war zu plump, um sie ernst zu nehmen. »Reden Sie kein dummes Zeug«, wehrte sie ab, obgleich sie tatsächlich daran gewöhnt war, beobachtet zu werden. Anderson hatte sie ständig angestarrt, wenn auch irgendwie anders als dieser Mann. Es hatte beinahe den Anschein, als habe sie einen Beschützer gefunden, nur wusste sie nicht mehr so recht, was sie von ihm halten sollte.

Grey sah zu, wie Berkeley anmutig den Kamm durchs Haar zog, eine Bewegung, die eine geradezu hypnotische Wirkung auf ihn ausübte, ähnlich wie Brandungswellen, die an den Strand schlugen. Er hatte nicht die Absicht, den Blick abzuwenden.

»Darf ich Ihnen eine Frage stellen?«, sagte Berkeley.

»Bitte.«

»Heute Morgen … am Kai … woran haben Sie erkannt, dass ich kein Junge bin?«

Greys blaugraue Augen senkten sich in die ihren. Berkeleys Hand verharrte in der Bewegung.

»Wollen Sie das wirklich hören?«

Als sie die Frage stellte, war sie sich sicher. Jetzt nicht mehr so sehr. »Ja.«

»Ich habe es nicht gleich bemerkt, wenn Ihnen das ein Trost ist. Nicht, als Sie auf dem Kai herum gehopst sind. Und als Sie die Ducks mit Fischen bewarfen, hatte ich immer noch keine Ahnung. Erst als Sie auf mich zugerannt kamen und sich an meinem Rücken festklammerten wie …«

»Eine Klette?«, schlug sie vor. Das klang netter als Miesmuschel.

»Ein Blutegel«, korrigierte er. »Ja, wie ein Blutegel … Da bemerkte ich zwei ausgesprochen interessante Bestandteile Ihrer Anatomie.«

»Sie meinen … meine …« Sie stockte und blickte an sich herunter. Die glatte Seide des Morgenmantels war verrutscht und gewährte einen tiefen Einblick.

Grey sah, wie sie hastig die Revers zusammenhielt, ohne ihm auch nur einen winzigen Blick auf ihre rosige Haut zu gönnen. »Ich meine Ihre Brüste«, sagte er.

Berkeley schürzte missbilligend die Lippen. »Die Umstände unserer ersten Begegnung waren ausgesprochen widrig, Mr. Janeway, und ich mag Ihnen keine Veranlassung gegeben haben, mich respektvoll zu behandeln, dennoch bin ich nicht an Geschmacklosigkeiten gewöhnt. Ich wünsche, dass Sie in Zukunft davon absehen …«

»Es sind *Ihre* Brüste, Miss Shaw. Und die haben Sie mir in den Rücken gedrückt. In Zukunft werden Sie vermutlich davon absehen, dies zu tun oder die Sprache darauf zu bringen.«

»Aber das habe ich nicht getan«, verteidigte sie sich entrüstet. »Sie waren es doch, der …«

Er unterbrach sie. »Sie waren es, die wissen wollte, woran ich erkannte, dass Sie kein Junge sind. Ich erinnere mich, Ihnen sogar Gelegenheit gegeben zu haben, Ihre Frage zurückzuziehen. Das haben Sie nicht getan und ich habe Ihnen höflich geantwortet. Im Übrigen sind Brüste keine Geschmacklosigkeit.«

»Als Junge habe ich mich wohler gefühlt«, seufzte sie.

Grey räusperte sich, um seine Heiterkeit zu verbergen. »Wenn Ihnen das ein kleiner Trost ist, so werde ich mich in Zukunft um eine sorgfältigere Wortwahl bemühen, um Ihnen nicht zu nahe zu treten.«

Sie wusste nicht, ob er es ernst meinte. Sein Blick war sachlich, um seine Lippen war kein verdächtiges Zucken, also beschloss sie, ihm zu glauben. Er hatte gewiss Manieren und sein Benehmen ihr gegenüber war untadelig, wenn auch gelegentlich etwas schroff.

Grey stieß sich vom Türrahmen ab und Berkeley fuhr fort, sich das Haar zu kämmen. »Wie soll es also weitergehen?«, fragte er.

»Ich werde mir Arbeit suchen«, antwortete sie.

»Können Sie kochen?«

»Nein«, gestand sie kleinlaut. »Jedenfalls nicht gut genug, um Geld damit zu verdienen.«

»Schade. Die letzte Frau, die auf einem Postschiff nach San Francisco kam, konnte kochen und verdient heute im *El Dorado* tausend Dollar pro Monat. Ich weiß es, weil ich sie für mein Hotel abwerben wollte. Ich habe den Preis für sie hochgetrieben, aber lieber wäre mir, sie würde in meinem Restaurant kochen.«

»Tausend Dollar«, wiederholte Berkeley andächtig. »Vielleicht kann ich kochen lernen.«

Grey schüttelte den Kopf. »Nicht in meiner Küche. In dieser Stadt bricht oft genug Feuer aus.« Er stellte fest, dass sie über seine Ablehnung nicht gekränkt zu sein schien, und erinnerte sich, dass sie vorhin ein Talent erwähnt hatte. »Können Sie singen? Tanzen? Spielen Sie ein Instrument?«

»Nicht gut genug, um Geld damit zu verdienen«, wiederholte sie.

»Haben Sie eine Ahnung vom Glücksspiel? Faro? Würfel? Poker?«

»Nein.«

»Handarbeit?«

»Nein.«

»Und als Hure wollen Sie auch nicht arbeiten?«

»Nein!«

Die Antwort hatte Grey erwartet, doch ihr Aufbrausen machte es ihm schwer, ein Lächeln zu unterdrücken. »Tja, Miss Shaw, was können Sie eigentlich?«

Berkeley legte den Kamm beiseite. »Geben Sie mir Ihre Hand, Mr. Janeway, und ich zeige es Ihnen.«

KAPITEL 4

Ihr Ansinnen brachte Berkeley einen skeptischen Blick ein. »Sie kennen sich mit Zaubertricks wie Handlesen aus?«, fragte Grey ungläubig. »Ist das Ihr sogenanntes Talent?«

»Bitte«, beharrte sie und schob die Katze beiseite. »Setzen Sie sich. Ich werde Sie nicht enttäuschen.«

»Wie auch?« Er lachte trocken. »Ich erwarte nichts von solchem Humbug.«

Da er sich nicht von der Stelle rührte, tätschelte sie den Platz neben sich und zog eine Braue hoch. »Kommen Sie. Oder haben Sie Angst vor mir?«

Nie im Leben hätte Grey sein Zaudern auf Angst zurückgeführt. »Das ist doch lächerlich«, entgegnete er spöttisch. Er blickte in ihre tiefen grünen Augen und fragte sich plötzlich, ob sie etwas spürte, was er sich nicht eingestand. Grey trat an die Erkerbank, setzte sich und streckte ihr die linke Hand hin.

Berkeley beachtete sie kaum. »Die andere bitte. Sie sind Rechtshänder.«

»Woher wissen Sie das?« Und dann erinnerte er sich, dass sie ihm bei der Arbeit am Schreibtisch zugesehen hatte.

»Das sehe ich in Ihrer Handfläche«, sagte sie.

»Ja, natürlich.« Seine Stimme klang amüsiert, dennoch hielt er ihr gehorsam die Rechte hin.

Berkeley nahm sie mit beiden Händen und drehte sie nach oben. Ihre Linke ließ sie unter seinem Handrücken liegen, während sie die Rechte flach auf die seine legte. Ihre Finger strichen sanft über seine Haut, sie senkte den Kopf und rückte näher.

Sie roch nicht mehr nach Fisch, stellte Grey fest und

blickte auf ihren Scheitel. Ihrer Haut und ihrem Haar entströmte ein Duft nach Seife. Aber da war noch etwas, ein anderer Duft, fein und verlockend, ein Duft, den er nicht beschreiben konnte: ihr weiblicher Duft.

Ihre Fingerkuppen fühlten sich kühl an, ihre Berührung war wie Seide auf seiner Handfläche. Sie schien sich nicht bewusst zu sein, wie nah seine Hand ihrer Brust war.

»Seltsam«, sagte sie leise.

Grey wartete, aber sie sprach nicht weiter. Vermutlich hat sie keine Ahnung, was sie sagen soll, überlegte er. Sie spielte ihm etwas vor. Aber das war eigentlich nicht wichtig. Berkeley Shaw konnte getrost irgendeinen Unsinn von sich geben. Die Männer, die zum Glückspiel in sein Casino kamen, würden mit Gold bezahlen, nur weil sie ihre Hand hielt – und sie noch dazu nah an ihren Busen hob.

Berkeley, die keine Ahnung von Greys skeptischen, wenn auch geschäftstüchtigen Gedanken hatte, berichtete, was seine Handlinien ihr offenbarten. »Sie sind ziemlich intelligent«, sagte sie leise. »Und klug. Das ist nicht das Gleiche, müssen Sie wissen. Sie sind intelligent und geschickt. Sie sind ein gütiger Mann, obwohl Sie das nicht zugeben. Andere sollen das nicht wissen.« Sie hob den Blick, doch seine Miene blieb verschlossen – im Gegensatz zu seinen Handlinien. Seine blaugrauen Augen waren wie Spiegel, die keinen Einblick gestatteten. Güte entdeckte sie nicht darin.

Berkeley widmete sich wieder seiner Hand, ließ einen Finger die Herzlinie entlang gleiten. »Es liegt in Ihrer Natur, anderen zu helfen, obwohl Sie sich gegen die Vorstellung sperren. Sie haben viel über Ihre Wertvorstellungen nachgedacht und handeln danach, einerlei, was Menschen, die Ihnen nahe stehen, davon halten.«

Grey gestattete sich ein dünnes Lächeln. Es gab niemanden, der ihm nahe stand.

»Sie sind ein einsamer Mann«, fuhr Berkeley fort. »Ihre Isolation hat viel mit Ihrem Stolz zu tun. Die Geheimnisse, die Sie in Ihrem Herzen bewahren, halten andere auf Distanz, und das ist Ihnen wichtig. Das haben Sie sich zum Lebensprinzip gemacht.« Sie schwieg und fuhr die Linie erneut nach. »So leben Sie schon sehr lange.«

»Kennen Sie meine Geheimnisse, Miss Shaw?«, fragte Grey.

Sie schüttelte den Kopf. »Ich sehe nur, dass Sie welche haben.«

»Welcher Mensch hat die nicht?«

Berkeley lächelte milde. »Trotzdem, Mr. Janeway. Wollen Sie noch mehr wissen?«

»Auf jeden Fall.«

Sie überhörte den Spott in seiner Stimme und versenkte sich wieder in das Studium der Linien. Seine Hand war groß und zupackend. Seine Finger waren schlank und stark zugleich, die Kuppen rau von harter, körperlicher Arbeit. Der Handballen wies Schwielen auf. »Es fällt Ihnen nicht schwer, Befehle zu erteilen. Andere Männer suchen Ihre Führungskraft, doch Sie übernehmen die Verantwortung nur zögernd. Sie ziehen es vor, anderen mit gutem Beispiel voranzugehen, und arbeiten mit denen zusammen, die Sie führen.«

Berkeleys Fingers strichen wieder über die Handfläche. Ein Schauer durchrieselte sie. Die Reaktion kam so unerwartet, dass sie seine Hand beinahe losließ. »Tut mir Leid«, sagte sie. »Ich weiß nicht genau, was ...«

»Das ist ein guter Effekt«, meinte Grey. »Den müssen Sie beibehalten. Das macht die Sache glaubwürdiger.«

Berkeley verteidigte sich nicht und versuchte nicht zu erklären, was soeben geschehen war, da sie es selbst nicht erklären konnte. »Es gab eine Liebe in Ihrem Leben«, fuhr sie fort und bemühte sich, sachlich zu bleiben. »Aber keine wahre Liebe.«

»Wieso sagen Sie das?«

Sie deutete auf die kurzen horizontalen Linien knapp unter dem kleinen Finger. »Diese erste Kerbe ist schwach und kaum sichtbar«, sagte sie. »Sie hat keine große Bedeutung. Vielleicht haben Sie sich nur eingebildet zu lieben.«

»Tun das nicht alle Männer?«

»Ich weiß nicht«, antwortete sie ernsthaft. »War es so?«

Auch Grey wusste es nicht. Oft fragte er sich, ob es eine Frau gab, die er mit dem Verlust seines Gedächtnisses zurückgelassen hatte, aber er hatte nie den Drang verspürt, das herauszufinden. Wenn es jemanden gegeben hätte – eine wahre Liebe, wie Berkeley sich ausdrückte –, so hätte er das irgendwie gespürt, wäre von Mächten – außerhalb der menschlichen Vernunft –, für die es keine Erklärung gibt, getrieben worden, sie zu finden. »Ja«, sagte Grey schließlich, nur um Berkeley nicht zu enttäuschen, die offenbar tatsächlich von dem, was sie ihm erzählte, überzeugt war. »Es hat eine Liebe gegeben, wie Sie sagten.«

Sie nickte. »Aber es ist nichts daraus geworden.«

»Nein«, antwortete er lächelnd. »Nichts.«

»Ich war mir nicht ganz sicher«, gestand sie. »Ihre Linien sind ziemlich rätselhaft. Beinahe so, als hätten Sie zwei Leben. Ich erkenne keine zeitlichen Zusammenhänge. Es gibt vermutlich verschiedene Deutungen. Ihre Lebenslinie ist hier unterbrochen.« Sie zeigte auf eine leere Stelle in seiner Handfläche.

Grey beugte sich aufmerksam über seine Hand. »Was hat das zu bedeuten?«

»Es ergibt keinen Sinn.« Berkeley hob den Kopf und begegnete seinem Blick. Sein Gesicht war dem ihren sehr nah.

»Wie meinen Sie das?«

»Eigentlich müssten Sie tot sein, Mr. Janeway.«

Grey starrte sie an, und es kostete ihn einige Mühe, sich nicht anmerken zu lassen, dass sie ihn diesmal getroffen hatte. »Wie Sie sagten, es ergibt keinen Sinn. Ich bin ziemlich lebendig.«

»Ja, ich weiß.« Berkeley rückte ein wenig von ihm ab, seine Nähe war ihr plötzlich unangenehm. Obwohl seine Haltung sich nicht verändert hatte und er sich den Anschein gab, gelassen und leicht amüsiert zu sein, ging von seiner Hand eine Spannung aus, die er nicht verbergen konnte. Sie war sich der Kraft seiner Finger bewusst, die sich mit eisernem Griff um ihr Handgelenk legen konnten. Ihr wurde auch bewusst, dass sie seine Hand nur hielt, weil er es zuließ, und es in der nächsten Sekunde anders sein könnte.

Berkeley war befangen, löste ihre Augen von seinen und zwang sich, ruhig zu atmen. »Es gibt nur eine mögliche Deutung«, sagte sie. »Sie haben Ihr öffentliches Selbst von Ihrem privaten Selbst getrennt. Zwei Gesichter. Zwei Leben. Vielleicht aber haben Sie auch nur einen wichtigen Abschnitt Ihrer Vergangenheit hinter sich gelassen. Es gab viel Aufruhr in Ihrem Leben. Großes Leid und große Verluste. Einen Verrat. Sie sind sehr allein, Mr. Janeway, doch es ist eine selbstgewählte Einsamkeit.«

Grey furchte die Stirn. Ohne es zu wollen, war er neugierig geworden. »Erklären Sie mir das.«

»Hier.« Sie wies auf den Beginn seiner Lebenslinie. »Die kleinen, verzweigten Einkerbungen. Das sind Ihre Familienwurzeln.«

»Ich habe keine Familie.«

»Sie wissen nur nichts von Ihrer Familie«, korrigierte sie und beobachtete ihn scharf. »Das ist ein Unterschied.«

Grey verzog keine Miene. »Wenn Sie es sagen ...«

Berkeley ließ seine Hand sinken. »Sie sind ein ziemlicher Glückspilz. Vielleicht wäre es korrekter zu sagen, dass Sie die Fähigkeit besitzen, Veränderungen in Ihrer Lebenssituation zu erkennen und zu Ihrem Vorteil zu nutzen.«

»Ja«, meinte er trocken. »Das wäre wohl korrekter.«

Sie achtete nicht auf seine Ironie. »Sie haben ein langes Leben vor sich, allerdings kein unkompliziertes Leben. Ich vermute, Sie werden heiraten.«

»Das vermuten Sie nur?«

»Klar ist jedenfalls, dass Sie Kinder haben werden, Mr. Janeway.« Sie hielt vier Finger hoch, zögerte, dann hob sie auch den Daumen. »Fünf.« Berkeley sah ihn an. »Haben Sie schon ein Kind?«

Er wusste es nicht. »Nein.«

Sie furchte die Stirn. »Das verstehe ich nicht. Es ist eindeutig zu sehen.«

»Ich würde wissen, wenn ich ein Kind hätte, Miss Shaw.« Auch das entsprach nicht der Wahrheit, er wusste auch das nicht.

»Ich glaube, es ist nicht Ihr Kind.«

Grey verstand gar nichts mehr. »Habe ich nun ein Kind oder nicht?«

Berkeley erschrak über seinen schroffen Ton. »Ich kann es nicht sagen. Sie sagten, Sie haben kein Kind, und das ist vielleicht wahr, aber Ihre Handlinien sagen mir, dass eines Ihrer Kinder nicht von Ihnen ist.« In der Erregung war ihre Stimme lauter geworden. »Ich kann es eben nicht klarer ausdrücken, Mr. Janeway. Es liegt bei Ihnen, den Sinn herauszufinden. Ich kann Ihnen nur sagen, was ich sehe.«

»Sie können nicht sagen, ob ich heirate oder nicht. Das dürfte doch nicht so schwierig sein.«

»Es liegt an Ihnen«, entgegnete sie spitz. »Möglicherweise heiraten Sie nicht die Frau Ihrer Kinder.«

»Und vielleicht entschließe ich mich, die Mutter des

Kindes zu heiraten, das nicht von mir ist. Das würde mein Leben ganz schön durcheinander bringen.«

»Es ist dieselbe Frau«, erklärte Berkeley. »Und verlangen Sie jetzt keine weitere Erklärung von mir. Ich habe keine.« Und das las sie nicht aus seinen Handlinien. Sie spürte es einfach. »Wie dem auch sei, Ihr Leben wird durch diese Frau ziemlich kompliziert. Interessant, aber auch kompliziert.«

»Es wurde heute Morgen kompliziert«, murmelte er. Zu seiner eigenen Überraschung streckte er ihr die Hand wieder hin. »Was können Sie mir über Reichtum sagen, Miss Shaw? Wenn Sie den Goldgräbern aus der Hand lesen, müssen Sie sich klar über Geld äußern.«

Berkeley zögerte. Sie hatte nicht den Wunsch, seine Hand noch einmal zu nehmen. Es war ihr irgendwie unangenehm, ihn zu berühren, und das hatte nichts mit dem Handlesen zu tun. Seine Nähe beunruhigte sie. Sie atmete flach, ihr Puls beschleunigte sich, ihre Finger zitterten.

Berkeley bemühte sich, ihr Unbehagen zu verbergen, nahm seine Hand und spürte, wie er im Begriff war, sie wieder zurückzuziehen. Sie hob fragend den Blick.

»Ich verlange nichts von Ihnen, das Ihnen zuwider ist«, sagte Grey. »Ich spüre deutlich, dass Ihnen das unangenehm ist.«

»Nein«, entgegnete sie. »Das verstehen Sie nicht. Es hat nichts mit Ihnen zu tun, jedenfalls nicht so, wie Sie annehmen.«

»Vielleicht erklären Sie es mir.«

»Nein, das tue ich nicht.« Sie wollte sich keineswegs zum Objekt seiner Belustigung machen, wenn sie ihm gestand, dass ihr Herzschlag sich bei seiner Berührung beschleunigte. Berkeley widmete sich wieder dem Handlesen. »Reichtum ist ein fester Bestandteil Ihres Lebens, Mr. Janeway. Sie waren immer schon ein reicher Mann.«

Grey hätte beinahe laut aufgelacht. Es war noch nicht so lange her, als er sich um Essensreste geprügelt hatte. Ein Schiffszwieback mit nur einem Wurmloch war noch essbar. Für einen Laib Brot, der nicht verschimmelt war, wäre er versucht gewesen, einen Mord zu begehen, wenn er so etwas je zu Gesicht bekommen hätte. »Vielleicht sehen Sie sich das noch einmal genauer an«, meinte er.

Berkeley gehorchte. »Nein. Ich irre mich nicht. Sie haben sehr viel Geld. Das war immer so.« Sie ließ seine Hand wieder los. »Ich wundere mich, wieso Sie überhaupt nach San Francisco gekommen sind.«

»Ach? Wieso?«

»Ich denke, die meisten Männer kommen aus den gleichen Gründen hierher wie mein … mein Vater. Weil sie die Hoffnung haben, auf eine Goldader zu stoßen und unermesslich reich zu werden. Aber Sie waren schon reich. Ich würde sagen, Sie wurden reich geboren.«

»In diesem Punkt irren Sie«, erwiderte Grey. »Zugegeben, ich habe ein Vermögen gemacht, also wollen wir nicht an Ihrer Deutung herumkritteln. Ist zu erwarten, dass ich meinen Reichtum behalte?«

»Ich glaube, diese Frage kann ich mit Sicherheit bejahen.«

Nun lachte Grey. »Sie wollen nicht alles verraten, wie? Zu viele Einzelheiten würde manchen Leuten den Spaß verderben. So funktioniert es doch, wie?«

Berkeley verteidigte sich nicht. Welchen Sinn hätte es gehabt? »In etwa«, meinte sie achselzuckend.

»Wieder eine rätselhafte Antwort«, meinte er anerkennend. »Allmählich bin ich davon überzeugt, dass Sie ein Talent haben. Fragt sich nur, was wir daraus machen.« Grey erhob sich und verließ ohne weitere Erklärung das Zimmer.

Berkeley hörte, wie seine Schritte sich auf dem Korridor entfernten. Sie sah die Katze ratlos an, die ihren Blick als Einladung nahm und ihr auf den Schoß sprang. Dabei grub sie ihre nadelspitzen Krallen durch die Seide in Berkeleys Fleisch, die einen spitzen Schrei ausstieß. Sie hob das Kätzchen in Augenhöhe hoch und stellte es zur Rede. Während ihres Vortrags über gutes Katzenbenehmen trat Grey wieder ins Zimmer.

»Oh«, sagte Berkeley leise und setzte das getadelte Tier wieder auf ihren Schoß. »Ich habe Sie nicht gehört.«

»Das habe ich bemerkt.« Er blieb an der Tür stehen. »Ich habe Shawn gebeten, uns etwas zu essen zu bringen. Ich nehme an, Sie sind hungrig.«

Ihr war beinahe schlecht vor Hunger, doch daran war sie längst gewöhnt. Berkeley blickte an sich herab und dann zu Grey. »Ich bin nicht angezogen, um Besuch zu empfangen.«

Sie zupfte nervös an dem Morgenmantel herum; dabei klafften die Seidenrevers auf und gaben ihm einen winzigen Einblick auf die Rundung ihres Busenansatzes. Nein, sie war nicht angemessen gekleidet, um Besuch zu empfangen. »Vielleicht finden Sie in meinem Koffer etwas Passendes«, meinte er und warf einen Blick auf seine Taschenuhr. »Sam müsste eigentlich längst hier sein.«

Berkeley hörte nicht mehr, was er sagte. Mit der Katze im Arm eilte sie ins Ankleidezimmer, warf die Tür hinter sich zu, riss den Deckel des Koffers auf und kramte hastig darin herum. Nach wenigen Minuten erschien sie wieder im Schlafzimmer in einem blauen Arbeitshemd, Denimhosen und dicken Socken. Das Hemd hatte sie in den Hosenbund gesteckt und die viel zu langen Hosenbeine in die Socken. Ihr Haar war wieder unter einem Hut verborgen, diesmal unter seinem.

Grey sah sie lange an. »Sie sehen …«, er suchte nach einem geeigneten Wort, »so dick aus.«

Berkeley warf ihm ein scheues Lächeln zu. »Ja, das finde ich auch. Aber daran lässt sich nichts ändern. Sie haben nichts Passendes für mich.«

»Tja. Es wird Zeit, dass Sam endlich auftaucht.« Er wandte sich um, als er Schritte im Flur hörte. »Hier herein, Shawn.«

Berkeley hatte gehofft, der Arbeiter bringe etwas zu essen, doch er kam mit leeren Händen. Ihr Magen knurrte laut und rebellisch.

Grey befahl Shawn, sich auf die Erkerbank zu setzen, und gab Berkeley ein Zeichen, die schwielige Hand des verdutzten Arbeiters zu nehmen. »Miss Shaw versteht sich aufs Handlesen. Und ich hätte gern gewusst, was Sie davon halten.«

Berkeley nahm seine Hand, wie sie es bei Grey getan hatte, und betrachtete aufmerksam die Linien. »Sie haben ein hartes Leben«, sagte sie leise, »aber Sie haben nichts anderes erwartet. In früher Kindheit haben Sie einen schweren Verlust erlitten. Einen Elternteil.« Sie schüttelte den Kopf. »Nein, das stimmt nicht ganz. Ihre Großmutter, bei der Sie aufgewachsen sind. Sie fehlt Ihnen sehr.« Berkeley hob den Kopf nicht, um Shawns verblüfften Gesichtsausdruck zu sehen. »Sie haben ein langes Leben vor sich und heiraten wieder, aber Sie bekommen keine Kinder. Besser gesagt, keine weiteren Kinder. Sie haben in San Francisco Erfolg, aber nicht in den Goldminen.« Sie hob das Gesicht und lächelte ihn an. »Nehmen Sie sich ein Beispiel an Mr. Janeway«, sagte sie. »Von ihm können Sie lernen. Er macht einen reichen Mann aus Ihnen.«

Shawn Kelly zog hastig die Hand zurück und legte sie an die Brust, als habe sie ihn verletzt. »Sie ist eine Hexe, Mr. Janeway. Da bin ich mir ganz sicher.«

»Ja«, seufzte Grey. »Ich fürchte, das stimmt.«

Der kräftig gebaute Arbeiter stand auf, völlig verdattert von dem, was er gehört hatte. »Kein Mensch weiß etwas von meiner Großmutter«, sagte er. »Ich habe nie ein Wort von ihr erzählt.«

»Sind Sie verheiratet?«, fragte Grey.

Shawn schüttelte den Kopf. »Ich war verheiratet. Meine Meg ist gestorben. Und wir haben zwei Kinder, genau wie sie sagte. Einen Jungen und ein Mädchen. Sie leben bei Megs Mutter. Und wenn ich aus dem Gröbsten raus bin, lasse ich die Kinder nachkommen.« Er blickte auf Berkeley herunter. »Und Sie denken, wenn ich auf Mr. Janeway höre, mache ich mein Glück?«

»Ich weiß, dass Sie reich werden.«

»Barmherziger Himmel«, sagte er voll Andacht.

»Na bitte«, meinte Grey und hielt Shawn mit einer Handbewegung zurück, der es eilig hatte zu gehen. »Eins würde mich interessieren, Mr. Kelly. Würden Sie für die Information, die Miss Shaw Ihnen gegeben hat, Geld bezahlen?«

Shawn zog die schwarzen Brauen zusammen. »Hoffnung ist eine starke Antriebsfeder«, antwortete er. »Ja, ich würde Geld dafür bezahlen, Mr. Janeway. Mit Sicherheit.«

Grey nickte. »Sie können gehen.«

Shawn murmelte ein Dankeschön in Berkeleys Richtung und verschwand.

Grey wandte sich mit einer schiefen Grimasse an Berkeley. »Vielen herzlichen Dank.«

Sein Spott war ihr unverständlich. Er schien keineswegs erfreut zu sein, dabei hatte sie nur getan, worum er sie gebeten hatte. »Was ist? Sie wollten doch ...«

»Ich habe Sie nicht darum gebeten, ihm zu sagen, sich ein Beispiel an mir zu nehmen. Jetzt wird er mich auf Schritt und Tritt verfolgen und mich mit Fragen belästigen. Die Vorstellung, dass ich ihm zu Reichtum verhelfen kann, ist völlig absurd.«

»Er fand das aber nicht.«

Grey musste ihr Recht geben. Shawn schien begeistert von der Idee zu sein. »Wir wollen ein für allemal klarstellen, dass Sie mich in Zukunft aus dem Spiel lassen, was immer Sie den Männern über ihre Zukunft und ihr Glück sagen.«

»Aber …«

»Miss Shaw, ich habe keine Lust, auf Schritt und Tritt von einer Schar Goldgräber verfolgt zu werden.«

»Aber so etwas lässt sich doch nicht erzwingen. Ich werde mich eben anders ausdrücken müssen, wenn etwas Ähnliches wieder vorkommt.«

Grey wollte es für den Augenblick dabei bewenden lassen. »Was ist mit seiner Familie? Woher wussten Sie, dass er verheiratet war?«

»In seinen Handlinien sind zwei Ehen verzeichnet. Und ich schätze ihn alt genug, dass er schon einmal verheiratet war.«

»Nein, Miss Shaw, ich meine *ehrlich*: Woher wussten Sie das?«

Berkeley schwieg.

»Dann bin ich also nicht der einzige Mensch, der Geheimnisse hat«, sagte Grey.

»Glauben Sie, was Sie wollen. Aber fragen Sie mich nicht wieder, woher ich etwas weiß, wenn Sie die Antwort nicht hören wollen.«

Grey dachte über eine passende Entgegnung nach, als jemand im Flur seinen Namen rief. Berkeley folgte ihm, als er ins Wohnzimmer ging und die Tür öffnete. »Mittagessen«, sagte er und nahm das Tablett entgegen. »Woher hast du das Essen, Mike?«

»Aus dem *El Dorado*.«

Grey nickte zufrieden, er hatte seine Sache gut gemacht. Er bedankte sich bei dem jungen Mann, der verlegen mit den Füßen scharrte und versuchte, einen Blick ins Zimmer zu werfen. »Gibt es noch etwas?«, fragte Grey, der ahnte, was Mike auf dem Herzen hatte.

»Na ja«, begann Mike verlegen. »Ich bin grade Shawn begegnet und der hat mir eine komische Geschichte erzählt. Also ... äh ..., ich wollt mal fragen, Mr. Janeway, ob das Fräulein einen Blick auf meine Hand werfen könnte. Damit ich mich vielleicht danach richten kann, sozusagen.«

Grey wandte sich an Berkeley, die begehrlich das Tablett beäugte. »Später vielleicht, Mike. Das Fräulein ist hungrig ...«

»Nein«, unterbrach ihn Berkeley. »Ich sehe mir seine Hand an.«

Achselzuckend ließ Grey den jungen Mann eintreten, stellte das Tablett auf den Schreibtisch, setzte sich auf die Holzkiste dahinter und nahm die Deckel von den Schüsseln. Die Köchin im *El Dorado* hatte ein Gericht aus Meeresfrüchten zubereitet, eine ihrer Spezialitäten. Das köstliche Aroma ließ Grey das Wasser im Mund zusammenlaufen. Irgendwo im Franzosenviertel in New Orleans gab es ein Bordell, dessen Bewohner sich wehmütig an Annie Jacks Kochkünste erinnerten. Und San Francisco profitierte davon.

Grey häufte sich Reis in eine Schale und gab eine große Portion des Fischgerichts dazu. Dann brach er ein Stück von dem warmen Brot ab und begann zu essen, während er Berkeley beobachtete, die sich über Mikes Hand beugte.

»Genau hier«, sagte sie und fuhr seine Lebenslinie entlang. »Sehen Sie, wie die Linie sich hier teilt? Das sagt etwas über die Verwirrung aus, die Sie manchmal befällt. Es gab schwierige Entscheidungen in Ihrem Leben, zu viele Entscheidungen. Und manchmal fragen Sie sich, ob Sie es richtig gemacht haben. Sie fragen sich, wie Ihr Leben verlaufen wäre, wenn Sie auf der Farm geblieben wären.« Sie machte eine Pause. »Ohio? Liegt die Farm Ihrer Familie in Ohio?«

»Ja, Miss«, antwortete er eifrig. »Das stimmt.«

Grey verschluckte sich beinahe. »Mike, ich dachte, du kommst aus Kentucky.«

»Das stimmt. Südlich von Cincinnati. Ein Teil der Farm grenzt an den Ohio River. Es ist nicht schlimm, wenn sie diese Kleinigkeit verwechselt.«

»Aha, nicht schlimm«, meinte Grey.

Berkeley achtete nicht auf seinen Einwand. »Haben Sie eine bestimmte Frage an mich, Mike?«

»Wie bitte?«, mischte Grey sich wieder in gespielter Verwunderung ein. »Sie wissen nicht, was er Sie fragen will?«

Diesmal schürzte Berkeley missbilligend die Lippen, mahnte sich zur Geduld und schwieg.

Es war Mike, der sie verteidigte. »Bitte, Mr. Janeway, das Fräulein kann sich nicht konzentrieren, wenn Sie ständig unterbrechen.«

»Entschuldigung.« Die Katze strich Grey um die Beine und er fütterte sie mit einem Garnelenschwanz. »Eigentlich müsste sie es wissen«, flüsterte er ihr zu.

»Ihre Frage?«, wiederholte Berkeley.

Mike hatte die Absicht zu fragen, ob er Gold finden würde. Stattdessen hörte er sich sagen: »Werde ich meine Familie wieder sehen?«

Berkeley spürte die tiefe Sehnsucht, die ihn zu dieser Frage bewog. Sie konzentrierte sich wieder auf seine Handfläche und antwortete, wie ihr Gefühl es ihr gebot. »Ja, es gibt ein Wiedersehen. Ziemlich bald. Sie sollten Ihrer Familie schreiben, dass Sie Heimweh haben.« Ihre Stimme wurde sehr leise. »Schreiben Sie Ihren Eltern, dass Sie sie lieb haben.«

Mike entzog ihr seine Hand und bedankte sich überschwänglich. »Sie wissen gar nicht, was das für mich bedeutet ... Vielen Dank ...« Er strahlte übers ganze Gesicht und sah aus wie ein kleiner Junge, als er aus dem Zimmer stürmte.

Berkeley schloss die Tür hinter ihm und lehnte sich

daran. Es dauerte eine Weile, bis sie sich wieder fasste. Trotz der Hitze und der warmen Kleider, die sie trug, fröstelte sie. Eine eisige Kälte stieg in ihr auf, drang ihr schmerzhaft in die Knochen und verkrampfte ihre Muskulatur.

Mit zittrigen Knien durchquerte Berkeley den Raum, hielt sich an der Stuhllehne fest und setzte sich langsam, nahm den Hut ab und legte ihn auf den Schreibtisch.

»Ist Ihnen nicht gut?«, fragte Grey mit leicht zusammengekniffenen Augen.

»Nein, nein, es geht schon.« Sie hatte sich zuviel zugemutet. Wenn sie ihre Gabe nutzte, musste sie hinterher mit einem Schwächeanfall rechnen; das war der Preis, der zu bezahlen war. »Manchmal dauert es eine Weile, bis ich mich erhole.«

»Sehr wirkungsvoll.«

Berkeley achtete nicht auf seine spöttische Bemerkung. Sie neigte den Kopf, raffte das Haar seitlich und begann, einen Zopf zu flechten.

»Woher wussten Sie, dass er Farmer ist?«

Er hatte bereits bewiesen, dass er die Antwort nicht hören wollte. Grey Janeway unterschied sich darin nicht von anderen Menschen, die ihrer seherischen Gabe Skepsis entgegenbrachten, und Berkeley hatte sich längst passende Antworten zurecht gelegt; auch etwas, das sie im Zusammenleben mit Anderson gelernt hatte. »Die Schwielen an den Händen des jungen Mannes ließen darauf schließen, dass er viel auf dem Feld gearbeitet hat. Wenn man den Leuten öfter aus der Hand liest, Mr. Janeway, achtet man auf Besonderheiten. Man muss nur genau hinsehen, um gewisse Merkmale zu erkennen.«

»So etwas Ähnliches dachte ich mir.«

»Ja«, meinte sie mit einem dünnen Lächeln. »Da bin ich mir sicher.«

Grey legte den Löffel beiseite und füllte eine Schale mit Reis und Fisch. »Vorsicht. Es ist sehr scharf. Kosten Sie.« Berkeley nahm einen kleinen Bissen. »Brennt wie Feuer, wie?«

Sie riss Augen und Mund auf, als das mit Chili gewürzte Fischgericht eine feurige Spur ihre Kehle und Speiseröhre hinunter zog und sich heiß in ihrem leeren Magen ausbreitete. Dann nahm sie tapfer den nächsten Bissen.

»Brot?« Sie nickte und Grey brach ein Stück für sie ab. »Und jetzt erzählen Sie mir, wie Sie auf die Idee kamen, Mike stamme aus Ohio.«

»Sein Dialekt. Ich kenne Leute aus der Gegend. Auf dem Schiff war ein Ehepaar aus Ohio. Mike hat mir den Irrtum rasch verziehen.«

»Ja, das fand ich interessant. Geschieht es oft, dass Sie sich irren?«

»Es kann passieren, aber meist mache ich nur geringfügige Fehler, wie den mit Mike. Wenn ein Mensch bereit ist zu glauben, findet er immer eine Ausrede, damit die Information für ihn stimmt, während ein Skeptiker immer etwas daran auszusetzen hat.«

»Und wie war es bei Shawn Kelly? In seiner Hand haben Sie nichts gefunden, wie?«

Sie schüttelte lächelnd den Kopf. »Sie sind ein Skeptiker. An seiner linken Hand sah ich einen hellen Streifen von einem Ring, den er kürzlich abgenommen hat. Deshalb kam ich auf die Idee, er würde wieder heiraten.«

»Sie sagten, er bekommt keine Kinder mehr.«

»Das ist ein einfacher Trick, Mr. Janeway. Dadurch erwecke ich den Anschein, mehr zu wissen, als ich tatsächlich weiß. Die Leute verraten sich in winzigen Details. Als ich sagte, er wird wieder heiraten, bemerkte ich eine leichte Spannung in Mr. Kellys Hand und schloss daraus, dass er schon einmal verheiratet war.

Als er mir das bestätigte, war es nur logisch anzunehmen, dass er bereits Kinder hatte. Also behauptete ich, er würde keine weiteren Kinder mehr bekommen. Später sagte er, dass er zwei Kinder hat. Wenn er die Geschichte weiter erzählt, wird er vergessen, dass er selbst mir diese Information gegeben hat. Er wird anderen sagen, *ich* hätte gewusst, er habe einen Jungen und ein Mädchen.«

»Und wie sind Sie auf die Großmutter gekommen?«

Berkeley zuckte unbekümmert die Achseln. »Die meisten Menschen seines Alters haben einen schmerzlichen Verlust erlitten. Mit etwas Geschick in der Fragestellung kommt man schnell drauf. Ich achte auf die Signale der Leute, während ich ihre Hand halte, beobachte ihre Gesichter, achte auf den Tonfall ihrer Stimme, den Rhythmus ihrer Worte. Ich höre, was sie sagen, und – was noch wichtiger ist – ich höre, wie sie es sagen. Mehr ist eigentlich nicht dran, Mr. Janeway, es bedarf nur einiger Übung. Jahre der Übung, wenn man wirklich gut sein will.«

»Und dabei hilft ein elfenhaftes Aussehen.«

Berkeleys geheimnisvolle grüne Augen verdunkelten sich. »Seltsam, so etwas zu sagen. Ich weiß nicht, was Sie damit meinen.«

Grey sah sie zweifelnd an. »Haben Sie je versucht, Geld mit Ihrem Talent zu verdienen?«

»Nein. Es ist eine Spielerei, wie Sie bereits sagten. Ich habe Ander ...« Schon wieder hätte sie sich beinahe verplappert. Rasch schob sie den nächsten Löffel Reis in den Mund, um Zeit zu gewinnen. »Ich habe ...äh ... andere damit unterhalten, meinen Vater und seine Freunde. Wieso? Denken Sie, ich *könnte* Geld damit verdienen?«

»Sie nicht?«

Sie lachte verlegen. »Ich weiß nicht. Ich habe nie ernsthaft darüber nachgedacht. Als ich Ihnen sagte, ich besitze ein Talent, na ja ... das habe ich nur so dahin gesagt, damit Sie mich nicht für völlig nutzlos halten. So habe ich mich jedenfalls gefühlt. Sie haben mich dazu angestachelt, vielleicht nicht absichtlich, aber ich bin etwas empfindlich. Ich kann nicht kochen und nicht nähen oder singen oder ...«

Grey hob abwehrend die Hand. »Ich verstehe«, meinte er knapp.

Sein nachdenklicher Blick machte sie befangen, sie konnte sich sein langes Schweigen nicht erklären.

»Wollen Sie für mich arbeiten?«, fragte er schließlich.

Berkeley blinzelte heftig, atmete tief durch und versuchte, nicht zu eifrig und hoffnungsvoll zu wirken. »Das würde mir gefallen«, meinte sie gelassen.

Grey studierte sie, dann nickte er zufrieden. »Ihr Essen wird kalt.«

Sam Hartford kehrte erst bei Sonnenuntergang ins *Phoenix* zurück mit einem Koffer voller Kleider, Unterkleider, Pluderhosen, Nachthemden, Strümpfe, Schuhe – und einem Korsett. Berkeley war überwältigt von Ivory DuPrees Großzügigkeit. Grey aber machte ein skeptisches Gesicht. Während Berkeley ihre Garderobe aus zweiter Hand in ihre kleinere Suite am Ende des Flurs brachte, fragte Grey den treuen Sam nach dem Grund der unerwarteten Freigiebigkeit der Dame.

Sam zupfte an einer buschigen Braue und druckste herum. »Miss Edwards ... ich meine, Miss DuPree ... hat mir eine Rechnung für die Sachen mitgegeben.« Er griff in die Brusttasche seiner Weste und zog einen abgerissenen Fetzen braunes Papier hervor, der Ivorys unbeholfene, aber gut leserliche Handschrift trug. Jedes Kleidungsstück war säuberlich aufgeführt und mit einem Preis versehen. Er reichte Grey den Zettel. »Ich versuchte, sie runterzuhandeln, Mr. Janeway, aber davon wollte Miss DuPree nichts wissen. Sie schleppte mich sogar durch die Geschäfte, um mir zu beweisen, dass sie nicht zu viel verlangt. Dann hob sie den Preis für jedes Stück etwas an für die Unannehmlichkeiten, die ihr dadurch entstanden.«

» Welche Unannehmlichkeiten?«

»Na ja, Sir. Miss DuPree bestand darauf, als Erstes sämtliche Kleider anzuprobieren, alle bis auf das Blaue mit den Perlen. Das hat sie mir vor die Füße geworfen und gesagt, den Fetzen soll tragen, wer will. Da Sie ausdrücklich verlangten, die Kleider sollten ihr ein wenig zu klein sein, ließ sie es sich nicht nehmen, mir zu beweisen, dass sie ihr zu klein sind.«

Ivory schien wieder mal ein großes Theater abgezogen zu haben. Grey schwieg und ließ Sam weiterreden.

»Nachdem sie alles anprobiert hatte, setzte sie die Preise fest.«

»Und dann hast du mit ihr gehandelt.«

»Ja, Sir. Und daraufhin hat sie mich durch die Geschäfte geschleppt und die Preise verglichen. Aber Sie wollten ohnehin wissen, wo man Damenkleider und solchen Kram kaufen kann.« Sam hörte auf, seine buschige Augenbraue zu zupfen, und wippte auf den Fußballen auf und ab. »Deshalb komme ich so spät zurück. Jetzt haben Sie die Liste der Sachen, die Preise und daneben die Geschäfte. Wenn es Ihnen nichts ausmacht, Mr. Janeway, wäre ich Ihnen sehr dankbar, wenn Sie das nächste Mal einen anderen finden, um solchen Firlefanz für Damen zu besorgen.«

Grey räusperte sich, um sein Lachen zu unterdrücken. »Du hast deine Sache ausgezeichnet gemacht, Sam«, sagte er dann mit ernster Stimme. »Ich werde dich in Zukunft nicht mehr mit solchen Aufgaben belästigen.«

»Vielen Dank, Sir.« Sam hört auf, hin und her zu wippen. »Da bin ich aber froh. Es war wirklich alles andere als …« Er stockte mitten im Satz und blickte zur Tür, wo Berkeley Shaw stand. Sam zog hastig den Hut. Schwerer fiel es ihm, den Mund zuzuklappen.

Grey drehte sich um und zog bei Berkeleys Anblick eine dunkle Braue hoch. Sie hatte keine Zeit verloren, eines von Ivorys ausrangierten Kleidern anzuziehen. Ein schlichtes, marineblaues Kleid mit schmalen, langen Ärmeln, das ihre schlanke Figur betonte und ihr schimmerndes, hellblondes Haar wunderbar zur Geltung brachte. Sie lächelte zaghaft, beinahe wehmütig.

»Ja, Miss Shaw?«, empfing Grey sie schroff.

Sie trat ins Zimmer. »Ich möchte mich bedanken. Die Kleider sind wunderschön, eines wie das andere. Obwohl ich finde, dies ist das Einzige, das für jeden Tag geeignet ist. Die anderen sind sehr elegant und ich glaube nicht ...«

Grey fiel ihr ins Wort. »Tragen Sie die Kleider oder lassen Sie es bleiben. Sie gehören Ihnen.«

Sein barscher Ton erschreckte sie. Hatte sie ihn gekränkt? Sie strich sich nervös über den Rock und wandte sich an Sam. »Auch bei Ihnen bedanke ich mich, Mr. Hartford. Es war wirklich sehr freundlich von Ihnen ...«

Grey unterbrach sie wieder. »Sam arbeitet für mich, Miss Shaw. Das hat nichts mit Freundlichkeit zu tun.«

Berkeleys Lächeln schwand. »Ja, das sehe ich. Ist es mir gestattet, mich bei Miss DuPree zu bedanken?«

»Hier.« Grey hielt ihr den zerknitterten Zettel hin. »Bedanken Sie sich bei Ivory, wenn Sie die Rechnung bezahlen.«

Berkeley nahm den Zettel und las. Eine senkrechte Falte bildete sich auf ihrer glatten Stirn. Ein Kleid war mit zweihundert Dollar berechnet. Ein anderes sollte dreihundertfünfzig kosten. Das schlichte Werktagskleid, das sie trug, war mit einhundertfünfundzwanzig Dollar angegeben. Seltsamerweise hatte Ivory DuPree keinen Preis für das schönste Kleid festgesetzt, ein saphirblaues Abendkleid, mit blauen Glasperlen bestickt. Um zu verhindern, man könne denken, es handle sich um ein Versehen ihrerseits, hatte sie einen dicken Strich neben die Beschreibung des Kleides gezogen.

Berkeley las die Liste weiter. Schuhe: achtzig Dollar. Strümpfe: fünfzehn Dollar das Paar. Der Preis für die Unterwäsche belief sich auf einhundertundachtzig Dollar.

»So viel Geld«, flüsterte sie und hob den Blick zu Grey. »Das ist ein Vermögen. Ich kann die Sachen nicht annehmen, da ich sie niemals bezahlen kann. Ich werde sie Miss DuPree zurückschicken.« Sie wandte sich hoffnungsvoll an Sam. »Helfen Sie mir dabei, Mr. Hartford? Ich weiß nicht, wo die Dame wohnt.«

Sam fing an zu stottern und wieder auf den Fersen zu wippen. Ob er Berkeleys Bitte ablehnen oder annehmen wollte, ging nicht klar daraus hervor. Grey bedankte sich rasch noch einmal und entließ ihn. Sam machte eine eckige Verbeugung in Berkeleys Richtung und floh aus dem Zimmer.

»War das nötig?«, fragte Berkeley. »Sie haben Mr. Hartford keine Zeit gelassen, mir zu antworten.«

Grey winkte unwirsch ab. »Sam hätte noch zehn Minuten herum gestottert. Ohne meine Zustimmung hat er kein Recht, Ihnen seine Hilfe anzubieten.«

»Sie sind ein sehr hochmütiger Mann«, stellte sie fest.

Greys Lächeln erreichte seine Augen nicht. »Ich bin der Besitzer des *Phönix*, und mir liegt daran, dass die Leute, die für mich arbeiten, das tun, was ich von ihnen erwarte.«

»Was Sie befehlen, wollen Sie wohl sagen.«

»Warum nicht«, antwortete er achselzuckend. »Das ist mein gutes Recht.« Sein stählerner Blick lag unverwandt auf ihrem hoch erhobenen Gesicht. »Und falls

Sie für mich arbeiten wollen, Miss Shaw, werden auch Sie sich danach richten.«

Berkeley hatte verschiedene Möglichkeiten. Sie konnte sich wieder als Junge verkleidet auf den Straßen von San Francisco herumtreiben und auf eine günstige Gelegenheit warten, um sich an Bord eines Remington-Schiffs zu schleichen. Sie konnte beim Besitzer eines anderen Spielcasinos vorsprechen und hoffen, der Mann würde ihr Talent ebenso schätzen wie Mr. Janeway. Auf den Strich zu gehen war die dritte Möglichkeit. Vielleicht gab es noch andere Möglichkeiten, die ihr im Augenblick allerdings nicht einfielen. Sie wusste ebenso wie Grey Janeway, dass eine Anstellung in seinem Casino die günstigste Lösung für sie war.

Berkeley ließ die Arme sinken und hob das Kinn. »Ja«, sagte sie tapfer. »Ich richte mich danach.«

»Gut.« Er streckte die Hand aus, nicht etwa, um die Abmachung mit einem Handschlag zu bekräftigen, sondern um ihr den Zettel abzunehmen. »Geben Sie mir den Wisch.«

Berkeley schüttelte den Kopf. »Ich habe die Absicht, die Kleider Miss DuPree zurückzubringen.«

Grey hielt die Hand weiterhin ausgestreckt, nur seine Lippen wurden schmal. »Was? Sie wollen meine Hemden und Hosen tragen, bis Sie sich eine eigene Garderobe leisten können? Ich bitte Sie, Miss Shaw, benutzen Sie Ihren Verstand. Für Kleider, die Sie sich anfertigen lassen, bezahlen Sie hier ebenso viel, wie Ivory Ihnen berechnet, wenn nicht mehr.«

»Dann kann ich mir eben keine Garderobe leisten.«

Grey hatte keine Lust, sich länger mit ihr zu streiten, und nahm ihr die Rechnung, die sie nervös zusammengerollt hatte, einfach aus der Hand. »Sie können es sich nicht leisten, *keine* Garderobe zu haben. Im Übrigen schulden Sie Ivory nichts. Ich bezahle die Rechnung und Sie zahlen den Betrag an mich zurück.«

»Wenn Sie denken, das beruhigt mich, Mr. Janeway, so irren Sie.«

»Ich habe keine Ahnung, was Sie beruhigen könnte«, entgegnete er kühl. »Ich habe Ihnen nur erklärt, wie die Sache abgewickelt wird. Haben Sie Probleme damit?«

Und ob sie Probleme damit hatte ... »Wie Sie wünschen.«

Grey staunte, wie sie es fertig brachte, in diese drei Worte der Zustimmung so viel Trotz zu legen. »Ich wünsche es, Miss Shaw.«

»Ist Ihnen klar, dass es Jahre dauern wird, bis ich meine Schulden bei Ihnen beglichen habe? Vielleicht wollen Sie mich nicht so lange in Ihrer Nähe haben.«

»Seien Sie unbesorgt, ich weiß Ihnen aus dem Weg zu gehen.«

Seine Gleichgültigkeit versetzte Berkeley einen winzigen Stich. »Ich denke, ich ziehe mich auf mein Zimmer zurück«, sagte sie leise. »Wenn Sie mich bitte entschuldigen.«

»Nein. Das tue ich nicht.«

Sie war bereits im Gehen, als sie den Sinn seiner Worte begriff. »Wie bitte?«

»Setzen Sie sich, Miss Shaw.« Er wies auf den einzigen Stuhl im Zimmer, falls sie erneut vorgeben sollte, ihn nicht zu verstehen. Grey trat an den Schreibtisch, lehnte sich an die Kante und legte Ivorys Rechnung zu seinen Papieren. »Sind die Räume zu Ihrer Zufriedenheit?«, fragte er höflich.

»Ja. Ja, natürlich.« Die Zimmer waren nicht möbliert, doch Donnel Kincaid hatte ihr versichert, bald Abhilfe zu schaffen. Kurz darauf war ein Notbett im Schlafzimmer aufgestellt worden. Zwei Männer hatten aus Kisten einen behelfsmäßigen Schrank gezimmert. Die Arbeiter wussten nichts von Miss Shaws Abmachung mit dem Chef und hielten Berkeley für den ersten Hotelgast im *Phönix*. Den ganzen Nachmittag bemühten sie sich, ihre Zimmer wohnlich zu gestalten. Immer wieder klopften Männer und brachten Decken, Petroleumlampen, Handtücher, ja sogar eine Vase mit frisch gepflückten Blumen. Ein Zimmermann schenkte ihr eine selbstgeschnitzte Figur für den Kaminsims, eine Miniaturkopie der Galionsfigur Rhea, dem Fassadenschmuck über dem Hoteleingang. Mike und Shawn schleppten einen großen Spiegel herein, den sie erst im Laufe der Woche woanders anbringen wollten. Danach brachten sie eine Holzkiste, die ihr als Tisch diente. Ein anderer brachte ein großes Stück Vorhangstoff als Tischtuch.

Diese spontanen Gesten rührten Berkeley zutiefst. »Alle waren so freundlich zu mir«, sagte sie nun.

»Danach habe ich Sie nicht gefragt. Ich fragte Sie nach Ihren Zimmern.«

»Sie wissen doch selbst, dass sie schön sind.«

»Ich wollte nur Ihre Meinung hören. Meine Leute haben sich Mühe gegeben, die Zimmer einzurichten.«

»Ja.« Sie wollte keine weitere Erklärung dazu abgeben.

»Sie wissen vermutlich, dass Shawn und Mike bereits herumerzählt haben, dass Sie aus der Hand lesen können.«

Sie nickte. »Ich dachte mir, dass der Eifer der Männer etwas damit zu tun hat.«

Grey wusste, dass die Zuvorkommenheit seiner Leute nur begrenzt mit Berkeleys Talent zu tun hatte. »Haben Sie den Männern aus der Hand gelesen? Ihnen etwas über ihre Zukunft gesagt?«

»Nein. Keiner hat mich darum gebeten.«

»Hätten Sie es getan, wenn einer der Männer den Mut gehabt hätte, Sie darum zu bitten?«

»Ja, das hätte ich«, antwortete sie wahrheitsgetreu.

»Sollten Sie in Zukunft darum gebeten werden, so lehnen Sie ab. Wenn Sie Ihren Lebensunterhalt damit verdienen wollen, dürfen Sie nur gegen Bezahlung aus der Hand lesen. Ist Ihnen dieser Punkt klar, Miss Shaw?«

»Ja.«

»Gut. Nun zu Unterkunft und Verpflegung.« Er sah, wie Berkeleys Augen sich weiteten. »Oder dachten Sie, Sie könnten kostenlos im *Phönix* wohnen?«

»Darüber habe ich noch nicht nachgedacht.«

Genau das hatte Grey erwartet, obwohl er überrascht war, dass sie es ohne weiteres zugab. »Sie sollten öfter den Versuch machen, es zu tun, Miss Shaw. Nachdenken, meine ich.«

Sein schleppender Singsang war verflogen. Wenn er sie zur Rede stellte, wozu er immer öfter genötigt zu sein schien, wurde sein Tonfall spitz und schneidend wie der eines Yankees. Berkeley versagte sich eine Antwort auf seine Bemerkung.

»Seit Beginn des Goldrauschs«, fuhr Grey fort, »ist es schwierig geworden, in San Francisco Unterkunft zu finden. Manche Männer haben schon fünfundzwanzig Dollar pro Nacht bezahlt, um zu zweit auf einer Tischplatte zu nächtigen. Ein Einzelzimmer kann bis zu tausend Dollar im Monat kosten.«

Berkeley schnappte hörbar nach Luft. »Aber ich könnte niemals ...«

»Nein, das können Sie nicht«, sagte er ungerührt. »Deshalb biete ich Ihnen Zimmer und Verpflegung im *Phönix* für sechshundert Dollar im Monat an. Das sind etwa zweihundert Dollar weniger, als ich von einem regulären Gast verlangen würde.«

Sein Angebot ließ Berkeley noch mehr erbleichen. Sie nickte benommen.

Grey lächelte dünn. »Es ist unumgänglich, dass Sie im Hotel bleiben, damit das Geheimnis um Ihre Person gewahrt wird. Ich möchte auch nicht, dass Sie Ihre Begabung als Zaubertrick bezeichnen. Das bleibt unter uns. Die Nachricht, dass es im *Phönix* eine Empfangsdame mit übersinnlichen Fähigkeiten gibt, wird sich schneller verbreiten als das letzte Großfeuer in Frisco. Je weniger Leute Sie sehen, je weniger Details von Ihrer Begabung bekannt werden, desto mehr Leute werden von Ihrer Person angezogen.«

»Empfangsdame?«, fragte sie verzagt.

»Ja. Als was sollte ich Sie sonst anstellen? Nein, sagen Sie es nicht. Sie haben nicht darüber nachgedacht.«

»Natürlich habe ich darüber nachgedacht«, entgegnete sie aufbrausend. »Aber ich nahm an, ich lese jeden Abend ein paar Leuten aus der Hand. Mehr nicht.«

»Ganz recht. Sie begrüßen die Gäste, reden mit ihnen, beobachten sie. Das ist doch wichtig, um die Sitzungen glaubhafter zu machen, wie?«

Es hatte keinen Sinn, ihm zu widersprechen. Und im Grunde hatte er ja Recht. Je mehr sie von einer Person wusste, desto weniger musste sie sich auf ihre seherische Gabe berufen. »Heißt das, ich kann mir aussuchen, wem ich aus der Hand lese?«

»Genau. Je weniger Sie dem Zufall überlassen, desto mehr Erfolg werden Sie haben.«

Anderson Shaw und Grey Janeway sind aus einem Holz geschnitzt, dachte Berkeley bitter. Vielleicht hatte Gott nur ein Holz zur Verfügung, um Männer zu schnitzen. Wenn sie an den Trick dachte, mit dem Colin und Decker Thorne sie überführen wollten, erschien es ihr beinahe so. »Sprechen Sie weiter«, forderte sie ihn auf und heuchelte Interesse, das sie nicht verspürte.

»Zu Ihren Pflichten gehört es, sich eine umfangreiche Garderobe zuzulegen.«

»Die Sie aussuchen.«

»Richtig.«

Berkeley seufzte. Ihr Leben würde sich nicht sonderlich von dem mit Anderson unterscheiden, eine Vorstellung, die ihren Entschluss, San Francisco den Rücken zu kehren, nur festigte. Allerdings standen ihr die Schulden bei Grey Janeway im Weg. Sie musste für Unterkunft, Verpflegung und Garderobe so viel bezahlen, dass sie niemals genug sparen konnte, um sich eine Schiffspassage an die Ostküste leisten zu können.

»Die Anproben finden im Haus statt«, erklärte Grey.

Etwas anderes hatte sie nicht erwartet. Sie nickte dumpf und senkte den Blick auf ihre im Schoß gefalteten Hände.

»Ich habe die Eröffnung des *Phönix* auf den 26. September festgelegt, also in einem Monat. Bis dahin gibt es noch viel zu tun. Auch Sie müssen bis dahin bereit sein.«

»Ich werde Sie nicht enttäuschen, Mr. Janeway.«

Er blickte auf ihren gesenkten Kopf. Der locker geflochtene Zopf begann sich aufzulösen, golden schimmernde Löckchen fielen ihr in die Stirn. »Nein«, meinte er. »Das denke ich auch nicht.« Nach einer Pause setzte er hinzu: »Sie haben sich nicht nach der Höhe Ihrer Bezahlung erkundigt.«

Sie hob den Kopf und begegnete seinem Blick. »Ich war nie zuvor angestellt. Ich dachte, es liegt an Ihnen, meine Bezahlung festzusetzen.«

»So ist es. Ich biete Ihnen tausend Dollar im Monat an.« Sie öffnete den Mund und Grey redete rasch weiter. »Bevor Sie versuchen, mit mir zu handeln, denken Sie daran, dass Annie Jack im *El Dorado* auch nicht mehr bekommt – und sie kann kochen.«

Berkeley war sich wohl bewusst, wie dürftig ihr Talent im Vergleich zu Annie Jacks Kochkünsten war. Greys Angebot machte sie sprachlos.

»Sagen Sie etwas, Miss Shaw.«

»Ja. Ich sage ja.«

»Gut. Begreifen Sie nun, dass es nicht aussichtslos ist, Ihre Schulden bei mir abzubezahlen?«

Sie nickte.

»Ich glaube, Sie werden eine Attraktion im *Phönix* sein. Ich würde Ihnen kein so hohes Gehalt anbieten, wenn ich nicht davon überzeugt wäre, dass Sie mir die Kosten wieder einbringen. Sie werden viele Gäste anziehen, die ihr Geld bei mir lassen.«

»Wird bei Ihnen auch ehrlich gespielt?«, fragte sie unbedacht.

Greys Brauen zogen sich hoch bis in die Stirnmitte. »Selbstverständlich. Zweifeln Sie daran?«

»Ehrlich gestanden, ich weiß nicht, was ich von Ihnen und dem *Phönix* halten soll.«

Grey zog einen Mundwinkel zu einem dünnen Lächeln hoch. »Und ich dachte, Sie wüssten alles über mich, Miss Shaw. Wollten Sie mir das nicht vorhin zu verstehen geben? Sie haben mir doch aus der Hand gelesen.«

»Das Wichtigste habe ich dabei erfahren.«

»Ach? Und das wäre?«

»Sie sind nicht der Mann, für den ich Sie anfangs gehalten habe.«

KAPITEL 5

Sie sind nicht der Mann, für den ich Sie anfangs gehalten habe. An jenem Abend hatte Grey noch lange über Berkeleys Worte nachgegrübelt und auch in den folgenden vier Wochen waren sie ihm immer wieder in den Sinn gekommen. Sie hatte sich nicht näher dazu geäußert, und er hatte sie zu keiner Erklärung gedrängt, die ihn vermutlich nur noch mehr verwirrt hätte.

Er saß allein im großen Saal des Spielcasinos, in dem mittlerweile Tische und Stühle aufgebaut waren. Die Spiegel hinter der Mahagonitheke reflektierten den Schein der Petroleumlampen auf den Tischen. Vor dem Hotel drängten sich bereits Schaulustige, äugten neugierig zu den Fenstern herein, ehe sie weitergingen, auf der Suche nach einem Spielsalon, wo sie ihr Gold lassen oder vermehren konnten. Um im *Phönix* eingelassen zu werden, mussten sie noch einen Tag warten.

Grey rieb sich die verspannte Muskulatur im Nacken. Geschäftsbücher, Rechnungen und Korrespondenz lagen vor ihm ausgebreitet. Statt in seinen Privaträumen am Schreibtisch zu arbeiten, wo er es in dem neuen gepolsterten Ledersessel bequemer gehabt hätte, zog er es vor, am Abend vor der festlichen Eröffnung die Weite des hell erleuchteten Saales zu genießen.

Grey fuhr sich durchs dichte Haar, beugte sich wieder über die Unterlagen und begann, die lange Zahlenreihe ein zweites Mal zu addieren. Er hob nur einmal kurz den Kopf, als jemand an der geschlossenen Tür rüttelte und Einlass begehrte. Bald darauf wurde der betrunkene Goldgräber von seinen Kumpanen weiter geschleppt.

Die Zahlenreihe, von oben nach unten gerechnet,

ergab dieselbe Summe wie umgekehrt. Zufrieden blätterte Grey um. Er hatte keine Ahnung, wann die Katze sich zu ihm gesellt hatte. Er entdeckte sie friedlich schlummernd auf dem Hauptbuch, als er danach greifen wollte, um eine Eintragung zu überprüfen. Behutsam zog er das Buch unter ihrem schlafenden Körper hervor, ohne sie zu wecken, und lächelte zufrieden.

Wieder kam ihm eine Bemerkung Berkeleys in den Sinn. *Sie sind ein gütiger Mann, auch wenn Sie das anderen nicht zeigen wollen.* Wenn er ein gütiger Mann sein sollte, ohne es zu wissen, so stimmte es, dass er es nicht zeigen wollte. Er hatte ihr bei einigen Gelegenheiten zu verstehen gegeben, dass Güte fehl am Platze war.

Als wolle er seiner Überlegung Nachdruck verleihen, schlug Grey das Hauptbuch energisch auf, so dass der harte Einband mit einem dumpfen Knall auf die Tischplatte schlug. Die Katze fuhr erschrocken hoch und wollte fliehen. Grey richtete sich halb auf, um nach ihr zu greifen, warf dabei den Stuhl um und wischte mit dem Arm das Hauptbuch und lose Papiere vom Tisch. Eine scharfe Kante traf ihn empfindlich an den Zehen, ehe das schwere Buch auf dem Parkett landete. Grey zog reflexartig das Bein hoch und stieß mit dem Knie schmerzhaft gegen die Unterkante des Tisches. Er stöhnte. Die Katze fauchte.

Von der entfernten Seite des Saales klang helles Lachen herüber.

Die Katze fasste sich rascher als Grey, sprang mit erhobenem Schwanz von Tisch zu Tisch bis zur geschwungenen Treppe und landete mit zwei weiteren Sätzen in der Geborgenheit von Berkeleys Armen. Grey schaffte es, den Tisch gerade zu rücken, während die Katze ihre sichere Zuflucht fand, und war im Begriff, den Stuhl aufzustellen, als Berkeley zu ihm trat.

Ohne ihre Hilfe anzubieten, die er vermutlich verweigert hätte, klemmte sie sich die Katze unter den linken Arm, bückte sich und sammelte heruntergefallene Blätter auf. Grey bedankte sich nicht, als sie ihm den Stapel aushändigte, und streckte auch nicht die Hand aus, um ihr aufzuhelfen, was Berkeley allerdings gar nicht erwartete.

In den letzten Wochen war Grey Janeway nie wieder so freundlich zu ihr gewesen wie am ersten Tag, als sie ihn kennen gelernt hatte. An manchen Tagen bekam sie ihn gar nicht zu Gesicht.

Doch nichts geschah, was nicht von Grey Janeway angeordnet und gutgeheißen wurde. Als die Schneiderinnen im *Phönix* Einzug hielten, mit Stoffmustern und Modejournalen bewaffnet, wusste Berkeley, dass es auf Greys Anweisung hin geschah. Stundenlang musste sie vor dem großen Spiegel in ihrem Schlafzimmer stehen, während man Maß an ihr nahm, sie drehte und wendete, an ihr herumnestelte und ihr Kleider anprobierte. Und immer wurde Grey zu Rate gezogen, wo er sich auch aufhalten mochte.

Obwohl Sam Hartford anfänglich darum gebeten hatte, mit weiblichem Modekram verschont zu werden, war er es, der sich bereit erklärte, als Bote zwischen den Modistinnen und dem Chef zu dienen. Wenn die Diskussionen auf die Entfernung hitzig wurden und keine Einigung erzielt werden konnte, eilte Sam mit hochrotem Kopf und keuchend treppauf, treppab, um Botschaften hin und her zu tragen. In seinem Kopf schwirrten Rüschen, Volants und Spitzenbesätze herum; er lernte Posamenten von Ripsbändern zu unterscheiden, eine Schulterpelerine von einem Cape; er konnte Taft, Atlas und Moiré auseinanderhalten. Mit fortgeschrittenem Wissen besaß er sogar die Kühnheit, einmal graue Seide für ein Ausgehkostüm vorzuschlagen statt blauen Samt, den die Chefschneiderin nehmen wollte.

»Miss Berkeley wird in Rüschen und Volants erstickt«, warnte er Grey nach der dritten Anprobe. Seine Stimme wurde durch ein offenes Fenster in die Nähestube zu Berkeley und den Näherinnen getragen.

»Ist das gefährlich?«, fragte Grey trocken.

»Und ob, Sir. Sie braucht elegante Linien, um ihren Typ zu unterstreichen.«

»Dann rette sie, um Himmels willen.«

Als Sam die Nähstube wieder betrat, waren alle überflüssigen Rüschen und Volants verschwunden, nur ein schlichter Ripsbesatz war geblieben. Sam strahlte stolz und zufrieden über seinen Erfolg ...

Berkeley richtete sich auf und streichelte die Katze, die sich in ihre Armbeuge kuschelte. Sie trug einen schlichten Morgenmantel aus Baumwolle über dem Nachthemd, das nur einen schmalen Spitzenbesatz am runden Ausschnitt aufwies. Dank Sam Hartford und Greys Aufsicht aus der Ferne war Berkeleys schlanke Figur nicht von Volants und Rüschenwolken umbauscht und ihre weiblichen Rundungen kamen durch die schlichten Schnitte zur Geltung.

Sie streichelte die Katze immer noch und bedachte Grey mit einem Seitenblick, der mit schmalen Lippen auf ihre nackten Füße starrte. Sie rollte die Zehen ein, als wolle sie die anstößigen Körperteile verbergen.

»Wollen Sie etwas trinken?«, fragte er unvermutet.

Berkeley, bereits im Begriff, den Rückzug anzutreten, da sie den Eindruck hatte, ihre Anwesenheit sei nicht willkommen, reagierte verdutzt auf seine Frage. »Ja«, sagte sie nach kurzem Zaudern. »Gern.«

»Whiskey?«

Sie hatte an Tee gedacht. Oder einen Becher warme Milch. Doch beides würde Aufregung in der Küche bedeuten. »Ja, Whiskey.«

Grey legte die wahllos eingesammelten Blätter auf den Tisch und trat hinter die Bar. »Was führt Sie nach unten?«, fragte er und suchte eine offene Flasche und zwei Gläser.

»Ich wollte die Katze holen. Wenn ich sie nicht rein lasse, kratzt sie später an meiner Tür.«

Sie pflegte auch jämmerlich zu schreien, erinnerte Grey sich, der eines Nachts von dem kläglichen Miauen aufgewacht und auf den Flur getreten war, in der Absicht, das Biest hinauszuwerfen. Als plötzlich Licht aus Berkeleys Zimmer gefallen war, war er stehen geblieben. Sie war auf den Flur gehuscht, hatte die Katze hochgehoben, sie an sich gedrückt und etwas Unverständliches gemurmelt. Dann war die Tür hinter Berkeley und der Katze wieder geschlossen worden. Grey war noch eine Weile in der Dunkelheit stehen geblieben und hatte sich über die Tränenspuren in Berkeleys Gesicht gewundert.

Grey goss Whiskey in die Gläser und beobachtete sie im Spiegel. Heute Nacht hatte sie nicht geweint. Ihre Lider waren vom Schlaf leicht geschwollen und schwer, ihre Wangen rosig angehaucht. Sie hatte sich auf den Stuhl neben seinem gesetzt und die Beine unter Morgenmantel und Nachthemd hochgezogen. Die Katze balancierte auf ihren Knien und schien sich wohl zu fühlen.

Grey brachte die Getränke, setzte sich und stellte ein Glas vor Berkeley hin. Die Katze sprang auf den Boden und spazierte selbstbewusst durch den Saal. »Wann geben Sie ihr einen Namen?«, fragte er.

»Darf ich das denn?«

»Natürlich. Wieso nicht?«

»Nun ja, sie ist *Ihre* Katze.«

»Sie gehört nicht mir«, meinte er und trank einen großen Schluck. »Ich ertrage lediglich ihre Anwesenheit.«

Eine treffende Beschreibung seiner Beziehung zu mir, dachte Berkeley. »Ich habe mir schon einen Namen ausgedacht«, meinte sie schüchtern. »Was halten Sie von Pandora?«

Grey schaute sich das Durcheinander auf dem Tisch an, das seine sonst so wohlgeordneten Geschäftsunterlagen der Katze zu verdanken hatten. »Ein passender Name.«

Berkeley lächelte. »Gut, ich nenne sie Pandora. Obwohl es ihr einerlei ist, ob sie einen Namen hat oder nicht.« Mit leiser Wehmut schaute sie Pandora nach, die leichtfüßig die Treppe hinaufsprang. »Sie kommt und geht, wann es ihr gefällt.«

»Nicht wie Sie«, entgegnete Grey mit einem spöttischen Unterton. »Wollen Sie mir das zu verstehen geben?«

Berkeleys Kopf fuhr zu ihm herum. »Ich habe keinen Vergleich angestellt«, entgegnete sie leise. »Aber da Sie es erwähnen: Darin unterscheidet sich Pandoras Leben tatsächlich von meinem, was jedoch nicht weiter schlimm ist. Ich fühle mich hier sicher. Ich hätte nur nicht gedacht, dass mir die Einschränkung zu schaffen macht.«

Er fragte sich, wieso sie das Wort ›sicher‹ gebrauchte, beinahe als würde sie sich vor einer Gefahr verstecken. »Wohin möchten Sie denn?«

»Ich weiß nicht. Zur Bucht, vielleicht. Oder in die Berge.« Grey stand auf und warf ihr einen aufmunternden Blick zu. »Wie?«, fragte Berkeley verdutzt. »Jetzt? Bezieht sich Ihre Frage auf ebendiesen Augenblick?«

»Auf ebendiesen Augenblick«, bestätigte er. »Haben Sie einen Mantel?«

Sie schüttelte den Kopf. »Er ist noch nicht fertig. Mrs. Irvin will …« Berkeley stockte der Atem, als er sie auf die Füße stellte, sein Jackett auszog und es ihr um die Schultern legte.

»Das muss genügen.«

Berkeley protestierte halbherzig. »Es ist nach Mitternacht, Mr. Janeway.«

»Ich weiß, wie spät es ist.«

Er nahm sie bei der Hand und zog sie zum Hinterausgang. »Aber ich bin im Nachthemd.«

»Das weiß keiner.«

»*Ich* weiß es.«

Grey öffnete die Tür und trat in die kühle Nacht. Ein Windhauch fuhr ihm in die Haare. »Warten Sie hier! Ich hole die Kutsche.« Er nahm eine Lampe vom Haken neben der Tür und überquerte den Hof zu den Stallungen. Berkeley hörte, wie er mit jemandem sprach, ohne die Worte zu verstehen. Vermutlich hatte er einen Pferdeknecht aus dem Schlaf gerüttelt.

Wenige Minuten später war Grey wieder bei ihr. Sie wollte ihn darauf aufmerksam machen, dass sie keine Schuhe trug, als er diesen Einwand überflüssig machte und sie in seine Arme hob. Schweigend ließ sie sich von ihm über den Hof tragen. Und als sie die Kutsche erreichten, stellte Berkeley fest, dass sie außer Atem war, nicht aber Mr. Janeway

Er setzte sie in den offenen Einspänner. Berkeley begann bereits zu frösteln, denn der Ledersitz war kalt. Grey packte sie in dicke Decken, bis Berkeley ihm Einhalt gebot.

»Danke, das reicht. Mir ist warm genug.«

Grey hob die Petroleumlampe, um ihr Gesicht besser sehen zu können, das ihm aus den Decken entgegenlächelte. Wenn sie ihn so ansah, fiel es ihm schwer, klar zu denken.

Grey nahm neben ihr auf dem Kutschbock Platz, gab dem Stallburschen die Laterne und nahm die Zügel hoch. »Wir bleiben nicht lange fort, Emmet. Warte nicht und leg dich wieder schlafen.«

Emmet nickte schläfrig. »Wie Sie wünschen, Mr. Janeway.« Er hielt die Lampe hoch, um der Kutsche den Weg zum Tor hinaus zu leuchten, ehe er zurück in den Stall stapfte.

Berkeley schälte die Arme aus den Decken und atmete die Nachtluft tief ein, die würzig nach Meer, Salz und Algen roch. »Wohin fahren wir?«, fragte sie, als die Kutsche vom Portsmouth Square in eine Seitenstraße einbog.

»Hinaus zum Point.«

»Dort war ich noch nie.«

Grey zweifelte nicht daran. »Es ist nicht weit.«

Berkeley verfiel in Schweigen und entspannte sich allmählich. Der Stadtlärm versiegte, sie konnte das sanfte Rauschen des Windes in den Bäumen hören. Der Ruf einer Eule folgte ihnen, bis er sich nach einer Wegbiegung verlor. Einmal drehte sie sich um und sah die Lichter von San Francisco, die aus Hütten, Spielsalons und Bordellen drangen. Unten in Sydney Town markierten offene Lagerfeuer die Plätze, wo die Ducks sich versammelten und ihre nächtlichen Streifzüge besprachen. Dort, wo kleinere Gruppen bereits aufgebrochen waren, erhellten Fackeln ihren Weg.

Berkeleys Blick wanderte zu Grey. Er achtete darauf, Pferd und Wagen auf dem zerfurchten, nur vom Mond beschienenen Weg zu halten. »Haben Sie die Laterne absichtlich nicht mitgenommen?«, fragte Berkeley beklommen.

»Ich wollte keine Aufmerksamkeit auf uns lenken.«

»Sie haben doch keine Angst vor den Ducks«, erwiderte sie.

»Nur ein Narr hat keine Angst vor den Ducks. Ich hoffe, Sie wollen damit nicht sagen, ich sei ein Narr.«

Zwischen Berkeleys Brauen bildete sich eine senkrechte Falte. »Aber am Kai haben Sie keine Spur von Angst vor den Kerlen gezeigt.«

Ihr falsch verstandenes Vertrauen ließ ihn schmunzeln. »Nur weil ich Sie im Rücken wusste.«

»Ich meine es ernst«, protestierte sie.

»Ich auch. Ich habe gesehen, wie Sie die Fische nach den Burschen geworfen haben. Das hat mir Mut gemacht.«

Berkeley seufzte. Sie erinnerte sich an die Waffe, die er damals in seinen Stiefel gesteckt hatte. »Haben Sie Ihr Messer dabei?«

»Ja. Das trage ich immer bei mir.« Er warf ihr einen Seitenblick zu. Der Mondschein ließ ihre großen Augen schimmern. »Gibt Ihnen das ein besseres Gefühl?«

Als sie nickte, berührte ihre Wange seine Schulter und machte ihr bewusst, wie nahe sie bei ihm saß. Berkeley hob den Kopf und rückte von ihm ab.

»Bleiben Sie, wo Sie sind«, befahl er.

Berkeley, die der Meinung war, er friere, schälte sich aus einer Decke, legte sie ihm um die Beine und steckte sie umständlich fest. Das Frösteln, das ihn durchlief, bestätigte ihr, dass ihm kalt war. Sie rückte näher an ihn heran, um ihn mit ihrem Körper zu wärmen.

»Können Sie nicht still sitzen?«, fragte er mit rauer Stimme.

Berkeley saß wie versteinert, eine Hand ruhte auf seinem Knie, die andere auf seiner Schulter. Ihr Busen presste sich an seinen Oberarm. »Das kann ich aber nicht lange aushalten«, flüsterte sie.

Grey zog die Zügel an und brachte das Pferd zum Stehen. Die Kutsche schwankte auf dem unebenen Gelände, bis sie still war wie Berkeley. »Was tun Sie da eigentlich?«, fragte er leise.

»Ist Ihnen nicht kalt?«

»Habe ich etwas gesagt?«

»Nein.«

Die Spannung, die von ihm ausging, übertrug sich auf sie. Und plötzlich kam ihr der Gedanke, sein barscher Ton habe nicht unbedingt etwas mit Verärgerung zu tun. Unsicher flog ihr Blick über sein verschlossenes Gesicht.

»Vielleicht hat Ihre Berührung tatsächlich etwas zu bedeuten.«

Berkeley hörte kaum, was er sagte. Sein Atem hauchte warm an ihre Wange. Sein Kopf beugte sich näher zu ihr, noch ein winziges Stück, und sie würde seinen Mund auf dem ihren spüren. Der Augenblick zog sich in die Länge. Die Zeit schien stehen zu bleiben, bis Berkeley sich langsam zurücklehnte und den Abstand vergrößerte.

Grey nahm Berkeley sanft bei den Armen und drehte sie auf dem Kutschbock nach vorn. Ihre Hand glitt von seiner Schulter, die andere von seinem Knie. Er legte die Decke um ihre Schultern und nahm die Zügel wieder auf. »Wir sind gleich da«, sagte er.

Sie nickte wieder. Diesmal berührte ihre Wange seine Schulter nicht.

Der Point war eine vorgeschobene Felsnase auf den Klippen über der Bucht. Um diese Nachtstunde war der Aussichtspunkt verlassen, und bis auf vereinzeltes Bellen der Seelöwen, das von den brandungsumspülten Felsbrocken heraufdrang, war alles still.

Er hatte sie mit diesem nächtlichen Ausflug an die Bucht und gleichzeitig in die Berge gebracht, dachte Berkeley. Über ihnen wölbte sich der Sternenhimmel. Unter ihnen lag das weite Meer, auf dessen Wellen das Mondlicht glitzerte. Einen Monat lang hatte sie gedacht, er verschwende keinen Gedanken an sie, und plötzlich erfüllte er ihr ohne ersichtlichen Grund einen Herzenswunsch.

»Vielen Dank«, sagte sie.

Grey nickte. Die geschwungene Rückwand des offenen Wagens hielt den Nachtwind ein wenig ab, nicht genug, um sie zu wärmen. Er legte seinen Arm um Berkeleys Schultern und lehnte sich gegen die Lederpolster. So saßen sie lange nebeneinander, blickten in den Sternenhimmel und lauschten dem Tosen der Brandung.

»Fühlen Sie sich einsam, Berkeley?«, fragte Grey.

Seine vertrauliche Anrede traf sie ebenso unvermutet wie die Frage selbst. Und ehe sie klar denken konnte, stammelte sie verwirrt: »Ja, ein wenig.«

»Ist Mrs. Irvin keine gute Gesellschafterin?«

Die Schneiderin war zwar da, aber viel zu reden wusste sie nicht mit ihr. »Mrs. Irvin ist ständig mit ihren Modejournalen beschäftigt und ihre Mädchen haben Stecknadeln im Mund. Sie können miteinander reden, aber ich verstehe kein Wort davon.« Berkeley hörte Greys tiefes Lachen gern.

»Und was ist mit Sam?«

»Er redet viel. Und ich muss zu meiner Schande gestehen, dass er weit mehr über Stoffe und Zuschnitte gelernt hat als ich. Er hat versucht, mir sein Wissen beizubringen, aber ich fürchte, ich interessiere mich nicht sonderlich dafür.«

Greys Lächeln vertiefte sich. »Und was ist mit den anderen? Es war doch ein ständiges Kommen und Gehen in Ihren Zimmern.«

»Nun ja, das stimmt. Alle bemühten sich, die Zimmer wohnlich einzurichten.« Darüber wusste er Bescheid. Donnel hatte ihr erzählt, Mr. Janeway habe jedes Möbelstück persönlich in Augenschein genommen. »Aber es ergab sich keine Gelegenheit für längere Schwätzchen. Shawn und Mike stellten das Bett auf. Jordan befestigte die Vorhänge. Harry und Sam brachten einen neuen Schrank und räumten meine Kleider ein. Die Männer waren sehr fleißig, aber meine Gegenwart wurde nicht sonderlich beachtet.«

»Sie kamen doch häufig in die Küche. Was ist mit Annie Jack?«

»Annie ist erst seit drei Tagen in Ihren Diensten«,

erinnerte Berkeley ihn. »Und sie hatte viel zu tun, die Küche nach ihren Vorstellungen neu zu organisieren. Auch hier war ich eher im Weg als eine Hilfe. Im Übrigen weiß Annie Jack nicht recht, was sie von mir halten soll.«

Das wusste Grey auch nicht, der allerdings daran zweifelte, ob seine Beweggründe denen seiner neuen Köchin ähnelten. »Was soll das heißen?«

»Sie sagt, ich sei eine Geisterfrau.«

»Eine was?«

»Fragen Sie Annie, was sie damit meint.« Berkeley zuckte mit den Schultern. »Jedenfalls hat sie mich nicht gern in ihrer Nähe.«

Annie Jack war eine Negerin von beträchtlicher Leibesfülle mit einem sehr großen Herz. Grey konnte sich keinen Grund denken, wieso Annie eine Abneigung gegen Berkeley Shaw hegen sollte. »Ich rede mit ihr«, meinte er.

»Sie können sie nicht zwingen, mich sympathisch zu finden«, erklärte Berkeley. Ebenso wenig vermochte er ihre Einsamkeit zu mindern, wenn er ihre Zeit mit Kleideranproben, dem Verschönern ihrer Zimmer oder mit Kochunterricht anfüllte. Bislang war sie der Meinung gewesen, Grey Janeway sei so sehr mit den Vorbereitungen zur festlichen Eröffnung seines Hotels beschäftigt, dass er keine Zeit für sie fand. Aber offenbar hatte er dafür gesorgt, dass andere sich um sie kümmerten. War sie ihm vielleicht doch nicht so gleichgültig, wie sie dachte?

»Ich spreche trotzdem mit ihr«, wiederholte Grey. Berkeley nickte zögernd, anscheinend wenig begeistert von der Idee. Das, was er ihr als Nächstes zu sagen hatte, würde ihr allerdings noch weniger gefallen. »Ich habe Erkundigungen über Ihren Vater eingezogen, Berkeley.«

Sie richtete sich kerzengerade auf. Die Decke rutschte ihr von den Schultern, und sie machte keine Anstalten, sie hochzuziehen. Greys Bemerkung ließ ihr den Atem stocken und raubte ihr die Fähigkeit, klar zu denken. Vor Schreck legte sie die Hand an den Mund.

»Ich finde, Sie müssen es wissen. So oder so.«

Berkeley zog den Atem scharf ein, es klang wie ein trockenes Schluchzen, ein Schluchzen, das nichts mit Trauer zu tun hatte, sondern mit ihrem Schuldgefühl. Sie hatte täglich an Anderson Shaw denken müssen, seit sie Zuflucht im *Phönix* gefunden hatte, und kein einziger ihrer Gedanken hatte etwas mit Sehnsucht nach ihm zu tun. Grey hatte es noch nicht ausgesprochen, und dennoch war Berkeley sich sicher, dass Anderson nicht mehr lebte. Sie wandte den Kopf und starrte auf die Lichter der Stadt unten in der Bucht; ihre Augen blieben trocken, ihre Miene war ohne Ausdruck.

Als Grey sie an der Schulter berührte, versuchte sie ihn abzuschütteln. Sie wollte sein Mitgefühl nicht. Sie verdiente es nicht. »Sie können es mir getrost sagen. Ich werde nicht weinen.«

Grey wünschte, sie würde weinen. Tränen brachten Erleichterung. »Er liegt auf dem Friedhof, auf dem eigentlich nur Schurken aus Sydney Town begraben werden«, erklärte er. »Wie es passiert ist, weiß man nicht genau. Einige sagen, er wurde angegriffen. Andere sagen, er habe den Streit angefangen. Sein Schicksal war besiegelt, als er sich in das verrufene Viertel wagte. Ihr Vater scheint viel Aufhebens von sich gemacht zu haben. Die Leute erinnern sich gut an ihn.«

»Ich möchte sein Grab sehen«, sagte sie.

Grey schüttelte bereits den Kopf, ehe sie den Satz zu Ende gesprochen hatte. »Nein. Das ist zu gefährlich.«

»Nicht, wenn Sie mich begleiten. Die Ducks lassen Sie doch in Frieden. Unter Ihrem Schutz habe ich nichts zu befürchten.«

»Sie irren. Die Ducks wissen nur noch nicht, was sie mir antun können. Das ist ein Unterschied.«

Berkeley schlang die Arme unter dem Jackett um sich. Sie widersprach ihm nicht, doch Grey nahm ihr Schweigen keineswegs als Zustimmung. Allem Anschein nach hatte er sich wieder ein Problem aufgehalst.

»Haben Sie mich hierher gebracht, um mir das zu sagen?«, fragte sie.

»Nein. Ich hatte nicht die Absicht, es Ihnen heute schon zu sagen. Ich ahnte ja nicht, dass ich Sie noch sehen würde.«

»Seit wann wissen Sie es?«

»Seit dem Nachmittag. Als ich nach Hause kam, hatten Sie schon gegessen und sich zurückgezogen. Ich wollte es Ihnen eigentlich erst morgen sagen.«

Es spielte keine Rolle, dass sie es nicht früher erfahren hatte. Anderson schaffte es auch nach seinem Tod, sie keinen Abend in Frieden zu lassen.

»Berkeley?« Greys Stimme holte sie aus ihren Grübeleien. »Gibt es niemanden, an den Sie sich wenden können?«

Sie schüttelte den Kopf und strich sich eine Haarsträhne von der Wange. Allein zu sein war eigentlich etwas anderes als einsam zu sein. Jetzt waren Alleinsein und Einsamkeit zu einem Begriff verschmolzen. »Niemanden.«

»Und der Brief …«

Berkeley ließ ihn den Satz nicht zu Ende sprechen. »Das ist nur ein flüchtiger Bekannter meines Vaters. Von dort kann ich keine Hilfe erwarten.« Sie lehnte sich zurück und schlang die Arme fester um sich. »Es ist egal, wo ich bin. Ich weiß nicht, wohin ich soll.«

»Dann haben Sie keine Eile, San Francisco zu verlassen?«

»Nein, keine Eile«, antwortete sie dumpf.

Ihre Antwort verwunderte ihn. »Berkeley?«

»Hmmm?«

»Wollten Sie vor Ihrem Vater fliehen?«

Sie starrte ins Leere. »Ja.«

»Aber Sie fürchteten, er sei tot.«

»Ja. Das ist nicht das Gleiche, wie es zu wissen.«

Und so lange sie keine Gewissheit gehabt hatte, war sie entschlossen gewesen fortzugehen. Ihr Wunsch, das Grab ihres Vaters zu sehen, war Grey nun verständlicher. Nun war ihm auch klar, wieso sie die Gefangenschaft im *Phönix* in den letzten Wochen ohne Murren ertragen hatte; sie hatte sich im Hotel sicher gefühlt. »Sie haben sich vor ihm versteckt.«

»Damit unterstellen Sie, dass er mich finden wollte. Er hat mich im Stich gelassen, nicht ich ihn.« Berkeley lehnte den Kopf gegen die Polster und schloss die Augen. »Aber in gewisser Weise haben Sie Recht. Anfangs war ich voller Angst. Ich wusste nicht, wo er war und was ich ohne ihn anfangen sollte. Bis mir klar wurde, dass ich es ohne ihn schaffe.«

»In Männerkleidern?«, fragte Grey. »Obdachlos und ohne Geld auf den Straßen herumzustreifen? Ist das Ihre Vorstellung davon, es zu schaffen?«

»Zu überleben. Ich habe es allein geschafft. Sie ahnen nicht, was das für mich bedeutet.«

Grey sah sie lange schweigend an, versuchte ihre Gesichtszüge zu erforschen und las nur Erschöpfung darin. Dann stahl sich eine Träne unter ihren geschlossenen Lidern hervor, die sie nicht wegwischte, so als bemerke sie sie gar nicht. Grey beugte sich vor und hob die Hand. Seine Finger verharrten, ehe sie ihre Wange sanft berührten.

Ob sie wusste, wie oft seine Gedanken bei ihr waren? Wie oft sein Blick sie suchte? Seit sie in sein Leben getreten war, hatte er seine Leute angehalten, sich um ihr Wohlergehen zu kümmern, und keiner hatte sich je beklagt. Selbst Sam Hartford, der ihn inständig gebeten hatte, ihn mit Weiberkram zu verschonen, war in Berkeley vernarrt, seit er sie in einem Kleid von Ivory gesehen hatte. Donnel, Mike, Shawn und einem halben Dutzend anderer Männer erging es nicht anders. Als Grey beobachtet hatte, wie gern und mit welchem Eifer die Männer seine Anweisungen ausführten, hatte er begriffen, dass sie alle nur einen Vorwand suchten, um in ihrer Nähe zu sein.

Auch er war von ihr angetan, er hielt sich nur zurück.

Bis jetzt. Seine Finger berührten ihre tränennasse Wange. Sie bewegte sich nicht. »Berkeley?«

Sie schlug die Lider auf. Ihre Augen glänzten. Und wieder rollte eine Träne. Sie wollte nicht vor ihm weinen. »Können wir fahren, Mr. Janeway?«

Seine Finger wanderten zu ihrem Hals, umfingen ihren Nacken, sein Daumen strich über ihre Kehle. »Grey«, meinte er heiser. »Ich halte es für besser, wenn Sie mich Grey nennen.«

Sie war nicht einmal neugierig zu erfahren, wieso er das sagte. »Ich möchte nach Hause.«

Er drängte sie nicht. Stattdessen zog er sie näher zu sich heran und legte ihr einen Arm um die Schulter, nahm die Zügel hoch, ließ sie schnalzen und die Kutsche setzte sich langsam in Bewegung. Berkeley Shaw war eingeschlafen, als sie in den Hof des *Phönix* einbogen.

Der Morgen graute nebelverhangen, was Berkeleys Plan begünstigte. Als sie die schwere Eingangstür der Spielhalle entriegelte und ins Freie trat, lag der Portsmouth Square in eine dichte, feuchte Nebeldecke gehüllt. Sie konnte nur wenige Schritte weit sehen; hinter ihr schloss sich die Nebelwand und verschluckte sie.

Ihre Schritte klapperten auf den Holzplanken, als sie

den Gehsteig entlang eilte. In den Männerkleidern, die sie Grey nicht zurückgegeben hatte, und dem Hut, unter dem sie ihre Haarfülle verbarg, würde ein zufälliger Passant sie im dichten Nebel für einen verspäteten Nachtschwärmer halten.

Im hellen Tageslicht oder gar bei Nacht hätte Berkeley sich nicht nach Sydney Town gewagt. Aber zu dieser frühen Stunde, in der San Francisco im dichten Nebel lag, schien ihr der Ausflug nicht sonderlich gefährlich. Am Wasser standen die Hütten, windschiefen Baracken und grob gezimmerten Spelunken dicht gedrängt und zogen sich vereinzelt den Abhang hinauf.

Berkeley strebte dem Hügel zu. Das Fortkommen wurde beschwerlicher, da sie Pfützen und Schlaglöchern auf der zerfurchten Fahrspur ausweichen musste, hin und wieder auch einem Besoffenen, der aus einem Saloon torkelte. Es war ganz still, beinahe gespenstisch still, sie hörte nur ihren Atem und ihre eigenen Schritte. Einmal trat sie versehentlich in eine Pfütze, erschrak über das Geräusch des aufspritzenden Lehmwassers und beschleunigte ihre Schritte.

Berkeley wusste nicht genau, wo der Friedhof von Sydney Town lag, und zweifelte, ob sie ihn an einer Kirche erkennen würde. Nur einmal hatte sie von einem Fenster des Hotels einen Leichenzug am Rande von Sydney Town gesehen und schlug nun etwa die gleiche Richtung ein.

Sie stieß durch Zufall auf den Friedhof, im wahrsten Sinne des Wortes, als sie über einen Steinhaufen stolperte, der den Eingang des Friedhofs markierte, und hinfiel. Hastig schichtete sie die Steine zu einem pyramidenähnlichen Gebilde auf und richtete das Holzkreuz gerade, das sie im Fallen mitgerissen hatte.

Der Nebel, der ihr als schützender Mantel durch das verrufene Viertel gedient hatte, war ihr nun hinderlich. Es gab keine Grabsteine, um sich zu orientieren, nur

Holzkreuze, die sie erst sah, wenn sie dicht davor stand. Einige Gräber waren nur an aufgeschichteten Steinen zu erkennen, ähnlich der Pyramide am Eingang. Berkeley ging langsam, in gebückter Haltung die Reihen der Kreuze entlang, ließ sich mehr von ihrem Gespür leiten als von ihrem Sehvermögen.

Die Kreuze auf dem Friedhof von Sydney Town trugen seltsame Namen. Da gab es einen glücklosen Bill, einen englischen Joe, Charlie Chancenlos oder Eddie, den Grinser. Dazwischen waren auch schlichte Namen ins Holz eingebrannt wie Mr. Smith und Mr. Jones. Lebensdaten waren seltener verzeichnet als Todesarten: Schuss in den Rücken. Gehängt. Ertrunken. Dämon Rum. Manchmal war auch das Verbrechen verzeichnet: Falschspieler. Lügner. Verräter.

Berkeley zog fröstelnd die Jacke enger um die Schultern. Die Sydney Ducks hatten offenbar ihre eigenen Vorstellungen von Recht und Moral. Ein Mord wurde vergeben, während der Verrat an einem Kumpan mit dem Tode bestraft wurde.

Anderson Shaw. Berkeley berührte das schiefe Kreuz mit zitternden Fingern und stellte es auf. Als sie es losließ, kippte es wieder zur Seite. Sie stieß es tiefer in den Boden und häufte Erde und Sand auf, um ihm Halt zu geben. Das Kreuz unterschied sich kaum von den anderen grob genagelten Kreuzen. Nichts gab Auskunft über die Todesart. Kein Hinweis, ob er in den Augen der Ducks als Verbrecher oder als rechtschaffener Mann gestorben war.

Berkeley setzte sich ins nasse Gras, riss einen Grashalm aus, kaute daran und betrachtete sinnend das Kreuz. Es stimmt also, dachte sie und konnte dennoch nicht glauben, was sie sah. Sie wäre nicht erstaunt gewesen, wenn Anderson plötzlich aus dem Nebel aufgetaucht wäre, sich hinter sie gestellt, ihr die Hand auf den Rücken gelegt und ihr seine Fingerknöchel in die

Wirbel gedrückt hätte. Er würde sich zu ihr neigen und ihr etwas ins Ohr flüstern, das nur sie hören konnte. Außenstehende würden in seiner Geste Fürsorge sehen, nur sie würde die Wahrheit wissen.

Als sie sich auf den Weg gemacht hatte, war Berkeley erfüllt gewesen von Dingen, die sie Anderson sagen wollte; nun war ihr Kopf leer. Nichts wollte ihr mehr einfallen. Sie war nicht wütend, nicht bitter und nicht voller Triumph. Auch Schuld und Beschämung waren von ihr abgefallen. Sein Tod hatte sie nicht traurig gemacht, sie hatte nur Angst empfunden, und auch die wich nun von ihr. Sie hatte nicht länger das Bedürfnis, ihm Vorwürfe zu machen und ihn zu beschimpfen. Worte, die sie nie gewagt hätte, ihm zu sagen, als er noch lebte, waren ihr in der letzten schlaflosen Nacht in den Sinn gekommen. Nun schwieg sie.

Innerer Friede war ihr bislang unbekannt, und nun, da er sich in ihr auszubreiten begann, war er ihr nicht willkommen. Sie zog die Knie an, schlang die Arme darum und wiegte sich sanft. Sie summte ein Lied, das ihre Mutter ihr oft vorgesungen hatte, und als die Tränen schließlich kamen, flossen sie, weil sie sich nach den tröstlichen Armen ihrer Mutter sehnte.

Erst als die Sonne ihr warm auf den Rücken brannte, wurde Berkeley bewusst, dass sie zu lange am Grab kauerte. Der Nebel hatte sich zu lichten begonnen. Sie konnte die ganze Reihe der Kreuze entlang blicken und im Hintergrund durch die wabernden Schwaden sogar das Kreuz am Friedhofseingang erkennen. Erschrocken sprang Berkeley auf die Füße, zog den Hut tiefer ins Gesicht und machte sich auf den Heimweg. Am Friedhofseingang richtete sie das Kreuz noch einmal gerade, ehe sie den Hügel hinunter rannte.

Die Bewohner von Sydney Town erwachten allmählich. Kneipenwirte beförderten verschlafene Zecher unsanft vor die Tür, um frische Sägespäne auf den Boden zu streuen und hinterher verschütteten Schnaps, Blut und Erbrochenes damit aufzukehren. Halb bekleidete Männer traten aus den Bordellen, nestelten im Gehen gähnend an ihren Hosen. Berkeley schaffte es gerade noch rechtzeitig, sich in Sicherheit zu bringen, als einer im hohen Bogen auf die Straße pinkelte.

Die Kneipen und windschiefen Spielhöllen trugen fantasievolle Namen. Berkeley passierte das *Rumparadies,* den *Goldenen Krug* und das *Whiskeyfass.* Vor dem *Wilden Grizzly* überquerte sie die Straße; es handelte sich um eine verrufene Schnapsbude, von der Shawn erzählt hatte, der Wirt halte eine Bärin an der Kette vor dem Eingang. Vor einer heruntergekommenen Herberge schliefen ein paar Betrunkene in verrenkten Stellungen auf dem Gehsteig. In einem schmutzigen, vorhanglosen Fenster wies ein Schild darauf hin, dass kein Zimmer frei war. Berkeley wurde mit jedem Schritt banger ums Herz.

Der sich langsam lichtende Nebel zeigte Sydney Town in all seiner verwahrlosten Schmuddeligkeit.

»Psst. Du da. He, Junge. Komm mal her.«

Berkeley befand sich zwischen zwei Holzhütten. Hinter ihr lag die *Tam O'Shanter Taverne.* Die rote Glaskugel als Zeichen für ein Bordell hing am Haus vor ihr. Die krächzende Männerstimme kam aus der engen Gasse zu ihrer Linken. Sie wollte nicht wissen, was der heisere Fremde von ihr wollte, verlangsamte ihre Schritte nur vor Schreck und hatte nicht die Absicht, stehen zu bleiben.

Die Hand, die sich von hinten auf ihren Mund legte, war sehr grob, packte so fest zu, dass Berkeley weder beißen noch schreien konnte. Sie zog die Luft scharf durch die Nase ein, als sie in die Gasse gezerrt wurde.

»Leer deine Taschen aus.«

Berkeley hing mit beiden Händen am Unterarm ihres Angreifers, der sie mit eisernem Griff fest hielt und ihr mit einer ruckartigen Bewegung das Genick brechen könnte. Nur ihre Zehenspitzen berührten den Boden. Sie krallte sich mit beiden Händen am Arm des Kerls fest und konnte ihm nicht einmal ihre leeren Taschen zeigen.

Er wiederholte seinen Befehl, zischend diesmal. Sein Atem stank nach Schnaps und fauligen Zähnen. Da sie nicht fähig war zu reagieren, begann er sie ungeduldig zu durchsuchen.

Als Erstes rutschte Berkeley der Hut vom Kopf und die Flut ihrer blonden Haare ergoss sich über seinen Arm. Sie hörte sein überraschtes Grunzen. Dann grapschte seine freie Hand nach ihren Brüsten und knetete sie lüstern durch den Stoff der Jacke hindurch. Berkeley würgte unter der Hand, die ihr den Mund verschloss.

»Lass sie los.«

Eine Woge der Erleichterung durchströmte Berkeley, als sie Mike Winstons Stimme hörte. Die Hand auf ihrem Mund lockerte sich so weit, dass sie Luft holen konnte; ihre Füße berührten wieder den Boden.

Mike hielt Berkeleys Angreifer eine blitzende Klinge unter die Nase. »Lass sie los«, wiederholte er leise drohend.

Berkeley gelang es, sich zu befreien und sich in Sicherheit zu bringen. Sie keuchte schwer und würgte vor Ekel.

»Laufen Sie los«, befahl Mike. »Laufen Sie um Ihr Leben!«

Berkeley rannte los. An der nächsten Straßenecke warf sie einen Blick über die Schulter und sah zwei Männer aus einer Gasse kommen. Sie schrie Mike eine Warnung zu und rannte weiter. Die Männer blieben stehen, wandten sich in ihre Richtung, und Berkeley glaubte schon, sie von Mike abgelenkt zu haben, doch dann verschwanden sie. Als sie wieder einen Blick zurück warf, sah sie Mike aus der Gasse auftauchen. Im nächsten Augenblick wurde er zurück ins Dunkel gezogen.

Berkeley rannte wie von Hunden gehetzt die Straße entlang, sprang über Abfall und schlafende Zecher hinweg. Atemlos erreichte sie den Portsmouth Square und hastete weiter, bis sie im großen Spielsaal des *Phönix* stand.

Sam polierte die Bar. Shawn lehnte an der Theke und schnitzte an einem Stück Holz. Donnel Kincaid und drei andere Arbeiter frühstückten an einem Spieltisch. Als Berkeley hereinstürmte, drehten sich alle Köpfe verdutzt nach ihr um. Vor Schreck machte keiner eine Bewegung, bis Grey Janeway oben an der Treppe erschien und Befehle bellte.

»Sam. Donnel. Holt eure Schießeisen! Ihr anderen nehmt jeder eine Waffe aus meinem Gewehrschrank.« Er hatte die unterste Stufe erreicht, ehe er mit seinen Befehlen fertig war, warf Shawn einen Schlüssel zu und wies auf den Lagerraum am Ende des Saals. »Du weißt, wo sie sind.« Grey trug eine Pistole in der rechten Hand. Der Lauf der Waffe schimmerte graublau wie seine Augen.

Berkeley zuckte zusammen, als er die Waffe und den Blick auf sie richtete. »Es ist Mike«, keuchte sie.

Das wusste Grey bereits. Er hatte auf dem Balkon gestanden, als Berkeley mit wehenden Haaren, wie von Furien gehetzt, über den Portsmouth Square rannte. Er hatte nicht gewusst, dass sie das Haus verlassen hatte. Das war Mikes Aufgabe. In Erwartung, dass Mike hinter ihr her laufen würde, hatte Grey sich ein dünnes Lächeln erlaubt, das schwand, als Mike nicht wieder auftauchte. Und in Berkeleys Augen las er Todesangst, als sie sich dem *Phönix* näherte.

Und er begriff, das Berkeleys Beschützer in Gefahr war. »Haben Sie ihn in Sydney Town zurückgelassen?«

Die Frage war ein schneidender Vorwurf, den sie widerspruchslos hinnahm. »Ja. Die Ducks. Sie …«

»Wo?«, fiel er ihr schroff ins Wort. Hinter ihm hatten Shawn, Sam, Donnel und die anderen sich versammelt.

»Ich zeige Ihnen den Weg.« Berkeley machte eine Kehrtwendung, nur um mit einem Ruck wieder herumgerissen zu werden. Sie verzog schmerzhaft das Gesicht, als Greys Faust sich in ihre Haare grub. »Unten am Wasser. Vor dem *Tam O'Shanter*. In einer Gasse …«

Shawn drängte sich an Grey vorbei. »Ich kenne die Bude. Kommt, Leute!«

Grey ließ die anderen gehen, ehe er Berkeley von sich stieß. »Ich habe es Ihnen verboten«, knirschte er zwischen den Zähnen.

Sie reagierte nicht auf den Vorwurf. »Bitte«, flehte sie. »Sie müssen ihn finden. Ich habe Angst um ihn.«

»Dazu haben Sie guten Grund.«

Berkeley schüttelte den Kopf. »Sie verstehen nicht. Seine Hand … als ich seine Hand berührte …« Sie konnte nicht weitersprechen, machte auf dem Absatz kehrt und rannte zum Lagerraum. Als sie mit einem Gewehr zurückkam, war Grey verschwunden.

Außer zerbrochenen Flaschen, stinkendem Abfall und Berkeleys zerbeultem Hut fanden Grey und seine Männer die Gasse neben dem *Tam O'Shanter* leer. Sam entdeckte eine frische Blutspur neben der Taverne und Stiefelabdrücke im Sand, die auf ein Gerangel hinwiesen.

»Ob die Kerle ihn ins Meer geworfen haben?«, fragte Sam, kratzte sich am Kopf und blinzelte argwöhnisch zu ein paar Ducks hinüber, die sich auf der anderen Straßenseite zusammenrotteten. Er wies mit dem Kinn in ihre Richtung. »Die Galgenvögel da drüben können uns bestimmt mehr sagen.«

Donnel zog seine roten Brauen zusammen. »Ich halte

es für besser, wenn wir aus dieser Sackgasse verschwinden.«

Grey bückte sich nach dem Hut und winkte seine Leute auf die Straße. »Tragt eure Waffen sichtbar, ohne sie auf einen der Kerle zu richten.«

Eine rauchige Frauenstimme rief zu ihnen herüber: »He Jungs, sucht ihr vielleicht etwas Besonderes heute Morgen?«

Amelia Flowers stand in der offenen Tür ihres Bordells und bot den Männern zu beiden Seiten der Straße einen freizügigen Blick auf ihren üppigen Busen. »Oder sucht ihr bloß Streit?«

»Hast du denn etwas Besonderes zu bieten, Amelia?«, rief einer der Ducks herüber. »Oder nur das, was alle im Viertel schon von dir bekommen haben? Den Tripper.« Seine Freunde lachten über den gelungenen Witz, schlugen ihm anerkennend auf den Rücken und verzogen sich dann.

Grey blickte ihnen finster nach. Dann trat er auf die schmale Veranda des Bordells. »Vielen Dank, Miss ...«

»Missis«, korrigierte sie ihn. »Mrs. Flowers. Ihr Freund ist da drin. Jedenfalls nehme ich an, dass er zu Ihnen gehört.« Sie trat einen Schritt beiseite, ließ Grey ins Haus und winkte den anderen zu. Donnel und Sam bezogen Posten an der Tür.

Mike lag auf einem Tisch. Zwei von Amelias Mädchen standen über ihn gebeugt und machten nur zögernd Platz, als Grey näher trat.

Mike war schlimm zugerichtet, blutete aus etlichen Wunden und war grün und blau geprügelt, aber er war am Leben und bei Bewusstsein. Er drehte den Kopf, als er Greys Stimme hörte. Ein Auge war völlig zugeschwollen, das andere konnte er einen Schlitz öffnen. »Ist sie verletzt?«, krächzte er. »Es ging alles so schnell ... der Nebel.. Ich konnte nicht ...«

»Du hast dir nichts vorzuwerfen«, meinte Grey und

legte Mike die Hand auf die Schulter. »Glaubst du, wir können dich nach Hause bringen?«

Mike nickte. »Ich kann gehen.« Er wollte sich aufrichten, wurde aber von Grey daran gehindert. Der leichte Druck ließ ihn aufstöhnen.

»Wir machen eine Bahre«, schlug eines der Mädchen vor. »Damit ihr ihn transportieren könnt.«

Schließlich dienten zwei Laken als Bahre. Mike verlor das Bewusstsein, als sie ihn hochhoben, wofür Grey dankbar war. Vier Männer trugen den Schwerverletzten und behielten die Waffen in der freien Hand. Grey zog eine Hand voll Goldmünzen aus der Tasche, gab den Mädchen zwei und den Rest Amelia Flowers.

»Stets zu Diensten«, gurrte die Puffmutter.

Grey holte seine Männer ein, als Berkeley sich von der anderen Seite näherte. Sie hinkte und trug ein Gewehr über der Schulter. Ihre Erleichterung darüber, dass die Männer Mike gefunden hatten, war von kurzer Dauer. Grey riss ihr wortlos das Gewehr aus der Hand und gab es Sam. »Sie müssen den Verstand einer Schnecke haben«, knurrte er und fluchte in sich hinein, als sie ihm furchtlos und trotzig in die Augen sah. »Sam? Was hat noch weniger Verstand als eine Schnecke?«

»Ich weiß nicht recht.« Er grinste, als sein Boss Berkeley den Hut in die Hand drückte und ihr befahl, ihn aufzusetzen. Sie stülpte ihn sich wütend über, dass ihre Augen halb unter dem Rand verschwanden. »Ich schätze, ein Känguru ist noch dümmer als eine Schnecke.«

Nun meldete sich Donnel zu Wort. »Ein Sack voll Haare.«

Grey hielt Berkeley am Oberarm fest und zog sie mit sich. »Wie meinst du das?«, fragte er.

Donnel zuckte die Achseln. »Ein Sack voll Haare hat weniger Verstand als eine Schnecke oder ein Känguru.«

Shawn nickte. »Ein Sack voll Haare hat ungefähr so viel Verstand wie ein Ziegelstein. Mehr Verstand hat Miss Shawn auch nicht.«

Berkeley versuchte sich zu befreien, doch Grey hielt sie unerbittlich fest und zwang sie, trotz ihres verletzten Knöchels Schritt mit ihm zu halten. »So viel Verstand wie ein Ziegelstein«, knurrte er und fügte leise hinzu: »Wenn Mike zu sich kommt, fällt ihm vielleicht etwas weniger Schmeichelhaftes zu Ihrem Verstand ein.«

Berkeley nahm die spöttischen Bemerkungen ohne Widerspruch hin. Sie drehte den Kopf über die Schulter, um einen Blick auf Mike zu werfen. »Wird er wieder gesund?«

Darauf wusste Grey keine Antwort. »Shawn holt den Arzt, sobald wir im Haus sind.«

»Ich werde ihn pflegen«, sagte Berkeley. »Sie können ihn in mein Schlafzimmer bringen.«

Grey blieb ihr die Antwort schuldig. Er wusste um die Aufmerksamkeit, die er und seine bewaffneten Männer auf sich lenkten, als sie den Portsmouth Square überquerten. Auch Berkeley warf unstete Blicke um sich und ließ den Kopf hängen. Er rüttelte sie grob und zwang sie, den Kopf wieder zu heben. »Eine Schar Ducks könnte uns auf den Fersen sein«, knurrte er. »Vergessen Sie das nicht. Mike hat die Schläge für Sie eingesteckt. Eigentlich müssten Sie auf der Bahre liegen.«

Berkeley durchfuhr ein Schauder. »Denken Sie, ich wüsste nicht, was für ein Glück ich hatte, dass Mike plötzlich auftauchte?«

»Glück? Gluck hat damit nichts zu tun. Mike ist Ihnen gefolgt, weil er von mir den Auftrag hatte, Sie zu bewachen.«

»Was?«

Grey konnte sich ihre Verdutztheit nicht erklären.

»Ich hoffte, Sie würden sich nicht nach Sydney Town wagen. Mike hatte die Aufgabe, Sie zu bewachen.«

Berkeleys erhobenes Gesicht war kalkweiß geworden. In Ihren Augen stand tiefer Schmerz. »Dann habe ich ihn getötet«, hauchte sie tonlos. »Es ist meine Schuld, wenn er stirbt.«

KAPITEL 6

Grey hielt Berkeley immer noch fest, während er den Männern die Anweisung erteilte, Mike nach oben zu bringen. Sam schickte er los, um den Arzt zu holen. Und als Annie Jack aus der Küche angewatschelt kam und fragte, was der Lärm solle, schickte er sie zurück, um Kräuterumschläge vorzubereiten und Leinen in Streifen zu schneiden. Berkeley versuchte sich noch zweimal zu befreien, doch Grey hielt sie mit eisernem Griff. Seine Finger bohrten sich in ihr empfindliches Fleisch, schnürten das Blut ab, bis der Arm zu kribbeln begann und schließlich taub wurde. Obwohl sie sich vornahm, keinen Laut von sich zu geben, hörte sie sich leise wimmern.

Ohne seinen Griff zu lockern, schob Grey sie die Treppe hinauf. Oben im Flur drehte er sie in die Richtung, in der seine Privaträume lagen.

Als sie seine Absicht durchschaute, weigerte Berkeley sich, einen weiteren Schritt zu tun. Ihr Widerstand bewirkte lediglich, dass ihre Füße über den Boden geschleift wurden, bis sie den Halt verlor. Danach ging sie friedlich neben ihm her.

Grey öffnete seine Tür, versetzte ihr mit der flachen Hand einen kräftigen Stoß in den Rücken, der sie mitten ins Zimmer taumeln ließ und ihm die Zeit gab, die Tür hinter ihr zu schließen und abzusperren, ehe sie seine Absicht durchschaute. Er ging bereits den Flur entlang, als er hörte, wie sie die Klinke herunterdrückte und verlangte, er solle die Tür öffnen. Als sie zum zweiten Mal rief, war er bereits außer Hörweite.

Berkeley wiederholte ihre Bitte kein drittes Mal. Sie sackte an der Tür zu Boden, wo sie lange kauerte, bis sie Annie Jacks polternde Schritte auf dem Flur hörte. Hastig raffte sie sich auf, eilte zum grünen Samtsofa und setzte sich. Der Schlüssel drehte sich im Schloss und die Tür flog auf. Annie füllte mit ihren breiten Schultern den Türrahmen und blieb mit einem Tablett in den Händen auf der Schwelle stehen.

»Versuchen Sie bloß nicht zu entwischen, nur weil Annie keine freie Hand hat«, knurrte sie. Annie hatte die seltsame Angewohnheit, von sich stets in der dritten Person zu sprechen. »Mista Janeway reißt Ihnen ein Pfund Fleisch von den Knochen und Annie Jack doppelt so viel. Er sagt, Annie soll Ihnen Frühstück bringen, und hier ist es.«

Berkeley stand auf, was ihr einen funkelnden Blick der Köchin einhandelte. Zögernd setzte sie sich wieder. »Ich wollte Ihnen nur helfen, Miss Jack.«

Annie schnaubte verächtlich. Ihre kaffeebraune Gesichtsfarbe wurde noch dunkler, ihre Stirn verdüsterte sich. »Kommen Sie Annie nicht auf die Tour! Niemand nennt Annie Miss Jack und Sie schon gar nicht.« Sie stellte das Tablett auf den Säulentisch neben der Tür. »Es gibt gebratene Eier mit Tomaten und Annies leckere Fleischpastete. Glauben Sie nur nicht, dass Annie solche Sitten einreißen lässt. Im *El Dorado* musste Annie nie das Liebchen eines Mannes bedienen und das ist das erste und letzte Mal. Mista Janeway ist auf dem Holzweg, wenn er denkt, Annie ist seine Hausnegerin.«

Annies unverblümte Rede verschlug Berkeley den Atem. Sie nickte benommen.

»Was ist los mit Ihnen?«, fragte Annie. »Sie machen ein Gesicht wie sieben Tage Regenwetter. Begreifen Sie endlich, dass Sie mit Ihrem Woduzauber die Leute erschrecken?«

»Woduzauber?« Berkeley hob erschrocken den Kopf. »Ich weiß nichts von Woduzauber.«

Annie zuckte die Achseln. »Jedenfalls haben Sie den armen Mike verhext. Er folgt Ihnen wie ein Hündchen auf Schritt und Tritt. Und der Doktor meint, dass er beinahe umgebracht worden wäre. Annie sagt, dass nur Ihre Hexerei Schuld daran hat. Mista Janeway tut recht daran, Sie einzusperren. Es ist sicherer für alle im Haus, wenn Sie nicht an Ihre Zaubertränke und Pülverchen kommen.«

Aufgeregt rutschte Berkeley an die Kante des Sofas. »Wovon reden Sie, Miss … äh … Annie? Was für Zaubertränke und Pülverchen?«

»Annie weiß, was eine Hexe für ihre Zauberkünste braucht.« Ihre Stimme duldete keinen Widerspruch. »Sie hat Ihr Hexenamulett gesehen.«

»Mein Amulett? Ich habe kein Amulett.«

Annies Augen funkelten in ihrem dunklen Gesicht. »Annie hat es gesehen. Mit ihren eigenen Augen. Eine Perle mit einer Krone drauf. Und darunter hängt eine große Träne aus Gold.«

Berkeleys Gesicht hellte sich auf. »Ach, Sie meinen den Ohrring.«

»Ohrringe sind immer zwei. Sie haben ja auch zwei Ohren. Aber von dem Ding gibt es nur eines. Es ist ein Zaubermittel, so einfach ist das.«

Es hatte keinen Sinn, Annie zu widersprechen, doch die Tatsache, dass die Köchin den Ohrring entdeckt hatte, wollte Berkeley nicht einfach hinnehmen. »Allem Anschein nach haben Sie mein Zimmer durchsucht«, sagte sie tapfer. »Ich weiß, wo ich den Ohrring aufbewahre. Sie konnten ihn nicht sehen, es sei denn …«

Annies mächtiger Busen wogte auf und ab. Diese Beleidigung konnte sie nicht auf sich sitzen lassen. »Es sei denn, Annie ist Ihrem Katzenvieh mit dem Besen nachgelaufen und das Miststück wollte sich in Ihr Zimmer flüchten. Und Annie denkt, sie will der diebischen Katze nicht noch mal nachlaufen, und lässt sie in Ihr

Wohnzimmer. Leise, um das Fräulein nicht zu wecken. Die Katze springt auf den Ohrensessel, von dort auf den Kaminsims und wirft eine Schmuckschachtel runter. Ein unscheinbares Kästchen, von dem niemand vermuten würde, was es enthält. Annie hebt die Schachtel auf und sieht sich das Hexending an. Und die Katze schlägt plötzlich zu und zerkratzt Annie den Arm.« Die Köchin schob den Ärmel bis zum Ellbogen hoch und hielt Berkeley den Arm vorwurfsvoll unter die Nase, auf dem zwei lange blutige Kratzer zu sehen waren. »Annie stellt das Kästchen mit dem Hexenzeug schnell wieder an seinen Platz. Doch bevor Annie das Vieh mit dem Besen vertrimmen kann, hat es sich zu Ihnen ins Schlafzimmer geflüchtet.« Annie fuchtelte drohend mit ihrem fleischigen Zeigefinger vor Berkeleys Gesicht herum. »Sie können glauben, Annie hat in Ihrem Zimmer herumgeschnüffelt, oder Sie können die Wahrheit glauben. Hauptsache, Sie sprechen keinen Fluch über Annie aus.«

Berkeley seufzte. »Ich spreche keinen Fluch über Sie aus«, meinte sie erschöpft. »Ich glaube Ihnen.« Am Tag zuvor war die Katze in aller Herrgottsfrühe in ihr Zimmer gesprungen und hatte Zuflucht unter ihrer Bettdecke gesucht. Berkeley hatte eine schwache Erinnerung daran, im Wohnzimmer ein Geräusch gehört zu haben, als sei etwas zu Boden gefallen. Doch als sie später nachschaute, war alles an seinem Platz. Sie hatte gedacht, sie habe geträumt, und die Sache vergessen – bis jetzt. »Es tut mir Leid, Annie. Ich wusste nicht, dass Pandora in Ihrer Küche war. In Zukunft behalte ich sie bei mir im Zimmer.«

Annie gab nicht zu erkennen, dass sie beruhigt war. »Pandora«, schnaubte sie verächtlich, »ist die Katze einer Hexe, das steht fest.« Sie brummte immer noch in sich hinein, als sie das Zimmer verließ. Der Schlüssel wurde umgedreht, die Klinke zur Sicherheit noch einmal heruntergedrückt. Und dann entfernten sich Annies wuchtige Schritte wie Donnergrollen.

Berkeley brachte das Tablett zum Tisch und setzte sich, suchte sich lustlos ein paar Happen aus und stocherte darin herum. Der Tee war heiß und wohltuend. Sie trank ihn ohne Milch und Zucker und wollte sich eine zweite Tasse eingießen, als Grey wieder erschien.

Klirrend stellte sie die Tasse ab, suchte in seinem Gesicht nach einem Zeichen, das ihr die Frage beantwortete, die ihr auf der Seele brannte. Seine stahlgrauen Augen waren undurchdringlich, die Falten um seinen Mund hatten sich vertieft, in seiner Wange arbeitete ein Muskelstrang. Er lehnte sich gegen die Tür, durchbohrte Berkeley mit eisigem Blick und schien seinen Zorn gegen sie nur mühsam zu bezwingen. Schweigend und bang verfolgte sie ihn mit Blicken, als er sich von der Tür abstieß und den Raum durchquerte.

Grey zog sich einen Stuhl heran, setzte sich auf die Tischplatte und benutzte den Stuhl als Fußstütze. Eine mit Bedacht gewählte Pose, mit der er vermied, sich drohend vor ihr aufzubauen, die ihm aber den Vorteil bot, auf sie herabzuschauen.

»Der Doktor meint, Mike hat Chancen, durchzukommen«, sagte er düster und beobachtete Berkeley scharf, die keine Erleichterung verspürte. »Er hat ihm die Schulter eingerenkt und die Platzwunden vernäht. In der Magengegend und am Rücken hat er schwere Prellungen, die innere Blutungen nicht ausschließen.« Berkeley senkte den Kopf und faltete stumm die Hände im Schoß. »Wenn er die Nacht übersteht, kommt er vielleicht wieder auf die Beine.«

Berkeley nickte knapp. Es würde eine lange Nacht werden. »Darf ich bei ihm Wache halten?«

»Sehen Sie mich an, Berkeley.« Sie hob den Kopf und fixierte einen Punkt über seiner Schulter. Ihre Augen schwammen in Tränen. »Sie fürchten, dass er stirbt«, setzte er hinzu.

Sie nickte. Tränen sprangen ihr aus den Augen, die sie ungeduldig mit dem Handrücken wegwischte. »Ich ... ich weiß ...« Sie stockte, bemühte sich, ihre Gedanken zu sammeln. Schließlich sagte sie: »Ja, ich glaube, Mike muss sterben.«

Grey wartete, dass sie weitersprach. Als sie schwieg, forderte er schneidend: »Reden Sie mit mir, Berkeley. Sagen Sie mir die Wahrheit.«

Sie biss sich auf die Unterlippe. Greys Schweigen brachte sie ebenso wenig zum Reden wie sein scharfer Befehl.

»Sie haben etwas in seiner Hand gelesen«, fuhr Grey fort. »Glauben Sie denn tatsächlich an diesen Humbug?«

»Ich weiß, was ich gespürt habe«, antwortete sie leise, »und glaube zu wissen, was es bedeutet.«

Greys flache Hand sauste mit einem lauten Knall auf die Tischplatte. Berkeley zuckte zusammen und streifte Grey mit einem unsicheren Blick, der sie aus zusammengekniffenen Augen musterte. »Sehen Sie mich an«, befahl er, als sie das Gesicht abwendete. »Sie tun ja so, als hätten Sie von Anfang an gewusst, dass es passieren könnte.«

»Ich wusste nicht, dass er schwer verletzt wird, ich wusste nur, dass etwas passiert. Das habe ich nie zuvor gespürt. Ich hatte keine Ahnung, dass Mikes Leben irgendwie mit meinem verstrickt sein würde. Ich begriff nicht, dass ich Schuld an seinem Tod haben werde.«

»Reden Sie keinen Unsinn!«, entgegnete Grey scharf. »Er lebt.«

Berkeley schwieg.

»Ich war dabei, als Sie ihm aus der Hand gelesen haben. Erinnern Sie sich? Sie haben ihn vor keiner Gefahr gewarnt. Sie haben nicht gesagt, dass er bald sterben muss.«

»Was hätte ich denn sagen sollen? Er fragte mich nach seiner Familie, und ich sagte, er wird sie bald wieder sehen. Ich riet ihm, seinen Leuten einen Brief zu schreiben und darin zu sagen, dass er Heimweh hat. Ich gab ihm die Antworten, die er hören wollte, weil die Wahrheit zu grausam gewesen wäre. Ich hoffe nur, er hat seiner Familie geschrieben, das wird ein Trost für sie sein.« Ihre Stimme war lauter, erregter geworden. Und nach einer Pause fügte sie mit leiser, bebender Stimme hinzu: »Eine solche Chance bekommen nicht alle Menschen.«

Berkeley sah flehend zu Grey auf. »Bitte, lassen Sie mich bei Mike Wache halten.«

»Und was wollen Sie bei ihm? Denken Sie etwa, Sie helfen ihm, wenn Sie glauben, er stirbt?«

Sie zuckte zusammen, als habe er sie geschlagen. Und dann glaubte Berkeley den Grund zu erkennen, warum Grey sie eingesperrt hatte.

»Sie fürchten, ich tue ihm etwas an. Sie denken, ich tue Mike tatsächlich etwas an, nur damit sich meine Prophezeiung erfüllt.« Berkeley verkroch sich tief in den Sessel, doch das reichte ihr nicht aus, um die Entfernung zu Grey zu vergrößern. Der Stuhl scharrte geräuschvoll, als er ihn von sich schob.

»Das habe ich nie gesagt«, entgegnete Grey schroff. »Ich habe Sie eingesperrt, um zu verhindern, dass Sie eine unbesonnene Bemerkung vor den anderen machen. Niemand muss hören, dass Sie sich die Schuld an Mikes Verletzungen geben – am allerwenigsten Mike. Und ich will auf keinen Fall, dass Sie den Leuten sagen, Sie hätten das Unglück vor einem Monat in seiner Hand gelesen.«

»Glauben Sie mir denn?«

»Ich glaube nicht, dass es ein vorhersehbares Schicksal gibt«, antwortete er. »Und ich will nicht, dass Mike der Lebensmut verlässt, weil Sie sich aufführen, als sei er bereits gestorben. Deshalb tun Sie genau das, was ich Ihnen jetzt sage. Sie setzen sich an Mikes Bett und ich werde jedes Wort mit anhören. Sie werden sich bei ihm für Ihre Rettung bedanken. Dann nehmen Sie seine Hand und sagen ihm, dass er ein langes Leben vor sich hat, eine glückliche Ehe führen wird und drei flachshaarige Buben auf seiner Farm in Kentucky großzieht. Sie können die Geschichte ausschmücken, aber Sie werden ihn davon überzeugen, dass das Leben noch vor ihm liegt und nicht hinter ihm.« Greys Augen blitzten scharf wie Rasiermesser und hielten Berkeley in ihrem Bann. »Sind Sie dazu in der Lage?«

Sie nickte.

»Gut.« Aber er war noch nicht am Ende mit seinen Anweisungen. »Danach begeben Sie sich auf Ihr Zimmer und bereiten sich auf den heutigen Abend vor. Das *Phönix* wird wie vorgesehen um sechs Uhr die Tore öffnen und Sie haben Ihren ersten Auftritt um sieben Uhr. Sie begrüßen die Gäste an meiner Seite, plaudern charmant und später lesen Sie einigen von mir ausgewählten Gästen aus der Hand. Ich habe mir ein paar Notizen über diese Gäste gemacht, die ich Ihnen am Nachmittag bringe, damit Sie sich damit vertraut machen können. Es sind keine intimen Informationen, nur ein paar allgemeine Auskünfte, die Ihre Darbietung ausschmücken und Sie überzeugender wirken lassen. Ist Ihnen klar, was ich von Ihnen erwarte?«

Berkeley nickte wieder, bedächtiger diesmal. Ihre smaragdgrünen Augen wirkten verschleiert.

»Im Übrigen wünsche ich, dass Sie mich heute Abend Grey nennen, kein einziges Mal Mr. Janeway.«

Eine dünne Falte bildete sich zwischen Berkeleys Brauen. Sie nagte an ihrer Unterlippe, ehe sie sprach. »Die Leute werden denken, Sie und ich … das heißt, sie glauben vielleicht, dass ...« Greys spöttischer Blick hinderte sie daran, den Satz zu Ende zu führen.

»Dass Sie meine Geliebte sind? Bringen Sie das Wort nicht über die Lippen?«

»Nein, das wissen Sie genau. Ich dachte, das sei zwischen uns geklärt.«

»Wir haben nie wirklich darüber gesprochen. Nein, fangen Sie nicht wieder damit an, dass Sie nicht meine Hure sein wollen. Ich habe keine Lust, mir das noch mal anzuhören. Ich spreche vom äußeren Schein, nicht von Tatsachen. Sie bewohnen schließlich eigene Zimmer. Dem Schein nach soll es anders sein, zu Ihrer eigenen Sicherheit. Und wenn Sie sich die Zeit nehmen, darüber nachzudenken, werden Sie einsehen, dass ich Recht habe. Die Leute halten Sie ohnehin für meine Geliebte, ob Sie es abstreiten oder nicht. Also ist es besser, diese Vermutung zu bestätigen. Dadurch sichern Sie sich meinen Schutz und ersparen sich Zudringlichkeiten anderer Männer.«

Grey zog eine Augenraue hoch. »Es sei denn, Sie finden Gefallen an Zudringlichkeiten? Ist es so, Berkeley?«

»Nein.« Ihre Stimme war kaum hörbar. »Nein, das will ich nicht.«

»Wobei ich mir vorstellen kann, dass Sie nicht nur unsittliche Anträge bekommen würden«, fuhr Grey unbeirrt fort. »Einige Herren würden Ihnen gewiss ernst gemeinte Heiratsanträge machen.«

Berkeleys Kehle war wie ausgetrocknet. Sie hätte gern die Tasse zur Hand genommen und getrunken, wenn ihre Finger nicht so gezittert hätten. »Ich will nicht heiraten«, stieß sie hervor.

Sie klang aufrichtig. Und Grey fragte sich, welche Erfahrungen sie zu dieser Überzeugung gebracht hatten. »Na schön«, meinte er gelassen. »Dann tun Sie gut daran, meine Ratschläge zu befolgen. Ich erwarte nichts anderes von Ihnen.« Grey schob den Stuhl zurück und stand auf. »Haben Sie noch Fragen?«

Es gab noch eine Frage, die ihr nicht über die Lippen kommen wollte. Sie zwang sich zu sprechen, da die Erwartung schlimmer war als das Wissen. »Sie haben noch nicht erwähnt, welche Strafe mich erwartet«, sagte sie tonlos.

Grey stutzte. »Welche Strafe Sie erwartet ...«, wiederholte er bedächtig. »Nein, Sie haben Recht, das habe ich noch nicht erwähnt. Ich muss darüber nachdenken.« Wenn es überhaupt möglich war, schien sie noch bleicher zu werden. Grey fuhr sich ungeduldig durchs Haar. »Gütiger Himmel, Berkeley, ich habe nicht die Absicht, Hand an Sie zu legen. Haben Sie das befürchtet?«

Er las die Antwort in ihren Augen.

»Mike könnte sterben«, sagte er leise.

Berkeley atmete scharf ein. Sie wünschte, er hätte sie geschlagen.

Grey nahm sie beim Handgelenk und zog sie auf die Füße. »Kommen Sie«, befahl er. »Vergessen Sie nicht, was Sie Mike sagen wollen. Überzeugen Sie ihn davon, dass Sie jedes Wort glauben, das Sie zu ihm sagen.« Er gab ihre Hand frei und ging voraus, ohne einen Blick zurückzuwerfen.

Berkeley schloss die Augen. Der Dampf stieg wie krause Seidenfäden vom Wasser auf. Sie bog den schlanken Hals nach hinten und lehnte den Kopf gegen den Wannenrand. Der Seife in ihrer Hand entströmte ein zarter Lavendelduft. Sie machte den Versuch, sie hochzuheben, und ließ sie fallen.

Sie lag einfach da, atmete tief und langsam, zu keiner Bewegung fähig. Berkeley hätte nicht gedacht, dass sie so erschöpft und dennoch am Leben sein konnte.

Sie hatte lange an Mikes Bett gesessen und das hatte

sie ausgelaugt. Seine Hand zu halten hatte sie die letzte Kraft gekostet.

Mit geschlossenen Augen sah sie Mikes Gesicht vor sich. Verquollen wie er war, hatte er ein schiefes Lächeln zustande gebracht. Er lag auf zwei Kissen gebettet, so dass er nicht gezwungen war, den Kopf zu heben. Aus dem schmalen Schlitz seines linken Auges beobachtete er sie, wie sie an sein Bett trat und sich an die Kante setzte.

Sie bedankte sich bei ihm, ihr das Leben gerettet zu haben, und erzählte ihm, dass nie zuvor ein Mensch so tapfer um sie gekämpft habe. Er errötete. Berkeley beugte sich vor und küsste ihn zart auf den Mund. Er errötete tiefer und blickte über Berkeleys Schulter, wo Grey stand.

»Ich wünschte, ich wäre an deiner Stelle«, meinte Grey leichthin. Mike glaubte ihm vermutlich. »Wenn sie sich das nächste Mal in Gefahr bringt, überlasse ich es nicht dir, den Helden zu spielen.«

Aus Mikes breiter Brust stieg ein tiefes Lachen auf. Er hustete und Blut quoll ihm aus dem Mund, dennoch brachte er die Worte hervor: »Das werden wir ja sehen.«

Berkeley tauchte ihr Taschentuch in die Waschschüssel auf dem Nachttisch, drückte es aus und betupfte damit Mikes gespaltene Lippe. Das Blut stammte nicht aus der Wunde. »Ist ein Zahn locker?«, fragte sie.

Mike versuchte, die Brauen hochzuziehen, und fuhr sich mit der Zunge die Zähne entlang. Er hob drei Finger.

Berkeley wollte glauben, das Blut stamme von den lockeren Zähnen. Sie legte das Taschentuch beiseite. »Soll ich Ihnen sagen, was Ihnen die Zukunft bringt, Mike? Dann könnten Sie an etwas Angenehmes denken, bis Ihre Knochen wieder heil sind.« Mike warf einen unsicheren Blick in Greys Richtung.

»Es liegt bei dir, Mike«, meinte er achselzuckend. »Aber ich wäre schon neugierig. Vor vier Wochen hat sie dir gesagt, du wirst deine Familie bald wieder sehen, und Donnel Kincaid erkundigt sich gerade, wann das nächste Schiff den Hafen verlässt. Deine Rückkehr in die Heimat ist dir sicher, wenn du den Wunsch danach hast. Ich würde es zwar lieber sehen, dass es anders käme, aber ich glaube nicht, dass Miss Shaw irgendeinen Einfluss auf dein Schicksal hat.«

Berkeley warf Grey einen Blick über die Schulter zu, in einer Mischung aus Staunen und Dankbarkeit. »Haben Sie Ihrer Familie geschrieben, Mike?«

Er nickte und zog eine schmerzliche Grimasse.

»Ich stelle keine weiteren Fragen mehr«, versprach sie. Berkeley nahm die Hand, die er ihr entgegen streckte, und hielt sie eine Weile, ohne sie anzusehen. Sie machte sich auf den Schock der ersten Berührung gefasst und sammelte ihre Kraft. Dennoch stockte ihr der Atem bei dem tiefen Schmerz, den sie verspürte. »Ihre Hand ist kalt«, sagte sie mit einem schwachen Lächeln, um ihren Schreck zu verbergen. »Darauf war ich nicht gefasst.« Sie hörte, wie Grey hinter ihr einen Schritt vortrat. Sein Schatten lag drohend über ihr wie die Schwingen eines Raubvogels.

Berkeley studierte Mikes Handfläche und allmählich spürte sie mehr als nur seine furchtbaren Schmerzen. »Aber Mike, davon haben Sie mir nichts gesagt. Zu Hause in Kentucky wartet ein süßes Mädchen auf Sie. Haben Sie befürchtet, Shawn würde Sie deswegen auslachen?« Sie spürte, wie seine Hand sich ein wenig verkrampfte. »Wahrscheinlich denken Sie, er wird eifersüchtig«, versuchte sie zu scherzen. »Jedenfalls kann ich mit Gewissheit sagen, dass Sie das Mädchen heiraten, wahrscheinlich noch bevor Shawn heiratet. Sie wissen anscheinend gar nicht, wie sehr dieses Mädchen Sie liebt, Mike. Sie ist ein bisschen schüchtern, ähnlich wie Sie selbst. Sie hat nie gewagt, Ihnen ihre Liebe zu gestehen. Sie haben ihr das Herz gebrochen, als Sie die Farm verließen. Das Mädchen wartet auf Sie. Wenn Sie nach Hause kommen, sitzt sie vermutlich auf der Veranda ihrer Mutter und hilft ihr Bohnen zu putzen, um sie für den Winter einzulegen. Sie wird vor Verlegenheit nicht wissen, wohin sie schauen soll, wenn sie ihren Mike wieder sieht. Sie wird denken, sie sei hässlich in ihrer Schürze und den zerzausten Haaren. Und Sie werden denken, nie ein hübscheres Mädchen gesehen zu haben.«

Berkeley war sich ihrer Atemnot bewusst. Der Schmerz in ihrem Arm war unerträglich geworden, fühlte sich von den Fingerspitzen bis zur Schulter an wie ein bloßgelegter Nervenstrang. »Sie werden Kinder haben«, flüsterte sie und beugte sich tiefer über seine Hand. »Ich erkenne nicht, ob Sie fünf oder sechs bekommen. Oh, jetzt sehe ich es. Sechs. Einmal bekommen Sie Zwillinge.« Sie ließ seine Hand los und stand hastig auf. Sie rieb sich den Arm und versuchte es aussehen zu lassen wie eine Verlegenheitsgeste. Sie legte den Kopf seitlich und lächelte schelmisch. »Jedenfalls denke ich, dass es Zwillinge werden. Sie haben viele Narben in Ihrer Hand, Mike. Vielleicht bekommen Sie auch nur drei entzückende Kinder.«

Mike starrte sie an. Berkeley hatte den Eindruck, er sehe mit einem verquollenen Auge mehr als mit zwei gesunden Augen. Nie zuvor war es ihm so wichtig gewesen, die Wahrheit zu hören. Berkeley hielt seinem Blick tapfer stand, ihre Miene blieb entspannt und heiter, sie zwang ihm ihren Willen auf, jedes Wort zu glauben, das sie ihm gesagt hatte.

Als Mike schließlich sprach, war seine Stimme klar. »Glauben Sie, das Mädchen ist Bonnie Sue McMasters?«

Berkeley lachte teils vor Erleichterung, teils aus jugendlichem Überschwang. »O ja«, sagte sie und kniete neben dem Bett nieder. »Ja, Mike. Ich glaube, es ist Bonnie Sue McMasters, die Sie heiraten werden.«

Mike legte seine Hand auf Berkeleys Scheitel. Ihr blondes Haar fühlte sich wie Seide an. Er bewegte die Fingerspitzen leicht, dann tastete seine Hand über ihre Wange und blieb auf ihrer Schulter liegen. Er spürte das Zittern, das sie durchflog, doch sie machte keine Anstalten, sich seiner Berührung zu entziehen. Ihre Augen wirkten sehr groß in ihrem schmalen Gesicht. Tränen schimmerten darin, die sie nicht vergießen würde. Noch erstaunlicher war das Fehlen jeder Spur von Mitleid in den grünen Tiefen.

Berkeley spürte, wie Mikes Hand von ihrer Schulter fiel, als Grey ihr auf die Füße half. »Er braucht Ruhe«, sagte er leise. »Holen Sie jemand, der bei ihm Wache hält. Ich bleibe so lange bei ihm.« Er begleitete sie auf den Flur und ließ die Tür einen Spalt offen, falls Mike nach ihm rief. Dann flüsterte er nah an ihrem Ohr: »Sie hätten es nicht besser machen können. Vielen Dank.«

»Das war keine Vorstellung«, antwortete sie, ehe sie ging und ihn seiner Frage überließ, was sie damit gemeint haben mochte.

Das Wasser war abgekühlt. Berkeley, die über ihren Grübeleien eingenickt war, schlug die Augen auf, fischte die Seife aus dem Wasser und wusch Arme und Schultern. Ihre Haut begann zu kribbeln. Als sie die Brüste einseifte, wurde das Kribbeln stärker, ihre Brustspitzen reckten sich. Sie sah ihr gerötetes Gesicht im hohen Spiegel neben dem Kamin. Ihre Lider waren schwer, ihre nasse Haut schien zu glühen. Dann sah sie im Spiegel, wie Grey Janeway hinter ihr an die Wanne trat, in die Hocke ging und ihr die Seife aus der Hand nahm.

Berkeley stockte der Atem. In ihrer Brust war ein

ungewohntes Ziehen, ein quälendes Sehnen, das sie drängte, die Knie anzuziehen. Sie tat es nicht, war zu keiner Bewegung fähig. Greys Hand lag auf ihrer nackten Schulter. Sein Daumen bewegte sich sanft ihr Schlüsselbein entlang. Im Spiegel senkten seine Augen sich in die ihren.

Sie beobachtete seine Finger, die langsam ihre Arme entlang strichen und ins Wasser eintauchten. Sie nagte an ihrer Unterlippe, ihre Augen verdunkelten sich, als sie spürte, wie er ihre Schenkel streichelte. Berkeley erschauerte und das Wasser bewegte sich in riffelnden Wellen.

Seine Hand lag an ihrer Hüfte, wölbte sich über die Rundung ihres Gesäßes. Wortlos befahl er ihr, sich vorzubeugen. Sie gehorchte und sein Daumen strich ihre Wirbelsäule entlang. Berkeley bog den Rücken durch, ihre Brüste hoben sich. Als seine Hand an ihrem Nacken lag, hob sie das Kinn und bot ihm ihren schlanken Hals dar.

Sein Mund legte sich sanft auf die Rundung ihrer Schulter, wanderte zu ihrer Kehle. Sie spürte seine warme, feuchte Zungenspitze. Endlich ließ sie den Atem, den sie lange angehalten hatte, in einem stockenden Seufzen aus den Lungen entweichen, hielt sich am Rand der Wanne fest. Sein Mund löste sich und dann umfing er ihre Lippen. Ihr Herz hämmerte zum Zerspringen …

Berkeley fuhr erschrocken hoch. Wasser schwappte über durch die kleine Flutwelle, die sie mit ihrer jähen Bewegung erzeugt hatte. Ihr Herz klopfte laut, aber es klopfte auch an der Tür. Hitze durchströmte sie, als sie in den Spiegel blickte und nur ihr Bild entdeckte. Grey war nicht da. Sie war allein.

»Einen Augenblick bitte«, hauchte sie und das Klopfen an der Tür wiederholte sich. Berkeley stieg aus der Wanne, schlüpfte in den Bademantel, eilte zur Tür und hinterließ nasse Fußabdrücke auf dem Parkett. Mit der Hand an der Klinke fragte sie: »Wer ist da?«

Als wüsste sie es nicht, dachte Grey. »Berkeley«, rief er ungeduldig. »Öffnen Sie die Tür.«

Berkeley drehte den Schlüssel und drückte die Klinke herunter. Sie öffnete die Tür einen Spalt und spähte benommen in den Flur. Vor kaum einer Minute hatte sie geglaubt, seine Lippen auf den ihren zu fühlen. Sie spürte die Hitze noch, wo er sie berührt hatte ... vielmehr wo sie dachte, er habe sie berührt.

Grey betrachtete sie mit wachem Interesse, bemerkte ihr rosig angehauchtes Gesicht und die Wassertropfen, die an ihrem Hals herabperlten. Ihr Mund war feucht, die Pupillen waren geweitet und so dunkel, dass er sich darin spiegelte. Sie hielt den Frotteemantel krampfhaft fest, als traue sie dem Halt des Gürtels nicht. Über ihrer Faust klaffte das Revers und Grey beobachtete einen Wassertropfen, glitzernd wie ein Diamant, der von einer Haarsträhne tropfte, langsam in ihren Ausschnitt glitt und im geheimnisvollen Schatten ihres Busens verschwand.

Berkeleys Fantasie hatte ihr kein Trugbild von Grey Janeway vorgegaukelt. Nur das, was er mit ihr gemacht hatte, war ihrem Traum entsprungen. Sie erschrak beinahe, wie klar ihn ihre Fantasie gemalt hatte. Sie hatte sein stets zerzaustes, sandfarbenes Haar deutlich gesehen, das ihm im Nacken bis zum Kragen reichte, das feine Lächeln mit dem spöttischen Anflug, das die Tiefen seiner blaugrauen Augen nicht erreichte. Seine hoch gewachsene Gestalt füllte den Türspalt, den sie ihm gestattete. Die lässige Haltung, mit der er am Türrahmen lehnte, verriet seine aristokratische Herkunft, die er nicht leugnen konnte.

Berkeley blinzelte erschrocken, als er sich vorbeugte und eine Hand an die Tür legte, ohne sich gewaltsam Eintritt zu verschaffen. Er stand einfach da, lässig angelehnt, mit einem leicht amüsierten und zugleich ungeduldigen Ausdruck im Gesicht. Und während Berkeley den Widerspruch in seiner Miene studierte, konnte sie an nichts anderes denken als an seine schlanken Finger, die ihre Haut mit unendlicher Zärtlichkeit gestreichelt hatten.

Ihre Lippen öffneten sich. Wieder stockte ihr der Atem.

»Sind Sie in Ordnung?«, fragte Grey.

Berkeley nickte.

Grey war nicht überzeugt. Er reckte den Hals und versuchte, einen Blick ins Zimmer zu werfen. »Ist jemand bei Ihnen?«

»Nein«, hauchte sie. »Nein«, wiederholte sie mit fester Stimme. Es kostete sie einige Mühe, ihre abschweifenden Gedanken zu ordnen. »Ist etwas mit Mike?«, fragte sie.

»Er schläft friedlich. Ich komme gerade von ihm. Shawn hält Nachtwache bei ihm.« Grey griff in seine Weste und holte ein gefaltetes Papier hervor. »Hier die versprochenen Notizen. Darf ich eintreten?«

»Ich bin nicht angezogen. Ich komme grade aus der Badewanne.« Grey ließ sich von ihrer Ablehnung nicht beirren und blieb einfach stehen. Sie öffnete die Tür noch ein wenig mehr und streckte die Hand aus. »Geben Sie mir die Notizen, ich schaue sie mir an.«

»Ich würde sie gern mit Ihnen durchgehen.«

Berkeley spielte mit dem Gedanken, ihm die Tür vor der Nase zuzuschlagen und abzusperren. »Sie haben vermutlich Schlüssel zu jedem Zimmer, wie?«

Grey zog einen Mundwinkel hoch. »Hmmm.« Nun war er wirklich belustigt und beobachtete ihr lebhaftes Mienenspiel, während sie überlegte, wie sie sich entscheiden sollte. »Vielen Dank«, meinte er trocken, als sie die Tür endlich öffnete, um ihn einzulassen. Sein Blick verfolgte ihre nassen Fußspuren, die im Schlafzimmer verschwanden. »Wenn Sie sich noch einmal in die Wanne setzen wollen – nur zu! Ich warte hier.« Interessiert sah er, wie Berkeleys makelloser Porzellanteint sich rosig verfärbte. »Sie sollten das Wasser nicht kalt werden lassen.«

Berkeley starrte verlegen auf das Papier in seiner Hand, um seinen prüfenden Blick nicht ertragen zu müssen. Sein spöttischer Tonfall verstärkte ihre Befangenheit; sie kam sich vor wie ein kleines Kind. »Darf ich?« Sie streckte die Hand aus.

Grey reichte ihr den Zettel und nahm auf dem eisblauen Brokatsessel Platz, während sie die Aufzeichnungen las. Er streckte die langen Beine von sich und ließ den Blick durchs Zimmer schweifen. Die Suite unterschied sich kaum von den anderen, die demnächst Hotelgäste aufnehmen würden. Die Vorhänge waren aus dem gleichen schweren Brokat wie der Sessel. Ein schmales Sofa war mit dunkelblauem Samt bezogen. Vor dem hohen Fenster standen ein ovaler Tisch und zwei Stühle. Ein Stuhl war schräg abgerückt. Auf der polierten Nussholzplatte lag Briefpapier verstreut, daneben ein Tintenfass und mehrere Federhalter. Was wohl auf den zerknüllten Briefbögen geschrieben war? Er hatte nicht bedacht, dass Berkeley einen Schreibtisch brauchte.

Greys Blick wanderte weiter zu den Beistelltischen links und rechts neben dem Sofa, zur Vase mit frischen Blumen und einem hübsch geschnitzten Kästchen auf dem Kaminsims. Berkeley konnte zufrieden sein mit ihrer Unterkunft, es fehlte nichts. Nur ihre persönliche Note fehlte, doch wie hätte sie das in der kurzen Zeit schaffen sollen, zumal sie vier Wochen das Haus nicht hatte verlassen dürfen?

Berkeley hob den Kopf und spürte Grey Janeways sinnenden Blick auf sich ruhen. Seine kühn geschwungene Adlernase verlieh seinem Aussehen einen gewissen Hochmut. Sie versuchte sich vorzustellen, was er dachte. Nie hatte sie jemand so angesehen wie dieser Mann, als sei sie nicht nur eine Kuriosität, sondern eine interessante Frau. Sie faltete das Papier und gab es ihm wieder.

Grey steckte den Zettel nicht ein. »Sie müssen es auswendig lernen«, sagte er.

»Das habe ich bereits. Entschuldigen Sie mich.« Sie verschwand im Schlafzimmer, schloss die Tür und erschien nach ein paar Minuten wieder in einem schlichten grauen Hauskleid, die Ärmel bis zu den Ellbogen hochgeschoben, der Kragen offen. Um ihre Schultern lag ein Frotteetuch. Sie begann, sich das nasse Haar zu kämmen. Ihre Füße waren nackt. »Mr. Sam Brannan ist Besitzer eines Kaufhauses. Er ist Mormone, gehört aber nicht mehr zum Kreis der engsten Vertrauten des Mormonenführers Brigham Young. Es gab Unstimmigkeiten wegen Beitragsleistungen, die Mr. Brannan der Kirchengemeinde schuldet und die Mr. Young eintreiben möchte. Es scheint sich um eine beträchtliche Summe zu handeln, da Mr. Brannan im Zuge des Goldrausches zu großem Reichtum gekommen ist. Er ist außerdem Vorsitzender des Selbstschutzbundes in San Francisco, den er ins Leben rief, um die Sydney Ducks aus der Stadt zu vertreiben.«

Grey lächelte. Berkeley Shaw hatte eine rasche Auffassungsgabe. »Lorne Fitch?«, fragte er.

»Mr. Fitch ist Präsident der First Bank of California. Er baut sich gerade eine Villa im Nordosten der Stadt. Er besitzt Anteile an der Eisenbahngesellschaft und Aktien an anderen gewinnbringenden Unternehmen. Er ist mit Marilyn Adams verheiratet und hat vier Kinder mit ihr.«

Grey hob die Hand. »Genug. Sie haben mich überzeugt.«

»Da wäre dann noch Anthony Bottoms«, fuhr Berkeley fort. »Er ist ein Günstling von Miss Ivory DuPree.«

»Genug«, wiederholte Grey.

Berkeley zog den Kamm ein letztes Mal durch das schimmernde Haar, ehe sie ihn auf den Kaminsims legte. Sie nahm die Schmuckschatulle zur Hand, die Shawn für sie geschnitzt hatte, und näherte sich Grey. »Ich möchte Ihnen etwas zeigen«, sagte sie und öffnete den Deckel. »Denken Sie, ich könnte das in einen Anhänger umarbeiten lassen?«

Grey sagte eine Weile nichts. Seine Aufmerksamkeit war nicht auf die Schatulle gerichtet, sondern auf sie. »Sie hinken immer noch.«

»Tut mir Leid.« Sie schaute befangen auf ihre Füße und bewegte die Zehen. »Ich werde mich bemühen, Sie heute Abend nicht in Verlegenheit zu bringen.«

Ihre wackelnden Zehen störten ihn ungemein. »Soll der Arzt vorbeischauen?«, fragte er gereizt.

»Nein, ich ...«

»Was ist eigentlich passiert?«

»Ich habe mir den Fuß verstaucht, als ich weggelaufen ...«

Grey unterbrach sie wieder, diesmal zähneknirschend. »Miss Shaw, hören Sie *bitte* auf, mit den Zehen zu wackeln!«

Berkeley richtete sich erschrocken auf und stand still.

»So ist es besser«, meinte er und hatte Mühe, ein Lächeln zu unterdrücken. Er zeigte auf die Schatulle. »Zeigen Sie mir, was Sie da haben.«

Berkeley hielt ihm das offene Kästchen hin, in dem nur der Ohrring lag. Sie stupste den goldenen Tropfen leicht mit dem Finger an, um die eingravierten Buchstaben E.R. sichtbar zu machen. Während Grey den Ohrring studierte, fixierte sie ihn aufmerksam.

Grey nahm das Schmuckstück aus der Schatulle und legte es in seine Handfläche. »Gehört der Ihnen?«

»Sozusagen.«

»Sie haben ihn gestohlen.«

Berkeley zuckte nicht zusammen. In Greys Tonfall lag kein Vorwurf. Und nichts in seiner Miene wies darauf hin, dass der Ohrring eine Erinnerung in ihm wachrief. Obwohl Grey es meisterhaft verstand, sich bedeckt zu halten, war er kein gefühlskalter Mensch. Berkeley glaubte nicht, dass er fähig wäre, beim Anblick des Ohrrings keine Gefühlsregung zu zeigen – wenn er wirklich eine Erinnerung in ihm wachrief.

Ihr Blick wanderte zum Tisch hinüber, wo ihre jämmerlichen Versuche verstreut lagen, einen Brief an Decker und Colin Thorne zu verfassen. Es war ihr nicht gelungen, die richtigen Worte zu finden, um den Thornes mitzuteilen, dass Graham Denison tot sei und Greydon Thorne nie wirklich existierte. Es fehlten ihr die Beweise, die man von ihr erwartete. Berkeley aber hatte die Wahrheit erfahren, als sie Grey Janeways Hand in der ihren gehalten hatte. *Er ist nicht der Mann, für den ich ihn anfangs gehalten habe.*

Und dennoch gab es Zweifel, die sie tief beunruhigten, weil sie ihr so fremd waren. Diese Zweifel machten es ihr unmöglich, den Brief zu schreiben. Es gab eine rätselhafte Verbindung zwischen Grey Janeway und Graham Denison, die sie sich scheute preiszugeben. Und sie wünschte, sie würde sich irren.

Ihre Hoffnung, mehr über die rätselhafte Verbindung zu erfahren, schwand, als er den Ohrring wieder in die Schatulle legte.

»Sie hätten beide stehlen sollen«, stellte Grey fest. »Dann müssten Sie sich keine Gedanken machen, was Sie mit einem einzelnen Ohrring anfangen können.«

Berkeley schloss die Schatulle und stellte sie auf den Sims zurück. »Ich habe ihn nicht gestohlen. Er wurde mir geschenkt. Ob Sie mir glauben oder nicht, ist unwichtig. Ich wollte nur Ihren Rat.«

»Ich kenne einen Juwelier, der ihn zu einem Anhänger umarbeiten kann. Wenn Sie es wünschen, rede ich mit ihm.« Seine dunklen Brauen zogen sich zusammen. »Was bedeutet E.R.?«

»Elizabeth Regina«, antwortete sie. »Man sagte mir, die Ohrringe wurden zur Krönung von Königin Elizabeth angefertigt.«

Grey lachte. »Das haben Sie hoffentlich nicht geglaubt.«

»Nein. Aber es ist eine nette Geschichte.«

»Wenn es stimmte, wäre der Ohrring ein Vermögen wert.«

Sie nickte. »Unbezahlbar, wenn ich beide hätte.«

»Wer hat Ihnen den Ohrring gegeben?« Er wunderte sich, wieso er an der Antwort interessiert war.

Berkeley sah den lächelnden Decker Thorne vor sich. *Ich vertraue darauf, dass Sie die richtige Entscheidung treffen, Mrs. Shaw. Dies ist der letzte Test.* »Jemand, der mir Vertrauen schenkte.«

Ihre rätselhafte Antwort stellte Grey nicht zufrieden, doch er weigerte sich, sich etwas anmerken zu lassen. Er erhob sich. »Zeigen Sie mir Ihre Kleider«, befahl er.

Berkeley stutzte bei dem unvermuteten Themenwechsel, ging ins Schlafzimmer und öffnete den Schrank. Grey unterzog ihre Abendkleider einer kritischen Prüfung, hielt ihr einige vor und wählte schließlich ein leuchtend grünes Kleid mit kurzen Puffärmeln und tiefem Ausschnitt.

»Das kann ich nicht tragen«, wehrte sie ab. »Nicht heute Abend. Eine ganze Weile nicht, fürchte ich.«

»Wieso nicht, zum Teufel? Es passt doch, oder nicht?«

»Natürlich passt es. Es wurde für mich genäht.«

»Sag ich doch.«

»Ich kann es nicht tragen wegen der Ärmel.«

Grey nahm das Kleid aus dem Schrank und hängte

den Bügel an die Schranktür. »Was stört Sie an den Ärmeln?«

»Sie sind zu kurz.«

»Sam sagt, das sei jetzt Mode.« Grey verzog den Mund zu einem schiefen Lächeln. Es klang geradezu absurd. Sam Hartford. Der Berater in Modefragen. »Also, Berkeley, was stört Sie an kurzen Ärmeln?«

Berkeley sah ihm gebannt in die Augen, in denen ein amüsiertes Lächeln blitzte. Und plötzlich wollte sie es ihm nicht sagen. »Nichts. Ich finde kurze Ärmel irgendwie unpassend. Die Abende sind kühl. Und ich habe keine Stola.«

»Sie halten sich im Saal auf«, entgegnete Grey.

»Ich weiß. Unter vielen Menschen. Ich werde nicht frieren. Im Gegenteil. Es wird mir sicher zu heiß werden. Ich hätte es nicht erwähnen sollen. Das Kleid ist sehr schön. Mr. Jane …«

»Grey.«

»Grey«, wiederholte Berkeley leise. »Wirklich, es ist sehr schön.«

Das Casino des *Phönix* öffnete um Punkt sechs seine Pforten für geladene Gäste. Der Alcalde nebst Gattin war unter den Ersten. Sam Brannan erschien, umringt von Leibwächtern. Bankiers, Geschäftsleute, Spekulanten und Grundstücksmakler füllten den großen Saal. Draußen auf dem Portsmouth Square drängten sich Schaulustige vor den hell erleuchteten Fenstern, um einen Blick auf die längste Theke in San Francisco zu werfen, ehe sie weiterzogen, um im *El Dorado* oder im *Palace* ihrer Spielleidenschaft zu frönen. Eine halbe Stunde später vergnügten sich zweihundert angesehene Bürger der Stadt an den Roulettetischen, spielten Black Jack und Poker, prosteten sich im langen Spiegel hinter der Bar zu und tuschelten über Greys neue Empfangsdame, die sich noch nicht gezeigt hatte.

Der Saal war von Kronleuchtern erhellt, deren unzählige Kristallprismen im Kerzenlicht wie Diamanten blitzten. Unter den Gästen waren weniger als zwanzig Damen, jede am Arm eines Begleiters. In dem Gewoge schwarzer Fräcke und steifer Kragen nahmen sie sich in ihren festlichen Abendroben aus wie bunte Schmetterlinge. Edelsteinbesetzte Kämme funkelten in kunstvollen Hochfrisuren und kostbare Juwelen zierten die freizügigen Dekolletés. Nebenbuhlerinnen gingen den Ehefrauen aus dem Weg, und sämtliche Damen vermieden es, Grüppchen zu bilden, um nicht zu Vergleichen zu ermuntern, welche Dame schöner und welche Robe festlicher sei. Nicht eine der Damen sah erwartungsfroh der bevorstehenden Begegnung mit Grey Janeways neuer Empfangsdame entgegen.

Im ersten Stock huschte Berkeley Shaw aus Mikes Tür und eilte den Flur entlang. Er hatte geschlafen, als sie sein Zimmer betrat, und wachte auf, als sie sich über ihn beugte. Sie führte ihm das Kleid vor, das Grey für sie ausgesucht hatte, drehte sich im Kreis und entlockte Mike ein bewunderndes Lächeln. Sie legte ihm den Handrücken auf die Stirn, die sich kühl anfühlte. Er fieberte nicht, und das war ein gutes Zeichen.

Berkeley wollte nicht daran denken, was sie unten im festlichen Saal erwartete. Seit einer Stunde drang gedämpfter Lärm der Gäste die Treppe herauf. Sie hatte Mike nicht nur aufgesucht, um sich von der leichten Besserung seines Zustands zu überzeugen, sie wollte auch den Klängen der Musik und dem raunenden Stimmengewirr entgehen. Wieder in ihrem Zimmer, fiel es ihr mit jeder Minute schwerer, ihre Angst zu verdrängen.

Greys Schritte waren auf dem Flur zu hören. Berkeley öffnete die Tür, als er die Hand hob, um zu klopfen. »Bitte«, sagte sie mit einem starren Lächeln, »treten Sie ein.«

Er sah umwerfend gut aus im eleganten Frack und schwarzer Satinweste. Das plissierte Hemd und die seidene Halsbinde leuchteten schneeweiß. An den Hemdumschlägen funkelten goldene Manschettenknöpfe. Und er bewegte sich in dem festlichen Anzug mit einer Nonchalance, als trage er jeden Tag einen Frack. Berkeley konnte sich an seiner Erscheinung nicht satt sehen.

Grey lächelte träge. »Ich glaube, ich fühle mich geschmeichelt«, meinte er gedehnt.

Berkeley errötete. »Ich bin gleich fertig«, beeilte sie sich zu versichern. »Ich muss nur noch die Handschuhe anziehen.« Sie wäre gern aus dem Zimmer geflohen, nur um ihre Fassung wieder zu erlangen, doch sie blieb wie angewurzelt stehen und sah ihn voller Bewunderung an. Grey schüttelte bedächtig den Kopf.

»Ich darf das Kompliment erwidern«, sagte er, und seine Stimme klang beinahe, als wolle er um Erlaubnis bitten.

Es war nicht das Kleid, das ihn faszinierte, sondern wie sie darin aussah. Ihre helle Haut schimmerte wie Alabaster in den changierenden Grüntönen des Satins. Die blonde Haarfülle trug sie mit Elfenbeinkämmen hochgesteckt, ihr schlanker Schwanenhals stieg von elegant geschwungenen Schultern auf.

Berkeley holte tief Atem, die Rundungen ihres Busens wogten, ihr gertenschlanker Körper schwankte ein wenig. Das enge, tief ausgeschnittene Mieder betonte ihre schmale Taille und ihren hohen Wuchs. Berkeley Shaw wurde nicht von Rüschen, Spitzenbesätzen und Volants erdrückt; die elegante Robe unterstrich ihre bezaubernde Schönheit.

»Wunderschön«, murmelte Grey. »Sams Bemühungen haben sich gelohnt.«

Berkeley schwieg. Seine Musterung schmeichelte ihr nicht. Sie ertrug die Prüfung lediglich.

Grey furchte die Stirn. Berkeley schien ihr Aussehen

nicht zu genießen, sie wirkte gequält, ängstlich. »Was ist?«

»Ich glaube nicht, dass ich das schaffe«, flüsterte sie. »Ich dachte, ich schaffe es. Aber es geht nicht. Es tut mir Leid.« Ihre Finger nestelten nervös an ihrem Kleid. Sie musste sich zwingen, den Blick nicht von ihm zu wenden. »Es tut mir Leid, dass ich Sie in dem Glauben ließ, ich schaffe es. Ich fühle mich nicht geschmeichelt, wenn ein Mann mich so ansieht, wie Sie mich soeben angesehen haben. Der Gedanke, dass andere Herren … unten im Saal … Ich kann es einfach nicht …« Berkeleys Stimme verlor sich.

»Wenn ein anderer Mann Sie so ansieht, wie ich Sie ansehe«, erwiderte Grey gedehnt, »bringe ich ihn um.«

Nervöses Lachen sprudelte aus ihrer Kehle und sie verschluckte sich. Hastig flog ihre Hand an den Mund, ihre Augen weiteten sich.

»Holen Sie Ihre Handschuhe, Berkeley.« Greys Stimme duldete keinen Widerspruch.

Wie eine Marionette drehte sie sich um und trat an den Tisch, wo sie die langen weißen Handschuhe zurechtgelegt hatte. Briefpapier und Tintenfass waren fortgeräumt; die Briefe blieben ungeschrieben. Sie streifte sich den rechten Handschuh über und knöpfte ihn über dem Ellbogen zu. Dann versuchte sie, den linken Handschuh überzustreifen.

»Was, zum Teufel …?« Grey war mit zwei Sätzen bei ihr, ehe Berkeley den Arm hinter ihrem Rücken verbergen konnte. »Zeigen Sie mir Ihre Hand.« Zögernd gehorchte sie. Grey hob ihren Arm und drehte ihn seitlich, um die zarte Innenseite ihres Oberarms zu sehen. Sie hatte versucht, die Blutergüsse unter einer Schicht Puder zu verbergen, was ihr nicht wirklich gelungen war. »Deshalb keine kurzen Ärmel«, meinte Grey.

Berkeley nickte. In ihren Augen lag kein Vorwurf. »Die Handschuhe verbergen sie fast.«

»Nicht ausreichend.« Er ließ ihre Hand los. »Das habe ich Ihnen heute Morgen angetan, stimmt's?« Er hatte sie am Oberarm festgehalten, den ganzen Weg von Sydney Town bis ins Hotel. Er hatte sie gezwungen, Schritt mit ihm zu halten. War ihm eigentlich aufgefallen, dass sie hinkte? Hätte er darauf Rücksicht genommen? Seine Fingerabdrücke hatten dunkle Flecken auf ihrer zarten, hellen Haut hinterlassen: Brandmale der Gewalt. »Wieso haben Sie mir nichts davon gesagt?« Und dann: »Sie haben es versucht.«

Berkeley wandte den Blick, unerklärlich scheu. Sie senkte den Kopf und hob ihre schönen Schultern. »Sie haben es nicht absichtlich getan.«

Damit hatte sie Unrecht, wie Grey sich erinnerte. Er war wütend auf sie gewesen. Er hatte ihr wehtun wollen, zumindest hatte er sie seinen Zorn spüren lassen wollen. Aber blutunterlaufene Male hatte er nicht hinterlassen wollen. »Möchten Sie mir ein schlechtes Gewissen ersparen? Sehen Sie mich an, Berkeley. Wollten Sie mir die blauen Flecke deshalb nicht zeigen?«

Sie sah ihn an. »Vielleicht.«

In Greys Wange begann ein Muskelstrang zu zucken. »Versuchen Sie bloß nicht, meine Gedanken zu erraten und mich vor meiner eigenen Dummheit zu schützen.«

»Gut«, sagte sie leise. »Soll ich ein anderes Kleid anziehen?«

»Und ob.«

Berkeley eilte ins Schlafzimmer. »Wie finden Sie das rote Samtkleid?«, rief sie.

»Nein. Was ist mit dem perlenbestickten Kleid von Ivory?«

Berkeley zog das Kleid aus dem Schrank, das sie nicht einmal anprobiert und ganz hinten in den Schrank gehängt hätte. Von dem Kleid ging etwas Unheilvolles aus. Seltsam, dass Grey sich überhaupt daran erinnerte. »Ich glaube, es passt mir nicht.«

»Es passt«, erwiderte er mit felsenfester Überzeugung. »Ziehen Sie es an.« Und mit einem Blick auf die Taschenuhr: »Ich gebe Ihnen drei Minuten Zeit.«

Berkeley wand sich aus dem grünen Kleid und warf es aufs Bett, zwei weite Unterröcke folgten, die für das Blaue nicht nötig waren. Sie stieg mit den Füßen zuerst in Ivorys Kleid, um ihre Frisur nicht zu ruinieren, und zog es hoch. Die langen Ärmel waren an den Schultern angereiht und verjüngten sich schmal bis zum Handgelenk. Das herzförmige Mieder war mit unzähligen winzigen, blauen Glasperlen bestickt, die mit jedem Atemzug und jeder Bewegung glitzerten wie Saphire. Berkeley strich den Rock glatt und machte vor dem Spiegel eine Vierteldrehung nach links und nach rechts. Das Kleid war weniger gewagt und aufreizend als die grüne Satinrobe und dennoch fühlte Berkeley sich keineswegs wohl darin.

»Soll ich Ihnen mit den Knöpfen helfen?«, fragte Grey von der Tür her.

Berkeley war froh um die Unterbrechung. Sie wollte abgelenkt werden. Sie musste sich gegen etwas Unheilvolles stählen. Ivory DuPrees Abendkleid zerrte wie eine Drohung an ihren Nerven.

KAPITEL 7

Oben an der Treppe verließ Berkeley der Mut. Schwindel befiel sie, ihr Magen krampfte sich zusammen.

Grey spürte, wie ihre Fingernägel sich durch den Frack in sein Fleisch bohrten. Er verzog das Gesicht. »Ich bekomme blaue Flecke«, raunte er. »Was sollen meine Gäste denken?«

Sie warf ihm einen erschrockenen Seitenblick zu. »Verzeihung«, hauchte sie und löste die blutleeren Finger von seinem Arm.

Grey legte seine Hand über die ihre. »Es war ein Scherz, Berkeley. Sind Sie in Ordnung?«

Sie nickte stumm. Ihre Kehle war wie mit Sägespänen angefüllt. Sie atmete flach.

»Nur Mut«, meinte Grey. »Heute Abend sind Sie die Ballkönigin.«

Berkeley wartete, dass er die Treppe hinunter schreiten würde. Als er stehen blieb, warf sie ihm wieder einen Seitenblick zu und wunderte sich über den verwirrten Ausdruck in seinen Augen. »Sind Sie in Ordnung?«, fragte sie nun ihrerseits.

Ja, ja, dachte Grey. Aber er war ganz und gar nicht in Ordnung. Blitzartig stand eine Erinnerung mit überwältigender Klarheit vor ihm. Er wusste ohne jeden Zweifel, dass er diese Situation schon einmal erlebt hatte. Die breite Treppe. Die Frau an seiner Seite. Die wartenden Gäste. *Heute Abend bist du die Ballkönigin.* Das waren seine Worte gewesen. Das hatte er schon einmal erlebt und doch war alles anders.

Der Augenblick verstrich ebenso blitzartig, wie er gekommen war, und mit ihm schwand die Erinnerung. Er wiederholte die Worte in Gedanken, ohne dass etwas in ihm angerührt wurde. Und dann schwand auch die Gewissheit, die Szene schon einmal erlebt zu haben. Von seinen verspannten Nackenmuskeln ging ein leichter Schmerz aus, der sich in seiner Schädeldecke ausbreitete.

Grey widerstand dem Drang, sich den Nacken zu reiben. Er tätschelte Berkeleys Hand, um sie dem Schein nach zu trösten. Doch die Wahrheit sah anders aus. »Wollen wir?«

Die lebhaften Gespräche der Gäste wurden gedämpfter, als Grey Janeway mit seiner Begleiterin auf der geschwungenen Freitreppe erschien. Grey hatte die Gäste bereits begrüßt, als das Casino seine Tore geöffnet hatte, und nun bot sich ihnen die Gelegenheit, ihre Anerkennung für den gelungenen Prachtbau zum Ausdruck zu bringen. Vereinzeltes Händeklatschen schwoll zu tosendem Beifall an, der die Gläser auf der langen Theke in Schwingungen versetzte. Grey nahm die Ehrung mit einer eleganten Verneigung entgegen, was bei einigen der raubeinigen Männer Gelächter hervorrief, die seine angeborene aristokratische Art mit Vornehmtuerei verwechselten. Auch Grey schmunzelte innerlich, denn er erhob keinerlei Anspruch auf eine vornehme Herkunft. Er hatte wie alle anderen im Saal schwer geschuftet, um zu Reichtum zu gelangen, hatte vielleicht weniger Glück gehabt als mancher unter ihnen und wesentlich mehr als die meisten. Nicht einer der zweihundert versammelten Gäste war der Meinung, er habe sein Ansehen und seinen Wohlstand nicht verdient.

Aber alle, ohne Ausnahme, beneideten Grey Janeway um die Frau an seiner Seite.

Grey hob die Hand, um sich Gehör zu verschaffen. »Meine Damen«, begann er und schenkte jeder Einzelnen ein charmantes Lächeln. »Meine Herren. Es ist mir eine besondere Freude, Ihnen die Dame des Hauses vorzustellen, Miss Berkeley Shaw. Miss Shaw, meine Freunde.«

Berkeleys perlenbesticktes Kleid glitzerte, als er sie halb zu sich drehte und ihre Hand an die Lippen führte. Berkeley war vor Staunen wie gelähmt. Sie nahm das Raunen nicht wahr, mit dem die Herren ihrem Bedauern Ausdruck gaben, dass die Dame des Hauses offenkundig nicht mehr frei war.

»Können Sie sich wenigstens zu einem Lächeln durchringen?«, fragte Grey, und seine Lippen berührten ihren Handrücken, während er sprach. Seine Augen fixierten sie. »Sonst denken meine Gäste noch, Sie stehen Todesängste aus.«

Berkeley lächelte starr. »Ich stehe Todesängste aus.«

»Gut.« Greys Lob bezog sich auf ihr Lächeln, nicht auf ihr Geständnis. Er legte ihre Hand wieder auf seinen Arm und wandte sich an die Menge. Erneut brandete Beifall auf, als das Paar die Treppe herab schritt. Greys Blick wanderte über die Gesichter und neigte sich Berkeley zu. Sein charmantes Lächeln war immer noch da. »Sie werden Ihnen buchstäblich aus der Hand fressen«, flüsterte er. »Ich bin gespannt, was Sie daraus machen.«

In der folgenden Stunde nahm Berkeley nur ein Meer verschwommener Gesichter wahr, deren Namen sie nicht behielt. Sie lächelte maskenhaft, schüttelte Hände und hauchte Höflichkeitsfloskeln, doch das alles geschah mechanisch. Welche Anstrengung sie diese Mühe kostete, blieb unbemerkt. Auch der Mann an ihrer Seite ahnte nichts von Berkeleys innerem Aufruhr, der ihr Herz hämmern ließ und ihr kalte Schauer über den Rücken jagte, Empfindungen, für die sie keine Erklärung fand.

Sie errichtete einen eisernen Schutzwall, trug Gelassenheit zur Schau, während ihre Seele von Grauen erfüllt war.

Berkeley schenkte Samuel Brannan ein gewinnendes Lächeln, einem breitschultrigen, polternden Riesen, der auch ohne seine sechs Leibwächter Aufsehen erregt hätte. Er drückte Berkeleys Hand, ehe er am Tisch ihr gegenüber Platz nahm. Seine Wächter bezogen links und rechts von ihm Posten, während neugierige Zuschauer versuchten, sich dazwischen zu drängen.

Grey stand seitlich hinter dem Tisch, weit genug von Berkeley entfernt, um nicht beschuldigt zu werden, ihr heimlich etwas zuzuflüstern.

»Ich weiß nicht, was Sie vorhaben, Grey«, meinte Brannan. »Ich brauche eigentlich keinen Vorwand, um die Hand einer schönen Frau zu halten.«

»Vielleicht braucht sie einen Vorwand, um Ihre Hand zu halten«, meldete sich eine Stimme aus der Zuschauermenge.

Brannan lachte gutmütig. »Darin mag ein Körnchen Wahrheit liegen.« Er legte die Hand auf den Tisch. »Nun, Miss Shaw? Selbst wenn Sie mir nichts Neues sagen, werde ich als zufriedener Mann von diesem Tisch aufstehen.«

Berkeley drehte Sam Brannans große Hand nach außen und sah ihm tief in die Augen. »Ich hoffe, mehr für Sie zu tun, als Sie nur zufrieden zu stellen«, entgegnete sie mit rauchiger Stimme.

Hinter ihrem Stuhl furchte Grey die Stirn. Er hatte nicht geahnt, dass Berkeley ihrer Stimme ein so verführerisches Gurren entlocken konnte, es passte gar nicht zu ihr. Er beobachtete die Mienen der Umstehenden, die zu tuscheln begannen. Sam Brannans Wangen hatten sich unter dem buschigen Backenbart gerötet; er schien sich geschmeichelt zu fühlen.

Berkeley war sich nicht bewusst, Greys Missfallen erregt zu haben, und bemerkte auch nicht die vielsagenden Blickwechsel der Umstehenden. Sie strich mehrmals über Sam Brannans Handfläche, ihre Fingerkuppen zeichneten die Erhebungen und Vertiefungen nach. Dann sprach sie, als wären sie und Sam allein im Saal. »Sie sind ein mächtiger Mann«, begann sie leise. »Sie schöpfen Kraft aus Ihren Überzeugungen und Ihrem Glauben. Sie sind der geborene Führer, selbst wenn Sie keine Führungsposition einnehmen. Sie vertreten einen Standpunkt, und andere folgen Ihnen, ob Sie es fordern oder nicht.«

Sam Brannan lächelte breit. »Sieh mal einer an«, meinte er anerkennend. »Haben Sie ihr eingeredet, das zu sagen, Grey?«

»Ich lege ihr die Worte nicht in den Mund«, entgegnete Grey. »Und wenn, hätte ich nicht den Wunsch, dass sie Ihnen so etwas sagt.«

Sam lachte leise. »Nur zu, Miss Shaw. Reden Sie weiter. Davon kann ich gar nicht genug hören.«

Berkeley sprach über seine Charakterzüge, die sie aus der Berührung seiner Hand empfing. Schließlich sagte sie: »Gibt es eine Frage, die Sie besonders beschäftigt, Mr. Brannan?«

Er überlegte eine Weile. »Ich denke schon«, sagte er dann und strich sich den Bart. »Ich kämpfe für eine bestimmte Sache, von deren Richtigkeit ich überzeugt bin, ohne zu wissen, ob ich Erfolg damit habe. Welche Chancen räumen Sie mir ein?«

Berkeley beugte sich vor. »Die Antwort auf diese Frage steht nicht in Ihrer Hand«, sagte sie. »Sie steht in Ihrem Herzen und in Ihrem Verstand. Ihr Selbstschutzkomitee wird von guten Absichten geleitet, aber Ihre Vorgehensweise ist gesetzwidrig. Die Organisation kann nicht der gerechten Sache dienen, wenn die Angeklagten nicht vor ein ordentliches Gericht gestellt werden. Gute Absichten führen nicht zwangsläufig zu richtigen Entscheidungen. Sie und Ihre Truppe werden die Ducks aus der Stadt vertreiben, doch es kommen auch Unschuldige dabei zu Schaden. Sie werden Erfolg haben, Mr. Brannan. Der Preis, den Sie dafür bezahlen, ist Ihr Seelenfrieden.«

Samuel Brannan zog seine Hand langsam zurück. Sie hatte nur zu ihm gesprochen, mit leiser, eindringlicher Stimme. Nun warteten die Umstehenden gebannt auf sein Urteil. Sein nachdenklicher Blick ruhte lange auf Berkeley. Doch dann kam seine selbstgefällige Natur zum Vorschein, als er sich an die Menge wandte. »Miss Shaw glaubt an unseren Erfolg«, polterte er, im Aufstehen begriffen. Er hob sein Glas und sprach einen Toast auf Berkeley und die Zukunft des Selbstschutzkomitees aus.

Greys leichte Berührung an ihrer Schulter hinderte Berkeley, ebenfalls aufzustehen. Während die Gäste einander zuprosteten und in lärmende Hochrufe ausbrachen, beugte er sich über sie und raunte dicht an ihrem Ohr: »Können Sie sich noch ein Opfer vornehmen?«

Sie nickte. Lorne Fitch setzte sich als Nächster zu ihr; seine Gemahlin nahm neben ihm Platz, auf deren Mienenspiel Berkeley besonders achtete. Sie ging im Geist die Informationen durch, die Grey ihr am Nachmittag gegeben hatte, und fügte neue Erkenntnisse hinzu. Sie sagte, Mr. Fitch komme aus einer alt eingesessenen Familie in New England und nannte schließlich sogar seine Heimatstadt Providence. Sie enthüllte, er habe seine Frau auf einer Kirchenversammlung kennen gelernt und sei von ihr so hingerissen gewesen, dass er beim ersten Gespräch nur hatte stammeln können. Berkeley gewann mit ihrer Geschichte nicht nur Lorne Fitch für sich, sondern auch die Sympathie seiner Gemahlin, als sie Begebenheiten aus ihrer Verlobungszeit und Ehe erzählte, wobei sie Dinge erwähnte, von denen das Ehepaar dachte, niemand wisse davon. Die persönliche Frage des Bankiers hatte nichts mit seinem geschäftlichen Erfolg zu tun. Er wollte etwas ganz Privates wissen.

»Sagen Sie, Miss Shaw, wird meine Frau mit einem weiteren Kind gesegnet sein?«

Berkeley ließ Mr. Fitchs Hand los und nahm die seiner Frau. Sie musste sich nur ein wenig entspannen, um die Wahrheit zu erkennen, und wenn sie die Lebenskraft nicht durch Marilyn Fitchs Berührung gespürt hätte, so hätte sie die Antwort in ihrem Blick gelesen. Berkeley zögerte dennoch, bat Mrs. Fitch stumm um Erlaubnis, ihr Geheimnis zu verraten. Die Bankiersfrau nickte lächelnd.

Berkeley wandte sich wieder an Mr. Fitch. »Wenn Sie nach der Segnung mit einem nächsten Kind fragen, denken Sie vermutlich nicht an das Kind, das Ihre Gemahlin bereits unter dem Herzen trägt.«

Mr. Fitch sprang so heftig auf, dass der Stuhl polternd umstürzte. Er ergriff seine Frau an beiden Ellbogen, zog sie hoch und blickte sie forschend an. Die Wahrheit leuchtete aus Marilyns strahlenden Augen und ihrem seligen Blick. »Verdammt will ich sein«, rief er mit einem breiten Lächeln. »Wird es diesmal ein Junge, Miss Shaw?«

Es war Grey, der antwortete. »Sie haben nur eine Frage. Wenn Sie hierauf eine Antwort haben wollen, müssen Sie bezahlen oder neun Monate warten.«

Die Umstehenden lachten schallend und der Bankier errötete bis unter die Haarwurzeln. Marilyn Fitch holte zwei Goldmünzen aus ihrem Abendtäschchen und schob sie Berkeley zu.

»Ein Junge«, antwortete Berkeley ohne Zögern, nahm die Goldstücke vom Tisch und ließ sie mit einer anmutigen Geste im perlenfunkelnden Mieder verschwinden, womit sie zum zweiten Mal an diesem Abend Grey Janeways Missfallen erregte.

Anthony Bottoms war der letzte Kandidat, der an Berkeleys Tisch gebeten wurde.

Kurz vor Mitternacht ließ Grey sich erweichen, seine

Entscheidung zurückzunehmen, Miss Shaw würde keine weitere Sitzung abhalten. Shawn hatte den Vorschlag gemacht, zwischen den ersten beiden Sitzungen und der letzten eine gewisse Zeit verstreichen zu lassen. In Zukunft würde niemand wissen, ob Berkeley eine dritte Sitzung abhalten würde oder nicht. Die Möglichkeit, doch noch zum Zuge zu kommen, würde die Männer deshalb länger an den Spieltischen halten.

Berkeley wünschte sich, Shawn hätte den Vorschlag nicht gemacht und Grey wäre nicht so bereitwillig darauf eingegangen. Sie wünschte, sie hätte nicht nur matt gelächelt, als Grey sie fragte, ob sie zu später Stunde Mr. Bottoms noch eine Sitzung gewährte. Und als sie die kühle Hand des Spielers berührte, wünschte sie, ihre Handschuhe nicht abgelegt zu haben.

Anthony Bottoms war ein Dandy, glatt und geschniegelt und ohne Charakter. Ihn zu berühren war wie den Zuckerguss von einem Kuchen zu lecken, dessen aufdringliche Süße einen alsbald anwiderte. Berkeley war zu erschöpft, um ihren Schutzwall aufrecht zu halten.

Bei der ersten Berührung überlief sie eine Gänsehaut. Der Schauer, der sie durchrieselte, war nicht gespielt, allerdings auch nicht auf Anthony Bottoms Charme zurückzuführen, wie die Umstehenden vermuteten. Berkeleys ungewöhnlich grüne Augen verdunkelten sich. Sie zog den Stuhl näher an den Spieler heran, und als sie sich vorbeugte, wölbten ihre Brüste sich über das perlenbestickte Dekolleté. Sie sprach ebenso leise wie mit den anderen, doch ihre Stimme nahm wieder diesen gurrenden Ton an, den sie anfangs bei Sam Brannan eingesetzt hatte.

»Sie haben etwas von einem Hochstapler an sich«, eröffnete Berkeley ihm raunend. »Das liegt Ihnen im Blut. Generationen von Spielern. Hab ich Recht, Tony?«

Der Mann, der die Abkürzung seines Namens hasste, schluckte betroffen und nickte.

»Aha.« Sie lächelte lasziv. »Aber Sie sind ein ausgezeichneter Spieler. Sie beobachten ihre Gegenspieler, die unter Spannung stehen, prägen sich ihre Schwächen, ihre Gewohnheiten ein. Das hat Ihnen Ihr Vater beigebracht. Würden Sie sagen, Sie beuten andere aus, Tony? Machen Sie sich Schwächen anderer zunutze? Nein, so würden Sie es nicht nennen. Ihrer Ansicht nach handeln Sie nicht verwerflich, da Sie niemand zwingen, mit Ihnen zu spielen. Ihre Art ist beliebt. Manche beneiden Sie sogar.«

Berkeley sah ihm in die Augen und drückte seine Hand unmerklich. »Ihre Art gefällt mir«, gurrte sie mit tiefer Stimme. »Sehr sogar.«

Grey Janeway gefiel Berkeleys Art keineswegs. Er trat näher an ihren Stuhl, ohne sie zu berühren, doch nahe genug, damit sie seine Nähe spürte. Er fürchtete nicht, Anthony Bottoms könne Berkeleys Schmeicheleien ernst nehmen, zumal Greys stahlblauer Blick ihn fixierte. Aber Grey wusste nicht, was die Männer sich dabei dachten, die Berkeleys leisem Gespräch mit dem Berufsspieler aufmerksam lauschten.

Anthony Bottoms strich sich über den Oberlippenbart. Eine unbewusste Geste der Unruhe, ein Zustand, der ihm weitgehend unbekannt war. Er spürte Greys kalten Blick und gleichzeitig Berkeleys glühende Augen auf sich ruhen. An diese Gegensätze war Anthony nicht gewöhnt. Am Spieltisch war er es, der andere aus der Fassung brachte. Sein Charme und seine geschliffenen Manieren halfen ihm nicht viel in dieser Situation.

»Haben Sie eine persönliche Frage an mich, Tony?«, fragte Berkeley mit hochgezogener Braue. »Würden Sie gern wissen, ob Sie das Interesse einer gewissen Dame geweckt haben?«

Anthony Bottoms spürte, wie ihm der Schweiß unter dem Schnurrbart ausbrach.

»Vielleicht wollen Sie erfahren, ob das Glück, das Ihnen am heutigen Abend hold war, die ganze Woche anhalten wird.« In ihrer Stimme schwang eine Verheißung, die vermuten ließ, dass sie nicht von seinem Glück am Spieltisch sprach. Berkeley lockte ihn mit gekrümmtem Zeigefinger, näher zu rücken. »Wollen Sie, dass jeder erfährt, dass Sie eine Trumpfkarte im Ärmel stecken haben?«, flüsterte sie und lehnte sich mit einem geheimnisvollen Lächeln zurück. Anthony Bottoms sprang auf die Füße.

»Was hat sie gesagt, Bottoms?«, rief einer aus der Menge.

»Heraus damit«, forderte eine zweite Stimme. »Spannen Sie uns nicht auf die Folter.«

»Wir können schließlich nicht Gedanken lesen«, rief ein Dritter und löste damit allgemeines Gelächter aus.

Anthony zupfte an seinem Bärtchen und zwang sich zu einem Lächeln. »Sie sagt, ich trete eine Reise an die Ostküste an.« Er griff in die Innenseite seines Gehrocks und zog ein Billett für eine Schiffspassage heraus. »Ich habe erst heute gebucht, meine Herren, und noch niemandem ein Sterbenswörtchen davon gesagt.«

Berkeley schüttelte Greys leichte Berührung ab und stand auf. Sie hakte sich bei Anthony unter und schmiegte sich an ihn. Ihr verführerisches Augenzwinkern galt nur ihm, obwohl es keinem entging. »Seltsam, ich sehe in Ihnen einen schwarzen Buben, Tony Bottoms, der mein Herz erobert hat.«

Anthony Bottoms dachte an den Pikbuben, der in seiner Manschette steckte. Wie gut, dass er Frisco den Rücken kehrte. Diese Frau war in der Lage, ihn zu ruinieren, das hatte sie ihm deutlich zu verstehen gegeben. Er hatte sich bei ihr bedankt, ihn nicht verraten zu haben, in der einzigen Art, die ihr nützlich war: indem er ihren Ruf als Hellseherin untermauerte. Grey Janeway war zu beneiden. Mit dieser Frau würde er ein Vermögen machen.

»Macht Platz«, sagte Anthony lächelnd zu den Umstehenden. »Ich möchte zum Abschied mit Miss Shaw tanzen.« Es bildete sich eine Gasse, Anthony führte Berkeley zur Tanzfläche und begann, sich mit ihr zu den Klängen der Musik zu drehen.

Greys Augen folgten dem Paar. Er nahm die Glückwünsche seiner Gäste wortkarg entgegen. Berkeley Shaw war ein voller Erfolg. Wie gut, dass er sie gehindert hatte, in letzter Sekunde einen Rückzieher zu machen. Seltsam, wieso ihn der gelungene Eröffnungsabend nicht glücklicher stimmte.

»Ich möchte mich zurückziehen«, sagte Berkeley später zu ihrem Tanzpartner. Nachdem Anthony Bottoms sie zur Tanzfläche entführt hatte, fand sie sich in den Armen wechselnder Herren wieder. Sie lächelte tapfer, lachte sogar gelegentlich und bemühte sich, nicht an die fremden Hände zu denken, die sie anfassten, sich um ihre Taille legten. Und sie versuchte nicht daran zu denken, dass keiner der Männer Grey Janeway war. »Würde es Ihnen etwas ausmachen, mich zur Treppe zu begleiten?«

Martin Reade verneigte sich höflich. Er war ein hoch gewachsener, schlanker Mann, dessen jugendliche Unbeholfenheit etwas Rührendes an sich hatte. »Es wäre mir eine Ehre, Sie unversehrt auf Ihr Zimmer zu begleiten.«

Berkeley verschwieg, dass sie nicht um ihre Sicherheit besorgt war. Die Hotelzimmer würden erst ab morgen vermietet. Außer Mike und Grey bewohnte nur sie den ersten Stock. »Vielen Dank. Wie reizend von Ihnen.«

Der Schwindel befiel sie in immer schneller aufeinander folgenden Wellen. Die geschwungene Treppe schien ihr schwieriger zu bezwingen als die drei Hügel von San Francisco.

»Sie sehen sehr blass aus, Miss Shaw«, bemerkte Martin. »Soll ich mich auf die Suche nach Grey machen?«

»Nein, nein. Nicht nötig. Begleiten Sie mich bitte nur durch das Gedränge.«

Martin nahm Berkeley am Arm und bahnte sich mit ihr einen Weg zur Treppe. Unterwegs musste Berkeley drei Herren, die sie zum Tanz aufforderten, eine Absage erteilen, ehe Martin die Aufgabe für sie übernahm und den nächsten Bewerbern mitteilte, Miss Shaw sei bereits vergeben. Am Fuße der Treppe angelangt, wusste Berkeley, dass sie den Aufstieg nicht schaffte. Sie legte Martin Reade die flache Hand an die gestärkte Hemdbrust.

»Von der Küche führt eine schmale Stiege nach oben«, flüsterte sie bang. »Bitte bringen Sie mich dorthin.«

Martin machte ein skeptisches Gesicht. »Ich kann Sie die Treppe hinauftragen.«

»Gott behüte! Nicht vor allen Leuten. Bitte helfen Sie mir zur Hintertreppe.«

Martin führte die zitternde Berkeley am Rande des Saales entlang und erreichte die Küche, ohne aufgehalten zu werden. In Annie Jacks Reichs herrschte zu dieser späten Stunde immer noch rege Betriebsamkeit. Die Köchin und ihre fleißigen Helferinnen legten letzte Hand an eine turmhohe Festtagstorte.

»Hinaus!«, empfing Annie das Paar mit donnernder Stimme und widmete sich umgehend wieder ihrer Arbeit in dem festen Glauben, die Eindringlinge vertrieben zu haben.

Berkeley spürte Martins Zögern. »Die Stiege ist dort drüben.« Sie wies am Tisch vorbei zur Speisekammer. »Sie beißt nicht.«

»Annie beißt sehr wohl«, bellte die Köchin. »Sie beißt jedem ein Ohr ab, der es wagt, ungebeten ihre Küche zu betreten.«

Martin wagte sich keinen Schritt weiter und Berkeley musste ihn mit sich ziehen. Annie Jack hob drohend das riesige Messer, mit dem sie die Kuvertüre verstrich. Ein Klecks Buttercreme landete auf Martins Ärmel. Berkeley zog ihn unbeirrt weiter.

»Achten Sie nicht auf Annie«, beruhigte Berkeley den verdatterten jungen Mann, als die Köchin nicht aufhörte, hinter den beiden herzuschimpfen. »Sie folgt uns nicht und ich brauche Ihre Hilfe.«

Martin fasste sich ein Herz und half Berkeley die Treppe hinauf. Nach der Hälfte versagten ihr die Knie und er musste sie tragen.

»Ich sollte Grey Bescheid sagen«, meinte er, als er sie vor ihrer Tür auf die Füße stellte.

»Nein. Das ist wirklich nicht nötig.« Sie drückte die Türklinke herunter. »Wenn Sie bitte nur noch einen Augenblick hereinkommen würden, falls ich Sie brauche. Vielleicht helfen Sie mir, dieses Kleid abzulegen.« Berkeley zog ihn ins Zimmer, duldete keinen Widerspruch. »Bitte hier entlang in mein Schlafzimmer.«

Martin stolperte hinter ihr her, verwirrt von ihrer Hartnäckigkeit und mehr als nur ein wenig beunruhigt über die möglichen Folgen seines Tuns. Immer wieder warf er ängstliche Blicke über die Schulter, in Erwartung, Grey in der offenen Tür stehen zu sehen, den Lauf einer Pistole auf ihn gerichtet.

Es war nicht Grey, der unvermutet in der Tür stand, sondern einer von Sam Brannans Leibwächtern. Die breiten Schultern des Mannes füllten den Türrahmen: ein stiernackiger Kerl mit Schenkeln wie Baumstämme. Trotz seiner vor der Brust verschränkten Arme machte er nicht den Eindruck eines friedliebenden Menschen.

Er hob sein kantiges Kinn und gab Martin zu verstehen, er solle verschwinden.

»Mr. Brannan schickt mich, um nach der Lady zu sehen«, sagte er. »Sie können gehen, Reade.«

»Ich weiß nicht, Hank. Grey sollte wissen, dass Miss Shaw sich nicht wohl fühlt.«

»Er weiß Bescheid.« Hank Brock gab die Tür frei. »Mr. Brannan hat ihn davon unterrichtet. Verschwinden Sie, Reade.«

Martin verbeugte sich steif in Berkeleys Richtung, ohne ihren angstvollen Blick zu bemerken. Dann eilte er zur Tür und verschwand.

Hank Brock war in seiner ungeschlachten, derben Art doch ein gut aussehender Mann. Seine Gesichtszüge wirkten wie mit einem groben Meißel von ungelenker Hand modelliert. Sein Haar war fast schwarz und seine Augen noch einen Ton dunkler.

Berkeley setzte sich langsam auf die Bettkante. »Mir wird übel, Mr. ...« Sie wusste seinen Namen nicht.

»Brock.« Er wollte einen Schritt auf sie zu machen, verharrte aber, als Berkeley zurückwich. Hank griff nach der Schüssel auf dem Waschtisch und hielt sie ihr hin. »Hier.«

Berkeley nahm die Schüssel entgegen, ohne näher zu rücken. »Sie können gehen.« Ihre Stimme hallte seltsam, als sie sich über die Schüssel beugte. Sie schloss die Augen.

»Wenn es Ihnen nichts ausmacht, Miss Shaw, bleibe ich. Mr. Brannan bestand darauf, dass ich mich um Sie kümmere.«

Berkeleys Fingerknöchel wurden weiß, so fest umklammerte sie den Rand der Schüssel. Ihr Gesicht war leichenblass. Sie wünschte nichts mehr, als ihren Magen zu entleeren und damit möglicherweise auch ihren Kopf von den wirren Gedanken zu befreien.

»Vielleicht ist Ihnen gar nicht übel«, stellte Hank fest,

nahm ihr die Schüssel vom Schoß und bemerkte das Zittern ihrer Hände. »Wollen Sie ein feuchtes Tuch auf die Stirn? Nein? Wie wär's, wenn Sie sich hinlegen?«

Berkeley wich seiner Hand aus, die sich auf ihre Schulter legen wollte, und rutschte zum Kopfteil des Bettes. »Gehen Sie«, fauchte sie. »Ich möchte, dass Sie gehen.«

»Gegen Mr. Reades Anwesenheit schienen Sie keine Einwände zu haben«, erwiderte er gedehnt. »Wie kommt das?«

»Mr. Reade trug keine Waffe.«

Hank Brock zollte ihrem wachsamen Auge Anerkennung. Er knöpfte bedächtig die Jacke auf, griff nach der Pistole im Hosenbund und legte sie auf den Nachttisch neben die Schüssel. »Jetzt trage ich keine Waffe.«

»Es geht mir schon besser«, versicherte Berkeley schwach. Die Nähe dieses Mannes flößte ihr Grauen ein.

»Freut mich zu hören«, meinte er freundlich. Eines seiner Knie drückte die Matratze herunter, als er näher rückte. »Dann haben Sie wohl nichts dagegen, mir eine Frage zu beantworten, die mich interessiert. Ich würde zu gerne wissen, woher Sie dieses Kleid haben.«

Berkeley blickte an sich herab. Die Glasperlen glitzerten im Schein der Lampe, warm und kalt zugleich. »Es ist ein Geschenk.«

»Tatsächlich?«, meinte er, doch die Antwort schien ihn nicht sonderlich zu interessieren. Seine Hand berührte ihren Rocksaum. Berkeley versuchte, die Beine hochzuziehen, war jedoch nicht schnell genug. Brock packte sie am Knöchel und zog ruckartig daran. Berkeleys Kopf schlug gegen die Rückwand des Bettes, nicht heftig genug, um sich zu verletzen, aber grob genug, um sie in Angst und Schrecken zu versetzen. Vor Angst wie gelähmt, leistete Berkeley keinen weiteren Widerstand. Die Arme neben ihre Schultern aufgestützt, eines seiner kraftvollen Beine über ihren Schenkeln, hielt Hank Brock sie unter sich gefangen. »Erzählen Sie mir etwas von dem Kleid, Miss Shaw. Aber ich warne Sie. Ich habe es schon einmal gesehen.«

Berkeley stemmte die Hände an seine Brust und versuchte ihn von sich zu stoßen. Es war, als wolle sie einen Felsbrocken bewegen. Sie ließ die Hände sinken und rang nach Atem.

»Sie hatten es doch grade so eilig, das Kleid auszuziehen, und baten Reade, Ihnen dabei zu helfen. Darf ich?« Mit dem Knie schob er ihren Rocksaum höher und betrachtete lüstern ihre entblößten Beine. »Sehr hübsch. Was können Sie mir sonst noch zeigen?«

Berkeley öffnete den Mund, um zu schreien, und schloss ihn wieder. Auf dieser Etage gab es nur einen Menschen, der sie hören würde: Mike. Und Mike war nicht in der Verfassung, ihr zu Hilfe zu eilen. Berkeley wagte keinen Laut in dem Wissen, dass Mike es dennoch versuchen würde, und das mochte seinen sicheren Tod bedeuten. Brocks Hand schob sich unter ihren Rücken. Als er sie umdrehte, hielt Berkeley sich die Faust vor den Mund, um nicht zu schreien.

Brocks eigene Waffe, die gegen seine Schläfe gedrückt wurde, gebot ihm Einhalt. Er wusste, dass es seine Pistole war, da er in der Sekunde, als er den kalten Stahl an seiner Haut spürte, einen gehetzten Blick zum Nachttisch warf.

»Stehen Sie auf, Brock«, befahl Grey. »Langsam. Halten Sie die Hände ganz ruhig.« Grey zog die Pistole zurück, um Hank Brock ein wenig Bewegungsfreiheit zu geben. An dessen Schläfe zeichnete sich ein roter Ring ab, wo Grey ihm den Lauf der Waffe auf die Haut gedrückt hatte. Brock hatte Glück, dachte Grey. Statt des roten Mals könnte er auch ein Loch in der Stirn haben. Brock hob die Hände in Schulterhöhe. Der Mann wusste, wie man sich ergab. »Drehen Sie sich langsam zur Tür und setzen Sie einen Fuß vor den anderen.« Grey folgte dem Leibwächter in den Flur bis zur Hintertreppe. »Hinaus«, knurrte er. »Und betreten Sie mein Haus nie wieder. Suchen Sie einen Ersatz für sich, falls Sam Brannan in meinem Casino weiterhin verkehren will.«

Hank Brock blieb gelassen. Er bemühte sich nicht, nach einer Erklärung für die Szene in Berkeleys Schlafzimmer zu suchen. Die Tatsache, dass er noch lebte, war Beweis genug, dass Grey seiner Hure die Hauptschuld an dem Vorfall gab. Hank hatte nicht die Absicht, etwas zu sagen, um seiner Meinung Ausdruck zu verleihen. »Ich brauche meine Waffe, Mr. Janeway.«

»Hinaus«, wiederholte Grey und hielt die Pistole weiterhin auf Brocks breite Brust gerichtet. Brock entschied sich wohlweislich für den Rückzug, drehte sich langsam um und stieg die schmale Treppe hinunter. Erst als der Riese durch die Hintertür verschwunden war, ließ Grey die Waffe sinken.

Berkeley kniete auf dem Fußboden über der Waschschüssel, als Grey das Zimmer wieder betrat. Endlich hatte sie den Inhalt ihres Magens von sich gegeben. Und das war nicht viel. Sie würgte trocken, erbrach Speichel und ihren Ekel. Sie hob den Kopf nicht. Grey legte die Pistole auf die Waschkommode, goss Wasser in ein Glas, kauerte sich neben sie und reichte es ihr. »Spülen Sie den Mund aus. Gibt es eine Flasche Schnaps in Ihrem Zimmer?«

Sie schüttelte den Kopf, ohne aufzusehen. »Das Wasser reicht.« Sie spülte den Mund aus und reichte ihm das Glas wieder. »Danke.«

Grey stellte es beiseite und half Berkeley auf die Füße. »Kommen Sie.«

Berkeley stolperte hinter ihm her. »Wohin bringen Sie mich?«

»Sie haben sich nicht von unseren Gästen verabschiedet«, erwiderte er kalt. »Ich dulde nicht, dass Sie sich mit einem Liebhaber davonschleichen.«

»Wie bitte?«, fragte sie entgeistert. »Meinen Sie Mr. Reade?«

»Was hat er damit zu tun?« Grey zerrte sie hinter sich her.

»Bitte«, flehte Berkeley, als er sie in den Flur stieß. »Zwingen Sie mich nicht, noch einmal hinunterzugehen. Ich kann nicht. Ich kann wirklich nicht. Mr. Janeway … Grey … ich flehe Sie an. Ich muss dieses Kleid loswerden. Barmherziger Himmel.« Sie zitterte nun an allen Gliedern, ihre Augen schwammen in Tränen. »Sie verstehen nicht. Ich muss … Sie tun mir weh. Mein Arm …« Sie versuchte, sich seinem Griff zu entwinden, der sie genau so grob hielt wie am Morgen. Seine Finger gruben sich in die Blutergüsse.

Grey blieb stehen und drehte sie zu sich um. Sein Griff lockerte sich ein wenig, ohne sie freizugeben. »Sie können mir später erklären, was ich angeblich nicht verstehe. Jetzt aber kommen Sie mit mir und verabschieden sich von meinen Gästen. Wagen Sie es bloß nicht, in Tränen auszubrechen, und machen Sie kein gequältes Gesicht. Ich habe Ihnen nichts getan. Noch nicht. Lächeln Sie! Ich will, dass Sie den Leuten beweisen, dass nichts geschehen ist. Alles ist in bester Ordnung. Sie wirken nicht überzeugend mit Tränen in den Augen und dem Blick eines waidwunden Rehs.«

Grey wischte ihr mit seinem Taschentuch die Augen trocken, kniff sie in die bleichen Wangen, damit sie Farbe bekamen, und musterte sie streng. »Stellen Sie sich vor, Sie bewerfen die Leute mit stinkenden Fischen. Das gibt Ihnen Kraft.«

Sein Rat half tatsächlich. Berkeley stand auf dem Absatz der geschwungenen Treppe an Greys Seite, während er den Gästen dankte, so zahlreich zur festlichen Eröffnung seines Spielcasinos erschienen zu sein. Er bedankte sich weiterhin dafür, dass Miss Shaw als Gastgeberin so warmherzig aufgenommen worden war, und gab seiner Hoffnung auch im Namen von Miss Shaw Ausdruck, alle als zufriedene Gäste bald wieder im *Phönix* begrüßen zu dürfen. Die Spieltische seien bis zum Morgengrauen besetzt, sagte er, doch er bitte um Verständnis, dass er und die Dame an seiner Seite sich zurückzogen. Er hob Berkeleys Hand, als wolle er sie der Menge darbieten. Und als man schon begann, sich über seine Absicht zu wundern, zog Grey ihre Hand mit einem charmanten Lächeln an die Lippen.

Nur Berkeley Shaw wusste, wie kalt diese Lippen sich anfühlten.

Grey brachte Berkeley nicht in ihre Suite zurück, sondern steuerte sie in die entgegengesetzte Richtung. In seinem Salon schloss er die Tür ab, warf den Schlüssel auf den Tisch und zwang sie, auf dem Sofa Platz zu nehmen. Dann trat Grey an seine neueste Errungenschaft, eine kunstvoll geschnitzte Anrichte aus poliertem Walnussholz, holte eine Karaffe Bourbon und zwei Gläser heraus, schenkte ein und stellte ein Glas vor Berkeley hin.

»*Jetzt* können Sie ein schuldbewusstes Gesicht aufsetzen«, meinte er. »Ein gewisses Maß an Reue halte ich für angebracht.«

Berkeley fühlte sich zu elend, um erzürnt zu sein. »Ich weiß nicht, was Sie mir vorzuwerfen haben. Ich fühlte mich krank und bat Mr. Reade, mich nach oben zu begleiten.«

»Reade? Martin Reade?«

»Ja.«

»Was ist mit Hank Brock?«

Berkeley hob das Glas mit beiden Händen an den Mund und nippte daran. »Ich fühlte mich benommen, mir war schwindlig«, fuhr sie fort, ohne Grey anzusehen. »Ich wollte eine Szene vermeiden, falls ich in Ohnmacht sinke. Deshalb bat ich Mr. Reade, mich die Hintertreppe durch die Küche nach oben zu begleiten. Sie können Annie fragen.«

»Das werde ich.«

»Mr. Reade brachte mich zu meinem Zimmer und ich bat ihn herein.« Ihre Stimme war kaum hörbar. »Ich brauchte Hilfe, um dieses Kleid loszuwerden.«

»Wie bitte?«, fragte Grey verständnislos. Er leerte das Glas und schenkte nach. »Das klingt, als hätten Sie ihn aufgefordert, Sie auszuziehen.«

Berkeley ersparte sich eine nähere Erklärung und fuhr fort: »Ich weiß nicht, woher Mr. Brannans Leibwächter kam. Ich hörte auch nicht, wie er die Tür öffnete.«

»Aber sie war nicht abgeschlossen«, stellte Grey fest.

»Nein, das hielt ich nicht für nötig. Ich wollte nur ...«

»Das heißt, Sie haben die Tür nicht abgeschlossen, als Sie Mr. Reade herein baten.«

»Nein!« Berkeleys Kopf fuhr hoch. »So war es nicht. Bitte lassen Sie mich in mein Zimmer gehen. Ich will dieses Kleid loswerden. Sie ahnen nicht ...«

Grey hob abwehrend die Hand. »Erzählen Sie mir die Geschichte zu Ende. Was war mit Hank Brock?«

»Ich weiß nicht. Er war plötzlich da. Vielleicht hat er auf mich gewartet. Wenn ich es Ihnen doch sage, mehr weiß ich nicht.«

»Sie lügen. Sie haben den ganzen Abend mit den Männern geflirtet. Sam Brannan haben Sie zum Erröten gebracht. Und Bottoms. Haben Sie sich etwa nicht zugehört?«

»Das war nicht ich.« Berkeley hielt sich das Glas an die Schläfe. Dumpfes Pochen breitete sich unter ihrer Schädeldecke aus. Ein schwarzer Vorhang schob sich seitlich vor ihr Gesichtsfeld.

»Nicht Sie? Habe ich richtig gehört? Brock lag auf

Ihrem Bett. Sie wehrten sich nicht. Sie stießen ihn nicht von sich.«

»Ich habe es versucht.« Sie schloss die Augen. »Ich lüge nicht«, flüsterte sie. »Nein, ich lüge nicht.«

»Sie haben nicht einmal um Hilfe gerufen.«

»Ich fürchtete, der Einzige, der mich hören könnte, wäre Mike. Das wollte ich nicht riskieren.«

»Der Kerl war im Begriff, Sie auszuziehen.«

Berkeleys innerer Aufruhr ließ sie nicht länger still sitzen. Sie sprang hoch. Das Glas entglitt ihren klammen Fingern und rollte über den Teppich. »Er wollte das Kleid«, stieß sie hervor und zerrte an Ärmeln und Mieder. Dutzende winziger Perlen wurden dabei abgerissen, die wie kleine Eiskristalle zu ihren Füßen kullerten. Wie besessen zerrte sie nun an dem Abendkleid. Ein Ärmel riss ab und entblößte ihre Schulter. Sie zerrte weiter daran wie eine Furie und befreite einen Arm. Grey wollte ihr Einhalt gebieten. Sie wich vor ihm zurück, ihr Atem kam stoßweise. »Er wusste, dass es Ivorys Kleid war«, schrie sie gellend. Und dann lag sie plötzlich in Greys Armen, zu keiner Bewegung fähig, ausgelaugt, am Ende ihrer Kraft. Berkeley barg das Gesicht an seiner Schulter. Sie bebte am ganzen Körper, als ihre aufgestauten Gefühle aus ihr herausbrachen. Sie schloss die Augen und klammerte sich an ihm fest. »Dieses Kleid trug Ivory, als er sie vergewaltigte!«, stieß sie hervor.

Was danach geschah, nahm Berkeley nur hinter einem Schleier der Benommenheit wahr. Der Boden unter ihren Füßen wich und sie schwebte schwerelos im Raum. Etwas Kühles berührte ihr Gesicht. Hände, zärtliche Hände diesmal, verschafften ihr Erleichterung. Sie lag eingesponnen in einem warmen, seidigen Kokon und träumte davon, die schützende Hülle als beflügelte Elfe zu verlassen.

»Sie sind wach.«

Greys Stimme. Berkeley blinzelte ins Halbdunkel und sah ihn im Lehnstuhl sitzen. Er richtete sich auf, hob eines seiner langen Beine über die Armlehne, wobei ihm etwas vom Schoß rutschte und mit einem dumpfen Schlag zu Boden fiel. Er achtete nicht darauf, zündete die Lampe auf dem Tisch neben sich an und drehte den Docht herunter. Nun sah Berkeley, dass ihm ein Buch von den Knien gerutscht war.

Er schien gewusst haben, wann sie die Augen aufschlug. »Habe ich lange geschlafen?«

Grey konnte es nicht beantworten, da er selbst eingenickt war und die Lampe von selbst verlöscht war. »So lange wie nötig«, meinte er achselzuckend. »Wie fühlen Sie sich?«

Berkeley richtete sich auf, die Bettdecke rutschte zu ihren Hüften. Sie trug das verhasste, perlenbestickte blaue Kleid nicht mehr. Auch vom Korsett und von den Unterröcken war sie befreit, sie trug nur ein dünnes Batisthemd. Sie lehnte sich an den Kopfteil des Bettes und zog die Knie an die Brust.

»Berkeley?«

»Es geht mir besser.«

»Sie sollten vielleicht über den vergangenen Abend nachdenken.«

»Es geht mir gut«, versicherte sie.

Grey nickte. Ihre Wangen hatten wieder Farbe bekommen, ihre Augen leuchteten klar. Er warf einen Blick auf die Kaminuhr. Fünf Uhr morgens. Die Musik im Saal war vor etwa zwei Stunden verklungen. Kurz danach waren die letzten Gäste gegangen.

»Bin ich in Ohnmacht gefallen?«, fragte Berkeley.

»Nicht wirklich. Erst als Sie einschliefen, verloren Sie das Bewusstein.«

»Haben Sie mich ausgezogen?«

»Ja.«

Berkeley lehnte die Stirn an die Knie. »Vermutlich

haben Sie nicht in Erwägung gezogen, Annie zu Hilfe zu holen?«

»In Erwägung gezogen und verworfen«, antwortete er. »Es schien mir wichtiger, Sie so schnell wie möglich aus diesem Kleid zu schälen.«

»Ja«, sagte sie gedehnt, hob den Kopf und blickte ihn an. »Ja, das war sehr wichtig. Vielen Dank.«

»Stimmt es, was Sie mir von Ivory erzählten?«

Berkeley nickte.

»Ich weiß, dass Sie glauben, es sei wahr. Aber *wissen* Sie es auch?«

»Ob Ivory mir die Geschichte erzählt hat, meinen Sie? Nein. Wie könnte sie? Ich bin ihr nie begegnet. Und Hank Brock hat es mir nicht erzählt. Ich *weiß* es, weil ich es gefühlt habe. Den ganzen Abend. Von der Sekunde, als ich das Kleid anzog, wusste ich, dass sich etwas Grauenvolles damit verband. Als ich tanzte … mit den vielen Männern … glaubte ich manchmal …« Sie redete nicht weiter. Die Empfindungen, die auf sie eingestürmt waren, als sie das Kleid getragen hatte, die Dinge, die sie gesagt hatte, und wie sie die Dinge gesagt hatte, das alles war ihr fremd. Das war nicht *sie*. Nicht wirklich. Berkeley rutschte an die Bettkante. »Was haben Sie damit gemacht?«

»Es in Sicherheit gebracht.«

»Ich will es nicht in Sicherheit wissen. Ich will, dass es verbrannt wird.« Als sie aufstehen wollte, war Grey mit drei langen Sätzen bei ihr. Sie hob den Kopf. »Wollen Sie mich hier behalten?«

Grey fuhr sich mit den Fingern durchs Haar und rieb sich die verspannten Nackenmuskeln. »Das klingt ja beinahe so, als geschehe es gegen Ihren Willen«, antwortete er ungehalten. »Es ist noch dunkel draußen. Legen Sie sich hin und schlafen Sie noch eine Weile.«

Er sah sehr müde aus. Die Falten um seine Mundwinkel hatten sich vertieft. Seine sonst so lebhaften Augen wirkten matt, die Haut spannte sich über seine Wangenknochen. Berkeley hob den Arm und berührte sanft seine Wange. »Und Sie? Haben Sie geschlafen?«

Er antwortete nicht, nahm stattdessen ihre Hand. »Warum tun Sie das?«

Ihre Augen leuchteten groß. »Ich … ich weiß nicht.« Es war ihr als natürlichste Sache der Welt erschienen, ihn anzufassen. »War es falsch?«

»Falsch?«, raunte er. »Nein, falsch war es nicht.«

Berkeley spürte, wie sein Griff sich lockerte. Sie drehte ihr Handgelenk, nicht um sich zu befreien, sondern um ihre Hand zu halten. Er setzte sich langsam auf die Bettkante neben sie, zögernd, als wisse er nicht, ob sie es ihm gestattete. Berkeley verschränkte ihre Finger mit den seinen, zog seine Hand auf ihren Schoß und studierte sie. Seine kraftvollen Finger ließen ihre schmale Hand sehr zerbrechlich erscheinen. Die schwieligen Kuppen bildeten einen starken Kontrast zu ihren zarten Fingern, ihre Haut wirkte wie glattes, helles Elfenbein neben seiner gebräunten Haut.

Berkeley warf ihm einen flüchtigen Seitenblick zu, ehe sie die Lider wieder senkte. »Ich wollte mich noch bedanken«, sagte sie, »weil Ihnen auffiel, dass ich nicht mehr im Saal war, und Sie sich die Mühe machten, nach mir zu sehen. Ich weiß, was Sie dachten. Aber Sie irren. Ich habe ihn nicht ermutigt. Jedenfalls war es nicht meine Absicht.« Sie hole stockend Atem. »Ich wollte …«

»Berkeley«, unterbrach Grey sie leise. »Es besteht kein Grund …«

»Sie sollten mich ausreden lassen.« Plötzlich bemerkte sie, dass sie seine Hand fester drückte als beabsichtigt, und lockerte den Griff. Greys Mundwinkel zogen sich belustigt hoch.

»Nur zu«, meinte er. »Sie wollten …«

Sie nickte bedächtig. »Ich wollte, ich hätte Ihnen keinen Grund gegeben, schlecht von mir zu denken. Ich wohne unter Ihrem Dach, ich habe mich von Ihnen einkleiden lassen. Die Tatsache, dass ich überhaupt ins *Phönix* gekommen bin, wirft kein gutes Licht auf mich. Dann habe ich Ihr Verbot missachtet und mich nach Sydney Town geschlichen. Und als Sie Mike herausgeholt haben, bin ich Ihnen noch einmal gefolgt. Immer, wenn ich meine Selbständigkeit beweisen will, mache ich alles falsch.«

Berkeley zog die Mundwinkel nach unten und fuhr fort: »Jedenfalls steht fest, dass Sie keine gute Meinung von mir haben. Ich erwähne das nur, weil ich mich wundere, warum Sie sich überhaupt noch um mich kümmern. Mir ist zwar klar, dass Sie einerseits Ihre Investition schützen wollten ...«

»Investition? Sie sehen sich als Investition?«

»Ja, natürlich. Hank Brock hätte auch Ihnen geschadet, wenn er mir etwas angetan hätte.« Berkeley löste ihre Finger, unschlüssig, ob sie ihren Dank klar genug zum Ausdruck gebracht hatte.

Das Schweigen zog sich in die Länge. Grey nahm seine Hand von ihrem Schoß. »Sind Sie fertig?«, fragte er.

Berkeley nickte.

»Würden Sie mich bitte ansehen, Miss Shaw?« Er berührte ihr Kinn mit dem Finger. Sie hob den Kopf.

»Nennen Sie mich ruhig Berkeley«, sagte sie und blickte ihm in die Augen. »Es stört mich nicht.«

»Ich finde, im Augenblick ist ein gewisses Maß an Förmlichkeit angebracht. Ich möchte die Situation nicht ausnutzen.«

»Es stört mich nicht.«

Grey wusste nicht, ob er richtig gehört hatte. »Vielleicht ist Ihnen nicht klar, was ich damit meine.«

»Ich denke doch.«

Sie wandte den Blick nicht. »Ja«, flüsterte sie, als sein Gesicht sich dem ihren näherte. »Ja.«

Greys Mund legte sich auf ihre Lippen, die sich weich und willig anfühlten. Sie bewegte die Lippen unter seinem Mund, zaghaft zunächst, dann drängender. Ihre Hände lagen flach auf seiner Brust, ihre Finger krümmten sich, sie kam ihm näher. Er löste seinen Mund von dem ihren, und es war Berkeley, die seine Lippen wieder suchte und fand. Grey atmete ihr Seufzen ein.

Er schob seine Hand um ihre Mitte und zog sie an sich. Langsam sanken sie aufs Bett, Berkeleys Arme schlangen sich um seinen Hals. Er lag halb auf ihr, und der Druck seiner breiten Brust auf ihrem Busen löste ein süßes Sehnen in ihr aus, das ihr den Atem nahm. Ihre Lippen teilten sich.

Darauf hatte Grey gewartet. Seine Zunge erforschte ihre Konturen, strich zart die Innenseite ihrer Oberlippe entlang, sein Mund berührte ihre volle Unterlippe. Seine Zungenspitze forderte Einlass und er wurde ihm gewährt. Der Kuss vertiefte sich. Grey nahm ihren Mund in Besitz, kostete seine Süße. Ihre Antwort war nicht nur ein Nachahmen seiner Liebkosung, ihre Zärtlichkeiten waren fordernd, wo er sie neckend erkundete. Sie dürstete nach seiner Berührung. Berkeley Shaw machte diesen Kuss für Grey Janeway zu einem ungeahnten Genuss.

Er löste sich von ihren Lippen, nahm ihr Gesicht zwischen beide Hände und sah sie forschend an. Der Schein der Lampe flackerte auf ihrer hellen Haut. Ihre großen Augen leuchteten, ihre Lippen waren feucht und leicht geschwollen. »Wissen Sie, wohin das führt?«

Berkeley nickte. »Ja«, flüsterte sie. »Ich weiß.« *Ich habe es immer gewusst.*

Grey schien in ihren Anblick versunken. Und dann spürte er, wie sie sich unter ihm bewegte, sich ihm entgegenbog, ihre Brüste an ihn presste, ihre Schenkel an seine Hüften drängte. Ein Stöhnen entrang sich ihm, als er ihren Hunger spürte.

»Berkeley.« Sein Mund umfing ihre Lippen.

Sie schloss die Augen. Die Dunkelheit schärfte ihre Sinne. Sie spürte seine heiße Zunge glühender, hörte die feuchten Geräusche ihrer Küsse lauter, die Süße seiner Mundhöhle schmeckte köstlicher. Die Laken raschelten leise unter ihren Bewegungen.

Seine Küsse schmeckten nach einem Hauch Bourbon und Berkeley trank aus seinem Mund, küsste seinen Hals und seine Kehle und fand keinen Vergleich für den salzig-süßen Geschmack, auch nicht für den Moschusduft, den sie tief einatmete und der sie berauschte.

Berkeleys Hände schlüpften in sein offenes Hemd, befühlten die Muskelpakete an seinen Schultern. Ihre Finger glitten über seine breite Brust und drängten sich zu seinem Hosenbund. Er zuckte unter ihrer Berührung und gab einen Laut von sich, eine Mischung aus Qual und Lust.

Berkeley lächelte.

Greys Zähne knabberten an ihrem Ohr. »Das gefällt dir, wie?«

Meinte er damit, was sie mit ihm oder was er mit ihr machte? Vermutlich beides. Ihr gefiel beides. Berkeley drehte das Gesicht ein wenig. »Ja«, hauchte sie an seine Wange. »Ja, alles gefällt mir.«

Grey unterdrückte ein Schmunzeln. »Dabei ist das erst der Anfang.«

Das wusste Berkeley besser, als er ahnte.

Grey rollte sich zur Seite und richtete sich auf, zog das Hemd über den Kopf und warf es ans Fußende des Bettes. Berkeley sah ihn mit großen Augen an. »Soll ich das Licht löschen?«

Sie schüttelte langsam den Kopf. »Nein. Ich sehe Sie

gern an«, sagte sie und versetzte nicht nur ihn mit ihrer Offenheit in Erstaunen. Sie räusperte sich. »Es ist nur so, dass Sie mehr sind, als ich erwartet habe.« Sie schob sich höher. Ein Träger ihres dünnen Hemds rutschte von ihren Schultern. Sie bemerkte es nicht. Grey kniete vor ihr, seine Finger nestelten an seinem Hosenbund; seine Erektion zeichnete sich deutlich ab. Berkeleys Mund wurde trocken. Sehr viel mehr, als ich erwartet hatte, schoss es ihr durch den Kopf.

Berkeley räusperte sich wieder. »Vielleicht sollten Sie die Lampe doch ...« Ihr Blick flog unstet zum Tisch.

Greys Finger hielten inne. Seine Lippen wurden eine Spur schmaler, nicht weil er ungehalten war, sondern weil die Änderung ihres Plans seine Geduld auf eine harte Probe stellte. Er sprang aus dem Bett, löschte die Lampe und wollte zum Bett zurück. Das Mondlicht erhellte ihr Gesicht. Grey macht kehrt und zog die Vorhänge zu. Diesmal näherte er sich dem Bett langsamer, seine Augen mussten sich erst an die Dunkelheit gewöhnen, und er fragte sich, ob Berkeley ihre Meinung geändert hatte.

Etwas segelte an seinem Gesicht vorbei, etwas kaum Spürbares, wie die sanfte Berührung eines Schmetterlings. Es dauerte eine Sekunde, ehe er wusste, was es war: Berkeleys dünnes Batisthemd.

Grey Janeways seltenes Lächeln wurde von der Dunkelheit verschluckt.

KAPITEL 8

Berkeley rückte zur Seite, um ihm Platz zu machen. Ihre Finger streiften seine nackte Hüfte und zuckten erschrocken zurück. Sie hatte nicht gehört, wie er sich ausgezogen hatte.

Grey fand ihre Hand und legte sie an seinen Schenkel, dann an seine harte Erektion. Seine Muskeln spannten sich, als ihre Finger sich um seinen Schaft schlossen. Er zeigte ihr, wie sie die Hand auf und ab bewegen sollte, und als ihre Fingernägel ihn leicht an der Unterseite kratzten, barg er das Gesicht in ihrem Haar.

Berkeley lag nun unter ihm. Hatte sie ihn eben noch mit ihrer Hand umfangen, so drängte seine Männlichkeit sich jetzt zwischen ihre Schenkel. Sie hob die Hüften und rieb sich an ihm. Sein heißer Mund umfing ihre Lippen, seine Zunge forderte Einlass, glitt an ihren Zahnreihen entlang und umtanzte ihre Zunge, saugte sich an ihr fest. Berkeley vergingen unter seinem Ansturm fast die Sinne.

Sie war ohne Furcht, gab sich ihm schutzlos preis. Seine Hände wühlten sich in ihr Haar, er ließ die weizenblonde Fülle durch seine Finger rieseln wie Wasser. Er drehte ihren Kopf zur Seite und küsste ihren Hals, suchte ihre Ohrmuschel und flüsterte ihren Namen. Dann küsste er ihre Augen, ihre Wangen, leckte die Haut an ihrer Schulter. Seine Zunge glitt in die Vertiefung an ihrer Kehle, wanderte über ihr Schlüsselbein, drängte sich in die Furche zwischen ihren Brüsten und leckte ihre Brustspitzen.

Er streichelte ihre Brüste, die unter seiner Liebkosung anschwollen. Berkeley bewegte sich unter ihm, fieberte ihm entgegen. Ihr Becken hob sich, ihr Rücken bog sich durch. Sie öffnete die Schenkel und schlang sie um seine Hüften. Seine Hände glitten seitlich an ihrem Brustkorb nach unten, wölbten sich um ihr Gesäß. Der süße Moschusduft ihrer feuchten Weiblichkeit betörte ihn. Grey brachte sich zwischen ihren Schenkeln in Position. Berkeley hob ihm die Arme entgegen, wollte ihn an sich ziehen.

»Warte«, raunte er heiser, rutschte ein Stück tiefer und nahm sie mit dem Mund.

Bei der ersten Berührung seiner Lippen atmete Berkeley gepresst aus. Seine Zunge tanzte über ihre feuchte, empfindsame Weiblichkeit, neckte sie flüchtig, zog sich zurück und berührte sie wieder in süßer Folter. Und dann wurden seine Liebkosungen inniger, drängender, seine Lippen saugten an ihrer fleischigen Perle. Berkeleys Finger glitten von Greys Schultern und krallten sich ins Laken. Ihr Kopf bog sich nach hinten. Sie presste die Lippen aufeinander. Ein lautloser Schrei vibrierte in ihrer Kehle.

Hitze stieg an den Innenseiten ihrer Schenkel auf, floss glühend in ihre Leibesmitte.

Grey hob den Kopf, schob sich an ihrem Körper hoch. »Ich will deine Stimme hören«, flüsterte er an ihrem Mund. Seine Hüften stießen vor, drängten sich gegen ihre gespreizten Schenkel. »Lass mich deine Stimme hören.«

Berkeley entfuhr ein kehliger Laut. Sie rang nach Atem wie eine Ertrinkende, ein unartikuliertes Stöhnen war der Vorbote ihres ersten Lustschreis. Sie klammerte sich an ihn, schrie seinen Namen, als werde er ihrer Kehle entrissen.

»O wie süß … wie süß.« Greys Mund nahm ihre entfesselten Lustschreie in sich auf. »Ich will in dir sein«, stammelte er. Seine Stimme war vor Verlangen heiser und beinahe fremd. Seine Worte wurden von ihrem Mund gedämpft. »Lass mich in dir sein.«

Berkeley spürte, wie Grey sich von ihr löste, ihr Becken hob und sich mit einem kraftvollen Stoß in sie versenkte, tief und drängend, ohne Rücksicht auf den Widerstand zu nehmen, den er erst bemerkte, als er überwunden war.

Dann verharrte er. Sie war sehr eng und er spürte ihr lautloses Schluchzen bis in seinen prallen Schaft. Er brauchte den Schmerz in ihren Augen nicht zu sehen, um zu wissen, dass er ihr wehgetan hatte. Und dann begannen ihre Muskeln zu zucken. »Um Himmels willen, tu das nicht«, ächzte er. »Beweg dich nicht.«

Berkeley wusste nicht, dass sie sich bewegt hatte. Sie hielt den Atem an.

»Atme ruhig weiter«, sagte er. »Aber tu das andere nicht.«

Nicht sicher, was er damit meinte, holte Berkeley vorsichtig Luft.

»Grundgütiger.« Grey begann sich zurückzuziehen.

Berkeleys Finger krallten sich in seine Schultern. »Bitte nicht ... noch nicht.«

»Du weißt nicht, was du von mir verlangst.« Dennoch blieb er in ihr.

Berkeley atmete allmählich ruhiger. Der stechende Schmerz seines ersten Eindringens war versiegt. Nun verspürte sie einen leicht brennenden Druck in ihrem Schoß, der allmählich nachließ. »Ich will nicht, dass es schon vorüber ist«, wisperte sie. »Ist es vorbei? Ich denke, da müsste noch mehr sein. Jetzt halte ich es aus. Ich verspreche es.«

Grey wünschte, er würde ihr Gesicht sehen, die Ernsthaftigkeit und Unschuld in ihren Augen. Berkeley Shaw war vermutlich die einzige Frau auf der Welt, in die er sich tief versenkte und die dabei ihre Unschuld nicht verlieren würde.

»Es ist noch nicht vorbei«, raunte er und bewegte sich behutsam in ihr.

Berkeley schloss seufzend die Augen. Der Druck war einer berstenden Fülle gewichen, die sich angenehm anfühlte. Der Rhythmus seiner Stöße glich den Wellen des Meeres, in denen sie sich zunächst treiben ließ, nur um ihnen bald entgegenzufiebern. Ihre Arme hielten ihn locker umfangen, während ihr Schoß sich bebend an ihm festsaugte.

Berkeley berührte sein Gesicht, ihre Fingerspitzen streichelten seine Wange. Seine Haut war erhitzt, gespannt. Sie wünschte, sie hätte ihn nicht gebeten, das Licht zu löschen.

Und plötzlich ergoss sich wieder ein glühender Strom in ihre Leibesmitte, fuhr ihr zuckend bis in die Fingerspitzen. Ihr Körper wölbte sich ihm entgegen, während Greys Stöße drängender, heftiger wurden. Nun keuchte auch er, sein Körper spannte sich, er trieb sich tief in sie und diesmal saugten ihre Muskeln sich zuckend an ihm fest. Dagegen war er nicht gefeit. Und als er sich mit einem letzten Stoß in sie versenkte, stöhnte er wie ein verwundeter Stier und sein ganzer Körper wurde von Zuckungen geschüttelt.

Der Luftzug im Zimmer kühlte ihre erhitzte Haut. Berkeley zog die Decke bis zur Brust hoch, als Grey sich von ihr löste und zur Seite rollte. Vermutlich müsste sie etwas sagen, doch ihr Kopf war wie leergewaschen und darüber schlief sie ein.

Grey schlüpfte aus dem Bett und tappte auf bloßen Füßen in sein Ankleidezimmer, schloss die Tür, ehe er Licht machte, goss Wasser aus dem Krug in die Schüssel und wusch sich. Das Handtuch färbte sich rosig von Berkeleys Blut. Grey wusch den Fleck aus, öffnete das Fenster und schüttete das Wasser auf den Hof. Jemand rief etwas herauf, doch Grey hörte es nicht. Er zog frische Unterhosen an, setzte sich in den Lehnstuhl neben dem offenen Fenster und legte die Füße auf den gepolsterten Schemel. Der Morgenwind fuhr ihm ins Haar. Grey legte den Kopf zurück und schloss die Augen.

Der Gedanke an seine Müdigkeit kam ihm nicht mal in den Sinn, als er bereits in den Schlaf sank.

Das Bett war leer, und Berkeley war verschwunden, als Grey ein paar Stunden später aufwachte. Sobald er die Tür zum Flur öffnete, huschte Pandora herein. Grey machte einen Besuch bei Mike, ehe er mit seiner Morgentoilette begann. Er stellte nicht nur fest, dass Mike bereits wieder im Bett sitzen konnte, sondern dass Berkeley ihm geholfen hatte, sich aufzusetzen, und ihm sein Frühstück gebracht hatte. »Fleißig, fleißig«, murmelte Grey auf dem Weg in sein Zimmer.

Pandora strich ihm um die Beine, während er sich wusch, rasierte und die Zähne putzte. »Wasser ist nicht das Einzige, was ich aus dem Fenster befördern kann«, erklärte er der Katze. Als wolle sie ihn herausfordern, sprang sie auf den Sims des offenen Fensters und machte es sich mit dreister Selbstverständlichkeit darauf bequem. Grey sah ihr eine Weile zu, dann nahm er sie hoch und schloss das Fenster. »Dumme Katze, du könntest runterfallen.«

Grey frühstückte in der Küche bei Annie Jack, die bereits wieder auf den Beinen war, doch Schlafmangel schien ihrer Energie nichts anzuhaben. Sie kommandierte wie gewohnt die Mägde herum und scheuchte sie weg, wenn ihr eine zu langsam war. Grey saß auf einem Hocker vor dem Küchentisch, ließ sich knusprige Pfannkuchen schmecken und verfolgte stumm das geschäftige Treiben. »Sie jagen mir Angst ein, Annie«, meinte er, als sein Teller leer war.

Annie drehte sich zu ihm um und errötete unter ihrer kaffeebraunen Haut. Eines der Mädchen verdrückte sich eilig in den Hintergrund. »Nur weiter so, Mr. Janeway«, meinte Annie, als habe er ihr geschmeichelt. »Sie haben keinen Grund, Angst vor Annie zu haben. Wenigstens nicht, solange Sie sich anständig benehmen.« Sie bedachte ihn mit einem strengen Blick. »Sie haben doch nichts Schlechtes getan, oder?«

Grey zog es vor, den Rückzug anzutreten, bevor er Annie seine Sünden beichtete. Im Hinausgehen bedankte er sich noch einmal bei Annie und den Mädchen für das köstliche Büffet am gestrigen Abend und für sein Frühstück. »Hat jemand von euch Miss Shaw schon gesehen?«, fragte er beiläufig an der Tür.

Die drei Mädchen nickten und blickten ängstlich zu Annie, die beide Hände in die Hüften stemmte und ihre breiten Lippen missbilligend schürzte. »Sie war schon vor einer Stunde unten und sah ganz übernächtigt aus. Sie ließ sich von Annie aber nicht aus der Küche scheuchen.«

»Sie haben ihr hoffentlich ein Frühstück vorgesetzt?«, fragte Grey.

»Natürlich hat Annie das getan. Miss Berkeley hat zwei weiche Eier verschlungen. Denken Sie an meine Worte, Mr. Janeway, das Mädchen hat etwas Unnatürliches an sich. Sie sollten nicht zulassen, dass sie Ihre Freunde verhext, wie sie es gestern Abend getan hat. Das kann schlimme Folgen haben.«

»Ich werde darüber nachdenken«, antwortete Grey trocken und wandte sich erneut zum Gehen. Dann drehte er sich ein letztes Mal um. »Noch was, Annie. Kam Miss Shaw gestern in Begleitung eines jungen Mannes durch die Küche?«

»Ja, nach Mitternacht«, antwortete Annie und ihre Helferinnen nickten eifrig. »Ich kenne den jungen Mann nicht. Ein blasses, aufgeschossenes Bürschchen. Er war ganz verlegen. Doch später kam ein anderer von oben runter und verschwand durch die Hintertür. Annie hat nicht genau gesehen, wer er war.«

»Schon gut«, nickte Grey. »Ich weiß, wer der zweite

war.« Grey verließ die Küche und ging in den großen Saal. Sam Hartford stand hinter der Bar, prüfte die Getränkelieferung und räumte Flaschen ein. Shawn und Donnel Kincaid saßen an einem Tisch und studierten Pläne. Alle gratulierten Grey zum gelungenen Eröffnungsabend.

Grey trat an den Tisch und begutachtete die Pläne für die ersten Übernachtungsgäste, die gegen Mittag erwartet wurden. Donnel reichte Grey eine Liste. Die meisten Zimmer waren vergeben. Viele Männer hatten bereits vor Monaten reserviert, als Grey angekündigt hatte, er werde das Hotel nach dem Erdbeben wieder aufbauen.

Sobald sich herumgesprochen hatte, dass er Zimmer auch längerfristig vermietete, hatte ein wahrer Ansturm begonnen. Nun, da Mike in einem Zimmer lag, bis er wieder genesen war, und Berkeley eine Suite bewohnte, gab es nur noch drei freie Zimmer für kurzfristige Übernachtungsgäste. Grey meinte, das liege daran, weil niemand davon wusste. »Die vermieten wir noch heute«, erklärte er. »Sobald bekannt wird, dass im *Phönix* noch ein Zimmer frei ist.«

»Darauf gehe ich jede Wette ein«, lachte Shawn. »Als ich hier ankam, habe ich die ersten Nächte auf einer harten Tischplatte zugebracht und teuer dafür bezahlt.«

»Ich habe auf der Erde geschlafen«, erklärte Donnel. »Das hat nichts gekostet. Aber eine Decke kostete fünf Dollar Leihgebühr.«

Sam, der die Theke polierte, meldete sich zu Wort. »Ich habe die ersten Nächte in einem Waschtrog verbracht. Die erste Nacht kostete mich nichts, aber als der Besitzer mich erwischte, musste ich blechen, sonst hätte er den Trog nachts mit Wasser gefüllt.«

Alle wandten sich neugierig an Grey, welche Erfahrungen er beizusteuern hatte, doch der war in Gedanken bei seinem Bett im ersten Stock. »Hat einer von euch Miss Shaw heute schon gesehen?«, fragte er.

»Sie ging, als die Schnapslieferung kam«, antwortete Sam. »Sie wollte einen Spaziergang machen. Ich wollte sie begleiten, aber sie lehnte ab. Ich glaube nicht, dass sie lange weg bleibt, und nach dem Vorfall von gestern wird sie sich kein zweites Mal nach Sydney Town wagen.«

Grey machte ein finsteres Gesicht. Berkeleys Eigenmächtigkeit behagte ihm nicht, doch noch weniger behagte ihm, dass er nichts daran ändern konnte. »Sam, erinnerst du dich an das Kleid, das Miss Shaw gestern trug?«

Sam Hartford grinste und der Faltenkranz um seine Augen vertiefte sich. »Na klar. Das blaue mit dem perlenbestickten Mieder und den langen Ärmeln. Die Schleppe ist mit einer dunkelblauen Satinschärpe verziert. Dazu trug sie zierliche Seidenstiefeletten.« Er achtete nicht auf Greys finstere Miene und freute sich über den humorvollen Beifall von Shawn und Donnel. »Eins der Kleider, die Ivory mir mitgegeben hat. Erinnern Sie sich? Dafür hat sie nicht mal Geld verlangt.«

Jetzt, da Sam seinem Gedächtnis auf die Sprünge half, erinnerte Grey sich sehr wohl daran. Er schob beim Aufstehen den Stuhl geräuschvoll nach hinten. »Ich bin in etwa einer Stunde wieder da. Wenn Miss Shaw zurückkommt, lasst sie nicht wieder weg. Ich will mit ihr sprechen.«

Ivory DuPree war nicht allein, als Grey ihr einen Besuch abstattete. Er wartete geduldig, während Anthony Bottoms hastig seine Sachen aufsammelte und auf den Flur flüchtete. Seine Stiefel flogen hinter ihm her und trafen ihn vermutlich unsanft im Rücken.

Ivory schlenderte hüfteschwingend zum Bett zurück, was besonders aufreizend wirkte, da sie splitternackt war. »Ich hoffe, es gibt einen triftigen Grund für Ihren Besuch«, meinte sie mit einem vorwurfsvollen Blick über die Schulter zu Grey, während sie in ihren seidenen Morgenmantel schlüpfte. »Anthony ist einer meiner besten Kunden. Ihretwegen habe ich ihn rausgeworfen.«

»Ich denke, er verlässt heute die Stadt.«

»Das schon. Aber das heißt nicht, dass er nie wieder auftaucht. Und dann erinnert er sich vielleicht, dass seine letzte Nacht mit mir ein beschämendes Ende nahm.« Sie drehte sich um und band den Gürtel zu. »Also, was gibt's, Mr. Janeway? Ich habe Sie nicht gesehen, seit Sie diese … äh … *Empfangsdame* engagiert haben. Miss Shaw, oder?«

Du liebe Güte, dachte Grey, Ivory ist gekränkt. Und er hatte nicht die geringste Lust, ihr schön zu tun, um sie wieder friedlich zu stimmen. »Tut mir Leid, Ivory, dass ich mich nicht persönlich für die Kleider bedankt habe. Das war sehr großzügig.«

Seine Entschuldigung stimmte sie keineswegs milder. »Ich hoffte, Sie hätten Arbeit für mich«, schmollte sie. »Noch vor einem Monat ließen Sie durchblicken, dass Sie mich brauchen könnten. Anscheinend hat Ihre … *Beziehung* zu Miss Shaw daran etwas geändert.«

Grey achtete nicht auf Ivorys spitze Zunge. »Du kannst jederzeit als Kellnerin bei mir anfangen«, meinte er. »Aber du darfst zu keinem Gast aufs Zimmer gehen. Mein Hotel ist kein Bordell.«

»Scheren Sie sich zum Teufel.«

»Dann ist deine Antwort also nein.«

»Ich denke darüber nach. Sie haben noch nicht gesagt, was Sie bezahlen.«

Er nannte eine Summe, die höher war als der Lohn, den Ivory im *Palace* verdiente. »Was du privat in deiner Wohnung machst, ist mir einerlei«, fügte er hinzu.

»Heißt das, ich kann nicht im *Phönix* wohnen?«

»Nein, das kannst du nicht. Wenn ich jeden, der für mich arbeitet, bei mir wohnen lasse, habe ich keine Hotelzimmer mehr zu vermieten.« Er hob abwehrend die Hand, als Ivory ihn mit dunklen Augen anfunkelte und offenbar auf Streit aus war. »Ich komme, weil ich mit dir über ein Kleid reden möchte, das du Sam mitgegeben hast«, fuhr er fort. »Setz dich, Ivory. Was ich dir sagen will, ist nicht sehr angenehm.«

Ohne eigentlich zu wissen, wieso, gehorchte Ivory und nahm Platz. Ein Schauer rieselte ihr über den Rücken, als Grey ihr die Zusammenhänge erklärte. Sie hatte bereits von Berkeley Shaws Gabe gehört. Es wurde gemunkelt, Greys neue Empfangsdame habe das zweite Gesicht oder so etwas wie einen sechsten Sinn. Ivory hatte dem Geschwätz keine große Bedeutung beigemessen. Als aber gestern Nacht einige Gäste nach der Eröffnungsgala noch im *Palace* vorbeischauten und staunend erzählten, was die Dame Sam Brannan und Lorne Fitch aus der Hand gelesen hatte, wurde sie hellhörig. Und schließlich erzählte Anthony ihr auch noch seine Geschichte.

»Dann stimmt es also?«, fragte Grey, als er zum Ende seines Berichts kam. »Weiß Miss Shaw, wovon sie redet?«

Ivory trat ans Fenster und schaute auf die mit Dreck und Unrat übersäte Gasse hinter dem *Palace*. Ein Milchkarren bog um die Ecke, auf den ein Betrunkener aufzuspringen versuchte; er landete zwischen klappernden Blechkannen. Ivorys Blick wanderte weiter und beobachtete einen Mann, der aus dem Bordell gegenüber stolperte, sich im Gehen den Hosenlatz aufknöpfte und gegen die Hauswand pinkelte. Der azurblaue, wolkenlose Himmel vermochte die Verwahrlosung ringsumher nicht zu beschönigen.

»Ich war nicht immer eine Hure, Mr. Janeway. Ich bin in einer rechtschaffenen Familie aufgewachsen, in der

Absicht, zu heiraten und meine Kinder gottesfürchtig zu erziehen.« Sie legte ihr schwarzes Haar über die Schulter und steckte es mit einem Kamm fest. »Wir kamen 1846 mit Brannans Treck hierher. Ja, ich bin Mormonin. Vielmehr, ich war es. Mein Vater war einer der Männer, die Brannan ausstieß, weil er angeblich das Kirchengesetz brach. Mein Vater hat nie ein Gesetz übertreten. Er fiel in Ungnade, weil er Brannan beschuldigte, Kirchengelder veruntreut zu haben. Danach wurden meine Eltern von Brannan und seinen Leuten geächtet. Als fest stand, dass Brigham Young, der Mormonenführer, sich in Salt Lake Valley niederlassen wollte, wurde das Leben für meine Eltern in San Francisco noch härter, und mein Vater beschloss, die Stadt zu verlassen und sich Young anzuschließen.«

Ivory setzte sich auf den Hocker vor dem Frisiertisch. »Der Treck umfasste zwanzig Menschen, die sich auf den Weg machten, um die Sierra Nevada zu durchqueren. Nur drei haben überlebt. Zwei Männer und ich. Die Männer weigerten sich weiterzureiten, und allein hätte ich keine Chance gehabt. Ich hatte Glück, es zurück bis nach San Francisco zu schaffen, doch dann verließ mich das Glück.«

»War Hank Brock einer der Überlebenden?«

Ivory nickte. »Ich war dumm genug zu glauben, er liebt mich«, fuhr sie mit einem verächtlichen Lachen fort. »Aber kennen Sie eine Frau, die zum ersten Mal mit einem Mann schläft, ohne in ihn verliebt zu sein? Die nicht glaubt, ihre Liebe werde erwidert?«

Grey war sich dessen nicht so sicher. »Vermutlich nicht«, antwortete er ausweichend. »Aber mit einem Mann zu schlafen ist noch lange keine Vergewaltigung. Miss Shaw sprach von Vergewaltigung.«

Ivory ließ sich nicht beirren, ihre Geschichte der Reihe nach zu erzählen. »Ich begriff erst, dass Hank nicht die Absicht hatte, mich zu heiraten, als ich schwanger war. Er war sehr froh und erleichtert, als ich das Baby verlor, und dachte, wir könnten so weitermachen wie bisher. Ich weigerte mich. Ich lehnte ein halbes Dutzend Heiratsanträge von anderen Männern ab, weil ich nicht mehr unberührt war. Keinem dieser Männer hätte das etwas ausgemacht. Manche hätten den Unterschied nicht einmal bemerkt. Aber *ich* wusste es. *Ich* schämte mich. Und als die Männer mit dem Goldrausch reich wurden, überlegte ich mir, dass ich dadurch auch zu Geld kommen konnte.«

Sie hob den Kopf und blickte Grey trotzig ins Gesicht. »Ich bin eine gute Hure«, sagte sie. »Das wissen Sie.«

»Ivory«, versuchte Grey sie zu beschwichtigen, dem die Nächte mit ihr nicht mehr und nicht weniger als sexuelle Erleichterung verschafft hatten. »Ivory, du bist mir keine Rechenschaft schuldig.«

»Denken Sie, ich habe es nötig, mich zu rechtfertigen?« Sie sprang zornig auf die Füße. »Sie kommen hierher und stellen mir Fragen, Mr. Janeway. Wollen Sie ehrliche Antworten oder nicht?«

»Tut mir Leid. Du hast Recht. Sprich weiter.« Grey war aufrichtig zerknirscht.

Ivory DuPree beruhigte sich wieder. »Es war letzten Winter«, fuhr sie fort. »Hank hatte Geld in den Goldminen gemacht und bekam den Posten als Leibwächter bei Mr. Brannan. Er plusterte sich mächtig auf und eines Abends kam er ins Palace und ließ sich voll laufen. Ich ließ mich nicht blicken. Er fragte Howard nach mir und Howard sagte, ich wolle nichts mit ihm zu tun haben. Ich dachte, damit sei der Fall erledigt. Die Männer legen sich nicht gern mit Howard an. Genauso wenig, wie sie sich in Ihrem Hotel mit Ihnen anlegen.«

Grey nickte. »Und was geschah dann?«

»Hank schlich mir heimlich in den ersten Stock nach, warf mich zu Boden, riss mir den Rock meines neuen, blauen Seidenkleids hoch und nahm mich mit Gewalt. Ich habe nicht geschrien. Ich habe nicht geweint. Ich schämte mich zu sehr. Ich dachte immer, ich bestimme, mit wem ich ins Bett steige. Hank bewies mir in dieser Nacht, dass ich nichts zu bestimmen hatte.« Ivory setzte sich wieder. »Ihre Miss Shaw hat die Wahrheit gesagt«, sagte sie dann traurig. »War Hank Brock gestern in Ihrem Casino?«

»Ja, mit Brannan.«

»Ich kann mir nicht denken, wieso er Miss Shaw erzählen sollte, was zwischen uns war, es sei denn, er wollte sie warnen.«

»Sie erwähnte nicht, dass Brock ihr die Geschichte erzählte.«

»Woher sollte sie davon wissen?«, fragte Ivory. »Ich habe nie mit jemandem darüber gesprochen, außer jetzt mit Ihnen.«

»Habe ich es nicht erwähnt?«, fragte Grey nachdenklich. »Nein, ich glaube nicht.«

Ivory sah ihn verständnislos an.

Grey seufzte. »Miss Shaw trug gestern dein blaues Kleid.«

»Heißt das, sie *spürte*, was mir in dem Kleid angetan wurde?«

»Mehr noch. Es gab Augenblicke im Casino, in denen sie in deine Rolle schlüpfte. Sie redete und bewegte sich wie du. Sie war Ivory.«

Ivory fiel der Unterkiefer herunter. »Das ist unglaublich … falls es wahr ist.«

»Genau das denke ich auch … falls es wahr ist.«

»Warte hier«, befahl Berkeley dem Jungen, stellte ihn ans Ende der langen Theke und wandte sich zum Gehen. Dann kehrte sie um, zupfte am Kragen seiner zerschlissenen Jacke und wischte ihm den Schmutz vom Ärmel. »Steh gerade und schau dich nicht heimlich um. Und wehe, du stiehlst etwas! Dann befördert Mr. Janeway dich mit einem Fußtritt vor die Tür und *mich* gleich hinterher.«

Berkeley rannte in die Küche, lud sich die Arme voll mit Obst und Brot und einer Schale Eintopf, ohne weiter auf Annies Schimpftiraden zu achten, eilte in den Saal zurück und stellte ihre Beute auf die Theke. »Iss«, sagte sie. »Ich suche Sam.«

»Danke, Madam.« Der Junge riss sich den speckigen Hut vom Kopf. Zum Vorschein kam ein Haarschopf, ebenso weizenblond wie Berkeleys Haare. Er rollte den Hut zusammen, steckte ihn in den Hosenbund und machte sich hungrig über das Essen her.

Berkeley, die sich nur zu gut daran erinnerte, was es bedeutete, halb verhungert zu sein, sah ihm eine Weile zu. »Ich bin gleich wieder da.«

Der Junge hob nicht einmal den Kopf und fuhr fort, sich einen Löffel Eintopf nach dem anderen in den Mund zu schaufeln.

Grey Janeway war keine zwei Schritte in den Spielsaal getreten, als ihn der Anblick zum Stillstand brachte. »Um Himmels willen, sag bloß nicht, du bist in dem Aufzug raus auf die Straße gegangen.«

Nathaniel Corbett hob den Kopf, ohne sich umzudrehen, da er den Mann, der ihn angesprochen hatte, im Spiegel sehen konnte. »Nein«, meinte er aufmüpfig. »In dem Aufzug bin ich reingekommen.«

Grey erkannte seinen Irrtum, als der Flachskopf aufblickte. Die Augen, die ihn mit einer Mischung aus Misstrauen und Dreistigkeit ansehen, glichen eher Greys stahlgrauen als Berkeleys grünen Augen. »Wer, zum Teufel, bist du?«

Nat antwortete nicht. Seine Augen flogen zur Treppe.

Grey hätte beinahe laut aufgestöhnt, als der Junge auf Hilfe von oben hoffte; er wusste augenblicklich, wer der rettende Engel war. »Hat *sie* dich hierher gebracht?«

Nat presste die Lippen aufeinander.

»Ich reiß dir den Kopf schon nicht ab, Junge«, knurrte Grey gereizt. »Wie heißt du?«

»Nathaniel Corbett. Die meisten nennen mich Nat.« Er schob die Schale von sich, obwohl er noch längst nicht satt war. »Sie können mich nicht zwingen, etwas über die Lady zu sagen. Ich verrate sie nicht.«

Berkeley erschien oben auf der Treppe mit Sam im Schlepptau und eilte die Stufen herunter, sobald sie bemerkte, dass nicht alles so war, wie es sein sollte. »Mr. Janeway«, lächelte sie liebenswürdig. »Darf ich Ihnen Nathaniel Corbett vorstellen? Nat, das ist Mr. Janeway, der Besitzer des *Phönix*, von dem ich dir erzählt habe. Vielleicht hat er Arbeit für dich.« Nat wischte sich die Hand an der Hose ab und streckte sie Grey hin. »Angenehm, Sir.«

Grey schaute auf die schmutzige kleine Hand mit den schwarz geränderten Fingernägeln, bevor er sie schüttelte. »Arbeit?« Er sah Berkeley an.

»Ja«, meinte sie zuversichtlich. »Ich dachte, es findet sich etwas für ihn. Sam scheint auch der Meinung zu sein, nicht wahr, Sam?«

Sam zupfte an seiner Augenbraue und wippte auf den Fersen. »Ich meinte nur, wir könnten vielleicht einen Botenjungen brauchen, der allerhand Gänge für uns erledigt. Mehr habe ich nicht gesagt.«

»Schon gut, Sam. Sie hätte irgendwas erfunden. Wo haben Sie ihn aufgelesen, Berkeley?«

»Ich habe ihn schon ein paar Mal auf der Straße gesehen. Und heute Morgen hat er hinter dem *Golden Nugget* den Müll durchwühlt. Es ist eine Schande, dass ein Mensch zu so etwas gezwungen ist.«

Grey widersprach ihr nicht. »Wie alt bist du, Nat?«

»Zwölf.« Grey durchbohrte ihn mit seinen stahlgrauen Augen. »In einem Jahr«, verbesserte er sich kleinlaut.

Mein Gott, dachte Grey. Ein Waisenkind mehr in dieser gefährlichen, habgierigen Stadt. »Wo, zum Teufel, sind deine Eltern?«

»Tot, Sir. Ich habe bei meinem Onkel in Virginia gewohnt.«

Berkeley stellte sich an Greys Seite und flüsterte ihm zu: »Er ist weggelaufen.«

»Das habe ich mir fast gedacht, Miss Shaw.« Er wandte sich wieder an den Jungen. »Und du hast dir vorgestellt, du machst dein Glück in den Goldminen. Hab ich Recht?«

»Nein, eigentlich nicht, Sir. Ich wollte nur nicht mehr bei meinem Onkel bleiben.«

»Und seit wann bist du in der Stadt?«

»Seit ungefähr acht Wochen.«

»Anfangs haben die Ducks ihn sich geschnappt«, erklärte Berkeley, »und ihn gezwungen, bei ihren Einbrüchen mitzumachen. Er musste durch schmale Fenster kriechen und ihnen dann die Türen von innen öffnen.«

»Bist du fertig mit den Ducks?«, fragte Grey und fixierte das ausgezehrte, kleine Gesicht des Buben streng, der heftig nickte. »Wenn ich etwas anderes herausfinde, kann dir auch Miss Shaw nicht mehr helfen. Ist das klar? Dann werfe ich dich raus, und du wärst froh, in Virginia bei deinem Onkel geblieben zu sein.«

»Grey!« Berkeley zupfte ihn am Ärmel, um ihn zu beschwichtigen. »Er ist doch nur ein ...«

»Ist das klar?«, wiederholte Grey barsch.

»Ja, Sir.«

Grey nickte einigermaßen zufrieden. »Sam, such ihm was Anständiges zum Anziehen und zeige ihm, was er zu tun hat. Schlafen kann er über dem Stall.«

Nun zerrte Berkeley ungeduldig an Greys Ärmel.

»Nicht über dem Stall. Sie haben eine bessere Unterkunft für ihn.«

»Hätte ich«, meinte er. »Aber ich führe ein Hotel und kein Asyl für Obdachlose.« Berkeley straffte streitlustig die Schultern. »Na schön, Miss Shaw, was schlagen Sie vor?«

»Es gibt noch freie Zimmer. Das weiß ich von Sam.« Aus dem Augenwinkel sah sie, wie Sam den Kopf zwischen die Schultern zog, als wisse er von nichts. »Nat kann in einem freien Zimmer wohnen.«

»Das kann ich mir nicht leisten.«

»Dann bezahle ich für sein Zimmer.«

»Das können *Sie* sich nicht leisten.«

»Dann kann er bei mir wohnen. Bei mir ist Platz genug. Shawn kann ein Bett ins Zimmer stellen und …«

Grey nahm Berkeley bei der Hand. »Einen Augenblick«, sagte er in Sams und Nats Richtung. »Kommen Sie, Miss Shaw.«

Er ging mit Berkeley in die entfernte Ecke des großen Saales. »Ich glaube nicht, dass man uns hier hören kann«, meinte sie. »Man kann uns von dort hinten ja kaum noch sehen.«

Grey fand ihre Bemerkung nicht witzig. »Dieser Bengel wohnt *nicht* bei Ihnen«, knurrte er aufgebracht.

»Wieso nicht? Es ist mein Zimmer. Ich bezahle dafür.«

»Sie sind nur geduldet.«

Berkeley bekam große Augen. »Wie bitte? Heißt das, Sie setzen mich auf die Straße, wenn ich mich nicht Ihrem Willen beuge?«

»Genau das will ich damit sagen.«

»Aber …« Sie redete nicht weiter, da sie ihm nichts entgegenzusetzen hatte. »Wie grausam Sie sind, Mr. Janeway.«

»Ich habe nie behauptet, ein gütiger Mensch zu sein«, entgegnete er seelenruhig. »Das haben Sie gesagt.«

»Ich nehme es zurück.«

»Gut. Ich mache Ihnen einen Vorschlag: Der Junge kann in Ihrem Zimmer wohnen – unter einer Bedingung.«

»Aber Sie sagten doch gerade ...«

»Ich sagte, er kann nicht *bei Ihnen* wohnen. Es ist etwas anderes, wenn Sie selbst nicht dort wohnen.«

Berkeley furchte die Stirn. Bei all ihrer Hellsichtigkeit wusste sie nicht, worauf er hinauswollte. »Ich verstehe nicht«, erwiderte sie verdattert. »Wo soll ich sonst wohnen?«

»Bei mir.«

Berkeley saß am Fenster in Greys Schlafzimmer und streichelte Pandora, die es sich auf ihrem Schoß bequem gemacht hatte. Durch das halb geöffnete Fenster drangen nächtliche Geräusche vom Portsmouth Square herauf. Ein Betrunkener grölte ein Seemannslied, aus einem Fenster schrie eine wütende Männerstimme, er solle endlich sein Maul halten. Ansonsten war es ziemlich ruhig, die meisten Nachtschwärmer und Glücksritter hatten den Weg nach Hause gefunden. Vom Casino drang Musik herauf. Die Kapelle war verpflichtet, die Gäste bis zum Morgengrauen zu unterhalten.

Berkeley gähnte. Von acht bis zehn hatte sie Hotelgäste und Casinobesucher begrüßt. Danach war sie an den Spieltischen entlang geschlendert, wie Grey es von ihr verlangte. Sie verweilte an den Tischen, wo das Glück den Spielern hold war, und zog sich zurück, wenn das Blatt sich wendete und die Spielbank Gewinne kassierte. Es dauerte nicht lang, bis sich in den Köpfen der Spieler ein verdrehtes Bild von Ursache und Wirkung festsetzte. Zu den Gerüchten über Berkeleys übersinnliche Gaben gesellte sich nun noch die Überzeugung, Berkeley sei eine Glücksfee.

Erst nach Mitternacht ließ sie sich zu einer Sitzung

überreden, war aber bereits so müde, dass sie fürchtete, darüber einzuschlafen. Sie las einem texanischen Goldgräber aus der Hand, der nicht verheiratet war und in den Goldminen und an den Spieltischen ziemliches Glück gehabt zu haben schien. Sie prophezeite ihm eine weitere Goldader in den nächsten drei Monaten und noch in dieser Nacht gute Karten beim Glücksspiel, ohne sich ihrer Vorhersagen sicher zu sein. Der Mann war vollauf zufrieden und steuerte nach der Sitzung zielstrebig den Pokertisch an. Wenn er genügend Geld bei sich hatte, würde er irgendwann gute Karten bekommen, daran zweifelte Berkeley nicht.

Kurz darauf zog sie sich zurück, doch nicht, ohne Grey um Erlaubnis zu fragen. Er hatte ihr den Kopf zugeneigt und ihr ins Ohr geflüstert: »Wo schläft der Junge?«

»In meinem Zimmer.«

»Dann erwarte ich dich bei mir.«

Berkeleys Stolz verbot ihr zu antworten, auch wenn Grey sich letztlich seiner Sache sicher war.

»Vielleicht übernachtet er bei Nat«, flüsterte sie nach einem erneuten Blick auf die Kaminuhr der Katze zu. Es war beinahe zwei Uhr morgens. »Das trau ich ihm zu. Er lässt mich im Ungewissen und dann tut er etwas völlig Unerwartetes.« Pandora bedachte Berkeley mit einem skeptischen Katzenblick. »Was weißt du denn? Der Mann ist völlig unvorhersehbar.«

Berkeley hatte an diesem Tag lange an Mikes Bett gesessen, hatte Sam hinter der Bar geholfen und sich sogar zu Annie in die Küche gewagt, nur um sich abzulenken und nicht nachdenken zu müssen. Danach hatte sie sich an der Suche nach passender Kleidung für Nat beteiligt und Shawn geholfen, die neuen Angestellten einzuweisen.

Nun grübelte sie über ihre Zukunft nach. Sie könnte sich im *El Dorado* oder im *Palace* bewerben. Grey Janeway hatte ihr zu einer Reputation verholfen, mit der jeder andere Casinobesitzer sie mit Kusshand in seine Dienste nehmen würde. Allerdings war sie sich nicht so sicher, welcher Mann es sich mit Grey verderben wollte. Die Tatsache, dass es ihm gelungen war, Annie Jack aus dem *El Dorado* abzuwerben, ließ Rückschlüsse auf seine Macht zu.

Es gab andere Möglichkeiten, wie sie ihre Zukunft gestalten konnte, Möglichkeiten, die allerdings nicht sehr vielversprechend waren.

Berkeley setzte die Katze behutsam auf den Teppich, stand auf, nahm die Decke vom Fußende des Bettes und legte sie sich um die Schultern. Das Bett war sehr verlockend. Sie hatte es genau so aufgeschlagen, wie Anderson es ihr beigebracht hatte, den Überwurf zusammengelegt, die Decke im rechten Winkel zurückgeschlagen und die Kissen aufgeschüttelt. Der Gedanke an ihren verstorbenen Ehemann jagte ihr einen Schauer über den Rücken. Sie kehrte zum Sessel am Fenster zurück und kuschelte sich in die Polster. Pandora war wieder bei ihr, streckte sich und legte die Vorderpfoten auf ihre nackten Füße.

Eine Stunde später ließ Berkeley sich willig von Grey aus dem Kleid helfen. Sie stand schläfrig an seine Schulter gelehnt, während er die winzigen Elfenbeinknöpfe im Rücken öffnete und sie von der bauschenden Seide befreite. Danach stieg sie aus sechs Unterröcken und machte eine halbe Drehung, damit er ihr das Korsett aufschnüren konnte. Greys nachsichtiges Lächeln entging ihr dabei.

Gehorsam streckte sie die Arme hoch, ließ sich das Unterhemd abstreifen und das dünne Nachthemd anziehen. Der Kopf fiel ihr nach vorn. Grey küsste ihren seidigen Nacken und steuerte sie mit einem zärtlichen Klaps zum Bett.

Ein paar Minuten später löschte Grey die Lampen

und kroch neben ihr unter die Decke. Berkeley rückte an ihn und rieb ihre kalten Zehen an seinen Beinen. Grey warf Pandora vom Bett, die mit unter die Decke kriechen wollte. Er schob einen Arm unter Berkeleys Kissen. Ihr Gesicht war seinem sehr nah.

Grey dachte an die Worte, die sie gesagt hatte, als sie seine Hand zum ersten Mal gehalten hatte. Seine Stimme war sehr leise. »Wusstest du damals schon, dass du die Frau bist, die mir das Leben schwer macht?«

Die Bucht von San Francisco lag bei Tagesanbruch in dichtem Nebel, der die Stadt einhüllte. Kühle, graue Schwaden krochen durch das geöffnete Schlafzimmerfenster. Berkeley machte ein Auge auf und schloss es wieder.

»Du bist wach«, sagte Grey leise.

»Nein«, murmelte sie. »Ich schlafe.«

Er zog eine Braue hoch. »Aha.«

Berkeley spürte seine Nähe. Sie brauchte die Augen nicht zu öffnen, um seinen Arm um ihre Mitte und die Hitze an ihren Schenkeln zu spüren, zwischen die er sein Knie geschoben hatte. Ihr Nachthemd war bis zu den Hüften hoch gerutscht. Unter der Bettdecke versuchte sie den Saum nach unten zu ziehen und streifte dabei Greys Erektion, die sich unter seinen Flanellunterhosen bäumte.

»Ich bin wach«, sagte Grey.

Berkeley rückte näher. Greys Hand legte sich mit sanftem Druck auf ihren Po, sie schob die Hüften vor, hielt ihn zwischen ihren Schenkeln und küsste seinen Hals. Er neigte den Kopf und fand ihren Mund in einer süßen, sanften Liebkosung. Er hatte keine Eile und erkundete sie behutsam sehnsüchtig im Halbschlaf.

»Berkeley?«

»Hmmmm?«

»Du weißt, was du da tust?«

Sie zog an den Bändern seiner Unterhose, und als der Knoten sich löste, schlüpften ihre Finger in den Bund und umfingen ihn. Ihre Lippen kitzelten seinen Mund, als sie wisperte: »Ich tue das, was du mir gestern gezeigt hast.«

Ein leises Lachen vibrierte in Greys Kehle und verwandelte sich in ein Stöhnen, als ihre Finger seinen Schaft entlang fuhren.

Er küsste ihren Mundwinkel, ihre Wange, dann die empfindsame Stelle hinter dem Ohr. Er atmete den Lavendelduft ihres Haares ein. Seine Finger zogen eine Spur von ihrer Schläfe zu Hals und Brust. Er legte die Lippen auf ihre Brustknospe, die sich unter dem dünnen Batist aufrichtete. Berkeley stöhnte leise. Greys Zähne nagten an ihrer Brust unter dem Stoff. Berkeley bäumte sich auf und schrie.

Greys Kopf flog hoch. »Hab ich dir wehgetan? Ich wollte nicht ...«

Berkeley schüttelte den Kopf und ihre Augen verdunkelten sich vor Verlangen. Diese Augen brachten ihn um den Verstand, er konnte keinen klaren Gedanken fassen.

Grey hob sich von ihr und streifte die Hosen ab, die im Gewühl der Bettlaken verschwanden. Berkeleys schlanke Schenkel umfingen seine Hüften. Er küsste sie tief und bedächtig, nahm sich vor, diesmal sehr behutsam zu sein.

Ihre Hände lagen auf seinen Schultern, streichelten seine Arme, dann seinen Rücken. Sie spürte die Einbuchtungen zweier Grübchen am Ansatz seines Hinterteils.

Grey stöhnte.

»Hab ich dir wehgetan?« fragte sie.

»Nein.«

»Gut.« Sie küsste ihn. »Du hast zwei Grübchen am Po.« Sie drückte ihre Finger sanft in die Vertiefung und

Greys Erektion presste sich fester an sie. Berkeley sah ihn groß an.

»Das hast du nicht erwartet«, flüsterte er schmunzelnd.

Sie schüttelte den Kopf.

Seine Hand glitt sanft von ihrer Brust über ihren Bauch, er schob seine Finger zwischen ihre Schenkel. Sie war heiß und bereit für ihn. Er liebkoste sie, tauchte einen Finger in sie, dann zwei. Berkeley hielt den Atem an und wölbte ihm ihren Schoß entgegen. Das helle, kraushaarige Dreieck kitzelte seine Handfläche.

Berkeley wurde seitlich gedreht und hochgehoben, während sein Penis sie sanft stupste und sich langsam in sie schob, bis er in sie versank.

»Diesmal tut es nicht weh.« Ihre Stimme klang kehlig.

Greys Lippen strichen über ihren Mund, er verharrte reglos in ihr. Es war seine Schuld, dass es beim ersten Mal so wehgetan hatte. Teilweise seine Schuld, verbesserte er sich in Gedanken, da er nicht geahnt hatte, dass sie noch unberührt gewesen war. »Ich werde dir nie wieder wehtun«, raunte er an ihren Lippen.

Und erschrak beinahe über seine Worte. Er hatte sagen wollen: *Es wird nie wieder wehtun* und meinte den Liebesakt. Nicht seine Person. Wie sollte er sein Versprechen halten?

Berkeley zog sein Gesicht zu sich. »Du bist ein sehr guter Mann«, sagte sie leise.

Sie lagen noch im Bett, nachdem die Sonne den Nebel längst vertrieben hatte. Grey liebte sie ein zweites Mal im Halbschlaf. Er hatte kein Auge zugetan.

Nun saß er gegen das Kopfende des Bettes gelehnt, seine Finger spielten mit ihrem seidigen Haar. Sie hielt die Augen geschlossen, doch diesmal schlief sie nicht.

Unter der Decke streichelte sie seinen Schenkel. Ihre Berührung war beinahe unerträglich. Beinahe.

Beim zweiten Mal war er mühelos in sie geglitten, sie hatte ihn eng umfangen, sich an ihm festgesaugt, ihn mit Händen und Fingern und schließlich mit dem Mund erforscht. Ihre vollen, weichen Lippen hatten an ihm gesaugt. Ihre Küsse waren berauschend gewesen. Sie hatte sich langsam über ihm bewegt, ihn genüsslich gekostet und geleckt wie eine Delikatesse.

Sie war nicht vor seiner wulstigen Narbe an der Seite zurückgezuckt, auch nicht vor den drei langen Striemen am Rücken. Sie hatte jede Narbe geküsst und mit den Fingern erkundet. Die Berührung hatte regelrechte Hitze unter seiner Haut ausgelöst, die nicht verflogen war, als ihre Hand weiter gewandert war. Sie hatte nicht geredet und ihr Wohlbehagen nur mit kleinen gurrenden Lauten zum Ausdruck gebracht.

Er hatte sich über ihr und in ihr bewegt. Ihre Körper hatten sich in wunderbarem Einklang gehoben und gesenkt, getrieben von Verlangen und einer Wollust, die beide mit suchenden Händen und heißen Lippen dem gemeinsamen Höhepunkt hatte entgegenfiebern lassen, in dessen Flut sie schließlich ertrunken waren.

Grey hatte gewartet, ehe er in ihr zerbarst, während ihre Finger sich in seinen Rücken gekrallt hatten. Die Zuckungen, die ihn durchflogen hatten, hatten sich auf Berkeley übertragen, die sich gespannt hatte wie eine Bogensehne, den Kopf weit nach hinten gebogen. Ihr schöner Mund hatte sich leicht geöffnet, um kehlige Schreie der Lust auszustoßen …

Grey streichelte Berkeleys Wange. »Warum bist du heute Nacht gegangen?«, fragte er.

Sie lächelte beinahe wehmütig. »Um das zu vermeiden, denke ich.«

»Das?«

Berkeley hörte auf, seinen Schenkel zu streicheln. Sie

öffnete die Augen und setzte sich auf. Der Träger ihres Nachthemds rutschte von der Schulter, sie schob ihn wieder hoch. »Das«, wiederholte sie. »Die Fragen. Ich nehme an, du hast Fragen.«

»Ein paar«, meinte er schmunzelnd. Der Träger rutschte wieder herunter, diesmal schob er ihn hoch. Dann hob er ihr Kinn mit einem Finger. »Du nicht? Oder hast du alles über mich erfahren, als du meine Hand in der deinen gehalten hast?«

Sie sah ihn unverwandt an. Er hatte die Frage zu gleichgültig gestellt, als dass sie ihm antworten müsste. Welchen Eindruck Grey Janeway auch haben mochte, ihre Entscheidung, mit ihm das Bett zu teilen, war nicht aus Leidenschaft geboren, nicht letzte Nacht und nicht in dieser Nacht.

»Was willst du wissen?« Berkeley strich sich eine Haarsträhne hinters Ohr.

»Du warst vor mir mit keinem Mann zusammen. Warum hast du mir das verschwiegen?«

»Ist das wichtig?«

Grey dachte nach. »Jetzt nicht mehr. Ich hätte es nur gern gewusst, dann hätte ich dir nicht wehgetan.«

Ihre Wangen überzogen sich mit einem rosigen Hauch. Dennoch gab sie sich gleichmütig. »Es war nicht schlimm«, meinte sie achselzuckend.

Grey zog einen Mundwinkel hoch. »Welch jungfräulicher Stolz«, murmelte er.

»Wie?«

»Nichts. Nichts von Bedeutung.« Grey nahm ihre Hand, verschlang seine Finger mit den ihren und wunderte sich, wie hell und schmal ihre Hand war. »Eigentlich wusste ich es von Anfang an und wollte es nur nicht wahrhaben.«

Berkeley hauchte einen Kuss auf seine Finger. Ihr wurde warm ums Herz, weil er endlich begriff, was sie längst wusste, und es ausgesprochen hatte. Tief in seinem Herzen war Grey Janeway ein ehrenwerter Mann. Ein gütiger und anständiger Mann.

Das war ein Trost, obgleich die anderen Dinge, die von ihm auf sie übergingen, ihr dadurch nur verwirrender erschienen.

»Wärst du heute Nacht zu mir gekommen?«, fragte Grey.

»Wenn du mich darum gebeten hättest, statt zu drohen, Nat rauszuwerfen?« Berkeley spürte seinen durchdringenden, blaugrauen Blick. Seine Ehrlichkeit verdiente eine ehrliche Antwort. »Ja. Ich wäre wieder in dein Bett gekommen.«

Grey stellte die Frage nicht, die ihm auf der Zunge lag, und kam sich vor wie ein Feigling. Er fragte nicht nach dem Warum. »Du hast nichts von deinen Sachen in mein Zimmer gebracht.«

»Das stimmt nicht. Ich habe die Schatulle mitgebracht, die Shawn für mich geschnitzt hat, und den Ohrring. Mehr besitze ich nicht.«

Grey bedachte sie mit einem strengen Blick. »Berkeley. Ich betrachte dich nicht als Investition wie die Teppiche und Spiegel oder die Spieltische. Die Kleider gehören dir.«

»Wenn ich dafür bezahlt habe.« Seine Lippen wurden schmal und sie fügte einlenkend hinzu: »Einverstanden. Sie gehören mir. Ich bringe sie im Lauf des Tages rüber.« Sie befreite ihre Hand. »Sam sagt, du hast Ivory DuPree einen Besuch abgestattet.«

»Sam redet zu viel.«

»Und?«

Grey glaubte ein halbes Dutzend Fragen aus dem Wörtchen herauszuhören. »Sie hat deine Gesichte bestätigt. Und sie hat gesagt, niemand habe davon gewusst.«

Berkeley nickte und senkte den Blick auf ihre Hand. »Sie schämte sich zu sehr.«

Grey rutschte ein wenig höher. »Genau das waren ihre Worte. Woher weißt du …«

»Du verstehst immer noch nicht.« In Berkeleys großen, ausdrucksvollen Augen stand Enttäuschung. »Ich habe es *gespürt*.«

»Das kann ich nicht glauben«, entgegnete Grey. »Hank Brock hat dir etwas erzählt.«

»Nein. Aber ich kann es nicht beweisen.« Sie berührte seine Hand. »Macht dir das Angst, Grey? Die Gabe, die ich besitze … beunruhigt sie dich so sehr?«

»Sie jagt mir Todesangst ein.«

»Warum?«

Er schwieg beharrlich.

Berkeley beugte sich vor. Ihre Stimme klang sehr sanft. »Fürchtest du, ich erzähle jemandem, dass du einen Mann getötet hast?«

KAPITEL 9

Grey starrte sie an. In seinen Gesichtszügen war keine Regung zu lesen. Die Ungeheuerlichkeit ihrer Worte ließ keinerlei Empfindung zu. Nach einer Weile schüttelte er den Kopf, als komme er nach einem Schlag langsam wieder zu sich. »Dass ich einen Mann getötet habe?«, wiederholte er tonlos. Bevor sie antworten konnte, hob Grey abwehrend die Hand. »Lass nur.« Dann griff er sich in den Nacken, neigte den Kopf und rieb die verspannten Muskeln. Als er sie wieder ansah, las er Besorgnis in ihrem Blick. Sie war besorgt um *ihn*. Offenbar hatte sie keine Ahnung, dass er sich Sorgen um sie machte. »Wie, in aller Welt, kommst du darauf, ich hätte jemanden umgebracht?«, fragte er sanft.

Berkeley presste die Lippen aufeinander. »Ich bin kein Kind«, antwortete sie. »Und mein Geist ist auch nicht verwirrt. Es gibt keinen Grund, derartig herablassend mit mir zu sprechen.«

Grey hielt es für klüger zu schweigen.

»Bestreitest du es etwa?«, fragte sie spitz.

Dass er sie gönnerhaft behandelte? Oder dass er einen Mord begangen hatte? Grey wollte sich Klarheit verschaffen. »Berkeley! Ich habe niemanden getötet.« So weit er wissen konnte, entsprach das der Wahrheit. »Nun sag mir bitte, wieso du mir nicht glaubst?«

»Ich weiß, was ich fühlte, als ich deine Hand hielt.«

»Das war auch dein Argument, als du behauptetest, Mike müsse sterben.«

Berkeley wandte den Kopf zur Seite. »Ich bin sehr froh, dass Mike wieder gesund wird. Ich wollte nie, dass er stirbt, nur um zu beweisen, dass ich im Recht bin. Aber ich habe mich nicht völlig geirrt. Ich habe gespürt, dass er fortgeht. Ich habe mich nur in der Ursache geirrt. Und ich habe ihm gesagt, dass er seine Familie wieder sieht.«

»Er sieht seine Familie, weil ich dafür Sorge trage, dass es geschieht«, rief Grey ihr in Erinnerung. »Ich leite die Heimreise für ihn in die Wege und bezahle die Überfahrt.«

Berkeleys Kopf fuhr herum. Sie blickte ihn sehr ernst an. »Verstehst du denn nicht, Grey? Es ist unwichtig, wie die Dinge eintreffen, es zählt nur, dass sie eintreffen. Ohne deine Einmischung würde die Prophezeiung nicht eintreffen. Du warst von Anfang an daran beteiligt.«

»Mit dieser Denkweise kannst du eigentlich alles so hinstellen, als hättest du es vorhergesehen.«

»Geht es im Casino nicht eben darum?«, fragte sie aufbrausend. »Engagierst du mich nicht deshalb, um den Gästen im *Phönix* aus der Hand zu lesen?«

»Ja, das tue ich«, antwortete er gedehnt und spürte, dass Berkeley auf etwas anderes hinaus wollte.

»Aber es gefällt dir nicht, dass ich daran *glaube,* es zuwege zu bringen. Hab ich Recht?« Sie schüttelte den Kopf. »Spar dir die Antwort. Du beharrst darauf, das alles für Humbug zu halten. Ich weiß eigentlich nicht, wieso ich mich darüber aufrege. Anderson ... mein Vater war genau wie du. Er glaubte nicht so recht an meine Gabe, aber er war sich nie sicher. Er war immer wachsam, misstrauisch und zwang mich, genau das zu tun, was er von mir verlangte.« Berkeley sah Grey kalt an. »Du bist ihm sehr ähnlich.«

»Ich sehe in dir nicht einen abgerichteten Tanzbären«, entgegnete er schneidend.

Sie lachte hohl. »Ich war in Sydney Town, Grey. Ich habe das bejammernswerte Tier gesehen, das vor dem *Wilden Grizzly* angekettet ist. Meine Kette ist nur etwas länger als die der Bärin.«

Grey wollte nach Berkeley greifen, sie aber wich ihm blitzschnell aus und sprang aus dem Bett, verschwand im Ankleidezimmer und schloss die Tür hinter sich.

Berkeley brachte ihre Garderobe an diesem Nachmittag nicht in Greys Suite und kam nachts auch nicht in sein Bett. Stattdessen holte sie die Schatulle mit dem Ohrring aus seinem Zimmer und stellte sie wieder auf den Kaminsims in ihrem Zimmer.

Grey verlor kein Wort darüber. Wäre Nat nicht ein eigenes Zimmer zugewiesen worden, hätte Berkeley annehmen können, er habe ihre Abwesenheit in seinem Bett gar nicht bemerkt.

In der Öffentlichkeit begegneten sie einander mit kühler Höflichkeit und wechselten kein privates Wort miteinander. Zu ihrem eigenen Schutz fuhr Berkeley fort, ihn im Casino mit Grey anzusprechen. Solange die Leute glaubten, sie sei Greys Geliebte, wagte niemand, sich ihr unsittlich zu nähern. Vor den Angestellten, denen sie kein Theater vorspielen mussten, redeten sie sich mit Mr. Janeway und Miss Shaw an.

»Sam sagt, er legt sich einen Eispickel zu«, erklärte Nat.

Berkeley tippte auf die Seite des Buches, aus dem er vorlesen sollte. Sie saßen an einem Spieltisch nahe dem Ausgang. Der Saal war leer, nur Sam machte sich hinter der Bar zu schaffen. Da das Casino erst nachmittags öffnete, blieb am Vormittag Zeit, um Ordnung zu schaffen. Sam Hartford zählte seine Getränkevorräte, gab Bestellungen auf und räumte Flaschen in die Regale. Donnel Kincaid inspizierte den Saal nach Beschädigungen, die rauflustige Goldgräber angerichtet hatten, und sorgte dafür, dass sie repariert wurden. Aus der Küche drang Annie Jacks donnernde Stimme, die ihre Helferinnen herumkommandierte und selbst am eifrigsten zupackte. Das *Phönix* verfügte über einen

Stab von dreißig Angestellten, die sich um das Wohlergehen der Gäste und Glücksspieler bemühten: Croupiers und Musiker, Kellner, Küchenhilfen und Zimmermädchen. Mittlerweile waren sämtliche Hotelzimmer belegt und im Speisesaal im ersten Stock wurde den ganzen Tag über Essen serviert. Auf der Hintertreppe von der Küche zum ersten Stock herrschte ein ständiges Auf und Ab.

Grey entzog sich den täglichen Arbeiten im Haus. Wenn er nicht auf der Bank zu tun hatte, hielt er sich im Hafen auf, verhandelte mit Lieferanten oder saß in seinem Büro und prüfte mit Shawn die Geschäftsbücher.

Wenn das Casino geschlossen war, gab es auch für Berkeley nicht viel zu tun. Mike war genesen und befand sich auf der Heimreise, und Berkeley hatte Zeit, sich um Nat zu kümmern und zu verhindern, dass er etwas anstellte, was Grey erzürnen könnte. Die einfachste Lösung, ihn an Lausbubenstreichen zu hindern, bestand darin, ihn zu beschäftigen. Der Junge ging allen willig zur Hand, Berkeley aber schien er besonders ins Herz geschlossen zu haben. Ihrem Vorschlag, ihm jeden Morgen nach dem Frühstück Unterricht zu geben, hatte er ohne Murren zugestimmt. Wenn sie einkaufen oder spazieren ging, war er stets an ihrer Seite, und er saß bei den Mahlzeiten neben ihr. Auf diese Weise kam er auf keine dummen Gedanken und sie war nicht einsam.

Deshalb war Berkeley nicht wenig erstaunt, als Nat das Buch über ihrem Finger zuklappte.

»Muss ich?«, fragte er anklagend.

Berkeley zog ihren Finger zwischen den geschlossenen Seiten hervor. »Wieso fragst du, Nat? Und eben hast du von Eispickeln geredet. Manchmal begreife ich dich nicht.«

Nats Gesicht war etwas runder geworden, seit er ins

Phönix gekommen war. Nun grinste er von einem Ohr zum andern. »Wissen Sie, dass Mr. Janeway das häufig auch von Ihnen sagt?«

Sie seufzte. Diesmal brachte sein Lausbubengrinsen ihr das Herz nicht zum Schmelzen. »Mr. Janeway und ich verstehen einander sehr gut. Und du solltest nicht Dinge nachplappern, von denen du nichts verstehst, Nathaniel.«

Ihre strenge Stimme und die Tatsache, dass sie ihn beim vollen Vornamen ansprach, ließ Nat aufhorchen. »Dann hätte ich Ihnen das mit Sams Eispickel auch nicht sagen dürfen.«

»Ich weiß nicht, was Sam damit meint«, entgegnete sie und hob den Finger. »Wir können ihn ja mal fragen.« Sie hatte ihre Stimme erhoben, die nun auch an der Bar zu hören war. »Sam, ich weiß, dass Sie uns zuhören. Verstecken Sie sich nicht hinter der Theke. Was meint Nat, wenn er sagt, Sie wollen sich einen Eispickel zulegen?«

Sams Kopf tauchte über der Mahagoniplatte auf. »Na ja, um Eis zu zerkleinern.«

Nat achtete nicht auf Sams warnenden Blick in seine Richtung. »Nein, Sam. Erinnern Sie sich, was Sie heute beim Frühstück gesagt haben? Mr. Janeway und Miss Shaw waren schon aufgestanden. Donnel sagte, es wird immer kälter zwischen den beiden, und Shawn meinte, er kommt ab morgen im Wintermantel zum Frühstück. Sie haben gelacht und gesagt, Sie legen sich einen verdammten Eispickel zu.« Nat verzog den Mund. »Ich wollte nicht fluchen«, entschuldigte er sich bei Berkeley. »Ist mir so rausgerutscht.« Dann wandte er sich wieder an Sam. »Erinnern Sie sich?«

»Ich bin mir zum Teufel ganz sicher, dass ich nicht geflucht habe«, widersprach Sam aufgebracht. »Miss Shaw will nicht, dass jemand in deiner Gegenwart flucht.«

Berkeley hob eine Braue. »Sagt Nat die Wahrheit?«, fragte sie.

»Ich denke schon«, antwortete Sam und wischte eifrig einen imaginären Fleck von der Theke.

»Sie reden mit den anderen über mich und Mr. Janeway?«

»Nein, Madam. Das tun wir nicht. Wenigstens nicht oft.« Er wischte heftiger. »Aber die Stimmung heute beim Frühstück war ziemlich frostig. Annies Pfannkuchen wurden ganz kalt, so höflich wart ihr beide mit eurem ständigen Bitte und Danke, was gar nicht ernst gemeint war. Man muss kein Hellseher sein, um zu sehen, dass Sie nicht glücklich sind, und er ist noch schlimmer dran. Donnel und ich haben uns überlegt, dass diese Kälte angefangen hat, als Nat zu uns kam. Seit ungefähr sechs Wochen. Es ist Zeit, dass einer mal den Mund aufmacht.«

Berkeley schwieg, nahm das Buch vom Tisch und stand auf. »Tut mir Leid, wenn die Atmosphäre für Sie und die anderen so unangenehm ist«, sagte sie gedehnt.

Sam hörte auf, die Theke zu polieren, und zog die Brauen zusammen. »Aber nein«, meinte er und trat von einem Fuß auf den anderen. »Nun hören Sie, Miss Shaw, so dürfen Sie das nicht sehen. Ich habe mich wahrscheinlich falsch ausgedrückt.«

»Nein, Sie haben keinen Grund, sich zu entschuldigen. Ich habe verstanden.« Sie brachte ein dünnes Lächeln zustande. »Wenn Sie mich bitte entschuldigen.«

Nat schob seinen Stuhl zurück und stand auf. Sam tippte sich an den Hut und beide warteten, bis Berkeley die Treppe hinaufgegangen war, ehe sie betretene Blicke tauschten.

Um sechs Uhr kam Berkeley wieder in die Halle. Grey war ein paar Minuten früher erschienen und hatte seinen üblichen Platz an der Theke eingenommen, um Gäste zu begrüßen. Er beobachtete Berkeley im Spiegel, als sie die Treppe herunter schritt. Der Rock ihres cremefarbenen Seidenkleids wippte auf und ab. Sie stieg nicht die Treppe herab wie ein gewöhnlicher Mensch. Sie schwebte. Ihre Hand glitt am polierten Geländer entlang, nicht um Halt zu suchen, sondern wie um die Verbindung zur Erde nicht zu verlieren.

Köpfe wandten sich nach ihr um. Ihr starres Lächeln erreichte niemanden im Besonderen. Einen flüchtigen Moment begegnete ihr Blick Greys Augen im Spiegel. Als er sich zu ihr umdrehte, wichen ihre Augen ihm aus.

Er hatte keine Veranlassung, sich über sie zu beklagen. Sie schritt selbstbewusst an den Tischreihen entlang, plauderte mit Stammgästen, stellte sich neuen Gästen vor, verweilte an den Tischen und beobachtete das Spiel. Manchmal zeigte ein Spieler ihr sein Blatt oder gab ihr Geld, damit sie selbst spielte. Sie gewann nie, worüber die Goldgräber sich mokierten. Welch eine Ironie, fanden sie, dass sie ihr ungewöhnliches Talent nicht gewinnbringend für sich selbst einsetzen konnte.

Berkeley Shaw war ein schlauer Fuchs, dachte Grey. Jeder Verlust war ein Gewinn für das Haus und jeder Gewinn für das Haus brachte auch Geld in ihre Taschen. Sie war lediglich geduldiger, an Geld heranzukommen, als die Männer, die das *Phönix* wieder und wieder aufsuchten.

Greys Blick löste sich von Berkeley, als Donnel sich ihm näherte. »Was gibt's?«

»Haben Sie Nat gesehen?«, fragte Donnel und zog die feuerroten Brauen zusammen.

»Ich will ihn hier unten gewiss nicht sehen. Wieso? Brauchen Sie etwas?«

»Nat brauche ich«, antwortete er. »Er soll sofort Kohlen auf die Zimmer bringen. Heute Nacht wird es bitter kalt.«

»Sehen Sie bei mir nach«, meinte Grey. »Als ich ihn zuletzt sah, brachte er *Die drei Musketiere* in meine Bibliothek zurück. Miss Shaw liest Emerson mit ihm.« Grey schüttelte mitleidig den Kopf. »Das muss eine Qual für ihn sein.«

Donnel knurrte. »Ich denke, Lesen ist sowieso eine Qual für ihn, weil er dabei still sitzen muss.« Donnel wollte los und wurde von Grey am Ärmel zurückgehalten.

»Strafen Sie ihn nicht.« Greys Stimme klang sachlich, seine Augen waren kalt. »Er soll seine Arbeit machen und dann schicken Sie ihn zu mir. Fragen Sie Miss Shaw nach ihm. Sie weiß vermutlich, wo er steckt.«

Donnel nickte und schob sich durch die Menge.

Nach zwei Stunden tauchte Donnel wieder im Saal auf. Diesmal bewegte sich sein roter Haarschopf außen an den Tischreihen entlang, als wolle er den Gästen nicht zu nahe kommen. Als Donnel sich über Berkeley beugte, die einem Gast an einem Tisch aus der Hand las, erkannte Grey den Grund, wieso sein Vorarbeiter sich von den Leuten fern hielt: Seine Hände waren rußgeschwärzt vom Kohlenschleppen.

Grey sah, wie Berkeley erbleichte, als Donnel ihr etwas ins Ohr flüsterte, und hielt es ihr zugute, dass sie nicht sofort aufsprang und ihren Kunden im Stich ließ. Sie beendete die Sitzung, ehe sie sich entschuldigte. Wie gewöhnlich wurde sie von allen Seiten bestürmt, eine weitere Sitzung abzuhalten, doch sie lehnte ab und eilte die Treppe hinauf.

Als Grey sich ihrem Zimmer näherte, trat sie aus der Tür. Sie trug einen langen, schwarzen Wollmantel mit hochgeschlagener Kapuze, hielt den Kopf gesenkt, nestelte an den Knöpfen und wäre beinahe mit ihm zusammen gestoßen.

Grey hielt Berkeley an den Ellbogen fest, um ihr Halt zu geben. Es war das erste Mal seit sechs Wochen, dass er sie berührte. Sie hob erschrocken den Kopf. Während er noch überlegte, ob er sich bei ihr entschuldigen oder sie rütteln sollte, rauschte sie an ihm vorbei.

Grey holte sie ein. »Rede mit mir, Berkeley! Was ist los? Wohin willst du?«

»Nat ist fortgelaufen. Donnel hat ihn im ganzen Haus gesucht. Er hat selbst die Kohlen in die Zimmer gebracht, um nachzusehen, ob er sich irgendwo dort oben versteckt. Donnel sagt, Sie haben ihn zuletzt in Ihrer Bibliothek angetroffen, und das war am Vormittag.«

»Aber das war vor zwölf Stunden.«

»Richtig.« An der ersten Stufe der Hintertreppe blieb sie kurz stehen. »Sam fährt mich. Es ist nicht nötig, dass Sie sich Umstände machen.«

»Verflixt noch mal.« Er folgte ihr die Treppe hinunter. »Wieso soll es mir Umstände machen? Denken Sie, nur Sie sind um den Jungen besorgt?«

»Wir sollten alle um ihn besorgt sein. Wie Sie sagten: Es sind zwölf Stunden vergangen, seit er das letzte Mal gesehen wurde.« Berkeley streifte auf dem Weg durch die Küche die Handschuhe über.

Grey beschwichtigte Annie mit einem Schulterklopfen und trat hinter Berkeley auf den Hof. »Ich begleite Sie.«

»Wie Sie wünschen«, meinte sie achselzuckend.

Grey versperrte ihr den Weg zum Stall. Sie hob trotzig das Gesicht. »Verdammt, Berkeley, es ist nicht meine Schuld!«

»Sie irren«, entgegnete sie. »Es ist Ihre und meine Schuld. Fragen Sie Sam.«

Sam machte ein unglückliches Gesicht, als Grey ihm die Zügel aus der Hand nahm. »Aber ich fahre Miss Shaw gern«, meinte Sam und half Berkeley in die Kutsche, ehe er absprang. »Gar nicht auszudenken, wo Nat enden könnte.«

»Ich fahre sie«, meinte Grey. »Berkeley meint, ich soll dich fragen, wieso es meine Schuld ist.«

»Ich sagte, es ist genauso meine Schuld.« Sie setzte sich und hielt den Blick geradeaus gerichtet.

Sam schob den Hut nach hinten und kratzte sich den Kopf. »Miss Shaw meint, ich habe heute Morgen etwas gesagt, was Nat vielleicht auf den Gedanken gebracht hat, er sei bei uns nicht willkommen. Ich habe nur gesagt – und Sie wissen selbst, dass ich manchmal nicht die richtigen Worte finde, Mr. Janeway –, jedenfalls habe ich gesagt, dass jedem aufgefallen ist, dass Sie und Miss Shaw nicht gut aufeinander zu sprechen sind, und zwar ungefähr seit dem Tag, an dem Miss Shaw Nat ins Haus gebracht hat. Aber ich wollte damit nicht sagen, dass das eine etwas mit dem anderen zu tun hat.«

»Ich weiß, Sam.« Grey legte dem älteren Mann die Hand auf die Schulter. »Mach das Tor auf.«

Die Nacht war kalt, wie Donnel es vorausgesagt hatte. Berkeley zog eine Decke unter dem Sitz hervor und legte sie sich über die Knie.

»Ich nehme an, Sie haben eine Idee, wohin er gegangen sein könnte«, meinte Grey. »Zeigen Sie mir den Weg.«

»In der Jackson Street ist ein Lagerhaus, voll mit Baumaterial und Farben. Da hat Nat sich früher versteckt.«

Grey fragte sich, ob auch Berkeley dort Unterschlupf gefunden hatte. »Ich kenne den Schuppen. Er gehört John Hardy.« Er ließ die Zügel schnalzen und die beiden Gäule trabten los.

Sie fuhren das besagte Gebäude entlang und bogen in eine enge Gasse ein. Noch bevor Grey die Gäule zum Stehen gebracht hatte, war Berkeley abgesprungen und zu einem kleinen Fenster zu ebener Erde gelaufen. Als

Grey bei ihr war, kniete sie bereits auf dem Boden und versuchte, das Fenster zu öffnen. Er kauerte sich neben sie. »Stehen Sie auf«, befahl er. »Ich mache das. Sie ruinieren das Kleid.«

»Ich bezahle dafür«, entgegnete sie schnippisch.

Grey seufzte. Die Fensterscharniere quietschten. »Wenn es so schwer zu öffnen ist, hat Nat es vielleicht gar nicht probiert.«

»Es ist immer schwer aufzumachen.«

Damit beantwortete sie seine stille Frage, ob sie selbst hier Unterschlupf gefunden hatte. »Wollen Sie sich da hineinzwängen?«

»Das ist die einzige Möglichkeit.«

»Ich könnte zu John fahren und ihn bitten, uns das Tor aufzumachen.«

»Bis dahin wäre Nat längst wieder fort.«

»Ich begleite Sie.«

»Sie passen nicht durch das schmale Fenster.« Berkeley stand auf, raffte den Rock und zog ihre Unterröcke aus. Dann zog sie den Mantel aus und legte Grey die Sachen in die Arme. »Bringen Sie das zur Kutsche.«

»Berkeley, Herrgott im Himmel ...«

»Ich mache Ihnen die Tür von innen auf«, versprach sie. »Es dauert nicht lang.« Sie kniete sich auf die Erde, steckte den Kopf durch die Öffnung, zwängte erst eine Schulter und dann die andere hindurch und hangelte sich mit den Armen voraus nach unten, bis ihre Hände den Lehmboden im Keller berührten; dann zog sie die Beine nach. Berkeleys Purzelbaum war keine akrobatische Leistung, aber doch so geschickt, dass sie sich nicht verletzte. Sie kam auf die Füße, stellte sich auf die Zehenspitzen und schloss das Fenster.

Grey ging draußen unruhig auf und ab. Die Pferde stampften ungeduldig. Er überlegte, was er den Patrouillen von Sam Brannan sagen sollte, aus welchem Grund er sich hier in der nächtlichen Gasse herumtrieb. »Verdammt noch mal«, murmelte er. »Sie denkt nicht dran …«

»Grey! Hierher!«

Er drehte sich um. Mühsam erkannte er den dunklen Schatten einer Tür, die am entfernten Ende des Schuppens offen stand. Grey rannte los.

Berkeley bedachte ihn mit einem herablassenden Blick. »Sie dachten, ich mache Ihnen die Tür nicht auf.«

»Gar nicht wahr«, log er.

Sie glaubte ihm nicht, wollte aber nicht mit ihm streiten. »Schließen Sie die Tür. Sie müssen sich vorsichtig bewegen. Hier liegt überall Zeug herum. Und wir dürfen nicht riskieren, eine Lampe anzuzünden. Wollen wir getrennt suchen oder zusammenbleiben?«

Grey konnte sich nur einen Grund für Berkeleys Frage denken: Sie hatte Angst vor der Dunkelheit. »Wir bleiben zusammen.«

Sie tasteten sich langsam und nicht ohne Zwischenfälle voran. Grey stieß sich das Knie an einem vorstehenden Brett und Berkeley stolperte in einen Haufen Sandsäcke. »Das muss er gehört haben«, flüsterte Grey, nachdem er einen Farbeimer umgestoßen hatte.

»Psst.«

»Wieso sollte er sich eigentlich vor uns verstecken?«

»Wieso nicht?« Berkeley zerrte ihn ungeduldig am Ärmel, als er über Ziegelsteine fiel. »Können Sie denn nicht aufpassen?«

Sie tasteten sich an Bauholz und weiteren aufgestapelten Ziegeln entlang. »Haben Sie eigentlich ein Ziel vor Augen?«, fragte Grey irgendwann. »Oder vermuten Sie ihn irgendwo hier unter dem Bauschutt?«

Berkeley blieb stehen und streckte den Arm aus. »Dort oben.«

Grey spähte in die Finsternis. An der hinteren Schmalseite des Schuppens befand sich auf halber Höhe ein rechteckiger Bretterverschlag. Anscheinend wurden dort Gerätschaften untergebracht, um sie vor Feuchtigkeit zu schützen. Berkeley führte ihn die letzten Schritte zu einer Leiter.

»Da oben war ich noch nie«, sagte sie. »Ich habe immer im Keller genächtigt. Nat hat mir von dem Verschlag erzählt.«

»Mit dem Kleid können Sie nicht hinauf.« Grey griff nach einer Sprosse in Schulterhöhe und wartete auf ihren Widerspruch.

Berkeley spürte seine abwartende Haltung. »Ich kann sowieso nicht hinauf«, gestand sie schließlich.

»Was ist da oben?«

»Die Höhe.«

Grey lächelte. »Na schön«, meinte er. »Ich scheuche ihn auf, wenn er sich da oben versteckt, und Sie halten ihn fest, wenn er runterkommt.«

»Ja, das schaffe ich«, meinte sie.

»Daran zweifle ich nicht.« Ohne zu wissen, was er da tat, drückte er einen Kuss auf Berkeleys Stirn und hatte beinahe das Gefühl, sie komme ihm ein wenig entgegen. »Versprich mir, dass wir später reden«, raunte er.

Berkeley nickte. Es war nur ein Versprechen. Später war ein weit gedehnter Begriff. Sie gab ihm einen sanften Stoß, trat einen Schritt zurück und beobachtete seinen Schatten, der die Leiter hinaufkletterte.

Grey fand Nat durch Zufall, als er über einen Stapel Jutesäcke stolperte. Mit einem spitzen Schrei fuhr der Junge hoch, kam auf die Füße, hechtete zur Seite, als Greys Arme nach ihm greifen wollten, und sprang über einen Holzbock.

»Nat!«, rief Grey. »Ich bin es, Mr. Janeway. Ich tue dir nichts.« Der Junge ließ sich nicht aufhalten. Grey fürchtete, Nat könne sich verletzen, wenn er in Panik die Leiter hinunterkletterte und abstürzte, und wollte ihm den Weg versperren.

Nat spürte Finger an seinem Hals, bevor sie sich an seinem Kragen festkrallten. Er wand sich geschickt aus der Jacke und rannte zur Leiter, hielt sich an einer Stange fest und ließ seinen kleinen Körper frei in der Luft schwingen, bis sein Fuß eine Sprosse fand, dann griff er nach der anderen Stange, und mit der Furchtlosigkeit und Behändigkeit, zu der nur ein kleiner Junge fähig war, rutschte er die Leiter in Sekundenschnelle nach unten.

Direkt in Berkeleys wartende Arme.

Nat versuchte sich zu wehren. Erst als er den Geruch wahrnahm, an dem er seine Häscherin erkannte, wurde er still. Tief atmete er den Lavendelduft ein, der ihrem Haar entströmte.

»Beruhige dich, Nathaniel«, sagte sie und hielt ihn umfangen. »Bist du verletzt?« Sie tastete vorsichtig seine Arme ab, sein Gesicht, seine Schultern, und dann rüttelte sie ihn sanft. »Du hast uns einen tüchtigen Schrecken eingejagt: Donnel, Sam, Shawn, Annie Jack und mir.«

Grey sprang zu Boden und klopfte sich den Staub von den Händen. »Fehlt ihm etwas?«

»Ich weiß nicht. Er sagt nichts.«

»Haben Sie ihm Gelegenheit dazu gegeben?«

Nat wand sich aus Berkeleys Armen. »Ich habe mir nicht wehgetan«, widersprach er störrisch. »Ich komme gut allein zurecht.«

»Das wissen wir«, sagte Grey. »Du hast den ganzen Weg nach San Francisco allein geschafft. Da schaffst du es auch ein paar Gassen durch die Stadt.«

»Kann ich meine Jacke wieder haben?«, fragte Nat trotzig.

Grey reichte sie ihm. »Was hast du vor?«

Nat fuhr in die Ärmel. »Wie meinen Sie das?«

»Willst du wieder weglaufen oder kommst du mit uns?«

»Grey«, mischte Berkeley sich ein. »Selbstverständlich kommt er …«

»Er muss die Entscheidung selbst treffen«, unterbrach Grey sie.

Nats Augen flogen zwischen Grey und Berkeley hin und her. Er konnte ihre Gesichter im Dunkeln kaum sehen. »Würden Sie mich denn wieder aufnehmen?«

Grey knetete seine Nackenmuskeln. »Ich bin nicht gekommen, um dich zu zwingen, Nat. Aber ich würde mich freuen, wenn du mit uns nach Hause kommst.« Grey fand, das müsse als Einladung genügen. Doch Nat wandte sich an Berkeley.

»Und Sie, Miss Shaw?«

Grey wollte protestieren. »Nat, Miss Shaw war es doch, die darauf bestand …«

Berkeley zupfte Grey am Ärmel. »Nein, Grey, Sie verstehen nicht. Nat will wissen, ob ich ihn nur wegen des Ohrrings gesucht habe.« Sie streichelte Nats Wange. »Das ist auch ein Grund«, erklärte sie. »Aber ich glaube, du hast den Ohrring aus der Schatulle auf dem Kaminsims nur genommen, weil du befürchtet hast, ohne ihn würde ich dich nicht suchen. Du hast ihn hoffentlich noch nicht versetzt.«

Nat griff wortlos in die Jackentasche und zog den Ohrring hervor. Selbst im Dunkeln schimmerte das Schmuckstück in seiner kleinen Hand. Berkeley nahm ihn und gab ihn Grey zur Aufbewahrung. Dann kauerte sie sich vor Nat hin, nahm seine beiden Hände und sah ihm in die Augen.

»Hör mir zu, Nat«, sagte sie eindringlich. »Dieser Ohrring gehört mir nicht wirklich, deshalb brauche ich ihn wieder. Aber ich hätte dich auf jeden Fall gesucht und dich gebeten zurückzukommen, selbst wenn du ihn verkauft hättest. Ich hoffe, du glaubst mir, weil ich nicht weiß, wie ich es dir sonst erklären könnte. Du bist mir in den letzten sechs Wochen ans Herz gewachsen.

Ich hätte schreckliche Sehnsucht nach dir, wenn du fortlaufen würdest.«

Nat spürte, wie ihm Tränen in die Augen stiegen, die er nicht wegwischen konnte, weil Berkeley seine Hände hielt. Er blinzelte heftig und zog die Nase hoch. »Aber Sie waren so unglücklich«, sagte er mit zitternder Stimme. »Sam sagt, seit ich ins Haus gekommen bin, sind Sie traurig.« Er wandte Grey das Gesicht zu. »Und Sie habe ich auch enttäuscht, Mr. Janeway. Das Einzige, worum Sie mich gebeten haben, habe ich vermasselt.«

Grey versuchte den Jungen mit einem warnenden Blick zum Schweigen zu bringen, den dieser in der Dunkelheit aber nicht sehen konnte.

»Ich sollte auf Miss Shaw aufpassen, nicht umgekehrt.«

Berkeley sah Grey scharf an. »Habe ich richtig gehört?«, fragte sie leise. »Haben Sie Nat den Auftrag gegeben, mich im Auge zu behalten?«

»In beiden Augen«, meldete Nat sich zu Wort.

Grey seufzte. »Ich dachte, damit sei er ausreichend beschäftigt.«

»Aber ich habe doch auf ihn aufgepasst.«

»Ich weiß. Auch Sie brauchten eine sinnvolle Beschäftigung.«

Berkeley wandte sich wieder an Nat. »Was hat er dir bezahlt?«

»25 Cent pro Tag plus Unterkunft und Verpflegung.«

Greys Großzügigkeit rührte sie beinahe. »Du bist ziemlich ausgefuchst, Nat«, sagte sie lachend. »Ich habe umsonst gearbeitet.«

»Das hätte ich auch«, erwiderte der Junge eifrig. »Es hat mich überhaupt nicht gestört, mit Ihnen zusammen zu sein.«

Berkeley richtete sich auf. »Man kann Ihnen doch wirklich nicht trauen«, raunte sie Grey zu.

Grey grinste, legte seine Hand um Nats dünnen Hals und drückte ihn sanft an sich. »Gehen wir. Können wir zur Tür hinaus und sie hinter uns zumachen?«

»Klar«, antwortete Nat. »Ich klettere nie durchs Fenster, wenn ich gehe.«

Ein paar Minuten später saßen alle drei in der Kutsche. Berkeley zog den Mantel an und setzte sich auf die Unterröcke. Sie wickelte Nat, den sie zwischen sich und Grey bugsiert hatte, in die Decke und legte einen Arm um seine mageren Schultern, während Grey nach den Zügeln griff. »Noch etwas, Nat«, sagte sie. »Ob Mr. Janeway und ich miteinander auskommen oder nicht, hat nichts mit dir zu tun. Sam will nicht, dass du so etwas denkst. Und wenn du auf mich aufpasst, bist du noch lange nicht verantwortlich für das, was ich tue oder wie ich mich fühle. Du musst nicht zurückkommen, weil du denkst, Mr. Janeway und ich verlangen es von dir. Ich hoffe, du kommst zurück, weil es dein Wunsch ist.«

Die Kutsche passierte eine Straßenlaterne. Über Nats hellblonden Haarschopf hinweg begegneten Greys und Berkeleys Augen einander, und zum erstenmal glaubte sie, einen kurzen Blick in die Abgründe seiner Seele zu erhaschen.

»Das ist jedenfalls der Grund, warum ich zurückkomme«, sagte sie leise und beantwortete die Frage, die Grey nicht gestellt hatte.

Sam untersuchte die Messingverzierungen an der Bar nach Kratzern und Flecken und klopfte mit der Stiefelspitze an einen Beschlag. »Hier hast du was übersehen.«

Nat bückte sich mit dem Lappen in der Hand und begann, das Messing spiegelblank zu polieren.

Sam beäugte den Jungen und seinen Eifer argwöhnisch. »Stimmt es wirklich, dass Miss Shaw gesagt hat, ich soll dich beschäftigen? Um diese Zeit gibt sie dir sonst Unterricht.«

»Sie haben doch gesehen, wie blass sie beim Frühstück aussah«, antwortete Nat.

»Ja, so grau wie der Lappen in deiner Hand«, meinte Sam. »Kein schmeichelhafter Vergleich, aber ich war nie besonders gut im Umgang mit Worten.«

Nat betrachtete das Tuch prüfend. »Ja, so ähnlich war ihre Gesichtsfarbe. Sie hat sich hingelegt. Wahrscheinlich kommt sie erst in einer Stunde runter.« Nat setzte sich auf den Boden und verschränkte die Beine im Schneidersitz. »Ist Ihnen aufgefallen, dass wir Tauwetter haben, Sam? Ich meine zwischen Miss Shaw und Mr. Janeway.«

Sam reckte den Hals und kratzte die Unterseite seines Kinns. »Das fällt mir schon seit gut einem Monat auf. Es fing an, als du weggelaufen bist.« Er bedachte Nat mit einem strengen Blick. »Bilde dir bloß nichts darauf ein. Es ist wahrscheinlich purer Zufall, dass das Eis zwischen ihnen schmilzt.«

»Was halten Sie davon?«

»Ich denke, Mr. Janeway macht ihr den Hof.«

Nat nickte eifrig. »Zum Teufel, wenn ich nicht dasselbe denke.«

»Achte auf deine Ausdrucksweise, Nat. Du weißt genau, dass der Teufel los ist, wenn Miss Shaw dich so reden hört.«

Nat grinste bei Sams Tadel und widmete sich erneut mit Eifer seiner Arbeit.

Sam zog eine buschige Braue hoch. »Womit sollst du dich eigentlich beschäftigen?«

»Na ja, eigentlich sollten *Sie* sich damit beschäftigen«, meinte Nat kleinlaut. »Sie sollten mir aus Emersons *Moral und Philosophie* vorlesen.«

Sam verzog das Gesicht. »Hast du die Zeitschrift noch, die Mr. Janeway dir gestern zugesteckt hat?«

»Ja, in meinem Zimmer.«

»Hol sie! Ich glaube, ich habe darin eine Geschichte von diesem Edgar Allen Poe gesehen, *Mord in der Rue Morgue* oder so ähnlich. Darüber könnten wir ein philosophisches Gespräch führen. Mord ist nämlich ziemlich unmoralisch, musst du wissen.«

Berkeley ahnte zum Glück nichts davon, auf welche Weise ihre Unterrichtsmethoden verfälscht wurden. Sie lag auf ihrem Bett mit einer kühlen Kompresse auf der Stirn und nestelte nach der goldenen Kette um ihren Hals, bis sie den Anhänger spürte. Die Perle fühlte sich glatt an, der goldene Tropfen war warm

Grey hatte ihr den Ohrring länger als eine Woche nicht zurückgegeben, nachdem sie ihn Nat im Lagerhaus abgenommen hatte. Sie hatte mehrmals danach gefragt, doch er hatte entweder das Thema gewechselt oder ihr versprochen, sie bekomme ihn bald wieder. Als er ihr den Ohrring schließlich wieder aushändigte, lag er im Geheimfach einer kleinen Kirschholzschatulle. Das Kästchen war so geschickt verarbeitet, dass ihm von außen nichts anzumerken war. Er zeigte ihr, wie sie an einer bestimmten Stelle die Schnitzerei verschieben musste, damit das Geheimfach sich öffnete.

Berkeley erkannte, was aus ihrem Ohrring geworden war: ein Friedensangebot.

Er hatte gehört, wie sie Nat gesagt hatte, der Ohrring gehöre nicht wirklich ihr, ohne eine Frage zu stellen. Er hatte mit keinem Wort erwähnt, dass sie ihm gegenüber behauptet hatte, sie habe ihn geschenkt bekommen. Stillschweigend hatte er den Ohrring zum Halsschmuck umarbeiten lassen. Berkeley hatte ihm gestattet, ihr die Kette um den Hals zu legen, und beinahe erwartet, er würde sie anschließend küssen. Doch er hatte es nicht getan.

Sie sprachen wieder häufiger miteinander, zunächst über Belanglosigkeiten. Er machte eine Bemerkung über ein hübsches Kleid. Sie erwähnte den Schnitt seines Gehrocks. Sie lobten Annies Kochkünste. Grey erkundigte sich nach Nats Fortschritten im Unterricht und Berkeley fragte Grey nach seinen geschäftlichen Erfolgen. Bald hörten sie auf, über Nichtigkeiten zu sprechen, und verbrachten wieder mehr Zeit im Spielcasino miteinander.

Berkeley fand Gründe, um in der Menge Ausschau nach ihm zu halten. Er fand Vorwände, um sie zu berühren.

Sie bemerkte Züge an ihm, auf die sie bislang nicht geachtet hatte. Er verhielt sich Männern gegenüber distanziert, die ins *Phönix* kamen und ihn als Freund bezeichneten. Mit den Männern, die für ihn arbeiteten, pflegte er freundschaftlicheren Umgang als mit Gästen und Geschäftspartnern. Er war kein vertrauensvoller Mann und begegnete Menschen mit Argwohn, die sich bemühten, sein Vertrauen zu gewinnen.

Berkeley hatte beobachtet, wie Sam Brannan zweimal an ihn herangetreten war. Obwohl Grey sich weigerte, seiner Schutztruppe beizutreten, gelang es ihm, sich den mächtigen Brannan nicht zum Feind zu machen.

Grey war ein umsichtiger Mann, bedächtig und vernünftig in seinen Entscheidungen. Sie hatte sich geirrt, als sie geglaubt hatte, er habe sie eine Zeit lang nicht beachtet. Es gehörte zu seinem Wesen, auf alles und jeden zu achten. Er wusste, wann Sam vom Rheumatismus geplagt wurde, und fand stets die passenden Worte, um Annie Jacks Schimpftiraden zu beenden. Er zeigte Nat Taschenspielertricks und wusste genau, welche Fortschritte er im Unterricht machte. Es gab keinen Angestellten, dessen Namen er nicht kannte. Und es war Greys Verdienst, dass jeder stolz darauf war, für ihn zu arbeiten. George Pettigrew, der wortgewandte Türsteher vom *El Dorado*, stand eines Tages im *Phönix* am Einlass, und ihm folgten andere, die gute Posten in anderen florierenden Spielhallen aufgaben. Ohne sich aufzudrängen, zog Grey Janeway Menschen an, die gern für ihn arbeiten wollten.

Er zeigte seine Zuneigung, ohne großes Aufheben darum zu machen. Irgendwann lag in der Küche eine bunte Schürze mit besonders langen Bändern, die um Annies stattliche Leibesfülle reichten. Sam fand eine Flasche Einreibemittel für seine schmerzenden Knochen zwischen den Schnapsflaschen im Regal hinter der Bar. Nat bekam Bücher, Donnel Werkzeuge und für Ivory DuPree beglich er eine alte Rechnung.

Berkeley wusste, dass sie nichts Näheres über die Prügel erfahren sollte, die Hank Brock bezog, zumindest sollte sie nicht erfahren, wessen Fäuste ihn so zugerichtet hatten. Der Artikel in der *Gazette* sprach von einem Anschlag auf Sam Brannans Leben. Der Reporter und Brannan vermuteten, es habe sich um eine Vergeltung der Sydney Ducks gehandelt, die ihren Unmut über die Bürgerschutztruppe zum Ausdruck brachten. Brannan selbst wurde nicht verletzt, genauer gesagt war er gar nicht in der Nähe, als die Ducks zuschlugen. Der Angriff war wohl mehr als Warnung gedacht, berichtete der Reporter, wobei einer von Brannans Leibwächtern, ein Mr. Henry ›Hank‹ Brock, Prügel bezog.

Berkeley fragte Grey nie, welche Rolle er bei der Vergeltungsmaßnahme für Ivory DuPree gespielt hatte. Seine geschwollenen Hände und blutig geschürften Fingerknöchel waren Beweis genug, dass er die Sache persönlich geregelt hatte.

Pandora sprang federnd aufs Bett und holte Berkeley aus ihren Tagträumen. »Woher kommst du denn?«, fragte sie die Katze. »Ich dachte, du bist unten bei Nat.« Der unergründliche Katzenblick gab Berkeley keine Antwort. Berkeley streichelte sie. »Habe ich etwa die Tür nicht richtig zugemacht?«

»Berkeley? Darf ich reinkommen?«

Greys Stimme ließ sich aus dem angrenzenden Zimmer vernehmen. Berkeley versuchte sich aufzusetzen, als er den Kopf zur Schlafzimmertür hereinstreckte. »Bleib bitte liegen«, bat er leise. »Ich wollte nicht stören. Ich war auf dem Weg nach unten, als ich Pandora in dein Zimmer schlüpfen sah. Ich dachte, ich verscheuche sie, bevor sie auf dein Bett hüpft.« Er bedachte die Katze mit einem strengen Blick. »Offenbar komme ich zu spät.«

»Ich habe nichts gegen Pandoras Gesellschaft«, entgegnete Berkeley, legte den Kopf zurück, ohne die Kompresse wieder auf die Stirn zu legen. »Oder die deine.«

Der Nachsatz war so leise gesprochen, dass Grey ihr die Worte von den Lippen las. »Ich bleibe nur einen Augenblick.« Er trat ein und zog sich den Schaukelstuhl vom Fenster ans Bett. »Annie sagt, du hast das Frühstück kaum angerührt. Sie macht sich Sorgen, ob es dir nicht geschmeckt hat.«

Berkeley schob einen Arm unters Kissen und hob den Kopf. »Sie fürchtet, ich könnte einen Bann über sie sprechen, wenn ich sie verdächtige, mich vergiften zu wollen.«

»Ja, so ähnlich«, gestand Grey. »Ich soll mich in deinem Zimmer nach Zaubermitteln und Tränken umsehen, und wenn ich eine Stoffpuppe finde, die Ähnlichkeit mit Annie hat, soll ich sie mitnehmen – oder wenigstens die Nadeln herausziehen.«

Berkeley lachte. »Arme Annie. Sie weiß nicht, was sie von mir halten soll.«

Greys Lächeln schwand. Nach langem Schweigen meinte er: »Genauso wenig wie ich.«

Ihre grünen Augen leuchteten warm. »Ich weiß.«

Seine Absicht, nicht lange zu bleiben, war vergessen. »Ich würde gern mit dir darüber reden. Ich habe ein paar Fragen …« Seine Stimme verlor sich bei ihrem Lächeln, wehmütig schüchtern und ermunternd zugleich. Ihre Wangen überzogen sich rosig, ihre Miene hellte sich auf. »Ich glaube, ich bin nun auch so weit, um mir deine Antworten anzuhören«, meinte er nach einer Weile.

Berkeley nickte. »Ja, das denke ich auch.«

»Du hast geduldig und lange gewartet.«

»Ich war eher störrisch«, widersprach sie. »Und eigensinnig.«

»Ein wenig«, gab er zu, beugte sich im Schaukelstuhl vor und legte die Ellbogen auf die Knie. »An deinem Talent ist tatsächlich etwas dran. Es sind nicht nur geschickte Zaubertricks.«

»Willst du eine Antwort? Oder die Bestätigung deiner Beobachtungen?«

Grey zögerte. »Die Bestätigung«, meinte er schließlich.

»Ja, an meinem Talent ist etwas dran. Es sind nicht nur Tricks.«

»Aber manchmal machst du den Leuten etwas vor.«

»Ehrlich gestanden, mache ich ihnen ziemlich oft etwas vor.« Grey legte die Finger aneinander und furchte die Stirn. »Hältst du das für einen Widerspruch?«, fuhr sie fort. »Meine Gabe ist unglaublich anstrengend. Ich könnte es nicht ertragen, sie jeden Tag einzusetzen. Ich darf mich ihr nicht schutzlos ausliefern. Deshalb bediene ich mich manchmal anderer Mittel, um die Leute zufrieden zu stellen.«

»Indem du beobachtest, wie sie sprechen, wie sie sich verhalten. Du suchst nach Kleinigkeiten, die dir Hinweise auf ihr Wesen geben.«

»Genau. Das habe ich dir auf deine ersten Fragen geantwortet. Du hast nicht erwartet, dass es noch etwas anderes geben könnte.«

»Aber als du dir meine Hand angesehen hast …«

»Es ging nie um deine Hand.« Berkeley richtete sich zum Sitzen auf und glättete die Fransen der Decke über ihren Beinen. »Ich weiß gar nicht viel über die Linien, Erhebungen und Vertiefungen einer Hand. Als ich dich berührte, habe ich zugelassen, etwas zu *spüren.*«

»Wie bei Ivorys Kleid. Hast du zugelassen, es zu spüren?«

»Nein«, widersprach sie hastig und schüttelte den Kopf. »Mein Gott, nein. An diesem Abend geschah alles ohne mein Zutun. Manchmal geht eine Kraft von einem Gegenstand aus, den ich berühre, gegen die ich machtlos bin. So war es mit Ivorys Kleid. Wenn ich es nicht getragen hätte ...« Sie zuckte die Achseln. »Ich weiß nicht. Die Kraft war unheimlich stark. Es hätte vermutlich keinen Unterschied gemacht.«

»Und mit meiner Hand? War diese Kraft auch in meiner Hand?«

Berkeley wusste, was Grey eigentlich fragen wollte. »Ich weiß nicht, ob ich das erklären kann, ob es für dich einen Sinn ergibt. Du fragst dich immer noch, wieso ich von dem Mann weiß, den du getötet hast.«

»Ja.«

»Das hat nichts mit Tricks zu tun«, sagte sie. »Du bist sehr wachsam, Grey. Es gibt kaum etwas, was du leichtfertig von dir gibst.«

Greys Gesichtszüge waren verschlossen. Nur seine Augen verengten sich, als er sie forschend musterte.

Berkeley nestelte nach dem Anhänger an ihrem Hals. »Soll ich dir etwas über Graham Denison erzählen?«

Greys Blick wanderte zu ihrer Kehle. »War er es, der dir den Ohrring gegeben hat?«

»In gewisser Weise«, antwortete sie und beobachtete Grey wachsam. »So heißt aber auch der Mann, den du getötet hast.«

Grey sprang auf wie von der Tarantel gestochen. Pandora machte einen Katzenbuckel und fauchte. »Wie kannst du so reden?«, entrüstete er sich und starrte die Katze an. Dann trat er ans Fenster. »Das ist unmöglich«, setzte er hinzu, mehr zu sich selbst als zu Berkeley.

Berkeley zog Pandora auf den Schoß und streichelte sie abwesend. Irrte sie sich? Ihre Augen wanderten zu Greys hoch gewachsener Gestalt. Er hatte ihr das Profil zugewandt, in seiner Wange zuckte ein Muskel, seine Schultern waren angespannt.

»Du hast Recht«, entgegnete Berkeley. »Eigentlich könnte ich es nicht wissen, aber die Umstände sind höchst ungewöhnlich. Ohne Mr. Denison wäre ich nicht nach San Francisco gekommen. Und ich wäre nicht hier bei dir, wenn du nicht eine erstaunliche Ähnlichkeit mit ihm hättest.«

Grey drehte sich langsam zu ihr um. Zwischen seinen dunklen Brauen stand eine senkrechte Falte. »Ich sehe ihm ähnlich?«

»Ja«, antwortete Berkeley. »Weißt du das nicht?«

»Nein. Ich weiß es nicht.«

»Vielleicht hast du ihm nicht genau ins Gesicht gesehen, bevor du …«

»Vorsicht«, unterbrach er sie. »Du bist im Begriff, mich zu beschuldigen, ihm ein Messer in den Rücken gestochen zu haben oder so etwas Ähnliches.«

»Nein, daran habe ich nicht gedacht. Ich dachte … nun ja, ich dachte, es sei vielleicht dunkel gewesen.«

Grey trat ans Bett. Diesmal fauchte Pandora ihn nicht an, sondern suchte das Weite, als er sich an den Bettrand setzte. »Mache ich dir Angst?«, fragte er. Berkeley schüttelte den Kopf und griff nach seiner Hand. Grey zog sie zurück. »Bist du sicher, dass du mich anfassen willst?«

»Bist du sicher, dass du von mir angefasst werden willst?« Wieder bewies sie ihm ihre ungewöhnliche Geduld, drehte ihre Handfläche nach außen und wartete, bis er seine Hand in die ihre legte. Es dauerte lange, ehe sie ihre Finger um die seinen schloss. »Ich halte nur deine Hand, Grey, ich habe nicht die Absicht, in die Tiefen deiner verborgenen Gefühle oder in deine Vergangenheit einzudringen. In Zukunft will ich nichts von dir wissen, was du mir nicht sagen willst.«

»Ist das dein Ernst?«

»Ja, es ist mein Ernst. Aber es genügt manchmal nicht, etwas nicht wissen zu wollen. Gelegentlich habe ich keine Kontrolle darüber. Ich wollte zum Beispiel nicht wissen, was von Ivorys Kleid auf mich überging. Es kam ohne mein Zutun.«

»Und wie war das mit Graham Denison? Hast du das zufällig entdeckt oder mit Absicht?«

»Mit Absicht«, gestand sie.

»Warst du auf der Suche nach seinem Mörder?«

»Ich war auf der Suche nach *ihm*.«

Grey sah sie zweifelnd an. »Dachtest du, ich kenne ihn?«

»Ich dachte, du *bist* Graham Denison.«

»Das ergibt keinen Sinn.«

»Nein«, seufzte sie. »Das tut es nicht. Nicht, wenn du die Dinge von deinem Standpunkt aus betrachtest. Dadurch wird alles sehr verwirrend.«

»Ungeheuer verwirrend«, entgegnete er trocken. »Berkeley, versuche bitte, mir Klarheit zu verschaffen. Du sagst, ich hätte eine verblüffende Ähnlichkeit mit Mr. Denison.«

»Die hast du.«

»Dann muss ich unterstellen, dass du ihm begegnet bist.«

»Du kannst unterstellen, was du willst, woraus sich nicht zwangsläufig ergibt, dass du im Recht bist. Diesmal misst du meinen Worten eine Bedeutung zu, die ich nicht beabsichtigt habe.«

»Aha. Und der Ohrring? Was soll ich darunter verstehen, wenn du sagst, Denison habe ihn dir ›in gewisser Weise‹ geschenkt?«

»Darunter sollst du gar nichts verstehen«, antwortete sie entwaffnend ehrlich. »Ich war mit Absicht ausweichend.«

»Ja«, meinte er. »Das warst du. Heißt das, du bist nicht wirklich bereit, mir etwas über Graham Denison zu erzählen?«

Berkeley zögerte, drückte seine Finger und wollte ihm nicht in die Augen sehen. Sie kam sich wie ein Feigling vor. »Das heißt, ich bin nicht bereit, dir irgendetwas über mich zu erzählen«, sagte sie leise und wagte einen flüchtigen Blick in sein Gesicht. »Es tut mir Leid, Grey.«

»Mir tut es auch Leid. Ich hatte gehofft ...« Er berührte ihr Kinn und zwang sie, ihm in die Augen zu schauen. »Vielleicht wird alles einfacher, wenn wir verheiratet sind.«

KAPITEL 10

Nat gewann die Wette. Er gewann, weil er der Einzige im Haus war – ob Gast oder Angestellter –, der behauptet hatte, Grey Janeway brauche volle sieben Tage, um Berkeley zu erweichen. Und als er gefragt wurde, wieso er auf die Sieben gesetzt habe, antwortete er mit entwaffnender Logik, selbst der liebe Gott hätte sieben Tage zur Erschaffung der Welt gebraucht, wenn er es mit Miss Shaw zu tun gehabt hätte. Unter schallendem Gelächter sammelte Nat seine Gewinnsumme von dreihundert Dollar ein.

Einer Frau ernsthaft den Hof zu machen war eine ausgesprochen mühsame Angelegenheit, stellte Grey fest, als er sich an die Bar lehnte. Zunächst waren da die Unmengen von Blumen, mit denen Berkeleys Suite sich füllte. Nachmittags überraschte er sie mit Ausfahrten im Einspänner, abends mit Theater und Konzertkarten und am Sonntag lud er sie zu einem Ausflug mit dem Dampfschiff auf dem Sacramento River ein. Grey verfolgte eigentlich keinen Plan, er wollte sie bloß so lange beschäftigen, bis sie ihm das Jawort gab, nur um endlich ihre Ruhe zu haben. Auf jeden Fall würde sie in seine Suite ziehen müssen, weil in ihren Zimmern wegen der Blumen kein Platz mehr für sie war.

Grey folgte ihr mit Blicken, als sie sich einen Weg durch die Menge bahnte. Auf ihrem Weg wurde sie von Gästen und Spielern aufgehalten, wechselte mit jedem ein paar Worte, während ihre schönen Augen immer wieder Blickkontakt mit ihm suchten, als sei er der ruhende Pol im Sturm. Seltsam, da ihre Gegenwart auf ihn eine ganz andere Wirkung hatte. Er bezähmte seinen Wunsch, ihr entgegenzueilen, weil er nicht wusste, ob seine Hilfe erwünscht war, und außerdem genoss er es, dass sie zu ihm kam.

Dann stand sie vor ihm, ihre Finger strichen federleicht über seine Hand. »Ist alles in Ordnung?« Ihr Blick erforschte seine angespannten Gesichtszüge, den Muskel, der in seiner Wange arbeitete.

Er zog sie an sich. »Alles ist gut«, antwortete er mit tiefer Stimme. Sie war bei ihm und sie war freiwillig zu ihm gekommen. »Kein Bedauern.«

Berkeley lächelte unsicher. »Fragst du, ob ich etwas bedauere? Oder sagst du, dass du nichts bedauerst?«

»Es war eine Frage.«

Sie warf einen flüchtigen Blick über die Schulter. Das *Phönix* war wie üblich brechend voll, doch die Gäste hielten ein wenig Abstand, als sei eine unsichtbare Grenze um das Paar gezogen. Berkeley fühlte sich in Greys Nähe geborgen. »Kein Bedauern. Ich habe sieben Tage ausgeharrt, weil ich sicher sein wollte.« Und sie hatte schließlich nachgegeben, weil sie sich Grey nicht wirklich sicher sein konnte.

»Ich dachte, du hast so lange gewartet, weil du wolltest, dass Nat den Gewinn einsteckt.«

Berkeley lächelte geheimnisvoll. »Du bringst mich nicht dazu einzugestehen, ich hätte davon gewusst.«

Grey schlang den Arm um ihre Mitte. »Willst du dich heute früher zurückziehen? Man wird Verständnis haben, dass du am Abend vor deiner Hochzeit ein paar Stunden für dich haben willst.«

Seine Rücksichtnahme rührte sie. Sie spürte seinen Arm an ihren Rücken wie ein wärmendes, tröstendes Band. »Ja, das würde ich gern.«

Grey nickte. »Geh nur.« Er gab sie frei. Deswegen hatte sie also seine Nähe gesucht; er war froh, ihrer Bitte zuvorgekommen zu sein. Ihm war nicht entgangen, dass sie in letzter Zeit müde wirkte, oft das Frühstück verschlief und in den frühen Abendstunden bereits verstohlen gähnte. Wenn er sie nicht ausführte, verbrachte Berkeley die Nachmittage auf ihrem Zimmer. Die Blumen, die Theaterbesuche, die Ausfahrten waren seine Idee gewesen und sie schien nicht recht zu wissen, was sie von seinen Aufmerksamkeiten halten sollte. Grey fürchtete, sie überfordert zu haben.

»Grey? Was ist mit dir?«

Einen Augenblick überlegte er, ob er seine Gedanken laut ausgesprochen hatte. Nein, sie hatte die Unsicherheit in seinen Gesichtszügen gelesen. Grey holte sich aus seinen Grübeleien. »Nichts. Nimm die Hintertreppe. Dann bemerken die Gäste nicht gleich, dass du gegangen bist.«

Berkeley zögerte. So gern sie dem Trubel des Casinos entflohen wäre, so ungern wollte sie Grey allein lassen. Wenn sie nur einen Funken Mut besäße, würde sie ihn bitten, mit ihr zu kommen, sich zu ihr zu setzen, bis sie eingeschlafen wäre, sich zu ihr zu legen, sie in den Armen zu halten, sie zu berühren, seine Lippen auf die ihren zu legen, ihr zu erlauben, die Arme für ihn zu öffnen, ihren Mund, ihren Körper. Sie wollte ihn haben. Bei all ihrer hellseherischen Begabung war Berkeley unsicher, ob das auch sein Wunsch war. Morgen sollte die Hochzeit sein und er hatte ihr nie gesagt, dass er sie liebte. Diese Worte auszusprechen gehörte nicht zu Greys Werbestrategie. »Gute Nacht, Grey.«

Grey nickte und sah ihr nach. Einen Augenblick meinte er, sie würde ihn bitten, sie zu begleiten. Du Narr, schalt er sich. Nicht ein einziges Mal in dieser langen Woche hatte sie ihre kühle Distanz abgelegt, was ihr vermutlich nicht schwer gefallen war, da sie ihn schließlich nicht liebte.

»Sam, schenk mir ein Glas ein«, meinte Grey und drehte sich zur Bar. »Besser noch, gib mir die ganze Flasche.«

Nat trug einen Eimer Abfälle aus der Küche. Annie Jacks Stimme war noch zu hören, als die Tür hinter ihm zuklappte. »Wirf das Zeug in die Gasse«, brüllte sie. »Annie will keine schnüffelnden Köter an ihrer Küchentür haben.« Gehorsam hüpfte Nat die Stufen der hinteren Veranda hinunter, marschierte über den Hof und wollte die Abfälle ausleeren, als ihm der Eimer aus der Hand gerissen und er am Kragen hochgehoben wurde.

»Hier lang«, murmelte eine Stimme nah an seinem Ohr. »Du bist uns eine Erklärung schuldig.«

Auf ihrem Weg nach oben durchquerte Berkeley die Küche, als Annie die Hintertür aufriss und Nat zurief, er solle gefälligst den zweiten Eimer wegbringen. »Dieser Junge«, brummte sie vor sich hin. »Schafft nicht den kürzesten Weg, ohne sich ablenken zu lassen. Wo mag er nur wieder stecken?«

»Kann ich Ihnen helfen?«, fragte Berkeley.

Annie beäugte skeptisch Berkeleys Seidenkleid und die zierlichen Stiefeletten. »Na, das wäre ein schöner Anblick: Sie in *diesem* Kleid und *diesen* Schuhen durch den Dreck trippeln zu sehen.«

Berkeley nahm Annie den vollen Eimer aus der Hand. »Dann genießen Sie den Anblick«, meinte sie, drängte sich an Annies Leibesfülle vorbei und trat auf die Veranda. »Nat! Du hast den zweiten Eimer vergessen.« Sie horchte in die Nacht, glaubte scharrende Geräusche und einen unterdrückten Schrei vom Stall her zu hören. Sie horchte. »Nat! Ist alles in Ordnung? Ist jemand bei dir?«

»Ich komme schon!«, rief er aus der Dunkelheit herüber.

Hinter ihr wollte Annie etwas sagen, doch Berkeley brachte sie mit einer ungeduldigen Handbewegung zum Schweigen. Sie spähte in die Finsternis, versuchte die tieferen Schatten an der Wand des Stalls zu erkennen. Als sie die Verandastufen hinuntersteigen wollte, sah sie, wie ein Schatten sich löste. Und dann kam Nat auf sie zugerannt. Als sie wieder zum Stall spähte, war kein Schatten mehr zu sehen.

Nat streckte die Hand nach dem Eimer aus. »Ich nehme ihn, Miss Shaw.«

Berkeley schüttelte den Kopf. »Jemand anderer soll ihn wegbringen. Du kommst mit mir.« Um sich zu vergewissern, dass er gehorchte, ergriff sie seine ausgestreckte Hand. »Jetzt gleich«, befahl sie.

Als Grey den schmalen Lichtstreifen unter seiner Tür sah, glaubte er, die Lampe nicht gelöscht zu haben; nächtliche Besucher erwartete er jedenfalls nicht. Berkeley hatte sich einen Schal umgelegt und auf dem hohen Lehnstuhl vor dem Kamin zusammengerollt. Nat lag auf dem Sofa, ein bestrumpftes Bein hing über der Armlehne. Beide schliefen.

Grey fragte sich, wer von beiden das Türschloss geknackt hatte. Vermutlich war es Gemeinschaftsarbeit, das würden sie zumindest behaupten, wenn er danach fragen würde. Kopfschüttelnd und leicht amüsiert kauerte Grey sich neben Berkeleys Stuhl und berührte ihr Knie. Er flüsterte ihren Namen mehrmals, ehe sie die Augen aufschlug.

»Ach«, murmelte sie verträumt lächelnd. »Da bist du ja.«

»Was machst du hier?«, fragte er.

Ihre verschlafenen Augen wanderten zu Nat auf dem Sofa. »Bringst du ihn in sein Zimmer? Er wollte wach bleiben und es dir selbst sagen. Aber dann ist er eingeschlafen.« Sie gähnte hinter vorgehaltener Hand. »Ich erkläre dir alles später.« Sie bemerkte seinen skeptischen Blick. »Heiliges Ehrenwort.«

»Einverstanden. Komm und hilf mir, ihn zu Bett zu bringen.«

Grey holte den Zimmerschlüssel aus Nats Hosentasche und gab ihn Berkeley, dann hob er den Jungen in die Arme. Hätte Nat gewusst, dass er wie ein Baby getragen wurde, hätte er angeekelt das Gesicht verzogen, doch er schlief tief und fest und wachte nicht einmal auf, als ihm das Nachthemd übergestreift und er unter die Bettdecke gesteckt wurde. Grey sah zu, wie Berkeley dem Jungen über den flachsblonden Wuschelkopf strich, sich über ihn beugte und ihn küsste, ehe sie die Lampe löschte.

»Du bist wie eine Mutter zu ihm«, meinte Grey auf dem Flur. »Er nennt dich Miss Shaw, aber eigentlich bist du seine Ersatzmutter.«

»Ich weiß.« Sie warf Grey einen Seitenblick zu. »Hast du etwas dagegen?«

»Nein. Wieso?«

»Weil du dadurch auch Verantwortung für ihn trägst.«

»Die trage ich seit dem Tag, als du ihn ins Haus gebracht hast.« Grey öffnete die Tür zu seinem Zimmer und ließ ihr den Vortritt. »Er könnte dein Sohn sein. Das blonde Haar. Die Gesichtsform. Aber er hat meine Augen.«

»Und deine Klugheit.« Sie wandte sich ihm zu. Ihre Miene war sehr ernst. Ihre Augen glänzten seltsam, ihre Stimme klang belegt. »Kannst du ihn gern haben, Grey? Als wäre er dein Sohn? Könntest du ihm verzeihen, wenn er etwas getan hätte, das …«

»Berkeley.« Grey nahm sie bei den Handgelenken. »Was hat das zu bedeuten? Was ist passiert? Setz dich.« Er zog sie zum Sofa. »Willst du etwas trinken?«

Sie schüttelte den Kopf und nahm Platz. Sie entzog ihm ihre Hände, verschränkte sie im Schoß und hielt den Blick darauf gesenkt. »Kannst du mir verzeihen?«

Er berührte ihr Kinn und hob ihr Gesicht. »Du solltest mir alles erklären.«

»Nat und ich«, begann sie zaghaft, »wir beide haben dich in Gefahr gebracht. Jemand hat den Zusammenhang zwischen dir und Graham Denison herausgefunden.« Grey schien nicht zu verstehen. »Der Mann, den du getötet hast, Grey. Das hat sich herumgesprochen.«

Grey ließ die Hand sinken und atmete langsam aus, ohne sich aus der Ruhe bringen zu lassen. »Wer? Wer weiß davon?«

»Decker und Colin Thorne.«

»Verstehe«, sagte er, obwohl er keineswegs verstand. »Und wer sind die beiden?«

Berkeley tastete nach dem Anhänger an ihrem Hals und drehte den goldenen Tropfen zwischen den Fingern. »Die beiden Männer, die mir diesen Ohrring gaben. Sie bezahlten meinem Vater und mir die Reise nach San Francisco. Wir sollten Graham Denison für sie finden, doch sie setzten ihr Geld und ihr Vertrauen aufs falsche Pferd. Mein Vater hat sie von Anfang an betrogen.« Sie wandte den Blick. »Nein«, fuhr sie leise fort. »Das stimmt nicht ganz. Ich war mit dabei und half ihm, den Betrug durchzuführen. Ich trage ebenso Schuld daran wie Anderson Shaw.«

Greys Herz zog sich schmerzhaft zusammen in der Erkenntnis, dass sie ihm Dinge gestand, die sie ihm noch vor einer Woche verschwiegen hatte. Sie machte ihm am Vorabend ihrer Hochzeit ein schwerwiegendes Geständnis, nicht weil sie den Wunsch danach verspürte, sondern weil sie glaubte, keine andere Wahl zu haben. »Sprich weiter«, hörte er sich sagen, obwohl es ihm lieber gewesen wäre, sie hätte gar nicht erst angefangen. »Erzähle mir von dem Betrug.«

»Ich weiß nicht, wie mein ... Vater etwas von den Thornes in Erfahrung brachte. Er verstand sich glänzend darauf, Menschen ausfindig zu machen, die glaubten, seine Dienste zu brauchen. Er überließ nichts dem Zufall. Er wusste über Colin und Decker Thorne bereits mehr, als sie ahnen konnten, ehe wir in ihr Haus in Boston eingeladen wurden. Darin bestand unser Gewerbe. Wir redeten Menschen ein, dass sie unsere Unterstützung brauchten. Mein Vater hatte die Begabung, die Menschen glauben zu machen, es sei ihre Idee gewesen. Und meine Begabung ...« Ihre Stimme verlor sich. Mit einem wehmütigen Lächeln wandte sie das Gesicht ab. »Nun, meine Begabung kennst du ja, auch wenn du sie nicht wirklich wahrhaben willst.«

»Ich bin mir gar nicht mehr so sicher.« Er stand auf, trat an die Anrichte und schenkte sich ein Glas Whiskey ein. »Welche Dienste habt ihr diesen Leute angeboten?«

Berkeley breitete hilflos die Hände aus, als sei sie um eine Erklärung verlegen. »Verloren geglaubte Dinge zu finden ... Daraus bestand unsere Arbeit vorwiegend. Verlorener Familienschmuck. Dokumente. Ich hatte die Aufgabe, die gefundenen Dinge als echt zu erklären und ihren Wert zu schätzen. Manchmal sollte ich auch vermisste Personen finden.«

»Wie oft hast du dich dabei auf deine Begabung verlassen?«, fragte Grey. »Und wie oft war dein Erfolg auf Andersons Nachforschungen zurückzuführen?«

»Das weiß ich nicht genau«, antwortete Berkeley achselzuckend. »Er hat mir nie ganz vertraut, aber seine Angst, ich könne ihn enttäuschen, war noch größer. Deshalb überließ er nichts dem Zufall. Ich half ihm nur widerwillig und das wusste er. Meine Mutter war es, die ihm von meiner Gabe erzählte. Doch er glaubte ihr nicht wirklich. Aber sie nahm ihm das Versprechen ab, mich nicht im Stich zu lassen.«

»Und er hat sein Versprechen gehalten.«

»Ja«, hauchte sie kaum hörbar. »Er hat mich nicht aus den Augen gelassen.«

Grey studierte ihr Profil. Ihre bleichen Züge waren angespannt. Und als sie eine weizenblonde Locke aus dem Gesicht strich, sah er ihren Pulsschlag an der Schläfe. »Was muss ich sonst noch wissen, Berkeley?«

Sie zuckte zusammen, als seine Stimme sie aus ihren Grübeleien holte. »Colin und Decker Thorne sind Brüder«, fuhr sie fort. »Es gibt einen dritten Bruder, Greydon, den Jüngsten. Sie wurden als Kinder getrennt, nachdem ihre Eltern in der Nähe von London einem Mordanschlag zum Opfer fielen. Greydon war damals noch ein Säugling. Der einzige Hinweis auf seine Identität ist ein Ohrring wie der, den ich als Anhänger trage. Der hier ist eine Kopie, die Colin in London anfertigen ließ. Das Original wurde im 16. Jahrhundert zur Krönung von Königin Elizabeth angefertigt.« Als Grey sie skeptisch anblickte, versicherte sie: »Es ist wahr. Die Ohrringe befinden sich im Familienbesitz der Thornes. Jonna Remington hat sie in Verwahrung. Vielleicht hast du von ihr gehört.«

Grey stellte das Glas ab. »Die Remington-Schifffahrtslinie? Diese Remingtons?«

Berkeley nickte. »Sie war es, die Kontakt zu meinem Vater aufnahm. Sie wollte ihrem Ehemann und ihrem Schwager Colin helfen, ihren jüngsten Bruder Greydon zu finden. Anderson Shaw gelang es, ihre Bekanntschaft zu machen. Mein Vater wollte immer schon nach Kalifornien, in der festen Überzeugung, hier ein reicher Mann zu werden. Ihm fehlte nur jemand, der die Reise finanzierte.«

»Die Familie Thorne.«

»Richtig. Wir haben viel Geld verdient. Unsere Kunden erwiesen sich als sehr großzügig, wenn wir einen verlorenen Gegenstand wiederfanden oder einen Betrug aufdeckten. Aber mein Vater konnte das Geld nicht zusammenhalten. Er warf es mit vollen Händen zum Fenster hinaus.« *Was er nicht vertrank, ließ er bei den Huren,* dachte sie. »Er konnte nicht genug kriegen und hatte trotzdem nie Geld. Jedenfalls reichte es nicht für zwei Schiffspassagen nach Kalifornien.«

Grey saß vorgebeugt, die Arme auf die Knie gestützt, und bewegte das Glas zwischen den Händen. »Also überzeugte er die Thornes, dich auf die Suche nach Greydon anzusetzen.«

»Beinahe«, antwortete sie. »Der letzte Mensch im Besitz eines der Ohrringe – des echten Ohrrings – war Graham Denison. Decker wusste nichts davon, bis Graham verschwand. Das Schmuckstück fand sich im Hause der Remingtons, nachdem Graham zu Besuch war.«

»Dann kannten Decker und Graham einander also.«

»Ja.«

»Aber Graham ist nicht der gesuchte Bruder.«

»Das weiß niemand. Deshalb war es so wichtig, Graham ausfindig zu machen. Er hätte die Verbindung zu dem Ohrring aufklären können.«

Grey starrte in sein Glas; seine Hände zitterten, so dass die bernsteinfarbene Flüssigkeit sich leicht bewegte. »Wenn du ihn gefunden hättest«, sagte er dann bedächtig. »Wenn ich ihn nicht getötet hätte.«

»Ja.« Berkeley trat an Greys Stuhl, kniete sich vor ihm nieder, stellte sein Glas beiseite und umfing seine beiden Hände. »Ich wollte nicht hierher kommen«, sagte sie. »Von Anfang an versuchte ich, Anderson davon abzubringen, die Thornes auszunutzen. Ich wusste es, bevor wir sie kennen lernten und ... und nach dem Besuch war ich ganz sicher. Das sind keine Männer, die man betrügen kann, ohne Konsequenzen befürchten zu müssen.«

»Und dennoch hast du dich auf den Plan deines Vaters eingelassen.«

»Ein Nein genügte ihm nicht. Du kanntest ihn nicht. Und du verstehst nicht, was es mit meiner Gabe auf sich hat. Ich habe dir bereits erklärt, dass ich keine völlige Kontrolle darüber habe. Als ich die Thornes kennen lernte und begriff, wie gefährlich es ist, diese Männer zu Feinden zu haben, dachte ich noch, ich würde es schaffen, uns rauszuhalten. Aber die Ohrringe ... sie strahlten eine starke Kraft aus. Als ich sie in der Hand hielt, hatte ich ähnliche Empfindungen wie bei Ivorys Kleid. Ich hatte keine Kontrolle darüber, was ich sagte. Ich konnte meine Empfindungen nicht verbergen und ich konnte nicht lügen. Ich wusste es: Graham Denison ist tot. Es war mein ... mein Vater, der ihnen sagte, was ich zu erklären versuchte, bevor ich in Ohnmacht fiel. Er behauptete, wir würden den Beweis in San Francisco finden.«

»Dann hast du gar nicht erwartet, Mr. Denison hier zu finden.«

Berkeley schüttelte den Kopf. »Ich glaubte nicht, ihn irgendwo zu finden. Am allerwenigsten dachte ich, seinen Mörder hier anzutreffen.«

Grey entzog ihr die Hände, lehnte sich zurück und seufzte schwer. »Gütiger Himmel, wenn du nur aufhören würdest, so etwas zu behaupten.«

»Ich wünschte, ich hätte nie mit dir darüber gesprochen. Dadurch hat Nat es erfahren. Nicht, weil ich es ihm gesagt habe«, fügte sie eilig hinzu. »Er hörte zufällig, wie wir darüber sprachen.«

»Mein Gott«, murmelte Grey. »Wie furchtbar.« Er rieb sich den verspannten Nacken. »Erzähl mir die ganze Geschichte.«

»Vor längerer Zeit schrieb ich Decker Thorne einen Brief, in dem ich ihn von Mr. Denisons Tod informierte. Ich hatte natürlich keinen Beweis und wollte deinen Namen nicht erwähnen ...«

»Vielen Dank«, bemerkte Grey trocken.

»Also wiederholte ich nur, was mir längst klar war: Die Suche nach Greydon Thorne verlief ohne Ergebnis. Etwas an meinem Brief, vielleicht die Kürze, hat vermutlich Verdacht geweckt. Offenbar sind die Brüder gekommen, um sich den Ohrring zu holen. Er ist ziemlich wertvoll, obwohl er eine Kopie ist. Colin Thorne hatte ihn anfertigen lassen, um mich als Betrügerin zu entlarven. Ich wusste sofort, dass ich eine Kopie in der Hand hielt. Er strahlte nichts aus. Aber eigentlich dachte ich, ich könne den Schmuck behalten als Lohn für meine Bemühungen.«

»Die Herren scheinen da ganz anderer Meinung zu sein.«

»Das ist mir mittlerweile auch klar geworden.« Berkeley zog sich einen Schemel heran und setzte sich, umschlang ihre Knie und sah Grey ins Gesicht. »Du kannst dir nicht vorstellen, wie reich diese Leute sind, Grey. Es erscheint mir seltsam, dass sie den Ohrring unbedingt wieder haben wollen.«

Grey enthielt sich eines Urteils. »Und was hat Nat mit der ganzen Sache zu tun?«

»Sie haben sich an ihn herangemacht, als sie herausfanden, dass ich im *Phönix* wohne. Ich kann mir den Grund für ihre Heimlichkeiten nicht erklären, aber irgendetwas muss dahinter stecken.«

»Bist du sicher, dass es sich um die Thornes handelt?«

»Ich habe sie zwar nicht gesehen, aber Nat nannte mir ihre Namen.«

Grey zog die Brauen zusammen. »Sprich weiter.«

»Erinnerst du dich daran, als Nat vor ein paar Wochen verschwand?«

»Ja, natürlich.«

»Damals war ich der Meinung, er habe den Ohrring genommen, weil er wollte, dass ich nach ihm suche. Nun behauptet er, er habe ihn genommen, weil die Thornes ihm den Auftrag dazu gaben. Sie versprachen ihm angeblich eine hohe Belohnung.«

Grey dachte nach, den Blick auf einen fernen Punkt

hinter Berkeleys Schulter gerichtet. »Hat Nat es sich anders überlegt?«

»Ja. Er wollte sie nicht mehr treffen und hielt sich seitdem immer in der Nähe des Hauses auf. Dadurch sahen sie sich gezwungen, andere Mittel zu ergreifen. Sie kamen heute vorbei und suchten ihn.«

»Sie waren im Casino?«

»Nein. Sie lauerten ihm draußen auf.«

Grey verzog verächtlich den Mund bei der Vorstellung, dass zwei erwachsene Männer einem Kind auflauerten. »Offenbar haben sie mit Nat geredet.«

»Nur kurz«, sagte sie. »Als er Küchenabfälle auf den Hof brachte. Sie jagten ihm Angst ein. Er erzählte ihnen, er komme nicht mehr an den Ohrring heran, und dachte, damit sei die Sache erledigt.«

»Doch er hat sich geirrt. Was haben sie aus ihm herausgequetscht? Etwas über Graham Denison?« Grey wusste die Antwort schon, ehe er sie in Berkeleys Augen las. »Nat hat ihnen erzählt, ich hätte Denison getötet.«

Berkeley biss sich auf die Unterlippe und nickte. »Ja, er hatte unser Gespräch zufällig belauscht. Er wollte es ihnen nicht freiwillig sagen, Grey. Sie haben ihm furchtbare Angst eingejagt.«

Grey glaubte, Nathaniel Corbett gut genug zu kennen, um zu wissen, dass er dieses Geständnis nicht leichtfertig gemacht hatte. »Sie haben gedroht, dir etwas anzutun. Nat hat gestanden, weil er Angst um dich hatte.«

Tränen stiegen Berkeley in die Augen. Ihre Stimme klang heiser und gepresst. »Er stand vor einer furchtbaren Entscheidung. Bitte gib ihm keine Schuld.«

Grey zog Berkeley hoch und setzte sie sich auf den Schoß. Sie leistete keinen Widerstand, barg ihr Gesicht an seinem Hals und weinte. Grey streichelte ihr Haar. »Wie könnte ich? Ihm blieb keine andere Wahl. Er hat dich gern. Nat hat genau das getan, was ich mir von ihm gewünscht hätte.«

»Er hat dich auch sehr gern.«

»Er achtet mich. Vielleicht bewundert er mich sogar.«

Berkeley hob den Kopf. Ihre Augen glänzten tränenfeucht. »Es ist mehr als das. Du hast es selbst gesagt: Nat könnte unser Sohn sein. Er liebt dich wie einen Vater. Das weiß ich. Deshalb hat er ein so furchtbar schlechtes Gewissen.«

»Schon möglich«, erwiderte Grey sanft. »Aber das ändert nichts an den Tatsachen.«

Berkeley wischte sich energisch die Tränen aus dem Gesicht. »Das weiß ich. Und Nat weiß es auch. Wir haben darüber geredet. Vielleicht wäre es besser, wenn Nat und ich fortgingen.«

»Du willst mich im Stich lassen?«

»Nein!« Sie schüttelte heftig den Kopf. »Nein, so wäre es nicht.«

»Doch, genau so wäre es. Ich gehe nicht von hier fort. Ich bin hier zu Hause.« Er reichte ihr sein Taschentuch. »Noch etwas, Berkeley. Als du mir einmal sagtest, eine Frau würde mir das Leben schwer machen, wusstest du damals schon, dass du diese Frau bist?«

»Ich hatte nie die Absicht, dir das Leben schwer zu machen, wenn du das meinst.«

»Das meine ich keineswegs. Ich frage mich nur, ob du vor mir gewusst hast, dass es mit mir so weit kommt.«

Berkeley hielt sich das Taschentuch an die Nase. »Wie weit denn?« Sie schnäuzte sich geräuschvoll und wenig damenhaft.

Grey schmunzelte. Es war kein sonderlich feierlicher Augenblick, um ein Geständnis zu machen. »Dass es so weit mit mir kommt, dass ich mich über beide Ohren in dich verliebe.«

Hinter dem Taschentuch fiel Berkeley der Unterkiefer herunter. Sie wischte sich die Nase, faltete das Taschentuch sorgfältig und steckte es in den Ärmel. »Musst du mir das ausgerechnet sagen, während ich mir die Nase putze?«, fragte sie, um Würde bemüht. »Ich mache nicht den besten Eindruck.«

»Nein, da hast du Recht.«

»Du musst mir nicht auch noch beipflichten.«

Grey zupfte an einer Locke, bis sie ihm das Gesicht zuwandte. Ihr schöner Mund war wie eine Einladung. »Mit dir zu streiten hat nie viel Sinn gehabt.«

»Findest du?«

Greys Mund legte sich auf den ihren und erstickte jede weitere Erklärung. Sie schlang die Arme um seinen Hals und schmiegte sich an ihn. Ihre Zunge berührte seine Lippen, strich über seine Zahnreihen und drängte sich in die Mundhöhle, die nach Whiskey und Pfefferminz schmeckte. Grey raunte ihren Namen.

Seine Finger tasteten an den Ausschnitt ihres Kleides, schoben ihr die Ärmel von den Schultern, so dass ihre Brüste aus dem seidenen Mieder quollen. Er spürte ihren flatternden Herzschlag. Sie hielt seine Hände einen Augenblick fest, um Atem zu holen und Mut zu fassen. Langsam streckte sie sich, bis ihre Brüste sich aus dem Korsett befreiten und in seine Hände glitten.

Sie küsste ihn tief und stöhnte kehlig, als seine Finger ihre Brustknospen streichelten. Sie konnte nicht klar denken, doch ihr Körper wusste, was zu tun war. Ihn zu liebkosen war so selbstverständlich wie Atem zu holen.

Der Weg zum Schlafzimmer wurde von einer Spur weggeworfener Kleidungsstücke markiert. Ihr Kleid lag im Salon. Sein Hemd in der Bibliothek. Eine duftige Wolke gerüschter Unterröcke bauschte sich vor dem Kamin. Hosen. Strümpfe. Ein Korsett. Unterhosen. Sie sanken nackt aufs Bett.

Berkeley streckte sich unter ihm. Er hielt ihre Handgelenke umfangen. Seine Nase streifte die ihre, als sein Mund sich auf ihre Lippen legte. Er küsste sie innig und dachte dabei, dass sie so ähnlich schmeckte wie sie war, süß und bitter zugleich. Er lächelte.

Berkeley öffnete die Augen, sah sein leicht verruchtes Lächeln, in das sich ein Hauch Selbstgefälligkeit mischte. Und es störte sie nicht. Sein Lächeln war wie er: stolz und hochmütig, aber auch wundervoll verwegen. Das Lächeln eines Piraten, dachte sie. Und der Gedanke ließ auch sie lächeln.

Grey beobachtete sie und seine Augen verdunkelten sich. »Öffne dich für mich.« Seine Stimme klang heiser.

»Ja«, antwortete sie schlicht.

Er gab ihre Hände frei, die sich um seinen Hals schlangen. Ihre Schenkel öffneten sich. Berkeley zog die Knie an und hob ihm ihre Hüften entgegen. Ihr Körper war bereit für ihn, sie war heiß und feucht und sehnte sich danach, ihn zu empfangen. Sie unterdrückte einen Schrei, als sie seinen ersten langsamen Stoß spürte, und schloss die Augen.

»Meine süße, süße Berkeley«, raunte er. »Immer noch so scheu. Ich will dich sehen.«

Ihre Lider flatterten, als er tiefer in sie drang. Ihre Augen erforschten sein Gesicht.

»Und ich will dich hören.« Er begann sich zurückzuziehen. Ihr winziger Protestlaut genügte, um sich wieder tief in sie zu versenken. »Ja, genau so«, flüsterte er. Sein Mund streifte ihre Lippen. »Genau so.«

Berkeleys Finger strichen über seinen muskulösen Rücken. Der Schauer, der ihn durchrieselte, erfasste auch sie. Ihre Herzen schlugen im Takt, ihre Körper bewegten sich im Gleichklang. Das Rauschen ihres Blutes erhöhte ihr gemeinsames Verlangen, sie waren eine Einheit in der Leidenschaft ihrer Vereinigung.

Berkeley konnte sich ihren Gefühlen nicht länger verweigern, sie liebte ihn.

Grey spürte, wie die Innenseiten ihrer Schenkel sich an seine Hüften pressten. Ihre Fußsohlen strichen seine Beine entlang. Sie rang nach Atem, hob sich ihm entgegen. Grey hielt sich zurück, wartete auf ihren Höhepunkt, und als die Erlösung kam, hielt er sie umschlungen, wiegte sich mit ihr, drängte sich in sie, schneller und kraftvoller, bis sein heiserer Lustschrei die Stille zerriss.

Berkeley streichelte seinen Nacken. Ihre Finger wühlten sich in sein dunkles Haar. Sie küsste ihn zärtlich. Ihre Lippen waren feucht und geschwollen. Ihr Schoß umfing ihn zuckend, als wolle sie ihn festhalten, eine Bewegung, die nicht ihrem Willen unterworfen war. Wieder durchfuhr ihn ein Schauer, er schloss die Augen und genoss das letzte Aufflammen ihrer gemeinsamen Erregung.

Grey löste sich von Berkeley und drehte sich auf den Rücken; allmählich beruhigte sich sein Herzschlag. Er legte den Arm über die Augen, spürte, wie sie ihn mit dem Knie berührte. Sie wollte ihm nahe sein, schlang einen Arm um seine Brust und barg den Kopf an seiner Schulter.

Die Minuten verstrichen. Er dachte, sie sei eingeschlafen, und war erstaunt, als sie fragte, ob er schlafe.

»Nein«, murmelte er. »Ich bin wach.«

»Hmmm.«

Grey wartete. Berkeley schwieg. »Wolltest du mir etwas sagen?«

»Nein.«

»Verstehe.«

Sie lächelte. »Das sagst du immer, wenn du verwirrt bist.«

»Verstehe«, wiederholte er. »Du kennst mich ziemlich gut.«

Berkeley richtete sich halb auf und stützte sich auf den Ellbogen. »Genau das dachte ich, aber umgekehrt.«

»Genau so, nur umgekehrt.« Grey nahm den Arm von den Augen und sah sie schalkhaft an. »Verstehe.«

Sie stach ihm den Zeigefinger zwischen die Rippen und blieb ungerührt, als er einen gequälten Laut von sich gab. »Es stimmt«, erklärte sie. »Ich weiß eine Menge wichtiger Dinge über dich, aber nur wenige Einzelheiten.«

»Was denn zum Beispiel?«

»Ich weiß, du bist ein vorsichtiger Mann. Aber ich weiß nicht, wo du geboren bist.«

»Erkennst du das nicht an meinem Akzent?«, fragte er gedehnt.

»Dein Akzent ist einstudiert. Manchmal singend und weich wie Honig und dann wieder knapp und spitz. Du könntest ein Baumwollbaron aus den Südstaaten sein, aber auch ein geschäftstüchtiger Yankee.«

»Vielleicht bin ich beides.«

»Bist du beides?«

Grey furchte die Stirn. »Du weißt, wer ich bin, Berkeley. Ich habe ein Spielcasino und Hotel. Ich besitze außerdem Land in der Umgebung, das ich eines Tages bebauen werde, und ich habe Anteile an der Eisenbahngesellschaft. Ich bin also ein Geschäftsmann, so langweilig und nüchtern wie all die anderen Bankiers und Geschäftsleute in der Stadt. Und ich bin ein vorsichtiger Mann.«

»Und wo bist du geboren?«

»Auf einem Schiff.«

Berkeleys smaragdgrüne Augen weiteten sich. »Auf einem Schiff«, wiederholte sie leise.

Er nickte. »Mitten auf dem Atlantik, ein paar hundert Meilen vor der Küste von Charleston. Ich kenne viele Hafenstädte, London, Boston. Shanghai. Buenos Aires. Ich war in Paris und Rom. Ich bin auf diesem Schiff groß geworden. Vielleicht erklärt das meinen Akzent.«

»Vermutlich«, meinte Berkeley, ohne überzeugt zu

sein. »Deine Eltern waren also keine Passagiere auf dem Schiff.«

»Nein. Sie waren keine Passagiere.«

Berkeley wartete vergeblich auf eine nähere Erklärung, ohne ihn zu drängen. »Wie bist du nach San Francisco gekommen?«

»Durch Zufall. Unser Schiffsrumpf wurde von einem Wal aufgeschlitzt. Wir mussten rasch den nächsten Hafen anlaufen. Und das war die Bucht von San Francisco. Hier war gerade der Goldrausch ausgebrochen. Die Hütten und Zelte waren fast alle verlassen, weil die Bewohner in die Berge abgewandert waren. Unser Schiff war das erste, das in der Bucht liegen blieb.«

»Es blieb dir also gar keine andere Wahl, als hier zu bleiben.«

»Nicht wirklich. Und es störte mich nicht. Ich bin gern geblieben. Ich stieß bald auf eine kleine Goldader, holte mir das Gold, an das leicht heranzukommen war, und verkaufte dann das Schürfrecht an Männer, die gewillt waren, sich abzurackern, um an den Rest zu gelangen. Ich ging nach San Francisco zurück, da ich begriff, dass hier ein echtes Vermögen zu machen war. Meinen ersten Spielsalon habe ich auf dem Schiff eingerichtet.«

»Liegt es immer noch in der Bucht?«

Grey schüttelte den Kopf. »Nein, es ist verbrannt. Ich habe nur die Galionsfigur gerettet.«

»Rhea.«

»Richtig. Es gelang mir, die Dame zu retten, obwohl zwei Großbrände alles andere vernichteten.«

»Ich habe von den Bränden gehört«, sagte Berkeley. »Ich bin kurz nach dem letzten Feuer angekommen. Donnel hat gesagt, fast die ganze Stadt lag in Schutt und Asche.«

»Das stimmt. Der Wiederaufbau begann jedes Mal, bevor die Asche kalt war.«

»Deshalb hast du dein Hotel *Phönix* getauft. Phönix, der Asche entstiegen.«

Grey wand sich eine Locke von Berkeleys Haar um die Finger. »Komm zu mir«, sagte er leise und zog sie sanft zu sich. Berkeley bot ihm ihre Lippen dar. Er küsste sie lange und innig. Dann bettete sie den Kopf wieder an seiner Schulter. Grey gab sich damit zufrieden.

»Du bleibst die Nacht bei mir«, meinte er.

»Was davon übrig ist.«

»Und du bist beim Aufwachen auch noch hier.«

»Ja, Grey«, antwortete sie gehorsam. »Ich bin hier.«

Er blickte auf ihren goldblonden Scheitel. Er war sich ihrer keineswegs sicher, zumal sie angedeutet hatte, ihn zu verlassen. »Was ist mit Nat?«

»Sprich mit ihm. Er muss wissen, dass du ihm keine Vorwürfe machst für das, was er getan hat.«

Grey scheute sich nicht, mit Nat zu reden. »Ich bin gar nicht überzeugt davon, dass er etwas Schlimmes getan hat. Wenigstens nicht, was die Thornes betrifft.«

Berkeleys schläfriger Blick wurde wach. »Was meinst du damit?«

»Ich habe noch nicht wirklich darüber nachgedacht«, sagte er. »Aber es gibt ein paar Dinge, die ich nicht begreife.« Seine Finger strichen über ihre nackte Schulter. »Aus welchem Grund sollten die Brüder sich nicht direkt an dich wenden? Wieso benutzen sie Nat als Zwischenträger?«

»Ich weiß nicht.«

»Und wenn ich eine gewisse Ähnlichkeit mit diesem Graham Denison habe, wie du sagst, dann müsste Decker Thorne doch neugierig sein, mich zu treffen. Du sagst, er war sein Freund.«

»Vielleicht erkenne nur ich eine Ähnlichkeit zwischen dir und Denison. Ich habe bloß eine Zeichnung in einer Zeitung gesehen.«

»Möglich. Das ist weniger wichtig als der Ohrring. Wenn der Schmuck wirklich nur eine Kopie ist, frage ich mich, wieso die Brüder so erpicht darauf sind, ihn wiederzubekommen.«

Zunächst glaubte Berkeley, er ziehe ihre Aussage in Zweifel. Sie schloss die Faust um den Ohrring an der Halskette. »Er *ist* eine Kopie.«

»Ich glaube dir«, beschwichtigte Grey sie sanft.

Es dauerte ein paar Sekunden, ehe Berkeley begriff, dass es ihm ernst damit war. »Tut mir Leid. Ich war mir nicht sicher ...« Sie las die Aufrichtigkeit in seinen Augen, während er geduldig wartete, bis sie weiter sprach. »Captain Thorne hatte es darauf angelegt, dass ich einen der echten Ohrringe nehme. Er forderte mich geradezu heraus«, sagte sie schließlich. »Anderson wollte natürlich, dass ich den echten nehme. Schon aus diesem Grund wählte ich die Kopie.«

»Hast du ihm das je gesagt?«

»Nein. So dumm war ich nicht. Er war der Meinung, ich hätte den Ohrring gewählt, der ursprünglich in Greydons Besitz war.«

Grey überlegte eine Weile. »Könnte es sein, dass Anderson mit einem Fremden darüber gesprochen hat?«

Berkeley begriff sofort, in welche Richtung Greys Gedanken führten. »Mit einem Sydney Duck? Vielleicht sogar mit dem Mann, der ihn getötet hat?«

Grey nickte. »Wir wissen nichts über den Streit, bei dem er ums Leben kam. Es wäre möglich, dass dein Vater mit dem Ohrring geprahlt hat. Vielleicht hat er ihn als Bezahlung für seine Spielschulden versprochen.«

»Und als er ihn nicht hat beschaffen können ...« Berkeley führte den Satz nicht zu Ende und das war auch nicht nötig. Es passte nur zu gut zu Anderson Shaw, sich auf ein waghalsiges Spiel einzulassen, für das er mit seinem Leben bezahlen musste. »Vielleicht hat er aus anderen Gründen darüber gesprochen.«

»Der Grund ist unwichtig.«

»Hältst du es für möglich, dass Nat von Ducks bedroht wurde?«

Grey nickte. »Die Kerle suchen seit langem nach etwas, womit sie mich unter Druck setzen können ... Jetzt gibt es Nat und dich. Über euch beide können sie mir Schaden zufügen.«

Berkeley war zu einer ähnlichen Schlussfolgerung gekommen.

Grey spürte ihr Schweigen, als habe sie ihre Gedanken auf ihn übertragen. »Hör auf«, sagte er. »Du bist nicht für Verbrechen verantwortlich, die diese Leute begehen. Genauso wenig wie Nat. Glaube nur nicht, du kannst mich beschützen, wenn du mit Nat verschwindest. Wir heiraten morgen, Berkeley, vergiss das nicht.«

Sie sah ihn an. »Vielleicht sollten wir die Hochzeit ein paar Wochen verschieben. Nat und ich verstecken uns irgendwo, bis du mit den Ducks ins Reine gekommen bist. Ich will nicht, dass du dich unseretwegen in Gefahr begibst.«

»Ich bin nicht in Gefahr«, entgegnete er trocken. »Und ich würde vor Sorge um euch beide wahnsinnig werden.«

»Nat und ich können gut auf uns aufpassen.«

»Hörst du mir nicht zu, Berkeley? *Ich würde es nicht ertragen.*«

Berkeley setzte sich auf. Sie strich die kantigen Konturen seiner Kieferpartie entlang. Ihre Stimme klang beinahe andächtig. »Das meinst du ernst, wie? Wir sind wichtig für dich geworden.«

»Wie konntest du daran zweifeln?«

»Weil ich Angst hatte«, meinte sie leise. »Es ist nicht leicht, ins Herz eines Menschen zu schauen, wenn man große Angst davor hat, sein eigenes zu erkunden.«

»Ich weiß.« Er küsste ihr die Fingerspitzen. »Und jetzt? Hast du immer noch Angst?«

»Ein wenig.«

»Ich auch.«

Berkeley blinzelte. Das hatte sie nicht erwartet.

Greys Hände schlossen sich um die ihren. »Dich zu lieben ist eine völlig neue Erfahrung für mich, Berkeley. Ich komme mir vor, als würde ich in eine riesige Brandungswoge eintauchen. Ich weiß nicht, ob sie mich zerschmettert oder mich trägt. Ich weiß nicht, ob ich zu lange gezögert habe oder zu früh gesprungen bin.« Seine Gesichtszüge wurden weich, als Berkeley scheu den Blick abwandte. »An dieser Stelle könntest du etwas sagen«, half er ihr sanft auf die Sprünge.

Berkeley hielt den Blick auf Greys große Hände gesenkt, die ihre umfangen hielten. »Alles, was dich betrifft, ist eine neue Erfahrung für mich«, sagte sie schließlich. »Nicht nur meine Liebe zu dir. Es ist deine Güte. Dein aufrechter Charakter. Deine Kraft. Ich fürchte, ich bin dir eine unzureichende Gefährtin. Ich kann ziemlich kleinlich sein, weißt du. Und sehr eifersüchtig. Und ich habe keinen guten Charakter. Das weißt du. Die Spiele hier im *Phönix* sind viel ehrlicher und aufrichtiger als alles, was Anderson und ich je getan haben. Ich habe dich belogen und ich war gemein zu dir, und ich war ungehorsam. Ich kam mit einer streunenden Katze ins Haus und habe dir einen kleinen Jungen aufgehalst. Wegen meines Leichtsinns wäre einer deiner Leute beinahe ums Leben gekommen. Ich habe dir die Ducks an die Fersen gesetzt und ich bin nicht …«

Er küsste sie. Gewaltsam.

Berkeley hatte die Hände an seine Schultern gelegt, als er sich von ihr löste. Sie sah ihn aus verschwommenen Augen an. »Und ich weiß nicht, ob ich dich je verlassen könnte«, wisperte sie.

»Gut.« Er legte den Kopf seitlich. »Habe ich gehört,

wie du gesagt hast, du liebst mich? Oder irre ich mich?«

»Ich liebe dich mehr als mein Leben.« Berkeley lächelte, als sie Erleichterung und Triumph in seinen Zügen las. Sie küsste ihn, er nahm sie in die Arme und zog sie an sich.

Und beide tauchten Hals über Kopf in die Woge der Leidenschaft ein.

Nat spuckte in die Hände und versuchte, seinen widerspenstigen Haarschopf zu glätten. Als der gewünschte Erfolg sich nicht einstellen wollte, verzog er das Gesicht.

»Versuche es einmal damit.« Grey reichte ihm einen kleinen Topf Pomade. »Nimm nur wenig davon.« Er stand hinter seinem kleinen Trauzeugen und nickte anerkennend, als Nat den Finger vorsichtig in die parfümierte Creme tauchte und auf seinem blonden Haarschopf verteilte. »Genau so. Und jetzt kämme es glatt.«

Nat zog sorgfältig einen Scheitel. »Sie sind sehr freundlich, Mr. Janeway. Und ich will Ihnen keine Schande machen. Heute ist schließlich ein ganz besonderer Tag. Sam sagt, wir müssen alle aussehen wie aus dem Ei gepellt.«

Grey klopfte Nat auf die Schulter. »Du siehst fabelhaft aus. Ich bin richtig stolz auf dich.« Er schraubte den Deckel wieder auf das Pomadentöpfchen und glättete den Scheitel des Jungen mit der Hand. »Und Schande machst du mir mit Sicherheit nicht. Du hast ziemlich viel Mut bewiesen, dass du heute Morgen nicht weggelaufen bist.«

»Ich war kurz davor, weil ich dachte, Sie sind wütend auf mich.«

»Nicht auf dich, Nat. Nur auf die Männer, die sich über dich an mich heranmachen wollen. Und ich bin sehr froh, dass du Miss Shaw gestern die Wahrheit gesagt hast.«

Nat zog die Schultern hoch und grinste verlegen. »Danke, Sir.«

Grey konnte nicht widerstehen, ihm das Haar wieder zu zerzausen.

»Sir!« Nat hielt beide Hände schützend über den Kopf, um seine mühsam geglättete Frisur vor einem weiteren Anfall von Greys Zuneigung zu schützen.

Grey konnte nur mit Mühe das Lachen unterdrücken und zog den Kamm durch Nats Wuschelhaar, bis der Scheitel wieder schnurgerade verlief und das Haar am Kopf klebte. »Jetzt siehst du aber fein aus.« Er strich ihm über die Schultern des schwarzen Samtjacketts und zupfte den Kragen zurecht. »Und hübsch. Die Damen werden sich beim Empfang darum reißen, mit dir zu tanzen.«

Nat bekam rote Ohren. »Ob Miss Shaw mit mir tanzt, was meinen Sie?«

Grey drehte den Jungen zu sich und ging vor ihm in die Hocke. »Ich bin sicher, dass sie es sich nicht nehmen lässt, mit dir zu tanzen. Weißt du eigentlich, dass Miss Shaw mir einmal gesagt hat, dass ich vier Kinder haben werde?«

Die glatte Kinderstirn zog sich in ernsthafte Falten. »Nein, davon weiß ich nichts, Sir.«

»Das hat sie gesagt. Und dass ich ein fünftes Kind haben werde. Ein Kind, das mir gehört, aber nicht von mir ist.«

Nats Stirnfalten vertieften sich. »Sie sagt manchmal komische Sachen. Das sollten Sie nicht so …«

»Sie hat dich damit gemeint, Nat. Damals hat sie noch nicht gewusst, dass sie von dir gesprochen hat. Miss Shaw hat gesagt, ich werde die Mutter des Sohnes heiraten, der nicht mein Sohn ist. Sie ist die Frau und du bist der Sohn.«

»Ich weiß nicht, was sie Ihnen erzählt hat, Mr. Janeway, aber Miss Shaw ist nicht meine Mutter.«

»Das weiß ich«, antwortete Grey. »Sie macht die Dinge immer ein wenig kompliziert, aber meist hat sie Recht. Sie wollte mir sagen, dass du für mich wie ein Sohn bist. Und genauso ist es gekommen. Du bist mein Sohn.«

Nathaniel Corbett verzog das Gesicht und biss sich auf die Unterlippe. Er biss fester zu, um eine Ausrede für die Tränen zu haben, die ihm in die Augen stiegen. »Ich wollte eigentlich gar nicht mit ihr gehen«, sagte er dann.

Grey lächelte. »Hat Miss Shaw dich dazu gezwungen?«

»Sie hat mich am Arm gepackt und mich durch die halbe Stadt ins *Phönix* gezerrt. Wissen Sie, was sie gesagt hat, Mr. Janeway?«

Grey schüttelte den Kopf.

»Sie hat gesagt, Sie haben ein weiches Herz für Weggeworfene.«

Grey neigte den Kopf. »Für Waisenkinder, meinst du.«

»Nein.« Nat schüttelte heftig den Kopf. »Für Weggeworfene. Wie mich. Wie sie. Leute, die keiner haben will.«

»Ich sage ja, Miss Shaw hat meist Recht«, meinte Grey leise, stand auf und räusperte sich, um seine Rührung zu verbergen. »Hast du den Ring?«

Nat klopfte stolz an die Brusttasche seines Jacketts. »Ja, Sir. Wollen Sie ihn sehen?«

»Nein. Verlier ihn nur nicht.«

»Darauf können Sie sich verlassen.« Nat warf einen Blick über die Schulter zur Uhr. »Wird es nicht Zeit runterzugehen? Ich finde, wir sollten vor Miss Shaw unten sein.«

Grey lachte. »Ausgezeichnete Idee.«

Im Saal hatte sich eine kleine Versammlung gebildet. Sam Hartford im Sonntagsstaat, auch Donnel und Shawn hatten sich herausgeputzt. Annie war gerade aus der Küche herbeigeeilt und keuchte noch atemlos. Berkeley bestand darauf, die Trauung im kleinen Kreis, sozusagen in der Familie, zu vollziehen und die Gäste erst später zum Hochzeitsempfang zu laden.

Reverend Amos Watkins hatte keine Einwände erhoben, die Zeremonie im Spielcasino vorzunehmen. Drei seiner Kirchen waren bei Erdbeben und Feuersbrünsten in Schutt und Asche versunken, und durch das kahle Zelt, in dem er nun gezwungen war, den Gottesdienst abzuhalten, pfiff unablässig der Wind. Da Grey eine hohe Summe für ein neues Gotteshaus zugesagt hatte, war der gute Reverend mehr als gewillt, Zugeständnisse zu machen.

Grey sprach mit dem Priester, als er bemerkte, wie die Köpfe der anderen sich zur Treppe drehten. Er folgte ihren Blicken und lächelte.

Berkeley raffte die Röcke ein wenig und stieg vorsichtig, mit gesenktem Blick, die Treppe herunter. Sam stürmte ihr entgegen, nahm mit stolz geschwellter Brust neben ihr Aufstellung und bot ihr den Arm. Die Braut, die erst jetzt die andächtigen Gesichter der Hochzeitsgäste bemerkte, schenkte ihm ein dankbares Lächeln.

Sie suchte und fand Greys Blick und ihr war, als trete sie in die Sonne. Sein Lächeln wärmte ihre Seele. Ihre letzten Zweifel schwanden, und sie fragte sich, wieso sie je Zweifel gehabt hatte. Alles würde gut werden. Ihr Leben hätte keinen anderen Verlauf nehmen können. Hatte sie nicht immer gewusst, dass es so kommen würde?

Greys Augen wanderten zärtlich über Berkeleys schlanke Gestalt, als sie die Treppe herab schwebte. Die Kämme im Haar waren mit winzigen Perlen besetzt, auch das Mieder ihres elfenbeinfarbenen Hochzeitskleides war mit Perlen bestickt, ein Traum aus rauschender Seide. Ihr Gesicht war rosig angehaucht. Ihre hellen Schultern und ihr biegsamer Hals schimmerten wie kostbares Porzellan. Als einzigen Schmuck trug sie den Ohrring an der goldenen Kette. Lange schmale Ärmel und das eng anliegende Mieder verliehen ihrer gertenschlanken Gestalt eine überirdische Zerbrechlichkeit. Berkeley strahlte nicht nur Licht aus, sie schien eine Quelle des Lichts zu sein.

Bei der zarten Berührung ihrer Finger durchrieselte Grey ein prickelndes Glücksgefühl. Sie war kein überirdisches Wesen, sie war eine Schönheit aus Fleisch und Blut, die er in die Arme schließen und an sich drücken konnte.

Grey aber wunderte sich, wieso sich ein seltsames Sehnen in sein Herz schlich.

KAPITEL 11

Berkeleys banger Blick flog zu Grey, dessen Miene nicht verriet, was er empfand, da er nicht wahrhaben wollte, dass Berkeleys Vorahnung sich auf ihn übertrug. Doch die Macht ihrer Empfindungen wühlte auch sein Inneres auf, während Berkeley nicht nur ihren eigenen Herzschlag zu hören glaubte; ihr war, als rausche Greys Blut durch ihre Adern.

Der Priester richtete das Wort an sie. Berkeley sah, wie er die Lippen bewegte, den Mund öffnete und schloss, ohne dass ein einziges seiner Worte, die seltsam verzerrt an ihr Ohr drangen, einen Sinn ergab. Furcht krampfte ihr den Magen zusammen, ein Knoten schnürte ihr die Kehle zu.

Sie spürte Greys Augen auf sich ruhen, und als sie ihm den Blick wieder zuwandte, las sie weder Angst noch Vorwurf darin, sondern Erwartung und Aufmunterung. Um seine Lippen spielte ein nachsichtiges Lächeln. Berkeley fragte sich, wie er es schaffte, so ruhig zu wirken, während sie unter der Last ihres inneren Aufruhrs zusammenzubrechen drohte.

Der spindeldürre Reverend drehte sich halb zu Grey um. Berkeley wankte, als ihre Hand hochgehoben wurde.

Nat war plötzlich da, hielt einen goldenen Ring zwischen Daumen und Zeigefinger und wandte ihr sein feierlich ernstes Gesicht zu. Dann verschwand er wieder hinters Greys Rücken.

Grey sagte etwas, während er ihr den goldenen Reif über den Finger streifte. Aus dem Augenwinkel sah Berkeley das wohlwollende Nicken des Priesters. Auf der anderen Seite standen Donnel, Sam und Shawn grinsend beieinander. Annie Jack knetete ein Taschentuch zwischen den Fingern.

Es endete mit einem Kuss. Vielleicht fing es aber auch mit einem Kuss an. Berkeley war zu verwirrt, um es zu wissen. Plötzlich lag sie in Greys Armen, sein Gesicht neigte sich ihr zu und sein Mund legte sich zart und süß und beinahe ehrfürchtig auf ihre Lippen. Als er sich von ihr löste, sah sie ihn undeutlich wie hinter einem Schleier. Erst dann begriff sie, dass ihre Augen in Tränen schwammen.

Grey zog ein spitzenbesetztes Leinentüchlein aus Berkeleys Ärmel hervor. »Etwas Altes?«, fragte er und drückte es ihr in die Hand.

Berkeley schenkte ihm ein wässriges Lächeln. »Etwas Neues. Ein Geschenk von Annie.« Berkeley betupfte sich die Augen, ehe sie sich der kleinen Versammlung zuwandte.

Sam hatte verdächtig feuchte Augen und Shawn blinzelte heftig. Donnel Kincaids fuchsrote Brauen waren zusammengezogen, während er angestrengt seine Stiefelspitzen betrachtete.

Annie Jack trat aus dem Halbkreis und schlang ihre mächtigen Arme um die Braut. »Das ist der Beweis, dass Annie von Anfang an Recht hatte mit Ihren seltsamen Kräften«, sagte sie. »Sie haben einen Bann über Mr. Janeway gesprochen. Und reden Sie Annie nur nicht ein, es sei anders gewesen.«

»Das würde ich nie wagen.«

Grey lachte in sich hinein, als Annie ihm die Hand schüttelte und ihm dabei beinahe das Schultergelenk auskugelte. »Denken Sie an meine Worte, Mr. Janeway. Tun Sie immer das, was Ihre Frau von Ihnen verlangt, sonst ist der Teufel los. Reverend, verzeihen Sie Annies Fluchen, aber manche Dinge muss man eben beim Namen nennen.«

»Ich werde Ihren Rat beherzigen, Annie.« Grey gab

ihr einen lauten Schmatz auf die Wange, worauf Annies kaffeebraune Wangen sich verdunkelten.

»Seien Sie bloß vorsichtig«, warnte sie und drohte mit dem Finger. »Annie will keinen Ärger mit Miz Berkeley.«

Nun traten die anderen vor, gratulierten dem Brautpaar und küssten die Braut. Sam Hartford machte Berkeley ein schmeichelhaftes Kompliment zu ihrem Hochzeitskleid. Nur Nat hielt sich im Hintergrund. Er hatte Pandora entdeckt, die sich an der Bar herumdrückte, und war bei der ersten Gelegenheit zu ihr gelaufen. Nun stand er mit der Katze im Arm an der Treppe und fragte sich, ob Greys Worte von vorhin irgendeine Bedeutung hatten.

Berkeley wies mit einer kleinen Bewegung ihres Kinns in Nats Richtung. Grey folgte ihrem zarten Hinweis und sah den Jungen am Treppengeländer stehen, scheinbar vollauf damit beschäftigt, die widerspenstige Katze festzuhalten und zu streicheln. Grey ging zu ihm hinüber.

»Du hast deine Sache gut gemacht«, meinte er. »Du hast mir den Ring im richtigen Augenblick gegeben und hast Pandora davon abgehalten, Berkeleys schönes Kleid zu zerfetzen.«

Nat hob den Kopf. »Meinen Sie?«

»Aber sicher. Die Katze hat Miss Shaw wie ein Schälchen Schlagsahne beäugt.«

Nats Augen flogen zu Berkeley. Die winzigen Perlen ihres Mieders schimmerten milchig. »Sie sieht aus wie eine große Schüssel Schlagsahne, Sir.«

»Ja, du hast Recht.« Grey nahm ihm die Katze ab. »Du könntest ihr Glück wünschen. Ich halte Pandora so lange.«

Er nickte Nat aufmunternd zu und sah ihm nach, als er sich schüchtern der Braut näherte. Dann setzte Grey die Katze auf die Treppe, die nach oben eilte. Als er sich wieder zur Gruppe gesellte, stand Nat mit stolzer Miene an Berkeleys Seite.

Annie Jack und ihre Küchenhelferinnen hatten ein festliches Hochzeitsmahl für geladene Gäste und alle zubereitet, die später vorbeikommen wollten, um dem Brautpaar zu gratulieren: zart rosig gebratenes Roast Beef, Räucherlachs, Forelle, goldgelbe Butterkartoffeln, Karotten, Erbsen und Champignons, Sauerteigbrötchen, Salate und verschiedene Saucen. Und als krönender Abschluss wurde Himbeereis mit Schlagsahne gereicht. Das Casino hatte sich in einen festlich geschmückten Bankettsaal verwandelt. Auf der langen Theke war ein üppiges Büfett angerichtet, ständig brachten die Mädchen dampfende Schüsseln und Platten herein. In der Mitte des Saales plätscherte ein Springbrunnen aus Punsch, den niemand trank, aber bereits vor Mitternacht stapelte sich ein Dutzend leerer Bierfässer auf dem Hof.

Jeder wurde im *Phönix* willkommen geheißen. Das Brautpaar mit Nat in ihrer Mitte stand an den geöffneten Flügeltüren und begrüßte die Gäste. Viele kamen, um ihre Glückwünsche zu überbringen, manche nur, weil es Freibier gab, ohne zu bedauern, dass an diesem Abend keine Glücksspiele veranstaltet wurden. Die Musikkapelle spielte unermüdlich und die Paare drehten sich fröhlich auf der Tanzfläche. Den Damen mangelte es nicht an Tanzpartnern und Nat wurde seinerseits von den Damen herumgeschwenkt. Berkeley bat Grey zweimal, den Jungen davor zu retten, von einem üppigen Matronenbusen erdrückt zu werden. Als Grey ein drittes Mal von ihr losgeschickt wurde, sich ins Getümmel zu stürzen, brachte er den müden und überglücklichen Jungen nach oben und steckte ihn ins Bett.

»Schüsseln voll Schlagsahne«, murmelte Nat schläfrig und drehte sich zur Seite. »So viele Damen.«

Schmunzelnd zog Grey ihm die Decke über die

Schultern. »Na, dann bist du ja auf deine Kosten gekommen.« Er spürte, wie der weiche Katzenpelz ihm um die Beine strich, bückte sich und setzte Pandora aufs Bett, die es sich augenblicklich in Nats Armbeuge bequem machte und Grey mit einem Blick bedachte, der ihm zu verstehen gab, er habe hier nichts mehr verloren.

Schon auf der Treppe wusste Grey, dass Berkeley nicht mehr im Saal war. Er ließ den Blick über die tanzenden Paare schweifen, die Theke entlang, hinüber zu den offenen Flügeltüren, wo sich Grüppchen gebildet hatten, ohne sie zu entdecken. Er suchte in der Küche und auf der hinteren Veranda nach ihr. Er bot sich an, eine Kiste Schnaps aus dem Keller zu holen, nur um einen Vorwand zu haben, dort nach ihr Ausschau zu halten.

Niemand schien sie zu vermissen und niemand konnte ihm sagen, wohin sie gegangen war. Grey trat ins Freie und ließ den Blick über den weiten Platz schweifen. Es war ein ungewöhnlich milder Abend für diese Jahreszeit und von der Bucht wehte eine laue Brise.

Auch hier konnte er Berkeley nicht entdecken, deren weißes Kleid im Mondschein geschimmert hätte wie ein Leuchtturm. Sie hatte sich nicht ins Freie geflüchtet, um der Hitze und der stickigen Luft im Saal zu entfliehen. Dennoch trat Grey vom Gehsteig und schlenderte über den Platz, ohne zu wissen, warum. In der Mitte drehte er sich um und entdeckte schließlich, was er suchte.

Berkeley stand auf dem Balkon im ersten Stock. Die Arme auf die Balustrade gestützt, stand sie vorgebeugt und sah auf ihn herab, stolz, trotzig und beinahe feindselig. Das Haar hatte sich aus ihren perlenbesetzten Kämmen gelöst und flatterte wie ein Banner im Nachtwind.

Sie sah aus wie Rhea, die schöne und stolze Galionsfigur der *Lady Jane Grey*.

Greys Herzschlag geriet ins Stolpern, als sie sich von der Balustrade entfernte. Eine dunkle Vorahnung durchrieselte ihn wie bei der Trauung, nur diesmal um ein Vielfaches verstärkt. Das Blut rauschte ihm in den Ohren, sein Herz schlug wie ein Hammer. Er eilte zum *Phönix* zurück, drängte sich durch die Menge und stürmte die Treppe hinauf. Die Gäste glaubten, den Grund für seine Eile zu kennen, und überhäuften ihn mit scherzhaften Bemerkungen und wohlmeinenden Ratschlägen für die Hochzeitsnacht. Sein Weg durch den Saal und die Treppe hinauf wurde von aufmunternden Schulterschlägen begleitet, dazu wurde mit Biergläsern auf Tischplatten geklopft, Stiefel stampften auf den Boden, lauter und immer lauter, bis das Stampfen und Klopfen zu einem ohrenbetäubenden Orkan anschwoll.

Und als Grey schließlich oben auf der Treppe angekommen war, brachen die Gäste in begeisterten Applaus und lautes Gejohle aus. Grey stürmte weiter, ohne den Blick zu wenden.

Der laue Nachtwind wehte durchs Zimmer. Vor den offenen Balkontüren flatterten die Vorhänge. Das Lampenlicht flackerte unruhig. Und die Flammen des Kaminfeuers züngelten gierig an den Holzscheiten.

Grey schloss die Tür zum Flur. Die Vorhänge fielen wieder ordentlich herab, das Lampenlicht hörte auf zu flackern, das Kaminfeuer brannte friedlich. Und dann stand Berkeley in der offenen Balkontür wie ein Gemälde in einem Rahmen.

Er trat auf sie zu.

Seine Befürchtung bestätigte sich, als sie einen Schritt zurückwich.

»Berkeley«. Seine Stimme klang heiser. In ihrem Blick las er Verachtung. »Ich kann es dir erklären.«

»Wer bist du?«

»Bitte. Komm herein. Wir reden darüber.«

Sie blieb störrisch stehen. »Ich habe mir Rhea angesehen. Ich habe die Inschrift gelesen. Du hättest sie übermalen lassen sollen. Und sag bloß nicht, es sei Zufall.« Sie straffte die Schultern. »Sag mir, wer *bist* du?«

»Grey Janeway.«

Berkeley trat einen weiteren Schritt zurück, ihre Schenkel stießen gegen die Steinbalustrade. Sie wandte das Gesicht nach links und wies mit dem Arm zur Galionsfigur, die nicht weit von der Balkonbrüstung an der Fassade angebracht war. »Sie stammt von dem Schiff, auf dem du geboren bist.«

»Ja. Das sagte ich dir.«

»Aber nicht alles. Du bist mir geschickt ausgewichen. Du hast mir nicht gesagt, *wann* du geboren wurdest.«

Jetzt sagte er es ihr. »Vor fünfeinhalb Jahren.« Grey streckte den Arm nach ihr aus, doch sie wich zur Seite. Er machte keine Anstalten, ihr zu folgen.

Das Mondlicht tauchte die Galionsfigur in einen blau schimmernden Glanz, sie wirkte wie aus Marmor gehauen. Berkeley wandte Grey den Rücken zu, beugte sich weit über die Brüstung und berührte Rheas Locken. Ihre Finger zeichneten den Schwung ihrer nackten Schulter nach. Ihr Blick fiel auf die geschwungene Inschrift unter dem Busen der Meeresgöttin, wo der Name des Schiffes aufgemalt war, dessen Bug sie einst zierte.

Lady Jane Grey.

Berkeley ließ den Arm sinken. Ohne sich umzudrehen, wusste sie, dass Grey dicht hinter ihr stand. »Grey Janeway ist nur ein Name«, sagte sie leise. »Er sagt nichts darüber aus, wer du bist.«

»Dann hast du keinen Grund, wütend auf mich zu sein. Du weißt, wer ich bin.«

Sie schüttelte den Kopf. »Du hast mich betrogen.«

»Nein, das habe ich nicht. Wenigstens nicht mehr, als ich mich selbst betrogen habe.«

»Du bist Graham Denison.«

»Auch das ist nur ein Name.«

Berkeley schlang die Arme um sich. Sie stand immer noch mit dem Rücken zu ihm, konnte nicht fliehen, als Greys Finger sanft über ihre nackte Schulter strich. »Warum konntest du es mir nicht sagen?«, flüsterte sie. »Du hast mich in dem Glauben gelassen, ihn getötet zu haben. Warum hast du ein Geheimnis daraus gemacht?«

Greys Hand glitt unter die seidene Fülle ihres Haares. Sein Daumen strich über ihren schlanken Nacken, spürte die Verspannungen. »Weil ich die Wahrheit selbst nicht kenne«, gestand er. »Wenn ich Graham Denison war, so hat er nichts mit meinem jetzigen Leben zu tun.« Er drehte sie behutsam zu sich herum und sein Daumen hob ihr zartes Kinn an. »Verstehst du, Berkeley? Ich habe es dir nicht gesagt, weil ich nicht weiß, ob es wahr ist, und wenn es wahr sein sollte, spielt es keine Rolle.«

»Wie kann das sein?«

Grey spürte, dass sie ihm glauben wollte. Ihre großen Augen sahen ihn ernsthaft an. Nur ihr bebender Mund verriet ihren inneren Aufruhr. Grey neigte den Kopf, legte die Lippen auf ihren Mund in einer zarten Verheißung und fühlte, wie sie sich entspannte. Sie ließ die Arme sinken, ihr Atem beruhigte sich. Als er sich von ihr löste, hielt sie ihm ihr Gesicht entgegen, ihre Augen waren geschlossen.

»Komm herein«, bat er. »Bitte.«

Berkeley schlug langsam die Lider auf. »Du weißt, dass ich Angst habe.«

»Ja.«

»Als du am Nachmittag meine Hand berührtest,

fühlte ich eine Bedrohung, die ich mir nicht erklären konnte. Mir war, als würdest du mir entrissen. Und mir war, als sei dieses Gefühl von dir ausgegangen, als spürtest du es ebenso stark wie ich. Habe ich mich geirrt, Grey?«

Seine Antwort ließ auf sich warten. Er hätte ihr gern gesagt, es habe nur an ihrer Aufregung gelegen, vor dem Priester zu stehen, doch er scheute sich, ihre Empfindungen durch eine Lüge herabzusetzen. Er hatte keine Angst vor dem, was sie gemeinsam erleben würden, hatte nur befürchtet, es ohne sie durchstehen zu müssen. »Ich habe etwas gespürt.«

»Denkst du, es hat damit zu tun?«

»Ich hoffe es.« Er legte eine Hand an ihre Wange. »Es ist keine Bedrohung. Wenn du mich anhörst, wirst du wissen, dass uns keine Gefahr droht.«

Sie schmiegte ihre Wange in seine Hand, drehte das Gesicht und küsste seine Handfläche. Dann verschränkte sie die Finger um seine und führte ihn ins Zimmer.

Grey schloss die Balkontüren, legte ein Holzscheit ins Feuer und nahm auf dem Sofa Platz. Berkeley setzte sich steif auf die Kante des Lehnstuhls. Plötzlich sprang sie wieder auf, trat an die Anrichte, schenkte zwei Fingerbreit Bourbon in ein Kristallglas und reichte es ihm.

»Danke.« Er nahm ihr das Glas ab.

Diesmal lehnte Berkeley sich bequemer in den Sessel zurück und der Seidenrock umbauschte sie wie eine weiße, duftige Wolke. Sie tastete nach dem Anhänger an der goldenen Kette um ihren Hals. »Du hast behauptet, du erkennst den Ohrring nicht.«

»Ich erkenne ihn auch nicht. Meines Wissens habe ich ihn nie zuvor gesehen. Ich habe dich nicht belogen, Berkeley, nicht wie du denkst. Ich habe mich nach der *Lady Jane Grey* genannt, einem Schnellsegler der Ashbury-Schifffahrtslinie aus London. Ich arbeitete als Matrose auf dem Schiff von 1845 an, bis sie in der Bucht von San Francisco ein letztes Mal vor Anker ging.«

»Graham Denison verschwand 1845. Im Frühling, wenn ich mich recht entsinne.«

»Im April habe ich angeheuert.«

»Er fuhr auf einem Remington-Segler, der *Siren*. Er ging in Philadelphia von Bord und dann ...« Sie hob hilflos die Schultern.

»Die *Lady Jane Grey* kam aus Charleston. Ich weiß nichts von einem Remington-Schiff.«

»Das begreife ich nicht«, meinte Berkeley kopfschüttelnd. »Wie kannst du das *nicht* wissen?«

»Weil ich mich an nichts aus meinem Leben erinnere, bevor ich auf der *Jane Grey* aufwachte.« Berkeley saß nun kerzengerade, in ihren Gesichtszügen spiegelten sich Neugier und Fassungslosigkeit. »So etwas kommt vor«, fuhr Grey fort. »Ich bin nicht der erste Mensch, der unter Gedächtnisverlust leidet. Ich habe mit einem Arzt in London darüber gesprochen, der dieses Phänomen intensiv erforscht hat. Das war achtzehn Monate, nachdem ich an Bord der *Jane Grey* aufgewacht war. Er gab mir wenig Hoffnung, dass sich mein Erinnerungsvermögen je wieder einstellen wird.«

»Aber wie kann so etwas geschehen?«

»Durch eine Kopfverletzung.«

Berkeley betrachtete Greys Kopf prüfend. »Auf mich wirkst du völlig normal.«

Grey lächelte müde. »Vielen Dank. Aber ich habe keine Narbe am Kopf.«

»Wie bist du dann verletzt worden?«

Er zögerte.

»Bitte belüge mich nicht, Grey«, bat Berkeley. »Was kann es schaden, wenn ich die Wahrheit weiß?«

»Ich wurde bewusstlos geprügelt«, sagte er dann.

Berkeleys Lippen öffneten sich vor Schreck. »Geprügelt? Von wem?«

Grey hob die Schultern. »Ich kann mich nicht erinnern, Berkeley. Die Quetschungen und gebrochenen Rippen, die mir viele Wochen zu schaffen machten, lassen den Schluss zu, dass es nicht nur ein Mann war, der mich so zugerichtet hat, und dass dabei nicht nur Fäuste eingesetzt wurden. Wahrscheinlich wurde ich im Hafen von Charleston verprügelt, nicht auf dem Schiff. Später erfuhr ich, dass mich zwei Matrosen auf die *Jane Grey* gebracht hatten. Sie behaupteten, die Prügelei zufällig beobachtet und meine Angreifer in die Flucht geschlagen zu haben.« Er hob das Glas und prostete seinen Rettern in einer spöttischen Geste zu, dann nahm er einen großen Schluck. »Das haben sie mir jedenfalls weisgemacht.«

»Hast du ihnen nicht geglaubt?«

»Nein«, entgegnete er gelassen. »Kein Wort. Sheffield und Hanks waren nicht von der Sorte Männer, die anderen zu Hilfe kommen. Ich habe zwar keinen Beweis, dass die beiden mich verprügelt haben, aber ich denke, sie wurden dafür bezahlt, mich auf die *Jane Grey* zu schaffen. Und ich glaube auch, dass ich einem Unfall auf hoher See zum Opfer gefallen wäre, wenn ich mein Gedächtnis nicht verloren hätte. Da ich aber nichts mehr über mein früheres Leben wusste, sahen sie keine Veranlassung, mich zu töten. Ich stellte keine Gefahr mehr für sie und die Leute dar, die mich loswerden wollten. Als das Schiff London anlief, waren sie ihrer Sache ganz sicher. Statt sich unnötig in Verdacht zu bringen, wenn sie sich meiner entledigt hätten, ließen sie mich laufen.«

»Du hast gesagt, das Schiff habe hier in der Bucht zum letzten Mal geankert. Heißt das, die Kerle sind jetzt in San Francisco?«

»Nein. Sie heuerten in London ab. Ich habe sie nie

wieder gesehen. Ich denke, sie wurden gut dafür bezahlt, mich aus Charleston wegzuschaffen. Es gab keinen Grund für sie, länger in meiner Nähe zu bleiben.«

»Und du hast dich damit zufrieden gegeben?«

»Aber ja.« Er zog eine Braue hoch. »Ach, ich verstehe. Du denkst, ich hätte ihnen ein paar Antworten aus der Nase ziehen oder mich an ihnen rächen sollen.« Grey schüttelte den Kopf. »Ehrlich gestanden war ich froh, die Kerle los zu sein. Hätte ich sie mit Fragen belästigt, hätte das vermutlich zu meinem vorzeitigen Ableben geführt. Als wir London erreichten, war ich noch nicht wieder richtig auf den Beinen. Ich schaffte mit Mühe die Arbeit, die mir aufgetragen worden war, sonst hätte mich der Kapitän persönlich über Bord geworfen, aber ich war beileibe nicht in der Verfassung, es mit Sheffield und Hanks aufzunehmen.«

Berkeley wusste, dass er ihr nur die halbe Wahrheit gestand. »Du wolltest es gar nicht wissen«, erwiderte sie leise.

Grey schwieg, trank seinen Bourbon und stellte das leere Glas beiseite. »Nein«, sagte er dann. »Ich wollte es nicht wissen. Kannst du das nicht verstehen?« Er wartete nicht auf ihre Antwort. »Glaubst du, ich hätte mich nicht gefragt, aus welchem Grund mir jemand den Tod wünschte oder mich zumindest aus dem Weg räumen wollte? Es vergeht kaum ein Tag, an dem ich mir diese Frage nicht stelle. Habe ich einem Menschen Leid zugefügt? Stellte ich eine Bedrohung für jemanden dar? Vielleicht hatte ich Spielschulden. Vielleicht war ich ein Dieb. Ich halte mich nicht für unschuldig an dem, was mir zugestoßen ist, Berkeley. Und du solltest mich auch nicht für unschuldig halten. Möglicherweise habe ich das verdient, was mir angetan wurde, weil ich einem Menschen großes Unrecht zugefügt habe. Einer Frau. Einem Geschäftspartner. Einem Freund. Das war es, was ich nicht wissen wollte. Wenn ich aus Rache halb tot geprügelt wurde, so ist es mir nur recht, Gras über die Sache wachsen zu lassen.«

»Aber wenn es nicht so war? Man hat dir deine Vergangenheit genommen, Grey. Was ist mit deiner Familie? Hast du nie daran gedacht, dass jemand wissen sollte, was aus dir geworden ist?«

»Daran habe ich selbstverständlich gedacht. Im Lauf der Jahre habe ich herausgefunden, dass in Charleston kein Mensch nach mir suchte. Niemand hat mich vermisst. Es wurde keine Belohnung auf mich ausgesetzt. Jedem entlaufenen Sklaven wurde mehr Aufmerksamkeit geschenkt als meiner Person. Es wurde kein Mann gesucht, auf den meine Beschreibung gepasst hätte.«

»Das stimmt nicht«, widersprach sie. »Die Thornes haben dich gesucht. Aber sie haben keine offizielle Suche nach dir angestellt. Sie haben es sich viel kosten lassen, um die Suche nach dir möglichst geheim zu halten. Decker und Jonna Thorne wussten, dass du deine Anonymität aus guten Gründen zu wahren suchtest.«

»Wir wissen doch gar nicht, ob ich tatsächlich Graham Denison bin. Und wenn ich er wäre? Was würde es ändern? Ich kann den Thornes nicht weiterhelfen. Ich kann keine Verbindung zu diesem Ohrring herstellen. Wenn sie von mir einen Hinweis auf ihren verschollenen Bruder erwarten, muss ich sie enttäuschen.« Grey rieb sich den Nacken, wo die Muskeln sich verspannten und Kopfschmerz sich unter der Schädeldecke zusammenbraute.

Berkeley beobachtete, wie die Falten um seinen Mund sich vertieften und er plötzlich erschöpft und ausgelaugt wirkte. Sie stand auf und streckte ihm die Hand entgegen. Grey sah sie zunächst fragend an, dann nahm er ihre Hand und ließ sich von ihr ins Schlafzimmer führen.

Berkeley zündete die Lampen an, half ihm aus dem Jackett und öffnete ihm den Hemdkragen. »Setz dich.«

Sie wies aufs Bett. »Ich bin gleich wieder bei dir.« Damit verschwand sie im Nebenzimmer.

Grey war dabei, Schuhe und Strümpfe auszuziehen, als sie im Nachthemd wieder erschien. »Ich wollte dir das Hochzeitskleid ausziehen«, sagte er enttäuscht. »Ich habe mich darauf gefreut.«

Berkeley nahm ihm den Schuh aus der Hand und stellte ihn neben den anderen. »Das kann ich mir denken«, meinte sie schnippisch. »Leg dich auf den Rücken.«

Grey streckte sich auf dem Bett aus und schloss die Augen. Berkeley kroch neben ihn aufs Bett und legte sich seinen Kopf auf den Schoß. Er stöhnte wohlig, als ihre Fingerspitzen seine Schläfen zu massieren begannen. »Wie hast du es bemerkt?« Seine Frage bezog sich auf die Kopfschmerzen.

»Du warst plötzlich ganz blass um die Nase. Hast du oft Kopfschmerzen?«

»Gelegentlich.«

»Ich nehme an, das ist ein weiterer Grund, die Vergangenheit ruhen zu lassen.«

Grey staunte über ihre Kombinationsgabe.

»Du bekommst Kopfschmerzen, wenn du an die Vergangenheit rührst. Oder irre ich mich?«

Er überließ sich ihren kreisenden Fingerkuppen. »Du magst Recht haben«, murmelte er müde. »So ist es jedes Mal. Manchmal denke ich, ich bin im Begriff, mich an etwas zu erinnern, und dann ist plötzlich dieses gleißende Licht hinter meinen Augen, wie von einer Explosion. Und die Erinnerung – falls es eine war – ist nicht mehr da.«

»Dann kannst du dich also an nichts erinnern. An gar nichts.«

»Nicht wirklich. Immer, wenn ich versuche, etwas aus meiner Vergangenheit hervorzuholen, packt mich dieser Schmerz. Deshalb versuche ich es nicht allzu oft.

Dann wieder gibt es Momente, wo ich das Gefühl habe, eine Erinnerung will ans Tageslicht kommen. Ganz unvorhergesehen und ohne mein Zutun. Dann ist mir, als würde ich Dinge tun, dich ich früher auch getan habe.« Greys Schultern wurden schwer, als die Spannung aus seiner Muskulatur wich. Berkeley strich ihm eine Locke aus der Stirn und berührte seine Wange. »Am Abend der Eröffnung stand ich mit dir auf der Treppe und stellte dich unseren Gästen vor. Plötzlich war mir, als habe ich das schon einmal erlebt. Es war ein kurzer Blick in meine Vergangenheit. Mehr nicht. Es dauerte nur ein paar Sekunden. Solche Erinnerungsfetzen hatte ich öfter im Verlauf der Jahre.«

»Erzähl mir davon.«

»Da gibt es nicht viel zu erzählen. In Paris spielte ich einmal in einem Bordell mit der Madame eine Partie Whist. Da hatte ich auch das Gefühl, die Szene schon einmal erlebt zu haben.«

Berkeley zupfte ihn strafend an den Haaren. »Diese Geschichte hättest du mir ersparen können.«

Grey zog ihre Hand an seinen Mund und küsste sie. »Das war nur einmal.«

»Und du warst nur dort, um Karten zu spielen.«

»Natürlich. Was denkst du denn?« Er riskierte einen flüchtigen Blick und sah sie lächeln. Grey gab ihre Hand frei und sie massierte ihm wieder die Kopfhaut. »Als ich die Pläne für das *Phönix* zeichnete, hatte ich das Gefühl, es sei mir alles vertraut.«

»Meinst du das Zeichnen? Oder die Pläne?«

»Die Pläne.«

»Vielleicht hast du das Hotel ähnlich bauen lassen wie das Haus, in dem du aufgewachsen bist.«

»So etwas dachte ich auch. Ich weiß es nicht. Es könnte möglich sein. Aber vielleicht bin ich früher häufig in Hotels abgestiegen.«

»Graham Denison stammt aus einer Aristokratenfamilie in den Südstaaten. Seine Familie ist sehr reich und besitzt riesige Ländereien.«

»Kennst du sein Elternhaus?«

»Nein. Ich war nie in Beau Rivage. Meine Eltern zogen aus Charleston weg, als ich sechs Jahre alt war. Im Übrigen wären wir nie bei vornehmen Leuten wie den Denisons eingeladen worden. Meine Mutter wäre dort nicht gern gesehen gewesen.«

»Warum nicht?«

»Sie hätte die vornehme Gesellschaft nur daran erinnert, wie tief eine Frau aus ihren Kreisen sinken kann.«

Grey sah sie forschend an. »Was willst du damit sagen?« Und er wusste die Antwort.

Berkeley sah ihm unverwandt in die Augen. »Meine Eltern waren nicht verheiratet«, sagte sie. »Anderson Shaw war mein Stiefvater.«

Grey fragte sich, wieso er nicht selbst darauf gekommen war. Immer, wenn Berkeley von Anderson Shaw sprach, zögerte sie. Hatte sie geglaubt, es würde ihn stören, dass sie ein uneheliches Kind war? »Und deine Mutter? Wer war sie?«

»Virginia Lerner. Sie wurde auf Summerfield geboren, einer großen Plantage im Westen der Stadt. Sie war die jüngste von vier Töchtern. Meine Mutter war von Geburt an eine Enttäuschung für ihre Eltern, wie sie mir einmal gestand. Sie sollte ein Junge werden und bemühte sich in ihrer Kindheit und Jugend darum, wie ein Junge zu sein. Mit sechzehn aber rebellierte sie und beging einen unverzeihlichen Fehler.«

»Sie wurde schwanger.«

»Nicht nur das. Sie weigerte sich, den Namen des Kindsvaters preiszugeben. Den Namen *meines* Vaters. Deshalb wurde sie aus Summerfield verbannt, nicht nur, weil sie schwanger war.«

»Zu allen Zeiten wurden in besseren Kreisen Heiraten arrangiert, um einen solchen Fehltritt zu kaschieren«, entgegnete Grey.

»Meine Mutter weigerte sich. Ihr Vater zog ihr die Peitsche über, um sie zu zwingen, ihre Meinung zu ändern. Einmal habe ich ihre Narben gesehen. Ich an ihrer Stelle wäre nicht so stark gewesen, ich hätte die Schmerzen nicht ertragen.«

»Deshalb ging sie?«

»Ja. Sie fürchtete, das Baby zu verlieren, wenn sie bliebe. Das hat mir Anderson erzählt. Meine Mutter sprach eigentlich nie über die Vergangenheit, aber ich glaube, es fiel ihr nicht sonderlich schwer, Summerfield zu verlassen. Viel schwerer war es für sie, einige Jahre später aus Charleston wegzuziehen. Sie weinte ständig. Ich hatte damals große Angst um sie. Sie war leichenblass und ihre Augen waren so leer. Nur die Tränen liefen ihr unablässig übers Gesicht. Ich fürchtete, sie würde sterben. Ein Teil von ihr ist damals wohl auch gestorben.«

»Kennst du den Grund?«

Berkeley antwortete nicht gleich. »Sie musste ihren Geliebten verlassen ... meinen Vater.«

Grey rollte zur Seite und zog Berkeley zu sich. »Weißt du, wer er war?«

Sie schüttelte den Kopf. »Gelegentlich besuchte uns ein Mann. Ich bin ihm nur selten begegnet, aber ich glaube, er kam öfter, um meine Mutter zu besuchen. Manchmal wurde ich aus dem Haus geschickt. Damals lebte eine Negerin bei uns, die für uns kochte und sich um mich kümmerte. Ich glaube, sie kümmerte sich auch um meine Mutter. Und manchmal brachte sie mich hastig aus dem Haus und murmelte ständig, es sei nicht richtig. Ich begriff nicht, was sie meinte, und glaubte, ich hätte etwas falsch gemacht. Aber eigentlich war sie nicht wirklich böse mit mir. Lizzie kam nicht mit uns, als wir fortzogen. Anderson wollte sie nicht.«

»Hast du deine Mutter je nach deinem Vater gefragt?«

»Nein. Erscheint dir das merkwürdig? Ich wusste irgendwie, dass ich nicht darüber sprechen durfte. Sie hat es mir nie verboten. Ich wusste nur, dass sie das traurig machen würde.«

»Du hast sie beschützt.«

»So habe ich das damals nicht gesehen. Aber vermutlich war es so.«

»Und nach ihrem Tod? Hast du Anderson nach ihm gefragt?«

»Einmal. Er sagte, er wisse nicht, wer mein Vater sei.«

Berkeley strich sich eine blonde Locke hinters Ohr und hielt den Blick auf Greys sehnigen Hals gerichtet. Ihre Stimme war kaum zu hören. »Ich habe ihm nicht geglaubt.«

»Warum wollte er nicht, dass du es weißt?«

Sie zuckte die Achseln. »Vielleicht hat meine Mutter ihn gebeten, es mir nicht zu sagen. Es ist mir lieber zu denken, er habe ihren Wunsch erfüllt, statt zu denken, er habe es aus eigenem Antrieb getan.« Sie seufzte leise. »Aber wie ich ihn kenne, hatte er seine Gründe dafür.« Sie sah flüchtig hoch und lächelte beschämt. »Ich wollte eigentlich gar nicht von mir reden. Du verstehst es, mich Dinge aussprechen zu lassen, über die ich gar nicht reden will.«

»Wirklich? Dabei reden wir viel zu selten über dich.« Er nahm ihre Hand und drehte sie nach außen. »Ich wüsste gern, was diese Linien bedeuten.«

»Wieso versuchst du es nicht?«

»Na gut.« Er studierte ihre Hand eingehend. »Hier ist deutlich zu sehen, dass du heiratest.«

»Du hättest dir meine Hand vor einer Woche ansehen sollen«, meinte sie. »Dann hättest du dir Dutzende Blumensträuße sparen können und zwei Opernabende.«

»Und du hättest behauptet, ich rede dummes Zeug.«

Sie lachte. »Mach weiter. Erzähl mir noch etwas.«

»Also, es ist ganz klar, dass du nur einmal heiratest.«

Berkeleys Lächeln schwand. »Tatsächlich?«

»Ja. Und du wirst vier … nein, fünf Kinder haben.«

»Interessant. Genau so viele Kinder habe ich dir vorhergesagt.«

»Stell dir vor«, bemerkte Grey mit Unschuldsmiene. »Das habe ich vergessen.«

»Was noch?«

»Du wirst die Mutter eines Kindes sein, das nicht von dir ist.«

»Nat.«

»Daran habe ich auch gedacht.« Greys Finger fuhr eine andere Linie entlang. »Die hier zeigt eindeutig, dass du nur eine große Liebe haben wirst.«

»Ach.« Sie beugte sich über ihre Hand. »Kannst du mir auch sagen, wann ich meine große Liebe kennen lernen werde?« Berkeley wurde unsanft auf die Matratze geworfen, ihre Handgelenke in Schulterhöhe gefangen gehalten. Greys Mund erstickte ihr belustigtes Kichern. Er küsste sie leidenschaftlich und entfachte ihr Verlangen. Sie gab sich seinem Kuss hin.

Grey hob den Kopf, um ihr ins Gesicht zu sehen. Ihr Atem hauchte warm an seine Haut, ihr Mund war feucht. »Ich will deine einzige große Liebe sein«, raunte er.

»Das bist du.«

Seine Augen senkten sich in die ihren und er las die Wahrheit in ihren grünen Tiefen. »Meine süße Berkeley.« Sein Mund streifte ihre Lippen. »Es gefällt mir, wie du mir das Leben schwer machst.«

Berkeley lächelte. »Du hattest Recht«, flüsterte sie und sah, wie er eine Braue hochzog. »Mit deinem Namen … wer du sein könntest und wer du einmal warst … Es ist unwichtig. Ich liebe *dich*.«

Grey gab ihre Hände frei. Berkeley umschlang seinen Hals und zog ihn an sich. Sie küsste seinen Mundwinkel, sein Kinn, seinen Hals. Er drehte sich mit ihr, bis er auf dem Rücken lag und sie auf ihm. Er schob ihr das dünne Nachthemd hoch und streichelte ihre seidigen Schenkel. Sie spreizte die Beine, er hob ihre Hüften, bis sein harter Schaft sich an ihren Schoß schmiegte.

Berkeley richtete sich auf und blickte auf Grey herunter. Er beobachtete sie aufmerksam, seine Augen hatten sich verdunkelt. Den angehaltenen Atem stieß er wohlig seufzend aus, nestelte an seinen goldenen Manschettenknöpfen und warf sie aufs Bett. Berkeley knöpfte ihm das Hemd auf und ließ ihre flachen Hände vom Nabel bis zu seiner Brust gleiten. Seine Bauchdecke zuckte unter ihrer Berührung.

Mit Berkeleys Hilfe streifte Grey das Hemd von den Schultern, dann beugte sie sich über ihn. Die Berührung ihrer Lippen war nur ein Necken, ein flüchtiges Reizen, ehe sie ihn begehrlich küsste, ihre Lippen sich zwischen die seinen drängten, ihre Zunge seine Zunge umwarb, mit ihr tanzte. Ihr Körper wurde zum Folterinstrument der Wollust, als sie sich mit sinnlicher Anmut auf ihm bewegte und sein Verlangen zu nahezu unerträglicher Erregung steigerte.

Berkeleys gespreizte Schenkel rieben sich an ihm, ihr Venushügel presste sich an seinen pulsierenden Schaft. Die Barriere seiner Hose steigerte und vervielfachte ihrer beider Lust.

Greys Finger gruben sich in ihr Haar, streiften es nach vorn, bis es ihr Gesicht wie ein Vorhang umrahmte. Berkeley küsste seinen Hals, sein Schlüsselbein, legte den Mund an seine Brust, spürte seinen Herzschlag an ihren Lippen. Ihre Zunge umspielte seine Brustwarze, ihre Zähne nagten sanft an der winzigen harten Perle. Grey stieß die Hüften vor, doch ihre Schenkel hatten sich von ihm gehoben. Er stöhnte leise und spürte an seiner Haut, wie ihr Mund sich zu einem zufriedenen Lächeln weitete.

Berkeleys Zunge zog eine Spur über seine Brust nach unten. Ihre Finger drängten sich in seinen Hosenbund. Er wollte ihr helfen, doch sie schob seine Hände weg, zog ihm Hose samt Unterhose von Hüften und Schenkeln und ließ ihm gerade so viel Zeit, sie mit den Füßen abzustreifen, ehe sie ihn in den Mund nahm.

Grey schloss die Augen. Es gab nur noch ihre Hände und das heiße Saugen ihres Mundes. Mehr wusste er nicht. Vielleicht stöhnte er ihren Namen. Sein Herz schlug wie ein Hammer. Das Blut rauschte ihm in den Ohren. All seine Sinne waren auf Berkeleys Mund gerichtet, die ihn in die Verzückung liebkoste. Ihre leckende Zunge, ihr saugender Mund entlockten ihm kehlige Laute der Wollust. Er griff nach ihr. Ihr seidiges Haar floss durch seine Finger wie kühles Wasser.

Er reckte die Hüften hoch, umfing ihre Arme. Berkeley hob langsam den Kopf, ohne ihre Liebkosung zu unterbrechen, schmeckte die ersten Tropfen seines Ergusses mit der Zunge. Ihre verdunkelten Augen begegneten seinem Blick und ein glühend heißer Strom überflutete sie. Sie lag auf ihm, sein Mund verschlang sie, und beide kosteten einen Hauch seines Moschusaromas. Er grub seine Finger tief in das pralle Fleisch ihres Pos, hob sie hoch und glitt in die heiße Enge ihres Schoßes.

Berkeley saugte sich an ihm fest und beide wurden von einem grellen Blitz durchfahren. Die Spirale ihres Verlangens schraubte sich höher und höher. Die Träger von Berkeleys Nachthemd glitten ihr von den Schultern. Einen winzigen Augenblick haftete der dünne Stoff an ihren hochgereckten Brüsten, ehe er sich löste. Ihre Brustspitzen hatten sich zu rosigen Knospen verhärtet. Grey umfing ihre Brüste, die sich schwer in seine Hände schmiegten. Seine Daumennägel kratzten zart über ihre steifen Knospen und er hörte ihren Lustschrei. Er zog sie zu sich, wollte von ihren Brüsten trinken.

Berkeley stockte der Atem, als Greys Mund an ihrer Brust saugte, seine Zunge ihre empfindsame Knospe umtanzte. Lodernde Flammen züngelten in ihre Leibesmitte. Sie bäumte sich auf, wölbte sich ihm entgegen, und Grey genoss die Macht, die er über ihre Empfindungen besaß. Und als er seinen eigenen heiseren Schrei hörte, wusste er, dass nicht nur er diese Macht besaß.

Berkeleys Hüften hoben und senkten sich. Ihr Schoß hielt ihn heiß und nass und eng umfangen, sie bestimmte den Rhythmus seiner Stöße. Ihr schlanker Körper wand sich geschmeidig über ihm. Seine Hände glitten ihren zarten Brustkorb entlang zur Einbuchtung ihrer Taille und zur Rundung ihrer Hüften. Sie sah an sich herab und der erotische Anblick seiner Finger, die ihre Schenkel entlang strichen und sich zwischen ihre Beine schoben, raubte ihr schier die Sinne.

Die erste Berührung seiner Finger genügte, um ihren Höhepunkt auszulösen, doch er hörte nicht auf, sie zu liebkosen. Berkeley verging unter dem Spiel seiner Finger und versank im Taumel ihrer Verzückung.

Der strudelnde Wirbel ihrer Ekstase übertrug sich auf ihn, feuerte ihn an. Plötzlich lag sie unter ihm, seine Stöße beschleunigten sich. Berkeley hielt ihn mit den Schenkeln umfangen, krallte die Finger in sein Nackenhaar und zog seinen Kopf herab, bis seine Lippen die ihren verschlangen.

Er schrie seine Erlösung in ihren offenen Mund. Tränen stiegen ihr in die Augen, die sie zurückblinzelte, als er sich von ihr rollte. Sie lagen erschöpft nebeneinander, heftig nach Atem ringend. Ihre schweißnassen Leiber glänzten im Schein der Lampe. Irgendwann zogen sie die zerknüllten Decken über sich und betteten die Köpfe auf weiche Kissen.

Grey lag Berkeley zugewandt, deren Lider flatterten, ehe sie sich über ihren Augen schlossen. Er betrachtete die Reinheit ihrer Gesichtszüge, den Schwung ihrer Brauen, die feine, gerade Nase. Der unergründliche Blick ihrer grünen Augen, der ihr diese feenhafte, überirdische Ausstrahlung verlieh, blieb ihm verborgen. Ihre vollen, feucht glänzenden Lippen waren leicht geöffnet, ihre Wangen rosig angehaucht. Die Farbe ihrer Brustspitzen schimmerte um wenige Nuancen dunkler als ihre Wangen und in der gleichen Farbe wie ihr Rosenmund.

Er beugte sich über sie. Sein Mund berührte ihre Stirn. Berkeley bewegte sich nicht, nur ein Lächeln huschte über ihre Lippen. Grey griff über sie hinweg und löschte die Nachttischlampe, den Docht der Lampe auf seiner Seite drehte er herunter, bis er nur noch ein schwaches Licht von sich gab. Er legte einen Arm um Berkeleys Mitte und schloss die Augen.

Draußen war es noch dunkel, als Berkeley erwachte. Sie wusste nicht, ob sie ein paar Minuten oder mehrere Stunden geschlafen hatte. Sie fühlte sich hellwach und rastlos. Vorsichtig löste sie sich aus Greys Umarmung und tappte ins Ankleidezimmer. Später wollte sie ihre Sachen herüberbringen, dachte sie, ihre Kleider neben seine Anzüge in den Schrank hängen, ihre Unterwäsche in eine Schublade der Kommode neben seine Krawatten und Hemden räumen, und sie freute sich darauf. Bei Anderson war alles ganz anders gewesen. Bei ihm hatte sie nie das Gefühl gehabt, etwas mit ihm zu teilen. Alles hatte ihm gehört. Sie war sein Besitz gewesen wie sein Spazierstock und seine Schuhe.

Berkeley schüttelte die unangenehme Erinnerung an Anderson ab, goss Wasser aus dem Krug auf dem Waschtisch in die Schüssel und wusch sich mit einem

Lappen Gesicht und Arme. Wassertropfen perlten ihr den Hals entlang. Sie öffnete die Knöpfe des Nachthemds und wusch die Brüste, die sich prall und empfindlich anfühlten.

Ein dünnes Rinnsal Wasser lief ihr den flachen Bauch nach unten, die Tropfen blieben im hellen Dreieck ihrer Schamhaare hängen. Berkeley stellte einen Fuß auf den Schemel, hob den Saum des Hemdes und wusch die Innenseiten ihrer Schenkel und ihre Scham.

Ein Geräusch von der Tür her ließ sie herumfahren. Grey stand auf der Schwelle, ein dunkler Schatten im hellen Türrahmen.

Berkeley wunderte sich, wieso sie keine Scheu empfand, von ihm bei dieser intimen Waschung beobachtet zu werden. Sie richtete sich auf, nahm den Fuß vom Schemel und stand unschlüssig da.

Grey trat näher, nahm ihr den Lappen aus der Hand, hob ihr das Nachthemd und fuhr fort, sie zu waschen. Seine Hand verharrte kurz zwischen ihren Schenkeln, bevor er sie zurückzog. Der Saum ihres gerafften Nachthemdes fiel nach unten und strich um ihre Knöchel. Grey nahm ihr Gesicht zwischen die Hände.

Seine Lippen strichen über ihren Mund, sie lehnte sich an ihn, ihre Brüste schmiegten sich an seine nackte Haut. »Ich will dich haben«, raunte er an ihrem Mund. »Ich bin mit einem Heißhunger nach dir aufgewacht.« Er lehnte sie gegen die Wand und hörte sie nach Luft schnappen, als er seine Hüften an ihren Leib presste. »Ist es dir zu viel?«, fragte er. »Zu früh?« Er würde sie zufrieden lassen, wenn sie es wollte. Doch ihre Antwort fiel anders aus. »Es ist nicht genug«, sagte sie. »Noch nicht.«

Er riss ihr das dünne Hemd von den Schultern, das raschelnd zu Boden glitt. Sie stellte sich auf die Zehenspitzen und schmiegte ihre schlanke Gestalt an ihn, wurde hochgehoben und gegen die Wand gepresst.

Sie grub die Fingernägel in seine Schultern, hielt den Atem an, als er tief in sie drang. Er küsste ihren Hals, schlug die Zähne in ihr Fleisch, und Berkeley wusste, dass sie ein blutiges Mal hinterlassen würden. Er nahm sie in wilder Leidenschaft, die sie glühend erwiderte.

Greys Atem ging keuchend. Er trieb sich wie ein Rasender in sie, wieder und wieder. Sie öffnete den Mund zu einem lautlosen Schrei, hielt ihn mit den Schenkeln umfangen, fühlte sich schwerelos in seinen Armen und grub ihre Finger tiefer in seine Schultern. Ihr schlanker Körper wurde von haltlosen Zuckungen geschüttelt und dann war sie still. Er zerbarst tief in ihr und hielt sie umfangen.

Berkeley spürte, wie sie an der Wand nach unten rutschte, hielt ihn umklammert, als er sich aus ihr löste und sie auf den Boden setzte. Dort saßen die Liebenden benommen, ausgelaugt und ermattet beisammen. Keiner verspürte den Wunsch zu sprechen. Irgendwann reichte Grey ihr das Nachthemd. »Ich fürchte, ich habe es zerrissen.«

»Ja, das hast du.« Sie betrachtete die zerfetzte Seitennaht. »Ich kann es nähen.«

Das Nachthemd war unwichtig. Törichte Worte, ohne Belang. Greys Gedanken waren immer noch beim Liebesakt, dem animalischen Hunger, mit dem er sie genommen hatte. Berkeley hatte nur kehlige, erstickte Laute von sich gegeben. »Habe ich dir wehgetan?«, fragte er besorgt. »Als ich hereinkam ... dachte ich nicht ... ich wollte gar nicht ...«

»Du hast mir nicht wehgetan. Du tust mir nie weh.«

»Das stimmt nicht«, widersprach er. »Beim ersten Mal hattest du Schmerzen ... und du hast geblutet. Ich weiß, dass ich dir wehgetan habe.«

Berkeley beugte sich vor und küsste ihn zärtlich. »Du hast mir großes Vergnügen bereitet. Alles andere zählt nicht.« Sie kniete sich hin und hielt sich das

Hemd vor. Der schwache Lichtschein aus dem Schlafzimmer glänzte auf ihrer Schulter. »Entschuldigst du mich kurz? Ich bin gleich bei dir.« Berkeley beobachtete, wie Grey geschmeidig auf die Füße kam, und weidete sich am Anblick seines muskulösen, kraftvollen Körpers, als er zur Tür ging. »Lass einen Spalt offen.«

Grey hätte die Tür ganz offen gelassen, ahnte aber, warum sie sich seinen Blicken nicht preisgeben wollte. Er fühlte sich geschmeichelt, dass sie ihn für fähig hielt, erneut über sie herzufallen, obwohl er sich mit letzter Kraft zum Bett schleppte. Mit einem zufriedenen Lächeln ließ er sich auf die Matratze fallen und zog die Decke hoch. Ein paar Minuten später war sie bei ihm, nach Lavendel und Seife duftend. Nackt kroch sie zu ihm unter die Decke.

»Habe ich bei der Trauung alles richtig gemacht?«, fragte Berkeley. »Ich meine, habe ich die richtigen Worte gesagt? Oder habe ich mich blamiert?«

Seine stahlblauen Augen wanderten über ihr Gesicht. »Es war vollkommen«, sagte er. *Du* warst vollkommen. Erinnerst du dich nicht daran?«

»Ausgerechnet du willst mir Gedächtnislücken vorwerfen«, schmunzelte sie. »Aber nein, ich erinnere mich an nichts, nachdem du meine Hand genommen hast. An gar nichts. Ich erinnere mich deutlich an meine Gefühle, aber an nichts, was ich gesagt oder getan habe.«

»Du hast die richtigen Worte gesprochen. Dafür gibt es Zeugen, die es beschwören können. Und du hast deine Unterschrift geleistet.«

Berkeley sah sein belustigtes Lächeln, in seinen Augen aber las sie leichte Verwirrung. »Mit welchem Namen hast du unterschrieben?«

Sein Lächeln schwand. »Mit meinem Namen. Grey Janeway. Der bin ich. Es ist unwichtig, wer ich einmal war.«

»Ist es wirklich unwichtig?« Sie stützte sich auf einen Ellbogen und sah auf ihn herab. »Hast du dir nie Gedanken über den Namen gemacht, den du dir zugelegt hast? Ich weiß, dass du dich nach dem Schiff benannt hast, aber du hättest auch irgendeinen anderen Namen wählen können.«

»Was willst du damit sagen?«

»Kam er dir nicht irgendwie vertraut vor?«

Grey führte geistesabwesend die Hand an den Nacken. Er erinnerte sich an den überwältigenden Kopfschmerz, der ihn damals überfallen hatte, als er an Bord der *Lady Jane Grey* seinen Namen zum ersten Mal angegeben hatte. Die Erinnerung stand lebhaft vor ihm. Und der Kopfschmerz stellte sich mit ebensolcher Macht wie damals wieder ein.

KAPITEL 12

Mit Besorgnis sah Berkeley den großen Schmerz, den Greys Blick offenbarte, und wusste nicht, wie sie ihm helfen sollte. »Bitte, Grey, hör mir zu. Graham Denison war ein guter und aufrechter Mann, das musst du wissen.«

Grey massierte sich den Nacken. »Das haben dir vermutlich die Thornes erzählt.«

»Ja, Decker und Jonna«, antwortete sie. »Colin Thorne und seine Frau sind Mr. Denison nie begegnet, doch Decker scheint in Graham mehr als einen Geschäftspartner gesehen zu haben. Ich glaube, beide verband eine Freundschaft. Mit Sicherheit war es gegenseitiger Respekt.«

Grey schloss die Augen. Das Licht der Lampe drang durch die Lider und brannte ihm in den Augen. Er stöhnte leise.

Berkeley griff über ihn hinweg und drehte den Lampendocht auf herunter. »Ist es so besser?« Seine Lippen formten ein lautloses »Ja«. Er drückte ihr leicht die Hand.

Berkeley ertrug es nicht länger, ihn leiden zu sehen. Sie setzte sich auf und bettete seinen Kopf wieder in ihren Schoß, legte ihre Finger an seine Schläfen und massierte ihn sanft. Es dauerte eine Weile, bis sie spürte, wie die Verspannungen in seinen Schultern und seinem Nacken sich zu lösen begannen.

»Weiter.« Greys gepresste Stimme ähnelte eher einem Wehlaut. Das Sprechen fiel ihm schwer. »Erzähl mir, was du sonst noch weißt.«

Berkeleys Finger verharrten. Sie scheute sich mehr zu sagen und damit seinen Schmerz zu verstärken.

Grey umfing ihr Handgelenk. »Du hast damit angefangen. Bring es zu Ende.«

»Graham Denison wurde auch der Falkner genannt«, fuhr sie mit leiser Stimme fort. »Er hatte sich der *Underground Railroad* angeschlossen und brachte fliehende Sklaven nach Norden, gelegentlich bis nach Kanada.«

»Von der *Railroad* habe ich gehört«, bestätigte er und schwieg. Über den Falkner wusste er also nichts.

»Ich glaube, auch Decker und Jonna Thorne hatten mit der Untergrundorganisation zu tun, durch die sie mit Mr. Denison in Kontakt kamen. Dafür habe ich keine Beweise. Ihr Wunsch, ihn zu finden, hatte zwar nichts mit dem Untergrund zu tun, aber die Suche nach ihm wurde dadurch erschwert. Jedenfalls respektierten sie seinen Wunsch, seinen Namen nicht wieder in die Öffentlichkeit zu bringen. Nachdem seine Identität bekannt geworden war, war er nämlich zur Berühmtheit geworden. Du kannst dir vorstellen, welchen Wirbel es hervorrief, dass der Spross einer alten Baumwolldynastie gegen die Sklavenhaltung protestierte. In den Zeitungen der Südstaaten wurde er als Verbrecher geächtet, während die Abolitionisten im Norden ihn als Helden feierten. Im Norden wurde er dazu gedrängt, Vorträge zu halten und ein Buch zu schreiben. Die Thornes gaben uns zu verstehen, dass sie Mr. Denisons Wunsch respektierten, mit all dem nichts zu tun haben zu wollen und unterzutauchen. Sie buchten für ihn eine Schiffspassage nach China auf einem ihrer Segler.«

»Danach fanden sie den Ohrring in ihrem Haus.«

»Ja. Und Denison war von der Bildfläche verschwunden. Zunächst vermuteten sie, er habe sich den Sklavenbefreiern wieder angeschlossen. Deshalb stellten die Thornes heimliche Nachforschungen an, da sie seine Verhaftung in den Südstaaten nicht riskieren wollten. Ihre Suche verlief ergebnislos.«

»Und dann stießen sie auf Anderson und dich.«

»Sozusagen. Ich habe dir schon gesagt, dass Anderson sich darauf verstand, Leute ausfindig zu machen, die unsere Dienste brauchten. Jonna Thorne wollte ihrem Ehemann unbedingt helfen, so dass sie schließlich glaubte, sie selbst habe den Kontakt hergestellt. Sie erkundigte sich eingehend nach unseren Referenzen und erhielt Erfolgsmeldungen, für die Anderson Sorge getragen hatte. Jonna und Mercedes Thorne waren davon überzeugt, dass ich ihnen einen Hinweis geben könnte.«

»Decker und Colin?«

»Verhielten sich skeptisch. Mehr als das. Sie fürchteten, erneut enttäuscht zu werden. Graham Denison war die einzige Verbindung zu dem Ohrring und folglich zu ihrem verschollenen Bruder. Sie müssen mit dir reden, Grey. Du bist Graham Denison.«

Graham gab Berkeleys Handgelenk frei. »Es hat keinen Sinn, Berkeley. Ich erinnere mich nicht.«

»Erzähle mir von den Narben auf deinem Rücken«, fuhr sie fort. »Die drei langen Striemen.« Berkeley war sich sicher, nicht die erste Frau zu sein, die ihn danach fragte. Wer diese auffälligen Narben einmal berührt hatte, würde sich danach erkundigen. »Was hast du anderen Frauen gesagt?«

Grey gab sich keine Mühe, es abzustreiten. Es war einfacher, die Wahrheit zu sagen. »Ich sagte, es passierte auf hoher See. Damit gaben sie sich zufrieden.«

»Aber das ist nicht die Wahrheit.«

»Nein, ich ging mit den Narben auf See.«

»Stammen sie von der Prügelei?«

»Nein. Das sind alte Narben. Ich weiß nicht, wer sie mir zugefügt hat.«

»Sie stammen von Stockschlägen. Ich habe solche Striemen auf dem Rücken meiner Mutter gesehen. Sie stammen nicht von einer Peitsche. Wusstest du das?«

»Ja.«

»Das ist eine furchtbare Strafe. Jemand muss sehr wütend auf dich gewesen sein.«

Die Spannung in Greys Nacken verstärkte sich. »Das war auch meine Überlegung.«

Berkeley knetete seine verhärteten Muskelstränge. »Was ist mit der Schusswunde?«, fragte sie.

Grey tastete nach der hässlichen kreisförmigen Narbe an seinen Rippen. »Wie ich an die gekommen bin, weiß ich auch nicht. Allem Anschein nach haben mir einige Menschen den Tod gewünscht.«

Berkeley konnte über seinen schwarzen Humor nicht lächeln. »Wir müssen herausfinden, wer die Männer sind, die sich an Nat herangemacht haben«, fuhr sie fort. »Wir müssen wissen, ob Decker Thorne und sein Bruder wirklich in der Stadt sind oder ob Anderson mit einem Fremden über den Ohrring gesprochen hat, ehe man ihn umbrachte.«

»Es sind Ducks«, antwortete Grey. »Das weißt du genau.«

»Ich will Gewissheit. Wenn es stimmt, dann muss ich Captain Thorne mitteilen, dass ich dich gefunden habe. Einerlei, ob du ihm helfen kannst oder nicht. Ich glaube, er war dein Freund. Er hat ein Recht zu wissen, dass du am Leben bist.«

Grey schlug die Augen auf. »Und wenn er nicht mein Freund war? Im Übrigen weißt du nicht mit Bestimmtheit, ob ich Gray Denison bin.«

»Was hast du gesagt?« Sie gab ihm keine Zeit, seine Worte zu wiederholen. »Du hast ihn Gray genannt, nicht Graham.«

»Hast du nicht vorhin davon gesprochen? Die Namen sind einander ähnlich. Gray kann eine Abkürzung für Graham sein.«

»Es war die Art, wie du ihn ausgesprochen hast. Völlig natürlich, als sei er dir vertraut. Ich denke immer als

Graham an ihn. Captain Thorne nannte ihn auch nicht Gray.«

»Vermutlich war er gar nicht mit ihm befreundet und hat ganz andere Gründe, ihn ausfindig zu machen.«

Berkeley glättete die senkrechte Falte zwischen Greys Brauen und wünschte, sein Gesicht besser sehen zu können. »Hast du dich an etwas erinnert?«

»Nein«, antwortete er mit Bestimmtheit. »Und ich werde mich nie erinnern. Du erwartest zu viel. Ich habe nur eine Weile mit dem Gedanken gespielt, Gray Denison zu sein. Du warst so sicher, dass ich ihn tötete, und irgendwie wusste ich, dass ich es getan hatte, aber nicht so, wie du gedacht hast. Für mich ist er tot, Berkeley. Er kann den Thornes nicht helfen, genauso wenig wie irgendein anderer Mensch. Er kann sich selbst nicht helfen.«

Berkeley zerzauste seinen Haarschopf und glättete ihn dann wieder. »Er hat eine Familie«, sagt er. »Die Denisons sind sehr angesehene Leute. Andersons hat sich genau erkundigt, bevor wir die Thornes kennen lernten. Der alte Joel Denison ist der Patriarch der Familie, ein sehr strenger, unbeugsamer Mann. Seine Gemahlin Anne-Marie starb vor drei Jahren. Soweit ich weiß, war Graham ihr Lieblingsenkel.«

Grey schloss die Augen. Der dröhnende Schmerz in seiner Schädeldecke wollte nicht nachlassen. »Dann habe ich wohl Geschwister«, meinte er unbeteiligt.

»Einen Bruder. Garret heißt er, glaube ich. Deine Eltern heißen James und Evaline Denison.«

Die Namen sagten ihm nichts. Der Schmerz hinter seinen Augen vertiefte sich. »Die Aktivitäten des Falkners müssen ein schwerer Schlag für sie gewesen sein.«

»Ja, wie man sich denken kann. Sie sind Sklavenbesitzer. Auf Beau Rivage gab es immer Sklaven. Es muss ein Schock für sie gewesen sein zu erfahren, dass Graham im Untergrund arbeitet.«

»Du hast gesagt, Graham sei in Philadelphia verschwunden.«

»Richtig. Von der *Siren.*«

»Aber der letzte Hafen, den die *Jane Grey* anlief, war Charleston. Was hätte ich dort zu suchen gehabt?«

»Vielleicht warst du nicht freiwillig dort«, überlegte sie. »Oder vielleicht warst du freiwillig dort und bist im Hafenviertel überfallen worden. Das wüssten wir erst, wenn wir erfahren würden, wer dich zusammengeschlagen hat.«

Grey lachte trocken. »Im Süden hatte wohl jeder Grund genug, dem Falkner etwas anzutun. War eine Belohnung auf ihn ausgesetzt?«

Berkeley war seltsam berührt von der Art und Weise, wie Graham sich von dem Falkner distanzierte. Er schien beinahe bereit zu sein, eine Verbindung zu Graham Denison herzustellen, nicht aber zu dem Falkner. »Einige Sklavenhalter hatten eine Belohnung auf ihn ausgesetzt, da seine Handlungsweise ungesetzlich war. Und nachdem du Boston den Rücken gekehrt hattest, gab es auch keine Sympathisanten mehr, die dich beschützt hätten. Wieder in den Süden zu gehen war riskant, dich aber in Charleston blicken zu lassen war ausgesprochen gefährlich.« Sie ließ die Finger durch sein Haar gleiten. »Doch das ist dir längst klar.«

»Offenbar.« Grey nahm den Kopf von Berkeleys Schoß, legte sich auf seine Seite des Bettes und ließ sich von ihr ein Kissen unterschieben. »Wenn niemand aus meiner Familie eine Suche nach mir anstellte, dann wollte mich auch niemand finden.«

»Grey«, sagte Berkeley leise. »Das kannst du nicht wissen.«

»Nein. Die Tatsache, dass niemand mich suchte, war vermutlich ein Glücksfall für mich. Tot oder lebendig hätte ich nur noch mehr Schande gebracht, also zog meine Familie es vor, mich einfach zu vergessen. Die einzige Frage, die mich beschäftigt, ist die nach dem Motiv. Habe ich aus Überzeugung gehandelt oder aus Rache – falls ich mich tatsächlich im Untergrund betätigt habe?«

Berkeley furchte die Stirn. »Wieso denkst du an Rache? Warum siehst du deinen Charakter in einem derartig schlechten Licht?«

»Weil Menschen mit vermeintlich guten Absichten oft Böses tun und scheinbar selbstloses Handeln aus selbstsüchtigen Beweggründen erwächst. Vermutlich wollte ich gegen meine Familie rebellieren und habe mich deshalb den Gegnern der Sklaverei angeschlossen.«

»Graham Denison war ein großer Verfechter der Freiheit.«

»Das ist auch Grey Janeway. Vor allem, wenn es um meine eigene Freiheit geht, die ich um keinen Preis aufgebe. Ich werde über Decker und Colin Thorne nachdenken.« Er wartete, bis Berkeley sich neben ihm ausgestreckt hatte, ehe er fortfuhr. »Ich spreche mit Nat und entscheide dann, was zu tun ist. Kannst du das akzeptieren?«

Berkeley tastete nach dem Ohrring an ihrer Halskette.

»Hat dein Kopfschmerz nachgelassen?«

Erst jetzt bemerkte er, dass der dumpfe Schmerz fast verschwunden war. »Ja.« Er wartete auf ihren Einwand gegen seinen Vorschlag und war erstaunt, als er ausblieb.

»Ich verstehe, dass du Zeit zum Nachdenken brauchst«, sagte sie. »So wie ich Grey Janeway kenne, wird er allerdings edelmütiger handeln, als er sich den Anschein gibt.«

»Du machst dir etwas vor.«

»Du bist mir am Hafen zu Hilfe gekommen«, stellte sie fest.

»Weil ich dich für ein Kind hielt.«
»Du hast mich bei dir aufgenommen.«
»Da wusste ich bereits, dass du eine Frau bist.«
»Pandora?«
»Du hast sie ins Herz geschlossen«, meinte er achselzuckend. »Und ich wollte mich bei dir einschmeicheln.«
»Du hast Mike beauftragt, auf mich aufzupassen.«
»Zu der Zeit wollte ich bereits mit dir schlafen.«
»Du hast ihn gesund pflegen lassen und ihm die Heimreise bezahlt.«
»Ich habe ihn weggeschickt, weil er ein Auge auf dich geworfen hat. Ich war eifersüchtig.«
Berkeley wusste nicht, ob sie ihm glauben sollte. »Und was ist mit Nat?«
»Wärst du bei mir geblieben, wenn ich Nat fortgeschickt hätte?« Er nahm ihre Hand. »Ich will dir nur begreiflich machen, dass ich nicht selbstlos handle.«
Berkeley überlegte eine Weile. »Und was ist mit Ivory DuPree?«, fragte sie, einer Eingebung folgend.
»Was soll mit ihr sein?«
»Hank Brock wurde verprügelt, kurz nachdem du erfahren hattest, dass er sie vergewaltigt hatte.«
»Denkst du etwa, das hätte ich aus moralischen Gründen getan? Keineswegs. Um Verbrecher zu bestrafen, sind die Gerichte da, Berkeley. Ich habe Selbstjustiz geübt, nicht anders als Sam Brannans Schlägertrupp, wenngleich ich ihre Methoden verachte. Was ich getan habe, war falsch, obwohl ich es wieder tun würde.«
Berkeley hob seine Hand an die Lippen. »Das kann ich gelten lassen«, sagte sie leise.

Grey zog das verdeckte Kartenspiel zu sich und hob das Pikass ab. Er legte die Karten wieder aufeinander und hob das Herzass ab. Beim dritten Abheben erschien das Karoass. Erst beim vierten Mal erschien kein

Ass. Und plötzlich zog er das Treffass hinter Nats Ohr hervor.

Nat blieb vor Verwunderung der Mund offen stehen. »Das will ich auch lernen, Mr. Janeway.«

Grey warf Berkeley einen Seitenblick zu, vor deren Platz Nats Schularbeiten auf dem Tisch ausgebreitet lagen. Eine Schiefertafel mit einer langen Zahlenreihe, daneben eine Landkarte von Europa und Washington Irvings Erzählung *Rip van Winkle.* »Ein anderes Mal«, vertröstete er ihn und steckte die Karten ein. »Erst machst du deine Schularbeiten.« Er konnte Nats Enttäuschung nachfühlen. Um ihm noch einen kleinen Aufschub zu gewähren, fragte er: »Kannst du uns noch irgendetwas über die Männer sagen? Bist du sicher, dass du nichts vergessen hast?«

Nat zog die blonden Brauen in eifriger Konzentration zusammen. Er würde gern den ganzen Tag angestrengt nachdenken, wenn er nur davon verschont bliebe, Zahlen zusammenzählen zu müssen. »Wenn ich keinen Unterricht hätte, könnte ich besser nachdenken«, meinte er ernsthaft. »Es ist schwer, sich an etwas zu erinnern, wenn man die Namen von Städten auswendig lernen soll, wo man nie hinkommt.«

Berkeley blickte Grey streng in die Augen, dem es nicht gelang, sein Grinsen zu verbergen. »Du hast ihn genug ausgefragt. Jetzt wissen wir jedenfalls, dass keiner der Männer, die sich nach dem Ohrring erkundigt haben, Decker oder Colin Thorne ist.«

»Du hast völlig Recht«, pflichtete Grey ihr bei. »Aber Nat hat uns die Männer nicht sehr genau beschrieben.«

»Besser kann er es nicht. Er ist zu jung, um ihr Alter wirklich schätzen zu können. Du hast es doch selbst gehört. Er schätzt dich auf einundvierzig.« Sie lächelte honigsüß, als Grey das Gesicht verzog, und konnte nicht widerstehen, noch eins draufzusetzen. »Und Sam hält er für zweiundvierzig.«

Grey schob Nat die Tafel zu. »Schreibe die Zahl Dreißig auf, darunter die Fünfundzwanzig und zähle sie zusammen. Das ergibt Sams Alter.« Er schmunzelte über Nats betrübte Miene und wandte sich wieder an Berkeley, die ihn mit großen Augen ansah. »Was ist los? Was habe ich getan?«

»Du weißt, wie alt du bist«, antwortete sie. »Wie kann das sein? Oder hast du nur geschätzt?«

Grey lehnte sich zurück, selbst erstaunt über seine Worte. »Nein, ich habe nicht geschätzt«, meinte er bedächtig. »Ich bin dreißig. Ich habe im Mai Geburtstag. Am elften Mai. Ich bin 1820 geboren.«

»Sam ist fünfundfünfzig«, meldete Nat sich zu Wort und zeigte die Tafel. Als die beiden Erwachsenen nur zerstreut nickten, überprüfte er seine Rechenaufgabe.

»Grey.« Berkeleys Stimme klang ganz andächtig. »Du erinnerst dich an etwas.« Sie stand auf und ging um den Tisch herum, strich mit den Fingern über seine Schläfen und blickte ihm forschend in die Augen, suchte nach einem Zeichen. »Hast du Schmerzen? Ein Pochen im Kopf?«

Nat legte die Tafel auf den Spieltisch. »Ich fühle mich nicht besonders wohl«, sagte er und blickte hoffnungsvoll von Berkeley zu Grey.

Berkeley wandte sich ihm zu. »Du kannst gehen, Nat. Lauf zu Sam und sag ihm, er soll dich beschäftigen.«

»Ja, Madam«, rief Nat begeistert und stieß beim Aufstehen den Stuhl beinahe um, so eilig hatte er es zu flüchten.

Grey zog Berkeley auf seine Knie, sobald Nat das Weite gesucht hatte.

»Fühlst du dich wohl?«

Grey nickte. »Was ist geschehen? Wieso weiß ich das – ohne jeden Zweifel?«

Sie zuckte ratlos die Achseln. Das, was soeben geschehen war, machte ihr beinahe Angst. Bestand die Möglichkeit, dass er die Gegenwart vergaß, wenn er sich an die Vergangenheit erinnerte? Würde er vergessen, was in den letzten fünf Jahren geschehen war? Berkeley schämte sich ihrer Selbstsucht, sich Gedanken darüber zu machen, er könne möglicherweise das Interesse an ihr verlieren. »Vielleicht solltest du die Erinnerung nicht erzwingen«, meinte sie und verdrängte ihre Schuldgefühle. »Es hat dich bisher stark belastet.«

»Du hast Recht.« Er schlang die Arme um ihre Mitte und seine Stirn glättete sich. »Ich erwarte nicht, dass mein Gedächtnis sich zu etwas zwingen lässt. Nicht nach so langer Zeit. Vielleicht vergehen weitere fünf Jahre, ehe ich mich an eine ähnliche Nebensächlichkeit erinnere wie an den Tag meiner Geburt.«

»Das ist keine Nebensächlichkeit. Unwichtig wäre, wenn du dich an den Namen deines ersten Ponys erinnerst oder an das erste Mädchen, das du geküsst hast.«

Grey antwortete, ehe er wusste, was er sagen würde. »Barbara O'Dare.«

»Wie?«

»Das Pony hieß Barbara O'Dare«, sagte er verwundert. »Ich war vier oder fünf. Jemand setzte mich in den Sattel und führte mich in der Koppel herum, dann durch den Garten zum Haus.« Die Vision endete abrupt. Grey wusste nicht, wer das Pony geführt hatte, auch nicht, wie der Garten und das Haus aussahen. Das Ereignis hatte an seinem Geburtstag stattgefunden. Das wusste er ohne Zweifel.

Berkeley beobachtete, wie er bedächtig den Kopf schüttelte. Der verschwommene Blick seiner blaugrauen Augen richtete sich auf sie. »Wer war das Mädchen?«, fragte sie. »Das du zum ersten Mal geküsst hast?«

Grey zögerte nicht mit der Antwort, obwohl ihn keine Erinnerung damit verband. »Meine Mutter«, antwortete er schelmisch.

»Das habe ich nicht gemeint und das weißt du genau.«

»Aber es ist alles, was *ich* weiß.«

Berkeley spürte, wie seine Finger sich um ihre Mitte festigten. »Ist der Kopfschmerz wieder da?«

Er nickte. »Er vergeht.« Berkeley wollte aufstehen, doch er hielt sie fest. »Nein, bleib bei mir. Sag mir, was du den Thornes schreiben willst.«

Sie ließ zu, dass er das Thema wechselte. »Ich will Captain Thorne wissen lassen, dass ich glaube, Graham Denison gefunden zu haben, und ich will ihm vorschlagen, nach San Francisco zu kommen, wenn er Beweise haben will. Ich schreibe ihm von deinem Gedächtnisverlust und dass du ihm keine große Hilfe sein …«

»Keinerlei Hilfe«, unterbrach Grey sie. »Erkläre ihm, dass ich ihm keinerlei Hilfe sein kann. Es hat keinen Sinn, dem Mann falsche Hoffnungen zu machen.«

»Einverstanden. Ich drücke mich ganz klar aus. Außerdem schreibe ich ihm, dass ich nicht mit Sicherheit sagen kann, dass Graham Denison tatsächlich Greydon Thorne ist. Ich habe nie etwas in dieser Hinsicht verspürt, wenn ich deine Hand berührt habe. Das ist auch völlig verständlich, wenn man bedenkt, dass Greydon ein Säugling war, als er von seinen Brüdern getrennt wurde. Falls man dir nie gesagt hat, dass du kein geborener Denison bist, besteht auch keine Möglichkeit, dass du dieses Wissen auf mich überträgst. Als ich deine Hand hielt, habe ich nur gespürt, dass Graham Denison tot ist und Greydon Thorne nie existiert hat.«

»Was beides nicht der Wahrheit entspricht«, sagte Grey und dachte über Berkeleys Worte nach. Wie immer gab ihre vorsichtige Wortwahl Anlass zu vielschichtigen Deutungen. »Und dennoch liegt in beiden Aussagen eine Art Wahrheit.«

Berkeleys dankte ihm mit einem stillen Lächeln für sein Verständnis. »Ich schreibe Captain Thorne außerdem noch, er möge Nachforschungen bei der Familie Denison anstellen, falls er weitere Informationen über Graham Denisons Geburt wünscht.«

»Nein!«

Erschrocken über Greys Heftigkeit zuckte sie zusammen und sah ihm besorgt in die Augen. »Ich dachte nur, ich sollte ihn ermutigen, es nochmals zu versuchen.«

»Heißt das, sie haben sich schon einmal bei den Denisons erkundigt?«

»Aber ja. Es war doch naheliegend, ihre Suche nach Graham … nach dir dort zu beginnen.« Als sie diesmal aufstehen wollte, ließ er sie gewähren. Befangen strich sie sich den Rock ihres tannengrünen Kleides glatt. »Ich kann sie doch nicht davon abhalten, noch einmal Kontakt mit den Denisons aufzunehmen.«

»Du kannst ihnen davon abraten.«

»Ja, vermutlich …«

»Ich dachte, du hättest endlich begriffen, Berkeley. Ich will nicht, dass meine Familie – falls es sich tatsächlich um meine Familie handelt – weiß, wo ich bin oder wer ich bin oder was aus mir geworden ist. Mir ist vollkommen klar, dass sie es seit fünf Jahren nicht anders wünschen. Und das, was ich bisher gehört habe, ändert gewiss nichts an meiner Überzeugung.«

Berkeley tastete zerstreut nach dem Anhänger unter dem Stoff ihres hochgeschlossenen Kleides. »Aber du kannst den Ohrring nicht identifizieren«, hielt sie ihm entgegen. »Du weißt nicht, wie das Erbstück in deinen Besitz gelangt ist. Darüber könnte ein Mitglied der Familie die Thornes aufklären.«

»Sie haben sich bislang nicht bereit erklärt, Auskunft darüber zu geben, oder?«

»Nein. Aber ich weiß auch nicht, welche Fragen an sie gerichtet wurden. Vielleicht wurde der Ohrring gar nicht erwähnt. Das erscheint mir ziemlich wahrscheinlich. Ich kann mir nicht vorstellen, dass Decker Thorne interessiert daran war, Fremde von der Existenz des Schmuckstücks in Kenntnis zu setzen. Er will schließlich nicht, dass plötzlich irgendwer auftaucht und sich als sein verschollener Bruder ausgibt. Der Ohrring ist die einzige Verbindung zu Greydon. Je weniger Menschen davon wissen, desto sicherer fühlen Decker und Colin sich.«

»Und ich will nicht, dass sie oder ihre aufdringlichen und geschwätzigen Ehefrauen den Denisons Fragen stellen. Ehrlich gestanden will ich nicht, dass du den Thornes überhaupt schreibst.«

Berkeley erschrak bei Greys abfälliger Bemerkung über Jonna und Mercedes Thorne. »Ich begreife nicht, dass du dich dagegen wehrst, die Wahrheit herauszufinden. Du bist so versessen darauf, die Denisons nicht zu behelligen, die in fünf Jahren keinen Versuch unternommen haben, dich ausfindig zu machen, dass du dich gegen die Thornes wendest, die es sich zur Lebensaufgabe gemacht haben, ihren verschollenen Bruder wiederzufinden. Möglicherweise *bist* du dieser Bruder.«

Grey wollte ihre Hand nehmen, doch sie entzog sich ihm und nahm wieder auf dem Stuhl ihm gegenüber Platz. Pandora tauchte plötzlich auf und sprang auf Greys Knie. Er verscheuchte sie verdrießlich und die Katze suchte Zuflucht bei Berkeley.

Greys Stuhl scharrte auf dem Parkett, als er ihn erzürnt zurückschob und aufstand. »Ich gehe aus«, knurrte er barsch, »und bin erst abends zurück, wenn das Casino öffnet.«

Berkeleys grüne Augen verdunkelten sich gekränkt. Sie nickte stumm.

Der trübe Regentag passte genau zu Berkeleys Stimmung. Der Himmel hing wie eine graue Decke über der Stadt und der Bucht und ließ den Horizont mit dem Meer zu einer bleiernen Masse verschmelzen.

Kalte Regentropfen prasselten eintönig gegen die Fenster und liefen in dünnen Rinnsalen die Scheiben hinunter.

Berkeley wandte sich vom Fenster ab, faltete den Unterrock, den sie in der Hand hielt, und legte ihn zu den anderen Kleidungsstücken aufs Bett. Wäre sie mit mehr Eifer ans Werk gegangen, wäre längst alles in Greys Zimmer untergebracht. So wie es aussah, hatte sie noch nicht einmal die Hälfte geschafft.

Sie seufzte. Ihre Schwermut und ihr Selbstmitleid machten sie ungehalten. Wie lächerlich, dachte sie, sich von Greys schlechter Laune anstecken zu lassen. Zerstreut drehte sie am Ring, den er ihr erst gestern angesteckt hatte. Ihn abzulegen wäre ebenso töricht wie sinnlos gewesen. Sie wollte kein Zerwürfnis mit ihm, sie wollte nur sein Verständnis.

Sie straffte die Schultern und machte sich daran, den Schrank zu leeren. Mit einem Arm voll Kleider begab sie sich in den Salon, als es an der Tür klopfte. Erstaunt, wer sie um diese Zeit aufsuchen wollte, legte sie die Kleider über die Sofalehne und öffnete die Tür, im Vertrauen darauf, ein bekanntes Gesicht zu sehen.

Und sie blickte in ein bekanntes Gesicht, allerdings in ein Gesicht, dem sie nie wieder im Leben zu begegnen gehofft hatte.

»Darf man eintreten?«, fragte Anderson Shaw mit ausgesuchter Höflichkeit. Er stand hoch gewachsen, vornehm gekleidet und sehr lebendig auf dem Flur.

Berkeley war unfähig zu sprechen. Sie fühlte sich

nicht einer Ohnmacht nahe, auch ihre Knie zitterten nicht, nur die Stimme blieb ihr im Hals stecken. Ihr Blick wanderte von Anderson zu dem Fremden an seiner Seite. Es dauerte nur eine Sekunde, bis sie begriff, dass dieser Mann einer der beiden war, die Nat versucht hatte zu beschreiben; Anderson war der zweite. Im Nachhinein war dies so offenkundig, dass sie sich fragte, ob sie ihre hellseherische Gabe verloren hatte.

Zwischen den beiden Männern stand Nat mit trauriger Miene, die Berkeley das Herz zusammenkrampfte. Je eine Männerhand lag auf seiner Schulter, um ihn an der Flucht zu hindern.

Berkeleys Herz schlug schmerzhaft gegen ihre Rippen. Sie trat beiseite, um die Besucher einzulassen. Nat befreite sich, warf sich in ihre Arme und umschlang ihre Mitte, halb schutzsuchend, halb beschützend.

Berkeley strich ihm über den blonden Wuschelkopf. »Schon gut, Nat. Einen der Herren kenne ich. Du hast nichts falsch gemacht.«

»Sie waren die ganze Zeit hier«, sagte Nat aufgeregt. »Sie wohnen im Hotel, direkt vor unseren Augen.«

»Erst seit kurzem«, setzte Anderson gelassen hinzu und ließ den Blick interessiert durch Berkeleys Suite schweifen. Nachdem er seine erste Inspektion beendet hatte, richtete er die kastanienbraunen Augen wieder auf Berkeley. »Bitte schließe die Tür. Ich möchte ungestört mit dir reden. Komm zu mir, meine Liebe. Ich will dem Jungen etwas zeigen.«

Berkeley löste sich mit einiger Mühe aus Nats Umklammerung und zwang sich, furchtlos auf Anderson zuzugehen. Aus dem Augenwinkel bemerkte sie den musternden Blick des Fremden. Eine knappe Armlänge vor Anderson blieb sie stehen.

Die Wucht des Schlages schleuderte sie zur Seite. Er kam schnell wie der Biss einer Kobra und Berkeley spürte zunächst nur, dass sie von den Armen des Fremden aufgefangen wurde. Nats Schrei drang wie aus weiter Ferne zu ihr. Ihr Gesichtsfeld verengte sich, in ihren Ohren war ein dröhnendes Rauschen. Ihre linke Wange brannte wie Feuer, doch der Schlag würde kein Mal hinterlassen. Berkeley wusste um Andersons Gabe, ihr wehzutun, ohne einen Beweis zu hinterlassen.

»Um Himmels willen, Shaw«, rief der Fremde. »Das war doch nicht nötig.«

Er schob sie hinter sich, doch Berkeley gab sich keiner Illusion hin, dass der Mann sie beschützen würde, wenn Anderson es nicht zuließ.

»Es war nötig, sonst hätte ich es nicht getan«, entgegnete Anderson ungerührt und wies in Nats Richtung. »Der Junge soll sehen, wozu ich fähig bin und was ich bedenkenlos wieder tue.« Er wandte sich an Nat. »Hast du verstanden? Du wirst Mr. Janeway kein Wort davon sagen. Damit würdest du Berkeleys Lage nur verschlimmern. Wenn du denkst, ihr damit zu helfen, erreichst du nur das Gegenteil.« Als Nat ihn nur trotzig ansah, wandte Anderson sich an Berkeley mit dem stummen Befehl, dem Jungen den Ernst der Lage erklären.

»Nat, du sagst Mr. Janeway nichts von diesem Besuch«, erklärte Berkeley sachlich. »Auch wenn du nicht begreifst, worum es geht, ist es sehr wichtig, dass du Schweigen bewahrst.« Sie hatte sich so weit von dem Schlag erholt, dass sie vor Nat in die Hocke gehen konnte. Sie hielt ihn bei den dünnen Oberarmen, sah ihm eindringlich in die Augen und redete mit fester Stimme auf ihn ein. »Ich werde mit Mr. Janeway darüber sprechen, wenn der richtige Zeitpunkt gekommen ist. Darauf kannst du dich verlassen, Nat. Gibst du mir dein Wort?«

»Ich habe die Männer nicht zu Ihnen geführt«, flüsterte er aufgeregt, statt sein Einverständnis zu geben. »Sie kannten den Weg.«

»Verstehe. Sie haben dich nur mitgenommen, um sich zu vergewissern, dass du schweigst und nicht mit dem Finger auf sie zeigst, wenn du ihnen irgendwo im Hotel begegnest. Das will auch ich nicht.«

»Aber vorhin ... haben Sie und Mr. Janeway sich nach den Männern erkundigt.« Nat presste die Lippen aufeinander, begriff zu spät, dass er sich verplappert und nicht auf Berkeleys unmerkliches Kopfschütteln reagiert hatte. »Einverstanden«, sagte er dann widerwillig und bedauerte sein Versprechen, noch ehe er es gegeben hatte. Wenn ich nur mehr Mut hätte, dachte er, würde ich mich auf den Kerl werfen, der Miss Shaw geschlagen hat, und ihm das Gesicht zerkratzen.

Berkeley richtete sich auf. »Er wird nicht reden«, sagte sie zu Anderson. »Kann er jetzt gehen?«

»Du kannst ihm die Tür öffnen. Und ich rate dir dringend, keinen weiteren Schritt zu wagen.«

Sobald Nat fort war, wandte Berkeley sich bedächtig an Anderson. Ihre Miene war ohne Ausdruck. Bittere Erfahrung hatte sie gelehrt, ihm weder Angst noch Unsicherheit zu zeigen. »Ich habe dich für tot gehalten«, sagte sie gleichmütig. »Ich habe dein Grab aufgesucht.«

»Und hast vor Freude darauf getanzt, nehme ich an«, erwiderte er.

»Du warst nie ein guter Spieler und hattest wieder einmal verloren, vermutete ich.« Das trockene Lachen seines Begleiters veranlasste Berkeley, sich ihm zuzuwenden. »Und Sie, Sir, haben Sie sich mit Anderson zusammengetan?«

»Ja, das habe ich«, antwortete er. »Bedauerlicherweise, ohne mir zuvor Ihren weisen Rat einzuholen.«

Berkeley nahm seine Verneigung mit einem leichten Kopfnicken entgegen. Die Ähnlichkeit des Fremden mit Grey war verblüffend. Von ebenso hohem Wuchs, war er eher schlank und verfügte nicht über Greys sehnige Muskulatur; auch dessen mühsam gezähmte Kraft ließ er missen. Er zeigte eine vornehm aristokratische Zurückhaltung, wenn nicht gar Arroganz. Nun fuhr er sich durchs Haar, eine Geste, die Berkeley von Grey vertraut war, mit dem Unterschied, dass Grey damit seine Frisur noch mehr in Unordnung brachte und sein verwegenes Aussehen unterstrich.

Der schmale Schnurrbart war der auffälligste Unterschied, ein weiteres Merkmal war die Farbe seiner Augen, die Berkeley an azurblaues Meer erinnerte. Diese Augen milderten die Strenge seiner kantigen Gesichtszüge und nahmen seinem Lächeln die Herablassung. Obwohl er sie vor Anderson in Schutz genommen hatte, wusste Berkeley, dass er eine große Gefahr für sie darstellte. Zu ihrer Erleichterung hatte er sich zur Begrüßung nur verneigt. Es wäre ihr unangenehm gewesen, seine Hand zu berühren.

»Sie sind Garret Denison«, sagte sie.

Er zog verwundert die Brauen hoch, behielt sein Lächeln aber bei. »Sie haben tatsächlich eine seherische Begabung«, erwiderte er im gedehnten Singsang eines Südstaatlers. »Anderson hat Ihr Talent nicht übertrieben … auch nicht Ihre Schönheit.« Berkeley nahm seine Schmeicheleien ungerührt entgegen, sah ihm unverwandt ins Gesicht und wartete auf eine klare Antwort.

Anderson Shaw verengte die Augen, während er Berkeleys kriegerische Haltung und ihr aufsässig hochgerecktes Kinn beobachtete. Dieses neu erworbene Selbstvertrauen erstaunte ihn und war ihm alles andere als willkommen. Offenbar hatte er sie zu lange sich selbst überlassen. Er hatte zwar erwartet, dass sie sich allein durchschlagen würde, allerdings nicht, dass sie zur Eigenständigkeit finden würde. Nichts war geblieben von ihrer entrückten, beinahe jenseitigen Ausstrahlung, mit der sie ihre Klienten früher in Bann gezogen hatte. Zu ihrem sanften Wesen hatte sich eine Aufsässigkeit gesellt, die Anderson höchst unpassend fand.

Eine Aufsässigkeit, die ihn erheblich störte. Er trat einen Schritt auf sie zu und stellte mit Genugtuung fest, dass sie zurückwich. Ihre straffen Schultern sackten eine Winzigkeit zusammen, sie senkte den Blick und verbarg die trotzige Herausforderung in ihren schönen Augen.

»Ja, du hast Recht«, ergriff Anderson das Wort. »Ich darf dir Garret Denison vorstellen.«

»Madam.« Garret verneigte sich wieder. »Es ist mir ein Vergnügen.«

»Meine Frau«, fuhr Anderson fort. »Mrs. Shaw.«

Berkeleys Kopf schnellte hoch.

Anderson zog eine Braue in die Stirnmitte und betrachtete sie sinnend. »Oder willst du behaupten, unsere Ehe sei jemals geschieden worden?« Sein Blick fiel zielstrebig auf den Goldreif an ihrer linken Hand. »Wie ich sehe, warst du offenbar dieser Meinung, sonst hättest du Mr. Janeway nicht geheiratet.«

»Ich hielt dich für tot.«

Er nickte. »Oh, ich werfe dir keineswegs vor, dass du dich um eine sorgenfreie Zukunft bemüht hast. Ganz im Gegenteil. Es freut mich zu sehen, dass du dich in ein gemachtes Nest gesetzt hast, wie die Katze, die dir ständig um die Beine streicht.«

Andersons Worte brachten ihr zu Bewusstsein, dass er als Hotelgast im *Phönix* wohnte. »Du hast von meiner Hochzeit gewusst«, sagte sie vorwurfsvoll.

Er leugnete nicht. »Eine ziemlich aufwändige Angelegenheit, fanden wir, stimmt's, Garret?«

Garret Denison breitete abwehrend die Hände aus. »Ich möchte mich nicht an dieser Diskussion beteiligen.« Damit begab er sich zum Lehnstuhl, setzte sich und schlug lässig die Beine übereinander. Seine blauen Augen richteten sich erwartungsvoll auf Berkeley. »Bitte, lassen Sie sich durch mich nicht stören.«

Berkeley achtete nicht auf ihn.

Anderson nahm den Gesprächsfaden wieder auf. »Du denkst wohl, ich hätte die Hochzeit verhindern müssen. Ich habe solche Überlegungen tatsächlich angestellt und mit Garret darüber gesprochen, der sich allerdings, wie du feststellen kannst, aus der Sache heraushalten will. Jedenfalls hatten wir uns bereits im *Phönix* eingemietet. Wie der Junge so nett gesagt hat, versteckten wir uns direkt vor euren Augen.«

»Ihr habt euch also unter falschen Namen eingetragen.«

»Selbstredend. Das war ja der Sinn der Sache. Mir lag daran, die Hochzeit wie geplant über die Bühne gehen zu lassen. Es erschien mir herzlos, dir den Spaß zu verderben. Diesmal hattest du Gelegenheit, ein schönes Brautkleid zu tragen und ein festliches Bankett zu veranstalten. Ich habe zwar bedauert, nicht persönlich daran teilnehmen zu können, und da Garret ähnlicher Ansicht war, haben wir eine private Feier in unserer Suite veranstaltet.

»Seltsam, dass dir nach Feiern zumute war«, bemerkte Berkeley.

»Wieso auch nicht? Kannst du dir den Grund unseres Besuches nicht denken?«

Berkeley schwieg und dachte an den Ohrring, den sie an der Goldkette unter dem hochgeschlossenen Kleid trug.

»Deine sanfte Geduld steht dir wohl an, Berkeley«, fuhr Anderson fort. »Sollte dein Schweigen allerdings Trotz sein, wäre ich gezwungen, andere Maßnahmen zu ergreifen.« Er setzte sich halb auf die Armlehne des Sofas. »Selbstverständlich versprach ich mir Vorteile davon, die Heirat zuzulassen. Es ging mir allerdings nicht nur darum, dir die Hochzeitsnacht zu gönnen, die dir in unserer Ehe versagt geblieben war.«

Ein rosiger Hauch überflog Berkeleys Wangen. Garret Denisons interessierter Blick machte sie verlegen.

Offenbar hatte Anderson ihm einige Einzelheiten ihrer Ehe verschwiegen.

Anderson registrierte ihre Verlegenheit mit Genugtuung; die körperlichen Intimitäten des Ehelebens hatten sie also nicht verdorben. Er hatte sie nie begehrt, wie er andere Frauen begehrte. Auf ihn übte sie eine völlig andersgeartete Faszination aus. Und dennoch stellte er mit einiger Verwunderung fest, dass er sie mit Grey Janeway teilte, ohne in Zorn zu geraten.

»Ich habe den Eindruck«, redete Anderson weiter, »dass du nicht ganz aufrichtig zu deinem Ehemann warst.«

»Ich weiß nicht, wovon du sprichst.«

»Aber Berkeley, mach mir nichts vor. Was weiß Janeway über mich?«

»Dass du gestorben bist.«

Er lächelte heiter. »Denkst du, wenn du es nur oft genug wiederholst, wird es auch eintreten? Du hast also mein Grab besucht. Aber wie du siehst, liege ich nicht im Sarg. Und ich bin kein Gespenst, obwohl dir das lieber wäre. Was ich mit meiner Frage sagen will, ist: Hielt Grey Janeway dich für eine Witwe?«

Berkeleys Schweigen reichte ihm als Antwort.

»Er weiß also nicht, dass du verheiratet bist«, zog er die logische Schlussfolgerung. »Damit wäre meine Frage beantwortet. Ich gestehe, mich gefragt zu haben, ob du als Jungfrau in diese Ehe gegangen bist oder ob du in meiner Abwesenheit herumgehurt hast wie deine Mutter.«

Berkeleys Wangenröte vertiefte sich. Ihre Lippen bewegten sich lautlos.

»Wie bitte? Hast du soeben gesagt, ich soll zur Hölle fahren?« Er wandte sich an Garret Denison, als erwarte er von ihm Bestätigung. Garret schwieg und Anderson sah Berkeley wieder an. »Nun?«

»Ich sagte ihm, du bist mein Stiefvater.«

»Kluges Mädchen. Keine Lüge, aber auch nicht die ganze Wahrheit.«

Garret Denisons Lippen wurden schmal, er hatte genug von der geschmacklosen Szene. »Ich will den Ohrring«, mischte er sich ein. »Der Junge ließ durchblicken, er sei in Ihrem Besitz.«

Berkeley furchte die Stirn. »Haben Sie die lange Reise wegen des Ohrrings angetreten? Wollen Sie sich Ihrem Bruder nicht zu erkennen geben?«

»Er scheint sich ein neues Leben aufgebaut zu haben, und wie ich sehe, ein ziemlich erfolgreiches Leben. Welchen Grund hätte er sonst zu behaupten, er habe Graham Denison getötet? Der Junge sagte, er habe so etwas gehört. Keine schlechte Geschichte.« Garret zog den Ärmel seines Gehrocks straff. »Graham war eine einzige Enttäuschung auf Beau Rivage, um es höflich zu umschreiben. Sein Hang zum Glücksspiel, Huren und Saufen war der Familie ein Dorn im Auge. Meine Großmutter war die Einzige, die Verständnis für sein ausschweifendes Leben aufbrachte. Mein Großvater hingegen war ein strenger Mann und versuchte ihn mit Stockschlägen zur Vernunft zu bringen, was leider nichts fruchtete.«

Berkeley zog den Atem scharf ein und über Garrets Lippen huschte ein leises Lächeln. »Offen gestanden, habe ich nicht das geringste Interesse an seiner Person. Mir geht es nur um den Ohrring. Ich will ihn wieder haben. Er steht mir rechtmäßig zu.«

Berkeley spürte ein leichtes Zittern in den Knien. Es gab keine Sitzgelegenheit für sie. Der Lehnstuhl war besetzt und neben Anderson auf dem Sofa wollte sie nicht Platz nehmen. »Gehört der Ohrring Ihnen?«, fragte sie tonlos. Diese Erkenntnis war kaum fassbar für sie. War Garret Denison der Bruder, den Colin und Decker so verzweifelt suchten? Sie wandte sich an Anderson. »Wusstest du das schon länger?«

Er lächelte nur.

Plötzlich schoss Berkeley der Gedanke durch den Sinn, ob es stimmte, dass die Thornes ihre Auftraggeber waren. Anderson schien mit Garret Denison bereits vorher Abmachungen getroffen zu haben.

»Ich verstehe nicht«, sagte sie. »Captain Thorne sagte, der Ohrring sei zuletzt im Besitz Ihres Bruders gewesen.«

»Nicht in seinem rechtmäßigen Besitz«, erklärte Garret. »Hat Graham behauptet, er sei ihm geschenkt worden?«

Berkeleys dachte fieberhaft nach, eine senkrechte Falte bildete sich auf ihrer glatten Stirn. Wussten die beiden, dass Grey sich nicht an seine Vergangenheit erinnerte? Sie machte einen vorsichtigen Versuch, um Zeit zu gewinnen. »Sie nennen ihn Graham. Hier heißt er Grey.«

»Meine Großmutter nannte ihn bei der Kurzform Gray. Niemand sonst. Sein Verschwinden hat sie umgebracht. Das verzeihe ich ihm nie. Eine ziemliche Kaltschnäuzigkeit, jetzt diesen Namen zu benutzen. Ebenso dreist, wie den Ohrring zu entwenden. Er gehörte ihm nie. Ich will ihn wieder haben. Er ist ein Familienerbstück.«

»Ich habe ihn nicht.«

Anderson schüttelte bedenklich den Kopf. »Berkeley, das ist deiner nicht würdig. Der Junge hat uns gesagt, er weiß, wo du ihn aufbewahrst.«

»Ja«, antwortete sie ungerührt. »Das ist mir klar. Nat hat ihn mir gestohlen, um ihn dir zu geben. Vermutlich hast du ihm nicht annähernd den Gegenwert dafür geboten.«

»Nun, ich weiß nicht recht«, meinte Anderson gedehnt und betrachtete eingehend seine Fingernägel. »Wir haben den Jungen am Leben gelassen.«

Nun versagten Berkeleys Knie ihr den Dienst. Garret

war im Nu auf den Beinen, bot ihr Halt und seinen Stuhl an. Beides nahm sie wie betäubt an.

»Wo ist der Ohrring?«, schnarrte Anderson.

Berkeley hielt den Blick auf ihre gefalteten Hände gesenkt und schüttelte den Kopf. »Ich weiß es nicht«, antwortete sie leise. »Ich habe ihn nicht wieder gesehen, seit Nat ihn gestohlen hat.«

Garret fluchte leise, doch Anderson winkte ungeduldig ab. »Sie lügt. Zugegeben, ich kann es nicht fassen, dass sie das Leben des Kindes aufs Spiel setzt. Aber sie lügt. Sie würde den Ohrring nie aus den Augen lassen.«

»Das habe ich auch nicht getan«, entgegnete Berkeley. »Bis Nat ihn mir gestohlen hat, weil er von dir dazu angestiftet wurde.« Sie deutete auf die geschnitzte Schatulle auf dem Kaminsims. »Dort habe ich ihn aufbewahrt.«

Anderson wandte nicht einmal den Blick. Garret aber trat eilig an den Kamin und öffnete das leere Kästchen. »Sie können doch nicht erwarten, ihn darin zu finden, wenn sie behauptet, nicht zu wissen, wo er ist.«

Anderson klang beinahe gelangweilt. Er glaubte ihr natürlich kein Wort und sie wertete seinen gedehnten Tonfall als sicheres Zeichen dafür, dass er am Ende seiner Geduld angelangt war. »Nat hat den Ohrring nur genommen, weil du es von ihm verlangt hast«, entgegnete sie mit fester Stimme. »Vermutlich wollte er ihn dir in der Nacht bringen, als er weglief. Das hat er nicht getan, also hat er ihn einem Fremden ausgehändigt, vermutlich jemandem, der vorgab, in deinem Auftrag zu handeln. Jedenfalls war der Ohrring nicht mehr in Nats Besitz, als ich ihn in jener Nacht in seinem Versteck fand.«

»Sie hätten den Jungen nicht fortlassen dürfen«, meinte Garret an Anderson gerichtet. »Es war falsch, ihm zu glauben.«

»Ich halte die Geschichte des Jungen für glaubhafter als die von Berkeley.«

»Nat wurde für seinen Diebstahl bestraft«, fuhr Berkeley fort, auf ihrer Lüge beharrend, in die sie ein Körnchen Wahrheit mischte. »Er konnte mir den Ohrring nicht zurückgeben und wusste auch den Namen der Person nicht zu nennen, an die er ihn ausgehändigt hat. Und ich konnte nicht ahnen, dass einer von euch die Hände im Spiel hatte. Als ihn kürzlich zwei Männer im Hof vor den Stallungen abpassten, behauptete er, es habe sich um Colin und Decker Thorne gehandelt.«

Anderson lachte hämisch. »Meine Idee, fürchte ich. Ich fand es passend, dem Jungen diese Namen zu nennen. Hast du tatsächlich geglaubt, er sagt die Wahrheit?«

»Zunächst ... ja. Grey überzeugte mich schließlich eines Besseren. Er meinte, es waren die Sydney Ducks.«

»Gar nicht schlecht geraten«, befand Anderson schmunzelnd. »Aber die Sache mit dem Ohrring beginnt mich allmählich zu langweilen, da ich eigentlich andere Dinge mit dir vorhabe.«

Bevor Berkeley den Mund zu einer Entgegnung öffnen konnte, mischte Garret sich ein. »Vielleicht trägt sie ihn bei sich«, meinte er. »Wir sollten sie durchsuchen.«

Anderson sah, wie Berkeley zurückwich. Ihr Abscheu weckte seinen Zorn, den er nur mühsam beherrschen konnte. »Eine Leibesvisitation müssen Sie schon selbst vornehmen«, sagte er. »Berkeley konnte meine Berührung nie ertragen. Sie behauptete, sie empfinde Schmerzen dabei. Ich spreche dabei nicht von den Gelegenheiten, in denen ich mich gezwungen sah, sie zu bestrafen, um sie gefügig zu machen. Ich spreche von den Zärtlichkeiten eines Ehemanns. Sie kann meine Liebkosung nicht ertragen. Soll ich es Ihnen beweisen?«

Garret sah, wie jede Farbe aus Berkeleys Gesicht

wich, und konnte ihr den Widerwillen im Grunde nicht übel nehmen. Er selbst brachte Anderson Shaw keinerlei Sympathien entgegen und sah seine Abneigung in Andersons unmoralischem Charakter begründet.

»Nicht nötig«, wehrte Garret ab. »Ich durchsuche sie.« Berkeleys Kopf fuhr zu ihm herum. Dachte der unverschämte Mensch tatsächlich, sie würde sich von ihm anfassen lassen? Ihre Augen weiteten sich, als er sich ihr näherte.

Garret Denison sprach mit leiser, einschmeichelnder Stimme. »Ich meine es ernst. Es stört mich nicht im Geringsten, dass Sie die Ehefrau meines Bruders sind. Ganz im Gegenteil. Es gibt mir eine gewisse Genugtuung, Graham das anzutun, zumal er sich mit meiner Frau wesentlich mehr Freiheiten gestattete, als ich es mit Ihnen zu tun beabsichtige. Zumindest vorläufig.« Garret streckte den Arm aus, als Berkeley aufspringen wollte. »Wenn Sie die Güte haben, Ihr Kleid abzulegen«, bat er höflich. »Wir wollen es hinter uns bringen.«

KAPITEL 13

»Nein.« Berkeley lehnte seine Aufforderung mit ruhiger, fester Stimme ab. Sie wich nicht einmal zurück, als Garret Denison näher trat.

»Nein?«, meinte er erstaunt. »Ich fürchte, Sie haben kein Recht, sich zu weigern. Ich habe die Zustimmung Ihres Gatten.« Er streckte die Hand aus, die knapp über ihrem Arm verweilte, und bemerkte den Schauer, der sie durchfuhr. Garrets freundlicher Tonfall stand in krassem Gegensatz zu seinen Worten. »Ich verweigere Ihnen das Recht, meiner Aufforderung nicht nachzukommen, Mrs. Shaw.«

Berkeley wandte sich nicht an Anderson um Hilfe. »Und ich verweigere Ihnen das Recht, mir Bedingungen zu stellen. Sollten Sie es wagen, mich zu berühren, schreie ich so laut, dass das ganze Haus zusammenläuft.«

Garrets Hand verweilte noch eine Sekunde, dann zog er sie zurück und wandte sich an Anderson Shaw. Der Anflug eines Lächelns um dessen Lippen gab ihm zu verstehen, dass er von ihm keine Hilfe zu erwarten hatte. »Tun Sie etwas, Shaw! Ich will meinen Ohrring.«

»Und Sie werden ihn bekommen. Ehrlich gestanden, Denison, Ihre Taktik ist reichlich plump. Meine Frau wird schreien, das kann ich Ihnen versichern, und dann haben wir es möglicherweise auch noch mit Sam Brannans Schutztruppe zu tun. Sie könnten sie bewusstlos schlagen, um sie in aller Ruhe zu durchsuchen, aber so weit sollte man wohl nicht gehen.« Er maß Berkeley mit kühlem Blick, kannte sie gut genug, um ihre Angst zu spüren. Sie war nicht so gelassen, wie ihre mutigen, allerdings auch törichten Worte ihn glauben machen wollten. »Es ist unwahrscheinlich, dass sie den Ohrring bei sich trägt.«

Garret Denison geriet in Zorn. »Sie können ihr doch nicht glauben«, entgegnete er schneidend.

»Sie verstehen mich falsch. Ich meine damit nur, dass sie ihn nicht am Körper trägt. Berkeleys übersinnliche Gabe macht das unwahrscheinlich. Als die Thornes ihr den Ohrring in die Hand gaben, reagierte sie ungewöhnlich heftig darauf. Habe ich das nicht erwähnt?«

Garret entsann sich, einer diesbezüglichen Bemerkung Andersons damals keine große Bedeutung beigemessen zu haben. »Wollen Sie damit sagen, sie konnte es körperlich nicht ertragen, ihn zu berühren?«

»Genau das. Als ich ihr den Ohrring zur Aufbewahrung gab, steckte sie ihn in einen Lederbeutel, den sie an ihrem Gürtel befestigte. Selbst das bereitete ihr Unbehagen.« Anderson warf Berkeley ein aufmunterndes Lächeln zu. »Komm, meine Liebe, lege den Rock ab und zeige Mr. Denison, dass du den Schmuck nicht bei dir trägst. Mehr verlangen wir nicht. Damit ist seine Neugier befriedigt.«

Berkeley würdigte ihn keiner Antwort und machte auch keine Anstalten, Andersons Aufforderung nachzukommen.

»Dann schlage ich einen Kompromiss vor«, versuchte Anderson es erneut. »Du stimmst einer züchtigen Leibesvisitation zu.« Als sie zu einer Verneinung ansetzen wollte, hob er die Hand und fuhr gedehnt fort: »Ja, ich weiß, du drohst zu schreien. Aber was sollte dir das nützen? Mr. Janeway wird herbeieilen, und du bist gezwungen, ihm eine höchst unangenehme Erklärung zu geben. Vorausgesetzt, du schaffst es, bevor seine Einmischung ihn das Leben kostet. Verstehst du mich? Ja, ich sehe, du hast verstanden. Du kannst wählen. Soll ich dich durchsuchen oder wäre dir Mr. Denison lieber? Überlege in aller Ruhe. Ich gebe dir zwei Minuten Zeit.«

Andersons gewinnendes Lächeln ließ Berkeley das Blut in den Adern gefrieren. Sie war zu keiner Bewegung fähig. Ihre Augen folgten Anderson, der die Hände auf dem Rücken verschränkte, zum Fenster schlenderte und gelassen auf den Platz schaute.

Berkeleys Stimme klang erschöpft, als sie schließlich sprach. »Wenn es mir gestattet ist, in meine Suite zu gehen, hole ich den Ohrring.«

Anderson wandte sich vom Fenster ab, in seinen kastanienbraunen Augen funkelte Triumph. »Sehen Sie, Denison. Es kommt nur darauf an, wie man sich einem Problem nähert.« Er studierte Berkeley eingehend. »Obwohl ich gestehe, meine Liebe, dass mich deine fortgesetzte Abneigung gegen meine Berührung kränkt. Ich hatte gehofft, Mr. Janeway habe mir den Weg geebnet. Oder hat er die Ehe mit dir nicht vollzogen?«

Berkeleys bleiche Wangen überzogen sich erneut mit Schamröte. Sie war zu benommen, um zu bemerken, dass Anderson enttäuscht schien, sie nicht zu einer erzürnten Entgegnung reizen zu können.

Garret Denison brach das Schweigen. »Wessen Bastard soll sie denn sonst im Bauch haben, Shaw?«

In Andersons Betroffenheit witterte Berkeley ihre Chance. Mit einem Satz war sie an der Tür und griff nach der Klinke. Selbst als Garret sich auf sie stürzte, schaffte sie es noch, die Tür einen Spalt zu öffnen, bevor er sie zuschlug und sich dagegen lehnte. Berkeley wich zurück. Ihr Atem flog vor Angst.

»Ist das wahr?« Anderson hielt den Blick auf ihren Leib gesenkt. »Du bekommst ein Kind von ihm?« Er wartete nicht auf ihre Antwort. Ungeachtet ihrer Drohung, laut zu schreien, und ihres Widerwillens vor seiner Berührung, war Anderson mit drei Schritten bei ihr, umfing ihre Mitte und legte eine Hand an ihren Leib. »Mein Gott«, entfuhr es ihm. »Du erwartest ein Kind von ihm?«

Berkeleys Magen drehte sich um. Ihr trockenes Würgen veranlasste Anderson, sie frei zu geben. Sie entfernte sich taumelnd in zusammengekrümmter Haltung, die Arme um sich geschlungen. Eine Hand legte sich an ihren Nacken, zwang sie, sich aufs Sofa zu setzen, und drückte ihr den Kopf zwischen die Knie, während die Stimme ihr befahl, tief Luft zu holen und langsam auszuatmen.

Garrets Hand lag wie ein Bleigewicht an ihrem Nacken. Der hohe Kragen ihres Kleides schützte sie vor seiner direkten Berührung und verbarg die Goldkette mit dem Ohrring, der eine so starke Hitze ausstrahlte, dass er ihre Haut zu versengen schien. Sie fürchtete, sogar Garret Denison müsse sie spüren.

»Atmen Sie tief!« Seine Stimme war nun nahe an ihrem Ohr, als er neben ihr in die Hocke ging. Sie hielt die Augen geschlossen. Garret warf einen Blick über die Schulter. »Ich habe genug gesehen«, meinte er. »Sobald sie sich erholt hat, begleite ich sie in ihr Zimmer, um den Ohrring zu holen.«

Anderson, der auf der Armlehne des Lehnstuhls Platz genommen hatte, achtete nicht auf Garret und richtete seine Aufmerksamkeit auf seine Frau. »Ich ziehe den Bastard eines anderen Mannes nicht groß, Berkeley«, erklärte er mit weicher Stimme. »Das habe ich einmal getan, weil ich keine andere Wahl hatte. Diesmal tue ich es nicht. Du lässt das Kind wegmachen.«

»Um Himmels willen, Shaw«, entgegnete Garret ungehalten. »Lassen Sie die Frau doch zufrieden.«

»Schweigen Sie«, antwortete Anderson ungerührt. »Berkeley? Hast du mich verstanden? In San Francisco gibt es genügend Weiber, die es dir wegmachen. Ich kümmere mich darum. Wir bekommen eine hohe

Belohnung für den Ohrring. Ich bezahle die Abtreibung.«

Berkeley durchflog ein Schauer. Garret nahm seine Hand von ihr und sie hob den Kopf. Ihr Blick war verschwommen, aber sie gab sich nicht geschlagen. »Ich dachte, du freust dich darauf«, sagte sie verächtlich. »Und wenn es ein Mädchen wird und ich bald sterbe, kannst du es großziehen und es ebenfalls zwingen, dich einmal zu heiraten.«

Es juckte ihn in den Fingern, sie zu schlagen. Vielleicht würde Garret Einwände dagegen erheben. Der Mann zeigte gelegentlich seltsame Anfälle von Skrupel. Und Anderson wollte seine Geduld nicht auf die Probe stellen. Möglicherweise hegte Garret sogar verwandtschaftliche Gefühle für den Bastard seines Bruders. Er musterte ihn prüfend. »Sind Sie eigentlich mit Kindern gesegnet?«

Garret räusperte sich und richtete sich auf. »Nein, Alys und ich sind bisher kinderlos geblieben.«

»Dann ist der Bastard möglicherweise erbberechtigt. Schließlich ist es das Kind Ihres lieben Bruders.« Das Kind könnte sich einmal als wertvoller erweisen als der Ohrring, überlegte Anderson blitzschnell. »Falls Sie den Bastard anerkennen. Würde Ihnen das schwer fallen? Aber ich glaube mich zu entsinnen, dass die Denisons kein sonderliches Interesse an ihren Bastarden haben.«

Garrets blaue Augen wurden eisig. »Drücken Sie sich klar aus, Shaw.«

Anderson ließ sich zu keiner unbedachten Äußerung hinreißen. »Vermutlich habe ich etwas falsch verstanden«, meinte er achselzuckend. »Es ist ohne Bedeutung. Verzeihen Sie, wenn ich Ihnen zu nahe getreten bin.«

Garret musterte ihn aus verengten Augen, bevor er sich entspannte. Berkeley hatte sich einigermaßen erholt, atmete wieder ruhig und in ihre Wangen war ein wenig Farbe zurückgekehrt. »Der Ohrring, Madam. Wenn Sie mir den Ohrring aushändigen, belästige ich Sie nicht länger.«

Berkeley lehnte Garrets angebotene Hand ab und erhob sich; ihre Gedanken kreisten um Andersons Bemerkung.

»Es dauert nicht lange. Ich bin gleich wieder zurück.«

Garrets Lächeln war kalt. »Ich bestehe darauf, Sie zu begleiten.«

»Halten Sie das für klug?« Berkeley hatte Mühe, klar zu denken. »Es ist sehr gut möglich, dass Grey sich in unserer Suite aufhält. Wie soll ich Ihre Anwesenheit erklären?«

»Mein Bruder hat das Haus verlassen. Wir haben ihn gehen sehen.«

Anderson schien nervös zu werden. »Wir halten uns schon zu lange hier auf. Berkeley hat Recht. In der Zwischenzeit ist Mr. Janeway vielleicht zurückgekehrt. Es wäre besser, wenn ich sie begleite. Mich kennt Janeway nicht.«

Garret zögerte. Er hatte zwar nicht den Wunsch, seinem Bruder zu begegnen, traute aber weder Anderson Shaw noch seiner Frau. »Einverstanden. Nur ein paar Minuten. Nicht länger.«

Anderson folgte Berkeley, öffnete die Tür und ließ ihr den Vortritt. Er spürte ihr plötzliches Zögern, sobald sie den Flur betrat, und wich einen Schritt zur Seite. Sein Blick flog zu der schmalen Ritze an den Türscharnieren. Was er dort sah, veranlasste ihn schleunigst zuzulassen, dass sie die Tür hinter sich zuzog und es ihm überließ, ihr Verhalten Garret zu erklären.

Berkeley setzte ein starres Lächeln auf. »Grey!«, rief sie geistesgegenwärtig. »Ich wollte gerade zu dir. Ich sah dich kommen.«

Er blickte sie verdutzt an, neigte den Kopf und küsste sie auf die Wange. »Dann verzeihst du mir also?«

Berkeley hätte ihm auch eine Todsünde verziehen; sie konnte sich im Augenblick gar nicht entsinnen, worüber sie vor Stunden gestritten hatten. Sie stellte sich auf die Zehenspitzen, suchte seinen Mund und verdrängte ihre Verzweiflung in einem heißen, hungrigen Kuss. Ihre Arme schlangen sich um seinen Nacken.

Grey erwiderte ihren Kuss und presste sie an sich. Zögernd löste er sich schließlich von ihr. Seine Stimme war heiser und er machte nicht den Versuch, seine Erregung zu verbergen. »Dies ist ein Hotelflur«, raunte er.

Sie nickte. »Ich will mit dir schlafen«, war alles, was ihr über die Lippen kam.

Grey griff hinter sie, um die Tür zu öffnen.

»Nein!« Sie drängte sich so sehr an ihn, dass er einen Schritt zurückwich. »Nicht hier. In unserem Bett.«

Seine Augen blitzten schelmisch. »Ich dachte an den nächsten Hafen in Seenot«, schmunzelte er. »Doch wenn der Sturm uns in eine andere Richtung treibt ...« Seine Stimme verlor sich, als Berkeley ihn bei der Hand nahm und den Flur entlang zog.

Einige Zeit später rollte Grey auf seine Seite des Bettes und stützte sich auf den Ellbogen. Berkeley lag neben ihm. In den Lavendelduft, der ihr entströmte, mischte sich ein Hauch Moschus. Sie hatte die Decke hochgezogen, Hals und Schultern glänzten feucht, eine helle Locke klebte an ihrer Wange. Er ließ die Finger durch ihr seidiges Haar gleiten. Sie lag reglos da, doch er wusste, dass sie wach war.

Er hatte ihre seltsame Distanz während des Liebesaktes gespürt, ihren inneren Rückzug, als er mit ihr vereint war. Grey kannte Berkeley gut genug, um zu wissen, dass sie etwas bedrückte. Wenn er sie danach fragte, würde sie es vermutlich leugnen, doch ihre beklommene Unruhe übertrug sich auf ihn.

Er hätte sich damit zufrieden geben können, sie in den Armen zu halten und zu streicheln, bis ihre Ängste verflogen waren. Sie hatte ihn gehindert, Fragen zu stellen, und ihn innig geküsst, bis er seine Besorgnis vergaß. Und als er sie wieder fragen wollte, hatten sich ihre Augen vor Verlangen verdunkelt und er hatte ihr gegeben, wonach sie sich zu sehnen schien.

Das Vergessen hinterher war von kurzer Dauer und Grey glaubte nicht allein zu sein mit seiner seltsamen inneren Leere.

»Ich weiß, dass du nicht schläfst«, sagte er leise. »Also mach mir nichts vor.«

Berkeley hielt die Augen geschlossen, nur ihre Hand tastete nach seiner, ihre Finger schlangen sich in die seinen.

»Ich dachte, du hast mir verziehen«, fuhr Grey fort.

»Es gibt nichts zu verzeihen.« Berkeley entsann sich mittlerweile des Streits vom Nachmittag und kam sich kindisch und lächerlich vor, gekränkt gewesen zu sein. Wie bedeutungslos im Vergleich zu den überwältigenden Schwierigkeiten, die sie nun bedrohten. »Es ist dein gutes Recht zu entscheiden, was du die Thornes wissen lassen willst. Es war falsch von mir, etwas anderes zu verlangen. Die Thornes erwarten keine Nachricht von mir. Ich war vermutlich deshalb so hartnäckig, weil ich nicht will, dass man mich für eine Betrügerin hält.« Sie legte eine kurze Pause ein, ihr Daumen strich über Greys Handballen. »Hast du das gemeint, als du sagtest, gute Absichten haben ihre Wurzeln häufig in selbstsüchtigen Beweggründen?«

»Habe ich das gesagt?«

»So etwas Ähnliches.«

»Und du hast mich nicht einen aufgeblasenen Wichtigtuer genannt?«

Sie lächelte wehmütig und spürte seine Lippen an ihrem Hals. Ein Knoten schnürte ihr die Kehle zu, Tränen brannten hinter ihren geschlossenen Lidern.

Grey hob den Kopf. »Ich habe einen Spaziergang gemacht, bin ziellos umhergewandert, bis ich schließlich im Hafen landete. Wusstest du, dass ein Remington-Schiff angelegt hat?«

»Vielleicht habe ich davon gehört.«

Grey lächelte. »Ich habe ein paar Zeilen geschrieben und sie dem Kapitän ausgehändigt. Keine Ahnung, was Decker Thorne davon halten wird. Vielleicht reagiert er gar nicht darauf. Ich habe dich nicht erwähnt, nicht weil ich dich schonen möchte, sondern weil du nichts verbrochen hast. Du hast nichts falsch gemacht.«

Nun quollen Berkeleys Tränen über. Sie entwand sich Greys Hand und wischte sich über die nassen Wangen. »Du hast keine Ahnung, was ich verbrochen habe.« Sie stieß die Worte stammelnd und unter heftigem Schluchzen hervor. Grey barg ihr Gesicht an seiner Schulter und ließ sie gewähren, bis ihr Schluchzen allmählich verebbte.

Dann löste er sich von ihr, um ein Taschentuch aus der Nachttischschublade zu holen, das er ihr reichte. Berkeley trocknete sich die Augen und schnäuzte sich geräuschvoll. Selbst das liebte Grey an ihr. Schmunzelnd nahm er ihr das zerknüllte Tuch aus der Hand und warf es auf den Nachttisch, wo es sich über den Ohrring an der goldenen Kette breitete, den Berkeley dort abgelegt hatte.

»Sag mir, was dich bedrückt«, bat Grey. »Ich will dir helfen.«

Sie lächelte wehmütig. »So bist du nun mal. Du willst immer anderen helfen.«

»Ich streite alles ab, wenn du ein Wort darüber verlauten lässt.« Er sah ihr tief in die Augen und zwang ihr seinen Willen auf. »Nimm meine Hand, Berkeley. War alles gelogen, was du darin gelesen hast? Kannst du meiner Liebe nicht glauben?«

»Ich werde dir wehtun.«

»Dein Schweigen tut mir weh.«

Vielleicht gab es eine Lösung, wenn sie ihm einen Teil gestand, ohne ihm die ganze Wahrheit zu sagen. Wenn Garret Denison nur wegen des Ohrrings in San Francisco war, sollte er ihn haben. Wenn Anderson sich sein Schweigen bezahlen lassen wollte, würde sie dafür bezahlen. Mittlerweile waren die unerwünschten Besucher gewiss in ihre Zimmer zurückgekehrt, wütend und aufgebracht über ihre Flucht, die nur ein kurzer Aufschub war. Anderson wusste genau, wie er Druck auf sie ausüben und sich ihr Schweigen sichern konnte.

Der Ohrring und Geld. Was konnten sie sonst noch von ihr fordern, was sie nicht bereit war, ihnen zu geben? Berkeley entsann sich, was Anderson über ihr Kind gesagt hatte. Ein Schauer durchflog sie.

»Wir werden ein Kind haben«, flüsterte sie und nahm Greys Hand.

»Das hoffe ich«, sagte er. »Du hast mir vier versprochen. Mit Nat sind es fünf.«

Berkeley zog seine Hand unter die Decke und legte sie auf die leichte Schwellung ihres Leibes.

»Ein Kind.«

Sie sah ihn argwöhnisch an. »Wusstest du das nicht? Du hast es wirklich nicht gewusst?«

Was sollte er sagen? Er hoffte, sie würde ihm seine Begriffsstutzigkeit verzeihen. »Ich habe es wirklich nicht gewusst«, gestand er. »Ein Kind.« Diesmal klang seine Stimme beinahe andächtig. »Und das wolltest du mir verschweigen?« *Lüge mich bitte nicht an, Berkeley.*

»Ja … nein …« Sie drückte seine Hand. »Es ist nicht so einfach. Natürlich wollte ich es dir sagen, aber nicht, ehe du mich batest, dich zu heiraten. Ich hätte mich ansonsten gefragt, ob du mich nur wegen des Babys heiraten wolltest. Auch wenn du es bestritten hättest, wären Zweifel geblieben. Und danach ... habe ich mir Vorwürfe gemacht, ob es richtig war, dich zu heiraten, ohne es dir vorher zu sagen. Vielleicht hättest du schlecht von mir gedacht. Oder vielleicht hättest du gedacht, ich heirate dich nur, weil ich ein Kind von dir bekomme ...«

»Ist es so?«

»Nein!«

»Ich glaube dir.«

Sie sah ihm in die Augen. »Ja, du glaubst mir.« Wäre dies ihr einziges Geheimnis gewesen, wäre ihr damit die ganze Last von den Schultern genommen. Sie hielt sein Gesicht zwischen den Händen. »Dein Vertrauen ehrt mich«, flüsterte sie.

Wenn du nur mir vertrauen könntest. Greys Gedanken blieben unausgesprochen, als Berkeley ihn küsste.

»Freust du dich?«, fragte sie scheu. »Auf das Baby?«

»Und ob ich mich freue.« Er küsste sie zart, um seine wachsende Angst zu verbergen. »Sag, bin ich der Einzige, der nichts davon wusste? Was ist mit Annie oder Sam? Irgendwer muss doch etwas geahnt haben.«

»Wieso? Ist es so deutlich?« Garret hatte es sofort bemerkt, entsann sie sich erschrocken.

»Im Nachhinein schon. Du bist plötzlich bei Tisch aufgesprungen oder nicht zum Frühstück erschienen. Du hast in letzter Zeit oft müde und erschöpft ausgesehen.«

»Wie galant von dir, nicht zu erwähnen, dass ich zugenommen habe.«

»Es ist ein winziges, entzückendes Bäuchlein.« Er schob die Decke nach unten und betrachtete aufmerksam ihre Brüste, deren Knospen sich reckten. Grey zog eine Braue hoch. »Auch deine Brüste beginnen zu schwellen. Das gefällt mir ausgesprochen gut.«

»Mir auch«, sagte sie. Ihre Hand kroch unter die Decke und umfing ihn in einer zärtlichen Liebkosung.

Anderson bewies mehr Geduld, als Berkeley ihm zugetraut hätte. Eine volle Woche verstrich, ehe er im Spielsaal des *Phönix* erschien. Er ließ sie natürlich absichtlich warten und es gelang ihm, ihre Nervosität ins Unerträgliche zu steigern.

Selbst die Katze ging ihr die ganze Woche aus dem Weg. Berkeley war fahrig, konnte sich nicht konzentrieren, hatte keinen Appetit, verlor schnell die Geduld und reagierte auf jede Kleinigkeit aufbrausend. Da ihre Schwangerschaft nun kein Geheimnis mehr war, entschuldigte man ihre schlechte Laune mit ihrem Zustand und fragte sich, ob ihre Gereiztheit wohl volle neun Monate anhalten würde.

Berkeleys Panik setzte in dem Moment ein, als sie den Ohrring verloren glaubte. Während Grey schlief, suchte sie zwischen den zerwühlten Laken danach, unter dem Bett, schüttelte ihre auf dem Parkett verstreuten Kleider aus, drehte die Schuhe um. Dabei flogen ihre Hände immer wieder an den Busen, da sie glaubte, das Gewicht des Anhängers zu spüren.

Tränen der Wut traten ihr in die Augen, und als sie schließlich das Taschentuch vom Nachtkasten nahm, wo Grey es hingelegt hatte, fand ihr tränenverschleierter Blick den verzweifelt gesuchten Gegenstand zunächst gar nicht.

Und als sie ihn endlich in der Hand hielt, stellte sich keine Erleichterung ein. Stattdessen rebellierte ihr Magen, sie schaffte es gerade noch ins Ankleidezimmer und erbrach in die Waschschüssel. Sie hasste sich dafür, wütend auf Grey zu sein, der seelenruhig weiter schlief, dabei wollte sie gar nicht, dass er sie in diesem Zustand sah. Sie hätte seine Fürsorge von sich gewiesen, doch nahm ihm zugleich übel, dass er sich nicht um sie kümmerte. Wie ungerecht ich bin, dachte sie. Aber sie wollte nicht gerecht sein. Sie wollte nur wütend sein.

Noch am gleichen Abend suchte Berkeley den kleinen Juwelierladen in der Kearney Street auf. Der Juwelier erhob Einwände, das Schmuckstück erneut umzuarbeiten und in seinen ursprünglichen Zustand zu versetzen. Eine winzige Goldnadel musste angelötet und die Krone über der Perle erneuert werden. Er feilschte, konnte jedoch nicht ahnen, dass Berkeley jede Summe bezahlt hätte. Schließlich waren beide zufrieden, einen guten Preis ausgehandelt zu haben.

Jeden Abend fürchtete Berkeley, Anderson würde auftauchen. Es war ihr ein gewisser Trost, nun wenigstens guten Gewissens behaupten zu können, nicht im Besitz des Ohrrings zu sein, auch wenn er ihr nicht geglaubt hätte. Sie überlegte sich alle möglichen Ausflüchte und dachte später schuldbewusst, es wäre klüger gewesen, sich vernünftige Antworten auf Greys Fragen auszudenken, mit denen er sie die ganze Woche quälte …

»Du siehst heute ganz bezaubernd aus«, meinte Grey, der neben ihren Stuhl getreten war. Er ließ den Blick über die Runde ihrer Bewunderer schweifen, die sich unwiderstehlich zu ihr hingezogen fühlten. Grey hatte während dieser Woche festgestellt, dass seine Gäste nichts von Berkeleys Gereiztheit zu spüren bekamen; offenbar ließ sie diese nur an den Menschen aus, die ihr am Herzen lagen.

Grey beugte sich über sie, hauchte einen Kuss auf ihre Schläfe und spürte, wie sie sich versteifte. Er hütete sich, sie nach ihrem Wohlbefinden zu fragen, da sie möglicherweise ungehalten darauf reagieren würde. »Ich habe etwas für dich«, sagte er stattdessen.

Berkeley drehte sich halb zu ihm um und hob den Blick. Grey konnte nicht ahnen, wie sehr seine Nähe sie tröstete. Ihm in die Augen zu sehen war Balsam für ihre wunde Seele. Sie wünschte sich sehnlichst, ihm alles zu erklären und ihren Seelenfrieden wiederzufinden, doch ihre Furcht, Grey würde sie nicht verstehen oder sich zu übereilten Schritten hinreißen lassen, war größer. Den Gästen präsentierte sie ein strahlendes Lächeln, plauderte angeregt und gab sich heiter und unbeschwert. Das alles war eine Maske, nichts war echt und es kostete sie unendliche Mühe.

»Ja?« Ihre Stimme klang kühl und unbeteiligt.

Grey griff in die Tasche seines Gehrocks, zog ein schmales, mit Samt bezogenes Etui hervor und reichte es Berkeley. »Nimm es«, drängte er sie leise. »Mach es auf.« Es war nicht richtig, ihr das Geschenk in aller Öffentlichkeit zu überreichen, damit wollte er nur verhindern, dass sie es ablehnte.

Berkeleys Finger zitterten leicht, als sie das Etui öffnete. Ein Diamantenkollier funkelte im Schein der Kronleuchter. Die Herren am Tisch reckten die Hälse, um das kostbare Schmuckstück zu bewundern. »Heilige Mutter Gottes«, entfuhr es einem und er sprach für alle.

Grey beobachtete Berkeley, die das Kinn hob, um ihm ihren Hals darzubieten, er spürte aber auch den Trotz in ihrer Geste. Sie durchschaute die Absicht, die hinter seinem Geschenk steckte. Er hatte bemerkt, dass sie den Anhänger nicht mehr trug. Auf seine Frage hin hatte sie gemurmelt, der Verschluss sei kaputt, er aber hatte ihre Lüge durchschaut, und das wusste sie. Das Diamantenkollier war nicht nur als Geschenk gedacht. Es sollte um ihren Hals liegen und sie daran erinnern, wie oft ihr die Wahrheit in der Kehle stecken blieb.

Berkeley ließ die Fingerkuppen über die in Platin gefassten Diamanten gleiten, während Grey den Verschluss im Nacken sicherte. Sie stand auf und ihr Blick erfasste eine fremde Frauengestalt im Spiegel hinter der Bar: eine bleiche, elegante Erscheinung, kühl und teilnahmslos. Und Berkeley hätte sich beinahe nach der Fremden umgedreht. Erst dann begriff sie, dass sie ihr eigenes Spiegelbild anstarrte.

Sie trat einen Schritt auf Grey zu. »Vielen Dank«, hauchte sie und hielt den Atem an, als er die Hände um ihre Taille legte. Sie bot ihm ihre Lippen. Sein Mund fühlte sich kühler an als der ihre.

Bald würde es keine Bedeutung mehr haben, was Anderson plante, um ihre Ehe zu zerstören. Berkeley würde es selbst schaffen, sie zu zerrütten.

Sie hörte, wie Grey sich entschuldigte, und sah ihm nach, wie er sich entfernte. Ihre Fingernägel bohrten sich schmerzhaft in ihren Handballen. Sie wollte ihm nachlaufen, ihn zurückholen. Halt suchend legte sie die Hände an die Stuhllehne. Als sie sich der Runde wieder zuwandte, hatte sie ihr strahlendes Lächeln wieder aufgesetzt.

Sie behielt das Lächeln auch bei, als Anderson Shaw seine Hand auf den Tisch legte und sie bat, ihm die Zukunft vorauszusagen.

Berkeley zeichnete mit den Fingern die Linien in seiner Handfläche nach und gab vor, sich in das Studium seiner Hand zu vertiefen. »Wie mir scheint, führt Sie ein ungewöhnliches Anliegen nach San Francisco«, sagte sie. »Sie sind kein Goldgräber. Auch kein Geschäftsmann.«

»Ganz recht«, stimmte Anderson ihr zu, blickte in die Runde und gab zu verstehen, dass er von Berkeley beeindruckt war. »Können Sie mir sagen, welchen Beruf ich ausübe?«

Wieder gab sie vor, angestrengt nachzudenken. »Ich glaube, Sie sind eine Art Künstler«, sagte sie dann. »Sie sind hier, um die Menschen zu unterhalten.«

Er lachte in sich hinein. »Und ich habe vor, mich dabei königlich zu amüsieren.«

»Ihrer Stimme nach zu urteilen sind Sie Schauspieler.«

»Ich habe meine Stimme lange geschult«, gab er zu, zog eine Visitenkarte aus der Westentasche und bat um einen Stift, der ihm eilfertig gereicht wurde, worauf Anderson ein paar Zeilen schrieb, die er mit der linken Hand verdeckte. Als er fertig war, legte er die Linke auf die Karte und reichte Berkeley die Rechte. »Wenn Sie mir mein Lieblingsstück nennen und meine Lieblingsrolle, dann sind meine letzten Zweifel in Ihre übernatürliche Begabung vollends ausgeräumt.«

In der Runde erhob sich allgemeiner Protest. Niemand wünschte Berkeley eine so schwierige Aufgabe, der sie vielleicht nicht gewachsen war.

Berkeley lachte heiter über die murrenden Proteste. »Haben Sie so wenig Vertrauen in mich?«, schalt sie und wandte sich an Anderson. »Sie scheinen damit keine Freunde zu gewinnen, Mr. ...«

»Lerner.«

Berkeleys Puls beschleunigte sich. Lerner war der Mädchenname ihrer Mutter und auch der ihre, ehe sie Mrs. Shaw wurde. Er nannte den Namen absichtlich, um sie aus der Fassung zu bringen. Plötzlich sah sie ihr befremdliches Spiegelbild wieder vor Augen und spürte das Diamantenkollier bleischwer um ihren Hals. Doch ihr Verstand arbeitete klar. »Ich fürchte, ich habe den Zweck Ihres Aufenthalts in San Francisco falsch gedeutet«, sagte sie seelenruhig. »Die Schauspielerei mag zwar Ihre Leidenschaft sein, doch ich denke, Sie sind nur gekommen, um mich bloßzustellen. Liege ich richtig mit dieser Annahme, Mr. Lerner?«

»Es wäre nicht klug, Ihnen zuzustimmen«, erwiderte Anderson mit einem vielsagenden Blick auf die finsteren Gesichter, die sich ihm zuwandten. »Jeder der Herren würde mich nach draußen bitten, wenn ich so leichtsinnig wäre, ja zu sagen.«

»Worauf Sie sich verlassen können.« Aus dem Augenwinkel sah Berkeley, wie Donnel Kincaid sich aus der Gruppe Schaulustiger löste, die sich um den Tisch versammelt hatten. Er hatte vermutlich jedes einzelne Wort zwischen Anderson und ihr gehört und spürte die feindselige Stimmung in der Tischrunde. Berkeley zweifelte nicht daran, dass er Grey holen wollte. »Vielleicht sollten Sie die Karte einem der Herren geben«, schlug sie vor. »Um sicherzustellen, dass niemand auf die Idee kommt, es könne Betrug im Spiel sein.« Berkeley hatte keine Ahnung, ob Anderson sie bloßstellen wollte oder nicht. Er hätte irgendetwas auf die Karte schreiben können. Falls er jedoch falsch spielte, hätte er großes Glück, den Saal mit heilen Knochen verlassen zu können.

Anderson Shaws anerkennender Blick für ihren geschickten Schachzug war allein für Berkeley bestimmt. »Wie Sie wünschen«, entgegnete er gelassen und schob die Karte dem Fremden zu seiner Rechten hin, ohne ihn anzusehen.

Berkeley beobachtete Joseph Allen, der sich bemühte, Andersons Schrift zu entziffern. »Nun gut«, sagte sie und beugte sich wieder über Andersons Hand. Dann sprach sie bedächtig, als überlege sie noch während des Sprechens. »Das Theaterstück ist meiner Meinung nach von Shakespeare.«

Joe Allen schlug sich klatschend auf den Schenkel. »Verdammt will ich sein, wenn sie nicht Recht hat!« Zu spät begriff er, dass er etwas voreilig war. Hinter vorgehaltener Hand zeigte er die Karte den Männern, die hinter ihm standen. »Das hat Shakespeare doch geschrieben, oder nicht, Leute? Oder war das der andere Engländer? Dieser … dieser sowieso Jonson?«

»Aha.« Grey näherte sich dem Tisch. »Ein literarisches Rätselraten. Du hast eine interessante Frage aufgeworfen, Joe, die allerdings nicht hier erörtert werden sollte.« Er legte Berkeley die Hand auf die Schulter. »Meine Herren, der Literaturclub trifft sich jeden Dienstagnachmittag in Mrs. Richards Haus in der Powell Street. Dies ist und bleibt ein Spielsalon.«

Seine Rede wurde mit anerkennendem Gelächter begrüßt. Joe Allen bekam rote Ohren, zog rasch die Karte an sich, bevor sie ihm jemand wegnehmen konnte.

»Darf man hoffen, dass an diesem Tisch Wetten abgeschlossen werden?«, fragte Grey.

Art Madden setzte den Bierkrug ab. »Der Herr hier scheint nicht viel von Mrs. Janeways Talent zu halten.«

Greys Blick erfasste Anderson Shaw. »Ist das so, Sir?«

»Nick Lerner.« Anderson stand auf und hielt ihm die Hand hin. »Es liegt mir fern, jemandem zu nahe zu treten. Ich wollte keineswegs in ein Hornissennest geraten. Die Begabung Ihrer Frau Gemahlin genießt hier anscheinend hohe Achtung.«

»Genau wie meine Gemahlin selbst«, entgegnete Grey kühl, ergriff erst jetzt die dargebotene Hand, schüttelte sie kurz und gab Anderson mit einer Geste zu verstehen, sich wieder zu setzen. »Welche Einwände haben Sie?«

»Es ist nichts«, meldete Berkeley sich zu Wort und tätschelte beschwichtigend Greys Hand auf ihrer Schulter. »Mr. Lerner ist Schauspieler und will, dass ich ihm sein bevorzugtes Theaterstück nenne sowie seine Lieblingsrolle. Er hat die Antworten freundlicherweise aufgeschrieben und Joe den Zettel gegeben. Ich habe gesagt, es handle sich vermutlich um ein Stück von Shakespeare, und Joe hat es bestätigt – mehr oder weniger.« Vereinzeltes Lachen wurde laut und Joe Allens Ohren begannen wieder zu glühen.

Grey, der sich nicht an der allgemeinen Heiterkeit beteiligte, fixierte Anderson Shaw. »Ich besitze zwar keine hellseherische Gabe«, meinte er ungerührt.

»Aber selbst ich hätte auf Shakespeare getippt. Ist er nicht der beliebteste Barde aller Schauspieler?«

Anderson nickte. »Gewiss. Aber er hat sehr viele Stücke geschrieben, unter denen ein Schauspieler sich sein Lieblingsstück wählen kann. Ihre Gattin hat mir meinen Favoriten noch nicht genannt.«

Grey holte eine Goldmünze aus der Westentasche und legte sie auf den Tisch. »Ich setze darauf, dass sie das richtige Stück nennt.«

Anderson lachte. »Die Wetten stehen immer günstig für das Haus, habe ich Recht? Nun denn. Ich habe damit angefangen und muss die Folgen tragen.« Er holte seinerseits eine Goldmünze hervor und legte sie daneben. »Die Wette gilt.« Er warf Joe Allen einen warnenden Blick zu. »Und Sie halten sich zurück.« Sein Blick flog zu Berkeley, erwartungsvoll, spöttisch und herausfordernd. »Mrs. Janeway?«

Berkeley nahm seine Hand. Sie hatte keine Lust, das böse Spiel in die Länge zu ziehen. »Das Stück ist *Der Widerspenstigen Zähmung*«, verkündete sie. »Ihre Lieblingsrolle aber ist eine Rolle in einer Tragödie. Ich glaube, Sie würden gern den Shylock im *Kaufmann von Venedig* spielen.« Noch bevor Joe Allen in Freudengeheul ausbrach und mit den Fäusten auf den Tisch trommelte, wusste Berkeley, dass sie richtig geraten hatte. Sie strich die beiden Münzen ein und händigte sie Grey aus. Ihr Gewinn war Andersons verdattertes Gesicht.

Später, als er ihr im Hotelflur auf dem Weg in ihr Zimmer auflauerte, fragte er sie danach. »Du hast wohl gedacht, ich hätte dich vergessen«, flüsterte er.

»Auf diese Idee wäre ich nie gekommen«, entgegnete Berkeley. »In gewisser Weise bist du leicht durchschaubar, Anderson.«

»Im Gegensatz zu dir. Ich frage mich, wie du das vorhin geschafft hast. Du konntest nicht wissen, was ich auf die Karte geschrieben habe.«

»Genau so war es.«

»Wie ist es dir dann gelungen? Ich habe keine besondere Vorliebe für *Der Widerspenstigen Zähmung*.«

»Und deine Lieblingsrolle ist Richard III. Ja, das ist mir klar. Aber du hast die Karte Joe Allen gegeben und der bewegt die Lippen beim Lesen.«

Anderson Shaw musste laut lachen. »So einfach war es?«

Berkeley nickte. Sie waren vor ihrer Suite angekommen. »Ich lasse dich nicht herein«, meinte sie knapp. »Sag, was du von mir willst, und verschwinde.«

Anderson warf einen Blick über die Schulter, ohne sich aus der Ruhe bringen zu lassen. »Du erkundigst dich gar nicht nach Mr. Denison.«

»Wieso auch? Ich nehme an, er ist in seinem Zimmer.«

»Ja. Und er ist sehr nervös. Ihm fehlt meine Geduld.« Er wartete vergeblich auf ihre Entgegnung. »Hast du den Ohrring?«

»Ja. Aber ich gebe ihn dir nicht. Ich händige ihn Mr. Denison persönlich aus. Welche Zimmernummer?«

»Dreihundertsechs. Aber nicht hier. Er ist ins *Palace* gezogen; das hielten wir nach unserer ersten Begegnung mit dir für klüger.«

»Garret will seinen Bruder offenbar nicht wissen lassen, dass er sich in San Francisco aufhält.«

»Genau. Er hat seine Gründe, nehme ich an. Kommst du?«

»Nicht jetzt. Morgen. Ist das früh genug?«

»Du scheinst ja geradezu erleichtert zu sein, dich von dem Ohrring zu trennen. Seltsam, dieser plötzliche Sinneswandel. Ist dir so sehr daran gelegen, uns loszuwerden?«

Berkeley ging nicht auf seinen Spott ein. »Und was willst du, Anderson? Was kostet es mich, dich loszuwerden?«

»Kluges Mädchen. Kannst du dir das nicht denken?«

Berkeleys Stimme wurde zu einem gefährlichen Flüstern. »Hör auf mit deinen hinterhältigen Spielen. Natürlich will ich dich loswerden. Du hast mich in den Bergen kaltblütig meinem Schicksal überlassen. Aber ich habe überlebt. Und wenn ich Graham Denison nicht begegnet wäre, hättest du dich einen Dreck um mich geschert. Du wärst bei diesen Verbrechern in Sydney Town geblieben, mit denen du anscheinend bestens auskommst.«

Andersons Hand schnellte vor und packte Berkeleys Handgelenk mit eisernem Griff. Diesmal wollte er blaue Flecken hinterlassen, die sie gezwungen wäre zu erklären. Allerdings hätte es ihm mehr Vergnügen bereitet, wenn sie sich zur Wehr gesetzt hätte. »Ist dir eigentlich klar, dass ich dich vermutlich gar nicht gefunden hätte, wenn du die Wahrsagerei nicht wieder aufgenommen hättest? Von Grey Janeway habe ich gehört, ohne ihm begegnet zu sein. Die Ducks scheinen ihn in Frieden zu lassen, vermutlich fürchten sie seine Vergeltung. Erst als ich hörte, dass in seinem Spielcasino eine junge Wahrsagerin arbeitet, wurde ich stutzig. Zu erfahren, dass du auf eigenen Füßen gelandet bist, war allerdings nur halb so verblüffend, wie den Mann zu sehen, der sich Grey Janeway nennt. Mir war der Zusammenhang sofort klar, obwohl ich bezweifelte, dass er dir wirklich bewusst war. Soweit ich weiß, hast du keinen Kontakt zu den Thornes aufgenommen. Dennoch habe ich bedauert, dir den Ohrring überlassen zu haben.«

Berkeleys Finger wurden taub in Andersons stählernem Klammergriff. »Du hast ihn mir nur überlassen, weil du keine Ahnung von seinem wahren Wert hast. Du hättest ihn für einen lächerlichen Preis verschachert. Dir wäre eine Kiste Äpfel lieber gewesen, die du für fünf Dollar pro Stück am Spieltisch verwettet hättest.« Sie versuchte, sich ihm zu entwinden. Er gab sie nicht frei. »Nenne deinen Preis«, zischte sie. »Schnell, bevor uns jemand hier sieht.«

»Zwanzigtausend Dollar.«

Berkeley schnappte hörbar nach Luft. »Diese Summe kann ich unmöglich aufbringen.«

»Wieso nicht? Die Hälfte davon trägst du um den Hals.« Bevor sie wusste, wie ihr geschah, hatte er ihr das Diamantenkollier abgerissen. »Zimmer dreihundertsechs. Um zehn Uhr. Sei pünktlich und komme nicht ohne Ohrring und ohne Geld.« Anderson ließ ihre Hand los und entfernte sich, vollauf zufrieden mit seinem Erfolg. Er verließ das Hotel durch den Hinterausgang, ohne auf Annie Jacks Beschimpfungen zu achten, ob er ihre Küche mit einer Hotelhalle verwechsle.

Nat Corbett wurde gepackt und hochgehoben, bis nur noch seine Zehenspitzen den Boden berührten. Sein Protestschrei wurde erstickt, da der Hemdkragen ihm die Kehle zuschnürte. In diesem Zustand wurde er vor Grey in den Spielsaal geschleppt, in dem immer noch etwa hundert Gäste Zeugen seiner Demütigung wurden.

Annie Jack stand mit finsterem Gesicht vor Grey, die feisten Arme in die Hüften gestemmt, ohne sich von Nats schuldbewusstem Hundeblick erweichen zu lassen. »Annie hat den Flegel gerade erwischt, wie er sich durch ihre Küche ins Haus schleichen wollte. Und niemand kann Annie erzählen, dass er sich nicht auf dem gleichen Weg rausgeschlichen hat.« Sie schlug die breiten Handflächen gegeneinander und erklärte, sie lehne jede Verantwortung für die Zukunft des missratenen Lümmels ab.

Grey blickte auf seine Taschenuhr, deren Zeiger auf kurz vor eins standen. Seine strenge Miene war zwar weniger Furcht einflößend als Annies finsteres Gesicht, allerdings nicht minder missbilligend. »Komm nach oben. Oder muss ich dich tragen?«

Nat ging mit gesenktem Kopf und hängenden Schultern voraus. Im ersten Stock schlug er die Richtung in sein Zimmer ein. Grey legte ihm die Hand auf die Schulter.

»In meine Suite.« Nat zuckte zusammen und sah verängstigt zu ihm auf. »Hier entlang.« Grey drehte ihn erbarmungslos in die andere Richtung.

Im Salon bedeutete Grey dem Jungen, sich zu setzen. Nat schlich zum behäbigen Lehnstuhl vor dem Kamin, setzte sich auf die äußerste Kante und verfolgte Grey mit seinem Blick, als er die Tür zur Bibliothek schloss, an die Anrichte trat und sich einen Schluck Whiskey einschenkte. »Hast du Angst, ich versohle dir den Hintern?«

Nat machte ein unglückliches Gesicht. »Es wäre mir lieber, Sie tun es nicht, Sir.«

»Ich tu es auch nicht. Aber ich verlange von dir, dass du mir die Wahrheit sagst, Nat. Die ganze Wahrheit.«

Nats ängstlicher Blick flog zur Tür.

»Sie kann dir nicht helfen«, erklärte Grey. »Sie schläft und kann dich nicht hören.« Er nahm einen Schluck. »Ich vermute, dein nächtlicher Ausflug hat etwas mit ihr zu tun.«

Nat wand sich gequält und schwieg beharrlich, ohne Grey ins Gesicht zu sehen.

Seufzend nahm Grey auf dem Sofa Platz. »Hat sie dich heute Abend mit einem Auftrag fortgeschickt? Ist es das?«

»Nein!«, protestierte Nat entrüstet.

»Aber du hast dich ihretwegen aus dem Haus geschlichen.« Grey erwartete keine Antwort und betrachtete Nat sinnend, überlegte, was er letzte Woche gesehen hatte, ohne es wirklich zu registrieren. Nat war tapfer an Berkeleys Seite geblieben, während andere einen Bogen um sie gemacht hatten. Ständig hatte er den Kopf in ihr Zimmer gesteckt unter dem Vorwand, Pandora zu suchen. Und abends, wenn der Spielsaal geöffnet wurde, hatte er oben an der Treppe im Schatten gekauert, den Blick gebannt auf den Eingang gerichtet.

»Wir alle haben sie in letzter Zeit beobachtet«, sagte Grey schließlich. »Aber ich glaube, du hast auf sie aufgepasst.«

Nats schmale Brust hob und senkte sich mit einem abgehackten Seufzer. In seinen gequälten Gesichtsausdruck schlich sich ein Hoffnungsfunke.

»Hör mir gut zu, Nat.« Grey rollte das Kristallglas zwischen den Handballen. »Was du auch gesehen haben magst oder was du weißt, du darfst es nicht für dich behalten. Berkeley steckt in Schwierigkeiten, stimmt's?« Nat biss sich auf die Unterlippe. »Ist ihr klar, dass du etwas weißt?«

Nat biss sich fester auf die Lippe, bis ein Blutstropfen austrat.

Grey fluchte in sich hinein. »Sie weiß es also und hat dich gebeten, es für dich zu behalten.« Der Junge litt sichtlich darunter, das Geheimnis zu wahren. Wie konnte Berkeley dem Kind das antun? Greys Lippen wurden schmal, Zorn stieg in ihm hoch. Sie hatte nicht nur Nat in einen unerträglichen Konflikt gebracht, sie weigerte sich auch störrisch, ihren Ehemann ins Vertrauen zu ziehen. Nur ihre schlechte Laune hatte sie spüren lassen. Grey fühlte sich von ihrem Mangel an Vertrauen tief gekränkt.

Er leerte das Glas, stellte es beiseite, stützte die Ellbogen auf die Knie und verschränkte die Finger. »Sieh mich an, Nat.« Sein Tonfall duldete keinen Widerspruch. »Ich respektiere dein Versprechen, das du Berkeley gegeben hast. Aber du musst dir überlegen, ob du dieses Versprechen gegen besseres Wissen gegeben hast. Ich will kein Verhör mit dir durchführen. Ich bitte dich nur sorgfältig zu überlegen, ob du Berkeley schadest, wenn du mich nicht ins Vertrauen ziehst.«

Nat rieb sich verlegen die Knie, hielt aber Greys eindringlichem Blick stand. Er dachte an die Ohrfeige, die Berkeley hatte einstecken müssen, sah, wie sie von der Wucht des Schlages zur Seite getaumelt war. Der Mann hatte Berkeley geschlagen, um sich Nats Schweigen zu sichern, und hatte gedroht, er würde noch viel Schlimmeres mit ihr anstellen.

»Wird sie nichts davon erfahren?«, fragte Nat schließlich bang. »Dass ich etwas gesagt habe.«

Die Beklemmung, die Grey das Herz zuschnürte, lockerte sich ein wenig. »Sie erfährt nichts davon. Ich gebe dir mein Wort darauf.«

»Ich habe es ihr versprochen.« Tränen traten ihm in die Augen, die er heftig zurückblinzelte. Wieder flog sein verängstigter Blick zur Tür. Beinahe wünschte er, Berkeley würde erscheinen. Dann hätte er davonlaufen und es ihr überlassen können, Mr. Janeway die Wahrheit zu sagen. Als er sich Grey wieder zuwandte, waren seine Augen sehr traurig und er sah plötzlich wesentlich älter aus als elf Jahre. Er holte tief Luft und atmete langsam aus. »Was wollen Sie hören?«

Berkeleys Lider hoben sich, als Grey neben sie ins Bett schlüpfte. »Wie spät ist es?«, murmelte sie.

»Spät. Schlaf weiter.«

Sie hatte gefürchtet, keinen Schlaf zu finden, und dann war sie doch eingeschlafen. Sie streichelte Greys Rücken und spürte seine Muskelverspannungen, schmiegte sich an ihn und drückte einen Kuss an seinen Nacken.

»Lass das.« Grey griff hinter sich und schob ihre Hand weg. »Schlaf.«

Seine Worte erreichten das Gegenteil. Berkeley war

nun hellwach und verletzt. Sie rollte auf ihre Seite des Bettes und blieb steif liegen.

Grey hatte nicht bedacht, wie schwer es ihm fallen würde, zu ihr ins Bett zu schlüpfen und vorzugeben, nichts zu wissen. Schlimmer noch, er hatte nur Bruchstücke erfahren, da Nat ihm nur berichten konnte, was er beobachtet hatte. Berkeley hatte ihn nicht wirklich ins Vertrauen gezogen, und das, was Grey von dem Jungen erfahren hatte, warf nur noch mehr Fragen auf. Der einzig zufrieden stellende Erfolg war, dass Nat der Belastung seines Versprechens enthoben war.

Grey drehte sich um. Berkeley lag mit offenen Augen auf dem Rücken und wirkte ebenso angespannt wie Grey. »Ich bin es leid, dass du Katz und Maus mit mir spielst«, sagte er leise. »Du suchst mich mit Blicken, und wenn ich mich dir nähere, stößt du mich von dir. Du zuckst vor meiner Berührung zurück. Du verschmähst meine Geschenke. Du behandelst mich, als sei dir nichts lieber, als mich loszuwerden. Was soll ich von deinem Annäherungsversuch halten? Du streichelst und liebkost mich ... was hat das zu bedeuten, Berkeley?«

Sie schwieg lange. Ihr Mund war ausgetrocknet, ihre Kehle schmerzte. »Habe ich es so weit gebracht, dass du mich hasst?«

Grey lächelte wehmütig. »Nein«, widersprach er leise. »Das hast du nicht. Das schaffst du nicht.«

Berkeleys Hand überbrückte die Distanz, ihre Fingerspitzen streichelten sanft seine Wange. Sie beugte sich über ihn und erforschte seine Gesichtszüge. Den Ausdruck seiner Augen konnte sie in der Dunkelheit nur ahnen.

Ihr Mund war seinen Lippen sehr nahe. »Dann liebe mich.«

KAPITEL 14

Grey wurde leichter ums Herz, als Berkeley wieder eingeschlafen war. Ihre Wange ruhte an seiner Schulter, ihr warmer Atem strich über seine Haut. Das leise Heben und Senken ihres Busens war ihm ein Trost.

Sie hatte sich unter ihm gewunden, ihm ihre Brüste entgegengereckt. Und als sein heißer, feuchter Mund an ihren Brustknospen zu saugen begonnen hatte, hatte sie ein Schauer der Lust durchrieselt. Sie hatte ihren Schoß angehoben, sich nach mehr gesehnt, hatte ihm mehr geben wollen.

Und als sie ihre Arme und Beine um ihn geschlungen und ihren offenen Mund an seinen Hals gepresst hatte, hatte er endlich das Gefühl benennen können, das Berkeley sieben Tage und Nächte rastlos am Rande eines Abgrunds hatte entlang taumeln lassen: Es war Verzweiflung. Grey erkannte sie, weil er seine eigene Verzweiflung erkannte.

Er wollte Berkeley nicht verlieren. Er war von dem Wunsch beseelt, sie zu beschützen, so wie sie ihn zu schützen suchte. Er wünschte nur, das Geheimnis zu kennen, das sie ihm so beharrlich verschwieg, ein Geheimnis, das sie zu zerstören drohte.

Er hatte sie in die Arme geschlossen und sich mit ihr vereint. Die schweißnassen Körper ineinander verschlungen, Lippen und Mund miteinander verschmolzen, hatten sie sich im Gleichklang bewegt, sich aneinander gedrängt, gerieben, die Stellung gewechselt, bis sie wieder unter ihm gelegen hatte, diesmal auf dem Bauch. Er hatte ihre Hüften angehoben und sie hatte sich auf die Ellbogen gestützt. Ihr flachsblondes Haar war ihr wie ein seidiger Vorhang über die Schultern gefallen. Er hatte den Anblick ihres schlanken, biegsamen Rückens genossen, die Rundungen ihrer prallen Hinterbacken. Sie hatte flach und erregt in Erwartung seiner Männlichkeit geatmet, und als er sie genommen hatte, war ihr ein kehliger Schrei entwichen.

Sie war sofort eingeschlafen, als er sich von ihr gelöst hatte. Ihr langgezogenes, lustvolles Stöhnen, als sie den Höhepunkt erreicht hatte, hatte ihn ebenso angefeuert wie sein Name, den sie dabei gestammelt hatte. Grey lächelte im Dunkeln und streichelte ihr Haar. »Hab keine Angst«, murmelte er. »Du darfst nie Angst haben.«

Ivory DuPree wandte den Blick von ihrem Tischherrn zum Eingang, als die Türen des *Palace* aufgestoßen wurden. So früh am Tag war nicht viel los und Ivorys Neugier war geweckt. Ihre Augen weiteten sich, als sie die frühe Besucherin erkannte.

»Was gibt's?«, wollte Paul Henley wissen, wandte gleichfalls den Blick zur Tür und pfiff leise durch die Zähne. »Zum Teufel. Das ist doch …«

»Der Teufel holt dich«, unterbrach sie ihn, »wenn du auch nur ein Wort davon erwähnst.« Und mit einem zuckersüßen Lächeln fügte sie hinzu: »*Cherie*.«

Berkeley Janeway eilte mit gesenktem Blick zur Treppe. Sie trug einen grünen Seidenhut, mit schwarzem Samt eingefasst und unter dem Kinn mit einer breiten, grünen Seidenschleife gebunden. Als sie eine Sekunde verharrt hatte, unsicher und zögernd, hatte Ivory einen Blick auf ihr Gesicht erhascht und sie erkannt.

»Entschuldige mich.« Sie schob den Stuhl zurück und folgte Berkeley in einigem Abstand die Treppe nach oben.

Im Flur blickte Berkeley sich sichernd um, ehe sie an Zimmer 306 klopfte. »Schnell«, drängte sie. »Bitte öffnen Sie.« Sie glaubte, ein Geräusch auf den Stufen zu hören, und blickte ängstlich über die Schulter. Als die

Tür aufgemacht wurde, huschte sie so hastig ins Zimmer, dass ihr Hut gegen den Türrahmen stieß und verrutschte.

»Du meine Güte«, sagte Anderson, während Berkeley sich mit nervösen Fingern den Hut zurecht rückte. »Welch ein Auftritt! Man würde meinen, du kannst es kaum erwarten, uns wieder zu sehen.«

Garret Denison löste sich vom Kamin, kam auf sie zu und wollte ihr den Umhang abnehmen.

Kopfschüttelnd wich sie ihm aus und blickte sich hastig im Zimmer um. Das *Palace* bot seinen Gästen wesentlich weniger Komfort als das *Phönix*. Ein Eisenbett nahm den größten Platz ein, daneben stand ein schlichter Nachttisch und gegenüber an der Wand ein Waschtisch aus rohem Fichtenholz. Vor dem Kamin stand ein verschlissener Polstersessel und zwei grob gezimmerte Holzstühle vervollständigten die Einrichtung. »Ich habe nicht lange Zeit. Niemand weiß, dass ich das Haus verlassen habe. Ich will die Angelegenheit rasch hinter mich bringen.«

Garret streckte die Hand aus. »Ich will nur den Ohrring.«

Berkeley lockerte die Verschnürung ihres bestickten Retiküls und griff hinein. Ihre behandschuhten Finger schlossen sich um den Ohrring. »Gehört er tatsächlich Ihnen?«, fragte sie.

»Etwas spät, um Fragen zu stellen. Aber ja, er gehört mir. Ich habe Ihren Gatten beauftragt, ihn für mich zu finden, nachdem mein Bruder … nun, nachdem er verschwunden war.«

»Dann haben Sie Anderson nicht beauftragt, Ihren Bruder zu suchen.«

»Gott behüte, nein. Graham hatte den Ohrring nicht mehr, als wir uns zum letzten Mal sahen. Er behauptete, ihn verloren zu haben, ich aber vermutete gleich, er habe ihn zu Geld gemacht.« Er senkte den Blick auf das

Täschchen und seine Augen wurden schmal. »Darf ich?«

Berkeley zögerte immer noch und wandte sich an Anderson. Eine senkrechte Falte stand auf ihrer glatten Stirn. »Du hast die Thornes ausfindig gemacht, weil er dir sagte, wo du deine Suche beginnen sollst. Habe ich Recht?«

»In etwa«, antwortete Anderson achselzuckend.

»Weiß er von dem zweiten Ohrring?«, fragte Berkeley, deren Herz schneller schlug. »Hast du ihm berichtet, was wir in Boston herausfanden?«

»Es reicht«, fuhr Anderson sie an. »Gib ihm, was er verlangt.«

Garret ließ den Arm langsam sinken und blickte von Berkeley zu Anderson und wieder zu Berkeley. »Ein zweiter Ohrring?«

»Es gibt ein Pendant«, antwortete sie.

»Das ist unmöglich«, erwiderte Garret. »Meine Mutter hat das Pendant vor vielen Jahren verloren.«

Anderson wollte nach Berkeleys Retikül greifen, das sie blitzschnell zurückzog. »Gib ihm den Ohrring«, verlangte er zähneknirschend.

Berkeley flüchtete sich hinter den Polstersessel. »Hast du je daran gedacht, dass er Greydon Thorne sein könnte?«

»Herrgott«, mischte Garret sich ungeduldig ein. »Was, zum Teufel, redet sie da, Shaw? Decker Thorne ist ein Bekannter meines Bruders, oder etwa nicht?«

Anderson beherrschte sich, nur auf seinen hageren Wangen bildeten sich rote Flecken. »Ich schwöre, ich prügle dich windelweich, Berkeley. Gib ihm den Ohrring!«

Berkeley erbleichte, ohne zurückzuweichen. Sie zog die Hand aus dem Täschchen und streckte sie Garret entgegen. »Man hat Ihnen möglicherweise nicht die Wahrheit über diesen Ohrring gesagt«, erklärte sie leise und ließ das Schmuckstück in Garret Denisons offene Hand gleiten.

Garret betrachtete den Ohrring, trat ans Fenster und studierte das Juwel eingehend im Sonnenlicht: das Krönchen, das die Perle hielt, den goldenen Tropfen mit der feinen Gravur. E.R. Evaline Randolph. Er flüsterte den Namen seiner Mutter. Es gab keinen Zweifel: der Ohrring gehörte ihr. Er hatte ihn ungezählte Male gesehen, wenn seine Mutter ihre Schmuckschatulle geöffnet hatte, ihm den Ohrring gezeigt und ihm versprochen hatte, eines Tages würde er ihm gehören. Dieser Ohrring war etwas, das er nicht mit seinem Bruder teilen musste.

Garret drehte sich um. »Es ist der Ohrring. Die Initialen meiner Mutter sind in den goldenen Tropfen eingraviert. Sie wird froh sein, ihn wieder zu bekommen.« Er schloss die Finger um den Schmuck. »Sie kränkelt«, fuhr er leise fort. »Sie kränkelt immer schon, seit ich denken kann. Ihr Herz hängt an dem Schmuck.« Er sah Berkeley an. »Ich habe keine Ahnung, worauf Sie hinauswollen, aber es hat nichts mit mir zu tun. Dieser Ohrring ist mein Erbe.«

»Wie Sie meinen«, entgegnete Berkeley ungerührt und wandte sich an Anderson. »Mein Auftrag ist erledigt. Du kannst die Belohnung von Mr. Denison für das Wiederfinden des Ohrrings einstecken und als Anzahlung auf die Summe nehmen, die du von mir verlangst. Mein Kollier hast du ja bereits.« Sie griff erneut in ihr Retikül. »Ich habe einen Beleg meiner Bank für weitere tausend Dollar bei mir. Das ist alles, was ich besitze, Anderson. Wenn du mir deine Adresse gibst, lasse ich dir weitere Zahlungen zukommen, sobald ich wieder über Geld verfüge. Ich verspreche dir, alles zu bezahlen.«

»Du enttäuschst mich, Berkeley«, erwiderte Anderson. »Ich habe mehr von dir erwartet.«

Garret steckte den Ohrring ein und setzte sich aufs Bett. Zufrieden streckte er die Beine aus und verschränkte die Arme. »Wie viel verlangt er von Ihnen?«, fragte er Berkeley.

»Zwanzigtausend Dollar.«

Garret zog eine Braue hoch. »Und Sie verfügen über so viel Geld?«

»Nein, natürlich nicht. Er will, dass ich es mir von Grey hole. Ein unsinniges Anliegen, da Grey mir Fragen stellen würde und ich gezwungen wäre, ihm die Wahrheit zu gestehen – und genau das will ich vermeiden.« Sie sah Anderson durchdringend an. »Begreifst du nicht? Wenn du mich dazu zwingst, muss ich ihm die Wahrheit gestehen und dann bekommst du vermutlich gar nichts.«

»Hat er nach der Halskette gefragt?«, wollte Anderson wissen.

»Nein, noch nicht.«

»Du wirst ihm sagen, du hast sie verloren, stimmt's? Oder sie wurde dir gestohlen. Dir wird schon eine plausible Erklärung einfallen.«

Berkeley schloss kurz die Augen und atmete tief durch. Als sie die Lider wieder aufschlug, war ihr Blick entschlossen. »Ich bin es leid, meinen Mann zu belügen. Das versuche ich dir gerade klarzumachen. Ich will mir keine weiteren Ausflüchte mehr ausdenken. Nimm, was du bekommst, verschwinde und lass dich hier nie wieder blicken.«

Ein dünnes Lächeln umspielte Andersons Mundwinkel. »Oder was?«, fragte er. »Ich habe den Eindruck, du willst mir drohen. Nimm dich in Acht, Berkeley. Und denk daran: Ich bin dein gesetzlicher Ehemann. Und das ist nur eines deiner Probleme, falls du dich nicht einsichtig zeigst.«

»Was willst du damit sagen?«

Er hob gleichmütig die Schultern. »Ich bin ein besserer Spieler, als du wahrhaben willst. Ich weiß, wann ich meine Karten auf den Tisch lege und wann ich mich bedeckt halte. Ich ziehe es vor, meine Trümpfe noch nicht auszuspielen.« Sein Blick fiel auf die Tasche, in der Berkeleys Hand immer noch steckte. »Was hast du da? Eine Pistole?«

Sie schüttelte den Kopf. Das Messer fühlte sich kühl in ihrer Hand an. Als sie die Klinge heimlich aus Greys Stiefel gezogen hatte, hatte sie sich fest vorgenommen, sie zu benutzen. Dieser Entschluss war leicht zu treffen gewesen, als sie nicht mit dem Opfer aus Fleisch und Blut konfrontiert gewesen war. Sie ließ das Messer los und nahm die Hand aus der Tasche. »Ich lasse mich von dir nicht provozieren, Anderson, und ich habe keine Angst vor dir. Tu, was du nicht lassen kannst, es kümmert mich nicht. Ich gehe.«

Anderson beobachtete wachsam, wie sie den Sessel umrundete. »Du bist interessanter als früher. Ich frage mich, wie sehr du diesen Wandel mir zu verdanken hast. Dich allein durchzuschlagen hat dir anscheinend Kraft und Mut gegeben. Eine lächerliche Fassade, wenn du mich fragst. Es wird mir großes Vergnügen bereiten, diese Fassade zum Einsturz zu bringen.«

Berkeley würdigte ihn keiner Antwort. Sie nickte kühl in Garrets Richtung und ging zur Tür. Sie erwartete, dass Anderson sie im Vorbeigehen am Arm packen würde, und irrte sich nicht. Als er zugriff, riss Berkeley das Täschchen hoch, ließ es auf Andersons Hinterkopf niedersausen und spürte, wie der Messergriff seine Schädeldecke hart traf. Gleichzeitig befreite sie sich von seinem Zugriff. Er taumelte zur Seite, teils von der Wucht des Schlages, teils aus schierer Verblüffung.

Berkeley griff nach der Türklinke, die sich in ihrer Hand nach unten bewegte, obwohl sie sie nicht niedergedrückt hatte. Jemand stieß die Tür vom Flur her auf.

Instinktiv wich sie zurück und sah sich zwischen Wand und Tür gefangen.

Grey Janeway trat ins Zimmer, gefolgt von Ivory DuPree. Sein Blick erfasste die beiden Männer, von denen er einen erkannte. »Mr. Lerner«, grüßte er und warf einen Blick über die Schulter zu Ivory. »Danke. Wir haben das richtige Zimmer gefunden.«

Ivory stellte sich auf die Zehenspitzen und spähte über Greys Schulter. »Ich sehe sie nicht. Sie müssen sich irren. Kommen Sie, wir versuchen es im nächsten Zimmer.« Den Hotelgästen schenkte sie ein charmantes Lächeln und zog Grey heftig am Rockschoß zurück. »Beeilen Sie sich. Sonst entkommt sie uns noch.«

Grey wischte Ivorys Hand weg. »Sie ist hier.« Er hatte es gewusst, ehe er den leichten Widerstand an der Tür gespürt hatte. Ihr Duft verriet sie, nur ein Hauch und dennoch untrüglich. Er hatte sein Gesicht letzte Nacht in der Wolke ihres seidigen Blondhaares geborgen und irrte sich nicht. Ein Hauch von Lavendelduft hing in der Luft. Grey trat einen weiteren Schritt ins Zimmer und wollte die Tür zuziehen. Und als er den leichten Gegenzug von der anderen Seite spürte, schwanden seine letzten Zweifel. Das Ergebnis dieses Tauziehens war unausweichlich.

Berkeley sah Grey in die Augen, als ihr Gesicht von einem Lichtstrahl erhellt wurde. »Hallo«, sagte sie schuldbewusst. »Du wunderst dich vermutlich, mich hier zu finden.«

Grey nahm sie bei der Hand und zog sie hinter der Tür hervor. »Eine schlichte Untertreibung.«

Verwundert stellte sie fest, dass er nicht erzürnt zu sein schien. »Du erinnerst dich an Mr. Lerner?«

Grey nickte. »Ja, natürlich. Seine Wette über Theaterstücke und Rollen.« Der Schauspieler rieb sich den Nacken. Etwas an der Geste des Mannes ließ Grey vermuten, es handle sich nicht nur um eine Verlegenheitsgeste. Er schien sich eine schmerzende Stelle zu reiben. Was hatte Berkeley getan?

»Und dies ist Garret Denison«, fuhr Berkeley fort. »Graham Denisons Bruder.«

Grey verneigte sich leicht, seine Augen blieben ohne Ausdruck, seine Gesichtszüge ohne sichtliche Regung. »Du hast den Namen erwähnt.«

Garret war aufgesprungen, als Grey ins Zimmer gestürmt war. Argwohn und Furcht hatten ihn bisher schweigen lassen. Nun wandte er sich misstrauisch an den Bruder. »Was bezweckst du mit diesem Theater, Graham? Denkst du, ich erkenne dich nicht?«

Berkeley trat näher an Grey heran, als wolle sie ihn beschützen. »Mein Ehemann erkennt Sie nicht und erinnert sich nicht an Sie«, erklärte sie mit fester Stimme. »Sie haben nichts von ihm zu befürchten.«

Garret verzog verächtlich einen Mundwinkel. »Befürchten? Sie irren. Ich habe meinen Bruder nie gefürchtet.«

»Dann gibt es auch keinen Grund, die Vergangenheit heraufzubeschwören, nicht wahr?« Berkeley wandte sich an Grey, der sie aufmerksam ansah, ohne das geringste Interesse an Garret zu zeigen. »Mr. Denison hat die lange Reise gemacht, um den Ohrring wiederzubekommen«, erklärte sie ihm.

»Hat er ihn erkannt?«

Sie nickte. »Ja, und er beansprucht ihn für sich. Ich habe ihm den Schmuck ausgehändigt. Deshalb bin ich hergekommen. Du hast dich nie sonderlich dafür interessiert, und ich dachte, wir sollten ihn loswerden. Verstehst du, Grey? Ich wollte dich nicht beunruhigen.«

Grey lächelte dünn. »Ich glaube zu verstehen.« Er legte den Arm um ihre Mitte und wandte sich wieder an Garret. »Sie scheinen uns nicht zu glauben«, erklärte er. »Und ich kann Ihren Argwohn nachempfinden. Ich kenne Sie wirklich nicht, Ihr Gesicht ist mir völlig fremd, aber Berkeley hat mir einigen Aufschluss über meine Vergangenheit gegeben. Allem Anschein nach habe ich der Familie Schande gemacht und Sie sind froh, mich los zu sein.«

Berkeley stockte der Atem. »Grey, ich habe nie gesagt ...«

»Zugegeben«, unterbrach er sie. »Das ist *meine* Interpretation. Würden Sie mir zustimmen, Mr. Denison?«

Garret zuckte eine Winzigkeit zusammen, so förmlich angesprochen zu werden. Der höfliche Tonfall, die ernste Sachlichkeit trafen ihn völlig unerwartet. Wie amüsant! Dabei hatte er sich solche Mühe gegeben, seinem Bruder aus dem Weg zu gehen, und dieser erkannte ihn nicht einmal. Der Gedanke, wie er weiter mit Graham verfahren sollte, hatte ihn nicht losgelassen, seit Anderson Shaw ihm eröffnet hatte, sein Bruder sei noch am Leben. Während der langen Reise nach San Francisco hatte er unablässig über die Notwendigkeit nachgedacht, den Tod seines Bruders ein zweites Mal zu inszenieren. Die einzige Möglichkeit, dieses Ende zu umgehen, sah er darin, den Ohrring ohne Grahams Wissen an sich zu bringen. Diesmal war er sogar gewillt, seinem Bruder eine Chance einzuräumen. Nun wurde ihm klar, dass diese noble Geste völlig unnötig war.

Allem Anschein hatten die Schläger, die er vor Jahren in Charleston auf Graham angesetzt hatte, es geschafft, seinem Bruder auf indirekte Weise den Garaus zu machen.

Garret schüttelte den Kopf. Tief in seiner Brust braute sich ein Lachen zusammen. Er setzte sich wieder aufs Bett und überließ sich seiner Freude an der Ironie des Schicksals. Er lachte laut, befreit und höchst erheitert und bedauerte lediglich, diesen Glücksmoment mit keinem Mitglied seiner Familie je teilen zu können, außer mit dem verhassten Bruder. Es dauerte lange, ehe er sich beruhigte. Vor Lachen hatte er feuchte Augen bekommen. »Entschuldigen Sie«, meinte er atemlos. »Mein Benehmen ist unverzeihlich. Ein Wiedersehen mit meinem Bruder hatte ich mir weiß Gott anders vorgestellt. Dieses Zusammentreffen ... nun, es fällt mir schwer, es zu glauben.« Garret zog ein Taschentuch und wischte sich die Augen trocken. »Stimmt es wirklich? Du kannst dich nicht an mich erinnern?«

»Auch auf die Gefahr hin, dass Sie einen zweiten Lachanfall bekommen, muss ich es bestätigen. Ich erinnere mich nicht an Sie.«

Garret feixte. »Und Beau Rivage?«

»Sagt mir nichts.«

»Es ist unglaublich. Es bestehen Ähnlichkeiten in der Architektur deines Hotels mit meinem Elternhaus. Das ist mir sofort aufgefallen, als ich das *Phönix* betrat.« Er machte eine kurze Pause. »Es stört dich doch nicht, dass ich Beau Rivage als *mein* Elternhaus bezeichne, wie?«

»Nur solange Sie das *Phönix* nicht als *Ihr* Hotel bezeichnen.«

Garret amüsierte sich königlich und nickte dann anerkennend über die Schlagfertigkeit seines Bruders. »Alys?«

Grey furchte die Stirn und warf Berkeley einen fragenden Blick zu. Sie hatte diesen Namen nie erwähnt. »Nichts, fürchte ich.«

»Du wolltest Alys heiraten«, erklärte Garret. »Dann habe ich sie geheiratet.«

Berkeley sah mit steigendem Widerwillen, wie Garret sich auf Greys Kosten amüsierte. Sie wollte gehen. Andersons Rolle bei dieser Begegnung war in den Hintergrund gerückt, doch Grey würde ihr Fragen stellen. Berkeley wollte vermeiden, diese Fragen in Andersons Gegenwart beantworten zu müssen. Er würde nicht zulassen, dass sie ihre Version erzählte.

»Dann wünsche ich Ihnen viel Glück mit der Dame«, erwiderte Grey höflich.

Anderson pflegte sie so zu halten, schoss es Berkeley durch den Kopf. Eine Hand an ihrem Kreuz, die Finger leicht um ihre Taille gekrümmt. Ein Knoten bildete sich in ihrem Magen in Erwartung der Fingerknöchel, die sich schmerzhaft in ihre Wirbel bohren würden. Sie löste den Blick von Anderson und ermahnte sich, dass Grey neben ihr stand. »Gehen wir?«

»Aber gern.« Grey wandte sich an Ivory, die immer noch auf Zehenspitzen und mit gerecktem Hals in der Tür stand, um nichts zu verpassen. »Bitte bringen Sie meine Frau nach unten. Ich komme in wenigen Minuten nach.«

Berkeley setzte zum Protest an, wollte nicht ohne Grey gehen.

»Kommen Sie, Mrs. Janeway.« Ivory hakte sich freundschaftlich bei Berkeley unter. »Lassen wir die Männer noch ein Weilchen reden. Hier ist kein Platz für uns, wenn sie sich in die Brust werfen und großspurig voreinander tun. Das Zimmer ist schließlich keine Suite im *Phönix*.« Mit sanfter Gewalt zog Ivory an Berkeleys Arm.

Berkeley setzte sich widerwillig in Bewegung, fürchtete allerdings, Ivory würde sie tatsächlich aus dem Zimmer zerren, wenn sie ihr nicht freiwillig folgte. Sie spürte, wie Grey zärtlich ihre Hand streifte, als sie sich von ihm löste. Sein Lächeln ließ keine Spur von Besorgnis erkennen, die las sie nur in seinem stahlgrauen Blick.

Grey wartete, bis die Schritte der Damen auf der Treppe verklungen waren, ehe er sprach. Ivory hatte klugerweise die Tür nicht zugemacht. Falls nötig, blieb ihm ein Fluchtweg. »Bist du nur wegen des Ohrrings gekommen, Garret?«, fragte er. »Oder hast du sonst noch einen Wunsch?«

Erschrocken über Greys plötzlich vertrauten Tonfall, schnellte Garrets Kopf herum. »Falls du mir keinen Grund gibst, noch einen Wunsch zu haben«, antwortete er gedehnt. *Dein Leben vielleicht,* dachte er. »Oder hast du plötzlich dein Gedächtnis wieder gefunden?«

Grey fuhr sich mit der Hand über die Stirn. »Tabula rasa«, antwortete er. »Meine Vergangenheit ist ein leeres Blatt. Und ich habe nicht den Wunsch, etwas daran zu ändern.«

Garrets Augen wurden schmal. Was meinte er damit? Dass er sich erinnerte und es vorzog, so zu tun, als erinnere er sich nicht? Oder konnte er ihn beim Wort nehmen?

»Ich habe den Ohrring.« Mit diesen Worten zog er ihn aus der Tasche und zeigte ihn Grey. »Deine Frau war hilfreich und bereit, ihn mir auszuhändigen. Es war eine schwierige Suche. Den Ohrring zu finden, meine ich. Nicht dich. Ich hätte nichts dagegen gehabt, dir nie wieder zu begegnen, Graham.«

»Das verstehe ich. In deinen Augen war das, was ich getan habe, wohl unverzeihlich.«

»Sie hat mit dir über den Falkner gesprochen.«

Grey nickte. »Es erscheint mir unwirklich. Mir ist, als müsse der Name einem anderen gehören.«

»Keine Sorge, es ist dein Name. Du hast ihn dir verdient, weil du fliehende Niggersklaven in den Norden geschmuggelt hast. Ich habe mich gefragt, wieso du dich der Bewegung nicht wieder angeschlossen hast. Ein seltsamer Gesinnungswandel.« Garret steckte den Ohrring wieder ein und wies mit dem Kinn in Andersons Richtung. »Du hast mich nicht nach meinem Geschäftspartner gefragt. Wieso eigentlich nicht?«

»Ich wollte mich nur vergewissern, dass wir reinen Tisch gemacht haben«, entgegnete Grey. »Das scheint nun der Fall zu sein.«

Garret nickte, verschränkte die Arme vor der Brust

und wartete mit kaum verhohlener Neugier auf die nächste Auseinandersetzung.

Grey wandte sich an Anderson. »Sie sind jünger, als ich Sie mir vorgestellt habe.«

Anderson zog eine kastanienfarbene Braue hoch. »So?«

»Ich hielt den Stiefvater meiner Ehefrau für älter.«

»Aha«, meinte Anderson gedehnt. »Sie wissen also Bescheid. Sie hat es ihnen doch noch gestanden.«

»Zum Teil, ja. Dass Sie als Lerner auftreten, hat sie mir verschwiegen. Das habe ich mir erst hier zusammengereimt. Damit bestätigen Sie meine Vermutung.«

»Wie klug Sie sind.«

Grey hob die Schultern. »Im Grunde genommen war ich ziemlich begriffsstutzig. Als Sie und Garret sich vor ein paar Wochen den Ohrring mithilfe von Nat aneignen wollten, hätte mein Verdacht auf Sie fallen müssen. Ich aber war der irrigen Annahme, Sie hätten einem der Ducks etwas von dem Schmuck erzählt, ehe man Sie umbrachte. Damals ahnte ich nicht, dass Sie persönlich hinter der Sache stecken.«

»Ja, jeder Mann sollte an seinem eigenen Begräbnis teilnehmen«, meinte Anderson sinnend. »Eine demütigende Erfahrung.«

»Wie konnten Sie Berkeley im Stich lassen?«

»Zugegeben, es war kurzsichtig von mir. Andererseits konnte ich nicht ahnen, dass sie plötzlich einen so großen Wertzuwachs darstellte. Unsere Geldmittel neigten sich dem Ende zu, und der Ohrring – nun, so wertvoll er für Garret sein mag, in dieser Stadt ist er praktisch wertlos.« Er breitete die Hände aus in einer ironisch hilflosen Geste. »Wenn man bedenkt, wie gut sie es getroffen hat, wird sie mir wohl kaum Vorwürfe machen. Sie ist auf den Füßen gelandet … besser gesagt auf dem Rücken.« Anderson entging Greys funkelnder Blick nicht, auch nicht, wie er leicht vorgebeugt stand und die Schultern straffte, als zerre er an einer unsichtbaren Leine. »Wie ich sehe, würden Sie mir liebend gern die Faust ins Gesicht schlagen«, sagte er betont leise. »Das wäre ein Fehler, Mr. Janeway. »

Grey wusste, dass Anderson diese versteckte Drohung nicht leichtfertig aussprach. Die Ducks würden Vergeltung an ihm üben, wenn er Anderson zusammenschlüge. Er war beinahe versucht, es dennoch zu tun. »Ist der Ohrring alles, was Sie von meiner Frau wollten?«, fragte er statt dessen. »Verlassen Sie mit Garret die Stadt?«

»Mein Entschluss steht noch nicht fest. Ich dachte, vielleicht sollte ich meinen Schwiegersohn näher kennen lernen.«

Grey lächelte kalt. »Sie würden ihn nicht mögen.«

»Schon möglich.«

Grey beschloss, keine weiteren Umschweife zu machen. »Was kostet es mich, dass Sie uns in Frieden lassen?«

Anderson spielte nicht den Gekränkten. »Nun, Mr. Janeway, ich bin nicht habgierig. Ich bekomme ein hübsches Sümmchen für meine Bemühungen um das Auffinden des Ohrrings.« Er warf Garret einen vielsagenden Blick zu.

»Richtig«, bestätigte Garret.

»Also«, fuhr Anderson bedächtig fort, »ich könnte mich mit der bescheidenen Summe von zehntausend Dollar zufrieden geben. Mit fünfzehntausend wäre ich überaus zufrieden.«

Grey zögerte keine Sekunde. »Nehmen Sie einen Bankwechsel? Oder wollen Sie die Summe in Gold?«

»Ich denke, ich nehme lieber Gold. Ein Wechsel wäre mir etwas zu unsicher.«

»Ich regle das noch heute mit meiner Bank. Vor Geschäftsschluss sind Sie in Besitz des Geldes und zweier Schiffspassagen an die Ostküste. Ich bestehe darauf, Sie persönlich an Bord zu bringen.« Sein Blick wanderte zu Garret. »Sie beide.«

Grey machte auf dem Absatz kehrt und verließ das Zimmer.

Unten an der Treppe ging Berkeley rastlos auf und ab. Als sie Schritte auf der Treppe hörte, hob sie den Kopf. »Grey!« Ihr Blick flog über seine Gestalt, während er die Stufen herunterkam. Er schien unversehrt.

»Sie sehen nicht schlecht aus nach dieser Begegnung«, stellte Ivory fest, als Grey auf der untersten Stufe stand. »Ich habe Ihrer Frau gesagt, dass kein Grund besteht, sich Sorgen zu machen. Das arme Ding. Hin und her, und her und hin. Bei mir dreht sich alles allein vom Zusehen.«

Berkeley warf sich in Greys Arme, dass er beinahe aus dem Gleichgewicht geriet. »Sie macht nie halbe Sachen«, grinste er in Ivorys Richtung, umfing Berkeley mit einem Arm und streckte die andere nach Ivory aus, die sie dankbar ergriff. Hinter Berkeleys Rücken hauchte sie Grey einen Kuss durch die Luft zu und amüsierte sich köstlich, als er tatsächlich errötete.

Grey ließ Ivorys Hand los und schob Berkeley von sich. »Vielen Dank, Ivory. Niemand hat bemerkt, dass meine Frau sich aus dem Haus geschlichen hat. Es war sehr klug von Ihnen, mich zu holen.«

Ivory lächelte verschmitzt. »Leider ist Mrs. Janeway anderer Meinung.« Ihre Augen sprühten belustigte Funken. »Sie werden Sie doch nicht bestrafen, oder? Ich glaube, sie fürchtet, von Ihnen verprügelt zu werden.«

Berkeley schnappte hörbar nach Luft. »Das habe ich nie …«

»Verdient hätte sie es, nicht wahr?«, fiel Grey ihr ins Wort. »Nochmals vielen Dank, Miss DuPree. Berkeley, wir gehen.« Ohne Berkeley den Arm zu bieten, stürmte er zur Tür und zwang sie, ihm nachzulaufen. Auch auf der Straße verringerte er sein Tempo nicht, und

Berkeley hatte Mühe, Schritt mit ihm zu halten. Erst als sie den Portsmouth Square überquerten und er hörte, wie sie hinter ihm her keuchte, hatte Grey ein Einsehen und blieb abrupt stehen, so dass sie ihm in den Rücken rannte.

Berkeley hob trotzig das Kinn. »Willst du mich den Rest des Weges an den Haaren hinter dir her schleifen?« Sie begann wütend die Hutschleife zu lösen.

»Eine Versuchung, der ich kaum widerstehen kann«, entgegnete er trocken. Sie riss sich den Hut vom Kopf und schüttelte das Haar, bis die Nadeln in alle Richtungen flogen. Der Wind, der ihr die Röcke gegen die Beine presste, fuhr ihr ins Haar und ließ es wie ein goldenes Banner wehen. Grey erinnerte sich an eine ähnliche Geste, als sie zum erstenmal vor dem *Phönix* gestanden hatte. Vielleicht hatte er sich damals schon rettungslos in sie verliebt. Seine Lippen formten ein Wort, das er nicht laut aussprach. *Versuchung*.

Er hob Berkeley eine Handbreit vom Boden. Ihr Mund öffnete sich vor Staunen, ihre Hände klammerten sich um seine Schultern, um das Gleichgewicht nicht zu verlieren. Der Hut entglitt ihren Fingern und wurde vom Wind über den Platz gefegt, vollführte einen ausgelassenen Tanz, bis er endlich liegen blieb. Keiner von beiden hatte ein Auge für das lustige Treiben. Berkeley erforschte bang Greys Gesicht, und was sie darin las, zwang sie, die Augen zu schließen. Sein Mund nahm ihre Lippen in Besitz, und hätte sie nicht bereits hilflos in der Luft gehangen, hätte sie zu schweben begonnen.

Das Paar war blind für die Blicke der Passanten, die auf dem Platz stehen blieben, Goldgräber und Kaufleute, die sich an dem Überschwang erfreuten. Die Liebenden aber waren taub für den begeisterten Applaus und das anspornende Pfeifkonzert der Zuschauer. Sie waren allein und eingesponnen in der Welt ihrer Liebe.

Berkeley barg ihr Gesicht an Greys Schulter, als er sich von ihr löste und sie behutsam wieder auf die Beine stellte. Heimlich hob sie die Hand an den Mund, betastete ihre geschwollenen Lippen. Atemlos spürte sie immer noch seinen leidenschaftlichen Kuss, seine Zunge, die sich in ihren Mund gedrängt, sie in Besitz genommen hatte.

Benommen lächelnd trat sie einen Schritt zurück.

»Das ändert gar nichts«, sagte Grey heiser.

»Ich weiß«, strahlte sie. Ihre Augen leuchteten. »Ich weiß.«

Er zog die Brauen zusammen und sprach sehr langsam, wie zu einem Kind. »Ich will damit sagen, dass ich noch wütend auf dich bin.«

»Ja«, sagte sie, immer noch strahlend. »Aber es ändert nichts daran. Du liebst mich trotzdem. Das beginne ich jetzt zu verstehen.«

Grey schüttelte den Kopf, Erleichterung und Unmut zeichneten sich in seinen Gesichtszügen ab. »Wurde aber verdammt noch mal auch Zeit.« Damit packte er sie an der Hand und zog sie hinter sich her. Er verlangsamte seine stürmischen Schritte nur einmal, um den vom Winde verwehten Hut aufzuheben.

Anderson Shaw stand am Fenster seines Hotelzimmers und wandte sich erst um, als Grey und Berkeley seiner Sicht entschwunden waren.

»Ich denke, ich habe ein besseres Geschäft gemacht«, meinte er.

Garret ließ sich achselzuckend in den ausgeblichenen Polstersessel fallen und schloss kurz die Augen. »Ich habe bekommen, was ich haben wollte«, entgegnete er gedehnt.

»Sind Sie sicher?«

Die Frage erstaunte Garret. »Was soll das heißen? Dass ich mich wegen des Ohrrings irre?« Er richtete sich auf und drehte sich über die Schulter nach Anderson um.

»Nein, ich wollte nur wissen, ob Sie sicher sind.«

»Selbstredend bin ich mir sicher. Man kann ihn nicht verwechseln. Einen zweiten Ohrring dieser Art gibt es nicht.«

Anderson schwieg. Es gibt sogar einen dritten, dachte er.

Berkeley verschwand im Ankleidezimmer, sobald sie und Grey die Suite betraten.

»Glaub nur nicht, du könntest dich da drin verstecken!«, rief Grey vom Schreibtisch der Bibliothek herüber und goss Tee in zwei Tassen auf dem Tablett, das Annie Jack zurechtgestellt hatte. Berkeleys Tasse süßte er mit einem Löffel Honig und hielt sie ihr hin, als sie kurz darauf eintrat. Sie hatte Hut, Mantel und Handschuhe abgelegt. Auch das Retikül trug sie nicht länger bei sich. »Ich glaube, du hast etwas, was mir gehört, meine Teuerste.«

Berkeley griff nach der Teetasse, die Grey zurückzog. Sie furchte die Stirn.

»Wo ist mein Messer?«

Berkeley tat ihm den Gefallen zu erröten. »Wieso hast du es nicht gleich gesagt? Dann hätte ich mir die Mühe sparen können, es unter dem Schrank zu verstecken.«

»Was in aller Welt willst du damit bezwecken?«

»Den Anschein erwecken, es sei dir aus dem Stiefel gerutscht.«

Greys stummer Blick genügte Berkeley als Erklärung, was er von ihrer List hielt. »Sei so nett und bring es mir.«

»Wenn du darauf bestehst.« Sie seufzte. Kurz darauf tauschte sie das Messer gegen eine Tasse heißen Tee.

Grey ließ die Klinge in den Schaft seines Stiefels gleiten. Aus dem Augenwinkel bemerkte er Berkeleys konsternierten Blick. »Hast du gedacht, ich habe ein zweites Messer?«

»Ehrlich gestanden, ja«, antwortete sie kleinlaut. »Aber ich habe kein anderes gefunden.«

Grey schüttelte resigniert den Kopf und wies auf den Stuhl vor dem Schreibtisch. »Setz dich, Berkeley.«

Sie gehorchte. Die Szene hatte Ähnlichkeit mit dem ersten Gespräch, das er mit ihr geführt hatte. Damals hatte er sich auch nicht sehr lobend über ihre Intelligenz geäußert. »Ich weiß, du denkst, ich hätte unklug gehandelt ...«

»Nicht in jeder Hinsicht«, entgegnete er. Sie hob den Kopf und sah ihn fragend an. »Aber es ist nicht leicht, vernünftig zu denken und zu handeln, wenn man solche Angst aussteht, wie du sie ausgestanden hast. Ich wünschte, du hättest mich ins Vertrauen gezogen, aber ich mache dir keine Vorwürfe. Erst gestern Nacht habe ich begriffen, dass du Angst hattest, mich zu verlieren. Auf deine Weise hast du versucht, mich zu schützen. Habe ich Recht?«

Sie nickte. Ihre Tasse klirrte verdächtig gegen die Untertasse. Sie stellte sie auf den kleinen Tisch neben sich.

»Wenn ich zurückdenke«, fuhr Grey fort, »so müsste es acht Tage her sein, als du entdecktest, dass Garret in San Francisco und Anderson am Leben ist.« Sie nickte wieder. »Das war am Tag nach unserer Hochzeit. Wir hatten eine Meinungsverschiedenheit und ich verließ das Haus. Als ich zurückkam, fand ich dich nicht in unserer Suite vor. Jemand sagte mir, du seiest dabei, deine Garderobe in unsere Zimmer zu schaffen. Erinnerst du dich, wie wir uns im Flur begegneten?«

Berkeley senkte den Blick. Sie hatte sich ihm in die Arme geworfen, um ihn von ihrem Zimmer wegzulocken. »Ich entsinne mich«, antwortete sie. Ihre Stimme klang spitz und fremd. Sie räusperte sich verlegen.

»Vielleicht hilft ein Schluck Tee«, schlug Grey vor.

»O ja. Ja, natürlich.«

Er verbarg sein amüsiertes Lächeln, indem er selbst einen Schluck trank, und beobachtete sie über den Rand der Tasse hinweg. »Ich habe diesen Nachmittag in wunderbarer Erinnerung. Du warst sehr leidenschaftlich, wenn ich mich recht entsinne.« Berkeleys Wangen überzogen sich rosig. »Ich hoffe, dein Verlangen war nicht ausschließlich darauf zurückzuführen, mich von deinem Zimmer fern zu halten.«

Berkeley biss sich auf die Unterlippe.

»Oder doch?«

»Nein«, widersprach sie eilig. »Das war auch ein Grund. Ein sehr wichtiger Grund, zumindest anfangs. Aber als wir allein waren und ich die unmittelbare Gefahr gebannt wusste, da ... da war ... nun, da war es ausschließlich Verlangen, vermute ich.«

Grey lehnte sich zurück, streckte die Beine unter dem Schreibtisch aus und schlug sie übereinander. »Also waren die beiden an diesem Nachmittag in deinem Zimmer.«

»Ja.« Berkeley sah ihn argwöhnisch an. »Du sagtest es doch gerade ... oh, ich verstehe. Du wusstest es nicht wirklich und hast mir das Geständnis entlockt.«

Grey hielt seine aufkeimende Siegesfreude für verfrüht. Ein zweites Mal würde Berkeley sich nicht so leicht überlisten lassen. »Sag mir, was die Männer von dir wollten.«

»Garret wollte den Ohrring, den ich unter meinem Kleid um den Hals trug. Als Anhänger konnte ich ihm den Schmuck nicht geben. Anderson hätte ihn sofort als Kopie erkannt, da er wusste, dass ich es nicht ertragen konnte, das Original auf meiner Haut zu spüren. Ich musste Zeit gewinnen. Du bist genau im richtigen Augenblick aufgetaucht. Anderson war im Begriff, mich in unsere Suite zu begleiten, wo ich den Schmuck aufbewahrte, wie ich behauptete. Ich weiß nicht, wie ich mich aus der heiklen Situation herausgewunden hätte, wenn du nicht erschienen wärst. Hattest du zu dem Zeitpunkt schon den Verdacht, dass ich nicht allein war?«

»Ich spürte lediglich, dass etwas nicht in Ordnung war. Du sagtest, du hättest gesehen, wie ich das Haus betrat, und ich wunderte mich darüber. Ich war durch den Haupteingang gekommen und deine Zimmer gehen auf den Hof hinaus.«

Berkeley erinnerte sich nicht, etwas dergleichen gesagt zu haben. »Wenn ich nervös bin, rede ich manchmal dummes Zeug.«

»Tatsächlich? Ist mir noch gar nicht aufgefallen.«

Sie blickte ihn argwöhnisch an. In seinen graublauen Augen blitzte ein belustigter Funke auf und war sogleich wieder verschwunden. »Pah!«, meinte sie schnippisch.

Grey unterdrückte ein Lächeln. »Und Anderson? Welche Rolle spielte er?«

»Er wollte mich quälen.«

Grey wartete auf eine weitere Erklärung. Erst als Berkeley schwieg, begriff er den Ernst ihrer Worte. »Ist das alles, was er wollte?«

»Und Geld. Doch das war Bestandteil seiner Quälerei. Als Junge sah Anderson Schmetterlinge lieber ohne Flügel.«

»Auch als Erwachsener«, fügte Grey hinzu. Anderson hatte sich vermutlich große Mühe gegeben, den feenhaften, entrückten Charme, den Berkeley ausstrahlte, zu zerstören. Gottlob war ihm das nicht gelungen.

Berkeley rutschte unter Greys eindringlichem Blick verlegen auf ihrem Stuhl hin und her. »Ich bin kein Schmetterling.«

»Eher eine Waldfee.«

Sie zog eine elegant geschwungene Braue hoch. »Ich ziehe es vor, als normale Frau betrachtet zu werden«, entgegnete sie schnippisch.

»Das ist mir nicht entgangen.«

Berkeley dachte lächelnd an den Fischkarren und die zwei Ducks, vor denen sie sich hinter Grey in Sicherheit gebracht hatte. Er hatte ihre Verkleidung sofort durchschaut.

Grey wurde wieder ernst. »Hast du den Eindruck, Anderson habe im Auftrag meines Bruders gehandelt und nicht im Auftrag der Familie Thorne?«

»Das vermute ich erst jetzt. Bevor ich Garret hier begegnete, hatte ich davon keine Ahnung. Offenbar hat er Anderson den Weg nach Boston zu den Thornes gewiesen. Mir war nie klar, wie Anderson eigentlich an die Thornes herangekommen war. Dein Bruder gab ihm wohl den Tipp, wo er seine Suche beginnen sollte.«

»Denkst du, er *ist* mein Bruder?«, fragte Grey.

»Du meinst, ob er der Bruder von Colin und Decker Thorne ist?« Sie hob ratlos die Schultern. »Ich weiß nicht. Die Frage habe ich mir auch gestellt. Jedenfalls glaube ich nicht, dass Anderson ihm alles über die Thornes erzählt hat. Garret scheint nichts von deren Suche nach dem jüngsten Bruder zu wissen. Ich machte den Versuch, ihn darüber aufzuklären, doch Anderson schnitt mir das Wort ab.« Berkeley trank einen Schluck Tee. »Garret bedeutet der Ohrring sehr viel, aber mir ist klar, dass er nichts über seine ursprüngliche Herkunft weiß.«

»Willst du sagen, er hat ihn nicht als Fälschung erkannt?«

»Nein, das meine ich nicht. Ich denke, es gibt eine Geschichte in der Familie Denison im Zusammenhang mit dem Ohrring, etwas, um seinen Besitz zu rechtfertigen. Garret glaubt, die Initialen auf dem goldenen

Tropfen seien die seiner Mutter. Evaline Randolph. Er hat keine Ahnung, dass der Ohrring – ich spreche natürlich vom Original – dreihundert Jahre alt ist.«

»Er weiß nicht, dass er adoptiert wurde.«

»Das wissen auch wir beide nicht. Möglicherweise warst du das Baby, das aus dem Waisenhaus in London geholt wurde.« Sie seufzte schwer. »Die Wahrheit ist, dass du Garret weitaus ähnlicher siehst als einer von euch beiden den Thornes. Nur dein Lächeln hat eine gewisse Ähnlichkeit mit Colins Lächeln. Eine Spur Hochmut liegt darin.«

»Er ist immerhin Lord Fielding, wie du mir anvertraut hast. Der Graf von Rosefield.«

»Ja, richtig. Aber mit Decker hast du kaum Ähnlichkeit.«

»Der ehemalige Taschendieb.«

»Dein Freund«, betonte sie mit Nachdruck. »Wenn du dich nur erinnern könntest! Jedenfalls bist du Graham Denison, diese Frage ist geklärt. Ich denke an Deckers Erscheinung. Sein Haar ist dunkler als deines, er lächelt gern, wirkt stets gelassen, selbst wenn er angespannt ist wie eine Bogensehne.« Sie studierte Greys Haltung, wie er lässig im Stuhl zurückgelehnt saß, die Lider ein wenig gesenkt, die Arme locker auf den Lehnen, die Hände leicht verschränkt.

»Fühlst du dich im Augenblick irgendwie angespannt?«, fragte sie neugierig.

»Gespannt wie eine Bogensehne.«

»Kannst du nicht ernst bleiben?«

»Verzeih«, meinte er trocken. »Die einzigen Menschen, die das Rätsel lösen könnten, sind unsere Eltern.«

»James und Evaline Denison.«

Er nickte bedächtig und wiederholte die Namen in Gedanken. »Sie scheinen jahrelang ein Geheimnis bewahrt zu haben.«

Er rieb sich zerstreut die Schläfe, ohne sich dessen bewusst zu sein.

Berkeley beobachtete, wie Grey die Brauen zusammenzog und die Falten um seine Mundwinkel sich vertieften. »Dein Kopf?«

Er nickte. Durch die winzige Bewegung schoss ihm ein stechender Schmerz in die Augenhöhlen, der ihn fast blendete.

Berkeley sprang auf und trat hinter den Schreibtisch. »Lege die Arme auf den Tisch und den Kopf darauf. Schließe die Augen.« Sie gab ihm einen sanften Schubs und begann, ihm Nacken und Schultern zu massieren. »Erinnerst du dich an etwas?«

»Nein.« *Nichts, was ich verstehen oder erklären könnte.* Er stöhnte leise, als Berkeleys Finger sein Fleisch kneteten und ihm Erleichterung verschafften. Aber es gab noch einige Fragen zu klären. »Warum hat Anderson den Ohrring nicht Garret ausgehändigt, als ihr Boston verlassen habt?«

»Das weiß ich nicht genau«, antwortete sie. »Ich kann mir zwei Gründe denken. Die Thornes hatten eine Passage für uns auf einem Schiff der Remington-Linie gebucht, das bis Panama keinen Hafen anlief. Welche Erklärung hätte Anderson dafür geben können, dass wir vor Antritt der Reise in den Westen in Charleston noch etwas zu erledigen hatten? Ausgerechnet Charleston. Die Remington-Schiffe sind in diesem Hafen nicht willkommen. Jonna und Decker Thorne stehen immer noch im Verdacht, mit dem Falkner gemeinsame Sache gemacht zu haben.«

»Mit mir also«, ergänzte Grey dumpf.

»Ja, mit dir.«

Grey hatte noch viele Fragen. Hatte er den ersten Kontakt mit Decker Thorne eingefädelt? Oder war er von Decker ausgegangen? Vielleicht waren sie einander durch einen Dritten vorgestellt worden und hatten sich angefreundet, ohne von ihren tieferen Bindungen zu wissen. »Und der zweite Grund, warum Anderson den Ohrring Garret nicht zurückgab?«

»Vielleicht hatte er mit dem Gedanken gespielt, mehr Geld von den Thornes zu holen. Anderson hält den Ohrring schließlich für echt. Und ich habe dafür gesorgt, dass er immer noch nicht daran zweifelt, als ich ihn wieder in seinen ursprünglichen Zustand umarbeiten ließ und ihn in meiner Handtasche zurückbrachte. Ich trug sogar Handschuhe, um ihn nicht direkt zu berühren.«

»Und wenn er darauf bestanden hätte, du sollst die Handschuhe ausziehen?«

»Hätte ich ihm das Theater vorgespielt, das er erwartete.« Berkeley bearbeitete Greys Schulterblätter. »Ich glaube, Anderson hat Garret erst von dem Ohrring berichtet, nachdem er dich zum ersten Mal sah.«

»Mich? Wieso sollte ihn das veranlassen, Kontakt mit Garret aufzunehmen? Es wäre vernünftiger gewesen, nach Boston zu schreiben und die Thornes davon zu unterrichten.«

Berkeleys Hände verharrten in der Bewegung.

Grey drehte den Kopf seitlich und versuchte, sie anzusehen. »Berkeley? Gib jetzt nicht auf. Was weißt du?«

Sie drehte ihm den Kopf sanft nach vorn und nahm ihre Massage wieder auf. »Das sind alles nur Vermutungen. Anderson glaubte nicht, dass wir dich finden würden. Er hielt dich für tot. Besser gesagt, er wusste, dass Garret dich für tot hielt.« Wieder drehte sie Grey den Kopf nach vorn. »Garret hat vorhin etwas gesagt, das mir nicht aus dem Sinn geht. Er sagte, du hattest den Ohrring nicht mehr, als er dich zum letzten Mal sah. Du hättest dich erdreistet zu behaupten, ihn verloren zu haben. Ja, das waren ungefähr seine Worte. Er glaubte, du hättest gelogen und den Schmuck verkauft.«

Berkeley wartete eine Weile. Die Kopfschmerzen machten es Grey möglicherweise schwer, sich zu konzentrieren. Dann fuhr sie fort: »Daraus schließe ich, dass Garret dich irgendwann gesehen hat, nachdem du aus Boston abgereist bist. Denn in Boston hattest du den Ohrring noch. Das heißt, er hat dich in Philadelphia getroffen, als du von Bord der *Siren* gingst, oder in Charleston – was ich für wahrscheinlicher halte –, wohin du möglicherweise gereist bist, um dich heimlich mit ihm zu treffen.«

Greys Kopfschmerz war mit solcher Wucht zurückgekehrt, dass sich ihm der Magen umzudrehen drohte. »Wieso, zum Teufel, hätte ich das tun sollen?«, fragte er mit aufeinander gepressten Zähnen.

Berkeley half Grey auf die Füße und führte ihn zum Bett, wo er wie ein Stein auf die Matratze fiel. Sie tauchte Tücher in die Waschschüssel, wrang sie aus und legte ihm eine Kompresse über die Augen. Dann zog sie die Vorhänge vor. »Besser?«

»Hmmm.« Er tätschelte die Matratze neben sich.

Berkeley setzte sich zu ihm und nahm seine Hand. »Ich vermute, du bist nach Charleston gereist, um Abschied zu nehmen oder um Frieden zu schließen.«

»Das bezweifle ich«, schnaubte er verächtlich.

»Wahrscheinlich hast du Recht. Ich kann nichts an deinem Charakter entdecken, was darauf hinweisen würde, dass du Anstand und ein gutes Herz besitzt.«

Grey verzog das Gesicht.

»Gut«, meinte Berkeley zufrieden. »Der Pfeil hat getroffen. Hoffentlich tut es weh.« Dann legte sie ihre Lippen zärtlich auf seinen Mund und linderte den Schmerz ihres Stachels.

»Das alles ist reine Spekulation«, sagte Grey nach einer Weile.

»Ich weiß. Es könnte aber auch die Wahrheit sein.«

»Ich weiß.«

»Vielleicht steckte Garret hinter der Prügelei, bei der du fast umgekommen wärst. Vielleicht war das sein Plan.«

Grey hob eine Ecke der feuchten Kompresse und blinzelte sie an. »Das habe ich begriffen.«

»Oh, ich war mir nicht sicher.«

Er legte die Kompresse wieder über die Augen. »Falls es so war, ist es vielleicht leichtsinnig von mir gewesen, Garret gegenüber durchblicken zu lassen, ich könne mein Gedächtnis wiedergefunden haben. »

Berkeleys Herz setzte einen Schlag aus. »Das hast du nicht getan.«

»Ich fürchte doch. Er hat so laut und ungeniert darüber gelacht, dass er für mich ein Fremder ist ... Na ja, nachdem du gegangen bist, habe ich es ihm ein wenig heimzahlen wollen.«

»Hat er dir geglaubt?«

»Jedenfalls ist er unsicher geworden. Mehr habe ich nicht erreichen wollen.«

Berkeley stöhnte. »Ich habe es doch gewusst, dass ich dich mit den beiden Schurken nicht hätte allein lassen dürfen. Was sollen wir jetzt tun?«

»In einer Stunde gehe ich zur Bank und treffe mich mit Anderson. Ich bezahle ihn dafür, dass er aus Kalifornien verschwindet. Ich fürchte, du musst mir das Diamantenkollier wiedergeben. Er verlässt die Stadt nicht als armer Mann.«

Nun war es Berkeley, die das feuchte Tuch von Greys Augen nahm. »Du willst es wieder haben? Wie viel hast du ihm versprochen?«

»Fünfzehntausend Dollar in Gold. Ich würde das Kollier nicht zurückfordern, wenn ich nicht so viel Geld in das *Phönix* gesteckt hätte. Der Schmuck war eine Extravaganz, die ich mir eigentlich nicht leisten konnte.«

»Ich wusste es. Das war eine kostspielige Lektion –

für uns beide, wie sich herausstellt. Anscheinend hat Anderson dir verschwiegen, dass er bereits in Besitz des Kolliers ist. Er hat es mir vom Hals gerissen. Und ich musste ihm noch mehr versprechen.«

»Dieser Mistkerl.«

Berkeley beugte sich vor, tauchte das Tuch in die Schüssel und wrang es wieder aus. Grey machte Anstalten aufzustehen. »Wohin willst du?«

»Ohne den Schmuck muss ich eine andere Geldquelle finden. Banken neigen nicht dazu, Darlehen zu geben, um sie an Erpresser zu verschleudern. Ich muss Geld auftreiben.«

Berkeley senkte den Kopf und studierte ihre Finger.

»Wir müssen ihm gar nichts bezahlen«, flüsterte sie.

»Wie bitte?«

»Nichts«, wiederholte sie. »Keinen roten Heller.«

»Ich denke, du willst ihn ein für allemal loswerden.«

»O ja, das will ich.« Ihre Stimme klang sehr bestimmt. »Aber ich begreife auch, dass ich ihn loswerden kann, wenn ich dir die ganze Wahrheit sage. Wenn er nichts gegen mich in der Hand hat, kann er mich auch nicht erpressen. Er verlässt die Stadt, wenn er begreift, dass du die Wahrheit kennst und sie dich nicht stört.«

Grey furchte die Stirn. »Welche Wahrheit, Berkeley?«

Sie holte stockend Atem. »Ich habe ihn für tot gehalten, als ich dich geheiratet habe. Das weißt du.«

»Ja und? Was hat das …«

Berkeley hob die Hand und unterbrach ihn. »Anderson Shaw *war* mein Stiefvater. Das war nicht gelogen. Aber ich habe dir nicht alles gesagt.« Sie zögerte eine Sekunde, ehe sie herausplatzte: »Ich habe dir verschwiegen, dass er nach dem Tod meiner Mutter mein Ehemann wurde.«

KAPITEL 15

In der Bank war nur wenig Publikumsverkehr, als Grey an den Schalter trat, sich nach seinem Kontostand erkundigte und einen kleineren Betrag abhob. Dann setzte er sich, um auf Garret Denison und Anderson Shaw zu warten. Von Zeit zu Zeit blickte er zur Wanduhr und dachte an die Schiffsbillets, die in seiner Westentasche steckten. Doch was nützten ihm die Fahrkarten, wenn er keine Garantie hatte, ob das Schiff noch heute auslaufen würde. Es hatte nur geheißen, die *Albany* würde in den nächsten achtundvierzig Stunden Anker lichten.

Grey erhob sich, verschränkte die Arme und lehnte sich lässig an eine Säule, den Kopf seitlich geneigt, den Blick zu Boden gesenkt. Kein Beobachter hätte seiner Haltung entnommen, dass er es vor Unruhe nicht länger auf seinem Sitz ausgehalten hatte. Sein leerer Blick ließ ihn eher nachdenklich als besorgt erscheinen, die leicht hochgezogenen Mundwinkel deuteten auf innere Heiterkeit. Kurzum, Grey Janeway machte einen gelassenen, wenn auch leicht reservierten Eindruck. Gelegentlich nickte er einem bekannten Gesicht zu, ohne den Wunsch zu erwecken, in ein Gespräch gezogen zu werden.

Anderson Shaw betrat die Bank allein, hielt den Blick geradeaus gerichtet, ohne Grey zu bemerken. Erst als er ein paar Schritte an ihm vorbei war, drehte er sich um. Die Verblüffung ließ ihm zu wenig Zeit, um den verschlagenen Ausdruck seiner Augen zu verbergen.

Grey stieß sich von der Säule ab, ohne sich ihm zu nähern. »Shaw«, grüßte er knapp.

Anderson erwiderte den Gruß ebenso knapp. »Janeway.«

»Nicht hier«, sagte Grey. »Gehen wir hinaus.«

Anderson zog eine Braue hoch. Ehe er seine Zustimmung geben konnte, hatte Grey sich umgedreht und die Bank verlassen. Anderson warf einen Blick zur Wanduhr, zögerte eine volle Minute, bis ihm klar wurde, dass Grey Janeway nicht zurückkam. Langsam verließ auch er das Gebäude.

Grey wartete auf dem Gehsteig neben seiner Kutsche. Als Anderson auftauchte, band er die Pferde los, stieg in den Wagen und nahm die Zügel hoch. Ein Blick in Andersons Richtung war seine einzige Aufforderung einzusteigen.

Anderson gehorchte und setzte sich neben Grey. »Wohin geht die Reise?« fragte er, als Grey die Zügel schnalzen ließ.

»Irgendwohin.«

Anderson blickte aus der offenen Kutsche die Straße entlang. Hoch beladene Fuhrwerke rumpelten den zerfurchten Fahrweg entlang. Auf dem mit Brettern belegten Gehsteig zu beiden Seiten der Straße drängten sich Passanten, jeder in Eile, seinen Geschäften nachzugehen. Hinter der Kutsche überquerten zwei Goldgräber die Straße und strebten einem Spielsalon zu. »Offenbar wollen Sie Zeugen«, meinte Anderson tückisch.

»So etwas Ähnliches«, meinte Grey.

»Ein öffentlicher Ort, wo uns niemand belauschen kann.«

Grey nickte. »Wo ist Garret?«

»Ich nehme an, er folgt uns.« Anderson warf einen Blick über die Schulter und sah Garret Denison, der in einigem Abstand hinter dem Wagen her ritt. »Ja, dort hinten, der Reiter auf der zimtfarbenen Stute.«

Grey drehte den Kopf nicht. »Und wie viele Ducks folgen ihm?«

»Das verrate ich nicht«, entgegnete Anderson achselzuckend. »Sie werden ja sehen, wie viele es sind, falls Sie sich nicht an unsere Abmachung halten.«

Grey zügelte das Gespann, um einem mit Hühnerverschlägen beladenen Fuhrwerk die Vorfahrt zu lassen. »Da Sie von unserer Abmachung sprechen«, sagte er, während das Fuhrwerk vorbeiratterte. »Den Halsschmuck, den Sie Berkeley gestohlen haben, können Sie behalten. Damit ist unsere Großzügigkeit am Ende.«

Die Kutsche setzte sich mit einem Ruck wieder in Bewegung und Anderson sah sich unvermutet nach hinten in den Sitz geschleudert.

»Tut mir Leid. Die Gäule sind ziemlich feurig«, meinte Grey ungerührt.

Anderson glaubte keine Sekunde an Greys Ungeschick im Umgang mit den Pferden, setzte sich wieder gerade und hielt sich diesmal an der Seite fest. »Was meinen Sie mit dem Halsschmuck?«, fragte er.

»Ich habe mich deutlich ausgedrückt.« Grey zog die Schiffskarten aus der Westentasche. »Hier Ihre Passagen für die *Albany*. Sie legt in den nächsten achtundvierzig Stunden ab, sobald die Reparaturarbeiten beendet sind. Der Kapitän hat mir zugesichert, dass Sie und Garret bereits heute an Bord gehen können. Auf diese Weise verpassen Sie die Abfahrt nicht.«

Anderson nahm die Billets, warf einen kurzen Blick darauf und steckte sie ein. »Garret ist froh, die Rückreise anzutreten. Er hat bekommen, was er wollte. Ich bin allerdings ziemlich enttäuscht. »

»Mehr bekommen Sie nicht«, sagte Grey. »Keinen Cent.«

Anderson blieb gelassen. »Ich habe nicht nur mit Ihnen eine Abmachung getroffen. Auch Berkeley hat mir Zusagen gemacht.«

»Ich weiß. Wir haben gemeinsam beschlossen, keine weiteren Forderungen zu erfüllen.«

Anderson verzog verächtlich die Mundwinkel. »Ich glaube nicht, dass Sie mit ihr gesprochen haben.«

»Woher sollte ich dann über den Schmuck Bescheid wissen?«

Anderson ging nicht auf Greys Frage ein. »Sie hätte niemals zugestimmt.«

Grey warf ihm einen Seitenblick zu. »Es war ihre Idee.« Er sah die Wirkung, die seine Worte bei Anderson hinterließen. Er wurde blass, seine Augen flogen unstet umher, während er fieberhaft überlegte. »Sie ist fertig mit Ihnen, Anderson. Wir beide sind fertig mit Ihnen.«

»Tatsächlich?« Anderson fand seine Fassung erstaunlich schnell wieder, seine Miene spiegelte milde Heiterkeit. »Das würde ich gern von Berkeley persönlich hören.«

Grey schüttelte bedächtig den Kopf. »Ich lasse nicht zu, dass Sie ihr noch einmal begegnen.«

»Ich glaube nicht, dass Sie mich davon abhalten können, Janeway. Ich habe mehr Rechte als Sie.«

»Weil sie Ihre Tochter ist?«

»Weil sie meine Ehefrau ist.«

Grey hatte sich den ganzen Nachmittag gefragt, wie er auf die Bestätigung von Berkeleys Geständnis reagieren würde, und hatte sich vorgenommen, Anderson die Wahrheit zu entlocken, um seine letzten nagenden Zweifel auszuräumen. Nun wünschte er, sie hätte gelogen. Grey hielt die Zügel in einer Hand und rieb sich den Nacken in einer Geste, die ihm zur Gewohnheit geworden war. Nichts konnte freilich den Schmerz in seinem wunden Herzen lindern.

»Sie haben es gewusst.« Andersons Stimme klang beinahe vorwurfsvoll.

»Sie haben Berkeley so sehr unter Druck gesetzt, bis sie erkannte, dass es einen Weg gibt, sich Ihrer Erpressung zu entziehen.«

»Sie hat es Ihnen also gestanden.«

»Ja«, antwortete Grey leise. »Das hat sie.«

Grey wünschte, er wäre nicht stumm geblieben, als Berkeley ihre Geschichte vorbrachte. Er wünschte, er hätte ihr die Hand gereicht, statt sich abzuwenden. Er hätte mit ihr sprechen müssen, statt sie ohne ein Wort des Trostes allein zu lassen. Und er fragte sich, ob sie immer noch auf dem Bett lag, zusammengekrümmt wie ein unglückliches Kind. Ob sie noch weinte? »Es stört mich nicht«, sagte er. Diese Worte hätte er ihr sagen müssen. Diese Worte hatte sie von ihm erwartet, hätte sie *verdient* zu hören. Er aber sagte sie zu Anderson Shaw.

Grey zog die Zügel straff und brachte die Kutsche zum Halten. Er hatte Anderson zurück ins *Palace* gebracht.

»Gibt es sonst noch etwas?«, fragte er.

»Sie gehört mir.«

»Berkeley interessiert Sie nicht. Ihnen lag nie etwas an ihr. Wenn Sie ihr je Gefühle entgegenbracht haben, so war es Angst, nicht Liebe.«

Anderson verzog den Mund. »Angst? Dass ich nicht lache.«

»Sie haben ihre Gabe benutzt und ...«

»Genau wie Sie«, fiel Anderson ihm ins Wort.

»Ja, genau wie ich«, pflichtete Grey ihm bei. »Aber ihre hellseherische Begabung machte Ihnen auch Angst. Sie hat es nicht ertragen, von Ihnen berührt zu werden, und ihre Art, Sie anzusehen, als sehe sie mehr, als Ihnen lieb war, machte Ihnen Angst. Sie muss ein seltsames und schwieriges Kind gewesen sein. Sie aber nahmen sich vor, sie an sich zu binden, sie in Ihre Gewalt zu bekommen. Und als ihre Mutter starb, mit der Sie verheiratet waren, redeten Sie dem verstörten jungen Mädchen ein, sie sei verloren und nicht lebensfähig, wenn sie nicht bei Ihnen bliebe. Vermutlich haben Sie Berkeleys Zustimmung ohne große Überredungskunst bekommen.«

»Richtig«, gestand Anderson freimütig. »Sie war leicht zu überreden.«

Grey fluchte in sich hinein und nahm die Zügel fester. Die Pferde scharrten unruhig mit den Hufen. »Sie war erst sechzehn. Sie haben sich ihre Trauer schändlich zunutze gemacht.«

»Schon möglich. Aber ich habe ihr auch ein Dach über dem Kopf, Nahrung und Kleidung geboten. Berkeley stellte keine hohen Ansprüche.«

»Sie hätte mehr verdient.«

»Ich habe mich ihr nie aufgezwungen«, verteidigte Anderson sich.

Grey wusste, dass die Ehe nie vollzogen worden war, doch Anderson hatte Berkeley auf niederträchtige Weise unter Druck gesetzt, um sie zu halten. Und als sie ihm keinen Nutzen mehr brachte, hatte er sie schmählich im Stich gelassen. »Lassen Sie Berkeley in Frieden«, sagte Grey leise. »Sie hat nichts getan, was Ihre Feindseligkeit verdient. Sie hat nur versucht, sich ein Leben ohne Sie aufzubauen. Zerstören Sie ihr Glück nicht.«

Anderson vermochte keine Drohung aus Grey Janeways Worten herauszuhören und wunderte sich über seine Großzügigkeit, die ihm fremd war und daher seinen Argwohn weckte. »Wollen Sie, dass ich mich scheiden lasse?«

»Ich kann nur ahnen, was mich das kosten würde. Nein, das erwarte ich nicht.«

»Sie würden sie viel lieber als Witwe sehen. Ist es das?«

Greys musterte Anderson Shaw mit unverhohlener Neugier, als wolle er Maß für seinen Sarg nehmen. »Ein verlockender Gedanke. Täuschen Sie sich nicht in mir, Anderson. Ich bin dazu imstande.« Nach einer kurzen

Pause setzte er hinzu: »Aber ich gebe mich damit zufrieden, wenn Sie die Stadt verlassen.«

Anderson begegnete argwöhnisch dem Blick seines Gegenspielers, der nur schwer einzuschätzen war. »Nun denn«, sagte er schließlich. Die Kutsche schwankte, als er aufstand. »Anscheinend schaffe ich es nicht, durch Sie zu Reichtum zu gelangen. Daher nehme ich den Schmuck und die Schiffspassage als Geschenk an. Allerdings will ich Berkeley sehen, bevor ich an Bord gehe. Kommen Sie mit ihr zur *Albany,* dann können auch Sie gebührend von mir Abschied nehmen.« Grey zögerte. »Sollte Berkeley nicht da sein, Janeway, gehe ich nicht an Bord.«

»Sie scheinen nicht zu verstehen«, entgegnete Grey. »Ich weiß nicht, ob sie dazu bereit ist, und ich zwinge sie nicht.«

»Sie wird kommen«, meinte Anderson und seine Stimme klang sehr selbstgefällig. »Sagen Sie ihr, es geht um ihren Vater. Dann wird sie darauf bestehen zu kommen.«

Grey fand Berkeley bei seiner Rückkehr in der kleinen Bibliothek. Die schweren Draperien waren vorgezogen, im Kamin brannte kein Feuer. Der Raum war nur von einer Tischlampe erhellt. Berkeley hatte sich einen Schal um die Schultern und eine Decke über die Knie gelegt. Die Düsternis mochte zwar ihrer Stimmung entsprechen, für Greys Geschmack war sie jedoch ein wenig zu dramatisch. »Weniger ist mehr«, meinte er und zog die Vorhänge zurück.

Ein heller Strahl der tief stehenden Wintersonne traf sie mitten ins Gesicht. Sie hob schützend eine Hand vor die Augen. »Ich spreche nicht mit dir«, sagte sie abweisend. »Und ich will im Dunkeln sitzen. Ich will dich nämlich auch nicht sehen.«

Grey ging neben ihrem Stuhl in die Hocke, klappte

das Buch auf ihrem Schoß zu und legte es auf den Tisch.

»Jetzt weiß ich nicht, auf welcher Seite ich war«, sagte sie.

»Berkeley. Du hast das Buch verkehrt herum gehalten.«

Sie rutschte verlegen hin und her, die Sonne ließ ihr Haar aufleuchten. Als Grey sie bei der Hand nahm, leistete sie kaum Widerstand.

»Es tut mir Leid«, sagte er bedauernd. »Ich wusste nicht, was ich sagen oder tun sollte, deshalb habe ich nichts getan und nichts gesagt.«

»Du bist einfach gegangen«, entgegnete Berkeley trotzig. »Das war nicht *nichts*.«

»Nein, das war es nicht.«

»Du hast mir wehgetan.«

»Ich weiß.« Er begegnete ihrem gequälten Blick. Ihre Augen waren immer noch vom Weinen gerötet. »Und ich kann nicht einmal sagen, dass ich dir nicht wehtun wollte.«

Die Aufrichtigkeit seines Geständnisses machte Berkeley klar, wie sehr sie ihn verletzt hatte. »Ich schäme mich so sehr, ihn geheiratet zu haben«, sagte sie leise. »Er hat mich nicht wirklich gezwungen. Hätte ich nur einen Funken Selbstvertrauen gehabt und den Willen, mein Leben selbst in die Hand zu nehmen, hätte ich ihn nicht geheiratet. Ich hätte dir die Wahrheit gleich zu Beginn sagen sollen, aber es schien mir so mühsam zu erklären. Und als ich ihn für tot hielt, dachte ich, dieser Abschnitt in meinem Leben sei beendet und habe nichts mit meiner Gegenwart und Zukunft zu tun.«

Grey nickte. »Ich entsinne mich schemenhaft, von einer gewissen Person zurechtgewiesen worden zu sein, weil ich meine Vergangenheit ruhen lassen wollte.«

Berkeley seufzte. »Und ich hatte gehofft, du würdest mich nicht daran erinnern.«

Er schmunzelte. »Tja, du hast vergeblich gehofft. Ich gestehe, es ist mir sogar eine gewisse Genugtuung, dich daran zu erinnern.« Grey warf einen Blick durchs Zimmer. »Und was soll das? Die zugezogenen Vorhänge, das schwache Licht? Im dunklen, kalten Zimmer zu sitzen?«

Berkeleys Wangen überflog ein rosiger Hauch. »Es passt zu meiner Stimmung.«

»Nur das?«, fragte er. »Oder wolltest du mir damit ein schlechtes Gewissen machen?«

»Beides, denke ich.« Sie sah ihm in die Augen. »War es übertrieben?«

»Ein wenig.« Er drückte ihr zärtlich die Hand. »Aber ich war ohnehin bedrückt. Du hättest dir die Mühe sparen können.« Er richtete sich auf und trat an den Kamin, um Feuer zu machen. »Anderson ist bereit abzureisen. Er hat meine Bedingungen akzeptiert.« Während Grey Spanholz aufschichtete und anzündete, war er sich Berkeleys Schweigen bewusst. Als die Flammen zu züngeln begannen, drehte er sich zu ihr um. »Woran denkst du?«

Sie schüttelte den Kopf, als wolle sie trübe Gedanken vertreiben. »Wie? Ach, nichts. Es ist … nein, nichts.«

Grey beobachtete, wie sie die Hand über die leichte Schwellung ihres Leibes legte. »Es ist nicht *nichts*«, widersprach er und wiederholte absichtlich ihre Worte.

Sie nagte an ihrer Unterlippe und wich seinem Blick aus.

»Hat es mit dem Baby zu tun?«

»Nein … nein … nicht, wie du denkst.«

Grey begriff. Irgendwie *wusste* er es. »Anderson hat unser Kind bedroht.«

Sie nickte widerstrebend. »Er sagte, ich müsse das Kind abtreiben lassen. Er wollte sich darum kümmern. Er war … er bestand darauf. Auch als ich das Thema wechselte, ließ ihn der Gedanke nicht los. Ich konnte nicht fassen, was er da vorschlug. Anfangs dachte ich, er sei eifersüchtig, aber dann ...« Sie hob hilflos die Schultern. »Anderson hat nie den Wunsch geäußert, Kinder mit mir haben zu wollen. Wieso gönnt er mir dieses Kind nicht?«

»Er gönnt dir nichts, was dich glücklich macht. Er neidet dir dein Glück.«

»Vielleicht hast du Recht.« Sie war keineswegs überzeugt und das spürte auch Grey.

»Ich weiß es. Er kann dich zu nichts zwingen, wozu du nicht bereit bist.«

»Nein. Anderson gelang es stets, mir seine Pläne so einzureden, als kämen sie von mir. Darin war er ein Meister.«

Grey sah sie forschend an. Ihre Hand lag immer noch schützend auf ihrem Leib. »Kann er das auch diesmal tun? Könnte er dir tatsächlich einreden, das Kind abtreiben zu lassen?«

Berkeleys Kopf schnellte hoch. »Nein! Ich wünsche mir unser Kind. Er kann mich niemals umstimmen.«

»Wenn du Angst vor ihm hast, wenn du irgendwelche Zweifel hast, musst du ihn nicht noch einmal treffen.«

»Ihn treffen? Hat er das vorgeschlagen?«

Grey nickte und stocherte im Feuer. »Er stellt die Bedingung, dich noch einmal zu sehen, sonst geht er nicht aufs Schiff.«

»Ich weigere mich, ihn zu sehen«, entgegnete sie heftig. »Ich wusste, dass er nicht ohne weiteres zustimmen würde. So war er immer. Er muss immer das letzte Wort haben.«

Grey lehnte den Schürhaken gegen den Kamin und trat beiseite. »Er will nur, dass du zum Hafen kommst und dich von ihm verabschiedest. Du bist nicht allein, ich begleite dich.«

»Das klingt, als sei es dein Wunsch.«

»Tatsächlich? Glaube mir, ich will alles andere, als dich in seiner Nähe zu wissen. Es ist deine Entscheidung. Ich teile dir nur mit, was er mir aufgetragen hat.«

Grey wandte unschlüssig den Blick und fuhr sich mit der Hand durchs Haar. »Ist das alles?«, fragte Berkeley bang. Anderson Shaw hatte immer einen Trumpf im Ärmel stecken.

Grey seufzte. »Ich habe ihm gesagt, dass du vermutlich nicht kommen willst und ich dich zu nichts zwinge.«

»Und?« Berkeley hielt den Atem an.

»Er sagte, es habe mit deinem Vater zu tun. Und dann sagte er noch, du würdest darauf bestehen zu kommen.«

Berkeleys Herz krampfte sich schmerzhaft zusammen. Sie senkte den Kopf, um ihr Entsetzen zu verbergen. Ihre Stimme klang belegt, als sie antwortete. »Er hat Recht.«

Nat überbrachte die Nachricht, dass die Reparaturen an der *Albany* abgeschlossen waren und das Schiff in einer Stunde die Anker lichten werde. Er war den ganzen Weg vom Hafen herauf gerannt und stieß die Worte keuchend und stammelnd hervor. Wie auf Kommando drehten Sam, Shawn, Donnel und ein halbes Dutzend anderer Männer, die an diesem Nachmittag in der Spielhalle zu tun hatten, die Köpfe in Greys Richtung, der sich bei Nat bedankte und ihn bat, Berkeley Bescheid zu sagen.

Grey wartete, bis Nat oben an der Treppe in den Flur eingebogen war. Dann erst legte er die Karten, die er gemischt hatte, aus der Hand und stand auf. »Ich weiß nicht, was uns erwartet«, sagte er an seine Leute gerichtet. »Ob die Ducks uns auflauern oder ob Anderson sich nur von meiner Frau verabschieden will.« Allgemeiner Protest wurde laut, auf den Grey nicht achtete.

»Ihr wisst, wo ihr Position zu beziehen und was ihr zu tun habt. Und denkt daran, wir wollen keinen Krieg mit den Ducks und auch keine Vergeltung üben.« Er blickte jedem Einzelnen in die Augen. Alle wussten, dass er auf den Vorfall mit Mike anspielte, der von den Sydney Town Ducks halb tot geprügelt worden war. »Es gibt keinen Grund, handgreiflich zu werden, es sei denn, Berkeley ist in Gefahr.« Die Männer nickten. »Das wär's. Es geht los. Und ich will keinen von euch im Hafen sehen. Wen ich sehe, den sieht auch Anderson Shaw.«

Der Saal hatte sich geleert, als Berkeley die Treppe herunterkam, dicht gefolgt von Nat. »Wo sind denn alle?«, fragte sie und blieb so unvermutet stehen, dass Nat sie anrempelte. Seufzend griff Berkeley hinter sich und zog ihn an ihre Seite. »Stell dich neben mich. Und hör auf, mir wie eine Klette am Rockzipfel zu hängen.«

Grey rieb sich die Nase und räusperte sich, um sein Lächeln über Berkeleys Wortwahl und Nats betretene Miene zu verbergen. Er schlug Nat anerkennend auf die Schulter. »Du hast deine Sache gut gemacht, Nat. Nun lauf in die Küche, Annie hat eine Überraschung für dich.«

Nats Miene hellte sich auf, er rannte befreit los.

»Er hat deine Spur verfolgt wie ein tapferer Apache«, schalt Grey seine Frau. »Es war nicht sehr freundlich von dir, ihn als Klette zu bezeichnen.«

Greys Versuch, ihre Stimmung zu heben, war vergeblich. Berkeley reichte ihm stumm das Cape und drehte ihm den Rücken zu, damit er es ihr um die Schultern legte. Sie schlug die Kapuze hoch. Der Samt war um einige Nuancen dunkler als ihre grünen Augen. »Du hast mir nicht geantwortet, wo die Leute sind«, meinte sie. »Ich dachte, Donnel und Sam spielen mit dir Karten.«

»Wir haben vor einer Weile aufgehört. Sam war der

große Gewinner. Vermutlich versteckt er seine Schuldscheine an einem sicheren Ort. Donnel wollte irgendwas reparieren. Wohin die anderen sind, weiß ich nicht.« Grey holte seinen Mantel aus der Garderobe, während Berkeley in banger Ungeduld an den hohen Flügeltüren auf ihn wartete. »Es ist vielleicht ratsam«, sagte Grey und öffnete einen Flügel, »wenn du Anderson nicht die Genugtuung gibst, allzu ängstlich zu wirken.«

»Ich fürchte, ich kann es nicht ändern.«

»Verstehe. Aber denk daran, er hat möglicherweise gar nichts über deinen Vater zu sagen. Es ist vielleicht nur ein Trick, um dich an den Hafen zu locken.«

»Ich weiß.« Seit zwei Tagen hatte Berkeley an nichts anderes denken können und hoffte, ihre Enttäuschung möge das einzige Ergebnis ihrer letzten Begegnung mit Anderson sein. »Trotzdem muss ich ihn sehen. Er lässt mir keine andere Wahl.«

Grey nickte und nahm ihren Ellbogen. Berkeley zögerte. »Was ist?«, fragte er erstaunt.

»Ich will keine Auseinandersetzung, Grey. Ich will mein Gewissen nicht damit belasten.«

»Das will ich genauso wenig.«

Berkeley sah Grey forschend in die Augen. »Dein Bruder wird ebenfalls da sein.«

»Das habe ich nicht vergessen.« Er nahm wieder ihren Ellbogen. Diesmal setzte Berkeley sich in Bewegung.

Garret Denison warf seine Reisetasche in den Leichter, der die Passagiere zur *Albany* übersetzen sollte. Anschließend schob er seinen großen Koffer mit dem Fuß an den Rand der Pier und überließ ihn den kräftigen Pranken eines Matrosen, der ihn an Bord hievte. Garret drehte sich nach Anderson um.

»Denken Sie wirklich, sie kommt?«, fragte Garret.

Anderson überflog den Kai erneut mit Blicken, ehe auch er seine Tasche ins Boot warf. »Wenn sie nicht kommt, gehe ich nicht an Bord.«

»Wie Sie meinen«, erwiderte Garret achselzuckend und sprang ins Boot. »Ich glaube nicht, dass der Skipper noch lange wartet, die *Albany* schon gar nicht.«

»Nur ein paar Minuten.« Anderson war trotz des kalten Windes ins Schwitzen geraten. Er lüftete den Hut und wischte sich mit einem Taschentuch die Stirn. Sein Blick suchte wieder die Hafenanlage ab, vorbei an mannshohen Kisten, aufgestapelten Fässern, Pferdefuhrwerken und Karren, die be- und entladen wurden. Er registrierte die bekannten Gesichter der Männer, die sich durchs Gedränge schoben. Bent Eddie. Jolly Waterman. Bobby Burns. Die Ducks waren gekommen, falls Grey Janeway auf den Gedanken kommen sollte, das Diamantenkollier wieder für sich zu beanspruchen.

»Sie sollten an Bord kommen«, drängte Garret, hinter dem der Skipper seiner Mannschaft Befehle zurief.

Als ein Matrose das Tauende vom Pfahl nehmen wollte, hielt Anderson ihn zurück. »Ihr habt zwei Tage gewartet«, fuhr er ihn an. »Da kommt es auf zwei Minuten auch nicht mehr an.«

Berkeley entdeckte Anderson zuerst, der am Rand des Kais stand – den Fuß auf einen Pfahl gestützt, die Arme vor der Brust verschränkt – und wie ein Raubvogel nach ihr Ausschau hielt.

Sie stieg ohne Greys Hilfe aus der Kutsche, wartete allerdings, bis er das Gespann festgebunden hatte. Dann entdeckte Anderson sie, steckte hastig das Taschentuch weg und näherte sich einen Schritt. Zum ersten Mal in ihrem Leben fühlte Berkeley sich ihm nicht hoffnungslos unterlegen und ausgeliefert.

»Guten Tag, Berkeley«, grüßte Anderson. »Janeway. Freut mich, dass ihr gekommen seid.«

Als sei es aus freien Stücken geschehen, dachte Berkeley, blickte über Andersons Schulter zu Garret, der auf den Skipper einredete. »Mr. Denison wird das Boot nicht länger aufhalten können, Anderson. Sprich, wenn du mir etwas zu sagen hast, und verschwinde.«

Anderson nickte. »Gut. Was ich zu sagen habe, ist nur für deine Ohren bestimmt.«

Grey schüttelte ablehnend den Kopf. »Ich lasse meine Frau keine Sekunde mit Ihnen allein.«

»Ihre Frau?«, entgegnete Anderson spöttisch. »Müssen wir wieder davon anfangen? Berkeley, sag ihm, er soll sich außer Hörweite begeben. Du wirst mir dankbar sein, wenn das unter uns bleibt.«

Berkeley warf Grey einen bangen Blick zu und überließ ihm die Entscheidung.

Grey drückte ihr aufmunternd den Arm und entfernte sich ein paar Schritte. Anderson drehte ihm den Rücken zu, um zu verhindern, dass Grey ihm die Worte von den Lippen ablas. »Stellen Sie sich nicht zwischen mich und Berkeley«, warnte Grey ihn. »Und halten Sie Abstand zu ihr.«

Anderson trat einen Schritt beiseite. »Ich will nichts von dir, Berkeley. Diesmal tue ich dir einen Gefallen.«

Berkeley sah ihn stumm an.

»Ich weiß, ich habe dir nicht oft Grund gegeben, Vertrauen zu mir zu haben.«

»Du hast mir nie Grund gegeben, dir zu vertrauen.«

Er lächelte kalt. »Lassen wir das. Es ist wegen des Kindes, das du erwartest. Das ist der einzige Grund, warum ich mein Versprechen breche. Deine Mutter wollte nie, dass ich dir etwas über deinen Vater erzähle. Sie ist dafür verantwortlich, dass es so weit kommen musste. Vergiss das nicht. Es ist nicht meine Schuld.«

Berkeley hatte unwillkürlich die Hand schützend auf ihren Leib gelegt. »Sag endlich, was du sagen willst. Ich kann mir selbst einen Reim darauf machen.«

Seine funkelnden braunen Augen verengten sich

eine Spur. Sie klang erstaunlich selbstbewusst. »Zunächst Folgendes: Garret ist der Bruder von Colin und Decker Thorne – nicht Graham. Er weiß nichts davon und wäre keinem von uns dankbar, wenn wir ihm die Wahrheit sagen. Er hat sich sein ganzes Leben als Alleinerbe von Beau Rivage gesehen.«

»Wie kommst du zu dieser Schlussfolgerung?«, fragte sie argwöhnisch.

»Du hast nie gewusst, wie sehr du in all das verstrickt bist, wie? Deine Mutter hat mir alles erzählt. Graham war ein kränkliches Kind, so krank und schwach, dass Evaline und James Denison mit ihm nach England reisten, um dort Heilung für ihn zu suchen. Während ihres Aufenthaltes besuchten sie Cunningtons Waisenhaus und holten Greydon Thorne dort ab. James wünschte sich einen Erben und Evaline war weiterer Kindersegen versagt. Sie tauften den Säugling Garret und gaben ihn als ihr eigenes Kind aus. Nachdem sie wieder in Beau Rivage zurückgekehrt waren, geschahen zwei Wunder: Graham erholte sich und ein zweites Kind war geboren.«

Berkeleys Argwohn hatte sich keineswegs gelegt. Geschichten zu erfinden hatte Anderson seit jeher großes Vergnügen bereitet, Geschichten, die nur schwer zu widerlegen waren. »Aus welchem Grund sollte meine Mutter in ein solches Geheimnis eingeweiht worden sein?«

Andersons Augen funkelten triumphierend. Er maß Berkeley herablassend. »Kannst du dir das nicht denken? Benutze dein Talent, Berkeley. Wieso hast du immer Bedenken, deine Gabe einzusetzen, wenn es um dich geht?«

Berkeley fröstelte. Ihre Augen weiteten sich, verloren ihren entrückten Glanz, als ein grauenvoller Gedanke Gestalt annahm.

Anderson sah zufrieden die Veränderung in ihrem

Gesicht, wusste, dass sie begriff. »James Denison war der Geliebte deiner Mutter.« Er ließ die Worte förmlich auf seiner Zunge zergehen.

»Nein.«

»Graham Denisons Vater ist auch dein Vater. »

»Nein.« Diesmal hob sie abwehrend die Hand.

»Du hast deinen Halbbruder geheiratet, Berkeley. Dein Kind ist im Inzest empfangen.«

Nein! Ich lasse nicht zu, dass du mir das antust! Du tust mir nie wieder weh! Nie wieder! Hatte sie die Worte hinausgeschrien?, fragte sie sich benommen. Anderson stand unbewegt und kalt vor ihr, und Berkeley wusste, dass sie nicht geschrien hatte. Vor Scham, Angst und Abscheu hob sie die Hand an den Mund. Übelkeit stieg in ihr hoch. Und dann, ohne eigentlich zu wissen, was sie tat, schlug sie in blinder Wut zu. Andersons Kopf schnellte nach hinten. Die Wucht des Schlages war so stark, dass er seitwärts taumelte. Berkeley wich einen Schritt zurück und schaute versteinert zu, wie er das Gleichgewicht verlor, mit dem Absatz in der Vertäuung hängen blieb und mit den Armen in ihre Richtung ruderte. Diesmal blieb sie ungerührt und kalt, als er mit einem lauten Schrei stürzte und mit dem Kopf voran auf den Planken des Leichters landete.

Keiner an Bord eilte ihm zu Hilfe. Ein Matrose holte seelenruhig die Leine ein und das Boot stieß vom Kai ab. Der Skipper am Ruder hob die Hand an die Mütze und salutierte in Berkeleys Richtung, wie um ihr zu danken, den Passagier, wenn auch unsanft, an Bord befördert zu haben.

Berkeley, die davon nichts bemerkte, starrte auf Anderson, der reglos auf den Planken lag, das linke Bein seltsam verdreht und abgewinkelt. Seine Augen waren geschlossen, und sie wusste nicht, ob das Heben und Senken seiner Brust von seinem Atem herrührte oder vom Schwanken des Kahns.

Grey war an Berkeley herangetreten und legte die Hände um ihre Mitte, um ihr Halt zu geben. Der Kahn hatte sich bereits eine Bootslänge entfernt. Ein winziger Fehltritt, und sie wäre Hals über Kopf im Hafenbecken gelandet. Sie schien sich der Gefahr nicht bewusst zu sein.

»Auch wenn du es später bereust …«, meinte Grey, »du hast ihn nicht getötet.«

Berkeley hatte keinen Sinn für Greys trockenen Humor. Ihr Magen rebellierte.

»Siehst du?«, fuhr er fort. »Garret kümmert sich um ihn.« Er sah, wie sein Bruder sich im Boot über Anderson beugte. »Er scheint nicht sonderlich besorgt um ihn zu sein.«

»Ihm ist einerlei, was mit Anderson geschieht.«

Grey zwang Berkeley sanft, zwei Schritte zurückzutreten. »Und dir?«

»Mir … nein, ich …« Sie konnte nicht weiter sprechen, als ihr Magen erneut rebellierte. »Ich glaube, mir wird schlecht.« Sie sackte in die Knie. Grey hielt sie an den Schultern fest, während sie sich vorbeugte und ihren Mageninhalt ins Hafenbecken leerte.

Grey drückte ihr ein Taschentuch in die Hand, als ihr Würgen nachließ. Sam Hartford kam mit einer silbernen Taschenflasche in der Hand hinter den aufgestapelten Fässern hervor. Grey nahm sie ihm ab, schraubte sie auf und setzte sie Berkeley an die Lippen. »Nur einen kleinen Schluck.« Und mit einem Blick über die Schulter fragte er Sam: »Die Ducks?«

»Sie sind hier«, antwortete Sam. »Und haben alles gesehen. Genau wie wir.«

Grey nickte und reichte ihm die Flasche zurück. »Wir verschwinden lieber, bevor sie auf uns losgehen.« Er blickte in Berkeleys bleiches Gesicht. »Soll ich dich tragen?«

»Nein, ich schaffe es allein.« Um das zu beweisen,

kam sie ohne Greys Hilfe auf die Füße und nahm Sam jetzt erst wahr. »Was machen Sie denn hier?«

Sam kratzte sich am Kinn und beschloss, sich nicht mit einer Notlüge aus der Affäre zu ziehen. »Ich dachte, Sie könnten meinen Schutz brauchen. Aber wie ich sehe, kommen Sie gut allein zurecht, Madam.«

Berkeley stand der Sinn nicht nach Scherzen. Ihr Blick flog die Pier entlang. Donnel Kincaid ging hinter einem Stapel Kisten in Deckung. Shawn schlenderte mit einer Angelrute über der Schulter heran. Außer den beiden entdeckte sie noch ein paar von Greys Männern. Und sie sah die Ducks. »Bobby Burns ist da«, sagte sie an Grey gerichtet. »Und dieser Jolly. Erinnerst du dich an die zwei?«

»Wie sollte ich sie vergessen ... Lass uns gehen, Berkeley.«

Berkeley brauchte keine weitere Aufforderung. Sie eilte zur Kutsche und stieg ein. Als Grey die Zügel hochnehmen wollte, hielt sie ihn am Arm zurück. »Nein«, sagte sie. »Warte. Ich will sehen, wie die *Albany* Anker lichtet, um Gewissheit zu haben, dass er nicht zurückkommt.«

»Möchtest du durchs Fernrohr sehen?«

»Hast du es mitgebracht?«

Grey holte es aus der Tasche und reichte es ihr.

Berkeley hob das Glas ans Auge und stellte die Schärfe ein, bis sie den Leichter deutlich sehen konnte. Anderson saß nun aufrecht, das Gesicht zu einer Grimasse verzerrt. Sobald der Leichter längsseits gekommen war, wurde von der *Albany* eine Hängematte herunter gelassen. Garret und ein Matrose hoben Anderson hinein und Berkeley konnte nur noch seine Arme und Beine sehen. Als die behelfsmäßige Bahre hochgezogen wurde, reichte sie Grey das Fernrohr zurück. »Ich habe genug gesehen.«

»Wir haben beide genug gesehen.« Er schob das

Fernrohr zusammen und steckte es ein. »Auf Nimmerwiedersehen«, sagte er leise.

»Ja«, bestätigte sie. »Auf Nimmerwiedersehen.«

Grey ließ die Zügel schnalzen und die Kutsche setzte sich in Bewegung. Berkeley warf einen letzten Blick über die Schulter. »Willst du bleiben, bis die *Albany* in See sticht?«, fragte er.

»Wie? Nein. Ich bin froh, den Kerl los zu sein.«

Grey sah sie von der Seite an. »Berkeley, du bist nicht froh. Ganz im Gegenteil.«

Sie zwang sich zu einem Lächeln, was Greys Verdacht bestätigte.

»Erfahre ich, was er dir gesagt hat?« Grey spürte, wie Berkeley zurückwich, sich förmlich in sich zurückzog. Seine Enttäuschung über ihre abweisende Haltung steigerte sich rasch zum Zorn. Er nahm die Zügel fester, die Pferde reagierten und beschleunigten das Tempo. Berkeley saß steif neben ihm, den Blick seitlich gerichtet. Zunächst bemerkte sie gar nicht, wie die Häuserfassaden, Geschäfte und Spielsalons immer schneller vorbeiflogen. In Gedanken versunken, achtete sie nicht darauf, dass Passanten zur Seite sprangen und sich auf dem Gehsteig in Sicherheit brachten. Erst als ein Goldgräber seinen betrunkenen Kumpan grob am Ärmel zurückriss, wurde ihr klar, welche Gefahr die Kutsche in ihrer rasenden Fahrt darstellte. »Bitte, Grey«, sagte sie. »Fahr langsamer. Wir hätten den Mann beinahe …« Sein finsterer Blick brachte sie zum Schweigen und die Kutsche setzte ihre gefährliche Fahrt unvermindert fort.

Vor dem *Phönix* angekommen, stieg Berkeley wortlos aus und eilte ins Haus, ohne auf Grey zu warten, der sie erst im Flur vor ihrer Suite einholte und ihr den Vortritt ließ. Kaum war die Tür hinter ihm ins Schloss gefallen, wirbelte Berkeley herum.

»Das war sehr kindisch«, fauchte sie. »Du hättest

jemanden verletzen können. Du hättest *uns* verletzen können.«

Grey lehnte an der Tür, hob die Schultern und seufzte entnervt. »Du hast Recht«, sagte er schließlich.

Sie hatte eine Rechtfertigung von ihm erwartet, der sie zu widersprechen gedachte. Er aber gestand ohne Unschweife, einen Fehler gemacht zu haben. Und plötzlich wurde ihr klar, dass sie Streit mit ihm suchte und er ihr den Wind aus den Segeln nehmen wollte.

Berkeley trat auf ihn zu, berührte seine Hand, hob den Blick und erforschte sein Gesicht. »Habe ich dir das Leben unerträglich schwer gemacht?«

Grey verzog den Mund zu einem dünnen Lächeln. »Nicht unerträglich, aber schwer.«

Sie lehnte die Stirn an seine Schulter und schlang die Arme um seine Mitte. »Ich wusste nicht, was ich sagen sollte«, gestand sie leise.

Es dauerte eine Weile, ehe Grey begriff, dass sie seine Frage aufgriff, die er vor einer halben Stunde gestellt hatte. »Was gibt es da zu überlegen? Ich wollte wissen, was Anderson zu dir gesagt hatte. Du hättest seine Worte nur wiederholen brauchen.«

Sie lächelte wehmütig, ohne aufzusehen. »So einfach ist das nicht. Anderson hat mich belogen. Alles, was er sagte, war eine Lüge.«

»Allem Anschein nach eine besonders niederträchtige Lüge. Hast du ihn deshalb geschlagen?«

»Ja.«

»Und deshalb willst du mir nichts davon sagen?«

Diesmal nickte sie nur.

Grey hob ihr Kinn und zwang sie, ihm in die Augen zu sehen. »Fürchtest du, ich könnte diesen Lügen Glauben schenken?«

Er las die Antwort in ihrem angstvollen Blick.

»Du weißt selbst nicht, ob du sie glauben sollst. Deshalb hast du solche Angst.«

»Nein.« Ihre Stimme klang wenig überzeugend.

»Überlasse mir bitte die Entscheidung, Berkeley. Betreffen die Lügen mich?«

Berkeley führte Grey zum Sofa, bot ihm etwas zu trinken an und schenkte ihm ungeachtet seiner Ablehnung ein Glas Whiskey ein. Am Ende ihres Berichts starrte Grey in ein leeres Glas in seiner Hand. Er erinnerte sich nicht, getrunken zu haben, hatte aber den Geschmack von Whiskey im Mund, der sich schlecht mit der bitteren Galle vertrug, die in ihm hochgestiegen war.

»Es ist gelogen«, sagte er. »Eine einzige, niederträchtige Lüge.«

»Ich weiß.« Sie stellte fest, dass sie nicht überzeugender klang als er.

»Du bist nicht meine Schwester.«

»Halbschwester.«

Grey tat die Einschränkung mit einer Handbewegung ab. »Wir haben *nicht* denselben Vater.«

»Ich bin sicher, dass du Recht hast.«

»Anderson behauptet das nur, um dich zu quälen. Er will dich damit zwingen, das Kind abtreiben zu lassen.«

»Ja, das denke ich auch.«

Doch in der Nacht lagen sie steif nebeneinander, ohne sich anzufassen, nicht einmal um Trost beim anderen zu suchen. Und die Distanz, die sie trennte, war zu groß, um sie zu überwinden, und dennoch nicht groß genug.

Irgendwann schliefen sie ein.

Als Grey aufwachte, war er allein. Erschrocken tastete seine Hand an Berkeleys Seite, die noch warm war. Sie hatte das Bett eben erst verlassen. Grey war seltsam berührt, wie sehr sie ihm fehlte.

Er setzte sich auf und schwang die Beine aus dem Bett, fuhr sich gähnend mit der Hand durch das zerzauste Haar und schaute blinzelnd zur Kaminuhr. Kurz nach vier. Er blieb noch eine Weile sitzen, horchte in die Dunkelheit, ob er Berkeley im Ankleidezimmer hörte, und als die stille Nacht sein einziger Gefährte blieb, stand er auf und tappte zur Tür, um nachzusehen.

Das Ankleidezimmer war leer, in der Bibliothek und im Salon war sie auch nicht zu finden. Grey schlurfte ins Ankleidezimmer zurück, stieg in seine Hosen und streifte das Hemd über. Die Sachen rochen nach kaltem Rauch und Whiskey, von den Stunden, die er im Casino verbracht hatte, um seine Gäste zum Glücksspiel und Trinken zu animieren. Immer wieder hatte er Berkeley beobachtet, wie sie Gäste begrüßte, lächelnd plauderte, sich Geschichten anhörte und Anteilnahme heuchelte.

»Anderson, du gottverdammter Mistkerl!« Grey erschrak über seine Bitterkeit, über die Wut und den Schmerz nicht nur in seinen Worten, sondern tief in seinem Innern. Er rieb sich den Nacken. *Ich hätte dich töten müssen.* Diesmal sprach er seine Gedanken nicht laut aus, bedauerte sie aber auch nicht.

Grey zog die Stiefel an, berührte die vertraute Ausbuchtung, wo sein Messer steckte, und stieß einen verächtlichen Laut aus. Er hatte die Klinge nicht benutzt. Und das bedauerte er zutiefst. Er fluchte erbittert in sich hinein.

Da er Berkeley bei Nat vermutete, wollte Grey die Suite verlassen, als er eine Bewegung auf dem Balkon wahrnahm. Berkeley trat von der Balustrade zurück und schlang die Arme um sich. Sie hatte sich nicht die Mühe gegeben, einen Morgenmantel anzuziehen. Sie trug nicht einmal Pantoffel.

Als er den Balkon betrat, drehte sie sich nicht um, beinahe als habe sie auf ihn gewartet. Grey stellte sich hinter sie, ohne sie zu berühren.

»Sie sind heute Nacht unterwegs«, sagte Berkeley, den Blick auf den dunklen Platz gerichtet. »Es wird ein Unheil geschehen.«

Er fragte nicht, wen sie meinte. Er hatte gesehen, dass sich ein paar Ducks unter die Gäste gemischt hatten, ohne zu ahnen, dass auch Berkeley sie bemerkt hatte. Bobbie Burns und Jolly waren nicht darunter gewesen, und seiner Meinung waren sie die Einzigen, die ihr bekannt waren. »Weißt du, welche Art Unheil?«

Berkeley schüttelte den Kopf. »Denkst du, Anderson hat sie dazu angestiftet?«

»Schon möglich. Es hat nichts mit dir zu tun, Berkeley. Was auch geschehen mag, es ist nicht deine Schuld.«

Er zog ihr Wissen um ein drohendes Unheil nicht in Zweifel. Vielleicht fragte er sich, woher sie es wusste, nicht aber, dass sie es wusste. »Heute Nacht waren Ducks im *Phönix*«, sagte sie. »Hast du sie bemerkt?«

»Ja, aber ich habe nicht geahnt, dass sie auch dir aufgefallen sind.«

»Einer verlangte, dass ich ihm aus der Hand lese. Ich hatte keine Ahnung, bis ich seine Hand hielt. Da war es zu spät. Ich fürchtete, das Bewusstsein zu verlieren.« Ein Frösteln durchlief sie, das nichts mit der Kühle der Nacht zu tun hatte. Die Kälte stieg tief aus ihrem Innern auf. »Sie tauchen nie allein auf. Wo einer ist, hält sich ein halbes Dutzend im Hintergrund.«

»Ich habe drei erkannt«, sagte Grey. Aber er hatte nicht gewusst, dass der Mann, der sich von Berkeley aus der Hand hatte lesen lassen, ebenfalls ein Duck war. Das erhöhte ihre Zahl auf vier. Wahrscheinlich war Berkeley mit sechs der Wahrheit am nächsten. »Geschieht es noch diese Nacht?«

»Ja, ich denke schon. Bevor ich einschlief, ahnte ich nichts. Doch als ich aufwachte, war ich mir ganz sicher.

Deshalb habe ich mich auf den Balkon gestellt. Ich dachte, vielleicht sehe ich ein paar herumschleichen.«

»Es ist nicht ihre Art, sich im Verborgenen zu halten«, meinte Grey. »Ihre Waffe ist die Einschüchterung. Sie treten immer in Gruppen auf. Es würde besser zu ihnen passen, wenn sie mit brennenden Fackeln auf dem Portsmouth Square aufmarschierten, als im Schatten herumzuschleichen und böse Streiche auszuhecken.«

Berkeley wandte sich Grey zu. In ihrem Gesicht las er blanke Angst. »Das, was sie heute Nacht vorhaben, sind keine bösen Streiche. Sie haben es darauf abgesehen, Menschen zu töten.«

Greys Entschluss stand fest. Er griff hinter sich und öffnete die Balkontür. »Komm rein und zieh dich an. Ich wecke Donnel und Sam. Wir evakuieren das Hotel und bringen die Leute auf den Platz. Du weckst Nat und bringst ihn ins Freie. Hast du verstanden, Berkeley? Mehr tust du nicht. Ich will, dass du draußen bleibst und auf mich wartest.«

Sie nickte. »Ja, klar.« Bevor sie eigentlich wusste, was sie tat, stellte sie sich auf die Zehenspitzen und hauchte ihm einen Kuss auf den Mund. Dann huschte sie ins Zimmer und war verschwunden, ehe er zu einer Reaktion fähig war.

Die Gäste murrten und protestierten, mitten in der Nacht unsanft geweckt zu werden. Manche hatten das Spielcasino erst vor einer Stunde verlassen, waren angetrunken, begriffen gar nicht, wie ihnen geschah, und wollten ihre Zimmer nicht verlassen.

Da niemand sagen konnte, worin die Gefahr eigentlich bestand, zeigte auch niemand Verständnis und alle waren misstrauisch. Manche machten keinen Hehl aus ihrem Verdacht, man spiele ihnen einen üblen Streich, sie wollten ihre Koffer packen und ihre Wertgegenstände mitnehmen. Die Spieler, die sich zu dieser späten Stunde noch im Saal aufhielten, waren noch mühsamer von ihren Karten und Würfeln zu trennen. Einer, der sich mitten in einer Glückssträhne wähnte, musste gewaltsam aus dem Saal geschafft werden.

Bis zuletzt fürchteten Grey und Donnel, Annie Jack mit vereinten Kräften aus ihrer Küche tragen zu müssen. Doch das blieb ihnen schließlich erspart. Als Grey ihr zuflüsterte, Berkeley habe eine Vorahnung, dass in dieser Nacht ein Unheil geschehe, rammte sie ihm den Ellbogen zwischen die Rippen, rollte wütend die Augen und stampfte an ihm vorbei ins Freie.

Die seltsame Versammlung halb bekleideter Hotelgäste mitten in der Nacht auf dem Portsmouth Square lockte Neugierige vom *El Dorado* an, zu denen sich bald Zecher aus anderen Kneipen und Spielsalons gesellten. Der Lärm auf dem Platz weckte Huren und ihre Kunden, die neugierig aus den Fenstern schauten. In weniger als einer Stunde waren alle Bewohner der umliegenden Häuser auf den Beinen.

Berkeley hielt Nat an der Hand, um ihn nicht zu verlieren, der sich ständig bückte und zwischen den Umstehenden Ausschau nach Pandora hielt.

»Da!«, rief Berkeley. »Dort drüben!«

Nat richtete sich hoffnungsvoll auf und sah, dass Berkeley Mr. Janeway entdeckt hatte und ihm zuwinkte. Grey achtete nicht weiter auf Fragen und Vorwürfe und bahnte sich einen Weg zu Berkeley und Nat.

»Haben Sie Pandora gesehen?«, fragte der Junge aufgeregt.

Grey fuhr ihm liebevoll durch die Wuschelmähne. »Sie ist mir ständig um die Beine gestrichen. Zweimal wäre ich beinahe über sie gestolpert.« Das schien Nat zu beruhigen und Grey verschwieg, dass er drauf und dran gewesen war, Pandora über den Balkon zu werfen. »Ich bin sicher, sie ist mir ins Freie gefolgt.«

»Hoffentlich.« Nat bückte sich wieder, um Ausschau nach ihr zu halten.

Grey warf Berkeley ein schuldbewusstes Lächeln zu. »Vielleicht hätte ich sie mir besser unter den Arm geklemmt.«

»Mach dir keine Sorgen«, meinte Berkeley. »Sie ist klug und passt bestimmt auf sich auf.« Sie musterte die mürrischen Gesichter der Umstehenden. »Ob sie mich lynchen, weil ich sie aus den Betten gescheucht habe?«

Grey begriff, dass sie die Frage nur halb scherzhaft meinte. »Ich denke eher, sie lassen dich als Heldin hochleben.«

Grey und Berkeley waren nicht die Ersten, die Flammen aus dem Dach von Petermans Eisenwarenhandlung züngeln sahen. Die Entdeckung machte eine Hure, die sich aus einem Fenster im *El Dorado* beugte. Ihr schrilles Geschrei wurde von der lärmenden Menge nicht wahrgenommen. Was alle auf dem Platz hörten, war das Bersten der Fensterscheiben, die von der Explosion der Terpentin- und Lackkanister nach außen gedrückt wurden.

Grey stieß Berkeley zur Seite. Donnel schrie bereits nach Wassereimern und Grey gab den Befehl weiter. Die Menge organisierte sich, aus dem Durcheinander bildete sich im Nu eine geordnete Schlange. Aus allen Richtungen wurden Wassereimer gereicht, die Pumpen wurden bemannt. Selbst die Männer, die noch vor wenigen Minuten betrunken aus den Bars gewankt waren, wussten, was sie zu tun hatten.

Das erste Ziel der Rettungsaktion war nicht Petermans Eisenwarenladen. Die Männer hatten reichlich Erfahrung mit Bränden in San Francisco, um zu erkennen, dass der Laden nicht zu retten war. Das einzig Sinnvolle war, das Feuer einzudämmen. Da der Wind aus nordöstlicher Richtung wehte – ohnehin ein schlechtes Zeichen für die Brandbekämpfung –, trafen die ersten Wassergüsse den *Gandy Dancer Saloon.*

Die Pumpenwagen wurden von Männern herangekarrt und in Stellung gebracht. Die Schläuche spritzten das Wasser in hohem Bogen auf das Dach des Saloons. In der Menschenschlange wurden unablässig Eimer weitergereicht und ins Feuer geschüttet.

»Das haben wir den Ducks zu verdanken«, schrie jemand und erntete von allen Seiten Zustimmung, obwohl keiner sich der Illusion hingab, den Ducks je etwas nachweisen zu können. »Hoffentlich können wir diesmal die Stadt retten«, schrie ein anderer.

Berkeley, die auf der anderen Seite des Platzes stand, konnte die Bemerkungen nicht hören, doch ihre Gedanken waren die gleichen. Der Wind hatte den Funkenregen mit sich getragen. Nun züngelten bereits drei Häuser weiter Flammen an einer Holzverschalung. Wenn nicht ein Wunder geschah, würde der Brand außer Kontrolle geraten.

»Ich glaube, wir sollten etwas tun, Nat«, sagte sie. »Abgesehen von Beten, meine ich. Hast du ...« Berkeley hielt inne, da ihr plötzlich klar wurde, dass Nat nicht mehr neben ihr stand und sie keine Ahnung hatte, wann sie ihn zuletzt gesehen hatte. War er weggerannt, um Grey bei den Löscharbeiten zu helfen? Ihr Herz zog sich zusammen bei dem Gedanken, ihn unter den Männern zu wissen, die schwere Eimer schleppten. Nat würde bis zum Umfallen arbeiten, ehe er aufgab.

Sie wollte losrennen, um ihn zu suchen, als sie seinen durchdringenden Schrei hörte. Der nächste Hilfeschrei ließ ihr das Blut in den Adern gefrieren. Sie wirbelte herum und starrte in hellem Entsetzen die Fassade des *Phönix* hinauf. In ihrem bleichen Gesicht spiegelte sich der rötlich flackernde Widerschein der Flammen, die aus den offenen Balkontüren von Greys Zimmer schlugen. Nat hielt sich einen Arm schützend vors Gesicht und wich taumelnd zur Balustrade zurück.

Berkeley hielt den Atem an, als der Junge auf die Brüstung kletterte und einen Augenblick zögerte, bevor er einen dünnen Arm um die Galionsfigur schlang. Er hätte zwei Arme gebraucht, um sich festzuhalten, doch mit dem anderen Arm hielt er Pandora umklammert.

Berkeley wollte losrennen, auf den Eingang zu, wurde aber grob zurückgerissen.

Grey versperrte ihr den Weg. »Du bleibst hier.« Sein schweißnasses Gesicht war von Ruß geschwärzt, seine Augen glühten. »Ich hole ihn.« Er wandte sich an Donnel und Sam, die angelaufen kamen. »Schafft einen Pumpenwagen her! Der Brandherd ist über dem Saal!«

Grey konnte sich darauf verlassen, dass sein Befehl ausgeführt wurde, und rannte los.

Die Treppe war unversehrt, doch im ersten Stock quoll ihm dicker Rauch entgegen. Er hielt sich ein Taschentuch vor Mund und Nase und ging gebückt; über dem Boden schien der Qualm nicht so dicht zu sein. Nach zehn Schritten sah er nichts mehr und tastete sich blind zu seiner Suite. Er hielt den Atem an, bis ihm schwindlig wurde. Als er wieder Luft holen musste, stach ihm der Rauch in die Lungen und er wurde von Husten geschüttelt. Wasser lief ihm aus den brennenden Augen.

Als Grey endlich die Tür fand, konnte er nichts tun. Sie war glühend heiß, und dahinter hörte er das Knistern und Prasseln des Feuers. Er stand unschlüssig, bis die Flammen unter der Tür hindurchzüngelten. Er machte kehrt und kroch auf allen vieren zur Treppe zurück.

Shawn kam ihm auf halbem Weg entgegen und half ihm ins Freie. »Hat keinen Sinn, wie?«, meinte Shawn. »Wir haben uns Sorgen gemacht. Der Junge hängt immer noch da draußen. Vielleicht können wir ihn mit einem Tuch auffangen, wenn er springt.«

Grey blickte die Fassade hinauf und schüttelte den Kopf. Ihm war klar, dass Nat die Galionsfigur genauso wenig loslassen würde wie die Katze. Berkeley versuchte, sich Sams Arm zu entwinden, den er um ihre Schultern gelegt hatte. Grey musste handeln, bevor Berkeley etwas Unbesonnenes tat.

Er schätzte die Höhe des Balkons ab, prüfte die Entfernung der Flammen, die an der Fassade leckten. »Du musst mich hochheben, Shawn.« Es gab keine andere Lösung.

Shawn stellte sich breitbeinig unter den Balkon und verschränkte die schwieligen Hände vor dem Bauch. Grey maß die Höhe noch einmal und nickte Shawn zu. Er stieg zuerst in Shawns Hände, dann auf seine breiten Schultern. Von dort erreichte Grey die untere Verstrebung des Balkons und begann sich hochzuziehen.

Berkeley konnte den Anblick nicht ertragen und starrte dennoch gebannt nach oben. Um sie herum bemühten die Männer sich in unermüdlichem Eifer, das *Phönix* zu retten. Die Menschenmenge auf dem Platz war größer geworden. Aus allen Richtungen kamen Goldgräber, Kaufleute, Huren und ihre Freier angelaufen, um das Feuer zu bekämpfen. Alle wollten helfen und retten, was zu retten war. Auch Sam Brannans Schutztruppen hatten sich eingefunden, die keine Niederlage in ihrem Kampf gegen die Ducks einstecken wollten.

Berkeley biss sich auf die Unterlippe, bis sie blutete, als Grey an der Außenseite des Balkons Halt suchte. Händeringend flehte sie, er möge es schaffen, und murmelte ein Dankgebet, als er sich über die Brüstung schwang.

Die Hitze drückte Grey gegen die Balustrade. Langsam seitlich gehend, arbeitete er sich zu Nat vor, den

Blick in die Flammen gerichtet, die aus dem Salon loderten und vom Wind zum Inferno hochschlugen. Als er Nat nahe genug war, kletterte er auf die Brüstung und schützte den Jungen mit seinem Körper vor der Hitze und den Flammen.

»Gib mir deine Hände!« krächzte er. »Ich lass dich nach unten. Sam fängt dich auf.«

Nats aufgerissene Augen waren vor Angst glasig. Er schüttelte den Kopf. Seine Lippen bewegten sich lautlos.

Grey las das Wort: Pandora. Es blieb ihm nichts anderes übrig, als die Katze zu retten, um Nat zu retten. Er wartete nicht lange, zog die widerstrebende Pandora aus Nats Arm und legte sie sich über die Schulter. Er spürte, wie sie ihre Krallen in sein Fleisch schlug, biss die Zähne aufeinander und verzog schmerzlich das Gesicht. Dann begann er, Nats Arm von der Galionsfigur zu lösen.

Er sprang wieder auf den Balkon und spürte, wie er nachgab. Auch Nat spürte es. Er klammerte sich so fest an Grey, dass Pandora Mühe hatte, sich zu halten. Grey beugte sich über die Balustrade. Shawn stand in Wartestellung darunter. »Zu zweit können wir nicht springen«, sagte Grey leise an Nats Ohr. »Shawn fängt dich auf.«

»Und wer fängt Sie auf?«

Grey grinste. Eine gute Frage. »Ich schaffe es. Vertrau mir.« Er nahm Nat bei den Handgelenken, schwang ihn über den Balkon und ließ ihn so weit wie möglich nach unten. Die schlaue Pandora erkannte den Fluchtweg, sprang behände von Greys Rücken auf Nats Schulter und von dort in Shawns Arme. »Verräterin«, knurrte Grey. »Hast du ihn, Shawn?«

»Beinahe. Lass ihn los.«

Nat entfuhr ein Schrei, als er ins Leere fiel, doch kurz bevor er auf der Erde aufschlug, wurde er aufgefangen und von Berkeley und Pandora in Empfang genommen. Shawn bugsierte alle drei vom Gehsteig auf den freien Platz. Er hatte gesehen, wie der Balkon sich schräg neigte. Jetzt hörte er ein Knistern in den Stützbalken.

Shawn wölbte die Hände vor dem Mund und rief zu Grey hinauf: »Springen Sie! Sie müssen springen!«

Berkeley riss den Kopf hoch und Nat drehte sich in ihren Armen nach hinten. »Spring!«, schrie sie gellend. »Lieber Gott, Grey! Spring!«

Grey sprang, als der Balkon unter ihm einstürzte. Er hechtete seitwärts zur Galionsfigur der *Lady Jane Grey,* dem Wahrzeichen des *Phönix*. Er lag an ihren kühlen Busen gepresst und fand Halt in ihrer geschnitzten Haarmähne. Sie hielt ihn schützend zwanzig lange Sekunden, während an Grey Szenen aus seinem Leben vorbeizogen.

Szenen aus seinem *gesamten* Leben.

Dann löste Rhea sich aus ihrer Verankerung und nahm ihn mit sich, als sie stürzte, barg ihn zunächst an ihrem Busen, um ihn schließlich unter sich zu begraben.

KAPITEL 16

August 1851

Das Baby wurde zuerst geholt. Dieser Satz drängte sich in alle anderen Gedanken, die Colin Thorne im Kopf herumschwirrten. *Das Baby wurde zuerst geholt.* Er hatte sich immer vorgestellt, er könne den Satz auf der Zunge schmecken. Eine seltsame Fantasie für einen Mann, dem die Unbilden des Lebens nicht fremd waren. Die Worte hatten sich in seinem Kopf festgesetzt, als er noch ein Kind war, und die damit verbundenen Empfindungen von Verzweiflung, Schmerz und Trauer waren ihm in Erinnerung geblieben. Dennoch war etwas anders geworden, und Colin registrierte die Veränderung verwundert. *Das Baby wurde zuerst geholt.* Der Geschmack, den dieser Satz in seinem Mund hinterließ, war nun nicht mehr so bitter.

Colin hatte keine Ahnung, was ihn erwartete. Als die Kutsche vor dem Hotel *Phönix* anhielt, blieb er sitzen und warf seinem Bruder einen fragenden Blick zu. Diesmal vermochte Decker es nicht, ein sorgloses Lächeln in seine Züge zu zaubern.

Gleichzeitig blickten sie die Backsteinfassade des *Phönix* hinauf, die vom roten Feuerball der sinkenden Sonne in einen rosigen Schein getaucht wurde. Die Fenster wirkten wie von innen beleuchtet. Die Brüder hatten von dem Brand auf dem Portsmouth Square erfahren, sobald sie dem Kutscher das Ziel ihrer Fahrt genannt hatten. Nun suchten sie nach Beweisen und fanden nur eine dunklere Verfärbung an manchen Stellen in der Ziegelmauer.

Decker stieg aus der Kutsche und hob den Blick zur

bemalten Galionsfigur über dem Hoteleingang. Er legte schützend eine Hand über die Augen und blinzelte, um besser sehen zu können. Dort, wo die Galionsfigur im Mauerwerk verankert war, zogen sich breite schwarze Streifen durch ihr Haar, als sei ihre Mähne in ein Tintenfass getaucht worden.

Keiner der Brüder wusste, was er von der Galionsfigur eines Schiffes als Aushängeschild für ein Spielcasino halten sollte.

Beide teilten die Liebe zur Seefahrt, hatten große Achtung vor den Gewalten des Meeres und fanden eigentlich, dass dieser ungewöhnliche Ort für Rhea, der Mutter des Meeresgottes, ein Sakrileg darstellte. Schweigend schritten sie durch die hohen Flügeltüren in das Hotel.

So früh am Nachmittag war nicht viel los im Saal. Manche Tische waren mit Spielern besetzt und an der langen Bar wurden Getränke ausgeschenkt. In die gedämpfte Unterhaltung mischte sich gelegentlich ein Lachen oder ein begeisterter Jubelruf, wenn einem Spieler das Glück hold war. Goldmünzen klimperten, Würfel rollten, Karten wurden gemischt.

Colin und Decker traten an die Rezeption. Sam holte das Gästebuch, legte es den Herren vor und schob Tintenfass und Feder dazu. »Ich kann Ihnen je ein Einzelzimmer im ersten und im zweiten Stock anbieten oder eine Suite im ersten Stock.« Er las die Namen, die Colin aufgeschrieben hatte. »Mr. Pine und Mr. Pine.« Sam kratzte sich nachdenklich am Kinn und beäugte die Gäste. »Brüder?«

»Richtig«, antwortete Decker.

»Na, dann nehmen Sie wohl die Suite.« Sam wollte sich nach dem Schlüsselbrett umdrehen.

Colin legte eine Hand auf Sams sehnigen Unterarm. »Getrennte Zimmer. Verschiedene Stockwerke stören uns nicht.«

Decker lachte. »Ich bin es auch leid, eine Kabine mit dir zu teilen.«

»Sie haben wohl eine lange Reise hinter sich, wie?«, schmunzelte Sam.

»Aus Boston«, sagte Decker. »Mein Bruder war noch länger unterwegs. Er kommt aus London.«

Sam zeigte sich sichtlich beeindruckt. »Der Akzent kam mir gleich komisch vor. Die Herren sollten sich zur Handlesesitzung anmelden, wenn Sie schon im *Phönix* wohnen. Mrs. Janeway kann vorhersagen, woher jemand kommt. London wird sicher eine harte Nuss für sie zu knacken sein.«

»Mrs. Janeway?«, fragte Colin.

»Hmmm.« Sam klappte das Buch zu und nahm es wieder an sich. »In letzter Zeit leitet sie das Hotel mehr oder weniger allein. Sie ist eine sehr tüchtige Frau.« Er warf einen Blick zur Treppe und zog seine Taschenuhr. »Bald wird sie runterkommen, um die Gäste zu begrüßen. Sie müssen sie unbedingt kennen lernen. Seit sie das Baby hat, bleibt sie nicht lange.«

Colin zog eine dunkle Braue hoch und sah seinen Bruder an.

»Ich habe dir die Korrespondenz gezeigt. Von Janeway war nie die Rede«, sagte Decker, der den Argwohn seines Bruders teilte. Es schien denkbar, dass Berkeley Shaw sich als Handleserin betätigte. Ein Hoffnungsfunke keimte in ihm auf. Vielleicht waren sie ihrem Ziel näher gekommen. Decker lehnte die Arme auf die Empfangstheke und wandte sich an Sam. »Ich würde gern einen Blick ins Gästebuch werfen. Darf ich?«

»Suchen Sie jemand?« Sam schob ihm das Buch wieder hin.

Decker zuckte die Achseln und überflog die Eintragungen, blätterte um und überflog die Namen auf der nächsten Seite. »Nichts«, sagte er, als er beim ersten Eintrag angelangt war. »Leider nichts.«

Colin nahm seinen Bruder am Arm und zog ihn einen Schritt zurück. »Vielleicht läuft er uns über den Weg.« Dann wandte er sich wieder an Sam. »Was geschieht mit unserem Gepäck?«

»Wird sofort erledigt.« In diesem Augenblick kam Nat aus der Küche. Sein schuldbewusstes Gesicht und seine vollen Backen ließen keinen Zweifel daran, dass er von Annies frisch gebackenem Kuchen genascht hatte. Er wollte sich verdrücken, als Sam ihn zu sich rief. »Nat bringt Ihre Taschen nach oben. Haben Sie eine Mietdroschke vom Hafen genommen?«

Decker nickte. »Der Kutscher lädt das Gepäck ab.« Nat schluckte hastig hinunter und rannte nach draußen.

»Nat zeigt Ihnen die Zimmer«, meinte Sam. »Ich rufe jemand, der die schweren Gepäckstücke raufträgt. Nat ist sehr hilfsbereit und würde am liebsten alles allein raufschleppen. Ein Janeway durch und durch.«

»Ein Janeway?«, fragte Colin. »Aber wie kann das sein?«

»Seine Mutter«, fiel Sam ihm ins Wort. »Das wollten Sie fragen, wie?«

Colin nickte und tauschte wieder einen fragenden Blick mit seinem Bruder. Decker gab mit einem ratlosen Achselzucken zu verstehen, dass auch er nichts begriff. Berkeley Shaw konnte unmöglich einen so großen Sohn haben. Es war wohl ein Irrtum anzunehmen, die Shaws hätten den Namen Janeway angenommen. »Der Kutscher sagte uns, dass es vor ein paar Monaten hier gebrannt hat.« Er blickte sich verwundert im Saal um. »Kaum zu glauben.«

»Nicht wahr?«, entgegnete Sam voller Stolz. »Seit ich hier bin, hat es elf Mal gebrannt. Vier Großfeuer zerstörten fast die ganze Stadt, und vier Wochen später war nichts mehr davon zu sehen. Das ist San Francisco. Das Feuer vom Portsmouth Square war der letzte

Brand. Wer den nicht erlebt hat, könnte denken, er sei nicht schlimm gewesen. In dieser Nacht war die halbe Stadt auf den Beinen, um den Brand zu bekämpfen. Das Feuer hat die beiden oberen Stockwerke des Hotels zerstört. Hier unten im Saal hatten wir nur Wasserschaden. Doch oben musste alles renoviert und neu eingerichtet werden.«

»Wurden Möbel mit der Remington-Schifffahrtslinie geliefert?«

»Hauptsächlich. Mit dieser Linie arbeiten wir sehr eng zusammen.« Sam hatte eine Idee. »Sie kommen aus Boston, sagen Sie? Vielleicht kennen Sie Remington Shipping.«

Decker lächelte verbindlich. »Flüchtig«, antwortete er bescheiden.

Colin warf seinem Bruder einen schmunzelnden Blick zu. »Jonna würde jetzt sagen: die treffende Bezeichnung für dein Interesse an den Geschäften.«

Decker lachte, ohne wegen Colins spitzer Bemerkung gekränkt zu sein. »Genau das würde sie sagen. Ach, sie fehlt mir sehr.«

Colin wandte sich wieder an Sam. »Hat das Feuer nur das Hotel beschädigt?«

»Aber nein. Zwei Häuser auf der anderen Seite des Platzes brannten nieder.«

»Auf der anderen Seite? Wie kann das Feuer aus einer solchen Entfernung überspringen?«

»Es gab zwei Brandherde in dieser Nacht. Das erste Feuer war nur ein Ablenkungsmanöver. Aber das hat der Kutscher Ihnen sicher erzählt. Die Leute reden heute noch von dieser schrecklichen Nacht.« Er wandte sich zum Eingang, wo die Flügeltüren aufgestoßen wurden. »Da kommt Nat mit Ihrem Gepäck. Er kann Ihnen einiges erzählen. Er hat damals mehr gesehen als die meisten von uns.« Sam grinste den Jungen an. »Hab ich Recht, Nat?«

»Wovon reden Sie, Sam?«

»Vom Feuer auf dem Platz. Die Herren haben danach gefragt.«

Nat musterte Colin und Decker. Feine Pinkel, dachte er. Wahrscheinlich hatte jeder eine Pistole im Ärmel und ein Spitzentuch in der Westentasche. »Hier lang«, sagte er und ging mit dem Gepäck zur Treppe. »Ihre Zimmer werden Ihnen gefallen. In ganz San Francisco gibt es kein schöneres Hotel als das *Phönix*. Sie werden sehen.«

Sam grinste, als Nat die Treppe hinaufstiefelte, und rief ihm die Zimmernummern hinterher.

Nat drehte sich zu den neuen Gästen um. »Sie scheinen eine Weile bleiben zu wollen. Der Kutscher ist immer noch nicht fertig mit dem Ausladen Ihrer Koffer.«

Decker lachte. »Das meiste gehört Seiner Hoheit hier.«

»Seine Hoheit?« Nat blinzelte Colin an. »Sind Sie so was wie ein adeliger Herr?«

»Ich fürchte, ja.«

Nat zog die Nase kraus. Oben im Flur ging er rückwärts, um die Neuankömmlinge besser sehen zu können. »Und Sie, sind Sie auch ein Lord oder so was?«, fragte er Decker.

»Gott bewahre«, antwortete Decker heiter, ohne auf Colins strafenden Blick zu achten.

Als Nat plötzlich stehen blieb, überrannte Colin ihn beinahe. »Soll ich dir helfen?«

»Nein, Sir ... ähm, Mylord. Aber das ist Ihr Zimmer. Wissen Sie schon, wer welches Zimmer nimmt?«

Decker holte eine Münze aus der Tasche. »Kopf oder Zahl?«

»Lass den Quatsch.«

Decker lachte und warf die Münze in die Luft, fing sie auf und breitete die leeren Hände aus.

Nat blieb der Mund offen stehen, er ließ alle vier Taschen fallen. »Wo ist die Münze?«

Decker zuckte mit Unschuldsmiene die Schultern.

Colin verdrehte die Augen, öffnete die Tür zu Deckers Zimmer und warf seine Tasche hinein. »Sieh mal in deiner Jacke nach«, riet er Nat. »Vielleicht hat er sie darin verschwinden lassen.«

Nat kramte in seinen Jackentaschen und holte die Münze hervor. »Das will ich auch lernen«, sagte er andächtig. »Unbedingt.«

»Vielleicht«, meinte Decker. »Vorher will ich aber etwas über den Brand hören. Der Mann unten am Empfang meinte, du kannst uns davon erzählen.« Er nahm eine von Colins Taschen hoch. »Zeig uns das andere Zimmer.«

Als Nat zögerte, fügte Colin hinzu: »Ich würde mich nicht wundern, wenn du dann noch ein paar Münzen in deiner Tasche findest.«

Eifrig bückte Nat sich nach den beiden Gepäckstücken und ging zur Treppe. »Hier lang, Mylord. Sie auch, Sir.«

Colins Zimmer lag nach vorne zum Platz hinaus. Nach der engen Schiffskabine wirkte es sehr geräumig. Es war völlig neu eingerichtet. Colin streckte sich auf dem Bett aus, während Decker einen Stuhl unter dem kleinen Schreibtisch hervorzog und sich setzte. Nat nahm mit dem Hocker vorlieb.

»Was wollen Sie wissen?«, fragte der Junge. »Die meisten Gäste wollen nichts von Erdbeben und Feuersbrünsten hören. Das macht ihnen Angst. Mir ging es anfangs auch so. Aber man gewöhnt sich daran.«

»Scheint so«, meinte Colin. »Wie war das mit dem letzten Feuer? Unser Kutscher hat es als Portsmouth-Square-Feuer bezeichnet. Ich hatte den Eindruck, daran war kein Erdbeben schuld.«

»Nein«, antwortete Nat finster. »Die Ducks.« Er

schaute in die verdutzten Gesichter. »Die Sydney Ducks. Ich weiß nicht, wieso man sie so nennt. Das sind Leute, die in einem Stadtviertel wohnen, das Sydney Town heißt. Und wenn ich es mir so recht überlege, reden Sie fast wie die Ducks.« Nat wurde plötzlich unsicher, fürchtete, wieder mal in eine Falle getappt zu sein, und wollte aufstehen.

»Bleib ruhig sitzen«, sagte Decker. »Wir sind keine Ducks.« Er wandte den Blick zu Colin. »Ich nehme an, er spricht von frei gelassenen Sträflingen aus der Britischen Strafkolonie in Australien. Van Diemans Land.«

»Ja, das denke ich auch«, bestätigte Colin und dachte daran, wie knapp sein Bruder der Verbannung nach Van Diemans Land entronnen war. »Erzähl von dem Feuer«, ermunterte er den Jungen. »Es hat wohl zwei Brände in jener Nacht gegeben.«

Nat war unschlüssig, ob er über den Brand reden durfte, und beobachtete, wie Decker eine Münze aus der Tasche zog und sie geschickt zwischen den Fingern hin und her wandern ließ. Den Trick wollte er auch lernen. »Ja, es hat zwei Feuer gegeben«, fing er an. »Die Ducks hatten das erste Feuer in Petermans Eisenwarenhandlung gelegt. Obwohl niemand wusste, dass die Ducks es waren, haben alle den Verdacht gehabt. Die Gäste unseres Hotels standen schon auf dem Platz, bevor die ersten Flammen bei Peterman aus dem Dach schlugen, weil Mrs. Janeway eine ihrer Vorahnungen hatte, dass ein Unheil geschieht. Auch aus den anderen Spielhallen kamen Leute angelaufen. Ich war genauso neugierig wie alle anderen, aber ich habe nicht viel gesehen, weil ich Pandora gesucht habe.«

»Pandora?«, fragte Decker. »Lass mich raten. Deine Schlange.«

»Als würde ich Schlangen mögen«, entgegnete Nat verächtlich. »Pandora ist meine Katze. Nicht nur meine, obwohl sie meist bei mir schläft. Deshalb bin ich auch für sie verantwortlich. Sie war in meinem Zimmer, als ich geweckt wurde, aber ich konnte sie nicht finden. Sie hatte sich versteckt und Mrs. Janeway ließ mir keine Zeit, sie zu suchen. Ich dachte, sie wäre ins Freie gelaufen, und suchte sie. Nach der Explosion bei Peterman achtete niemand mehr auf mich. Alle waren damit beschäftigt, das Feuer zu löschen. Ich habe weiter nach Pandora gesucht, und deshalb habe ich auch die zwei Ducks entdeckt, die im *Phönix* herumschlichen. Ich konnte Mrs. Janeway nichts davon sagen, weil sie auf eigene Faust etwas unternommen hätte, das durfte sie aber nicht, weil sie …« Nat verschränkte die Hände und beschrieb damit einen weiten Bogen um seinen Bauch, um Berkeleys Zustand zu beschreiben.

»Weil sie ein Kind erwartete?«, fragte Colin.

Nat nickte. »Genau. Deshalb bin ich ihnen nachgeschlichen, um zu sehen, was die Kerle im Schilde führten. Es ist mir doch gar nichts anderes übrig geblieben.« Er legte eine Pause ein, hoffte auf Zustimmung seiner Zuhörer, zumal ihn hinterher jeder ausgeschimpft hatte, leichtsinnig und dumm gewesen zu sein. Die Männer enthielten sich eines Kommentars. »Als ich in den großen Saal kam, waren die beiden schon oben im ersten Stock. Das wusste ich aber nicht. Ich habe erst in der Küche gesucht und in der Vorratskammer. Als ich nach oben kam, waren sie in den Zimmern von Mr. und Mrs. Janeway. Jolly, so hat der eine Duck den anderen genannt, war gerade dabei, den Teppich im Wohnzimmer anzuzünden. Ich wäre losgelaufen, um Hilfe zu holen, aber da habe ich Pandora entdeckt. Ich wollte sie fangen und weglaufen. Die Kerle haben nicht in meine Richtung geschaut. Aber plötzlich lief Pandora durchs Zimmer, weil sie das Feuer sah. Die Ducks haben sich umgedreht und mich gesehen.« Nat zog die Schultern hoch in Erinnerung an die Angst, die ihn damals gepackt hatte. »Bobby, so hieß der andere Kerl, hat mich am Kragen genommen und mich durchs Zimmer geschleudert. Es dauerte nur ein paar Sekunden, bis der Teppich lichterloh brannte. Ich konnte nicht mehr zur Tür.«

Colins dunkle Augen verengten sich. »Die Kerle entkamen, aber du nicht.«

Nat nickte und wies zum Fenster. »Das Zimmer geht nach vorne raus wie das hier und hat einen Balkon. Ich bin auf den Balkon gerannt. Mrs. Janeway hat das Feuer und Pandora und mich gesehen und hat Hilfe geholt. Ich habe mich an Rhea gehängt. Haben Sie Rhea gesehen?«

»Die Galionsfigur?«, fragte Decker. »Ja, die haben wir gesehen.«

»Ich habe mich mit Pandora an ihr festgeklammert, bis Mr. Janeway heraufgeklettert ist.« Nat zuckte mit den Schultern. »Und das war's. Das hat Sam gemeint, als er sagte, ich habe mehr gesehen als alle anderen.« Er wollte wieder aufstehen. Deckers blaue Augen hielten ihn auf seinem Hocker fest. Nat umfing seine Knie. »Jetzt will ich ein paar Zaubertricks lernen.«

Ein heiteres Lächeln umspielte Deckers Lippen. »Das kann ich mir vorstellen. Aber du hast uns noch nicht die ganze Geschichte erzählt. Wie wurde der Brand schließlich gelöscht?«

»Die Leute sagen, es ist ein Wunder geschehen. Mrs. Janeway hat gebetet, dass ein Wunder geschieht, aber sie sagt, sie hat nicht gewusst, dass es geschehen würde. Der Nordostwind, der den Brand erst richtig angefacht hat, hat schließlich auch den Regen gebracht. Es goss wie aus Kübeln und alle Leute auf dem Platz wurden nass bis auf die Haut. Und nach einer halben Stunde war das Feuer gelöscht. Wenn es nicht geregnet hätte, wäre die ganze Stadt in Flammen aufgegangen.«

»Sieht so aus, als sei das die Absicht der Ducks gewesen«, meinte Colin.

»Genau so war es«, versicherte Nat. »Sie haben sich den Zeitpunkt genau überlegt. Der Wind von Nordosten verbreitet ein Feuer über die ganze Stadt, verschont aber Sydney Town. Das haben die Kerle gewusst. Aber mit dem Regen haben sie nicht gerechnet. Damit hat niemand gerechnet, nicht einmal Mrs. Janeway. Jolly und Bobby Burns haben sich durch die Hintertür aus dem Haus geschlichen und sind zurück nach Sydney Town gelaufen. Aber dort wurden sie von Sam Brannans Schutztruppe abgefangen. Die Ducks hatten keine Ahnung, dass ich lebend aus dem Feuer entkommen bin und mit dem Finger auf sie zeigen konnte.«

Colin begriff, welchen Mut der Junge bewiesen hatte. »Das war sehr mutig von dir.«

Nat verzog den Mund zu einem schüchternen Lächeln. »Das sagen alle.« Und dann hob er den Kopf. »Aber eins kapiere ich nicht. Wieso bin ich mutig, wenn ich mit dem Finger auf die beiden Verbrecher zeige, damit sie gehängt werden können, wenn es dumm von mir war, ihnen vorher nachzuschleichen?«

»Das ist eine schwierig zu beantwortende Frage«, sagte Decker mitfühlend. Er warf die Münze, mit der er gespielt hatte, in Nats Richtung. »Dummheit und Mut. Vielleicht sind das zwei Seiten einer Münze.«

Nat hatte die Münze aufgefangen und schaute sie nachdenklich an. Kopf. Er drehte sie langsam um. Wieder Kopf. Er sah Decker mit tiefer Bewunderung an.

Decker grinste. »Darüber lohnt es sich nachzudenken, wie?«

Colin seufzte. »Du verdirbst den Jungen.«

»Aber nein, Mylord«, entgegnete Nat ernsthaft. »Ich bin schon lange verdorben. Sam sagt, es ist nicht seine verdammte Schuld, aber Mrs. Janeway sagt, sie ist sich da nicht so sicher.«

Decker lachte aus vollem Hals. Colin lächelte säuerlich. »Man hat uns gesagt, du bist ein Janeway.«

»O ja, der bin ich«, antwortete Nat stolz, sprang auf die Füße und steckte Deckers Münze in die Tasche. »Jetzt muss ich aber los. Sam wird sich wundern, wo ich so lange bleibe. Aber später müssen Sie mir ein paar Zaubertricks zeigen.« Und ohne auf Deckers Antwort oder Colins Widerspruch zu warten, rannte Nat aus dem Zimmer.

Colin lehnte sich ans Kopfende des Bettes. »Was hältst du von alldem, Bruderherz?«

»Eine weitere Rätselfrage.«

Colin zog das Kissen hinter seinem Rücken hervor und warf es Decker an den Kopf.

Als die Brüder später am Abend die Treppe herunter kamen, war der Saal ziemlich voll. Sie wussten nicht, was sie am Ziel ihrer langen Reise erwartete – die sie wegen eines einzigen Briefes, den Decker vor Monaten erhalten hatte, angetreten hatten. Der Verfasser der knappen Zeilen hatte sich nicht zu erkennen gegeben und nicht unterschrieben. Auch Berkeley Shaw hatte er mit keinem Wort erwähnt. Eines ging allerdings klar aus dem knappen Wortlaut hervor: Der Mann war auf der Hut. Wenn Decker oder Colin Thorne Informationen über den Ohrring wünschten, hatte er geschrieben, so sollten einer oder beide nach San Francisco kommen und im Hotel *Phönix* absteigen. Vielleicht könnte er den Herren weiterhelfen.

Es war weniger der Inhalt der knappen Botschaft, der Decker interessierte, als die Handschrift selbst. Er hatte Graham Denisons Schrift nur einmal gesehen: nämlich seine Unterschrift im Logbuch, als er an Bord der *Siren* ging. Das genügte, um Deckers Hoffnungen zu wecken.

Er wartete auf Colin, wollte die letzte Etappe einer

langen Reise deshalb nicht ohne seinen Bruder unternehmen.

Wie immer das Ergebnis dieser Suche ausfallen mochte, die Brüder waren sich darin einig, dass sie hier endete.

Colin und Decker entdeckten sie im gleichen Augenblick, nachdem ihre Blicke zunächst von einem Kreis Männer angezogen wurden, die verstummten und sich höflich verneigten. Sie sah aus wie ein kostbarer Diamant auf einem schwarzen Samtkissen. Den meisten Goldschürfern und Spielern reichte sie nur bis zur Schulter und war dennoch eine faszinierende Erscheinung, mit ihrem weizenblonden Haar, dem makellosen, alabasterfarbenen Teint, der im Schein unzähliger Kerzen schimmerte. Der entrückte Glanz ihrer smaragdgrünen Augen und ihr feenhaftes, geradezu überirdisches Lächeln zogen alle Welt in ihren Bann.

Diese Frau war ein Ereignis.

Berkeleys Augen wanderten langsam zur Treppe. Für die Dauer einiger Herzschläge konnte sie nicht denken, nicht fühlen, keinen Schritt tun. Ihr Gesichtsfeld wurde von schwarzen Nebelschwaden eingeengt; sie fürchtete, in Ohnmacht zu sinken. Doch dann begann ihr Herz wieder zu schlagen, sie atmete ruhig und gleichmäßig, als sei nichts geschehen.

Und dennoch war unendlich viel geschehen. Sie waren beide gekommen, sie waren hier in diesem Hotel unter den Gästen und sie kamen auf sie zu.

»Mrs. Shaw«, grüßte Colin höflich. Die Brüder waren an sie herangetreten, da Berkeley, zu keinem Schritt fähig, den Blick nicht abwenden konnte. Ihre Faszination war den Herren in ihrer Nähe nicht entgangen, die unschlüssig überlegten, ob sie sich schützend vor sie stellen oder den Fremden Platz machen sollten. Schließlich entschied man sich, diskret Platz zu machen.

Berkeley streckte ihre schmale Hand aus. »Mittlerweile Mrs. Janeway«, antwortete sie liebenswürdig.

Colin hob ihre Hand an die Lippen und sah ihr fragend in die Augen. »Mrs. Janeway«, wiederholte er gedehnt. »Erinnern Sie sich an meinen Bruder?«

»Selbstverständlich.« Als Colin ihre Hand losließ, begrüßte sie Decker. »Captain Thorne.«

»Mrs. Janeway.« Auch er gab ihr einen galanten Handkuss. »Seit unserer Ankunft hören wir Loblieder auf Sie singen. Und Sie ahnen nicht, wie groß unser Wunsch ist, die Frau mit der Gabe, Unheil vorherzusehen, kennen zu lernen.«

Berkeleys Lächeln erstarrte. »Ich vermute, Sie wünschen eine Erklärung.«

»O ja. Sagen Sie, gibt es auch einen Mr. Janeway?«

»Ich schlage vor, wir gehen nach oben.« Berkeley lächelte in die Runde ihrer Bewunderer. »Ich fürchte, meine Herren, ich muss mich für heute verabschieden«, entschuldigte sie sich, erntete enttäuschtes Murmeln der Umstehenden und wandte sich zum Gehen. »Bitte.«

Man machte ihr respektvoll Platz und Colin und Decker folgten der Dame des Hauses. Was hatte der Mann an der Rezeption vorhin gesagt? *In letzter Zeit führt sie das Hotel mehr oder weniger allein. Sie ist eine sehr tüchtige Frau.* Die Brüder tauschten hinter ihrem Rücken bedeutsame Blicke. Mit dem Geld der Thornes als Startkapital schienen Berkeley und Anderson Shawn es ziemlich weit gebracht zu haben.

Berkeley stieg die Treppen hinauf, sich der Blicke der Brüder im Rücken wohl bewusst, deren Unmut sie verstehen konnte. Eine völlig natürliche Reaktion, da sie keine Zusammenhänge begriffen. Sie behielt ihr Lächeln bei, um bei den Gästen keinen Verdacht zu erwecken.

Oben im Flur wartete Berkeley und ließ die Herren

links und rechts neben sie treten. »Ich war völlig überrascht, Sie zu sehen. Niemand hat mir Ihre Ankunft mitgeteilt. Wohnen Sie im *Phönix*?«

»Ja, als Mr. Pine und Mr. Pine«, antwortete Decker.

Sie nickte. »Jetzt verstehe ich. Dann sind Sie also der Herr, dessen Fingerfertigkeit auf Nat so großen Eindruck gemacht hat. Er war völlig aufgeregt und versuchte mir erklären, was Sie ihm beigebracht haben, dass ich vergaß, ihn nach Einzelheiten zu fragen.« Berkeley sah Decker von der Seite an. »Warum so spät? Mein Mann hat Ihnen vor über einem halben Jahr geschrieben, Captain Thorne. Ich hätte Sie früher erwartet.«

Decker verlangsamte seine Schritte. »Ihr Mann hat mir geschrieben?«

Berkeley zog die Brauen hoch. »Ja, natürlich. Wer sonst?«

»Sind Sie sicher, wir sprechen vom selben Brief?«, fragte er.

Die drei waren vor der Suite angekommen. »Ich denke ja. Ich habe ihn zwar nicht gelesen, aber er hat mir davon erzählt. Die Nachricht war wohl zu knapp und verschlüsselt. War das der Grund für Ihr Zögern? Weil Sie nicht wussten, was Sie davon halten sollten?«

Colin drehte den Knauf und stieß die Tür auf. »Ja, so könnte man es nennen«, antwortete er und ließ Berkeley den Vortritt. »Nach Ihnen, Mrs. Shaw.«

Sie zögerte. Er hatte ihren früheren Namen mit voller Absicht ausgesprochen. Waren die Brüder irgendwie mit Anderson in Kontakt getreten? Sie hatte nicht bedacht, dass die Thornes gekommen waren, um ihr Schwierigkeiten zu machen. »Janeway«, verbesserte sie ihn höflich.

»Ja«, erwiderte Colin knapp. »Das habe ich nicht vergessen.«

Berkeley erschrak über seinen verhaltenen Zorn.

Schade, dass dieser hochfahrende Aristokrat nicht in Begleitung seiner Frau angereist war, die besänftigend auf ihn eingewirkt hätte. Berkeley nahm sich fest vor, die Geduld nicht zu verlieren, bat die Besucher einzutreten und wies auf das cremefarbene Brokatsofa und die Lehnsessel. »Bitte, nehmen Sie Platz. Was darf ich den Herren anbieten? Scotch oder Bourbon?« Sie war an die Anrichte getreten und wies auf die Kristallkaraffen. »Ich kann auch Tee kommen lassen, falls ...«

»Setzen Sie sich«, unterbrach Colin sie.

Berkeley sank wie ein Stein auf den Schaukelstuhl hinter ihr, der einmal hin und her wippte und dann still stand. Ihr war, als sei alles Blut aus ihren Adern gewichen und habe sich in ihren Füßen gesammelt, die sie wie Bleigewichte festhielten, obgleich sie liebend gern geflohen wäre. Wieso behandelten diese Männer sie wie eine Verbrecherin?

Colin mahnte sich zur Geduld und fuhr sich mit der Hand durchs Haar. Eine brünette Locke fiel ihm umgehend wieder in die Stirn und diesmal ließ er es sein. Nun, da die Frau stumm vor ihm saß, wusste er nicht, wo er beginnen sollte. Natürlich war es an ihr, Erklärungen abzugeben, doch Colin wusste nicht, ob er ihre Lügengeschichten überhaupt hören wollte. Er fluchte in sich hinein, als sie ihn in stummer Herausforderung ansah. Seufzend wandte er sich an seinen Bruder. »Sag du etwas.«

Decker verzog die Mundwinkel. Er hatte sich im Salon umgesehen und Ausschau nach Spuren des Brandes gehalten und nahm gar nicht wahr, dass sein Bruder ihn ansprach. Er wies mit dem Arm zum Balkon. »Hat Nat sich auf diesen Balkon geflüchtet?«

»Sprechen Sie von dem Brand?«, fragte Berkeley verdutzt.

»Ja. Ihr Sohn hat uns erzählt, was vor ein paar Monaten passiert ist.«

Es störte sie nicht im Geringsten, wie er von Nat redete. »Ja, er ist auf den Balkon gelaufen«, antwortete sie, und nach einer Weile, da die Brüder mehr von ihr zu erwarten schienen, fügte sie hinzu: »Sie wissen, dass Nat nicht mein leiblicher Sohn ist.«

»Nun, Colin und ich sind zu dieser Schlussfolgerung gekommen, da wir Sie ja in Boston kennen gelernt haben. Andererseits fragen wir uns, wieso Sie sich der Mühe unterzogen haben, den Jungen aufzunehmen. Es hätte doch gewiss einfachere Wege für Sie und Ihren Ehemann gegeben, sich vor uns zu verstecken. Müssen Sie ausgerechnet als Familie mit Kindern auftreten?«

Berkeleys Augen wurden groß. »Wir haben Nat aufgenommen, weil wir ihn lieben, nicht weil wir es nötig haben, etwas zu verbergen. Ich muss sagen, Captain Thorne, Sie und Ihr Bruder sind die Letzten, von denen ich diese feindselige Haltung erwartet hätte. Wo wären Sie heute, wenn sich in Ihrer Kindheit niemand Ihrer angenommen hätte?«

»Tot«, antwortete Colin ohne Umschweife. »Wir wären beide in Cunningtons Waisenhaus gestorben.«

Decker widersprach seinem Bruder nicht. »Verzeihen Sie, Mrs. Janeway, aber Ihr Ehemann machte auf mich nicht den Eindruck eines sonderlich mitfühlenden Menschen.«

»Wie können Sie so etwas sagen?«, entrüstete sie sich. »Sie waren es doch, der mir von seinen …« Berkeley hielt inne, den Kopf seitlich geneigt. Aus dem Schlafzimmer hörte sie ein vertrautes Geräusch und reagierte sogleich darauf. Ihre Brüste unter dem saphirblauen Abendkleid schwollen, sie spürte, wie ein paar Tropfen Milch austraten und das Batisthemd unter ihrem Korsett feucht wurde. Sie sprang auf die Füße. »Entschuldigen Sie mich. Ich höre Rheas hungriges Krähen. Ich muss meine Tochter stillen.«

Sie rauschte an den Besuchern vorbei und verschwand in der Bibliothek.

Decker wechselte einen Blick mit Colin. »Rhea? Hat sie gesagt, ihre Tochter heißt Rhea?«

»Das hat sie gesagt.«

»Hörst *du* ein Baby schreien?«

»Nein, aber Mercedes behauptet, ich hätte nie gehört, wenn eines unserer Babys schrie. Sie aber hätte das Baby gehört, wenn es in einem anderen Land geschrien hätte.«

Decker schüttelte den Kopf. »Ich höre kein Baby schreien. Und wer nennt sein Kind nach Neptuns Mutter?« Er stand auf und steuerte die Tür des angrenzenden Zimmers an. »Sie ist flink, Colin. Ich könnte mir vorstellen, es gibt einen zweiten Ausgang.«

Colin folgte seinem Bruder auf den Fersen. Sie durchquerten die Bibliothek. Decker riss die nächste Tür auf und stand auf der Schwelle des Schlafzimmers. Wie erwartet, waren weder Berkeley noch ihr Baby zu sehen.

Aber das Zimmer war nicht leer.

Grey Janeway drehte langsam den Kopf zur Tür und zog eine Augenbraue hoch. Deckers entgeisterter Gesichtsausdruck entlockte ihm ein schiefes Lächeln. »Hallo, Captain Thorne«, meinte er seelenruhig. Und mit einem Blick über Deckers Schulter, wo sein Bruder den Hals reckte, fügte er hinzu: »Und der Graf von Rosefield. Willkommen, meine Herren.«

Die Brüder blieben wie angewurzelt auf der Schwelle stehen, Marmorstatuen gleich, von der Tür eingerahmt, und konnten nicht fassen, was sie sahen.

Grey schob sich höher und lehnte den Rücken gegen den Kopfteil des Bettes. Unter der Baumwolldecke waren die Umrisse der Schiene sichtbar, die sein linkes Bein vom Knie bis zum Knöchel stabilisierte. Er zog das rechte Bein an und legte den Unterarm lässig auf die Kniescheibe. »Verzeihen Sie, dass ich zu Ihrer Begrüßung sitzen bleibe. Diese Verletzung ist eine verdammt unbequeme Angelegenheit. Aber mit Krücken komme ich mittlerweile ganz gut zurecht. Der Arzt meint, in zwei Wochen bin ich die Schiene los, und dann muss ich wieder gehen lernen. Würde mich nicht wundern, wenn Rhea bald schneller läuft als ich.«

Hinter der geschlossenen Tür zum Ankleidezimmer wurden Babygeschrei und gurrende Trostworte der Mutter laut, bis das Kleine sich wieder beruhigt hatte. »Berkeley und Rhea«, meinte Grey, als er sah, wie Colin und Decker verdutzt auf die Tür starrten. »Haben Sie gedacht, sie habe sich aus dem Staub gemacht?«

Decker hatte seine Stimme nicht wieder gefunden und Colin Thorne interessierte sich im Moment nicht für Mutter und Kind. Auch er hatte sich noch nicht so weit gefasst, um das Offensichtliche auszusprechen. »Sie sind nicht Anderson Shaw.«

»Nein.« Greys Grinsen wurde breiter. »Der bin ich nicht.« Er sah, wie Colins Miene sich merklich aufhellte. »Mein Freund ist anscheinend nicht in der Lage, uns einander vorzustellen.« Grey hielt ihm die Hand entgegen. »Graham Denison«, sagte er. »Aber hier nenne ich mich Grey Janeway. So heiße ich seit sechs Jahren.«

Colin drängte sich an seinem Bruder vorbei und ergriff Greys Hand. Der Händedruck war fest, selbstbewusst und seltsam vertraut. »Ihre Frau hat uns nichts gesagt.«

»Hat sie nicht? Seltsam. Nun ja, ich weiß auch nicht, was eigentlich los ist. Sie marschierte durchs Zimmer, um Rhea zu stillen, und sagte nur, Sie und Decker seien endlich angekommen. Und dass Sie beide weder Verstand noch Manieren hätten. Daraus habe ich geschlossen, dass irgendwie etwas schief gelaufen ist.«

»Das ist eine grobe Untertreibung«, rief Berkeley aus dem Nebenzimmer herüber. »Sie beschuldigen uns,

Nat aufgenommen zu haben, weil wir uns hinter ihm verstecken wollen, und sie bestehen darauf, mich Mrs. Shaw zu nennen. Erkläre ihnen bitte, wem wir den Ohrring gegeben haben, bevor sie uns beschuldigen, ihn gestohlen zu haben. Dieses Wiedersehen habe ich mir weiß Gott anders vorgestellt!« Rhea krähte laut protestierend, als sie die Brust verlor. »Hier, mein Liebling … Mami hat nicht aufgepasst. Tut mir Leid. Es ist nicht deine Schuld.«

Grey wies grinsend auf Colin und Decker. »Damit will sie sagen, es ist eure Schuld.«

Decker fand endlich die Fassung wieder, setzte sich in Bewegung und trat ans Bett. »Was, zum Teufel, geht hier vor, Graham? Hast du die Zeilen geschrieben oder nicht?«

»Grey. Nicht Graham«, verbesserte er. »Daran musst du dich gewöhnen. Hier weiß niemand außer Berkeley, dass ich mal anders geheißen habe. Mein früherer Name sollte besser vergessen sein.«

»Barmherziger Herr im Himmel«, sagte Decker gedehnt, der sonst nicht so leicht aus der Fassung zu bringen war und sich seine Gefühlsaufwallungen höchst selten anmerken ließ. Diesmal war alles anders. Dieses Wiedersehen war von ungeahnter Bedeutung. »Ich kann mir einfach keinen Reim auf das alles machen.«

Grey lachte in sich hinein, zog die Nachttischschublade auf und holte eine der Münzen heraus, die Decker dem kleinen Nat gegeben hatte. »Was ist das, Kopf und Kopf?« Er hielt das Goldstück hoch. »Ich hatte sofort den Verdacht, dass du hier bist, als Nat mir das zeigte.«

»Sprichst du von der Münze?«, rief Berkeley herüber. »Wieso hast du mir das nicht gleich gesagt? Dann hätte ich mich nicht wie eine dumme Gans benommen, wenn ich auf ihren Besuch gefasst gewesen wäre.«

Es war Colin, der antwortete. »Es gibt keinen Grund,

sich zu entschuldigen, Mrs. Janeway. Sie haben völlig Recht, Decker und ich haben nicht einen Funken Verstand.«

»Und keine Manieren«, fügte Decker hinzu.

Als Berkeley stumm blieb, lachte Grey. »Sie schämt sich.« Er wies auf die Sessel vor dem Kamin. »Setzt euch zu mir. Hat Berkeley euch etwas zu trinken angeboten? Ich fürchte, ihr müsst euch selbst bedienen.«

»Bring du die Sessel, Colin«, sagte Decker. »Ich brauche dringend einen ordentlichen Schluck.« Er verschwand im Nebenzimmer und kam kurz darauf mit der Kristallkaraffe und drei Gläsern wieder, stellte die Gläser ab und goss in jedes Glas drei Fingerbreit der öligen, goldbraunen Flüssigkeit.

Dann nahm er auf dem Sessel Platz, den Colin ans Bett gerückt hatte, und betrachtete Graham, der sich nun Grey nannte. Er hatte sich in den vergangenen sechs Jahren nicht sehr verändert, sein Gesicht war nicht älter, nur reifer geworden. Die Linien um seine Mundwinkel vertieften sich, wenn er grinste, und seine schiefergrauen Augen wirkten weniger hart als früher. Entschlossenheit und Zielstrebigkeit lagen immer noch in seinen Gesichtszügen und dennoch hatte sich ihr Ausdruck verändert. Grey hatte früher weder zufrieden noch glücklich gewirkt. Jetzt strahlte er beides aus. Er hatte Bitterkeit gegen Zufriedenheit getauscht. Graham Denison war in seinen neuen Namen hineingewachsen.

Decker rollte das Glas zwischen den Händen und wärmte den Inhalt. »Du bist also mittlerweile verheiratet.«

»Berkeley trägt meinen Namen«, antwortete Grey vorsichtig. »Wir haben ein Kind zusammen. Und natürlich Nat.«

»Was ist aus Anderson geworden?«

»Willst du das wirklich wissen? Wir haben uns seit

sechs Jahren nicht gesehen, und du erkundigst dich nach Anderson Shaw?«

Decker lachte trocken und gab vor, nicht zu bemerken, dass Grey ihm etwas verschwieg. Kopfschüttelnd betrachtete er Grey und maß ihn von Kopf bis Fuß. »Mein Gott«, sagte er leise. »Ich kann es noch gar nicht fassen, dass wir dich gefunden haben.«

»Berkeley hat mich gefunden.«

»Ja, das hat sie. Erzähl doch bitte. Ich will alles hören, was mit dir geschah, seit du die *Siren* verlassen hast.«

»Das ist eine lange Geschichte.«

Colin warf einen bedeutsamen Blick auf Greys geschientes Bein. »Für ein Weilchen sind Sie ja noch ans Bett gefesselt.« Er streckte die langen Beine von sich und schlug sie übereinander. »Ich bin um die halbe Welt gereist, um diese Geschichte zu hören, und bleibe so lange sitzen, bis ich alles erfahren habe.«

Greys Augen brannten verdächtig, er blinzelte verlegen. Sein Blick flog zur Tür des Ankleidezimmers. Als habe sie seinen stummen Hilferuf gehört, erschien Berkeley mit Rhea im Arm und war sogleich der Mittelpunkt der Aufmerksamkeit. Und Grey hatte Zeit, seine Rührung zu verbergen.

»Wollen Sie die Kleine halten?«, fragte sie Colin, der bei ihrem Eintreten aufgesprungen war. »Sie ist ein braves Baby und weint nur, wenn sie Hunger hat. Und dann trinkt sie, als hätte sie drei Mägen zu füllen.«

Colin streckte die Arme aus. Und wieder schossen ihm die Worte durch den Kopf: *Das Baby wurde zuerst geholt.*

Rheas sandfarbenes, seidiges Haar war von mütterlichen Liebkosungen zerzaust. Sie strampelte mit dicken Ärmchen und Beinchen und lachte übers ganze, rosige Gesicht. Ihr Charme bezauberte Colin und wärmte ihm das Herz. »Komm, Decker«, sagte er leise. »Sieh sie dir an.«

Decker trat neben seinen Bruder und nahm sich vor, besonders liebenswürdig zu dem Baby zu sein, um Berkeley friedlich zu stimmen. Aber er schwieg. Kein Wort, kein zärtliches Gurren kam an dem Knoten vorbei, der ihm die Kehle zuschnürte.

Colin und Decker sahen einander an und wandten sich dann stumm an Grey. »Sie sieht genauso aus wie du«, sagte Colin.

»Findest du?« Grey rutschte höher, um das Gesicht seiner Tochter zu sehen. »Alle sagen, sie sieht Berkeley ähnlich. Ihr Haar ist zwar dunkler, aber dieses Lächeln ...«

»Dein Lächeln«, versicherte Decker. »Die Gesichtsform ... die Haarfarbe ... sogar die Augen.«

»Sie *ist* meine Tochter.«

»Grey«, meinte Berkeley zärtlich. »Ich glaube, die beiden versuchen, dir etwas anderes zu sagen.«

»Sie sieht aus wie *du*«, bekräftigte Colin. »Mein Gedächtnis trügt mich nicht.«

»Die Sache ist nämlich die, Greydon«, erklärte Decker. »Du hättest ein Mädchen werden sollen. Du warst das schönste Baby, das man sich vorstellen kann. Mama und Papa fanden das beide und redeten ständig davon.«

Berkeley lachte, weil Grey bis zu den Haarwurzeln errötete. »Du wirst dich daran gewöhnen müssen, dass dein Bruder dich neckt«, schmunzelte sie. »Ich kann mir vorstellen, dass du noch eine Menge davon zu hören bekommst, solange er bei uns bleibt.« Sie streckte die Hände nach Rhea aus, doch Colin schüttelte den Kopf und wiegte das Baby sanft. Ihm war, als hielte er Greydon in den Armen.

»Nein«, lächelte er. »Ich will sie noch ein wenig halten. Sie können nicht ahnen, was das für mich ...« Er hielt inne, ehe ihm die Stimme versagte, und beugte das Gesicht über das Baby. Rheas große, blaue Augen schauten in kindlichem Vertrauen zu ihm auf. Und als eine Träne auf ihre Wange tropfte, lächelte sie versonnen.

Decker hielt den Blick auf den Teppich gesenkt und blinzelte heftig. Berkeley ließ ihren Tränen freien Lauf. Sie trat zu Grey, nahm seine ausgestreckte Hand und ließ sich aufs Bett ziehen. Er legte einen Arm um ihre Schultern und reichte ihr den Bettzipfel, um ihre Tränen zu trocknen. Ihr wässriges Lächeln vertiefte sich, da er keine Anstalten machte, sich selbst die Augen zu wischen.

Die feierliche Stille wurde von Rheas zufriedenem Gurgeln unterbrochen, dem ein heller Quietschlaut folgte. Colin lächelte, als das winzige Bündel in seinen Armen wieder mit Ärmchen und Beinchen ruderte und ein glückliches Lachen von sich gab, dem ein vernehmlicher Schluckauf folgte. Decker lachte beim Anblick ihres erstaunten Gesichtsausdrucks, worauf Rhea wieder mit Armen und Beinen ruderte und übers ganze runde Gesicht strahlte.

Schließlich vermochte niemand mehr seine Rührung zu verbergen. Diesmal waren es Freudentränen, die haltlos über die Wangen liefen.

Colin fasste sich als Erster, legte Rhea in die Arme ihrer Mutter, nahm sein Glas und hob es seinen beiden Brüdern entgegen. Grey und Decker prosteten ihm zu.

Berkeley rieb ihre Nase an dem winzigen Näschen ihrer Tochter. »Sie begießen das Ganze«, flüsterte sie. »Alle drei. Dein Vater und deine beiden Onkel. Und bis morgen früh sind sie immer noch nicht fertig, sich Geschichten zu erzählen. Wetten, dass ich Recht habe.«

Auch dieses Mal traf ihre Vorhersage mehr oder weniger ein.

EPILOG

Berkeley schlüpfte zu Grey ins Bett, vorsichtig, um nicht an die Schiene seines gebrochenen Beines zu stoßen, kuschelte sich an ihn, legte ihren Kopf in seine Schulterbeuge und gähnte ungeniert.

Grey lachte leise.

»Du bist wach?«, entfuhr es ihr. »Ich glaubte, deine Brüder vor einer Weile durchs Wohnzimmer schleichen zu hören, und wollte zu dir, bin aber wieder eingeschlafen.«

»Ich denke, manchmal ist es dir ganz recht, dass ich ans Bett gefesselt bin.«

Berkeley richtete sich halb auf, gab ihm einen Kuss auf den Mund und legte sich wieder hin. »Es ist nicht nett von dir, so etwas zu sagen. Und wieso schmeckst du nach Pfefferminz? Ich hatte erwartet, von deinem Gute-Nacht-Kuss beschwipst zu werden.«

»Colin verabreichte mir Pfefferminzbonbons und sagte, du wirst es ihm danken.«

Berkeley drückte einen Kuss auf seine Brust. »Recht hat er. Vielleicht ist dein Bruder doch nicht so dumm, wie ich anfangs annahm. Hat Decker dir auch etwas gegeben?«

»Lass mal sehen ...« Grey schob Berkeley sanft von sich, richtete sich auf und tastete nach dem Nachtkästchen. »Die hier sind für dich. Halt mal die Hand auf.«

Berkeley wollte schon gehorchen, ahnte im letzten Augenblick, womit er sie überraschen wollte, und krallte die Finger zusammen. Die Ohrringe kullerten aufs Laken. Das Mondlicht ließ das Gold silbern schimmern und verlieh der Perle einen transparenten Glanz. »Ach, Grey«, meinte sie gerührt und traurig zugleich.

»Decker muss doch wissen, dass ich sie nicht tragen kann.«

»Er dachte daran. Aber als ich Rosefield nicht annehmen wollte, meinte er, ich solle die Ohrringe nehmen.«

Berkeley spähte aufmerksam in Greys Gesicht, erforschte seine Augen. Soweit sie sehen konnte, war sein Blick klar, seine Stimme nicht verschwommen, auch wenn seine Rede keinen rechten Sinn ergab. »Ich verstehe nicht«, meinte sie. »Rosefield ist Colins Besitz. Er ist der Graf.«

»Er hat den Titel und die Ländereien geerbt. Doch das Herrenhaus sollte Deckers Erbteil sein. Allem Anschein nach hat Decker sich vorgenommen, das Anwesen mir zu vermachen. Er hat keine Verwendung dafür, da er mit Jonna in Boston lebt. Ich verstehe seine Gründe auch nicht wirklich. Aber nach Mitternacht wurde alles ein bisschen verworren.«

Berkeley stützte sich auf den Ellbogen und bedachte Grey mit einem wissenden Blick. »Die Ohrringe sind der einzige Besitz, der ihm wirklich etwas bedeutet hat«, sagte sie. »Bitte gib sie ihm zurück und nimm Rosefield dankbar an.«

»Willst du in England leben?«

»Nein. Zumindest habe ich nie darüber nachgedacht. Aber es ist dein Erbe, Grey. Dein wirkliches Erbe. Und später einmal Rheas Erbe. Du hast hier etwas für Nat aufgebaut, für uns alle. Aber du darfst Rhea nicht ihre Wurzeln nehmen, auch wenn sie dir nichts bedeuten.«

Grey schwieg. Er nahm die Ohrringe und drehte sie in der Handfläche. »Daran habe ich nicht gedacht.«

»Nun ja, nach Mitternacht wurde alles ein bisschen verworren«, meinte sie scherzend. Grey legte die Ohrringe auf den Nachttisch und den Arm um Berkeley.

»Du hättest sie wegschicken sollen, statt mit Rhea auf dem Sofa zu schlafen«, meinte Grey. »Beide hatten ein schlechtes Gewissen.«

»Ich wollte euch reden lassen.« Berkeley unterdrückte ein Gähnen. »Seltsam, wie sich schließlich alles gefügt hat, und das nach deinen Befürchtungen, sie würden niemals glauben, dass du ihr Bruder bist. Plötzlich wussten sie es, ehe du ein Wort gesagt hast.«

Grey drückte die Lippen auf Berkeleys hellen Scheitel. »Weil du so klug warst, mir eine Tochter zu schenken, die offenbar genau so aussieht, wie ich als Baby ausgesehen habe.«

Berkeley lächelte. Unter der Bettdecke tastete sie nach seiner Hand. »Grey?«

»Hmm?«

»Sind sie wegen deines Briefes gekommen? Es ist so lange her … Ich frage mich, ob sie von …«

»Es war der Brief. Nicht Anderson oder Garret.« Er stützte den Kopf in die Hand. »Ich muss es dir sagen, Berkeley. Sie sind beide tot.«

»Wie?«

Grey wartete einen Augenblick, bevor er weitersprach. »Ich erzählte von Anderson und Garret und erfuhr von Decker, dass die *Albany* bei einem schrecklichen Unwetter vor Tierra del Fuego gesunken ist. Die Nachricht von der Schiffskatastrophe erreichte Boston, ehe Decker und Colin abreisten. Sie hatten keine Ahnung, welche Passagiere an Bord waren. Das Schiff zerschellte an der Felsküste. Es gab keine Überlebenden.«

»Mein Gott.« Berkeley schloss die Augen und versuchte, das letzte Bild der *Albany* in der Bucht von San Francisco auszulöschen. Trauer befiel sie um die Opfer der Schiffskatastrophe, nicht aber um den Mann, der ihr Stiefvater und ihr Ehemann war. Auch für den Mann, der ihr Halbbruder war, konnte sie keine Trauer empfinden. Im Gegenteil: Zu wissen, dass die beiden Männer den Tod gefunden hatten, brachte ihr Erleichterung, und sie schämte sich dafür. »Dann hatte Anderson keine Gelegenheit, seine Lügengeschichte zu verbreiten.«

»Nein«, meinte Grey. »Diese Lügen sind mit ihm und den Menschen an Bord, denen er sie erzählt hat, gestorben und aus der Welt geschafft.«

Und plötzlich wusste Berkeley, dass Grey ebenso besorgt gewesen war wie sie, was Anderson wohl als nächsten Schachzug geplant haben mochte. »Du hast gefürchtet, er würde Decker und Jonna von uns erzählen, wie?«

»Ja.«

»Du hast mir nichts davon gesagt.«

»Genauso wenig wie du.«

Berkeley schlug die Augen auf und hob das Kinn. »Es tut mir nicht Leid, dass er tot ist«, platzte sie heraus. »Und Garrets Tod tut mir genauso wenig leid. »

»Schon gut, Liebes.« Seine Finger wühlten sich in ihr seidiges Haar. »Ich empfinde wie du. Anderson war fest entschlossen, uns zu trennen. Und auch Garret ... auf seine Weise. Die beiden wollten uns Schaden zufügen. Ich bin froh, dass sie uns nichts mehr anhaben können.«

»Eine seltsame Ironie des Schicksals. Anderson wollte sich nicht mit dem zufrieden geben, was er mir am Hafen eröffnete. Das reichte ihm noch nicht, uns zu schaden. Deshalb bezahlte er die Ducks, um uns zu ruinieren. Das Feuer ...«

»Ruinieren?«, unterbrach Grey sie. »Er wollte, dass wir in dem Feuer umkommen.«

»Und erreichte das Gegenteil. Du hast dadurch deine Vergangenheit wieder bekommen.«

Als Grey hilflos über dem Portsmouth Square baumelte und sich an Rheas geschnitzter Haarpracht festklammerte, kehrte sein Erinnerungsvermögen schlagartig zurück. Bevor er auf der Erde aufschlug und erneut in Dunkelheit versank, wusste er mit absoluter

Gewissheit, dass Anderson Shaw Berkeley eine niederträchtig konstruierte Lügengeschichte aufgetischt hatte. »Ich bin sicher, Anderson starb in der festen Überzeugung, dass seine gemeinen Pläne Erfolg hatten«, sagte Grey leise.

»Ich kann nur hoffen, dass ihm in der Hölle gesagt wird, wie die Dinge sich wirklich zugetragen haben. Dann ist er erst *richtig* in der Hölle.«

Grey lachte tief und melodisch. »Ich wusste gar nicht, dass du so rachsüchtig sein kannst. Das muss ich mir merken.«

»Ja, das rate ich dir«, entgegnete Berkeley und funkelte ihn spitzbübisch an. Dann wurde sie wieder ernst. »Was hast du deinen Brüdern von ihm erzählt?«

Grey drückte ihr die Hand. »Nur das, was sie wissen müssen. Nichts von den Lügen, die er dir vor seiner Abreise ins Gesicht geschleudert hat. Aber ich erzählte ihnen alles, woran ich mich erinnerte: dass ich der adoptierte Sohn von James und Evaline Denison bin.«

Wieder spürte er die tiefe Verletzung, die er damals, vor elf Jahren, empfunden hatte, als er davon erfuhr. Mit zwanzig hatte ihn die Nachricht getroffen wie ein gewaltiger Schlag. Und damit verlor er jeden Halt, wusste nicht, wer er war, wer seine Eltern waren, wer sein Bruder. Selbst seine geliebte Großmutter erschien ihm plötzlich als Fremde.

Im Verlauf der letzten Monate hatte er Berkeley alles erzählt. Die lange Zeit, die er ans Bett gefesselt war, eignete sich hervorragend, um über die Vergangenheit nachzudenken. Sein zerschmettertes Bein war in den ersten Wochen mit Gewichten gestreckt worden, um zu verhindern, dass es durch die vielen Brüche kürzer wurde als das rechte Bein, das nur einmal gebrochen war. Die Armschiene war ihm bereits vor zwei Monaten abgenommen worden, seine gebrochenen Rippen waren ebenfalls verheilt und er fluchte nicht mehr bei jedem Atemzug vor Schmerz. Er wurde täglich mit gymnastischen Übungen und Massagen traktiert, um einen völligen Muskelschwund zu verhindern. Grey gestand freimütig, kein geduldiger und dankbarer Patient zu sein.

Während Greys Abwesenheit leitete Berkeley das Hotel, nahm seine Geschäftsinteressen wahr, und dennoch hatte Grey den Eindruck, sie weiche nicht von seiner Seite. Als die Wehen eingesetzt hatten, hatte sie Rhea im Nebenzimmer zur Welt gebracht, und als alles vorbei gewesen war, hatte sie darauf bestanden, ins Schlafzimmer getragen zu werden. Zum ersten Mal war Grey froh gewesen, mit gebrochenen Knochen ans Bett gefesselt zu sein, sonst hätte der Arzt nicht gestattet, dass Berkeley sich neben ihn ins Wochenbett legte. Die junge, strahlende Mutter hatte ihm ihr wunderhübsches, rotgesichtiges, faltiges Neugeborenes auf die nackte Brust gelegt und Grey hätte vor Glück beinahe geheult.

Nachts lag Berkeley wach neben ihm und lauschte seinen Erzählungen aus seiner Kindheit und Jugend auf Beau Rivage.

Er hatte nie den Verdacht geschöpft, nicht nach Beau Rivage zu gehören, obwohl er immer wusste, dass er nicht recht dazupasste. Natürlich gab es Zeiten, in denen ihm auffiel, dass seinem jüngeren Bruder mehr Zuneigung entgegengebracht wurde, schrieb das aber seiner Eifersucht zu und bemühte sich, seine Kränkung zu verbergen. Garret bekam mehr, weil er mehr verlangte. Er stellte nie in Frage, ob er mehr verdiente – so wie Grey es tat. Garret war bereits in der Wiege ein charmantes, liebenswürdiges Kind. Und jeder bestätigte, dass die beiden Knaben einander zwar äußerlich sehr ähnlich sahen, im Wesen jedoch nicht unterschiedlicher sein könnten.

In jenem Sommer, als Grey aus Harvard nach Beau

Rivage zurückkehrte, erfuhr er noch mehr über den Unterschied zwischen ihm und Garret. Er hatte nicht die Absicht gehabt, den Streit zwischen seinen Eltern zu belauschen. Als aber sein Name genannt wurde, blieb er wie angewurzelt im Flur vor dem Zimmer seiner Mutter stehen und wusste, dass er bereits zu viel gehört hatte.

Seine Mutter hatte wieder einen ihrer Anfälle – eine höfliche Umschreibung für Evalines hysterische Ausbrüche, gefolgt von Phasen tiefer Depression, in denen sie sich in ihr abgedunkeltes Zimmer einschloss. Grey war bereits seit drei Tagen zu Hause und hatte, abgesehen von einer flüchtigen Begrüßung, noch keine halbe Stunde mit ihr verbracht. Bewaffnet mit einem Buch und einer Tasse Tee, hatte er sich vorgenommen, sie aufzusuchen und sie aus ihrer selbst auferlegten Isolation zu holen.

Er stand im Flur und hörte die erregten Stimmen seiner Eltern. Als Grey noch ein sehr kleiner Junge war, hatte sein Vater seine Mutter geliebt, daran erinnerte er sich mit aller Deutlichkeit. Doch das gehörte längst der Vergangenheit an. Was sein Vater einst mit Nachsicht belächelt hatte, trieb ihm nun die Zornesröte ins Gesicht.

Der Streit war über eine Nichtigkeit ausgebrochen und im Nu zu hitzigen Vorwürfen und gegenseitigen Beschuldigungen entartet. Nie verarbeitete Verletzungen wurden wieder hervorgeholt und neue Kränkungen zugefügt. Hatte er nicht alles Erdenkliche versucht, um sie glücklich zu machen?, fragte sein Vater erzürnt. Hatte sie vergessen, dass er ihr nur die Schmach hatte ersparen wollen, weil sie geglaubt hatte, unfruchtbar zu sein? Hatte er nicht deshalb die Reise nach England vorgeschlagen? *Ein Kind zu finden, um es in Beau Rivage als eigenes zu präsentieren?*

Es fielen noch viele hitzige Worte, doch Grey hörte

nur vereinzelte Wortfetzen, als er wie gelähmt vor der Tür stand. Während dieses Sommers blieb ihm reichlich Zeit, um sich die ganze Geschichte zusammenzureimen. Und er stellte fest, dass er der Letzte der Familie war, der die Wahrheit schließlich erfuhr.

Als Evaline entgegen aller Erwartungen nach ihrer Rückkehr aus England schwanger wurde, sah sie sich veranlasst, ihren Schwiegereltern die Wahrheit zu gestehen. Sie zwang den widerstrebenden James, seinen Eltern zu erklären, dass das Kind, das er als sein eigenes ausgegeben hatte, in Wahrheit ein Findling aus einem Londoner Waisenhaus war. Selbst Garret wurde, als er alt genug war, um die Zusammenhänge zu begreifen, darin eingeweiht.

Grey musste erkennen, dass die Denisons ein Geheimnis hüteten und nur ihm verschwiegen, dass er nicht zur Familie gehörte. Nicht weniger schmerzhaft war die Erkenntnis für ihn, dass sie dieses Geheimnis nicht wahrten, um seine Gefühle zu schonen, sondern um ihre Schande zu vertuschen. Mit einer einzigen Ausnahme – seiner Großmutter – schämte sich die ganze Familie seiner Existenz. Dem Großvater war der Gedanke unerträglich, Beau Rivage könne auf diesen Enkel übergehen, der kein Blutsverwandter war. Für seine Mutter stellte Grey eine schmachvolle Erinnerung an ihre Demütigung und ihre Angst dar, unfruchtbar zu sein. Greys Existenz bestärkte seinen Vater darin, Evaline nicht jede Laune durchgehen zu lassen, und als sie sich schmollend vor ihm zurückzog, ließ er sie gewähren und suchte anderweitig Trost und Ablenkung. Er hielt sich im Lauf der Jahre eine Reihe von Geliebten – darunter auch Berkeleys Mutter. Selbst die Untreue des Vaters wurde irgendwie Grey zur Last gelegt.

Garret machte darin keine Ausnahme. Für ihn war Grey kein Bruder, Garret sah in ihm ein lästiges Hindernis.

Das Geheimnis um Greys Geburt konnte nicht wirklich vor der Gesellschaft geheim gehalten werden, wenn man ihn ohne Angabe von Gründen als Erbe von Beau Rivage ausschloss.

Und Grey entschied sich, seiner Familie diese Gründe zu liefern. Es dauerte eine Weile, bis er seinen Plan verwirklichen konnte.

Als Kind hatte er keinen Gedanken an die Sklaven verschwendet, die auf den Baumwollfeldern seines Vaters arbeiteten. Sie waren immer da als Pflücker, Pferdeknechte und Haussklaven, wohnten in windschiefen Holzhütten, die er von seinem Fenster aus sehen konnte. Grey wuchs mit schwarzen Kindern auf, spielte mit ihnen, ohne je daran zu denken, dass er, das weiße Kind, einst ein Sklavenhalter sein würde und die schwarzen Kinder sein Besitz, über den er frei verfügen konnte.

Seine Studienjahre nördlich der Mason-Dixon-Linie öffneten ihm die Augen, revolutionäres Gedankengut wurde in ihn eingepflanzt. In seinem ersten Jahr in Harvard stand er den Freiheitsgedanken der Abolitionisten in Boston noch gleichgültig gegenüber. Er brauchte einen Sommer Abstand von den Rebellen in Faneuil Hall, um darüber nachzudenken. Als er im Herbst seine Studien wieder aufnahm, wusste er noch immer nicht recht, wie er zur Sklaverei stand, aber er wusste genau, wie seine Familie dazu stand.

Es gab keine bessere Methode, sich den Hass der Denisons zuzuziehen, als sich der *Underground Railroad* anzuschließen.

Zunächst machte er sich zum schwarzen Schaf der Familie und rebellierte in kleinen Schritten, äußerte beim Dinner unpopuläre Ansichten, trank mehr als er vertrug, besuchte Bordelle in Charleston und verlor hohe Summen am Spieltisch. Seine dreijährige Verlobung mit Alys wurde plötzlich gelöst und Grey nahm die Schuld auf sich. Niemand erfuhr von ihm, dass Alys ihn nicht verließ, weil sich sein Benehmen gewandelt hatte, sondern weil er ihr den Grund für seine Veränderung genannt hatte. Er verlor sie, weil er sich der Frau anvertraut hatte, die er liebte. Sie verließ ihn, weil sie die feste Absicht hatte, einen Denison zu heiraten.

Alys Franklin gab ihm klar zu verstehen, dass sie gewillt war, sein übermäßiges Trinken, seinen Hang zum Glücksspiel und zum Herumhuren hinzunehmen, da sie wie so viele ihrer Freundinnen dazu erzogen worden war, ausschweifende Lebensgewohnheiten ihres Ehemannes zu tolerieren. Was sie nicht akzeptieren konnte, war die Tatsache, dass sie dieses Opfer für einen Mann bringen sollte, der kein Denison war.

Der Schmerz über den Verrat der Geliebten ließ Greys Herz vollends erkalten. Zuversicht schöpfte er nur aus der Tatsache, dass er ihr nicht seinen ganzen Plan anvertraut hatte. Alys wurde ebenso Ziel seiner Racheakte wie seine Familie. Seine erste Sklavenbefreiung traf die Plantage von Alys' Eltern in Westerly. Der Name der Sklavin war Cristobel und sie war Alys' Zofe.

Grey bemerkte erst jetzt, dass Berkeley ihn beobachtete. Im schwachen Schein des Mondlichts wirkten ihre Augen sehr dunkel. Er lächelte schuldbewusst.

»Sprich mit mir«, sagte sie.

Er schüttelte den Kopf. »Du kennst alle Geschichten.«

»Das stört mich nicht. Ich höre dir gern zu. Sag mir, wo du gerade gewesen bist und was dir durch den Kopf gegangen ist.«

Grey seufzte, im Grunde erleichtert, ihr den Wunsch nicht abschlagen zu müssen. Er wollte, nein, er *musste* darüber reden. »Stört es dich sehr, dass ich nicht der Falkner war?«

»Nein.« Ihre Finger strichen zart sein Schlüsselbein

entlang. Sie entsann sich, dass Grey nie wirklich akzeptieren wollte, als Falkner bezeichnet zu werden. Bevor sein Erinnerungsvermögen zurückgekehrt war, hatte er irgendwie gespürt, dass seine Verbindung zum Falkner eine andere war, als allgemein angenommen wurde. »Du hast zugelassen, als Falkner bezeichnet zu werden, um Deckers Geheimnis zu wahren. Er und Jonna hätten ihre Arbeit im Untergrund nicht fortsetzen können, wenn er als Falkner entlarvt worden wäre. Im Übrigen hast du dich ebenfalls jahrelang im Untergrund betätigt. Vermutlich wärst du Decker nie begegnet, wenn du nicht Sklaven zur Flucht verholfen hättest. Wieso sollte ich schlechter von dir denken, weil du nicht der Falkner warst?« Sie hörte auf, ihn zu streicheln. »Oder hast du deshalb eine schlechtere Meinung von dir selbst?«

»Nein, das meine ich nicht. Aber mein Engagement hatte die falschen Beweggründe. Jonna hat meine Arbeit einmal als nobel bezeichnet. Das war mir höchst unangenehm, da mein Einsatz aus Rache geboren war.«

»Mir sagte jemand einmal, große Veränderungen erwachsen nicht immer aus hochherzigen, heldenhaften Motiven. Manchmal stehen niedere Beweggründe und Selbstsucht dahinter.«

Grey lächelte müde. »*Ich* habe das gesagt.«

»Ja, das hast du.« Berkeley legte ihm einen Finger an den Mund, um ihn am Reden zu hindern. »Und ich sage, so einfach ist das nicht. Deine Taten mögen aus solchen Beweggründen entstanden sein, doch das Ergebnis war etwas ganz anderes. Am Ende hast du unter Einsatz deines Lebens so gehandelt, weil deine Überzeugung sich geändert hatte. Sonst hättest du deine Aktivitäten nicht so lange vor deiner Familie verheimlicht. Du hast sie im Glauben gelassen, ein ausschweifender Taugenichts zu sein, hast sie darin bestärkt, es nicht wert zu sein, dieser vornehmen und wohlanständigen Familie anzugehören. Du hast sie darin bestärkt, dich nicht falsch erzogen, sondern nur die falsche *Wahl* getroffen zu haben. Du hättest deiner Familie ohne weiteres die Gründe für dein Verhalten nennen können. Aber das hast du nicht getan. Nicht, nachdem du der ersten Sklavin zur Freiheit verholfen hattest, und auch später nicht. Ich frage mich, ob du dich je dazu entschlossen hättest, wenn du nicht von dem Wunsch beseelt gewesen wärst, Decker zu helfen und ihn zu schützen.«

Berkeley beugte sich über ihn und küsste ihn auf den Mund. »Vielleicht weißt du nicht einmal, was Rache eigentlich bedeutet. Um Rache auszukosten, will man den Menschen, für den sie bestimmt ist, doch wissen lassen, woher sie kommt. Es war reiner Zufall, kein vorgefasster Plan, dass du dich schließlich zu erkennen gegeben hast.«

»Wenn das so ist, sollte ich mir wohl ein Denkmal setzen lassen«, entgegnete Grey trocken.

Sie piekste ihm den Finger zwischen die Rippen. »Du kannst dich aber auch damit zufrieden geben, wunderbar menschlich zu sein: kompliziert und einfach, weise und töricht, rätselhaft und leicht zu durchschauen. Du kannst die Widersprüche in deinem Charakter hinnehmen oder den Rest deines Lebens darüber grübeln, warum du so bist.«

Grey nahm ihre Hand. »Ich verbringe mein Leben lieber damit, dich in den Armen zu halten.«

Damit wollte er sie aufheitern, doch ihr Gesicht blieb seltsam ernst und traurig. »Die Rachegefühle gegen deine Familie gingen nie so weit, dass du jemanden töten wolltest. Vergiss das nicht, Grey. Garret aber hat deinen Tod geplant.«

»Weil ich Schande über die Familie gebracht habe.«

»Weil er sich nicht damit zufrieden geben konnte,

dass die Familie dich enterbte und verstieß. In seinen Augen hast du alles beschmutzt, was ihm wertvoll war. Beau Rivage. Alys. Seinen Lebensstil. Das von seiner Mutter in Ehren gehaltene Schmuckstück, das dir seit jeher zustand. Durch dein Verhalten bekam er alles, was er haben wollte, zugleich erschien es ihm aber wertloser.« Sie erforschte Greys Züge. »Ich habe lange darüber nachgedacht, und ich glaube, Garret wusste, dass ich seine Halbschwester bin. Anderson sagte beim Abschied, ich hätte keine Ahnung, wie sehr ich mit den Geschehnissen verstrickt sei. Diese Worte waren vielleicht die einzige Wahrheit, die er mir an jenem Tag sagte. Es war so einfach, Anderson an allem die Schuld zu geben, und wir vergaßen die Rolle, die Garret bei diesen bösen Intrigen spielte. Vielleicht fürchtete er, ich würde eines Tages etwas von ihm verlangen – oder von meinem leiblichen Vater, der sich nie um mich gekümmert hat. Garret konnte nicht wissen, dass ich nichts als das will, was ich bereits habe. Menschen wie Garret können nie genug kriegen. Ihm fehlte das Verständnis für Menschen wie mich. Er musste alles für sich allein haben.«

Grey sah Berkeley lange und tief in die Augen. Als sie den Kopf wandte, verlegen und unsicher unter seiner Musterung, berührte er ihr Kinn und zwang ihre Augen zu sich zurück. »Du bist ein wahres Wunder.«

Diesmal zauberten seine Worte ein strahlendes Lächeln in ihre Züge. »Ja«, sagte sie schlicht. »Das bin ich.«

Sein tiefes, kehliges Lachen verwandelte sich in wohliges Gurren. Bevor sie ahnte, was er beabsichtigte, hob Grey sein verletztes Bein über ihre beiden Beine und hielt sie unter seiner Holzschiene gefangen.

Berkeley sah ihn mit den großen Augen eines erschrockenen Rehs an. »Was denkst du …«

»Tut es weh?«, fragte er. »Habe ich dir wehgetan?«

Die Schiene, in viele Lagen Verband eingepackt, lag schwer auf ihr, ohne zu schmerzen. »Nein, aber …«

»Mir tut auch nichts weh«, murmelte er. »Und ich habe große Lust, meine Frau zu lieben.«

Berkeley furchte die Stirn. In seiner langwierigen Genesungszeit und nach Rheas Geburt hatte es durchaus intime Zärtlichkeiten zwischen ihnen gegeben, denen allerdings gewisse Grenzen gesetzt waren. Berkeleys Hand schlüpfte zwischen ihre Körper und fand das Ende des Tuches, das um Greys Mitte geschlungen war. Ihre Finger nestelten an dem Knoten. »Grey, du weißt, dass …«

»Unter normalen Umständen«, raunte er, »hätte ich dich gern in meine Arme geschlossen.« Der Atem stockte ihm, als sie ihre Hand unter das Tuch schob und seinen Penis umfing. Er beugte sich über sie, bis sein Mund ihren Lippen sehr nah war. »Ich will in dir sein.«

Sie öffnete die Lippen. »Ja«, sagte sie. Mehr nicht. *Ja.*

Er küsste sie tief und innig, sie schlang die Arme um seine Schultern. Seine Haut war warm, ein schwacher Seifenduft entströmte ihm. Die Haare in seinem Nacken waren feucht, er war frisch rasiert. Berkeley lächelte und schmeckte Pfefferminz auf seiner Zunge.

Seine Brüder hatten ihm dabei geholfen. Während Berkeley im Salon schlief, hatten die drei geredet, getrunken und gelacht. Vielleicht hatten sie noch einmal geweint, alle drei gemeinsam, und dann wieder gelacht. Sie hatten über die Vergangenheit geredet, einander Geheimnisse und Hoffnungen für die Zukunft anvertraut. Und irgendwann hatte Grey wohl gestanden, dass er den Wunsch habe, seine Frau zu verführen.

Und Berkeley malte sich aus, wie Colin und Decker es sich zur Aufgabe gemacht hatten, ihren jüngsten Bruder darauf vorzubereiten. Sie hatten ihn gewaschen und rasiert und ihm Pfefferminzbonbons in den Mund gesteckt. Berkeley nahm sich vor, ihnen durch die Blume zu danken, obwohl es nicht nötig gewesen wäre, sich solchen Mühen zu unterziehen.

Sie war bereit für ihn.

Grey spürte ihre lächelnden Lippen an seiner Wange. »Was gibt's?«

Seine Wange kitzelte ihren Mund. »Hmmm. Das sage ich dir später. Leg dich auf den Rücken.«

Auch er war bereit. Als er in die Kissen zurück sank, beobachtete er sie, fasziniert und erregt von ihren anmutigen Bewegungen. Sie spreizte die Schenkel und setzte sich auf seine Hüften, legte ihm die flachen Hände auf die Brust und ließ sie sanft nach unten gleiten. Er hielt den Atem an, als sie das Tuch wegnahm und ihr Nachthemd hob. Sie legte seine Hände an ihre Hüften und spürte, wie seine Finger sich in ihr festes Fleisch gruben. Sie wurde hochgehoben und dann nahm sie ihn in sich auf.

Es dauerte eine Weile, bis sie danach einschliefen, und sehr viel länger, bis Grey schließlich erwachte. Berkeley lag neben ihm. Helles Sonnenlicht strömte ins Zimmer, ein Strahlenbündel erhellte ihre nackte Schulter. Ein zweiter Strahl ließ die Ohrringe auf dem Nachttisch aufblitzen. Die Kronen funkelten und auf einem der Goldtropfen war die zarte Gravur zu erkennen.

Aus dem Nebenzimmer hörte Grey kleine schniefende Laute von Rhea, die in ihrem Bettchen zu strampeln begann. Diesen ersten Lebenszeichen folgte gewöhnlich ein durchdringendes Geschrei, um aller Welt ihren Hunger mitzuteilen. Grey nahm sich vor, nicht zu erschrecken, wenn dieser Schrei ertönte.

Diesmal folgte gesegnete Stille. Nach einer Minute wagte er zu hoffen, sie sei wieder eingeschlafen. Er drehte den Kopf und betrachtete Berkeley, stellte sich vor, seine kleine Tochter schlafe ähnlich friedlich wie ihre Mutter. Sie hatte das Gesicht zur Seite gedreht und die langen Wimpern warfen Schatten auf ihre Wangen; ein Arm lag angewinkelt halb unter ihr, der andere ausgestreckt, die Handflächen nach oben, die Finger leicht gekrümmt, als hielten sie einen unsichtbaren Gegenstand.

Grey legte eine Hand über Berkeleys Finger und schloss sie behutsam. Er spürte einen sanften Druck in seiner Brust und sein Lächeln vertiefte sich. Es bedurfte keiner übersinnlichen Gabe, um zu wissen, dass Berkeley sein Herz in der Hand hielt.